BEST 嚴選

奇幻基地出版

雨野原傳奇 3

巨龍高城

THE RAIN WILDS CHRONICLES 3
City of Dragons

羅蘋・荷布 著
李鐳 譯

Robin Hobb

向紅色小母雞致敬

目次 | Contents

出場人物

守護者和龍	
埃魯姆	淺色皮膚，銀灰色眼睛，耳朵非常小。鼻子幾乎是扁平的。他的龍是**亞布克**，一頭綠色和銀色的公龍。
博克斯特	凱斯的親戚。古銅色眼睛，矮個子，身材壯實。他的龍是橙色的公龍**斯克力姆**。
哈裡金	如同蜥蜴一般修長。他要比大部分其他守護者都更年長。萊克特是他的義兄弟。他的龍是**蘭克洛斯**，一頭有著銀色眼睛的紅色公龍。
冰華	一頭古早黑龍，曾經被困在冰川中，後來得到了人類的解救（見「刺客系列」《弄臣命運》）。
潔珥德	一位金髮碧眼的女性守護者，身上帶有很重的雨野原標記。她的龍是**維拉斯**，是一頭母龍，深綠色的身體上有金色的條紋。
凱斯	博克斯特的親戚，有一雙古銅色的眼睛，身材矮壯，肩膀很寬，肌肉發達。他的龍是橙色公龍**多提恩**。
萊克特	七歲時成為孤兒，被哈裡金的家庭收養。他的龍是**塞斯梯坎**，一頭巨大的藍色公龍，有著橙色鱗片，脖子上有小尖刺。萊克特是戴夫威的情人。

諾泰爾	一名很有能力，也很有野心的守護者。他的龍是淺紫色的公龍**火絨**。
拉普斯卡	一名身上標記非常重的守護者。她的龍是紅色的小母龍**荷比**。
希爾薇	最年輕的守護者，但和同齡人相比已經相當成熟，很有想法。她的龍是金黃色的**默爾柯**。
刺青	唯一出生時是奴隸的守護者。他的臉上有一匹小馬和蜘蛛網圖案的刺青。他的龍是最小的母龍，綠色的**芬提**。
賽瑪拉	十六歲，應該是指甲的地方生著黑色的爪子，家在樹林中。她的龍是一頭藍色的母龍**辛泰拉**。
婷黛莉雅	一位成年母龍，她幫助其他長蛇沿大河上溯，前往結繭地。她已經有多年未曾出現在雨野原了。現在她與古早黑龍冰華結為伴侶。
沃肯	一名身材很高，四肢修長的守護者，在前往克爾辛拉的遠征中失去生命。他的龍是**巴力佩爾**，一頭紅色公龍。這頭龍還沒有選擇新的守護者。
繽城	
愛麗絲・金卡	來自於一個貧窮但很受尊敬的繽城商人家庭。龍類專家。丈夫為詔諭・芬波克。
羅恩・芬波克	灰色眼睛，紅色頭髮，有許多雀斑。現在和萊福特林陷入了愛河。
詔諭・芬波克	一名相貌英俊，信譽卓著，富有的繽城商人。

塞德里克・梅爾達	詔諭・芬波克的祕書，從孩提時代就是愛麗絲的朋友。他與紅銅色的雌龍**芮普姐**建立了連結。並與卡森・羽躍建立起愛情關係。
雷丁	詔諭現在的情人，取代了塞德里克的位置。擁有貪婪的繽城貿易商血脈。
貿易商芬波克	詔諭的父親，一位非常成功的繽城貿易商。妻子為**西莉亞・芬波克**。
柏油人號的船員	
貝霖	甲板水手，斯沃格的妻子。
大埃德爾	甲板水手，一個頭腦簡單、魁梧有力的大漢。
卡森・羽躍	尋找克爾辛拉的遠征隊獵手。萊福特林的老友，**噴毒**的守護者。噴毒是一頭脾氣暴躁，很有些危險性的小銀龍。卡森是塞德里克的情人。
戴夫威	卡森・羽躍的獵手學徒。大約十五歲。和黑龍**卡羅**建立連結。卡羅是龍群中體型最大的藍黑色巨龍。在卡羅曾經的守護者格瑞夫特死後，戴夫威成為他的守護者。戴夫威和萊克特是情人關係。
格裡格斯比	船上的貓。橙色，性情粗暴。
軒尼詩	柏油人號的大副，很有女人緣。
傑斯	受雇的探險獵手，圖謀用巨龍血肉牟利的叛徒。在遠征途中失去了性命。
萊福特林	船長，身材健壯，灰色眼睛，褐色頭髮。

絲凱莉	甲板水手，萊福特林的侄女和繼承人，在崔豪格有未婚夫，但她已經喜歡上了埃魯姆。
斯沃格	舵手。他在柏油人號上已經有超過十五年了。貝霖的丈夫。
柏油人號	一艘河上駁船，現存最古早的活船。母港位於崔豪格。
其餘人物	
艾惜雅・維司奇	繽城的典範號的大副，麥爾妲・庫普魯斯的姑姑（見「魔法活船三部曲」）。
貝佳斯提・柯雷德	恰斯國，禿頭，富有，詔諭・芬波克的交易夥伴。
貝笙・特瑞爾	繽城的典範號的船長（見「魔法活船三部曲」）。
茶西美	恰斯大公的女兒。曾經多次喪夫，仍然是大公家族的一員。
黛托茨	崔豪格信鴿管理人，與艾瑞克訂婚。
恰斯大公	恰斯國的獨裁者，年邁多病。
埃裡克	恰斯大公的首席大臣，也是他的「持劍之手」。
艾瑞克	繽城的信鴿管理人。
簡妮・庫普魯斯	雨野原貿易商，雷恩・庫普魯斯和蒂絡蒙的母親。

金姆	卡薩里克信鴿管理人。曾經是奴隸，面帶刺青，來到雨野原尋找更好的生活。
麥爾妲・庫普魯斯	古靈「女王」，居住在崔豪格，丈夫為雷恩・庫普魯斯。是被婷黛莉雅塑造的古靈（見「魔法活船三部曲」）。
典範號	一艘活船。護送海蛇沿河流上溯至結繭地。心智不是很穩定（見《瘋船》）。
雷恩・庫普魯斯	一個強大的雨野原貿易家族的幼子。由巨龍婷黛莉雅塑造成古靈。妻子為麥爾妲（見「魔法活船三部曲」）。
瑟丹・維司奇	一名年輕古靈，麥爾妲的弟弟，艾惜雅的外甥。在外出尋找倖存的巨龍之後就失蹤了（見「魔法活船三部曲」）。
辛納德・亞力克	恰斯商人，用敲詐手段和萊福特林達成了一筆交易。
恰斯人	詔諭的敵人，一名恰斯貴族，會不擇手段為恰斯大公獲取龍的血肉。
蒂絡蒙	雷恩的姊姊，身上有很重的雨野原印記。未婚，甘願保持單身狀態。

序章

婷黛莉雅和冰華

她輕鬆地駕馭著氣流，四條腿緊貼著身體，雙翼完全展開。在下方的沙漠有如海波，她的影子在沙丘和沙谷間上下飄動，展現出她修長的身形、蝙蝠般的翅膀和一根帶鰭的尾巴。婷黛莉雅從喉嚨深處發出喜悅的咕嚕聲，這是讓她高興的一天。他們從黎明開始狩獵，得到很不錯的收穫。像以往一樣，他們的獵殺都有所斬獲成功。整個上午，他們享用獵物而後酣然大睡。現在這兩頭龍的身上還有狩獵時沾染的血漬和野獸內臟，所以他們打算去做另一件事。

在婷黛莉雅的前方，冰華飛翔在稍微比她低一些的位置上，正在改變身體的重心，以便於充分利用風的力量。他是一頭光華耀眼的黑龍，身軀同樣地修長，蜿蜒且靈動。他的身體要比婷黛莉雅更粗、更長，體重也更多。婷黛莉雅的鱗片如羽毛般，閃耀著璀璨的藍光，而冰華則全身都是黑色。他曾被封凍在冰川中，期間的漫長歲月，對他的身體造成了很大的傷害，其中一處創傷甚至需要許多年才能癒合。他的翅膀比婷黛莉雅的更大，支撐翅膀的指骨之間有著厚實的網狀皮層，至今還能看到長長的裂痕。黑龍身上的小傷都早已消失不見，只是翅膀撕裂的癒合速度要緩慢很多，而且就算癒合了，也會留下永遠無法消失的疤痕。*和我碧藍色的完美翅膀完全不同。*婷黛莉雅用自己眼角的餘光欣賞著那雙絕美的翅膀。

冰華彷彿感覺到婷黛莉雅並不是那麼關注自己。他突然一振雙翼，開始盤旋下降。婷黛莉雅知道他們的目的地，那是一座突出在沙地上的岩石山脊，在距離他們不算很遠的地方。那道山脊的巉岩縫隙和山峰間的溝壑裡，有一些低矮的樹木和灰綠色的灌木叢。而越過了這道散布稀疏植被的山脊，則有一座隱祕的綠洲。那是一片寬闊的沙質盆地，周圍零星生長著一些樹木。從大地深處則有清水湧出，在那片盆地中形成了一個寬廣寧靜的湖泊。就算是冬天，盆地也能夠積聚白晝的熱量。他們會在被陽光曬暖的水中度過下午的時光，清洗身上的血汙，在粗糙的沙地上慵懶地打滾，磨亮他們的鱗甲。他們很熟悉這個地方。他們的狩獵範圍非常巨大，飛行線路常常會發生改變，不過每過大約十天，冰華都會帶她回到這裡。黑龍宣稱在非常古早的年輕歲月，他就已經認得這個地方。

這裡曾經有一處古靈的殖民地，來訪的巨龍都可以在這裡受到歡迎和款待，在他們的白石建築上，古靈曾精心培育葡萄藤。但現在，什麼都沒有留下，埋葬一切的沙漠同樣吞噬了古靈聚落，不過綠洲還是存留了下來。其實婷黛莉雅更願意飛往更加遙遠得多的南方，到冬季永遠不會降臨的紅沙漠。她有些懷疑冰華沒有足以飛到那裡的力量，所以她也不止一次考慮過丟下冰華，獨自前往南方。但婷黛莉雅曾經被長期囚禁在自己的繭殼中，那種可怕的孤絕環境也給她留下了深深的印記。能夠有另一頭巨龍成為她的伴侶，哪怕只是一個脾氣古怪、性情苛刻的伴侶，也要比孤獨更好。

冰華現在越飛越低，身體幾乎貼到了炙熱的沙子上。他的翅膀很少搧動，但每一次強有力的振翅，都會攪起地上的大片沙塵，推動他向前滑行了一段很遠的距離。婷黛莉雅尾隨著冰華，模仿起冰華的動作，以磨練自己的飛行技巧。對於她的伴侶，婷黛莉雅有許多的不以為然，但冰華的確是一位天空的霸主。

沿著大地的曲線，他們一路前行。婷黛莉雅知道冰華的計畫，他們會一直這樣滑行至盆地邊緣，隨後沿著湖邊沙丘的斜坡向下滑行，在重力的作用下，逐漸加快速度，最後他們會雙雙大張著翅膀、撲進充滿陽光熱量的湖水中。

他們奮力振翅越過山脊，正沿著山坡向下飛到半山腰的時候，湖邊沙丘突然爆開。沙子掩蓋的帆布被掀起到一旁，一隊隊弓箭手排列成整齊的方陣，向他們射出密集的箭幕。第一波羽箭擦過他們的翅膀和胸腹，第二波緊接著又向他們撲來。這時他們已經太貼近地面，沒辦法再提升高度了。冰華此時已滑入淺水，正迅速轉身回來。婷黛莉雅緊跟在他身後，根本來不及停止前進或者改變方向，她一下子撞到了冰華身上，他們的翅膀和腿全都在溫熱的淺水中絞纏在一起。長矛手從偽裝的網子下面跳出來，撲向他們，就如同一支螞蟻軍隊向他們發動了攻擊。在他們身後，還有更多的人站起身向前湧過來，他們的手中全都拿著沉重的繩網和鐵鍊。

冰華從他們的糾纏中猛然掙脫出來，完全不在乎是否會傷到婷黛莉雅。他四足昂揚，濺起大片水花，向人類發起了攻擊，婷黛莉雅卻被他一腳踩進水中。一些長矛手逃走了，另一些被強壯有力的龍爪踏翻。黑龍猛然轉身，甩出自己的長尾，打倒了二十多名士兵。婷黛莉雅頭暈目眩地在水中轉過身，看見剛剛完成尾擊的冰華，他先是喉頭蠕動，而後張開了大口。在寒光閃爍的鋒利巨齒後面，婷黛莉雅瞥到了猩紅和橙色的毒囊。黑龍轉回頭，朝向攻擊他們的人類，發出一陣淒厲的尖嘯。猩紅色的毒霧也隨之籠罩了這些人類。轉瞬之間，無數悲慘的哀嚎直抵藍色的碧空。

酸液正侵蝕著這些人類。皮甲和金屬盔甲能夠減緩強酸的腐蝕過程，但依然無法讓穿戴它們的人類免於傷害。酸液從半空中墜下，如同雨滴一般，一直穿透人類的身體之後，最終才落在地面上。皮膚、肌肉、骨骼和內臟全都被這些「雨滴」洞穿，沙地上騰起一片白煙。一些人很快就死了，但大多數人沒有那麼幸運。

很長的一段時間，婷黛莉雅愣住了。一張沉重的大網落到她的身上，編織成這張網的纜繩刻意用鉛加重，糾纏住她的每一個關節，網上還纏繞著許多或粗或細的鐵鍊，上面帶著有倒刺的鋼鉤。婷黛莉雅的翅膀被死死纏裹住，不得動彈，她伸出前爪要將大網撕破，結果前爪也陷入了網索的糾纏。婷黛莉雅憤怒地咆哮著，感覺到自己的毒囊在迅速鼓漲。這時，長矛手紛紛涉入淺水向她逼近。她還瞥見弓箭手正蹣跚著衝下沙丘，一邊跑一邊為手中的長弓搭上羽箭。一支長矛在她前腿後面的鱗甲上尋到一處縫隙，刺進她的身體，讓她猛然抽搐了一下，更多長矛刺進了她的胸部和她雙腿之間柔軟的地方。長矛刺得並不深，但婷黛莉雅從沒有被任何東西刺入過身體。她轉動身子，不斷發出痛苦和憤怒的吼聲，毒霧隨著她的吼叫向四周噴灑。長矛手們恐懼地紛紛後退。毒液落在網上，網索和鐵鍊被迅速腐蝕削弱，隨著巨龍的掙扎一根根斷開。婷黛莉雅仍然受困於羅網，但她至少已經可以移動了。怒火從她全身爆發出來。人類竟敢攻擊龍？

婷黛莉雅走出淺水，衝入人群中，用自己的利爪和尾巴殺死一個又一個的人類，在聲聲怒吼中噴吐出強酸。很快地，人類瀕死的尖叫聲就充滿了整片湖面。她不需要去看冰華，那頭黑龍大肆殺戮的聲音，正不斷傳入她的耳中。

羽箭不斷從她的身上彈開，而還是有箭射到她被網索纏住的翅膀上，讓她感到一陣陣疼痛。她用力將身上的網子甩開，被甩出的網繩抽倒了十幾個人。她張開的翅膀暴露出了她容易受到傷害的弱點，一支箭刺進她的左側翅膀下面，她感覺到一陣灼熱的疼痛。她用力收起翅膀。但人類已經發現了她的這一處弱點，便不遺餘力地刺激她張開翅膀，她不得不暴露出身側比較柔軟的皮肉。當她收起左翼、翅膀壓住箭杆，使得箭鏃向她體內刺得更深，婷黛莉雅痛吼一聲，再次轉身，甩出自己的長尾。片刻之間，她瞥到冰華抓起一個人類，將爪子高高舉起。那個瀕死人類的尖叫聲一時壓住了整片戰場的喧囂。巨龍一收爪子，他就被捏成了兩段。恐懼的喊聲從更遠處的人類佇列中傳來，聽起來非常悅耳。突然間，婷黛莉雅明白了自己的伴侶在做什麼。

冰華的意識也在此時碰觸到她。**恐懼就像殺戮一樣重要。必須讓他們明白，巨龍是絕不可以被攻擊的。我們必須讓他們之中的幾個人逃走，將他們的悲慘故事帶回家鄉。**然後，冰華的思維變得更加嚴厲而清楚，**只能放走幾個！**

放走幾個，婷黛莉雅表示同意，然後又大步走進淺水，衝進聚集起來準備殺死她的人群中，輕鬆地用前爪將這些人類拍飛，就如同一隻貓拍開小線球。她向人類伸出雙顎，咬斷雙腿，扯下手臂，摧毀這些人類的身體卻又不立刻殺死他們。她高高昂起頭，又猛然向前伸直脖子，噴出一片酸霧。擋在她面前的人牆，皆融化成骨骼和汙血。

隨著下午變成黃昏，兩頭巨龍圍繞這片盆地飛行了最後一圈。四散奔逃的人類武士如同混亂的蟻群，漸漸向能夠藏身的山脊處聚集。就讓他們把訊息帶回去吧！冰華說道，在那些屍體的肉腐爛之前，我們應該返回綠洲。

他振起雙翼，停止了本就不甚用心的追擊。婷黛莉雅也跟隨他，向綠洲飛去。

婷黛莉雅很願意聽從冰華的建議。那些刺入她身體的長矛已經從傷口中掉落出去，但刺入她肋下的那支箭仍然留在她的肉體中。她可不想讓那支箭插得更深了。屠殺已經停止，倖存的人類正在逃竄，綠洲恢復了往昔的平靜。婷黛莉雅需要把這支箭拽出來，但箭杆已經折斷了，殘存在體外的木杆太短，讓她無法用牙齒叼住，而使用爪子只會讓這支箭插得更深。她每一次振翅，都能感覺到木杆和金屬箭鏃在她的身體裡造成的痛楚。

有多少人類攻擊我們？婷黛莉雅問道。

幾百人。但這重要嗎？他們無法殺死我們。被我們放走的那些傢伙，會將訊息帶回到他們的族群之中，讓他們知道攻擊巨龍是多麼愚蠢。

為什麼他們要攻擊我們？

這場攻擊完全不符合婷黛莉雅對人類的經驗。她以前遇到的人類都對她充滿敬畏，更願意侍奉她，而不是攻擊她。的確有一些人曾經大呼小叫地向她發出挑戰，但她很快就能讓他們俯首貼耳。她以前也曾經和人類作戰，但不是因為人類向她發動伏擊，要置她於死地。她曾經殺死過恰斯人，那只是因為她選擇與繽城貿易商結盟，因而殺死他們的敵人，以換取繽城人幫助海中長蛇進入結繭地，化身為龍。這次人類的攻擊和那場戰爭有關係嗎？她覺得不太可能。人類是短命的生物。他們怎麼會進行這種以理性邏輯為基礎的復仇？

冰華的結論則更加簡單。他們之所以攻擊我們，因為他們是人類，而我們是龍。大多數人類都恨我們，有一些會裝作敬畏我們的樣子，向我們獻上禮物，但在他們的諂媚和懦弱背後，隱藏著對我們的憎恨。絕對不要忘記：在這個世界的這一部分，人類對我們的恨意已經綿延了很長一段時間。曾經在我成形為龍之前，人類想要毀滅全部巨龍。他們向他們的畜群中加入了慢性毒藥，企圖以此殺死我們。他們捉住並折磨我們的古靈僕人，希望找出能夠用於對抗我們的祕密。他們毀滅了我們的聚落和都市，還有我們的僕人用於穿行各地的石柱，用這些手段削弱我們的力量。他們的確殺死了一些巨龍。那些龍全都像牲畜一樣被他們宰割。他們用我們的血肉製成藥材，滋養他們孱弱的身體。

這些我都不記得了。婷黛莉雅反復搜索她的先祖記憶，卻依舊徒勞無功。

有許多事妳都不記得了。我相信這是因為妳在繭中被束縛了太長時間，意識受到傷害，對許多事都變得一無所知。

婷黛莉雅向冰華釋放出一點憤怒的火花。冰華經常這樣說她，往往是在婷黛莉雅暗示冰華因為被冰封太久而有些神志不清的時候，冰華就會用這樣的話反唇相譏。不過現在婷黛莉雅壓抑住了自己的怒氣。她需要知道得更多一些，況且她肋側的箭還不斷地造成她的痛苦。

那麼，後來又發生了什麼？

冰華轉過自己的長脖子，凶惡地看了婷黛莉雅一眼。發生了什麼？當然是我們摧毀了他們。人類很討厭，不能讓他們以為能夠阻撓我們的願望。

他們已經靠近了綠洲中心處的泉水。這時從空中向盆地降落，就如同落進一個充滿血腥氣的池塘，人類的屍體散布在沙地上，且因夕陽的烘烤，這些屍體正在迅速變成腐肉。

吃飽以後，我們就離開這裡，尋找一處乾淨的地方睡覺。黑龍說道，我們只能暫時放棄這個地方了。豺狗和烏鴉會為我們把這裡清理乾淨。留在這裡的肉太多了，我們一次不可能吃完，而人類腐爛的速度又太快了。

黑龍降落在湖水中，水面上還漂浮著幾具人類屍體，婷黛莉雅跟隨著黑龍。就在因他們的降落而撞出的波瀾還在拍擊湖岸的時候，黑龍已經從水中叼起一具屍體。他告誡婷黛莉雅：不要碰被包裹在金屬中的屍體。那些弓箭手是妳的最好選擇，通常他們的身體只包裹著皮革。

黑龍將口中的屍體一咬兩段，其中一段還沒有落進水裡就被他重新叼住，他將這半段屍體抛上半空，又用嘴接住，仰起頭將它吞下喉嚨。另外一半屍體落在淺水裡，濺起一片水和沙子。冰華又挑了一具屍體，從頭部開始吞吃它，用強有力的雙顎把它嚼碎，完全吃進肚子裡。

婷黛莉雅走出受到汙染的湖水，站在岸邊看著黑龍。

他們腐爛得很快，妳應該現在就吃掉他們。

我從沒有吃過人類。婷黛莉雅感到有些噁心。她殺死過許多人類，但從沒有吃過他們。這讓她覺得很古怪。

她想到了和自己成為朋友的那些人類：雷恩和麥爾妲，還有她年輕的歌者瑟丹。她讓他們都成為古靈，隨後就沒有再多去想他們。瑟丹。回憶起此人，婷黛莉雅心中感到一陣愉悅，她曾擁有的、一位懂得如何讚美巨龍的歌者。她挑選出那三個人類，讓他們成為她的古靈，所以他們也許是與眾不同的。如果他們死去的時候，她恰好在他們身邊，那麼她會吃掉他們的屍體，以保留他們的記憶。

但吃掉其他人類？冰華是對的。他們只不過是肉。婷黛莉雅沿著岸邊走動，挑選了一具還足夠新鮮，正在向外淌血的屍體，將這具屍體撕成兩段。她的舌頭感覺到了布和皮革，然後她咀嚼了幾下，用強大的肌肉將屍體送進喉嚨。

屍體被吞了下去。婷黛莉雅決定讓肉就只是肉，況且在戰鬥過後，她已經感覺到餓了。

冰華在湖水中不停地吃著，吃光身邊的屍體，他就走出幾步，伸長脖子去叼住更多屍體。現在這裡最不缺乏的就是死屍。婷黛莉雅更加地挑剔。冰華是對的，人類屍體的腐爛速度真的很快。有一些人已經散發出腐臭的氣味。婷黛莉雅只挑選最後死的那些人，凡是變僵硬的屍體都被她撥到了一邊。

她從一堆屍體旁邊走過的時候，一具屍體忽然發出一點微弱的聲音，想要從她面前爬開。這個人的體型不算大，酸液融化了他的一部分雙腿。他拖著自己的身子，不停地嗚咽著。冰華聽到他的聲音，也向這邊走過來。那個男孩這時甚至記起了該如何說話。

「求你們！」他哭喊著。他的聲音彷彿變回成兒童的尖叫，「求你們，不要殺我！我和我的父親都不想攻打你們。是他們逼我們的！大公的人劫走了我的母親、我的兩個妹妹，還有我將要繼承家業的兄長。他們說，如果我們不參加對你們的狩獵，就會把我們的親人都燒死。我父親的名字也會在他死後消亡，我們的家族傳承將化為烏有。所以我們必須到這裡來。我們不想傷害你們，最美麗的巨獸，最聰慧的龍。」

「想用讚美迷惑我們？現在已經有一點晚了。」冰華饒有興致地說。

「是誰劫走了你們的家人？」婷黛莉雅有些好奇。這個男孩的腿骨暴露在皮肉以外，他不可能活下去了。

「大公的人。恰斯大公。他們說，我們必須為大公帶回龍肉。他需要用龍的器官製作靈藥，讓他活下來。如果我們帶回龍血，或龍鱗，或龍肝，或者一顆龍眼，大公就會讓我們永遠過上富足的生活。但如果我們不能……」男孩看了一眼自己的腿，愣了很久，面色一點一點地發生改變。最後，他抬起頭看著婷黛莉雅，「我們已經死了，我們都死了。」

「是的。」婷黛莉雅說道。不等她的話語清晰地傳遞到這個男孩的意識裡，冰華已經伸出頭，用雙顎夾住男孩的軀體，速度快得就像發動攻擊的毒蛇。

新鮮的肉食，沒有必要讓他像其他人那樣開始腐爛。

黑龍仰起頭，一口吞掉了男孩的身體，然後就向另外一堆屍體走去。

靜月第二十九日
商人聯盟獨立第七年
來自雷亞奧，繽城代行信鴿管理人
致金姆，卡薩里克信鴿管理人

你好，金姆：

現在有幾位我的客戶都要求我向你發出抗議。他們宣稱他們收到的私密信件，都出現了異常的痕跡，甚至連封錮信紙的小管蠟封也有破損。有兩封高度機密的信管蠟封裂開了，還有一封信的蠟封被發現破碎在了信管裡，而收儲在信管中的信紙顯然沒有被整齊捲好，很像是有人打開信管，閱讀了信紙上的內容，又將信紙放了回去，並用信鴿管理人的蠟漆重新將管口封住。這些投訴來自於三位不同的貿易商，其中涉及的信箋則來自於卡薩里克的貿易商坎達奧。

現在我們還沒有因應這些投訴展開調查。我懇求他們允許我先和你聯絡，要求你和貿易商坎達奧談一談，請他展示他用於封錮信件的蠟漆封印和印章。我和我的繽城客戶們都希望這些事件的原因，只是貿易商坎達奧使用了陳舊易碎的劣質蠟漆，而不是有信鴿管理人對他們的信件動了手腳。不管怎樣，我們會要求你仔細監督你近年來雇傭的一切助手和學徒的工作。

提出這個要求，我們感到非常遺憾。我們希望你不會因此感覺受到冒犯。我的上司要我向你澄清，我們對於卡薩里克信鴿管理人的正直誠實抱有高度的信心，並期待著客戶們的投訴能夠很快得到解決。請你務必幫忙，儘快回信。

雷亞奧

1

大公和俘虜

「還沒有任何訊息，陛下。」跪倒在大公面前的信使，竭力讓自己的聲音保持穩定。

大公依靠軟墊將身子支撐在王座裡，盯著眼前的這個人，等待他打破沉默。帶來壞訊息的人能得到的最好結果，是捱一頓鞭子。但耽擱壞訊息，只意味著死刑。

這個人低垂雙目，一動不動地盯著地板。看樣子，這名信使以前吃過鞭子。他知道自己能夠活下來，所以願意接受這種安排。

大公用手指做了一個小手勢。大幅度的動作太消耗力量。不過他的首席大臣能夠領會他每一個小動作的意思，並且會迅速執行他的令旨。果然，首席大臣向衛兵一揮手，那名信使馬上就被帶走了。衛兵的靴子鐺鐺地跺在地上，信使腳上輕便的涼鞋則只是發出嗒嗒的微弱聲音，夾雜在衛兵的腳步聲中。很快，這些聲音都消失了。仍然沒有人說話。首席大臣轉向大公，深鞠一躬，額頭一直碰到了膝蓋。然後，他緩緩跪下，大著膽子望向大公的涼鞋。

「收到這樣讓人無法滿意的訊息，實在是令人感到傷心。」

王座廳中仍然是一片寂靜。這是一個很大的殿堂，其粗糙的岩石牆壁，讓所有進入這裡的人都能一眼看出：這裡曾經是一座軍事堡壘的一部分。拱形的殿頂上繪製著仲夏夜時深藍色的天空，漫天繁星都被固定在這片夜空中。透過又高又窄的窗戶，這座大型城市的風景盡收眼底。

這座城市中沒有任何建築能夠高過大公的山頂城堡。當這座堡壘尚未建起的時候，它所在的山頂上曾經有一圈矗立於天空下的黑色石柱，這些石柱中蘊含了強大的魔法。一些在這座城市中廣為傳揚的傳說故事，講述了這些石柱是如何被推倒，其中的邪惡魔法也就因此滅亡。現在這些石柱依然呈環形向外展開，倒伏在恰斯大公的王座周圍，和周圍的灰色石板融為一體，成為平整的地面。雕刻在石柱上的符文歷經損毀，已然模糊不清。這些黑色的石柱指向已知世界的五個角落。據說在每一根石柱下面都有一個方形的深坑，古早恰斯人的那些施行魔法的仇敵，就被關押在這些深坑裡，直至死亡。大廳中央的這個王座就是為了提醒所有人：恰斯大公坐在什麼樣的地方，而這個被恰斯人征服的地方，在古早時代又是怎樣一個恐怖的空間。

恰斯大公動了動嘴唇。一名侍者急忙跑了過來，這個男孩雙手捧著一碗清涼的水，跪倒在地，將水捧給大公。首席大臣接過水碗，膝行到大公面前，把碗遞到大公唇邊。

大公低下頭喝了一口。他抬起頭時，另一名侍者捧給首席大臣一塊柔軟的布巾，讓首席大臣能夠擦拭大公的臉和下巴。

隨後，大公允許首席大臣退開。乾渴被解除之後，他說道：「我們在雨野原的使者，沒有其他訊息了？」

首席大臣伏低身子。他褐紅色的厚重絲綢長袍掛在身上，顯得有些凌亂。透過他稀疏的頭髮，能夠隱約看見他的頭皮。「沒有。最卓越之人，我只能慚愧而哀傷地告訴您，他們還沒有為我們送來新的訊息。」

「沒有龍肉被運來？」大公知道答案，但還是要強迫埃裡克清楚地做出回答。

首席大臣的臉幾乎貼在了地上。「輝煌的君主，我們沒有得到任何關於貨物輸運的訊息。我為此感到恥辱和不安，但也只能這樣告訴您。」

大公考慮了一下眼前的局勢。要將眼睛完全睜開簡直太難了，高聲把話說清楚也很不容易。厚重的金戒指上鑲嵌著大粒寶石，鬆弛地掛在他瘦骨嶙峋的手指上，壓得他的手無法抬起。華麗輝煌的長袍也無法遮掩他骨瘦如柴的身體。他正在日復一日地消耗衰竭，正在他們的注視和等待中，逐漸走向死亡。他必須做出反應，絕不能被他人視作軟弱。

他輕聲說道：「要認真催促他們。派遣更多使者，動用我們擁有的全部關係。為那些使者送去特殊的禮物，鼓勵他們做事要冷酷無情。」他努力抬起頭，提高聲音，「難道要我提醒你們：你們每一個人，如果我死了，你們也要為我陪葬？」

大公說出的每一個字撞擊在石壁上，一個將死的老人憤怒的尖叫——他聽到了他的僕從們聽到的聲音。他最無法容忍的是，像他這樣的人竟然在將死之際，沒有一個可以繼承王位的兒子！他本不應該再親自說話，他的繼承人應該站在他面前，向這些貴族發號施令，強迫他們立即服從。但他只能用無力的聲音威脅他們，就像一條沒了牙的老蛇發出嘶嘶聲。

事情怎麼變成了這樣？他一直都有很多兒子，有很多備用的人選。他的兒子太多了，其中有一些太有野心，讓他很不喜歡。另外有一些被他派上戰場，還有一些因為過分驕傲被他送去了行刑室。有幾個是被他暗中毒死的。如果他知道那場瘟疫不僅會襲擊他選定的繼承人，還會一起帶走他最後的三個兒子，他也許還會留下幾個以防萬一。但他沒有。現在，他只剩下了一個無用的女兒。一個將近三十歲，仍然沒有自己的孩子，而且思考方式和行事風格都像是男人的女人。一個死了三任丈夫的寡婦，而且始終沒有足夠的運氣能生一個孩子出來。一個只配讀書和寫詩的女人。這對他毫無用處。只要她不變成危險的巫婆就好。現在他的身體裡也沒有了足夠的精力，能夠讓女人再懷上孩子。

無法容忍。他不能成為一位死去的男人卻沒有兒子，他的名字將會被這個世界的大口吞噬，化為灰塵。他一定要得到巨龍靈藥。充滿生命力量的龍血會讓他恢復青春和男人的精力，然後他就能再生出十幾個繼承人，並將他們安全地封鎖起來，避開一切災禍。

龍血。這麼簡單的一樣東西，至今卻都沒有人能夠送來給他。

「如果陛下去世，我將無比哀傷，只有為您陪葬才能讓我得到安息，最仁慈的君主。」突然間，首席大臣奉承的話語，彷彿變成了殘忍的嘲笑。

「喔，住口。你的逢迎只會讓我氣惱。你那空洞的忠誠又有什麼意義？能夠拯救我的巨龍靈藥在哪裡？把它給我找來。不要再拿你那無聊的讚美搪塞我。這裡就沒有人真的願意為我奔走效忠嗎？」這番叫喊，耗費了他無法承擔的力量，但這一次，他的喊聲的確響徹了整座大殿。他的目光掃過眾人，沒有一個人敢和他的眼睛對視。他們全都蜷縮起來。大公沉默片刻，讓他們仔細回憶他們被作為人質的兒子。現在他們已經有許多個月不曾和他們的子嗣相見了。大公讓沉默繼續下去，讓他們好好思考自己的繼承人是否還活著。然後，大公用平靜如常的語氣問道，「我們派遣的另一支力量有沒有訊息？就是那支循著龍在沙漠中出現的傳聞、而去獵龍的部隊。」

首席大臣一動不動，顯然是正在因為心中的矛盾而感到苦惱。

你心中感到焦灼了嗎，埃裡克？大公想道，你還記得縱馬馳騁，與我一同在戰場上衝鋒的日子嗎？看看當年的戰爭統帥和他的將軍變成了什麼：一個奄奄待斃的老人和阿諛奉承的奴僕。如果你能把我需要的拿來，一切都將恢復成往日的樣子。為什麼你要辜負我？你也有著自己的野心嗎？我必須殺死你嗎？

大公盯著首席大臣，但埃裡克只是盯著地面。大公判斷這個人就要崩潰了，於是他厲聲喝道：「回答！」

埃裡克抬起眼睛，大公看到了那雙灰色眼睛裡卑順和諂媚後面所隱藏的怒火。他們並肩馳騁和拚殺過太長時間，一同經歷過太多戰鬥，再不可能完全向對方掩飾住自己的想法。埃裡克知道大公的每一個策略。因為這些策略大公以前都使用過。但現在，大公持劍的手已經軟弱無力，玩不了這些遊戲了。首席大臣深吸了一口氣。「陛下，至今為止我們還沒有得到訊息。龍去水邊並沒有規律的時間週期，我們已經命令部隊駐紮在那裡，直到贏得勝利。」

「那麼，至少我們還沒有得到失敗的訊息。」

「沒有。榮耀之人，我們還有希望。」

「希望。你，也許，是在希望。而我是一定要得到結果。我的大臣，你是否希望你的名字，能夠在你之後繼續存留？」

一陣可怕的寂靜緊緊抓住埃裡克。他的大公知道他最脆弱的一點。「是的，陛下。」埃裡克的話如同耳語。

「而你不僅有能夠繼承你的長子，還有第二個兒子？」

「是的，仁慈的君主，我對此深感幸運。」埃裡克的聲音在顫抖，這讓大公很是滿意。

「嗯。」恰斯大公想要清清喉嚨，卻開始不停地咳嗽。咳嗽聲引得一眾僕人都奔忙起來。一碗新的涼水被捧上來，另外還有一杯冒著熱氣的茶。一塊乾淨的白色布巾被捧在另一個膝行向前的僕人手中，還有一個人捧來了一杯葡萄酒。

大公的手指微微顫抖，將這些人全都趕走了。他又發出一陣沙啞的呼吸聲。

「兩個兒子，我的大臣，所以你有希望。但我沒有兒子。只是因為缺少一樣小東西，我的健康無法復原。我只要一劑龍血。但它至今都無法被送到我的面前。我很想知道：你是否非常希望你的名字仍然會響亮地留在這個世界的耳中，而我的名字則會因為缺少這樣一點東西便永遠沉寂下去。這樣的事情肯定不會發生。」

慢慢地，跪在大公面前的人越來越小。在大公的瞪視下，他塌陷下去，頭沉在彎曲的膝蓋上。然後，他的整個身體都倒伏在地上，彷彿這樣就能夠不必被他的大公看見。

恰斯大公動了動嘴唇，依稀露出一點微笑的影子。

「今天，你還能擁有你的兩個兒子。明天呢？明天，我們全都要希望有好訊息到來。」

「這邊。」

有人掀起了被當作屋門的厚重帆布簾。一道光線射進幽暗的房間裡，又迅速消失了。照亮這個房間的仍然只有黃色的燈光。他身邊牢籠裡的雙頭犬動了動身子，發出嗚嗚的叫聲。瑟丹不知道這隻可憐的動物上一次見到陽光——真正的陽光——是什麼時候了。當瑟丹被捉住的時候，這頭身有殘疾的動物已經在這裡了。瑟丹覺得自己在這裡也被囚禁了幾個月，也許已滿一年。這段時間裡，他從沒有受到過陽光的碰觸。對於被隱藏的祕密，陽光便是天敵。在這個由無數帳篷組成的大集市裡，陽光能夠讓人們看到：被囚禁在畜欄和籠子裡的許多傳奇與神跡，有半數是畸形或欺騙。陽光能夠揭示出：就算那些真正的神奇之物，也都處在很糟糕的狀況。

就像他一樣。

燈光靠近了一些。他的眼睛被黃色的光芒所刺激，泛出了淚水。他從光線前轉過臉，閉上眼睛。他沒有站起身，因為他知道鎖住自己腳踝的鐵鍊確切的長度。他們最初將他帶到這裡的時候，他曾經竭盡全力想要掙脫這些鐵鍊。鐵鍊不會衰弱，但他會。他躺在地上，等待著進來的人經過他，但他們卻停在了他的牢籠前。

「這就是他？我還以為他很高大！他的大小和普通人也差不多。」

「他很高。你沒有注意到他的身體是蜷縮起來的嗎？」

「我幾乎看不清他的樣子，這個角落太黑了。我們能進去嗎？」

「他被鐵鍊鎖住了，但我奉勸你：不要進入到他的鐵鍊範圍以內。」

隨後是一片寂靜，然後那些人壓低聲音說了些什麼。瑟丹仍然沒有動。他們討論的事情完全無法引起他的興趣。關於困窘，甚至是恥辱，他已經失去了感覺這些情緒的能力。他的身上一直都沒有衣服。他覺得這樣很糟糕，主要是因為這讓他覺得很冷。有時候，在不被拉出去展示的時候，他們會丟給他一條毯子，但他們經常會忘記這件事，餵養他的人很少懂得他的語言，所以向那些人乞求也不會有用。又過了一段時間，他受到熱病折磨的頭腦才意識到今天的情況很不尋常。這兩個談論他的人，用的是一種他能夠聽懂的語言——恰斯語——他的父親的語言。他學習過這種語言，為的是能夠讓他的父親重視自己，只是他的努力失敗了。他沒有動，也沒有顯示出任何能夠聽懂他們說話的跡象，但他還是開始更加專注地傾聽他們說話。

「嗨！嗨，你。龍小子！站起來。讓這個人看看你。」

他可以不理睬他們。然後，他們很有可能會向他擲來什麼東西，讓他有所動作。或者他們會轉動曲柄，抽緊他腳踝上的鐵鍊。他或者自己走到後牆前面，或者被拖過去。捉住他的人們很害怕他，他向他們說明自己是人類，但那些人根本不聽他的話。他們正在進入他的牢籠，清理鋪地的乾草時總是會收緊他的鐵鍊。他歎了口氣，伸展開身體，慢慢站起了身。

一個人吸了一口冷氣。「他可真高啊！看看他那兩條長腿！他有尾巴嗎？」

「沒有。沒有尾巴。但他全身布滿了鱗片。如果你帶他到陽光下面，就會看到他的身體會像鑽石一樣閃閃發光。」

「那麼，把他帶出來，讓我在陽光下看看他。」

「不。他不喜歡那樣。」

「騙子。」瑟丹清楚地說道。燈光讓他看不清面前的人影，但他還是對著能夠勉強分辨出的第二個人影說道，「他不想讓你看到我生病了。他不想讓你看到我全身都是潰瘍，我的腳踝全都被鐵銹磨爛了。最重要的，他不想讓你看到我像你一樣，只是一個人類。」

「他會說話！」這個人的語氣更像是驚歎，而不是慌張。

「他能夠說話，但你如果夠聰明，就不會聽他說的任何一個字。他有一部分是龍。所有人都知道，龍能夠讓人類相信他們說的任何話。」

「我**沒有**一部分是龍！我是一個人，就像你一樣。只是我受到了龍的眷顧，被龍重新塑造過了。」

瑟丹竭力讓自己的喊聲充滿力量，但他實在是沒有什麼力氣了。

「你看到他是怎樣說謊了吧。我們不要和他說話。若他和你交談，只會讓你自己落進他的詭計裡。毫無疑問，他的母親正是因此才受到了龍的引誘。」那個人清清嗓子，「那麼，你已經看見他了。我的主人很不願意賣掉他。不過，既然你大老遠來到這裡，他還是可以聽聽你的出價。」

「我的母親……？這太荒謬了！這根本就是連小孩子都不會相信的騙人故事。你不能賣掉我。我根本就不屬於你！」瑟丹抬起一隻手，想要遮住刺眼的燈光，清楚地看到面前的人，但這樣做無濟於事。根本就沒有人回應他的話。突然間，他覺得自己好愚蠢。他們之間的隔閡根本就不是語言不通的問題。這些人永遠都只會願意將他看作是一個有價值的畸形。

那些人繼續著交談，彷彿他從沒有說過話。

「嗯，你知道我只是一個中間人，我自己並不想買他。你的主人要價實在是太高了，我所代表的客戶的確很富有，但就像諺語說的那樣——有錢人總是比窮人更吝嗇。如果我花了他的錢，這個龍人卻讓他失望了，那麼他向我要的可就不只是錢了。」

在瑟丹充滿淚水的眼睛裡，那兩個人只是兩道黑影。兩個他完全不認識的人，正在討論他的生命值多少錢。瑟丹向他們邁出一步，拖拽著發黴乾草中的鐵鍊。「我生了病，你看不出來嗎？難道你連一點人性都沒有？你把我鎖在這裡，給我吃半腐爛的肉和過期麵包。我一直都見不到陽光……你在殺死我，你在謀殺我！」

「我代表的客戶需要足夠的證據，然後他才會付出這麼多黃金。我實話和你說吧，既然你要了這麼高的價錢，你就必須讓我相信他物有所值。如果他正是你說的那種人，那麼你的主人可以得到他想要的價錢。我們的主人都會對我們感到滿意。」

帳篷中出現了很長一段時間的停頓。「我會將你的要求告訴我的主人。來吧，和我們一起喝一杯。制定契約可是一項很容易讓人口渴的工作。」

兩個人轉過身。燈光隨著他們的步伐來回搖曳。瑟丹又邁出兩步，鐵鍊被完全拉直了。「我有家人！」他向那兩個人喊道，「我有母親！我還有姊姊和兄長。我想要回家！求你們，讓我回家，不要讓我死在這裡！」

一陣轉瞬即逝的陽光是對他唯一的回答。他們走了。

瑟丹咳嗽著，用手按住肋骨，想要抱緊自己以抵抗身體的病痛。痰液湧上他的喉嚨，被他啐在骯髒的乾草上。他不知道那痰裡是否有血，這裡沒有光亮能夠讓他看清楚。他知道自己的咳嗽更嚴重了。

他蹣跚地回到被自己當作床鋪的稻草堆前，跪倒下去，然後側身躺下。他全身的每一個關節都在疼痛。他揉搓自己黏滯的眼睛，再一次將它們閉上。為什麼他會受到他們的引誘而為他們站起來？為什麼他不徹底放棄，就這樣一動不動地躺著，直到死亡？

「婷黛莉雅。」他輕聲說道。他讓自己的意念向那頭龍伸展過去。曾幾何時，當他尋找婷黛莉雅的時候，婷黛莉雅就會回應他，婷黛莉雅也會讓自己的意念來碰觸他。後來，婷黛莉雅找到了她的伴侶。從那以後，他就感覺不到她了。他曾經是那樣崇拜她，沐浴在她的巨龍榮光之中，再用自己的歌聲將這份榮光化作對她的讚美。

歌聲。他已經有多久不曾對她唱過歌了？已經有多久沒有唱過任何一首歌了？他愛婷黛莉雅，並相信婷黛莉雅也愛他。每一個人都曾經警告過他。他們告誡他要提防巨龍的魅力，那種被龍用來幻惑人類的法術，但他不相信那些人。他生來就是為了侍奉婷黛莉雅。更糟糕的是，就算此刻的他這樣躺在骯髒的草堆、像一隻被遺忘的寵物，他仍相信如果婷黛莉雅再一次找到他，只要瞥他一眼，他就會再一次忠心耿耿地侍奉她。

「這就是我現在的樣子，是她讓我變成了這樣。」他在黑暗中輕聲說道。

在旁邊的牢籠裡，那條雙頭犬正在嗚咽。

望月第七日
商人聯盟獨立第七年
來自金姆，卡薩里克信鴿管理人
致雷亞奧，繽城代行信鴿管理人

雷亞奧：

請轉告你的上司，由你這樣的下屬人員向我傳達這種令人厭惡的指控，我認為是極端卑鄙可憎的。我相信，當艾瑞克不在的時候，你代理信鴿管理人的職務，一定讓你過分自我膨脹了，所以你作為一名助手，才會對一位正式的信鴿管理人有如此不當的舉動。我進一步向繽城信鴿管理人公會提出建議，應該注意你的家庭關係。因為我晉升為卡薩里克的信鴿管理人，你的家族因此對我產生的嫉妒。我認為管理人公會能從這方面，發現此次指控背後所隱藏的惡毒之心。

對於此次事件，我拒絕聯絡貿易商坎達奧。他對於我們的公務狀況從未有過任何不滿之處。我相信，如果這樣的投訴是真實的，他早已應該親自找到我們並提出抗議。我懷疑這些信件的問題不在於他的蠟漆和封印，而是因為這些機密信件在繽城的鴿舍遭到了粗暴的對待。我相信負責管理從崔豪格和卡薩里克寄來信件的那個人就是你，信鴿管理人助手。

如果繽城信鴿管理人公會對於卡薩里克的官方信件遞交有所不滿，那麼我建議你們向卡薩里克貿易商議會提交正式投訴，要求進行調查。我相信你會發現，我們的議會對於卡薩里克信鴿管理人有著充分的信任，一定會駁斥這種針對我們的下流指控。

卡薩里克信鴿管理人，金姆

2

龍之戰

太陽穿透了雲層，原本遮蔽河邊山坡草場的霧靄，迅速被陽光掃除乾淨。辛泰拉抬起頭，盯著那顆在遙遠地方燃燒的火球，陽光落在她的鱗甲皮膚上，但她無法從這光線中感受到太多熱量。氤氳繚繞的霧氣雖然已經消失在陽光中，但淒冷的風又將厚重的灰雲從西方推過來，又將是一個下雨的日子。辛泰拉知道，在遠方另外一片土地上，舒適的粗糙沙粒會被熾烈的陽光烤熱。她的祖先就在那片沙地上打滾，磨洗滿身的鱗甲，直到每一片鱗都在辛泰拉的記憶中閃閃發光。在這個季節裡，她和其他那些龍本應該遷徙到那個地方，他們在幾個月之前就應該飛往那遙遠的南方沙漠，他們的翅膀和長尾應該在天空中締造一場輝煌奪目的七彩風暴。環繞那片沙漠的岩石山地，總是有許多可口的獵物。如果他們此時在哪裡，他們將迎來一場精彩的狩獵季，然後享用美食，再沉睡於被下午的陽光烤熱的沙丘，醒來後再飛上明亮的藍天，在上升的熱氣流中滑行。如果風向適宜，一頭龍能夠輕鬆地飛到很高的地方。展開雙翼、在高空中翱翔、看著沉重的雄性在她身下拚死爭鬥——這才是巨龍女王應該做的事情。辛泰拉想像自己正在那個地方，俯視公龍的撞擊撕咬，爭奪空中更高的位置，撲向對手，用利爪相互攻擊。

這場戰鬥的結束就意味著一頭公龍最終勝出。那些被打敗的對手會落回到地面上去，一邊曬著太陽，一邊惱怒憤恨；或者他們會逃到獵物豐富的山地去，用瘋狂的殺戮發洩自己的沮喪心情。唯一贏得勝利的公龍會升起在空中，拍打翅膀，到達與雌性相同的高度，找到他中意的雌性，向其求歡。然後，另外一種不同的戰鬥又將開始了。

辛泰拉放下一半眼瞼，遮住光芒閃爍的紅銅色眼睛，揚起長而有力的脖頸，轉頭望向遠方的太陽，下意識地張開她無用的藍色翅膀，心中閃過一絲渴望。她感覺到交配的衝動讓自己腹部和喉頭的鱗甲變熱，更嗅到了翅膀下面的腺體散發出的氣味。她睜開眼睛，低垂下頭，幾乎感到有些羞恥。真正有交配權利的巨龍女王應該擁有強勁的翅膀，能夠飛上雲端。而現在這雙翅膀卻只會給她帶來麻煩。如果她現在能飛起來，就會把自己的腺體氣味播散出去，勾起方圓許多裡之內每一頭公龍的欲望。但真正的巨龍女王是不會被困在這片潮溼的河岸上，身邊只有一些不會飛行的笨拙雄性，還有那些更加沒用的人類守護者。

關於戰鬥和交配飛行的榮耀之夢，她將這些從腦海中推開。她的腹中響起一陣低沉的隆隆聲，又為她帶來一陣氣惱。她餓了。賽瑪拉，她的守護者在哪裡？賽瑪拉應該為她去狩獵，為她帶來新鮮的獵物。那個沒用的女孩跑到哪裡去了？

辛泰拉忽然感覺到一股強風襲來，嗅到了一頭公龍噴出的強烈氣息。她及時地收起了自己半張開的翅膀。

公龍伸出爪子落向地面，挾帶著強猛的氣勢向辛泰拉滑行過來，直到幾乎要撞上辛泰拉才停住身軀。辛泰拉用後腿站穩，揚起自己鱗光閃爍的藍色脖頸，儘量立起身子，展示出自己完全的高度。即使這樣，卡羅還是要比她更高。卡羅旋轉的眼睛中顯露出愉快的神情——這頭藍黑色的公龍明白自己對辛泰拉處於優勢。來到克爾辛拉之後，高大的卡羅身體又有了明顯的生長，變得更有力量，肌肉更加發達。「這是我至今以來最長的一次飛行。」他一邊對辛泰拉說話，一邊搧動自己寬闊的深藍色雙翼，將上面的雨水潑濺到辛泰拉身上。然後他小心地將雙翼收起，折疊在背上，「我的翅膀每天都在變得更長，更強壯。很快我就能再一次成為天空的霸主。妳呢，女王？妳什麼時候會飛上天空？」

「等我願意的時候。」辛泰拉反駁一句就走開了。卡羅的身上散發著欲望的氣味。他真正想要的不是縱情飛翔，而是在飛行中發生的事情。對此，辛泰拉甚至不願意多想一下。「我可不會稱呼此為『飛行』。你只是跑下山丘，跳上半空。滑行可不是飛。」嚴格來說，她的批評並不公平，卡羅落地之前，在空中拍動了五次翅膀，而當辛泰拉回想起自己第一次飛行的努力時，羞愧和憤怒就會爭搶著擁進她的內心：守護者們看到她躍入半空，展翅翱翔，都發出一陣熱烈的歡呼。但她的翅膀缺乏能夠將她托起的力量，結果一頭栽進河水裡，連續翻了好幾個圈，不停地遭到急流衝撞，最後帶著滿身泥水從河裡冒出來，身上有不止一處的挫傷。**不要回憶那次恥辱，但也不要讓任何人再看到妳的失敗。**

一陣清新的風將雨水吹過來。辛泰拉來到河邊只是為了喝水，她很快就會回到樹林中，至少那裡還能有能夠為她遮雨的棚子。

但就在她轉身打算離開的時候，卡羅突然探出了頭，伸雙顎咬住了辛泰拉頭後的脖頸。這讓辛泰拉沒辦法轉過頭去咬他，也沒辦法向他噴吐酸液。辛泰拉抬起前爪要抓卡羅，卡羅的脖子卻比她的更長，也更加有力量。他將辛泰拉從自己身邊拽開，讓辛泰拉的爪子只能徒勞地抓到空氣。辛泰拉憤怒地發出銅號般的吼聲。卡羅放開了她，向後跳去，讓辛泰拉的第二次攻擊就像第一次，徒勞而無功。

卡羅展開寬闊的翅膀，等辛泰拉向自己衝過來的時候，準備將她拍到一邊去。卡羅的眼睛是帶著綠色細紋的銀色，這雙眼睛此刻正在旋轉著，顯示出挑釁的愉悅和興奮。

「妳應該嘗試飛行，辛泰拉！妳需要再一次成為真正的女王，海洋、陸地和天空的統治者。丟下那些被地面束縛的蠕蟲，和我一起翱翔藍天。我們會一同狩獵，遠遠離開這些冰冷的雨水和潮溼的草地。讓我們飛到遙遠南方的沙漠，感受祖先們的記憶，回憶起我們真正的樣子！」

辛泰拉感覺到被卡羅的牙齒碰過的地方，傳來一陣陣的刺痛，但她的自尊才更感到疼痛。她完全不在意自己可能遇到的危險，再一次向卡羅衝了過去，張大了嘴，毒腺也開始膨脹，但面對氣勢洶洶的辛泰拉，卡羅只是發出一陣喜悅的咆哮，一下子從辛泰拉的頭頂跳了過去。當辛泰拉轉身再次對準卡羅的時候，她發覺紅色的蘭克洛斯和天藍色的賽斯梯坎正笨重地向他們衝過來。巨龍並不適合在地面上行走。他們奔跑的樣子就像是兩頭肥大的牛。賽斯梯坎帶有橙色紋路的背鬃在脖子後面直立起來。蘭克洛斯的速度更快一些，他閃亮的翅膀半張著，喉嚨中發出凶猛的吼聲：「卡羅，放開她！」

「我不需要你們幫忙。」辛泰拉用銅號般的吼聲喊了一句，就轉過身，大步從這些雄性面前走開了。這些公龍會為她戰鬥，這讓她感到滿意，但她知道自己其實不值得他們為之一戰，這更讓她感到羞恥。她無法在天空中展現出優雅的身姿和風一般的速度，即使有一頭公龍從這種愚蠢的鬥毆中勝出，她也無法以自己的敏捷和無畏挑戰勝利者。上千個祖先留下來的關於求愛和交配飛行的記憶，正盤旋在她的意識邊緣，而她只能將這些記憶推開。她聽到了那些公龍的咆哮和拍擊翅膀的紛亂聲音，但她再沒有回頭去看一眼。「我不需要飛行，」她輕蔑的聲音向背後傳去，「這裡根本沒有值得和我交配飛行的公龍。」

蘭克洛斯發出一陣痛苦的憤怒的嚎叫，成為對辛泰拉唯一的回應。在辛泰拉的周圍，下午的大雨中爆發出各種慌亂的尖叫聲和疑問的呼喊聲。守護者們紛紛從他們棲身的小屋裡跑出來，朝爭鬥的公龍聚集過去。白癡。如果他們干預龍的衝突，只會被龍踩在腳下，或者落得更糟糕的結果，龍的事情不是人類可以插手的。這些守護者們曾經將他們當作牲畜一樣照顧，而不是像侍奉真正的巨龍一樣侍奉他們，一想到此，辛泰拉就不由得心生氣惱。她自己的守護者向她跑過來，高聲喊道：「辛泰拉，妳還好嗎？妳有沒有受傷？」賽瑪拉直到現在還在用一件破斗篷遮著她隆起的肩背。

辛泰拉高高揚起頭，半張開翅膀，質問賽瑪拉：「妳以為我無法保護我自己？妳以為我很軟弱……」

「躲開！」一個人高聲示警。賽瑪拉急忙彎下腰，用雙手捂住後腦。

辛泰拉饒有興致地哼了一聲。金光閃閃的默爾柯從他們上方俯衝下來，雙翼大張，爪子撥開泥土和青草，身體擦過了地面。哪怕金龍帶有倒刺的翅膀只是蹭一下賽瑪拉，女孩那兩隻纖細的手臂也根本不可能保護她。單是金龍翅膀鼓起的強風，就已經將賽瑪拉吹倒在地，讓她在溼漉漉的草地上連續滾了好幾圈。

人類尖叫，巨龍咆哮，而默爾柯銅號般的洪亮吼聲，壓倒了其餘一切聲音，金龍一下子衝到了纏鬥不休的公龍中間。

賽斯梯坎倒下了。他正好被金龍直接撞到。隨著他在地上翻滾，他的翅膀也被彎折成非常危險的角度。辛泰拉聽到他發出痛苦和慌亂的鼻息聲。蘭克洛斯被卡羅壓在了身下。卡羅則想要翻過身，用更長、也更加強壯的後爪來對抗默爾柯。默爾柯則伸直後腿，從這一群打鬥的公龍中揚身站起，突然躍起空中。金龍再次落下時，將卡羅張開的翅膀用後腿踩在地上。被踩住的藍黑巨龍揮出爪子，在默爾柯的肋骨上留下一道抓痕，但不等他再次攻擊，默爾柯已經又跳到了高處。卡羅的頭和長脖子像鞭子一樣甩過去，而默爾柯依舊占據著上風。蘭克洛斯被壓在兩頭比他更大的公龍下面，憤怒卻又無可奈何地吼叫著。一股濃重的公龍腺體味道，正從這場爭鬥中飄散出來。

一群受到驚嚇又滿腔怒火的守護者，圍繞在戰鬥的巨龍身邊，嘶聲喊嚷著這些公龍的名字，同時試圖阻止其他圍觀的巨龍加入戰團。像芬提和維拉斯這樣身材較小的雌龍，也都趕來了，正揚著脖子盯住那些公龍，完全不理會她們的守護者的勸告，正不顧危險地一步步向戰場靠近。巴力佩爾抽打著紅色的尾巴，徘徊在戰場的邊緣。守護者們不得不為了躲避他而四處奔逃，同時嘰嘰喳喳地譴責他為他們造成了危險。

這場爭鬥的結束，就像它的開始一樣突然。默爾柯揚起金色的頭顱，張開大嘴，猛地向前一甩脖子。守護者們紛紛發出驚叫——他們全都以為卡羅要死在金龍噴吐的酸霧中了。但在最後一刻，默爾柯在低下頭的時候合起雙顎，從他口中噴出的並不是一片酸霧或者一股強酸液體，只有很細的一線酸液射在卡羅脆弱的喉嚨上。藍黑色的巨龍發出痛苦和憤怒的尖叫聲，而金龍有力地振動了三次翅膀，飛起在空中，向旁邊滑開約一條大船的長度。鮮血從他肋部長長的傷口上流淌出來，染紅了一大片金色鱗甲。他的呼吸變得粗重，鼻翼大幅度地一張一合。一片片色彩的漣漪湧過他的金鱗，眼睛周圍保護性的冠飾仍然高高撐起。他一甩尾巴，挑戰者的氣味立刻在空氣中擴散開來。

默爾柯的身體離開卡羅的那一刻，卡羅就翻身站了起來。他發出一陣充滿恥辱和挫敗感的吼聲，立刻跑向河中，清洗正在腐蝕自己身體的酸液。噴毒的守護者卡森跑到卡羅身邊，高聲喊著要卡羅停下來，他要為卡羅檢查傷口，但藍黑巨龍根本沒有理睬他。卡羅的身上有不少瘀傷，而且精神受到了很大的震撼，但除此之外並沒有受什麼重傷。蘭克洛斯用爪子撐住地面，搖搖晃晃地站起來，抖抖翅膀，將它們緩慢地折疊好，彷彿這樣做讓他感到很痛。然後，他竭力擺出威嚴的樣子，一瘸一拐地離開了那片被踩踏得稀爛的戰場。

默爾柯向退走的卡羅吼道：「不要忘記，我本可以殺死你！永遠不要忘記這一點，卡羅！」

「蜥蜴種！」藍黑巨龍也回頭向金龍吼了一聲，但絲毫沒有減慢自己在河水中遠去的腳步。

辛泰拉從公龍面前轉過身。結束了，其實她很為這場戰鬥這麼快就結束而感到驚訝。戰鬥就像交配一樣，都是巨龍翱翔在天空中完成的事情。如果這些公龍能夠飛行，這場戰鬥也許會持續數個小時，甚至可能是一整天。所有參戰的公龍都會滿身遍布血汙和酸液的燒傷。片刻間，辛泰拉沉浸在這種競爭儀式的祖先記憶中。她覺得自己的心跳在興奮中加速。公龍會為了她而戰鬥，到最後，只有一個勝利者還留在戰場中的時候，他仍然必須在疾速飛行中追上她，贏得她的挑戰，才能最終得到與她交配的權利。他們會一同在天空中翱翔，越飛越高，公龍要在每一次翻滾、俯衝和全速爬升中追上她。如果公龍贏了，如果他能夠一直緊貼在她身邊，那麼他就能將他們兩個的身體連在一起。他們才會最終比翼齊飛……

「辛泰拉！」

默爾柯的吼聲把辛泰拉從浮想聯翩中震醒過來。包括辛泰拉在內，所有人和龍都轉過頭來，想知道金龍要對她做什麼。默爾柯和辛泰拉立刻成為草地上每一頭龍和每一名守護者的目光焦點。

高大的金龍昂起頭，猛然張開翅膀，發出威嚴的震響。一股新鮮的腺體氣味隨風飄來。「妳不應該挑起妳無法完成的事情。」他責備辛泰拉。

辛泰拉盯著他，感覺到怒火讓自己全身的色彩都變得更加明亮。「這和你無關，默爾柯。既然與你無關，也許你就不應該干涉。」

默爾柯仍然大張著翅膀，用後腿支撐身體高高站起。「我會飛起來。」他沒有吼叫，但即使如此，他所說的每一個字，依然清晰地穿透了風雨的呼嘯，「妳也會飛起來。當交配之戰開始的時候，我會贏得勝利。我會與妳交配。」

辛泰拉盯著他，心中感到的震撼要遠遠超過自己的想像。一頭公龍竟然會如此厚顏無恥地宣布這種事情，這實在是太無法想像了。聽到默爾柯說自己也能飛起來的時候，她覺得受到恭維而從心中生出歡喜，但她竭力不將這股情緒顯示於外表。直到寂靜持續得太久，當她發覺所有人都在盯著她，等待她的反應的時候，她才感到一陣憤怒，「隨你怎麼說。」她不知所謂地反駁了一句。不需要聽到芬提鄙夷的嗤笑，她就知道自己這種軟弱的反應，實在不可能讓其他任何龍感到敬畏。

隨後，她就轉過身不再去看龍群，大步向樹林走去。她不在乎。她不在乎默爾柯說了什麼，也不在乎芬提對她的嘲諷。他們之中的任何一個都不值得她多看一眼。「根本算不上是一場像樣的戰鬥。」她低聲冷笑著說。

「妳是想挑起一場『像樣的戰鬥』嗎？」她那個傲慢的小守護者賽瑪拉突然來到她身邊，小跑著追上了她。她的一頭黑髮被結成了許多散亂的小辮子。其中有幾根辮子上還裝飾著木製髮夾。剛才她從山坡上滾下去，讓她的破斗篷上沾了許多草葉。她的兩隻腳僅綁著色彩不一的破布，簡陋鞋子的鞋底是簡單用太陽曬乾的鹿皮所製成的。最近她的身體變得更加纖細，也更高了，臉上的骨骼輪廓更加凸顯出來。辛泰拉贈予她的翅膀，正隨著她奔跑的步伐在斗篷下面輕輕搧動著。儘管她的第一個問題很是無禮，但賽瑪拉還是關心地對她說，「停一下，伏低身子，讓我看看妳脖子上被咬的地方。」

「我沒有被他咬到流血。」區區一個人類提出如此無禮的要求，辛泰拉幾乎無法相信自己會回答。

「我想要看看它。看上去好像有幾片鱗鬆動了。」

「我可沒有挑起這種愚蠢的爭鬥。」辛泰拉突然停住腳步，低垂下頭，讓賽瑪拉能夠查看她的脖頸。她很痛恨自己會這樣做，這讓她覺得自己是在屈從於人類的囂張氣焰。怒火在她的心底暗自燃燒，於是她開始考慮自己可以在「無意間」、一擺頭把賽瑪拉撞倒，但當她感覺到那個女孩強壯的雙手輕柔地糾正自己脖子上錯位的鱗片，讓它們重新變得平整時，她就原諒了這個女孩。她的守護者及其那一雙靈巧的手，的確很有用處。

「這些鱗片沒有斷裂，不過有一些遲早還是會脫落。」

守護者在撫平鱗片時對，辛泰拉感覺到她的擔憂和心疼。儘管賽瑪拉常常對她都很粗暴，但這個女孩一向都將她的健康和美麗引以為傲。任何對辛泰拉的冒犯，也都會讓賽瑪拉感到怒火中燒。賽瑪拉總是能察覺到她的龍的情緒。

隨著辛泰拉將注意力集中到這個女孩的身上，她發覺她們實際上有著同樣為之苦惱，同樣讓她們充滿挫敗感的事情。「男人！」這個女孩突然喊道，「我相信，那些公龍根本不需要什麼挑逗就會幹出蠢事情，就像男人一樣。」

這句話勾起辛泰拉的好奇心，但她不會讓賽瑪拉察覺到這一點。她回顧了一下自己所知道的、賽瑪拉最近遭遇的種種不安，找到了女孩壞脾氣的源頭。「做出決定的是妳，不是他們。妳到底是有多麼愚蠢！無論是和他們兩個交配，還是不選擇他們之中的任何一個，做決定的都是妳。讓他們知道，妳是一位女王，而不是一頭只會追著公牛跑的母牛。」

「他們兩個，我誰都不選。」賽瑪拉回答了辛泰拉沒有問出口的問題。

鱗片完全被撫平了。辛泰拉抬起頭，繼續向森林走去。賽瑪拉仍然追在她身邊，一邊慢跑，一邊思考，「我只想順其自然，像現在這樣一直生活下去。但他們兩個似乎都不願意這樣。」她搖搖頭，腦後的辮子也隨著她的動作來回擺動，「刺青是我最早的朋友。我在崔豪格就認識他，那時我們還沒有成為巨龍守護者。他是我過去的一部分，就像我的家一樣。但是當他要和我睡覺的時候，我不知道那是因為他愛我，還是因為我拒絕了他。我擔心，如果我們成為愛侶，但最終卻沒有一個好結果，我會完全失去他。」

「那麼就和拉普斯卡睡覺，以了結這件事。」龍提出建議。賽瑪拉的苦惱已經讓她感到無聊了。人類怎麼會相信龍對他們瑣碎的人生有興趣？難道巨龍也要關心一隻蛾或者一條魚嗎？

守護者卻將龍的結論當作是繼續交談下去的理由。「拉普斯卡？我不能。如果我讓他成為伴侶，我知道這一定會毀掉我和刺青的友誼。拉普斯卡很英俊，又很有趣……還有一點奇怪。不過我喜歡他的那種奇怪，而且我認為他是真正在意我的。當他要我和他睡覺的時候，那不只是為了一時的樂趣。」她搖搖頭，「但這不是我想要的。他們兩個，我都不想要。嗯……我其實是想要。如果我只要得到那簡單的一部分，而不會讓其他一切都變得這麼複雜，能這樣就好了。我也不想冒險懷上孩子，還不想做出什麼重大的決定。如果我挑選了其中一個，卻又失去了另一個呢？我真不知道該……」

「妳真讓我感到無聊。」辛泰拉警告她，「現在妳還有更重要的事情應該去做。今天妳有為我狩獵嗎？妳有給我帶肉來嗎？」

賽瑪拉抬起頭，突然改變的話題顯然讓她有些生氣。她勉強回答道：「還沒有。等到雨停了，我會去的。現在沒有獵物會出來。」停頓一下之後，她又提起了另一個危險的話題，「默爾柯說妳會飛起來。妳有試過嗎？辛泰拉，今天妳有沒有鍛煉翅膀？只有強化肌肉，妳才能……」

「我可不想像一頭鵝那樣在河岸邊撲搧沒用的翅膀。我不要讓自己變成被嘲諷的對象。」她更不想再一次一頭栽進冰冷湍急的河水中，被嗆上幾口水。或者因為過分高估自己而筆直地掉落在森林裡，就像巴力佩爾一樣。現在那頭紅龍的翅膀還腫脹得無法合攏呢，而且他左前腿的爪子也扭傷了。

「沒有人嘲諷妳！鍛煉翅膀是絕對有必要的，辛泰拉。妳必須學會飛行。所有的龍都必須學會這件事。自從我們離開卡薩里克之後，你們都已經長大了許多。儘管這裡的獵物更大更肥，但我也已經無法捕捉到足夠多的獵物餵飽妳了。妳必須自己狩獵，尋找食物，為了能做到這一點，妳就必須能夠飛行。難道妳不想成為第一批離開地面的巨龍嗎？難道妳要做最後一個飛起來的龍？」

這個念頭刺痛了辛泰拉的心。像維拉斯和芬提那樣的小龍，也有可能會在她之前飛上天空，一想到此，辛泰拉就覺得完全無法容忍。但那些瘦小的傢伙體重也更輕，她們的確有可能更早地掌握飛行能力。怒火燒熱了辛泰拉的血液。她知道自己紅銅色的液態眼睛一定也在激動的情緒中加速旋轉。她將不得不殺死她們，就是這樣。在她們能夠羞辱她之前殺死她們。

「或者妳可以在她們之前飛起來。」賽瑪拉平靜地提出她的建議。

辛泰拉猛地轉過頭，盯住這個女孩。有時候，賽瑪拉能夠聽到她的心思。有時候，她甚至會放肆地回應她的心思。

「我已經厭倦了這場雨。我想要回到樹下。」

賽瑪拉點點頭，隨著辛泰拉重新邁起大步，她也只是無聲地跟在後面。這頭龍只回頭看了一眼。在河邊，其他守護者們還在議論紛紛地討論著是哪一頭龍首先挑起的爭鬥。獵人卡森將雙臂抱在胸前，頑固地和卡羅對視著。那頭藍黑色的巨龍全身滴著水，他剛剛才洗掉默爾柯噴在他喉嚨上的酸液。噴毒——卡森的小銀龍——在遠處帶著惱怒的表情看著他們。辛泰拉覺得那個人類很愚蠢，因藍黑色的巨龍很不喜歡人類盯著他。如果卡羅被激怒了，他會一口將卡森咬成兩段。

刺青正在幫助希爾薇檢查默爾柯肋部那道長長的傷口，而他自己的龍芬提正嫉妒地抓著泥巴，含混地嘟囔著一些威脅的話。蘭克洛斯半張開一側的翅膀，讓他的守護者進行查看，那支翅膀至少也是遭受了嚴重的挫傷。賽斯梯坎全身都是泥巴，正沮喪地大聲呼喚他的守護者，但萊克特卻不知跑到哪裡去了。爭鬥已經結束了。片刻之前，他們還是龍，為了贏得女王的注意而奮力拚爭。現在，他們又變回成了大牛。辛泰拉鄙視他們，也厭惡自己。他們不值得她浪費時間去挑逗。他們只是讓她想到他們還不是巨龍，她還不是巨龍。

辛泰拉不由得開始回想自己不走運的這一世，一樁意外接著一樁意外：如果在結繭地時，他們能夠以健康成熟的身體從繭中出來；如果他們在從海蛇到龍的過程中，能夠有更好的環境結繭孵化；如果他們能夠在幾十年前就到達結繭地；如果古靈沒有死絕；如果高山沒有崩塌，毀滅他們所熟悉的世界……那麼她就不會是現在這種可憐的樣子。巨龍應該在從繭中出來的時候就能夠飛行，能夠捕殺獵物，但他們都做不到。辛泰拉覺得自己就像是一片彩色的碎玻璃，從一扇華麗的大彩繪玻璃窗上掉落下來。那扇玻璃窗上有古靈，有高塔林立的都市，還有翱翔在天空的巨龍。而她只能掉落在塵土中，離開了所有那些應該存在於她命運中的東西。沒有了那個世界，她變得毫無意義。

她曾經嘗試飛行，不止一次地嘗試過。賽瑪拉完全不需要知道她那麼多次私密卻仍然難免恥辱的失敗。一想到心智昏聵的荷比也能夠飛行，她就感到心痛和惱怒。每一天，那頭紅色的雌龍都在變得更大，更強壯。她的守護者拉普斯卡永遠都在不厭其煩地用歌聲讚美他的「強大的、榮耀的女孩」，他的詩歌其實非常愚蠢，根本就是不成韻律的順口溜，他每天早晨給荷比洗刷身體的時候，竟然還總是大聲地唱起那些歌，這讓辛泰拉只想一口把他的腦袋咬下來。荷比聽到那些蠢笨的歌謠，竟然還會顯出一副洋洋自得的樣子，就算能飛了，她也還是比牛更蠢。

「最好的報仇方式，也許就是學會飛行。」賽瑪拉再次提出她的建議。她的話語彷彿更多來自於她的心情，而不是想法。

「為什麼妳自己不試著飛起來？」辛泰拉沒好氣地反駁道。

賽瑪拉沉默了。這沉默中蘊含著惱恨。

辛泰拉慢慢明白了。這讓她覺得很驚訝。「什麼？妳試過了，對不對？妳已經試過飛起來了？」

賽瑪拉轉過臉去不看辛泰拉。這時她們仍然在野草叢中，正在登上山坡，逐漸靠近森林邊緣。草叢中能夠看到一些石頭小屋，其中一些只剩下了殘破的牆壁和塌落的屋頂，另一些則成為了巨龍守護者們的居所。這裡曾經有一座村鎮，是人類工匠們居住的地方，他們在這裡辛勤工作，和克爾辛拉的古靈進行貿易。作為商人的古靈和他們的僕人，則居住在這條水流湍急的河對岸那座熠熠生輝的城市裡。辛泰拉有些好奇賽瑪拉是否知道這些事。也許她不知道。

「妳讓我的背上生出一對翅膀，」賽瑪拉終於回答道，「如果我一定要得到它們，如果我的背上一定要有一些東西，讓我沒辦法穿上一件普通的襯衫，會把斗篷從我的背上撐起來，讓寒風不斷吹進來，侵襲我的身體，那麼我就應該讓它們有些用處。是的，我在嘗試飛行。拉普斯卡在幫助我。他堅持說我總有一天一定能飛起來。但至今為止我做到的，只是在跌落下來的時候，磨破了我的膝蓋和手掌。我還沒有成功。這讓妳感到高興嗎？」

「這並不讓我驚訝。」辛泰拉聽到這種事的確感到有些高興。在龍還飛不起來的時候，任何人類都不應該飛起來！就讓她的膝蓋破上一千次，讓她的身上帶上一千塊瘀傷吧。如果賽瑪拉在她之前飛起來。那麼她就要吃掉她！辛泰拉空空的肚子讓她冒出了這個想法。不過她很警覺地掩飾住了這個想法。沒有必要讓她的女孩知道，至少在她完成每日狩獵之前，還是瞞著她會比較好。

「我會繼續努力飛起來，」賽瑪拉低聲說，「妳也應該努力。」

「妳想怎麼做就怎麼做，我也一樣。」龍回答道，「現在妳應該想要去狩獵。我餓了。」她從精神上推了女孩一下。

賽瑪拉眯起眼睛，她知道辛泰拉正在對她使用巨龍的魅力。不過這沒有關係。她還是會在突然之間很想去狩獵。就算知道這種衝動的源頭，也無法讓她對這種影響免疫。

冬季的雨水讓野草開始了爆發性的生長。掛滿雨滴的高大草葉拍打著賽瑪拉的雙腿。她已經和辛泰拉一起爬上山坡，山麓上的遼闊森林正在向她發出召喚，那個地方有能夠為她遮風避雨的木棚子。對辛泰拉而言，這片森林顯得既特別又熟悉。她的這一生，一直被局限在雨野原河邊茂密到無法穿透的雨林叢莽中，但她的先祖記憶裡全都是這樣的森林。她能夠想起所有這些樹的名字——橡樹、奚坎樹、樺樹、赤楊樹、岑樹和金葉楊，龍都認識這些樹和這片森林，甚至認得這個地方，但在寒冷冬天的雨季裡，他們很少會在此處停留。不。在這個淒冷的季節，巨龍都會飛向火熱的南方沙漠，或者他們至少會安居在古靈為他們建造的水晶穹頂下面，享受發熱的地板和熱氣騰騰的池水。辛泰拉轉過頭，向傳說中的克爾辛拉望去。他們已經走了這麼遠，但他們的家園仍然可望而不可即。橫亙在他們面前的大河水流又急又深。他們都無法游過去。只有靠飛行才能讓他們回家。

遠遠望去，那座古靈城市屹立如初，建築物幾乎都還是完好的，和她的先祖記憶完全一樣。就算是在這種烏雲密布，灰色的雨水阻隔了視野的天氣裡，那些用帶有銀色紋路的黑石頭建造的房屋依然高高的矗立著，閃爍著充滿誘惑力的光芒。那裡曾經住滿了生有可愛鱗片的古靈。他們是巨龍的朋友和僕人。他們穿著色彩鮮艷的長袍，用金銀和閃亮的紅銅裝飾自己。克爾辛拉寬闊的林蔭道和那些漂亮的建築物，都被設計成可以同時方便巨龍和古靈使用。那裡還有一座滿是雕像的廣場，廣場的石板地面在冬天會放射出熱量。但辛泰拉發現，克爾辛拉的那一部分已經消失在一道巨大的裂谷中。現在這道大地上的裂隙，將那座城市古早的道路和高塔群分為兩部分。那裡曾經有冒著蒸汽的熱水池，古靈和巨龍在惡劣的天氣中可以去那裡沐浴避寒。她的祖先曾經在那裡洗浴，浸沒他們身體的不是熱水，而是巨大銅盆裡的熱油。那會讓他們的鱗甲煥發出更加明亮的光彩，讓他們的爪子更加堅硬。

那裡還有……另一些東西，一些辛泰拉已經不太能想得起的東西。她覺得那是水，但又不是水，是某種能讓她身心愉悅的東西，某種直到現在都閃爍著光彩、在她模糊的回憶中不斷向她發出召喚的東西。

「妳在看什麼？」賽瑪拉問她。

辛泰拉沒有意識到自己一直在盯著河對岸。「沒什麼，那座城。」她說完便又邁開步子。

「如果妳能飛，妳就能過河去克爾辛拉。」

「如果妳能思考，妳就會知道什麼時候應該閉嘴。」辛泰拉反唇相譏。這個愚蠢的女孩難道感覺不到辛泰拉有多少次這樣想過？每一天，每一個小時。被施加了古靈魔法的地磚，也許直到今天還在散發出熱量。在這種持續不斷的雨水中，即使它們都已經冷下來，那些建築物也還能夠為他們提供庇護。也許只有在克爾辛拉，辛泰拉才能感覺到自己又成為了一頭真正的龍，而不是一條四腳蛇。

她們到達了森林邊緣，一陣風向她們吹過來，將掛在枝頭的雨水灑落到她們身上。辛泰拉不高興地咕噥了一聲，又對女孩說：「快去打獵。」同時再次加強了對女孩精神的催促。

她的守護者似乎是覺得受到了冒犯。賽瑪拉轉過身，大步走下山坡。辛泰拉沒有再多看她一眼。賽瑪拉會服從命令的，守護者們都會這樣，這就是他們真正的好處。

「卡森！」

獵人謹慎地向塞德里克抬起一隻手掌，示意他不要靠近。現在卡森仍然站在這頭藍黑色的巨龍面前，緊盯著巨龍。他一直沒有說話，但盯住卡羅雙眼的目光也沒有絲毫退讓。卡森的個子不小，但和卡羅相比，他只像是一個玩具。一個激怒了巨龍、轉眼就要被踩進泥土中的玩具，或者一個即將被一股強酸融化成肉漿和零碎骨頭的玩具。塞德里克對此完全無能為力。他的心臟狠狠地撞擊著胸膛，呼吸也變得越來越困難。他抱住自己，在寒冷和恐懼中不住地顫抖。為什麼卡森要冒這樣的風險？

我會保護你。塞德里克的龍芮普妲用自己的鈍鼻子頂了一下塞德里克，將自己的意識和塞德里克的心貼在一起。

塞德里克立刻轉過身，用一隻手按住芮普妲的脖子，以免她有衝動的行為，同時強迫自己也平靜下來。這頭紅銅色的小母龍如果為了塞德里克而挑戰卡羅，根本不可能取勝。現在任何對卡羅的挑戰，都很可能會招致藍黑巨龍的怒火和暴力。塞德里克不是卡羅的守護者，但他能夠感覺到那頭巨龍的情緒。挫敗感引起的強烈憤怒正在從藍黑巨龍的身上放射出來，足以影響周圍的任何人和龍。

「我們先後退一點。」塞德里克一邊輕聲說著，一邊向後推芮普妲。紅銅龍沒有挪動腳步。塞德里克轉過頭去看她，發現她的眼睛在旋轉，深藍色的眼底偶爾會亮起一絲銀色。芮普妲堅信卡羅對塞德里克有危險。喔，天哪。

卡森終於說話了。他的語氣很堅定，其中並沒有怒意。他肌肉發達的雙臂交抱在胸前，也沒有任何威脅的意味。他濃眉下的那雙深褐色的眼睛，幾乎可以說是帶著和善的眼神。潮溼的冷風掀動著他的頭髮，雨滴正從他修剪整齊的薑黃色鬍鬚逐漸滴落下來。這名獵人完全無視風吹雨淋，正如同他無視面前這頭龍無可比擬的力量。對於卡羅狂暴的怒火，他彷彿也絲毫不感到畏懼。就像平時一樣，他的聲音深沉而又平靜，每一個字都說的很慢：「你要平靜下來，卡羅。我已經派其他人去找戴夫威了。你的守護者很快就會回來照料你的傷口。如果你願意，我現在就可以查看它們，但你不能對任何人造成危險。」

藍黑色巨龍一揚身子，銀色的光芒閃耀在他被雨水擊打的鱗片上。他眼睛裡旋轉著如同孔雀石一般的綠色湍流。塞德里克癡迷地看著那雙眼睛，心中卻又滲流出一絲恐懼。卡森距離藍黑巨龍太近了。塞德里克覺得那頭龍一點也不平靜，如果他決定叼起卡森，或者向卡森噴吐酸液，就算是敏捷過人的獵人，也無法逃脫這場殺身橫禍。塞德里克深吸了一口氣，想要懇求卡森退開，但他最終還是咬緊牙關，沒有說話。不。卡森知道自己在做什麼。現在他最不需要的，就是來自於愛人的干擾。

塞德里克聽到身後傳來奔跑的腳步聲，回頭一看，發現戴夫威正以最快的速度向他們跑來。這名年輕守護者的面頰因為飛速奔跑而變得通紅。他面頰旁和肩膀上的頭髮，正不住地跳動。萊克特緊跟著他跑過浸透雨水的草地，看上去就像是一隻溼淋淋的刺蝟。現在他脖子後面的脊刺已經變成密集的背鬃，順著他的脊背一直延伸下去，就和賽斯梯坎——萊克特的龍——的背鬃一樣。因為這些尖刺，萊克特已經穿不住襯衫了。這些刺全都是藍色的，尖稍則是橘色，它們正隨著萊克特的步伐在他背上迅速地上下蹦跳。萊克特大聲地喘息著，努力追趕著戴夫威。這時戴夫威吸了一口氣，高聲喊道：

「卡羅！卡羅，出什麼事了？我在這裡。你受傷了嗎？發生了什麼事？」

萊克特轉頭跑向賽斯梯坎。「你到哪裡去了？」他的龍高聲吼叫，顯得憤怒又怨懟，「看看，我全身都是泥，還受了傷。你都沒有好好照顧我。」

戴夫威筆直地衝向自己的巨龍，完全不在意他的怒火。從那個男孩出現的一刻開始，卡羅的注意力就牢牢地釘在了他的身上。「為什麼你不在這裡照顧我？」藍黑巨龍發出責備的吼聲，「沒有看見我被燒傷了嗎？你的疏忽大意差一點要了我的命！」巨龍揚起頭，露出自己喉嚨上被默爾柯的酸液燒出的一片傷痕，那一塊燒傷差不多有茶杯碟那麼大。

「喔，卡羅，你還好嗎？我非常抱歉！那時我正在河道拐彎的地方檢察捕魚陷阱，想要看看有沒有捉住什麼！」

塞德里克知道設在那裡的陷阱，他昨天親眼看見戴夫威和卡森把那個陷阱做好。他們把兩只籃子固定在木棍上，在水流的推動下，籃子像風車一樣旋轉。籃子可以把魚從水中舀起來，在離開水面之後再把魚倒進一個用樹枝編成的圍欄裡。戴夫威和卡森用了幾天時間才把那個陷阱建好。如果陷阱發揮作用，就能持續提供食物，以減輕日益沉重的狩獵壓力。

「他沒有去檢查捕魚陷阱。」卡森回到塞德里克身邊，壓低聲音說道。卡羅已經伏低身子，戴夫威一邊檢查巨龍伸展開的雙翼，一邊發出憂慮的歎息。萊克特滿臉愧疚，正帶著賽斯梯坎去河邊，要為他清洗身體。

塞德里克看到萊克特悄悄調整了一下褲帶釦。卡森很不高興地搖著頭，但塞德里克卻禁不住露出笑容。「他們的確沒有去檢查陷阱。」他說道。

卡森瞪了他一眼，把塞德里克臉上的微笑瞪跑了。

「怎麼了？」塞德里克對卡森嚴肅的表情感到有些困惑。

卡森壓低聲音說：「塞德里克，我們不能就這樣原諒這件事，這兩個孩子都必須為此而負責。」

「我們不能原諒他們在一起？我們該怎麼裝出一本正經的樣子，就為了譴責他們？」卡森的話語讓塞德里克感到受傷。卡森真的認為這些男孩應該隱瞞他們彼此迷戀的事實？卡森是在譴責他們自己太過公開的行為嗎？

「我不是這個意思。」高大的獵人伸手按在塞德里克的肩膀上，正注視著卡羅的塞德里克因此轉過來，低聲對他說，「他們只是孩子。他們彼此喜歡，但現在他們的熱情只是因為發現了對方的身體，而不是發現對方的人。這和我們不同。他們本應該等到工作完成之後再進行遊戲。」他們兩個開始穿過浸水的草地，向山坡上走去。芮普妲跟隨他們走了幾步，然後突然轉身向河岸邊走去。

「和我們不同。」塞德里克輕聲重複了一遍這句話。卡森側過頭來看了他一眼，向他點點頭。一點微笑出現在他的嘴角，點燃了塞德里克心中的火焰。塞德里克希望卡森帶他去他們的小屋。那座寒冷的小房子裡，只有裸露的石塊牆壁和石板地面，比岩洞好不了多少。但至少那裡的屋頂能夠擋住雨滴，煙囪可以通風。如果他們在壁爐中點起一堆火，小屋中就會溫暖得讓人感到舒適。當然，還差一點。塞德里克想到了其他能夠讓身體暖和起來的方法。

彷彿是能夠讀懂塞德里克的心思，卡森說道：「有些工作是等不得的。我們應該到森林裡，看看能不能多找到一些乾燥的枯木。你昨天晚上找回來的綠樹枝只會冒煙，幾乎沒有什麼熱量。」他又回頭瞥了一眼戴夫威和萊克特。卡羅已經趴在地上，伸長脖子，讓戴夫威能夠檢查脖子上的燒傷。得到男孩的撫摸，那頭巨獸平靜下來，幾乎是很溫順的。

「他遠比格瑞夫特更適合卡羅。」塞德里克說。

「他會的，只要他更努力一些。」讓卡森讚揚那個孩子總是很困難。卡森愛戴夫威，就像愛自己的兒子。他正在盡一位父親的責任，以最高的標準要求這個男孩。他轉開目光，搖搖頭，「他和萊克特彼此喜歡對方，我明白這點，但這不是他們忽略自身責任的理由。男人首先應該擔負起自己的責任，然後才是娛樂。戴夫威已經足夠大了，他應該有一個男人的樣子。要在這場遠征中活下來，我們就必須依靠彼此，認真扛起自己的責任。等春天到來、或是我們得到新的補給，到時候戴夫威自然可以放鬆一下，做一些想做的事情。但在那以前還不行。現在的每一天，在他們的腦子可以去想別的事情之前，他們兩個都先要照顧好自己的龍。」

塞德里克知道，卡森不希望自己說的這番話遭到反駁。但不管怎樣，塞德里克現在常常會更加敏銳地感覺到自己缺乏各種有用的技能。就像公牛的乳頭一樣無用——他的父親經常用這句話評價像他這樣的人。**這不是我的錯，**塞德里克告訴自己，**在這裡，我只是一條離開水的魚。如果我突然帶卡森進入我在繽城習慣的社交圈子，他一定會覺得自己很沒用，而我則能夠從容應對一切。**塞德里克更擅長於為宴會選擇不同種類的美酒，指點裁縫該如何剪裁衣服，而不是揮起斧頭把枯死的大樹砍成劈柴，或者將獵物分割成適合放入鍋中的小塊。這是他的錯嗎？他不這麼想。他不是一個無用之輩。他只是離開了能夠發揮自身所長的世界。他環顧這片煙雨朦朧的山丘和幽暗的森林，這和他熟悉的世界實在太過遙遠了。

他已經對這裡感到厭倦，不由得又回想起繽城的生活。人聲喧譁的市場，城市中寬闊的石板街道，還有美觀整潔的一座座高大宅邸。還有那些熱情友善的酒館和茶館！市場上的馬戲表演，還有公共花園中的清涼樹蔭！如果裁縫傑夫丁看到他最好的客戶現在這副衣衫襤褸的樣子，又會怎麼想呢？突然間，塞德里克非常想要喝一杯令人陶醉的香料熱葡萄酒。喔，如果能吃上一頓不是在營火中燒熟的飯菜，他又願意付出怎樣的代價？一杯美酒，一塊麵包？就算是一碗加了葡萄乾和蜂蜜的簡單的熱燕麥粥也好啊。只要不是野獸，不是魚，不是採摘的野菜就好！任何一點點帶甜味的東西都可以！為了一份能夠擺放在盤子裡、讓他可以戴著餐巾在餐桌邊享用的菜肴，他願意做出任何犧牲！

卡森在他身邊走著，他瞥了一眼，獵人精心修剪了鬍鬚，雙頰像寶石一樣紅潤，一雙深褐色的眼睛中略微顯出擔憂的神色。塞德里克想起不久前的一幕情景：卡森坐在一只矮凳子上，閉起雙眼，表情就像是一隻受到愛撫的貓。塞德里克用一支小梳子和一把小剪刀，將卡森的鬍鬚修剪得更適合他的臉型。他聽話地一動不動，只有在塞德里克發出命令的時候，才會轉一下頭，完全沉浸在塞德里克的關注之中。如此強悍的一個男人，竟對自己這樣順從，塞德里克不由得生出一種成為主宰的感覺。他還修剪了卡森散亂的頭髮，不過他沒有將頭髮剪去太多。雖然感到有些奇怪，但塞德里克不得不承認：獵人對他的吸引力，有一部分正是來自於他那不受馴服的野性。塞德里克對著自己微微一笑。那些美好的回憶帶來一陣顫慄，他的脖子和手臂上的寒毛不由得稍稍立起。嗯，也許終究還是有一樣東西，是塞德里克不會為了得回繽城的生活而犧牲的！

行進間，他故意輕輕蹭了一下卡森的肩膀。獵人面露笑容，立刻毫不猶豫地伸出手臂抱住塞德里克。塞德里克的心猛地跳了起來，詔諭絕對不會在公開場合如此自然地向他示愛。仔細想想，詔諭在私下裡也沒有這樣做過。卡森將他抱緊，塞德里克靠在他的懷抱中，他們一同前行。這名獵人身材健壯，肌肉發達，靠著他就像是靠著一棵橡樹。塞德里克微笑著意識到自己常常會如此想像他的愛人。也許他已經開始習慣了生活在這片荒野之中。卡森粗糙的斗篷和他紮起的頭髮，都散發出木柴和男人的氣味。他的眼角已經開始出現閃亮的銀色鱗片。他的龍正在改變他。塞德里克喜歡他現在的樣子。

卡森揉搓了一下塞德里克的上臂。「你很冷。為什麼不披上你的斗篷？」

塞德里克早就失去他最初的斗篷，那已被雨野原河的酸性河水完全溶解掉了。卡森所說的斗篷，只是一塊用陽光簡單鞣製的鹿皮，上面還帶著鹿毛。那是卡森親自從一頭鹿的身上剝下來並鞣製和裁割而成的，卡森還縫了一根皮繩，讓塞德里克能夠將它繫在脖子上。塞德里克早已習慣柔軟而且鑲襯絲綢襯裡的皮草，這件斗篷卻稍微有一點堅硬。它露出皮子的一面是奶油色的。在塞德里克走路的時候，還會發出一點裂開的聲音。鹿毛和裘皮上的軟毛不同，它很硬，有些扎人。「它太沉了。」塞德里克有些愧疚地回答。他沒有告訴卡森，那件斗篷還會散發出……嗯，散發出鹿皮的氣味。

「的確有些沉。不過它能夠遮擋雨水，也能為你保暖。」

「現在回去取，路有些太遠了。」

「沒有錯，不過收集木柴會讓我們兩個都暖和起來。」

塞德里克還知道一個更好的暖和身體的辦法，但他沒有答話。他不是一個懶惰的人，但他對於體力勞動還是有一種厭惡的情緒。卡森則對此安之若素，他早將體力勞動視作自己生命的一部分。在被愛麗絲劫持到這場瘋狂的雨野原河冒險中之前，塞德里克一直都只是一名年輕的繽城貿易商，即使他的家庭已經不是那麼富有了。他工作得很努力，但用的是他的腦子，而不是脊背！關於詔諭的一切日常瑣事，以及詔諭為芬波克家族簽訂的諸多商業契約，他能夠清楚地記在腦海裡。他曾經負責管理詔諭的衣櫃和一切社交約會。詔諭對於家中差人僕役的各種命令，都經由他轉達，所有那些下人的抱怨和疑問也都需要他來處理。無論詔諭去哪裡，一切的抵達和出發日期都由他詳細記錄並留意各項細節。他還要保證詔諭總能購入最好的貨物，也總是第一個和繽城新結識的商人建立聯絡關係。他是讓詔諭的居家生活和外出生意都能夠順暢運轉的關鍵，時刻不可缺少他。他是非常有價值的。

這時，詔諭嘲諷的微笑出現在塞德里克的眼前，將他關於那段時光的熱切回憶全都打得粉碎。他的人生真的像他以為的那樣嗎？他在心中不無苦澀地思索，詔諭到底有沒有重視過他的社交和組織技巧，還是只不過在享用他的身體？他到底曾經怎樣忍受詔諭丟給他的羞辱？他眯起眼睛，抵抗著這針刺般的雨水。他的父親對於他的看法是不是正確的？他只是一個無用的花花公子嗎？只是一個衣服架子，撐起了用他的薪水購買的漂亮衣服？

「嗨，回來吧。」卡森輕輕搖晃他的肩膀，「你的臉上出現這種表情的時候，我們兩個就都不會好受。塞德里克，過去的已經過去了。那全都是很久以前的事情了。無論那時發生過什麼，都不必再去理會，不必再折磨你自己了。」

「我真是個傻瓜。」塞德里克搖搖頭，「我理應受折磨。」

卡森也搖了搖頭。他的聲音中顯出一點不耐煩：「那麼，就不要折磨我了。我看到你的這種表情時，就知道你想著詔諭。」他忽然停頓一下，彷彿是馬上就要說出什麼，卻又臨時改變了主意。過了一段時間，他強作輕鬆地說道：「那麼，這一次你又是因為什麼想到他了？」

「卡森，如果你以為我在想念他，那麼你就錯了。我不想回到他身邊。能和你在一起，我非常滿意。我很快樂。」

卡森又捏了一下塞德里克的肩膀，「但還沒有快樂到讓你可以不想著詔諭。」他側過頭，似笑非笑地看著塞德里克，「我相信他對你並不好。我不明白他為什麼能控制你。」

塞德里克搖著頭，彷彿這樣就能夠將全部關於詔諭的記憶甩出腦海。「他很難解釋。他非常有魅力，能夠得到他想要的一切，因為他真心相信那些都應該是屬於他的。如果發生了問題，他絕不會將責任歸結在自己身上。他總是能找到代罪羔羊，然後輕巧地把災難甩在身後。就我所知，詔諭總是能夠擺脫任何麻煩，哪怕那麻煩是他造成的，即使在他看上去已經無可逃脫，一定要面對自己造成的後果時，也總是會有其他出路突然冒出來，讓他能躲過一劫。」塞德里克的聲音低沉了下去。卡森深褐色的眼睛注視著他，竭力想要理解他。

「而這樣的他仍然在讓你著迷？」

「不！那時候，我總是以為他有著非同尋常的好運氣。而現在，當我再回頭去看的時候，我才能看清楚，他其實只是非常善於推卸責任。我則會放任他這樣做。這種事情經常發生。所以我想的其實不是詔諭，而是我自己在繽城的人生。我回想著他把我變成了什麼人……或者，不如說是我任由自己變成了什麼樣的人。」塞德里克聳聳肩，「我不會為我在詔諭身邊的時候感到驕傲。無論是那時我計畫要做的事情，還是我做出來的事情，都無法讓我感到驕傲。但不管怎樣，我仍然是那個人。我不知道該如何改變。」

卡森用眼角的餘光看了塞德里克一眼，咧開嘴露出微笑。「實際上，你已經改變了。相信我，小夥子。你已經改變了很多。」

他們走進森林。森林邊緣落光了葉子的樹木不可能遮擋住連綿不斷的雨水。在山坡上更高的地方有常綠樹林，能夠給他們更多庇護，但在這裡有更多適合當作木柴的枯枝敗木。

卡森在一小片岑樹林邊上停住腳步，拿出兩根長皮帶，每根皮帶末端都有一個皮環。塞德里克接過一根皮帶，壓抑住一聲歎息。他向自己提醒了兩件事：當他工作的時候，他的確能夠讓身體變暖；如果他能夠跟上卡森的步伐，他就能對自己多一些敬意。做一個男人，他對自己說。然後他將皮帶抖開，放在地上，就像卡森教他的那樣。卡森則已經開始收集枯枝，把它們放到皮帶上。有時這名大漢會在大腿上將太長的樹枝折斷，讓它們變成大小合適的尺寸。塞德里克也曾經這樣試過，但在他的腿上留下了明顯的瘀傷，讓卡森不由得打了個哆嗦。從那時起，他就禁止塞德里克這樣做了。

「我需要拿斧頭回來，砍倒幾棵杉樹，要砍大一些的，我們可以讓它們自然風乾，第二年再把它們砍成劈柴。這樣我們就能得到一些燃燒時間很長的乾柴，可以燒上一整晚。」

「這樣很好。」塞德里克表示同意，卻沒有什麼熱情。這只意味著還會有更多會累斷腰的工作。想到要為明年準備木柴，他意識到明年也許還要待在這裡，仍然處在石頭小屋中，吃著在火上烤熟的肉，穿著只有莎神才知道是什麼材料做成的衣服。年復一年，都是如此。他會在這裡終老一生嗎？其他一些守護者說：龍對他們做出的改變，最終會讓他們成為古靈，擁有非常漫長的壽命。他看一眼自己手腕背面像魚鱗一樣細小的鱗片。在這裡住上一百年？生活在石頭小屋裡，照顧他性情怪誕的龍。這就是他的人生嗎？對於他，古靈曾經是傳說中的生物，優雅美麗，生活在充滿魔法的神奇城市中。雨野原人在被埋葬的城市中發掘出的古靈寶物，每一件都是不解之謎：能夠自己發光的珠寶；能散發香氣的寶石——每一粒寶石都有各自不同的甜美芬芳；可以讓注入其中的液體變涼的玻璃瓶；濟德鈴，只要摸一下就能夠發光的金屬；神奇的風鈴，能夠演奏出無窮無盡、豐富多變的協奏和韻律；存有記憶的石頭，碰一下就能知道過去的事情……這麼多神奇的物品，都是屬於古靈的，但他們早已從這個世界上消失了。如果塞德里克和其他守護者將要成為他們的繼承人，那他們肯定是一群非常可憐的古靈，和他們在一起的龍甚至無法飛行，他們也沒有任何古靈魔法。就像這一代的殘疾巨龍一樣，這些龍所創造的古靈也只是一群可憐蟲，一群只能在原始簡陋的環境中掙扎求生的人。

一陣風將光樹枝上的雨滴吹落下來，灑在他們的身上。塞德里克歎了口氣，撣了撣褲子上的雨水。這條褲子已經被磨得很薄，褲腳全都變成了零碎的布條。「我需要一條新褲子。」

卡森伸出滿是老繭的手，摸了摸塞德里克的頭髮，語氣輕鬆地說：「你還需要一頂帽子。」

「我們要用什麼做這些？樹葉嗎？」塞德里克竭力讓自己的聲音顯得幽默一些，而不是那樣苦澀。卡森。他的確還擁有卡森。難道和繽城空空蕩蕩的大宅相比，他不是更願意和卡森生活在這個原始的世界裡嗎？

「不，用樹皮。」卡森的語氣顯得很實際，「只要我們找到合適的樹。在崔豪格有一名商人，精通將樹皮捶打成纖維，再編織成布的手藝。她還懂得如同給這種布料塗上瀝青，讓它們能夠防水，再把它們做成帽子。我認為這種材料也可以做斗篷。我沒有買過她的東西，但在眼下的環境裡，我願意嘗試任何一種。我可不打算穿上繡著我的名字的襯衫和褲子。」

「樹皮。」塞德里克憂鬱地把這個詞重複了一遍。他試著去想像這樣一頂帽子，然後決定自己寧可光著頭，「也許萊福特林船長能夠從卡薩里克帶布料回來。我相信，我可以堅持到那個時候。」

「嗯，我們只能如此。知道你有這樣的信心，我也很高興。」這樣的話一定會被詔諭大大嘲諷一番。而對於卡森，在他們一同度過難關的時候，塞德里克仍然會和他分享幽默的心情。

片刻之間，他們全都安靜下來。兩個人都在思考。卡森已經收集了大量柴枝。他將捆木柴的皮帶收緊，試著將柴捆提了提。塞德里克又在自己的柴堆上添了一些柴枝，然後有些恐懼地看著這一堆柴。這捆柴一定很重。柴枝會硌得他的後背痛上一整晚。而又一次，卡森抱來了更多柴枝，讓塞德里克的柴堆變得更大了。塞德里克竭力想著一些積極的事情。「等到萊福特林從卡薩里克回來，他不會帶新衣服給我們嗎？」

卡森將懷中的柴枝放到柴堆上，把柴堆打成捆。他一邊勒緊皮帶，一邊說道：「這要看議會裡那幫人會不會把欠他的錢給他。他們在這件事上一定不會很痛快，即使他們給了他錢，他能給我們帶回來的東西，也將只限於他能夠在卡薩里克買到的東西，也許還有崔豪格的一些東西。最重要的肯定是食物，然後是柏油、燈油、蠟燭、小刀和狩獵用箭等緊要物資，一切能夠幫助我們生存下去的東西。毯子和布匹之類的物資，只能排在最後了。紡織物在卡薩里克一直都很稀缺。那片沼澤中沒有牧場，也就沒有可以出產羊毛的綿羊。正是因為看到了這裡的大片草地，萊福特林才會那麼興奮地打算從繽城訂購牲畜，但牲畜最快也要幾個月以後才能被運過來。那將是柏油人號下一次啟航的目標。」

幾天之前的一個晚上，萊福特林船長召集所有人在柏油人號上舉行了一次會議。他宣布：他將順流而下，迅速返回卡薩里克和崔豪格，儘量購買一切他們能夠買下的物資。他會向雨野原商人議會做出報告，宣布他們所取得的成就，並取得議會按照契約應該付給他們的錢。如果守護者們希望從卡薩里克得到什麼特別的東西，可以告訴他，他會儘量為他們搞到。兩名守護者立刻說，要將他們的賞金交給他們的家人。其他人則想要給他們的親人送去訊息。拉普斯卡說他要把自己的全部賞金用來買甜食，各種各樣的甜食。

守護者們的笑聲還沒有完全止歇下來，萊福特林又問是否有人想要返回崔豪格。眾人全都沉默下來，守護者們開始交換困惑的眼神。返回崔豪格？拋棄與他們緊密連結的龍，回到那些歧視他們的人之中，像個流亡者繼續生活？他們在離開崔豪格的時候，就已經因為自己的怪異相貌而受到人們的排斥，那麼現在那些雨野原人又會如何看待他們？和巨龍共同生活的日子，讓他們變得更加怪異，他們生出了更多的鱗片，背上出現了脊刺，年輕的賽瑪拉甚至長出一對輕薄的翅膀，龍正在引導他們的變化。實際上，他們的外形已經不再像以前那樣只是顯得醜陋，而是具備了一種奇異的美感。但即便如此，守護者們都已經明確地斷絕了和普通人類的關係。他們不可能再回到以前的生活中去了。

愛麗絲沒有和龍產生連結，到現在還完全擁有人類的外表。但塞德里克知道，她也不會回去。除了羞恥，她在繽城已經一無所有。即使詔諭願意接納她，她也不會回到那場沒有愛情、只有羞辱的婚姻中。自從塞德里克向她承認了自己和詔諭的關係以後，她就將自己和富有的芬波克家族的婚姻契約看作是一紙空文。她會留在克爾辛拉，等待她髒兮兮的船長回來。就連塞德里克也無法理解那個男人的身上到底有什麼是吸引著愛麗絲。不過塞德里克必須承認，和萊福特林一起住在小石屋裡的愛麗絲，要比她在詔諭大宅中的時候快樂多了。

那麼他自己呢？

塞德里克向卡森瞥了一眼，不由得在片刻之間只是注視著這個男人。這名獵人很高大，長相也很粗魯，行事風格更是粗放直率。他的強壯是詔諭無法相比的，他的溫柔也是詔諭無法相比的。想到這些，塞德里克也覺得和卡森住在小石屋裡要比住在詔諭的大宅裡快樂多了。他的生活中沒有了欺騙，沒有了偽裝。還有一頭紅銅色的小龍在愛著他。他對繽城的渴望，很快便消散了。

「你在笑什麼？」

塞德里克搖搖頭，然後真心實意地回答：「卡森，我和你在一起很快樂。」

聽到這簡單卻誠實的喜悅話語，微笑也點亮了獵人的面孔。「和你在一起，我也很快樂，繽城男孩。如果我們將這些木柴背回家放好，今晚我們一定會更加快樂。」卡森彎下腰，抓住自己柴捆的皮帶，將柴捆背到肩頭，然後輕鬆地站直身子，等待著塞德里克。

塞德里克依樣照做，將柴捆背到肩頭，卻不由得哼了一聲。但他只是邁出兩步，找到身體的平衡，就努力將腰杆挺直。「莎神的氣息啊，這可真沉！」

「是的，很沉。」卡森笑著對他說，「你一個月前只能背起這些柴的一半。我為你感到驕傲，我們走吧。」

為他感到驕傲。

「我也為自己感到驕傲。」塞德里克喃喃地說著，跟隨在卡森身後。

望月第七日
商人獨立聯盟第七年
來自黛托茨，崔豪格信鴿管理人
致雷亞奧，繽城信鴿代行信鴿管理人

雷亞奧：

親愛的侄子，向你問好，並致以真誠的祝福。

針對此事，艾瑞克和我全都建議你要控制住自己的脾氣，不要讓金姆激怒你，更不要為此而對他進行我們無法證明的指控。這已經不是我們第一次和他發生令人不快的齟齬。直到現在，我仍然相信，他能夠獲得今天的位置完全是依靠賄賂手段，這也說明他在卡薩里克議會中有朋友，才能讓他一路得到晉升。同樣，他的朋友也會讓我們的指控最終得不到任何結果。

我認識他的幾名助手。他們都是在崔豪格完成的學徒期，是我培養了他們。我會悄悄向他們詢問情況，與此同時，你最聰明的選擇就是將那封信交給正式的信鴿管理人們，由他們來處理這件事。在你的管理人地位得到確認之前，你很難以平等的身分和金姆對話。這個困難的任務竟然被交給你來完成，艾瑞克和我對此一直都有所疑問。

到現在為止，你已經做了在你這個位置上能夠做的一切事情。對於你照顧和使用信鴿的能力，艾瑞克和我有著高度信任。

說一些好訊息，你作為結婚禮物送給我們的那兩隻有斑點的快速鴿子，已經在這裡選擇了配偶，並且開始孵蛋了。我期待著能夠儘早將他們的一些幼畜送到你那裡，這樣我們就能計算他們返回的時間了。對於這個計畫，我有著很大的熱情。

艾瑞克和我仍然在討論我們婚後要住在哪裡。對於我們，這是一個艱難的問題。以我們的年紀，我們都希望能夠快速而平靜地完成婚禮，但我們的家人對此都不同意。我們還真是可憐呢！

致以對你的愛與敬意。

黛托茨嬸嬸

3 道路

賽瑪拉一生都住在雨野原，但她從沒有見到過這樣的雨。她小時候生活在崔豪格和卡薩里克，那裡的巨樹遍布在雨野原河岸邊，伸展開它們的重重樹冠，遮蔽著人類建立的樹屋城市。冬季的降雨全都被鋪展在賽瑪拉和天空之間的無數葉片擋住，最終沿著樹幹流淌下來。當然，那些樹葉也擋住了陽光，但那種情況終究是不一樣。如果想要曬太陽，賽瑪拉盡可以爬到樹冠層上面去，但她肯定不會喜歡受到一場暴風雨的直接衝擊。

在這裡，她沒有了選擇。河邊的草地和重重樹影下的雨野原完全不同。茂密的野草在這裡能長到齊肩高，矮的也能到她的屁股。這裡的地面倒不是泥濘的沼澤，而是堅實的土壤，還零星分布著一些石塊。這些石塊有著不同的紋理和色彩，其樣式讓人感到疑惑。賽瑪拉經常會好奇這些石塊是從哪裡被運過來，又是怎麼到了這個地方。今天，強風掃過這片沒有大樹遮擋的土地，將雨滴直接砸到她的臉上，灌進她的衣領中。有很長一段時間，她破舊的衣服和雨野原河的酸性河水接觸，已經被腐蝕到沒有什麼防護作用了。雨水很快就浸透了輕薄的布料，讓它們緊貼在賽瑪拉的皮膚上。賽瑪拉知道，今天一整天她都會在這種又溼又冷的環境中度過。她揉搓了一下自己被凍到發紅的雙手。用所剩不多的破爛裝備進行狩獵，本來就已經很困難了，而麻木的雙手只會再給她增添一道阻礙。

賽瑪拉聽到刺青向她跑過來。潮溼的草葉一直拍打在刺青的腿上，賽瑪拉還能聽到他氣喘吁吁的聲音。賽瑪拉沒有轉向刺青，直到刺青上氣不接下氣地向她喊道：「要去打獵嗎？要不要幫忙？」

「為什麼不？我需要有人把我的獵物扛到龍那裡去。」賽瑪拉沒有提起他們都知道的一件事。卡森不喜歡他們之中的任何人單獨狩獵。那名獵人說他看到了大型捕食獸留下的痕跡。那些捕食獸完全有可能攻擊人類。「肥大的獵物常常會引來同樣很大的食肉獸，」那時卡森對他們說，「你們出去狩獵的時候一定要結伴而行。」當然，卡森對他們並沒有什麼權威，不過他們還是應該尊重卡森作為獵人的經驗。

刺青向她一笑。在他生滿細小鱗片的臉上，他的牙齒顯得很白。「喔，所以妳不相信會是我獵到野獸，由妳拖回來？」

賽瑪拉也對著他一笑。「你是個好獵人，刺青，但我們都知道，我才更優秀。」

「妳天生就是做這件事的。在妳能夠爬上樹枝的時候，妳的父親就開始教妳狩獵了。而我也很不錯，我是有自信的，畢竟我學得比較晚。」他一邊說，一邊走到了賽瑪拉身邊。賽瑪拉點點頭，算是接受了他的恭維。他們正走在一條小路上，這讓他們兩個並肩而行顯得有點尷尬。他的臂肘不時會碰到她的手臂。但他始終都沒有超前一步，也沒有落後一點。走進森林之後，野草越來越稀疏。覆蓋地面的逐漸變成了發黴的落葉和低矮的灌木。樹木擋住了寒風，這讓賽瑪拉感到慶幸。

「你已經比我們離開崔豪格的時候好多了，我相信你會比我更快地適應在這片土地上狩獵。這個地方和我的家鄉太不一樣了。」

「家鄉，」刺青說道。賽瑪拉無從分辨這個詞對於他是苦澀還是甜美，「現在我覺得這裡就是家。」刺青的話讓賽瑪拉吃了一驚。

賽瑪拉一邊推開灌木向前行進，一邊側目瞥了刺青一眼。「家？永遠都是？」

刺青向賽瑪拉伸出手臂，擼起袖子，露出自己遍布鱗片的皮膚。「我無法想像回到崔豪格會是什麼樣子，我們已經變成這種樣子了。妳說呢？」

賽瑪拉不需要抖動背上的翅膀，也不必去看自己從出生時就有的黑色爪子。「如果能夠得到接納才意味著是家，那麼崔豪格就從來都不是我的家。」

種種遺憾的情緒以及關於崔豪格的回憶，她將推到一旁。現在是狩獵時間。辛泰拉餓了。今天，賽瑪拉想要找到一條獵物小徑，一條他們以前不曾進行過狩獵的小路。在找到這樣一條路之前，他們還要吃力地走過很長距離。現在他們的呼吸都已經變得粗重，不過刺青的呼吸的確比他們最初離開崔豪格的時候要平穩了許多。跟隨柏油人號的遠征，讓他們全都變得更加強壯，肌肉更加發達。對此賽瑪拉不由得有些得意。所有守護者都在成長，男孩們的成長更是驚人。刺青變得更高了，肩膀也更加寬闊。他的龍也在改變他。在守護者中，他是唯一以完全的人類形態離開崔豪格的。他是在恰斯戰爭中遷居到崔豪格的自由奴隸的後代。還是嬰兒的時候，他的臉上就被刺上了他過去主人的刺青標記，一張蜘蛛網的圖案覆蓋在他的左側面頰上，一匹奔跑的小馬被刺在他的鼻梁旁邊。隨著他的龍讓他全身覆蓋鱗片，他的刺青也發生了變化。不過那些圖案都被保留下來——不再是他皮膚下面的墨水所組成，而是由色彩特殊的細小鱗片。他的深褐色頭髮和眼睛還和過去一樣，賽瑪拉懷疑他的身高有一部分應該歸功於他變成了古靈，而不是他的自然生長。他的指甲閃爍著像他那頭壞脾氣的小母龍——芬提一樣的綠色光彩。當陽光照射在他的皮膚上時，就會在他的鱗片上映起一片綠色的光輝。他變成了婆娑的樹影和搖曳的松針，是她的綠色森林……賽瑪拉急忙勒住自己的胡思亂想。

「那麼，你認為你會在這裡度過一生囉？」賽瑪拉覺得這個想法很奇怪。自從實現目標、找到這座城市之後，她就開始有一點失落。他們在離開崔豪格的時候全都簽下了契約，確定他們的目標就是能夠讓龍在上游的某個地方得以安居。那份契約上幾乎沒有提到要找到傳奇城市克爾辛拉。賽瑪拉願意接受這份工作，本來是為了逃避她原先的生活，她那時根本沒有想過什麼未來的計畫。現在，她真的需要思考在這裡永遠生活下去的問題了。她再也不必去面對那些將她當作異類的人了。

但這也意味著她將永遠再無法回自己的家了。賽瑪拉一直都不喜歡她的母親，從這個角度來看，不回去倒也沒什麼，但她和她的父親一直都很親近。難道她再也不要見到父親了？讓父親永遠都無法知道她已經實現了目標？不，這個想法當然很荒謬。萊福特林船長會返回卡薩里克採買補給。只要他一到那裡，他們找到克爾辛拉的訊息，就會像小飛蟲一樣鑽進每一個雨野原人的耳朵裡，她的父親當然很快也會知道。那麼父親會來這裡親眼看看嗎？還是她應該回家去看看父親？在昨天晚上的會議中，萊福特林已經問過是否有人想要回去。那時沒有人回應他的提問。守護者們只是面面相覷。離開他們的龍？回到崔豪格去，回到作為賤民的人生？不。對其他人，要回答這個問題實在是太簡單了。

但對於賽瑪拉，這個問題沒那麼簡單。她曾經不止一次想要離開她的龍。辛泰拉絕對不是這個世界上討人喜歡的生物。她總是對賽瑪拉頤指氣使，只是為了自己高興就會將賽瑪拉暴露在危險之中。曾經有一次，她為了追上一條魚，慌忙中幾乎讓賽瑪拉在雨野原河中溺水。辛泰拉從沒有為這件事道過歉。那頭龍的刻薄和冷漠絲毫不亞於她的美麗輝煌。但即使賽瑪拉真的想要離開她的龍，她也不想跟著柏油人號回到下游，她在駁船上還是會感到暈船。在漫長的旅途中只是呆在封閉的船艙裡，這同樣讓她感到很不舒服。跟隨萊福特林返回崔豪格還意味著要離開她的所有朋友，並且還無法知道他們會在那座古靈城市中有些什麼發現。所以，她會留下來，和她的朋友們在一起，繼續為龍狩獵，直到萊福特林帶著新的補給返回。但那以後呢？「你計畫要永遠生活在這裡了？」她又問了刺青一遍。因為她發覺刺青並沒有回答她剛才的提問。

刺青回答的聲音很輕，因為現在他們正儘量悄無聲息地穿過森林。「否則我們能去哪裡？」他輕輕指了一下賽瑪拉，又指指自己，「我們的龍已經給了我們標記，讓我們屬於他們。儘管芬提的飛行能力比辛泰拉進步更快，但我不認為這兩位女王能夠在近期自己找到足夠的食物。即使等到她們能夠自己狩獵的時候，她們依然會希望我們留在她們身邊，為她們潔淨身體，並且和她們作伴。我們現在是古靈了，賽瑪拉。古靈應該一直生活在龍的身邊。而這裡才是龍居住的地方。所以，是的，我認為我會在這裡度過餘生。或者只要芬提在這裡，我就也會在這裡。」

刺青伸手朝遠處一指——他認為他們應該朝那個方向尋找。賽瑪拉決定聽從刺青的建議，便率先向那裡走去。他們一前一後走過森林的時候，刺青在她身後說道。「妳真的有那種意思？妳真的認為我們應該返回崔豪格？妳認為我們還有可能在那裡生活？我知道辛泰拉並不是一直都對妳很好。但除了這裡，妳還能生活在什麼地方？賽瑪拉，妳現在有了翅膀。我知道妳不可能再像以前那樣爬樹和在樹梢上奔跑了。無論妳去哪裡，人們都會死死盯著妳，或者還有可能發生更可怕的事。」

賽瑪拉更加用力地將翅膀收緊在背上。然後她又皺了皺眉。她沒想到自己會因為情緒的波動而活動翅膀。現在這對奇異的附肢已經越來越自然地成為了她身體的一部分。它們每天還會讓她的脊背感到疼痛，當她想要讓衣服更貼身一些的時候，它們總是會成為惹人煩惱的障礙。但現在，賽瑪拉不需要集中精神就能自如地活動它們了。

「它們真美，」刺青彷彿聽到了賽瑪拉的想法，便對她說道，「妳為了擁有它們而承受了許多苦惱，但這都是值得的。」

「它們完全沒有用，」賽瑪拉反駁道，其實她之所以這樣說，只是為了不顯示出自己聽了刺青的話感到很高興，「我永遠也飛不起來。它們就像是對我的嘲諷。」

「是的，妳永遠也飛不起來，但我還是認為它們很美麗。」

刺青的贊同卻讓賽瑪拉感到格外刺痛，她剛才那一點因為受到恭維而感到的愉悅，也蕩然無存了，「拉普斯卡認為我會飛起來的。」賽瑪拉又反駁了刺青的話。

刺青歎息一聲。「拉普斯卡還認為他和荷比有一天會到月亮上去。賽瑪拉，我相信妳的翅膀一定要再長大很多，才能讓妳飛上天空。但那麼大的翅膀會在妳走路的時候把妳的腰壓彎。拉普斯卡從不會停下來認真想一想事物運作的現實情況。他的心裡只有願望和夢想，而且現在他的這種狀況比以前更加嚴重。我們全都知道，他想要妳，所以為了贏得妳的好感，他什麼話都會說。」

賽瑪拉回頭瞥了刺青一眼，一絲失望的微笑扭曲了她的嘴唇。她對刺青說：「和你不一樣。」

刺青也向她露出笑容，深褐色的眼睛裡閃動著挑戰的光亮。「妳知道我想擁有妳。在這一點上我很誠實。我對妳一直都是誠實的，賽瑪拉。我認為妳應該欣賞一個尊敬妳的智慧的男人，並欣賞這個男人的誠實，而不是喜歡一個只會用不負責任的話恭維妳的瘋狂男人。」

「我很在意你的誠實。」賽瑪拉說道。然後她又咬住舌頭，沒有提醒刺青，他對她並非總是這樣誠實。刺青沒有把曾經和潔珥德上過床的事情告訴她。當然，拉普斯卡也沒有向她承認過這件事。不過對拉普斯卡而言，他並沒有故意要向她隱瞞這件事。他只是從沒有想到過這件事有這麼重要。

畢竟，大部分男性守護者似乎都和潔珥德有過一夜之歡。甚至就賽瑪拉所知，他們做這種事可能還不止一次。那麼問題就回到了賽瑪拉自己的身上。為什麼這件事對她會這麼重要？刺青早已和潔珥德沒有關係了。他對於那件事似乎也根本沒有真正在意過。那麼，為什麼這件事又會讓賽瑪拉這樣在意？

賽瑪拉放慢了腳步。他們正逐漸接近森林中的一片空地。那裡樹木稀疏，也有更多陽光透射進來。賽瑪拉示意刺青保持安靜，放慢腳步，然後她從那些無法令她感到滿意的箭中抽出一支，搭在弓弦上。此刻該讓身體靜止、眼睛活動了。賽瑪拉將肩膀靠在一棵樹上，穩定住身體，開始緩慢地掃視面前這片森林中的草地。

她能夠集中自己的目力，卻無法約束自己胡亂奔竄的想法。潔珥德很快就將雨野原造就的那些規則拋諸腦後。像賽瑪拉、潔珥德和希爾薇這樣的女孩，是不能擁有丈夫的。所有人都知道，雨野原的孩子如果在出生時身上就帶有爪子或者鱗片，很可能根本無法長大成人。他們不值得耗費資源來養育。即使能夠活下來，他們也少能夠生出能夠活下來的健康嬰兒。那些冒險生育的人常常會因為難產而死，她們生下的怪物即使活下來也會被拋擲荒野。男人被禁止接觸那些受到雨野原強烈影響的女人，就如同對於所有雨野原人而言，婚姻之外的苟合都是嚴格禁止的。但潔珥德完全無視這兩條規則。她的樣子很可愛，有一頭淺色的金髮，一雙明媚動人的眼睛，還有窈窕柔軟的身體。她隨意選擇男性守護者，並和他們親熱，一次一個，就像趴在老鼠窩前面的貓，從不考慮縱欲的後果，也從不感到內疚。就算是一些男孩為了她而發生鬥毆，她也完全是一副理所當然的樣子。她在他們之中造成的不和，賽瑪拉感到義憤填膺，卻又禁不住嫉妒她的自由自在。

終於，潔珥德為她的放蕩付出了代價。那是賽瑪拉不願去回憶的事情。本來像她們這樣的人應該很難懷孕。但潔珥德懷孕了。最終她的懷孕以早產而告終。賽瑪拉是當時在場見證的女性之一。她親眼看見了那個像魚一樣的女孩小小的屍體。最終這具屍體被維拉斯——潔珥德的龍吃掉了。而讓賽瑪拉感到奇怪的是，這件事對她無異於一個嚴重的教訓，對潔珥德卻彷彿不算什麼。賽瑪拉在那以後開始更加嚴格地阻止自己把身體交給任何男孩。潔珥德卻繼續隨心所欲，及時行樂。這根本沒有道理。賽瑪拉相信，潔珥德的愚蠢總有一天會給他們所有人都帶來麻煩，這讓賽瑪拉止不住會對那個女孩心生厭惡，但她又常常會羨慕那個女孩放肆地享受她的自由，隨興做出選擇，似乎根本不在乎其他人會怎麼看她。

自由和選擇。賽瑪拉能夠掌握自己的自由，也能夠做出自己的選擇。「我會留在這裡，」她低聲說，「不是為了我的龍，甚至不是為了我的朋友們。我留在這裡，是因為我要造就一個屬於我的地方。」

刺青回頭看著她，毫無造作地問道：「不是為了我嗎？」

賽瑪拉搖搖頭，低聲提醒刺青：「誠實。」

刺青將目光從她身上轉開。「好吧，至少妳沒有說妳留下來是為了拉普斯卡。」就在這時，刺青突然發出另外一點聲音，一種有些沙啞的呼吸聲。片刻之後，賽瑪拉悄聲說：「我看見他了。」

那頭野獸正小心地從森林中走進開闊的草地。一頭高大美麗的野獸。這片乾燥叢林中有蹄類動物的巨大體形，賽瑪拉已經慢慢習慣這件事了，即便如此，這仍然是她見到過的最大的野獸。她完全能夠在那頭野獸的兩隻角之間拉開一張網，讓自己躺在網上好好睡一覺。它們不是賽瑪拉在這裡見到過的其他鹿頭頂的樹枝狀尖角，而更像兩隻張開手指的手掌。頂著這樣一雙大角的野獸，就像是戴上了一頂特大號的王冠。他的肩膀非常寬，肩頭隆起了一個肉丘。他的步伐就像是富有的人在市場上信步閒遊，每邁出一步都不失謹慎。那一雙深褐色的大眼睛向空地中掃視了一圈，然後他似乎就完全放心了。賽瑪拉對此並不感到驚訝。什麼樣的掠食獸能夠威脅到這麼高大的鹿？賽瑪拉拽緊弓弦，屏住呼吸。對於自己的這一箭，她並沒有懷抱希望，也許她至多只能在那頭大鹿的厚皮上戳開一個口子。不過，如果能夠讓他傷得夠厲害，流出足夠多的血，她和刺青也許就能一直追趕他，直到他力竭而亡。但這肯定算不上是一次乾脆的獵殺。

賽瑪拉咬緊牙關。這場追獵可能要持續一整天。但他們值得為這麼多肉努力一場。只要再向前走一步，她就能到達最佳的射擊位置。

一道紅色的閃電從天而降。紅龍擊中大鹿的時候，地面彷彿也為之顫抖。賽瑪拉在驚訝中下意識地鬆開弓弦。她的箭歪歪斜斜地飛出去，什麼都沒有射中。與此同時，鹿的脊椎發出一陣響亮的斷裂聲，大鹿痛苦地哞哞哀嚎，但這聲音很快就隨著巨龍的下巴在鹿的喉嚨上合攏而停止了——荷比將她的獵物猛然從地面上拽起來，將鹿的頭頸撕下來一半。大鹿的身子落回到地上，又被荷比撲下來，從大鹿柔軟的肚子上撕下了滿滿一大口皮肉。荷比仰起頭，將那一口肉吞進肚子。她的嘴邊和獵物的腹部全都是雜亂的內臟。

「甜美的莎神憐憫我們！」刺青歎了口氣。他這句話一說出口，紅龍立刻轉向他們。一雙迅速旋轉的紅色眼睛中閃耀著怒意，鮮血還在不斷地從利齒上滴落下來。

「這是妳的獵物，」刺青安慰她，「我們馬上就走！」然後他就抓住賽瑪拉的上臂，將賽瑪拉拽進茂密的森林裡。

賽瑪拉的手裡還攥著她的弓。「我的箭！那是我最好的一支箭。你看見它飛到哪裡去了嗎？」

「沒。」刺青說出的這個字，包含著一整個世界的否認。他沒有看見那支箭的去向，也對尋找那支箭沒有半點興趣。他將賽瑪拉一直拖進森林深處，然後開始繞過那片草地。「該死的！」他低聲說，「那可是很多肉。」

「不能怪她，」賽瑪拉說，「她只是在做龍應該做的事。」

「我知道。她只是在做龍應該做的事，我真希望芬提也能這樣做。」說出這句話之後，他又愧疚地搖搖頭，彷彿是覺得自己不應該這樣責備他的龍，「但在她和辛泰拉能夠離開地面之前，我們必須為她們提供鮮肉。所以我們最好繼續狩獵。啊，找到了。」

他指著那頭大公鹿走進林間空地的野獸小徑。賽瑪拉下意識地向天空中一望，這裡的樹木不像她所熟悉的巨樹那樣高大。在家鄉的時候，她能夠爬上一棵樹，從一根樹枝走到另一根樹枝，悄無聲息地，在樹葉的掩護下沿野獸小徑搜尋獵物，從上方射殺獵物。但這些樹在冬天裡有一半都掉光了葉子，完全無法掩護她。這裡的樹枝也不像雨野原家鄉的那樣粗壯穩固，相互交連。「我們只能在地面上進行狩獵，而且一定不能發出任何聲音。」刺青的話回應了她的想法，「但首先，我們必須先離開荷比的獵場。現在就連我都能嗅到死亡的氣味。」

「而且她還發出了很大的聲音。」賽瑪拉說道。那頭龍進食的聲音非常響亮。現在她正不斷地咬碎大鹿的骨頭，每吞下一口肉還會發出喜悅的叫聲。那些聲音突然停頓了片刻，然後荷比用力嘶叫了一聲，就像一隻貓在玩弄死掉的獵物，緊接著就是一陣響亮的斷裂聲。

「也許是鹿角。」刺青說。

賽瑪拉點點頭。「我從沒有見過那麼大的鹿。除了龍以外，那是我見過最大的野獸。」

「龍不是野獸。」刺青糾正了賽瑪拉。他在前面領路，賽瑪拉跟著他。他們輕快地一路向前小跑，同時還不斷地低聲交談。

賽瑪拉輕笑了兩聲。「那他們是什麼？」

「龍。就像我們不是野獸一樣。他們會思考，他們會說話。如果我們因此而不是野獸，那麼龍也就不是野獸。」

賽瑪拉沉默了片刻，認真思考這句話。她不知道自己是否同意刺青的看法。「聽起來，你對這個問題有過不少思考。」

「是的。」刺青低頭跑過一根橫在小路上的樹枝。賽瑪拉也依樣照做。「自從芬提和我連結之後，我就在想這件事。在連結後的第三個晚上，我開始想，她是什麼？她不是我的寵物，她和一隻野猴子或者一隻鳥是完全不同的，也不像是一些採集者豢養的那種用於採摘高處果實的馴化猴子。我也不是她的寵物或者僕人，儘管我的確會為她做許多事。為她尋找食物，清除她眼睛上的寄生蟲，清潔她的翅膀。」

「你確定你不是她的僕人？」賽瑪拉露出挖苦的微笑，「且不是她的奴隸？」

刺青打了個哆嗦，賽瑪拉這才意識到自己說了些什麼。刺青出生就是奴隸。他的母親因為犯罪而被判罰成為奴隸，所以她生下的孩子也是奴隸。也許刺青並沒有受主人驅使的記憶，因為他還很小的時候，他的母親就帶他逃離了奴隸的命運，但他是帶著臉上的奴隸刺青長大的，許多人看待他的目光也都有所不同。

他們來到一堵矮石牆下，這道石牆已經完全被藤蔓覆蓋。在石牆對面有幾幢坍塌的小屋子。樹木在這些屋子的周圍和內部生長出來。賽瑪拉若有所思地看著它們，但刺青只是一心向前奔跑。這片森林中經常會見到這樣的廢墟，他們早就習以為常了。如果不是辛泰拉已經餓壞了，賽瑪拉本可以在這片廢墟中翻檢一下，尋找一些有用的東西。有幾名守護者就是在這種地方找到了一些工具部件——錘子頭和斧刃，甚至還從一幢坍塌的房子裡找到了一把小刀的刀刃。一些工具是古靈製造的，經過了這麼多年以後，仍然保持著鋒利的刃口。一張倒塌的桌子上還有一些杯子和破碎的盤子。克爾辛拉的文明一定結束得非常突然。這裡的居民在逃亡時，甚至沒有帶走他們的工具和生活器皿，又有誰知道她能在這裡找到些什麼？但辛泰拉的饑餓正在她的意識中催促著她，就像是一把小刀頂在她的背上。以後有時間的時候，她一定要回來看看。如果辛泰拉能讓她自己支配某些時間，那就太好了。

刺青的下一句話，回答了賽瑪拉的問題和她的心思。

「我不是她的奴隸。我做的這些事，並不像是奴隸伺候主人。一開始，她幾乎就像是我的孩子，我因為讓她快樂和漂亮而感到驕傲。將野獸的肉或者一條大魚放在她面前，感覺到她進食的時候有多麼高興，那真的是一件很讓人心滿意足的事情。」

「巨龍的魅力，」賽瑪拉苦澀地說，「我們全都知道巨龍的魅力。辛泰拉也不止一次把它用在我的身上。我感覺做一些事情是因為我真的想做，但是在我做完之後，我才意識到這根本不是我想要的，只不過是辛泰拉在推動我，讓我想要滿足她的願望。」想到那頭高大的藍龍女王能夠如何操縱自己，賽瑪拉就只想用力咬住牙齒。

「我知道辛泰拉是這樣對待妳的，我也親眼見到過幾次。有時候，我們正要談論一件事，一件非常重要的事，而妳突然停下來，甚至不再看我，還說妳必須馬上去狩獵。」

賽瑪拉在愧疚中保持著沉默。她不想告訴刺青，其實他猜錯了。每當他們的交談變得過於激動的時候，狩獵是她躲避他最好的理由。

刺青似乎並沒有注意到賽瑪拉的沉默。「但芬提不會這樣對我。嗯，幾乎不會。賽瑪拉，我覺得她愛我。她改變我的時候是那樣小心。在我餵飽她、又為她潔淨身體之後，有時候她只想要我陪伴在她身邊，因為她喜歡我的陪伴。我從沒有過這種感覺。我小時候，我的媽媽總是請鄰居看著我。在她殺死了一個男人之後，她就逃掉了。我相信那只是一樁意外。她其實只想搶那個人的錢包，也許她以為她只需要躲藏一段時間就好，也許她還是想要回來找我。但她再沒有回來過。當她知道自己有麻煩的時候，她就直接逃走了，只留下我面對可能發生的一切。但芬提想要我和她在一起。也許她並不是真的『愛』我，但她肯定想要我。」刺青一邊走著，一邊稍稍聳了一下肩，彷彿害怕賽瑪拉覺得他太多愁善感，「除了芬提之外，另外一個給我這種感覺的人，就只有妳的父親，儘管他總是和我保持著一點距離。他不喜歡我總是和妳在一起，我知道。」

「他害怕我們的鄰居會有看法，或者我的母親會不高興，雨野原的規則很嚴格的。刺青，我不應該讓任何人接近我，因為我是被禁止結婚的，更不能有孩子，甚至不能有情人。」

刺青驚奇地指了指一棵樹上被鹿角刮出來的痕跡，這頭鹿一定像荷比剛剛殺死的鹿一樣大。賽瑪拉伸出一根手指碰了碰那些痕跡。是鹿角刮出來的嗎？還是爪子刮出來的？不，她無法想像會有這麼大的樹貓。

「我知道妳的父親用來約束妳的規則。很長一段時間裡，我從沒有朝那個方向想過妳。那時我對女孩還沒有什麼興趣。我只是羨慕妳擁有的一切。一個家，父親和母親，穩定的工作和穩定的一日三餐。我也希望能夠擁有那些。」

刺青停住腳步，他面前的野獸小徑出現了岔路。他回過身，向賽瑪拉挑挑眉毛。

「左邊。看上去那條路更寬。刺青，我的家不像你想像的那樣完美。我的母親恨我。我讓她感到羞恥。」

「我覺得……嗯，我不確定她是否恨妳。也許是你們鄰居的觀感，讓她因為想要愛妳而感到羞愧，但就算是她恨妳，她也從沒不曾拋棄妳，不曾把妳趕出家門。」聽起來，刺青的語氣幾乎頑固得有些意氣用事。

「她在第一次見到我的時候，就把我交給產婆。她要扔掉我。」賽瑪拉苦澀地說道，「是我的父親將我從野外帶回來，給了我一次機會。是他強迫我母親接受了我。」

刺青仍然沒有被說服。「我認為這才是真正讓她感到羞愧的地方。她後悔的不是生下了妳，而是沒有站到那名助產士的面前，表達她想要留下妳的想法——她根本不在乎妳的爪子。」

「也許吧。」賽瑪拉回答道。她不願意再想這件事了，現在想這種事是沒有任何用處的，畢竟她已經遠遠離開了家鄉和家鄉的生活，不可能追問她的母親當時的想法。她知道她的父親愛她，她會永遠將這份感情珍藏在心頭，但她也知道，父親同意雨野原的那些規則，也認為她絕不能擁有情人或丈夫，永遠不能生下孩子。每一次賽瑪拉想要跨過界線的時候，都會覺得自己背叛了父親和父親的教導。父親是愛她的。他用這些規則約束她是為了保護她的安全。難道在這樣的事情上，她會比父親更有智慧嗎？

但她的確覺得自己是對的。是的，她有自己的決定。但如果她認為自己的父親是錯的，如果她認為自己有得到伴侶的自由，難道這不會傷害她對父親的愛，或是傷害父親對她的愛嗎？父親一定不會贊同她考慮這種事情，賽瑪拉確信無疑。

即使相隔遙遠，父親的反對仍然讓她感到刺痛。也許正是因為她離家鄉那麼遠，只有自己隻身一人，她才會更加心痛。父親會如何看她？如果他知道賽瑪拉已經違反規則，和刺青有過了那麼多次親吻，他會對她失望嗎？

他會的。賽瑪拉搖搖頭。刺青回頭瞥了她一眼。「出什麼事了？」

「沒什麼，只是在想事情。」

就在賽瑪拉回話的時候，她突然察覺到一陣有節律的聲音。有什麼東西在奔跑，輕盈迅捷，躡足潛蹤，正沿著他們背後的小路跑過來。

「那是什麼？」刺青問道，又向旁邊的樹林瞥了一眼。賽瑪拉知道刺青在想什麼。如果他們必須逃避強敵，那麼爬上一棵樹也許是最好的選擇。

「兩條腿。」賽瑪拉突然說道。她能夠從聲音中做出這樣的判斷，甚至連她自己都吃了一驚。片刻之後，拉普斯卡跑進了他們的視野。「你們在這裡！」他快活地喊道，「荷比說你們就在附近。」

拉普斯卡滿臉笑容，找到他們顯然讓他很高興。如同往常，他總是充滿了生命的喜悅。賽瑪拉看到拉普斯卡的時候，也總是會不由自主地露出微笑。自從離開崔豪格以後，這個男孩改變了很多。因為嚴酷的生活和逐漸成形的男子氣概，他臉上的孩子氣已被消磨殆盡。他的個子竄得飛快，沒有任何人能像他這樣在幾個月的時間裡長出這麼一大截。拉普斯卡出生時就帶有很重的雨野原標記，就如同賽瑪拉，但自從他們的遠征開始之後，他的身子就變得越來越纖細輕盈。現在他全身都覆蓋著紅色的鱗片，與荷比一模一樣。他的眼睛原先就呈現出一種完全不同尋常的、非常淺的藍色，現在更是閃爍著一種柔和的藍光——一些雨野原人在年紀很大以後，才會在眼睛裡出現這種光芒。有時這種藍光又帶有一些堅硬鋼鐵的銀色。除了這些越來越接近於龍的特徵以外，他五官分明的面孔依然屬於典型的人類：高挺的鼻梁，平潤的面頰。在最近這兩個月裡，他的下巴也越發變得稜線分明了。

拉普斯卡發現賽瑪拉對他的凝視，他顯然很高興賽瑪拉會這樣注意自己。賽瑪拉低垂下目光。拉普斯卡的臉是在什麼時候變得這麼吸引人了？

「我們正要去狩獵，」刺青卻彷彿對拉普斯卡的問候感到有些氣惱，「但有你和你的龍在這裡，我懷疑所有能吃的東西都要逃走了。」

拉普斯卡臉上的笑容稍稍褪去了一些。「我很抱歉，」他真誠地說，「我沒想到會是這樣。荷比很高興在這裡能找到這麼多食物。當她填滿肚子、感到高興的時候，那種感覺真的很好。我很想和我的朋友們分享這種快樂。」

「這樣是不錯，但芬提就沒有這麼幸運了。辛泰拉也沒有。我們需要狩獵以餵飽我們的龍。如果是賽瑪拉獵到了那頭鹿，而不是荷比一口咬死了他，那我們就能有足夠的肉，芬提和辛泰拉也能正經地吃上一頓了。」

拉普斯卡收緊自己的下巴，彷彿辯護一般堅持說道：「荷比在擊殺那頭獵物之後，才知道你們也在這裡。她沒有要從你們手裡奪走那頭鹿。」

「我知道，」刺青粗聲粗氣地回答，「但結果都是一樣。因為你們兩個，我們浪費了半天時間。」

「我很抱歉，」拉普斯卡的聲音變得僵硬起來，「我已經說過了。」

「沒關係啦，」賽瑪拉急忙說道。拉普斯卡沒有什麼錯。「你和荷比並不是想要破壞我們的狩獵。我知道這點。」她責備地看了刺青一眼。芬提就像辛泰拉一樣任性，刺青應該知道，拉普斯卡不可能阻止荷比撲向那頭鹿。就算他提前知道了他們兩個也正打算獵殺那頭鹿，他也做不了什麼。失去獵物不是刺青生氣的真正原因。

「好吧，你有一個辦法能夠補償我們，」刺青宣布道，「荷比吃完之後，她可以進行第二次獵殺。那頭獵物要歸我們的龍。」

拉普斯卡盯著他。「荷比吃完以後，就要去睡覺了。然後再回來把剩下的肉吃光。而且……嗯，龍是不會為其他龍進行獵殺的。這可不是……不是她會做的事情。」看著刺青嚴厲的眼神，他又說道，「你知道的，真正的問題是你們的龍不會飛。如果她們能夠飛起來，她們就能自己獵殺野獸。我相信她們一定會像荷比一樣喜歡這樣做。你們需要教會她們飛行。」

刺青也盯著拉普斯卡，憤怒的火花在他的眼睛裡閃動。「感謝告訴我這件再明顯不過的事情，拉普斯卡。我的龍是不會飛行。」他惱怒地翻翻眼睛，「你真是一眼就看穿了問題的本質。能夠知道這件事實在是太有用了。現在，我需要去狩獵了。」他猛地轉過身，大步走開了。

賽瑪拉看著刺青離開，不由得驚訝地張大了嘴。「刺青！」她大聲喊道，「等等！你知道我們不應該單獨狩獵！」然後她又轉向拉普斯卡，「我很抱歉。我不知道他為什麼會這樣生氣。」

「妳當然知道，」拉普斯卡歡快地指出賽瑪拉在說謊。他抓住賽瑪拉的手，握著那只手說道，「我也知道。不過這沒有關係。其實我只想和妳說話。賽瑪拉，荷比吃飽以後會去睡覺，等她睡醒過來的時候，妳願意去克爾辛拉嗎？那裡有一些東西我想讓妳看看。有一些非常神奇的東西。」

「什麼？」

拉普斯卡搖搖頭。他的臉上忽然充滿了惡作劇的表情。「只有我們兩個。現在我只能告訴妳這些。只有我們兩個。妳和我。我沒辦法解釋。我只是必須帶妳去那裡。求妳，好不好？」他一邊說話，一邊踮著腳跳來跳去，一副喜不自勝的樣子。他的笑容無比燦爛。讓賽瑪拉不由得也向他報以微笑。雖然有些不情願，但她還是搖了搖頭。

克爾辛拉。誘惑如同火一樣燒著女孩的心。拉普斯卡會請荷比帶她到那裡去。騎在一頭龍的背上！飛越天空，跨過大河。這真是一個可怕又迷人的想法。

但克爾辛拉？對於這件事，賽瑪拉還不是很確定。

她只去過一次那座古靈城市，在那裡停留的時間也只有幾個小時。她要面對的障礙是這條河。因為連續不斷的降雨，這條河已經大幅度上漲，變得又急又深。在夏季，這條河也許只會在寬闊的河床中蜿蜒流淌，但現在，兩側的河岸之間充滿了湍急的水流。河床在這裡拐出一條很大的弧線。這意味著在克爾辛拉已經坍塌的古早碼頭前的河水，已變得更深更急了。他們來到這裡之後，柏油人號向對岸進行了兩次衝擊。每一次，水流都會推動駁船迅速向下游駛去。這艘活船和他的船員們，每一次都要奮盡全力才能回到這一側的河岸邊，才能再回到村子前。這讓所有人的心頭都蒙上了一層沉重的挫敗感。他們走了這麼遠的路，來尋找這座傳奇城市，卻無法停泊在克爾辛拉的碼頭旁。萊福特林船長已經承諾：等到柏油人號從卡薩里克返航，他會帶回來牢固的纜繩和鋼釘，以及在克爾辛拉建造一座臨時碼頭所需的全部材料。

但年輕的守護者們沒辦法等待那麼長時間。賽瑪拉和另外幾個人用船上的兩艘小艇渡過了這條河。他們用了整整一個上午的時間奮力划槳，才最終到達對岸。即便如此，他們靠岸的時候已經被推到下游很遠的地方，不得不費了很大力氣把船拉上岸，才將小船拽到破碎的石砌碼頭上放好。當他們在雨中走進克爾辛拉的時候，也耗去了半個下午的光陰。趁著陰暗的天色，他們只剩下幾個小時的時間，可以探索這座城市寬闊的街道和高大的建築。

賽瑪拉一直都生活在森林裡，這樣的城市只讓她感到格外陌生。她一直都以為崔豪格就是一座城市，一座規模很大的城市。其實崔豪格在雨野原的確是最大的一個聚落，但並不是城市。

克爾辛拉才是真正的城市。他們的旅程從古早的碼頭開始，將小船在碼頭上安置好之後，他們走進這座城市。這裡的街道上都鋪著石板，寬闊得不可思議，卻看不到任何生命的跡象。建造房屋所用的是巨大的黑色石塊，其中很多石頭中能看到絲絲縷縷的白銀脈絡。賽瑪拉完全無法想像這麼大的石塊是如何被切割出來的，更不要說它們還要從遠方被搬運過來，一塊塊堆砌成如此高大的建築。這些建築物的高度還及不上雨野原的巨樹，但也要遠遠超過任何人力能夠建造出的房屋。但它們又都有著筆直的棱線，毫無疑問是人工造物。它們上面的窗戶都大張著，顯得黑暗又空曠。整座城市寂靜無聲。就連寒風呼嘯的聲音在這裡也微弱了許多，彷彿是害怕將這座城市驚醒。守護者們擠在一起，膽怯地走過這裡的街道，他們的說話聲也被寂靜所吞沒，變得細微且暗啞。就連刺青都變得小心翼翼。戴夫威和萊克特一直手牽著手。哈裡金不停地東瞧西看，彷彿陷入一個他從未經歷過的夢，正努力地想要醒過來。

希爾薇貼到賽瑪拉身邊。「妳聽到了嗎？」

「什麼？」

「耳語聲。有人在說話。」

賽瑪拉仔細聽了聽。「只是風聲。」她說道。刺青點點頭。但哈裡金後退一步，握住了希爾薇的手，「並不只是風聲。」他堅持說道。然後他們就沒有再談起這個話題。

他們探索了克爾辛拉城中靠近舊碼頭的區域，還進入了幾幢建築。這些建築顯然更適合巨龍，而不是人類。在小樹屋中長大的賽瑪拉，覺得自己在這裡根本就像是一隻昆蟲。在臨近黃昏的陽光中，這裡的天花板看上去遙遠又昏暗。窗口都開在牆上很高的地方。這些房子裡還有殘存的家具，不過它們大多只剩下了一堆腐爛已久的木頭。一些織錦掛毯只是被輕觸一下，就變成了灰塵中的一些絲線。

陽光穿透彩繪玻璃大窗，不同色彩的光線，照亮了描繪在地面上的巨龍和古靈的圖畫。

有幾個地方還存在有古靈魔法。在一幢建築物的一個房間中，一名守護者剛走進去，房間就開始發光，微弱縹緲的音樂聲響起，一股陳舊的香水氣味瀰漫在凝滯的空氣中。遠處彷彿傳來一點笑聲，但這聲音很快又消失在音樂裡。守護者們急忙逃出了那個房間。

刺青一直握著賽瑪拉的手。賽瑪拉很高興能夠碰到他溫暖的手心。刺青低聲問她：「妳覺得這裡可能還有古靈倖存嗎？我們會不會遇到他們？還是他們都藏起來了，正在暗處盯著我們？」

賽瑪拉給了他一個有些顫抖的微笑。「你在和我開玩笑，對不對？你想要嚇唬我。」

刺青深褐色的眼睛卻顯得異常嚴肅，甚至有些憂慮不安。「不，我沒有。」他向周圍環顧了一圈，又說道，「我一直都努力不去想他們，但我感到不安。我之所以會問妳，因為我真的懷疑。」

賽瑪拉立刻對刺青這番不祥的話做出回應。「我可不認為他們還在這裡。至少不是活著在這裡。」

刺青短促地笑了一聲。「這麼說是為了安慰我嗎？」

「不，不是。」賽瑪拉一樣感到非常緊張，「拉普斯卡在哪裡？」她突然問道。

刺青停下腳步，向周圍望了一圈。其他人都已經走到他們前面去了。

賽瑪拉提高了聲音：「拉普斯卡在哪裡？」

「我認為他在前面。」埃魯姆回頭向他們喊道。

刺青緊握住賽瑪拉的手。「他不會有事的。來吧，讓我們再往前走。」

他們一直在街上遊蕩。這裡有一些非常寬闊的廣場，它們空曠的樣子顯得格外詭異。賽瑪拉覺得這座城市既然已經被拋棄這麼多年，總會有新的生命重新填滿這個地方。野草應該從石板的裂隙中生長出來、噴泉的池水中應該生滿綠色的青苔，有青蛙在裡面游泳、鳥雀應該在房屋的簷下築巢、藤蔓應該覆蓋住一扇扇窗戶——但這些她都沒有看見。是的，這裡的確偶爾能看見零星的細小植物：一尊雕像的手指間出現了黃色的地衣、噴泉池基部的裂縫裡能看到一點苔蘚——但實在是太小了。這仍然是一座不可撼動的城市，經過這麼多年之後，它仍然是屬於古靈、巨龍和人類的地方。那些充滿野性的生命，那些大樹、藤蔓和糾葛不清的植物，它們曾經是賽瑪拉生命中無處不在的背景，卻在這裡根本無法找到立足之地。賽瑪拉覺得自己在這裡也是一個外人。

一些乾涸噴泉中的雕像正俯視著他們。賽瑪拉一點也感覺不到歡迎他們的氣氛。她不止一次盯著那些古靈女性的雕像，不由得開始思忖自己現在又變成了什麼樣子。那些女性都是身材高䠷、儀容優雅的生物，有著銀色、紅銅色和紫色的眼睛，臉上覆蓋著光滑如鏡的鱗片，有些人的頭頂上還生出了各種肉冠。她們的身上穿著琺瑯質地的彩色長裙，細長的手指上戴著各色寶石戒指。賽瑪拉不由想著，成為這樣的一個人會有那麼可怕嗎？她想到了刺青，刺青不就變得越來越美麗誘人嗎？

在一幢建築物裡，一排排石雕長椅似乎全都俯瞰著一個檯子。房間的牆壁上，布滿了巨龍和古靈的浮雕。經過了這麼多年，它們細膩精緻的彩色鑲嵌，仍然維持著鮮艷亮麗的樣子。在這個房間裡，賽瑪拉終於聽到了其他人一直在暗中議論的聲音：微弱的交談聲此起彼伏。她聽不懂那種抑揚頓挫的語言，但那些話語的意思，彷彿就在她的意識邊緣躍動。

「刺青。」她呼喚他的名字，但她更有可能只是希望聽到自己的聲音。

刺青突然點了一下頭。「我們出去吧。」

賽瑪拉很高興能夠跟隨刺青飛快的步子跑出那幢建築。現在天色已然漸漸變暗了。其他人很快聚集到他們身邊。大家不約而同地決定回到河邊去，在那裡的一幢小石屋中度過這個晚上。那幢房子是用普通的河灘石頭砌成的。堆積在房間角落裡的乾硬淤泥，說明了古早時期的洪水曾經淹沒這幢小屋。小屋的門窗早已化成塵土。在小屋古早的火爐裡，他們用潮溼的浮木生了一堆火，而後聚集在爐子前面取暖。當所有人都聚齊之後，大家才注意到拉普斯卡失蹤了。

「我們要回去找他。」賽瑪拉堅持說道。於是他們分成三隊，準備出去找人。這時拉普斯卡突然從屋外的暴雨中衝了進來。雨水順著他的頭髮一直流淌下來。他的衣服全部溼透了。他冷得直打哆嗦，卻又滿臉都是瘋狂的笑容。

「我愛這座城市！」拉普斯卡喊道，「這裡有這麼多值得看的東西，這麼多值得做的事。我們屬於這裡。我們一直都屬於這裡！」他想讓他們全都跟他回到克爾辛拉，在夜裡繼續探索這座城市。他完全不明白為什麼大家會拒絕他的提議。最後，他終於還是坐到了賽瑪拉的身邊。

風聲，雨聲，還有河水持續不斷的咆哮充斥在這個黑夜裡。遠處的山丘上傳來悠遠的長嚎。「狼！」諾泰爾悄聲說道。大家全都打了個哆嗦。對於他們，狼也只是傳說中的生物。那些狼嚎幾乎淹沒了克爾辛拉城中幽靈的竊竊私語。但只是幾乎。賽瑪拉那一夜都沒有睡好。

第二天的黎明時分，他們離開了克爾辛拉。大雨傾盆而下，寒風狠狠衝擊著河面。他們需要奮鬥大半天的時間，才能渡過這條河。賽瑪拉能夠聽到龍在遠處發出饑餓的嚎叫。辛泰拉不滿的吼聲正在賽瑪拉的意識裡轟鳴。看到其他守護者不安的表情，她知道他們也在承受著同樣的催促。他們已經不可能繼續在克爾辛拉停留了。隨著小船離開岸邊，拉普斯卡滿臉遺憾地回頭凝望那座城市。「我會回來的。」他彷彿是在向克爾辛拉做出承諾，「我一有機會，就會回來！」

因為荷比的飛行能力，拉普斯卡很快就實現了他的諾言。但從那以後，賽瑪拉就再也沒有回去過。每當她想到要返回那座城市的時候，好奇和謹慎就會在她的心中交戰不休。

「求妳，我必須讓妳看看那裡的一些東西！」

拉普斯卡的話將賽瑪拉拽回到現實之中。「不行，我必須為辛泰拉狩獵。」

「求妳！」拉普斯卡側過頭。他散亂的深褐色頭髮落到了眼睛上，而他依然懇切地看著賽瑪拉。

「拉普斯卡，我不行。辛泰拉餓了。」為什麼說出這句話的時候，她感覺是這樣地困難？

「嗯……她應該自己飛行和狩獵。也許，如果妳讓她餓上一兩天，她就會更努力地……」

「拉普斯卡！你會讓荷比捱餓嗎？」

拉普斯卡狠狠地踢了一腳地上的碎石，半是惱怒，半是羞愧。「不會，」他承認說，「不會，我不能那樣。我的荷比不能捱餓。她是那麼甜美，和辛泰拉完全不一樣。」

拉普斯卡的這句話刺痛了賽瑪拉。「辛泰拉沒有那麼糟！」實際上，辛泰拉是很糟糕。但這是她和她的龍之間的事，「我不能跟你走，拉普斯卡。我現在必須去打獵。」

拉普斯卡攤開雙手，向賽瑪拉投降了。「喔，好吧，」他又向賽瑪拉露出微笑，「那麼就明天。也許明天雨會小一些。我們能夠一早就去克爾辛拉，在那座城中度過一整天。」

「拉普斯卡，我不行！」賽瑪拉渴望騎在龍背上，在清晨的天空中翱翔，她渴望感覺到飛行的滋味，仔細觀看龍是怎樣飛行的。「我不能去一整天。我需要為辛泰拉狩獵，每天都需要。直到她飛起來之前，我什麼事都不能做。我不能修補我們的屋頂，不能縫補我的褲子，什麼都不能做。她一直在用她的意念催促我。我能感覺到她的饑餓。難道你不記得那種滋味嗎？」

賽瑪拉仔細端詳拉普斯卡的臉。拉普斯卡正在蹙起他那雙由細小鱗片組成的眉毛。「我記得，」男孩終於承認了，「是的，記得很清楚。」他突然歎了口氣，「今天我會幫妳狩獵。」他主動說道。「感謝你的好意，今天我的確需要你幫忙。」賽瑪拉知道刺青已經走遠了，現在根本追不上他，「不過明天辛泰拉也還是會再次感到饑餓的。」

拉普斯卡咬住自己的上唇，就像小孩子一樣苦苦思考。「我明白了，好吧，我今天會幫妳打獵，餵飽妳那懶惰的龍。明天，我會想些辦法，讓她能夠吃飽，又不會讓妳為了打獵花上一整天的時間。然後妳就能和我去克爾辛拉了吧？」

「我會的，而且我會衷心感謝你。」

「喔，等妳看到我為妳準備的東西，妳一定會更加感謝我的！現在，我們去打獵吧！」

「起來！」

瑟丹在顫抖和昏亂中醒來。通常每天的這個時間裡，他們都會讓他睡覺，是這樣嗎？現在是什麼時候了？燈光再一次讓他什麼都無法看見。他緩慢地坐起身，用手臂遮住眼睛。「你們想要我幹什麼？」他知道，他們不會回答他。他這樣說只是為了提醒自己：自己是一個人，而不是一頭啞巴牲畜。

但這一次，真的有人對他說話了。「站起來。轉個身，讓我看看你。」

瑟丹的眼睛稍稍適應了刺目的燈光。這頂帳篷並不是完全黑暗的，陽光能夠透過補丁和縫隙透進來，但燈光仍然讓他的眼睛裡湧出了淚水。現在他已經認識了這個人，他不是負責看管他的人，不是給他陳麵包、髒水和半腐爛的蔬菜的人，不是用長杆子戳他、讓他娛樂觀眾的人。不。他是那個自認為擁有瑟丹的人。他的個子矮小，有一個球狀根莖一樣的大鼻子，總是隨身帶著他的錢袋——他將那只大口袋背在肩頭，彷彿完全無法忍受讓自己的錢長時間離開自己。

瑟丹緩緩站起身。他本就是赤身裸體，但在這個人的審視目光中，他又有了一種更加強烈的赤裸感覺。今天早些時候來看過他的人又出現了。大鼻子轉向一個具有恰斯穿著風格的人。「就是他了。你想要購買的人。看夠了嗎？」

「他看起來很瘦。」那個人有些猶疑地說道，彷彿他想要砍價，卻又害怕激怒賣家，「而且生了病。」

大鼻子惡狠狠地笑了一聲。「我得到他的時候，他就是這樣了。如果你能找到一個身體狀況更好的龍人，就去買下那個龍人吧。」

片刻沉寂之後，恰斯商人又開了口：「我代表的客戶想要確實的證據。如果能讓我寄給他一份證據，我會建議他接受你的出價。」

大鼻子思考了片刻，然後陰沉著臉問道：「什麼樣的證據？」

「一根手指，或者是一根腳趾。」看到大鼻子憤怒的表情，這名商人又改口說，「或者只要一小節手指就好。我總需要一份信物。表明你對這樁交易的誠意。你的價格實在很高。」

「是的，的確很高。但我不會割下他身上任何無法再長出來的東西！我如果割傷了他，他就會感染並死亡。我就徹底失去我的財產了。我怎麼知道你們是不是其實只需要一根手指？不。你想要他的一部分身體，你就要付錢來買。先給錢再拿貨。」

瑟丹聽著他們的交涉，明白他們的每一點意思，但這只是讓他在恐懼中感到一陣暈眩。「你要賣掉我的一根手指？這太瘋狂了！看看我！看看我的臉！我是一個人！」

大鼻子轉過頭來瞪著他。他們的目光交匯在一起。「如果你不閉嘴，你就會變成一個血淋淋的人。你聽到我對他說的話了，我不會割掉你身上任何無法再長出來的部位，所以你沒有什麼可以抱怨的。」

瑟丹想到了這些人對待他的殘忍手段。在他們最近去過的倒數第二座城市裡的某個傍晚，一個看管他的人曾將他出租給一名好奇的客人。想到那個時候，瑟丹的心一下子翻了過來。這時，大鼻子的一名助手帶著笑容拿出一把黑柄小刀。瑟丹聽到自己的耳朵裡面響起一陣咆哮。

「必須有什麼東西，能夠證明你對他的描述，」購買者仍然堅持著。他將雙臂抱在胸前，「我會為此付你十枚銀幣。但是當我的主人滿意，想要購買他的時候，你必須將這十枚銀幣從價錢中扣除。」

大鼻子考慮了一下。他的助手用刀尖清理著指甲。

「二十銀幣，」大鼻子在還價，「否則我們不會割傷他。」

恰斯人咀嚼著下嘴唇，「我要一片肉，上面帶有鱗片，像我的手掌這麼大。」

「停下！」瑟丹發出怒吼，但他的吼聲變成了一陣嘶嚎，「你們不能這樣做。你們不能！」

「像我的兩根手指這樣大，」大鼻子以不容置疑的口吻說，「而且錢必須先在我的手上，我們才會幹。」

「成交。」買家立刻說道。

大鼻子向稻草中啐了一口，伸出他的手。錢幣一枚接一枚地落進他的掌心裡，發出叮噹的響聲。

瑟丹在鐵鍊束縛的範圍內盡可能向後退去。「我會和你們作戰！」他喊道，「我不會一動不動地讓你們切割我。」

「一切隨你，」大鼻子回答道。他打開錢袋，把錢幣扔進去，「給我小刀，利威爾。你們兩個坐在他身上，我會從他的肩膀上割一塊下來。」

望月第十四日
商人聯盟獨立第七年
來自金姆，卡薩里克信鴿管理人
致繽城貿易商芬波克

此雙重封錮的信管加有綠色和藍色蠟封。如果任何一道蠟封消失或被損壞，立刻通知我！

芬波克：

以此信至上問候。

依照你的要求，我一直在檢查從我們這裡發出的訊息。你知道我在這件事上所冒的風險。我認為你應該對我的努力予以更加慷慨的獎賞。我查到的訊息有一點混亂，但我們都知道：有祕密存在的地方，就一定有利潤可圖。儘管現在並沒有關於你的兒媳以及柏油人號遠征隊成敗的直接訊息，我認為我發給你的訊息仍然有著無法估量的價值。我提醒你：我們達成的協議，是為了我提供給你的訊息以及我在這件事上所冒的風險，你需要因此付給我酬勞。簡言之，我為此事冒了巨大的風險，如果這樣的訊息落進其他人的手中，或如果我的探察被發現，我將失去作為信鴿管理人的職位。如果我遭遇這樣的厄運，那麼所有人一定也都想要知道，我是在為誰做這種事。我認為，既然我承諾無論遭遇什麼事，都會對此嚴格保密，我的這份承諾對你一定也很有價值。當你再一次責備我提供的訊息毫無價值之前，你應該仔細考慮一下。如果河裡沒有魚，任何人當然都不可能捉到魚。

因為這個理由，你必須和城中的一名販鴿人談一談。他的名字叫謝拉普，住在肉販街。他能夠給我運來一批鴿子，這些鴿子將直接返回到他那裡，而不是進入信鴿公會的鴿舍。這可以確保我們聯絡的私密性。他會將我發去的信件轉交給你。這種服務不便宜，但機會永遠只青睞願意重視機會的人。

代我向你的妻子西莉亞問好。讓她繼續作為一名富有貿易商的妻子，過著她舒適富足的生活，我相信對於你們兩個都很重要。

金姆

4
克爾辛拉

她一個人走過荒涼的街道。一件閃閃發光的紅銅色古靈長袍包裹住她的身體。和這件長袍形成鮮明反差的是，她的靴子上能看到明顯的磨損痕跡，她背後的斗篷更因為長期使用而顯得傷痕累累。她沒有戴帽子，強勁的風將她的頭髮從結好的辮子裡揪扯出來，又迫使她不得不低垂下頭。愛麗絲在寒風中瞇起眼睛，一步一步頑強地向前走著。她的雙手快要麻掉了，但她仍然緊握著顏色已經接近於漂白的布卷。她身邊不遠處有一幢房子，房門開著且走道被清空，木質門板和百葉窗都早已朽爛掉了。

愛麗絲走進那幢房子，全身打著哆嗦，感激地歎了一口氣。房子裡並不暖和，但至少寒風已經不再會奪走她身體的熱量。萊福特林給她的古靈長袍能夠讓她的身子保持溫暖，卻無法保護她的頭、脖子以及雙手雙腳。充滿在寒風中的低語聲，在之前一直干擾她著的心神，但進入這幢房子後也消失了。愛麗絲抱緊自己的身體，把手夾在胳膊下面，讓它們暖和一點。她的目光掃過這幢被遺棄的建築物。這裡值得一看的東西並不多，地板磚上有顯著且能推敲的痕跡，應該是古早以前的木製家具腐爛後留下來的。愛麗絲溼漉漉的舊靴子踩過這裡的地板，帶走覆蓋在上面的灰塵。她才看出這裡的地面是一種豐艷的深紅色。

天花板上有個長方形窟窿，窟窿下面有一堆陳腐碎屑，意味此處曾經有一道樓梯，只不過早已化成灰燼。這裡的天花板依然完好無損，用切割石料做成的「長房梁」，交互支撐起一片網格狀結構。

在來到克爾辛拉之前，愛麗絲從沒有見到過這樣的建築，而這裡似乎到處都是這種斗拱相連、嚴絲合縫的石砌結構，就連最小的房子也不例外。

房間角落裡的壁爐也被保留著，它凸出在房間裡，上面覆蓋著彩色瓷磚。愛麗絲抓起身後的斗篷，將平整光滑的壁爐台擦抹乾淨，興致勃勃地對它仔細查看。她本以為那些紅色瓷磚上有些髒汙的痕跡，但那是一些黑色的蝕刻紋路。愛麗絲發現這些花紋有著統一的主題：烹飪和菜肴。一條肥美的魚放在一只大淺盤裡，它的旁邊有一個堆滿圓形根莖的大碗。那些根莖上還帶著葉子。在另一片瓷磚上，愛麗絲看到了一鍋熱氣騰騰的湯汁，第三片瓷磚上畫著一頭豬被架在火上烤熟。「看樣子，古靈享用著和我們一樣的食物。」

愛麗絲說話的聲音很輕，就彷彿她害怕驚醒房間的主人。自從拉普斯卡的龍第一次帶她拜訪這座廢墟城市之後，她就一直有著這樣的感覺。這座城市看上去彷彿空無一人，早已被放棄，變成了一座死城，但她總是無法擺脫這種感覺——彷彿只要走過一個轉角，她就會遇到這座城中的眾多居民，就會看見熙熙攘攘的熱鬧人群。在這些用帶有白銀脈絡的黑色巨石搭建的宏偉廳堂裡，她確信自己聽到了人們的輕聲細語，還有一次聽到有人在歌唱，但無論她怎樣呼喊和搜尋，都找不到一個人，只有空蕩蕩的房間和化作灰塵的家私器具。愛麗絲的喊聲甚至沒有嚇到處奔竄的松鼠和逃入天空的鴿子。這裡什麼都沒有，即便是一隻老鼠和一隻螞蟻都沒有。就算她偶爾能夠遇到一點植物，那些植物看上去也都很不健康。她不免覺得自己彷彿是這麼多年以來，第一個走進這個地方的生命。

這是一個愚蠢的想法。毫無疑問的，是冬季的寒風磨平了之前來訪者的所有痕跡。這座城市周圍，無論在此處還是在河對岸，都有著許多生命。環繞城市的連綿起伏的山丘上遍布茂密的森林。荷比能夠輕鬆地狩獵這裡的無數野獸。就在昨天，荷比找到並趕出了一整群愛麗絲不認識的有蹄類野獸，那些野獸每一頭都肥大得令人吃驚，紅龍從天空中驚嚇牠們，逼趕牠們跑下山，胡亂衝過森林而後來到河邊。那裡的龍群將這些野獸逐一撲倒，大吃了一頓。但遍布在這條河兩岸的大量鳥獸，卻似乎完全不會進入這座城市。

這只是克爾辛拉的謎團之一：這座城市直至今日都是如此完整，彷彿這裡的居民全都憑空消失了，愛麗絲在城中只找到了幾處看起來像是意外的損毀，其中只有一處是例外。那是一道巨大的裂隙，彷彿有人揮起一把巨斧，在城中劈砍出一道傷痕，截斷了許多條街道。河水注入後灌滿了這道裂隙。愛麗絲站在這道深藍色裂谷的邊緣，它深得似乎找不到底部——就是這道裂隙殺死了克爾辛拉嗎？還是它出現在這座城市死亡之後的歲月？為什麼這個古靈聚落中的建築物都是彼此獨立的，而深埋在崔豪格和卡薩里克地下的古靈建築卻相互連通，形成了一個整體？她的問題也許永遠都找不到答案了。

愛麗絲結束了對壁爐的清潔工作。有一塊瓷磚鬆動了，從壁爐上滑落到她的手中。她抓住這塊瓷磚，將它輕輕放在地上。這座家用壁爐不知完整地保存了多少歲月，卻因為她的輕柔擦拭而破損了。好吧，愛麗絲畢竟見到了它完整的樣子。它上面的圖案也會被記錄下來。至少這裡不會有崔豪格和卡薩里克那樣的慘重損失。這座古靈城市的樣貌，至少會被世人所銘記。

愛麗絲跪倒在壁爐前，打開了她帶來的布卷。這塊布曾經是一件白襯衫，因為經過河水的反復洗滌，它已經變成了黃色，上面的許多縫線也都被酸性河水腐蝕掉了，愛麗絲將剩下的這塊布當作書寫文字的紙張。這種記錄工具當然不能令人滿意，況且她的墨水也已經被稀釋過不止一次了，當她試著在布上書寫的時候，墨水總會暈開，讓字跡變得模糊，不過這總比無處可寫要好。等她得到了紙張和墨水，她會將所有這些筆記全部謄抄一遍。而現在，她絕不會冒險失去自己對這個地方的第一印象。她會先記錄下自己所見到的一切，隨後再進行確認。她對於這座久無人煙的古靈城市的勘察將會保留下來，無論她日後還會有怎樣的遭遇。

或者，無論這座城市本身日後會有怎樣的遭遇。

焦慮感讓她咬緊了牙關。萊福特林計畫明天早晨離開這裡，沿著他們來時的漫長旅程返回卡薩里克，甚至還有可能去崔豪格。在那座樹梢上的雨野原城市中，柏油人號的船長會從雨野原議會那裡收取他們所有人的酬金，然後他會購買補給品——保暖的衣服、麵粉、糖、油料、咖啡和茶。在此過程中，他必然會將發現克爾辛拉的事情公之於眾。愛麗絲已經和他討論過這樣做可能產生的後果。貿易商們會迫不及待地探索這座古靈城市，他們來到這裡不是為了學習，而是要進行劫掠，找到並帶走一切存留在這裡的古靈魔法寶物和藝術品。強盜和財寶獵人會成群結隊地殺過來。他們對任何東西都毫無敬畏之心，心中想的只有錢財。這個小房間裡的壁爐會被剝光瓷磚。克爾辛拉中心高塔上的巨型浮雕都會被切割下來，裝箱運走。那些財寶獵人還會搬走噴泉上的雕像，庭室中零星存留的文件、裝飾石雕、用途不明的工具，還有那些彩繪玻璃窗……所有這些都會被收集起來，當成貨物被運走。

愛麗絲想到了一個她和萊福特林共同發現的地方，那裡的大理石矮桌上還放著象牙和烏木棋盤，覆滿灰塵的棋子仍然整齊地擺放在棋盤上。愛麗絲不認得那些棋局，有一個花崗岩托架上的大碗裡堆放的翡翠和琥珀籌碼，她也不認得，更別說那些籌碼上雕刻的符文。「他們應該是在這裡進行賭博。」愛麗絲對萊福特林說。

「或者也許是祈禱。我曾經聽說：香料群島的祭司們，會使用符文石塊，以確認一個人的祈禱是否得到了回應。」

「也有可能。」愛麗絲回答道。這麼多謎團。那些桌子之間的通道非常寬闊。在那個房間的地板上，一塊巨大的石頭上有一些大片的黑色長方形在閃爍著光亮，「這是為巨龍準備的溫熱地面嗎？他們是不是會來這裡觀看人們賭博，或者傾聽他們的祈禱？」

萊福特林只能無可奈何地向愛麗絲聳聳肩。愛麗絲也覺得自己永遠都不可能知道這個問題的答案。關於克爾辛拉的種種線索，在那些盜賊到來之後，都將從這裡被剝離並出售，最終留存下來的，可能只有她所記錄的一切。

克爾辛拉遭受劫掠是必不可免的。自從認識到這一點之後，愛麗絲就懇求拉普斯卡每天讓荷比將她送到這座城市中來。所有白天的光陰，她都用於觀察和記錄，對於這裡的每一座建築物，她都不僅是匆匆走過。她相信，將這座古早城市中的一些角落詳細精準地記錄下來，要比浮光掠影地對整片地區一掃而過要好得多。

愛麗絲聽到外面的石板路上傳來腳步聲，腳步聲一直來到屋門前，是萊福特林沿著空曠的街道大步走了過來。他用抱在胸前的手臂壓住兩隻手，為它們保暖。他的下巴收在胸口前。在強風中，他瞇起灰色的眼睛，寒冷的空氣將他深褐色鬍鬚上方的面頰凍得通紅。風把他本就散亂的頭髮攪得更亂了。一看到他，愛麗絲的心就熱了起來。這位身材粗壯的船長穿著破舊的外衣和長褲。當愛麗絲還是繽城一位受尊敬的貿易商的女兒時，她對於這種粗漢子絕不會多看一眼。但在柏油人號上的這幾個月中，她發現了這個粗漢子真正的價值。她愛他，這份愛要遠遠超過她很早以前對自己那個殘忍的丈夫詔諭曾經有過的幼稚迷戀。和英俊倜儻、高貴優雅的詔諭相比，萊福特林說話粗魯，幾乎沒有受到過任何與精緻生活有關的教育。但他誠實，有能力，而且強壯。而且他愛她，如此全心全意、毫無保留。

「我在這！」愛麗絲向萊福特林喊道。萊福特林調轉方向，快步跑到她身邊。

「外面越來越冷了，」一走進這個小房間，萊福特林就對愛麗絲說道，「風正在變強。雨很快也會變大，還有可能會變成凍雨。」

愛麗絲迎上去和他擁抱在一起。萊福特林冰涼的外衣貼在她身上。但他們在彼此的懷裡都感到了溫暖。愛麗絲稍稍後退一步，將萊福特林粗大的雙手握在自己的手中，用力摩擦，「你需要一雙手套。」她對萊福特林說。但現在這種話實在沒什麼意義。

「我們全都需要手套，還有其他各種保暖的衣服，還有各種裝備，工具，食品給養和我們在那場洪水中失去的一切。恐怕我們之後去卡薩里克，才能弄到這些東西。」

「卡森說他可以……」

萊福特林搖搖頭。「卡森能夠獵到許多肉食，守護者們在這個新的地方也越來越擅長狩獵了。但我們全都需要食物，不僅僅是肉。龍也從沒有吃飽過。卡森會剝下每一頭獵物的皮，將它們鞣製成可以使用的皮革，這也需要時間。我們甚至連適切的鞣製工具都沒有。卡森製作出來的皮子，也只能當作鋪地和遮蓋窗戶的硬皮。要得到可以作為床褥和衣服的軟皮，還需要更多時間。這正是我們缺乏的。親愛的，我必須去卡薩里克，已經不能再耽擱了。我希望妳和我一起去。」

愛麗絲將前額貼在萊福特林的肩膀上，搖了搖頭。「我不行，」在萊福特林的懷中，她的聲音顯得有些模糊，「我只能留在這裡。這裡還有許多事情需要記錄，我必須在它們遭到破壞之前把它們記下來。」她抬起頭，在萊福特林說出那一番她已經熟悉，卻毫無用處的安慰言辭之前攔住了他，「你的工作進展如何？」她改變了話題。

「很慢，」萊福特林搖搖頭。他正在為這座城市設計一個新碼頭，「實際上，我能做的只有制定計畫，記下我都需要購買些什麼。這條河從城市前面奔湧而過。這邊的河岸很陡峭，河水很深，水流相當湍急。這裡沒有地方可以讓柏油人停泊，連一個能夠繫緊纜繩的地方都沒有，而且就算能夠橫渡河中的每一道湍流，我們也會被帶到下游很遠的地方。我不知道這條河在古早以前是不是這種樣子，但我相信不是。我懷疑這條河的水位會隨季節發生變化。等夏天到來的時候，河水一定會下降一點。如果是這樣，那麼夏季就是我們建起新碼頭的時候。」

「我會測試舊碼頭留下來的那些柱子。現在那座碼頭上木頭的部分，全都只剩下空殼了，但岩石砌成的那一部分，看上去還很牢固。我們可以在河另一邊的上游砍伐木材，做成木筏，順流而下到達這座城市。將原木從這裡送上岸，肯定是一場挑戰，而且現在就嘗試這種事只是在浪費時間，我們沒有工具和配件來建造那種可以讓大型船隻停靠的碼頭。唯一能夠搞到這些東西的地方，只有……」

「崔豪格。」愛麗絲替他把話說完。

「崔豪格。卡薩里克也有可能。不管怎樣，它們都在很遙遠的地方。上一次我在這艘船裡裝滿了一場遠征所需要的物資，那時我還沒考慮過要在雨野原河上游建立一個聚落，而守護者們在那場洪水中失去了大量基本裝備和額外的衣服以及毯子。現在我們的物資完全不夠敷衍。在我帶著新的補給品回來之前，這裡的冬天將非常難熬。」

「我不想和你分開，萊福特林。但我要留在這裡，繼續我的工作。我想要盡可能了解這座城市。因為它很快就會被蜂擁而至的貿易商撕碎了。」

萊福特林歎了口氣，將愛麗絲抱緊。「親愛的，我已經和妳說過一百遍。我們會保護這個地方。其他人不會知道來這裡的路徑。我也不打算公開我的航線圖。如果他們想要跟著我們來到這裡，那麼他們就會發現柏油人能夠日以繼夜地航行。即使他們真的跟著我們找到了這裡，他們也會像我們一樣無法在城市前的河岸停泊。我會竭盡全力阻止他們，愛麗絲。」

「我知道。」

「那麼，我們能不能討論一下妳不想返回崔豪格的真正原因？」

愛麗絲又搖了搖頭。她的臉貼在萊福特林的肩膀上，不得不承認說：「我不想去任何將我視為愛麗絲．芬波克的地方。我不想去接觸舊日生活的任何一部分。我只想要這裡的生活——現在這樣的生活、和你在一起的生活。」

「我的女士，我的愛人，聽我說，我不會讓任何人從我這裡把妳偷走。」

愛麗絲抬起頭，看著萊福特林的眼睛。「今天，在我工作的時候，我有了一個想法。不如你在回去的時候直接說我死了？你可以送一隻信鴿給詔諭，一隻給我的父母，說我落水淹死了。他們一直都認為我笨拙又愚蠢，肯定會相信的。」

「愛麗絲！」萊福特林驚恐地說道，「我絕不會說這種話，即使是謊言也不行！那樣妳的家人就太可憐了！妳不能那樣對他們！」

「我覺得他們會相信的。」愛麗絲喃喃地說道。但她知道，他們一定會為她而哭泣。

「而且妳還要考慮妳的作品。妳不可能在死了之後，還能完成這部作品！」

「什麼？」

萊福特林放開她，後退了一步。「妳的作品。妳對巨龍和古龍的研究。妳對他們已經研究了這麼長時間，不可能這樣就放手。妳需要完成它。它會成為一部鴻篇巨著，那絕不是能夠輕鬆完成的。整理妳的日誌和繪畫，然後與古靈麥爾妲和雷恩見面，將妳的發現告訴他們，甚是向全世界公布妳的成就。如果妳說自己已經死了，那麼妳的一切發現也將變得不再可信，更不可能得到人們的保護。」

愛麗絲完全無法描述湧入自己心頭的種種情緒。竟然會有人對她說這樣的話，她幾乎無法相信自己的耳朵。「你……你明白這對我意味著什麼？」她將目光轉開，因為她突然感到很是尷尬，「我的紀錄和我那些愚蠢的小素描，我嘗試進行的翻譯，我的……」

「夠了！」萊福特林的話語中帶著震驚和責備，「愛麗絲，妳所做的事情一點也不『愚蠢』，就像我繪製的雨野原河航線圖，也絕不是『愚蠢』的。難道妳會如此輕視我們的工作嗎？不要再貶低妳自己了，尤其不要對我說這樣的話！我愛上的是一位以自己最真誠的心意描繪和記錄這次偉大航行的女子。這樣一位受過良好教育、學識淵博的女士，願意花時間向我解釋這一切，讓我只感到受寵若驚。妳做的事情非常重要！無論是對於雨野原人，對於巨龍還是對於我們的歷史，它都是不可或缺的！我們來到了這裡，看到了這些龍和巨龍守護者的變化。這些年輕人正在變成古靈。我們的世界迎回了第一批巨龍和古靈。現在，我們只是這裡的一小群人，但妳看不出這些龍和他們的守護者將造就怎樣的未來嗎？荷比每天都在變得更加強壯。其他龍也都開始能夠短暫飛行了。儘管他們現在往往還是會落進河裡或者撞到樹林中，但等到這個冬季結束的時候，我相信絕大多數巨龍至少都能夠飛行一定的距離，自己進行狩獵。沒有一個守護者要返回崔豪格和卡薩里克。他們都留在這裡，其中一些人還結為了伴侶。莎神護佑我們！愛麗絲，這是一個新的開始。妳已經是這個開始的一部分了。現在要回頭已經太晚了。要躲藏起來也已經太晚了。」

「我並不真的想要躲藏。」愛麗絲慢慢走到壁爐前，跪倒下去，很不情願地從地板上拿起一塊裝飾瓷磚，「我答應過麥爾妲，我要讓這一切能夠留下來。」她審視著這片瓷磚。瓷磚上精緻的線條描繪除了一口正在冒泡的湯鍋。湯鍋周圍環繞著一圈各色香草。「你出發的時候，我會讓你把這個帶給她，還有我的一封信，讓她知道我們真的找到了克爾辛拉。在這個世界上，還有一個可以供巨龍和古靈生活的地方。」

「妳可以和我一起去，將這一切親口告訴她。」

愛麗絲幾乎是有些激動地搖搖頭，「不，萊福特林。我還沒有準備好面對這個世界。我會寫一封信，讓你寄給我的家人，讓他們知道我還活著，安然無恙。但我能做的只有這些。其他的，我還做不到。」

愛麗絲回過頭去瞥了萊福特林一眼。萊福特林正在盯著地面，緊緊抿起的嘴唇顯示出他深深的失望。愛麗絲站起身，來到他面前。

「不要以為我不打算去面對我必須面對的一切。我要徹底割斷和詔諭的一切關係。我想要自由地站在你身邊，不是作為他的私奔的妻子，而是一個選擇了自己生活的女人。詔諭破壞了我們的婚姻契約。我已經不再需要被他束縛了。」

「那麼就將這個訊息通知繽城議會，宣布和他斷絕關係。他違背了對妳立下的誓言。你們的契約只是一紙空文。」

愛麗絲歎了口氣。這是另一個他們以前就談過的話題。「你剛剛責備過我不應該裝死，你說那樣會傷害我的家人。實際上，我找不到一個方法，能夠迫使詔諭放開我，同時又不比傷害到更多的人。我可以說他對我不忠，但我沒有能夠站出來證實這件事的證人。我不能要塞德里克出來。這樣只會將羞恥帶給他的家族！而且他正在這裡營建自己的新生活，就像我一樣。我不想將他從卡森身邊帶走，讓他返回繽城。他若回到繽城，只會成為流言蜚語和殘忍笑話的源頭，詔諭甚至會直指他是個騙子。

我知道詔諭能夠找到許多朋友發誓證明他說的才是實話，無論他到底說了些什麼。」

愛麗絲吸了一口氣，又說道：「這也會徹底毀掉我的家族的社會地位。儘管我們在繽城已經沒有什麼地位可言了。我將不得不站在繽城議會面前，承認我是一個傻瓜，不只是嫁給了詔諭，還為他浪費了這麼多年的光陰……」

愛麗絲的聲音低沉下去，強烈的羞恥感從她心中升起，將她吞沒。每一次想到那些被自己丟在身後的東西，她就不得不承認，詔諭依然束縛著她。這麼多年以來，她一直奇怪為什麼詔諭待她如此冷酷。為了贏得詔諭的注意，她不止一次令自己蒙羞。而她的努力所贏得的只是詔諭對她的輕蔑。直到她離開繽城，來到雨野原，開始對她所鍾愛的龍進行短暫的研究，她才發現她的丈夫真實的一面。詔諭對她從沒有過半點關愛。這場婚姻只是一副被他用來遮擋自己真實喜好的面具。塞德里克——愛麗絲青梅竹馬的朋友和她的丈夫的助手——但他實際上絕不僅僅是詔諭的祕書和僕人。

而且詔諭的朋友們全都知道這件事。

一想到這些，愛麗絲就感覺喉嚨發緊，腸子彷彿被打了一個結。她怎麼會如此盲目？如此愚蠢？如此無知又如此天真幼稚？在這麼多年裡，她怎麼都不曾懷疑過詔諭在床上的那種古怪表現，只知道默默忍受他那一點點鋒利的冷嘲熱諷和對她的忽視？除了自己的愚蠢，愛麗絲再也找不到其他答案。愚蠢，愚蠢，愚……

「不要這樣！」萊福特林握住她的手臂，輕輕搖晃她，同時還在不停地對她搖頭，「我不想看到妳這樣。妳瞇起眼睛，緊咬著牙，我知道妳的腦子裡在想什麼。不要再自責了。有人欺騙了妳，傷害了妳。妳不需要為此而背負重擔。錯在作惡的人，而不在受傷害的人。」

愛麗絲歎了口氣，但她在內心裡並沒有放下這副重擔。「萊福特林，我們都知道那句諺語：『騙我一次，錯在你；騙我兩次，錯在我。』而他愚弄了我一千次。他的朋友笑話了我一千次，我卻從沒有懷疑過。我再也不想回繽城去了。絕不。我絕對不想再看到那裡任何我認識的人，不想再去想有誰知道我是個傻瓜，卻沒有告訴我。」

「夠了，」萊福特林突然說道，但他的聲音非常溫柔，「天就要黑了。我感覺一場更嚴重的暴風雨即將到來。我們要回河邊去了。」

愛麗絲向屋外瞥了一眼，表示同意：「在天黑以後，我也不想還被困在河這一邊。」然後她又轉頭看著萊福特林，等待萊福特林再說些什麼。但萊福特林只是保持著沉默。愛麗絲也沒有再開口。有時候愛麗絲會感覺到，無論他們有多麼親近，萊福特林終究是雨野原人，而她是在繽城長大。有一些事情是萊福特林不會提起的。但愛麗絲突然又決定，這件事不能就這樣被放下。她清了清嗓子，又說道：「天越晚，這裡的聲音似乎就越大。」

萊福特林看著她的眼睛說：「是的。」然後他向門口走去，朝外面望望，以確定沒有危險。這個簡單的動作讓愛麗絲的背上掠過一絲寒意。萊福特林是不是認為他們能看到什麼東西？甚至看到一些人？這時萊福特林又低聲說，「在崔豪格和卡薩里克的一些地方，會發生同樣的事。我是說，在那些被埋葬的廢墟裡，而不是在樹上的城市中。不過讓它們出現的不是夜晚。若當妳孤身一人，而且感覺孤獨的時候，那些東西就會變得更加真實。這種感覺在克爾辛拉要比我經歷過的其他任何地方，都更加強烈。不過這並不比有人居住的城市更糟糕。在這座城市裡，尤其是在宏偉建築和寬大街道集中的地方，我幾乎時時刻刻都能聽到那些細語聲。它們的聲音很小，卻持續不斷。最好完全不要去理會它們。不要讓妳的意識集中於它們之中。」

他回過頭，看了愛麗絲一眼，愛麗絲有一種感覺——暫時自己想知道的也就只有這些了。她能感覺出來，有些事萊福特林沒有告訴她，但她盡可以將這些問題留待他們回到燒著溫暖明亮的爐火的小屋中時再說。這座正在聚集陰影的寒冷城市，已經不是說話的地方了。

愛麗絲收拾起自己的物品，其中也包括從壁爐上掉落下來的那塊瓷磚。她再一次端詳瓷磚上的畫面，然後將它交給萊福特林。萊福特林從衣袋裡拿出一塊破舊的手帕，將這件珍貴的物品包裹好。

「我會好好照顧它。」不等愛麗絲提出要求，他便向愛麗絲做出承諾。然後他們手挽著手，離開那幢房子。

到了屋外，烏雲密布的天空已經變得越發幽暗。雲層比剛才更加厚重，連綿起伏的山丘和更遠處的陡峭懸崖，已把太陽遮住了一半。房屋的陰影籠罩了蜿蜒曲折的街道。愛麗絲和萊福特林快步前行，寒風一路吹著他們。當他們離開愛麗絲剛才勘察的那座樸素房屋、進入到這座城市的主城區，周圍的細語聲變得越來越響亮了。愛麗絲不是用耳朵聽到它們，也無法從那綿延不斷的言語溪流中分辨出任何獨立的辭句——那更像是一種感覺，壓迫著她的意識。她搖搖頭，拒絕接受它們，同時加快了腳步。

她從不曾置身於這樣的城市中。繽城算是一座規模很大的城市了，有許多值得一看的城市建築，但克爾辛拉卻讓那些當代的人類造物顯得格外矮小。克爾辛拉的某些道路是非常寬闊的，足以讓巨龍從這裡擦肩而過。那些光芒閃爍的黑石殿堂也都足以容納巨龍在其中活動，它們的頂部極高，門口也是無比高大。他們見到的許多台階中央的部分都極高極寬，完全不是為人類的雙腿設計的，每一個台階要普通人邁出兩步才能走過，高度更是只能讓人從上面跳下來。在這些巨大的台階旁邊，才是為人類上下走動而設計的細小階梯。

愛麗絲經過一座乾涸的噴泉，那座噴泉中央有一尊真實比例的巨龍雕像，它正用兩條後腿站起，用大嘴和前爪控制著一頭還在掙扎的鹿。在另一個街角，愛麗絲看到了一尊古靈政治家的雕像。那位政治家一隻纖細的手裡捧著一支卷軸，另一隻手指向天空。這些雕像都是用帶有銀色紋路的黑石頭雕刻而成的。很顯然，這裡是古靈和龍共同的居所，他們甚至可能就居住在同一個屋簷下。愛麗絲想到那些守護者，想到他們的龍對他們造成的改變，不由得開始思考：是否有一天這座城市會再一次變得繁榮昌盛？

他們走上一條寬闊的大道，咆哮的寒風變得更加強勁。愛麗絲用自己破舊的斗篷緊緊裹住身子，低下頭抵抗強風的吹襲。這條街道直接通向殘存的河邊碼頭。那裡曾經停泊有高大的船隻，現在卻只剩下幾根石柱立在水中。愛麗絲抬起頭，透過模糊的眼睛望向在黑暗中閃爍著光澤的河面。在遠方的地平線上，太陽正漸漸沉入到林地山巒之中。「拉普斯卡在哪裡？」她在風中半是說話，半是喊嚷，「他說：日落時，會帶荷比到河邊。」

「他會來的。那個小子也許有一點奇怪，但如果說到信守諾言，他應該是最有責任心的守護者。看，他們過來了。」

愛麗絲順著萊福特林的手指望去，果然看見了他們。那頭龍正在一座能夠俯瞰河面的雕像前。雕像旁邊有一道破碎的斜坡。從這道斜坡側面的浮雕，愛麗絲得知它曾經是巨龍起飛的地方。她推測，也許身體沉重的年老巨龍需要從高處起飛，以方便自己的身軀離開地面。這道斜坡原先可能非常高，但在無數場冬季洪水的衝擊下，它一次次崩塌，現在剩餘的部分只是稍稍凸出在那座雕像前面了。

荷比的守護者已經爬上了雕像所在的石台，正站在兩尊比真人巨大許多倍的古靈雕像腳邊。這兩尊古靈雕像應該是一對夫婦，其中男性古靈伸手指向遠方，女性古靈伸出指尖，優雅側頭的樣子表明她在和自己的丈夫望著同一個方向，也許他們正在遙望一頭飛翔的巨龍。拉普斯卡揚起頭，正在伸直手臂去觸摸一個古靈的屁股。他愣愣地盯著這兩個高大英俊的生物，彷彿完全被他們迷住了。

他的荷比則很有些不耐煩地在等待他。也許這頭龍又餓了，最近她做的事情只有狩獵和進食，然後繼續狩獵。現在這頭紅龍已經比愛麗絲最初見到她的時候大了一倍，而且不再是原先那頭蠢笨癡呆的生物了。她的身體和尾巴都變得更加纖長，全身鱗甲和半張開的翅膀閃爍著紅艷的光彩。落日餘暉在她的身上映射出奪目的光輝。她彎曲自己的長脖子，轉頭向愛麗絲和萊福特林望過來。愛麗絲能看到一根根肌肉在她長頸上的遊走。突然間，荷比垂下頭，發出低沉的嘶吼，彷彿是在發出警告。愛麗絲停住腳步，高聲喊道：「出什麼事了？」

風吹走了她的話語。拉普斯卡沒有回答。龍抬起頭，用後腿撐起身體，嗅了嗅拉普斯卡，用鼻子頂了他一下。那個男孩的身體被她頂得動了動，卻沒有顯示出任何有知覺的跡象。

「喔，不，」萊福特林呻吟一聲，「求妳，莎神，不要。再給這個男孩一次機會吧。」他放開愛麗絲的手臂，快步向男孩和龍飛奔過去。

龍揚起頭，發出響亮的哨音。愛麗絲心頭一緊，她以為那頭龍要向萊福特林噴出強酸了，但荷比只是又用鼻子頂了一下拉普斯卡，依然沒有得到任何反應。然後荷比恢復了四足著地的姿勢，盯著萊福特林和愛麗絲，雙眼不斷旋轉。她顯然在為什麼事感到悲苦。紅龍的這種表情只是讓愛麗絲更加感到慌亂。一頭情緒惡劣的龍肯定是一頭危險的龍。

「拉普斯卡！不要再做白日夢了，好好照顧荷比！拉普斯卡！」愛麗絲在風中拚命呼喊。

年輕的守護者一動不動地站立著，一隻手按在雕像上。迅速暗淡下去的陽光仍然能夠照亮他雙手和臉上紅色的鱗片。荷比攔住了萊福特林，但船長以敏捷的步伐繞過了她。「我要去幫他，龍，不要擋我的路。」

「荷比，荷比，不會有事的，讓他過去，讓他過去！」愛麗絲已經完全不在意自己的危險，而是竭盡全力想要吸引開極度焦慮的龍。此時萊福特林已經用雙手撐住齊胸高的石台，攀了上去，然後伸出雙臂抱住拉普斯卡的胸膛，從雕像前猛轉過身，將那個男孩從黑底銀紋的石塊上扯開。與此同時，守護者發出一聲無言的驚呼，一下子癱軟在萊福特林的臂彎裡。萊福特林突然承受住拉普斯卡的全部體重，不由得踉蹌了一下，他們兩個都坐到了雕像的腳邊。

荷布不安地來回跑動，在激動中前後擺頭。她是唯一不曾和愛麗絲有過交談的龍。儘管是現在唯一能夠飛行和狩獵的巨龍，但她似乎從來都沒有過非常清晰的思維。明顯是受到了拉普斯卡陽光氣質的影響，她也總是那麼開朗快樂。而現在，萊福特林將她的守護者抱在臂彎裡，憂心忡忡地不斷和他說著話。荷比更是一副憂愁慌張的樣子，完全像是一頭為主人著急的狗，而不是強大輝煌的巨龍。

即使如此，愛麗絲還是遠遠繞開荷比才登上了石台。爬上這麼高的檯子，她顯然要比萊福特林吃力得多。不過她最終還是上來了。船長跪在冰冷的石階上。拉普斯卡仍然只是軟綿綿地躺在他的臂彎裡。「他出什麼事了?到底發生了什麼事?」

「他被淹沒了。」萊福特林滿懷恐懼地低聲說道。

不過就在這時，拉普斯卡的臉歪向了愛麗絲。愛麗絲看到男孩他那種傻傻的笑容，一雙眼睛似睜非睜。她不由得一皺眉頭。「淹沒了?他看上去更像是喝醉了!不過他是從哪裡搞到了酒呢?」

「他沒有喝酒。」萊福特林又晃了晃男孩，「他沒有喝醉。」但船長又晃動了他一下，就好像真的在搖晃一個喝醉的男孩，「回來，小子。回到你自己的生命中來。這裡有一頭龍需要你。天就要黑了。風暴也就要來了。你必須醒過來。在天黑之前，你得帶我們回到河對岸。」

他向愛麗絲瞥了一眼。現在他又變成了應對緊急事態的萊福特林船長。

「跳下去，接住他的兩條腿，我們把他先放到下面去。」萊福特林命令道。愛麗絲立刻服從了命令。這個小子什麼時候變得這麼高了?當萊福特林將拉普斯卡送到愛麗絲的臂彎裡，愛麗絲不由得感到一陣驚詫。愛麗絲最初見到拉普斯卡時，他還只不過是一個少年，一副單純的樣子讓他看上去可能比實際年齡還要年輕，然後他和他的龍在洪水中消失了，所有人都相信他們兩個全都死了。他們回來之後，紅龍荷比已經成為了一頭名副其實的捕食猛獸，而拉普斯卡則變得更加成熟，卻也更加捉摸不定。有時候他就像是一名神祕的古靈，有時候卻又彷彿變回了一個單純的男孩。就像所有守護者一樣，他和龍的緊密關係讓他發生了變化。透過他的破褲子，愛麗絲能看見他腳上和小腿上厚重的紅色鱗甲。這讓愛麗絲想到了雞腿上的橙色粗皮，而且他的身子也像鳥一樣，比愛麗絲預料的要輕盈許多。萊福特林放手的時候，愛麗絲甚至能夠將他完全抱住，扶著他在地上站穩。這時男孩的眼睛完全睜開了。

「拉普斯卡?」愛麗絲說道，但男孩只是無力地靠在她的肩膀上。

隨著一記沉重的落地聲和一聲悶哼，萊福特林站到了愛麗絲身邊。「把他給我。」船長用粗重的聲音說道。荷比將鼻子頂住拉普斯卡的後背，推得愛麗絲踉蹌著靠在了石台上。「龍，不要這樣！」萊福特林命令荷比，但看到紅龍迅速轉動的眼睛，他又溫和地說道，「我正在救他，荷比。給我一些空間。」

愛麗絲不知道荷比是不是聽懂了船長的話，但她的確後退了一步。萊福特林急忙讓拉普斯卡平躺在冰冷的石板地面上。「醒醒，小子。回到我們這裡來。」他輕輕拍拍拉普斯卡的臉，然後扶住男孩的肩膀，讓他坐起身，不停地搖晃他。拉普斯卡的頭向後仰著，眼睛睜大著，然後，他的頭又突然向前垂下去，生命的光彩彷彿回到了他的臉上。他親切的微笑又在他的臉上綻放開來——這才是他最常有的表情。他的一雙眼睛看著萊福特林和愛麗絲，眼眸裡淨是歡快的神采。「她穿著節日盛裝，」他快樂地說道，「那是一件用鱔魚皮做的長裙。長裙被染成粉色，和她眉頭的鱗片完全一樣。她簡直比一朵風球花上的小蜥蜴更加纖細，她的嘴唇比薔薇花的花瓣更柔軟。」

「拉普斯卡！」萊福特林對他厲聲斥責，「馬上回到我們這裡來。這裡。我們很冷，天就要黑了。只有莎神知道，這座城市在多久以前就已經死去了。這裡沒有節日，也沒有穿著你所說的那種衣服的女孩。馬上回來！」他用雙手捧住這個年輕人的臉，強迫拉普斯卡看著自己氣勢洶洶的雙眼。

很長一段時間之後，拉普斯卡突然將膝蓋收到胸前，全身都開始劇烈地顫抖起來。「我好冷！」他抱怨道，「我們要回到河對岸去，生一堆火把身子烤暖。荷比！荷比，妳在哪裡？天黑了！妳要帶我們回到河對岸！」

聽到拉普斯卡的聲音，紅龍立刻將頭伸到他們三個中間，把萊福特林和愛麗絲全都頂了出去。她張開大嘴，品嘗著拉普斯卡周圍的空氣。拉普斯卡則高聲喊道……「當然，我沒有事！我只是覺得很冷。為什麼我們要在這裡耽擱這麼長時間？現在天就要黑了。」

「天已經黑了，」萊福特林依然用生硬的語氣教訓他，「我們在這停留這麼久，全都是因為你的疏忽。我真無法相信你竟然這麼無知！但現在不是說這件事的時候，我們需要先回到河對岸。」

守護者迅速恢復了清醒。愛麗絲看到他坐直身子，然後有些蹣跚地站起身，搖搖晃晃地向他的龍走去。當他的手一碰到荷比，他們兩個立刻平靜了下來。一直在左右搖晃的紅龍穩住了身子。拉普斯卡則深吸一口氣，轉向愛麗絲和萊福特林。他的臉鬆弛下來，恢復了平日裡英俊的模樣。他將深褐色的頭髮向後一推，幾乎是帶著一點責備的意思說道：「等到可憐的荷比第三次過河的時候，天一定已經完全黑了。我們現在要馬上出發。」

萊福特林說道：「愛麗絲第一個，然後是你，最後是我。現在應該有人先到河對岸去等你，同時我也不想讓你一個人在天黑的時候待在這邊，沒有人照看你。」

「照看我？」

「你知道我在說什麼。等我們安全到達對岸，生起火來以後再談這件事。」

拉普斯卡帶著受傷的眼神看了萊福特林一眼。不過他只是說道，「那麼，就愛麗絲第一個。」

這不是愛麗絲第一次騎龍了，但她覺得自己永遠也不可能適應這種活動。愛麗絲知道，其他龍都不贊成荷比允許區區人類騎在她的背上，彷彿她只是一頭普通的馱獸，而且愛麗絲很擔心其他龍會因此而找荷比的麻煩。個頭最大的雌龍辛泰拉對這件事反對得尤其激烈。但現在這些事和她劇烈的心跳相比，都已經不算什麼了。她沒有韁繩可以握持，甚至連一根細繩都沒有。「為什麼需要那樣的東西？」拉普斯卡曾經這樣問她。那是拉普斯卡第一次求荷比背愛麗絲過河的時候，愛麗絲希望能有一些可以抓住的東西，「荷比知道要去哪裡。只要坐穩，她就能帶妳過去了。」

萊福特林將愛麗絲扶上龍背。荷比知道愛麗絲要上來，所以一直蜷縮起身子。但即使是這樣，要爬上紅龍覆滿光滑鱗片的肩膀也很不容易。愛麗絲跨坐在荷比的翅膀前面。這種樣子一點也不淑女。因為沒有任何地方可以抓握，她不得不向前趴下，兩隻手按在龍脖子的兩側。荷比已經學會了先快步奔跑，然後縱身躍向空中的飛行方式。拉普斯卡覺得一頭龍就應該這樣飛起來。但其他龍都覺得這完全是大錯特錯。他們說，龍應該直接跳上半空，同時搧動翅膀，逐漸升高。不管怎樣，荷比在每次飛行的時，候還是會先從山坡上跑向河邊，隨後向天空跳起，猛地張開翅膀，然後開始有些搖晃地拍打她沉重寬闊的皮翼。每一次愛麗絲都覺得荷比馬上又要掉下去了，不過每一次荷比都會在天空中穩住身子。

一旦升空之後，紅龍雙翼的搧動就會越來越穩定，帶著她和愛麗絲越飛越高。冷風吹過愛麗絲的面頰，穿透她的破斗篷，讓她的臉上很快就會有一種火燒的感覺。愛麗絲緊緊貼在荷比的脖子上，儘量抓緊那些光滑鱗片下面粗壯的肌肉。只要荷比歪歪身子，她一定會落進寒冷的河水中，立刻被淹死。沒有人能救她。荷比自從被洪水沖走，在水中泡過那兩天之後，就對水有一種莫名的恐懼。她絕不會飛到冷水裡去救一個落水的騎手。愛麗絲將這些令人心驚膽戰的想法從腦海中推走。她不會掉下去。就是這樣。

她瞇著眼睛，盯著遠方河岸上的丁點火光，希望自己能儘快到達那裡。那裡的火光並不多。守護者們和船員們住進了所剩不多的一些還算完整的房屋裡，並儘量讓這些房子能夠抵抗風雨吹襲。即便如此，那裡也仍然遠遠不像是一個村子。**不過很快就會有更多的人來到這裡**，愛麗絲哀傷地想道，等到他們發現克爾辛拉的訊息洩露出去，一定會有許多人前來。也許，他們將帶來克爾辛拉的末日。

萊福特林看著紅龍在幽暗的天空中越來越遠，越來越小。「莎神照看她。」他低聲祈禱，然後又禁不住歪了歪嘴唇，覺得自己有些滑稽。在愛麗絲走進自己的生活以前，他從不是一個會祈禱的人。現在每一次愛麗絲堅持要冒險的時候，他都發現自己在不由自主地祈禱。探索被遺棄的城市，嘗試狩獵，騎在飛行的龍背上……萊福特林看著消失在黑暗中的愛麗絲，搖了搖頭。儘管他總是要為這個女人擔心，但打從一開始，正是愛麗絲的冒險性格吸引了他。當愛麗絲第一次出現在碼頭上的時候，她戴著帽子和面紗，穿著荷葉邊的長裙。那時萊福特林完全被驚呆了。這樣一位柔美的女士竟然會來到危險的雨野原河邊，還要登上他的駁船。

現在，愛麗絲的兩隻手已經變得粗糙，一頭秀髮總是紮在腦後，她的面紗和緞帶帽子也都不見了，但她仍然是那位美麗而非凡的女子，仍然是那樣高貴典雅，就像一件品質最好的工具，無論使用多少次，也還是完整如初。她是他的愛麗絲，像巫木一樣堅韌，又像蕾絲一樣精緻。

現在，他已經看不見愛麗絲和龍了。黑暗吞沒了她們。但他還是一直凝視著遠方，心中盼望荷比安全飛過大河，盼望愛麗絲能夠安全到達河對岸。

「她們落地了。」拉普斯卡平靜地說。

萊福特林驚訝地轉向男孩。「你能看那麼遠？」

拉普斯卡快活地笑起來。他的眼睛在沉沉暮色中閃動著藍光。「我的龍告訴我的。她已經回來接我們了。」

「當然。」萊福特林說道。他暗自歎了一口氣。有時候，他實在是太容易忘記拉普斯卡和龍的連結了。他也太容易忘記這名年輕古靈身上的孩子氣。就像所有正在長大的男孩一樣，拉普斯卡對於危險的事情總是很感興趣。今晚他就太過莽撞了。就連他的龍也能感覺到這其中的危險。絕不能允許他再冒這種險了。

萊福特林清了清嗓子。「我們找到你的時候，你在做什麼？不要找理由。你是雨野原的孩子，不要告訴我你不知道這其中的危險。你到底在想什麼？你想要讓自己被淹沒在記憶中嗎？讓我們永遠失去你？」

拉普斯卡正視著萊福特林的雙眼。那一雙藍色的眼睛在黑暗中閃閃發光，就像經歷過多年變化的雨野原老人那樣明亮。他的微笑變得更加燦爛，而他也快活地承認說：「是的，我是這麼想的。」

萊福特林緊緊盯著他。男孩的話讓船長大吃了一驚。但萊福特林能聽出來，男孩沒有開玩笑，他是認真的。「你在說什麼？你想要成為一個只知道流口水的白癡嗎？永遠在古靈的記憶中流浪，任由你的身體完全失去控制？成為所有愛你的人的負擔，還是等到所有人都拋棄自私的你，再任由你自己躺在汙穢中餓死？你知道，你只能有這樣的結果。」

萊福特林盡可能用恐怖的語言描述那些淹沒在記憶中而死去的人——必須讓這個男孩明白，絕不能再為了不屬於他的那些來自於過去的歡愉而喪失自己的理智。「淹沒在記憶裡」是雨野原人對這種狀態的說法。當古靈城市第一次被發現的時候，出現了非常多這樣的病例。現在這種情況已經不是那麼普遍了，但個案仍然時有發生，尤其是經常會出現在像拉普斯卡這樣的年輕人身上。一些特定的石牆和雕像會和人的思維建立聯繫，往往具有很大的誘惑力。雨野原的生活已經不像原先那樣嚴酷了，但到現在也沒有一個雨野原人能夠享受到那些城市廢墟中的石頭所記憶的奢華生活。只要一個小夥子探索了那樣的一段記憶。那種誘惑就會一次又一次地回到他的夢中，讓他在那些節日，音樂，羅曼史中縱情尋歡。那種誘惑太巨大了，根本不是人們能夠抵抗的。如果不加以干預，年輕人最終都會淹沒在那些記憶裡，忘記自己的生活，忘記他們肉體的真正所需，完全沉迷在一座不復存在的城市和一個不復存在的文明所遺留的歡愉裡。

萊福特林明白這種誘惑的力量。幾乎每個有冒險精神的雨野原人，都至少有一次接觸過這種記憶。關於它們的資訊是種不見諸文字的祕密，在某些地方被儲存得清晰且美好，並且一代又一代傳承下來。萊福特林記得，崔豪格的古靈城市中有一條很少有人涉足的回廊，那裡就有這樣一些石雕。只要用手碰一下，就能體驗到豐美的宴會，還有動聽的古靈音樂。有傳聞說：有一塊石雕中蘊藏著一段古靈性事，一場感受無比強烈的纏綿肉搏。多年以前，雨野原貿易商議會命令將那塊石雕摧毀，因為已經有太多年輕人受到它的誘惑而毀掉了自己的人生。這樣的傳說至今依然長盛不衰。

看到拉普斯卡的樣子，萊福特林不由得猜想：這個年輕人在碰到那座雕像的時候，都體驗到了什麼？雕像裡到底存留了什麼樣的記憶？一旦這個訊息被傳播到其他守護者，又會產生多麼大的吸引力？他覺得自己有必要告訴愛麗絲，必須將這座雕像摧毀，但他又不得不認真考慮了一下將這座雕像砸成碎片需要耗費多少人力。古靈建造起這座雕像，讓它在這裡矗立了不知多少歲月。無論自然力量還是人力，都無法輕易破壞古靈的造物。摧毀這座雕像需要許多天，甚至可能是許多個星期的辛苦勞作。而且這項工程還有很大的風險——對於那些缺乏抵抗力的人，哪怕隨意碰一下這種記憶石，都是相當危險的，甚至只要吸進它的灰塵，都會導致嚴重的後果。

「小子，你在那個雕像裡找到了什麼？那值得讓你放棄自己真正的生命嗎？」

拉普斯卡的臉上閃動著笑意。「船長，你不必這麼擔心。我知道我在做什麼。這就是我應該做的。古靈一直都在這麼做。正是因為如此，這些記憶才會被儲存下來。它們不會傷害我。它們會讓我成為我應該成為的人。」

這個男孩的每一句肯定話語，都讓萊福特林的心向下一沉。他現在說話的樣子就像是一個陌生人，完全不再是那個衝動又隨興的拉普斯卡了。他怎麼會墮落得這麼深、這麼快？萊福特林嚴厲地說道：「守護者，也許你現在是這樣想的。但有許多人都曾經和你有過同樣的想法。當他們陷得太深，徹底迷失的時候，他們無論再有什麼想法都已經太晚了。我知道這其中的誘惑，拉普斯卡。我也曾經是個年輕人。我也曾將雙手按在記憶石上，在那裡隨波逐流。」

「你也這麼做過？」拉普斯卡側過頭看著萊福特林。在僅餘一線的落日中，萊福特林完全讀不懂這個男孩鎮定若素的目光。那種眼神是懷疑嗎？甚至也許是傲慢和輕蔑？「也許你這樣做過，」拉普斯卡用更加和緩的聲音說道，「但我所做的和你完全不同。你那樣做只相當於在閱讀別人的日記。」

他突然抬起眼睛，又露出那種開心的微笑，「她來了，我的美人，我的愛侶，我的紅色奇蹟！」

紅龍展開雙翼，向前振翅以減慢速度，然後在距離他們幾十步遠的地方落到地面上。聽到男孩的讚美，她閃閃發光的眼睛裡轉動著喜悅的神采。

「該你了。」拉普斯卡微笑著對萊福特林說。

萊福特林沒有回應他的微笑。「不，你先。然後讓你的龍回來接我。我不想把你一個人留在這座雕像旁邊。」

拉普斯卡久久地凝視著船長，然後聳了一下纖薄的肩膀。「就依你，船長。但你要知道，這座城市比我一生中待過的任何其他地方，都更不會讓我感到孤單。」他張開雙臂，大步向荷比走去，彷彿是要擁抱他的龍。那頭小紅龍女王揚起前腿向他跑來。當他來到她的面前，攀上她的肩頭時，荷比彎曲起自己的長脖子，把頭轉向他，發出了一種特殊的聲音，既像是龍吼，又像貓咪的叫聲。

「我會讓她回來接你！」拉普斯卡做出承諾。然後紅龍就再次揚起前腿，開始朝山坡下飛奔而去。

更月第五日
商人聯盟獨立第七年
來自雷亞奧，繽城代行信鴿管理人
致黛托茨，崔豪格信鴿管理人

信中內容為來自貿易商梅爾達家族和貿易商金卡羅恩家族的公告。能夠提供塞德里克．梅爾達和愛麗絲．金卡羅恩．芬波克所在地點和當前狀況訊息的人，本公告更新了提供的賞金數額。這份公告將在崔豪格和卡薩里克廣為張貼，代替原有的公告。公告中還宣布，賞金將通過最方便的貿易商支付途經儘快償付。一切相關服務費用都已付訖。

黛托茨：

我在這裡加了一張小紙條。感謝妳的建議，也請代我感謝艾瑞克。對於金姆那封關於我的信，雖然感到非常困難，但我還是管住了我的舌頭，沒有做出任何抱怨。現在我們已經收到多起投訴，全都是關於來自卡薩里克的信件出現了不如人意的狀況。我會繼續保持安靜，做好我該做的工作，來自卡薩里克的信件是否被什麼人動過手腳，就讓其他人去評估吧。

雷亞奧

5

繽城貿易商

屋門在陰影中被打開。詔諭小心地走進房間，嗅到殘留的香水味和長久無人使用的黴味，他不由得皺了皺鼻子。最後收拾這個房間的人，實在是太馬虎了。這裡的小壁爐中還有一堆早就熄滅的火灰，散發出一種陳舊灰燼的臭氣。他的一雙長腿幾步就將他帶到了窗戶前。拉開窗簾，灰色的冬季陽光灑落進房間裡。他打開窗扇插銷，將窗扇完全打開，外面寒冷的空氣一股湧入。

這個小房間本來是愛麗絲的女紅房。詔諭的母親曾經興致勃勃地為他的新娘布置了這個房間，親自挑選了壁爐前的座椅、小桌子、深藍色的壁飾，還有花卉圖案的小地毯，但他那個麻煩的妻子對於縫紉和刺繡沒有興趣。喔，愛麗絲根本就不會做那種。當其他人的妻子都高高興興地專心為自己繡著新帽子或者其他各種針織物件，他的女人卻在市場上閒逛，尋找價格高得離譜的古早卷軸，再把它們全都拖回家。這個房間中鍍金的潔白架子，本來是為了擺放各種針線和細小物件，現在卻被壓上了沉重的卷軸、書籍和一堆筆記。縫紉用的漂亮小桌被巨大的木雕寫字檯代替——現在這張寫字檯上已空無一物。這讓他不得不對愛麗絲有一點讚賞：至少她在離開之前，還知道要清理掉她的垃圾。

然後，詔諭才突然意識到這張寫字檯是**徹徹底底地空了**。不！愛麗絲不能把那個東西也拿走！就算是愛麗絲也不能癡迷到這種程度，竟然帶著他當作訂婚禮物送給她的卷軸去冒險。那些卷軸昂貴得簡直是不可思議。愛麗絲知道它的價值，也知道它有多麼脆弱。她還特意把那個該死的卷軸放進一只特別的匣子裡，以免它會沾染上灰塵，或者被哪個好奇的人不慎觸摸到。愛麗絲不會帶著這樣罕見、獨一無二、超級昂貴的東西乘船去雨野原河的上游。她會嗎？

是塞德里克為他找到了那支卷軸。那是詔諭在追求愛麗絲的時候，從卡薩里克找到的那麼完整、屈指可數的古靈文件。塞德里克曾保證這是一件無價之寶，就算花大價錢把它買下來，也絕對是一筆划算的生意。這樣他不僅能得到一件獨特的古靈寶物，還能順便贏得和愛麗絲的婚姻。這正是貿易商的夢想，一樁完美的交易，付出一份代價，就能立刻賺回來，還能多一個女人。在詔諭將卷軸獻給那個邋遢的小怪物的前一天晚上，他們還為了這件事而大笑了一場。

回想起那個晚上，詔諭不由得厭惡地皺起眉頭。是的，他因為這樁交易而放聲大笑。塞德里克卻只是安靜地坐著，咬著嘴唇。突然間，塞德里克大膽地問他：「你確定想要這樣做？這是一件完美的禮物。我相信，如果不出意外，它一定會幫助你贏的愛麗絲的好感。你追求她的大門會由此而打開，她會成為你的妻子。但你確定，真的確定？這是你想要的？」

「嗯，當然不是！」那時他們正在詔諭的書房喝酒，舒服地看著一根滿是節瘤的蘋果樹原木慢慢燒成灰燼。房間裡安寧平靜，低垂的窗簾將夜晚擋在外面。和恰斯國的戰爭剛結束，貿易正在恢復，整個世界都在回歸正常。芬芳的葡萄酒和醇香的白蘭地，歌聲和各種娛樂都回到了繽城。酒館客棧和劇場正在重建。在戰爭的灰燼中重生的繽城，甚至比那個遭受劫掠和焚毀的舊繽城更加輝煌華美。到處都是贏得財富的機會。對於年輕富有的單身漢，這真是一個神奇的時代。

但詔諭那個不通事理的父親毀掉了這一切。他堅持要詔諭必須找一個妻子，為家族增添一個繼承人，否則就要剝奪他單獨繼承芬波克家族財產的權利。「如果一切能由我來決定，我會一直過著現在這樣的生活。我有我的朋友和事業，我的生意全都蒸蒸日上。我想你的時候，你就會在我的床上。我最不需要的就是一個忙忙叨叨的小女人把我的房子弄亂，要求我為她付出時間和關注。我更不想要吵吵鬧鬧的嬰兒和會把一切搞亂的小孩子。」

「但是只要你的父親還活著，還穿著貿易商長袍、控制著議會中的投票權和家族錢袋，你就只能按他喜歡的去做。」

塞德里克的話讓那時和現在的詔諭都皺起了眉頭。「你錯了。我只是必須**看起來**是在做他喜歡的事情。我可不打算停止我的享樂。」

「嗯，那麼，」塞德里克有一點喝醉了，他指著那支古早的雕花盒子中的卷軸說道，「那就是你想要的東西，詔諭。我認識愛麗絲已經有許多年了。她的心裡只有古靈和龍。這樣一件禮物一定能將她吸引到你的身邊。」

於是，在那個時候，他為了那件該死的東西所付出的荒謬價錢，看起來好像非常值得。愛麗絲同意嫁給他。於是，他對她的求婚開啟了一條在繽城循規蹈矩的道路，就像按圖索驥般地簡單。他們結婚了，他的家族為他們提供了一處舒適的新宅邸，給他的生活津貼也增加了，他們就此安居下來。喔，偶爾他的父親或母親會呻吟幾聲，抱怨愛麗絲的肚子還沒有懷上孩子，但這就不是詔諭的錯。即使詔諭真的喜歡女人，他相信自己也不會選擇愛麗絲這種相貌的女人。亂七八糟的紅頭髮，像痘疹一樣的雀斑臉，就連小臂和肩膀上也都是雀斑。愛麗絲看上去是一個身體健康的小女人，本應該能夠輕鬆懷孕，很快就給他一個小崽子，但她就連這件事都沒能做好。

幾年以後，當他以為愛麗絲早已經在自己的位置上安定了下來，愛麗絲卻突然冒出一股狂野的衝動，要去雨野原研究龍。該死的，如果塞德里克沒有支持她的這個主意就好了。他們兩個全都對他不懷好意，不停地提醒他這次旅行是婚姻契約上寫明的條款之一。也許他的確是在婚姻契約上簽下了這項條款，但正常的妻子不可能會堅持這種荒謬的事情。他們兩個惹怒了他。所以他把他們兩個都趕走了。就讓塞德里克自己去享受他那個「兒時好友」的沒有休止的牢騷和抱怨吧，就讓塞德里克永遠都記住一條散發著臭氣的河，就讓他記住一條臭氣沖天的船裡的那種像貧民一樣的生活吧。這個忘恩負義的混球。他們兩個全都是忘恩負義的、愚蠢的、自私的、平凡的白癡。他們竟然還偷走了最珍貴的卷軸，並帶走那頭愚蠢的紅毛母牛所有的昂貴收藏品。這是任何男人都不能容忍的。

詔諭大步走回到房門前，向外探出頭：「柴德！柴德，馬上過來。」

「來了，主人！」他的管家的聲音距離他還很遠，也許是從酒窖中傳出來的。懶惰的雜種。詔諭想用他的時候，他從來都不在旁邊。

詔諭不耐煩地在房間裡來回踱步，他想要那支卷軸，但根本不打算花點力氣去找它。那條母狗偷走了它！他攥緊自己的拳頭。好吧，愛麗絲很快就會發現，詔諭切斷了她的財富供應，就連一個銅子也不會再給她。不忠的塞德里克也是一樣！他從自己的遠洋貿易中回來，卻發現他的妻子和他的祕書都還在雨野原進行著那場愚蠢的旅行，那時他就已經氣憤難平了。即使如此，他還是努力保持著克制，直到那種醜陋的謠言傳來，說他們已經雙雙私奔——這無疑毒害了詔諭的社會地位。他的小朋友圈當然知道這不可能是真的。塞德里克根本不會帶著一個女人私奔，正如同他根本沒有自己的脊梁骨，沒有了詔諭，他只能是一事無成，但繽城還是有不少人相信這種事。他們甚至竟敢可憐起詔諭，把他看成一個戴綠帽的男人。他們同情他，相信他已為此而心碎，竟然還敢向他提供建議：如果愛麗絲回來，他該如何贏回愛麗絲的心。更可怕的是，一些野心勃勃的主婦已經開始在私下裡鼓勵他引用他婚姻契約中的離婚條款，然後再找一個「更適切、更能生的妻子」。這些主婦無一例外都有一個女兒，獲有個侄女或者孫女，足以成為這方面最合適的人選。一個寡婦甚至還大膽地向詔諭推薦了自己。這樣的胡攪蠻纏，實在是太令人感到羞辱了，更別提其他人的憐憫了，那比這還要更糟糕。愛麗絲離去之後，他至今沒有任何行動，他們就以為這意味著他還在苦苦等待他的紅毛母牛回來！

直到他將停止為愛麗絲支付一切款項的告示，四處張貼在雨野原河的主要城鎮，他才明確地讓所有人知道，任何願意向那兩個逃亡者提供商品和服務的人，都不要想從詔諭的口袋裡拿到錢。愛麗絲和塞德里克想要從他身邊逃走？好吧！就讓他們看看他們能夠有多少運氣。這是一個明確的訊號，它會讓所有人知道：對於他們，詔諭是多麼不在意。

他該死的管家跑到哪裡去了？詔諭再次把頭探出門。「柴德！」他大吼了一聲。這一次，他真的生氣了。結果那個人突然出現在他身後的走廊中，對他說：「我在這裡，主人。」詔諭被嚇了一跳，內心的怒火當然不會有絲毫平息。

「你跑到哪裡去了？我叫你的時候，你就應該立刻出現。」

「主人，很抱歉，但我正在接待一位客人，將他安頓在您的會客室裡。他的服飾非常華麗，主人，還雇傭了馬車，並有一隊素質上乘的僕從陪同。他說，他從遙遠的恰斯國乘船來到這裡，今天上午剛剛抵達。而你正在等待他的到來。」

「他的名字是什麼？」詔諭問道。他想裂了腦子也回憶不起自己還有這樣一場計畫中的會面。

「主人，他非常固執，根本不願意把名字告訴我。他說這會是一場非常微妙的會面，他帶來了禮物和訊息，這些不僅是要給你的，還要給一個名叫貝佳斯提．柯雷德的人。他還提到塞德里克．梅爾達早在幾個月以前就已經安排好了這一切。只是貨物至今都沒有被送到，所以必須有人為了貨物的耽擱付出代價……」

「夠了！」又是該死的塞德里克！詔諭已經厭倦了再想到那個人。是不是塞德里克就這樣逃走了，留下一堆生意事務沒有打理？這不像是他的風格。他有著一副精細的頭腦，能夠將所有大事小情安排得井井有條，在這一點上，詔諭沒有見過比他更能幹的人了。但僅憑這一點能力，這只吸血的小蟲子也不可能這麼長時間離開詔諭的財富和舒適生活。除非塞德里克另有圖謀，設計了什麼以對付他？這個念頭讓詔諭感到非常困擾。塞德里克和愛麗絲從孩提時代就是朋友。難道他們兩個勾結串通，正密謀要偷走詔諭手中的生意？所以他們才會就此消失，再不回來？這兩個傢伙到底在打什麼主意？突然間，詔諭回想起自己為什麼要把柴德喚來。「這件事先放下。這張桌子上曾經有一支卷軸，那是一件非常有價值的物品，放在一個玻璃蓋的木匣裡。它本來就在這裡，現在卻不見了。我希望把它找到。」

「我不知道……」這個毫無能力的傻瓜，只會說「不知道」。

「找出來！」詔諭向他厲聲喝道，「現在就找出來，否則就等著接受盜竊指控吧！」

「主人！」管家驚駭地為自己辯護，「我對這個房間裡的東西一無所知。我剛來這裡的時候，你說這裡由夫人的女僕管理。然後，你命令將夫人的女僕都解雇，但你也沒有要我負責管理這裡……」

「找到卷軸！」詔諭怒吼了一句。然後他就轉過身，丟下這名管家，大步向會客室走去。「給我送酒水點心來。我要去看看你這個笨蛋又給我迎來了什麼樣的客人。」

想到那個被他丟下的管家肯定正面色蒼白，渾身發抖，唯恐自己的生活遭遇滅頂之災，詔諭的心中便暗自響起了一陣幸災樂禍的歡呼，生出一點小小的寬慰。如果那個人能夠立刻就找出他失蹤的卷軸就更好了，不過他終究還是會把卷軸找出來的。

除非愛麗絲和塞德里克真的偷走了它。還有，那個不知羞恥的小女人和那個這麼多年來一直侍奉他的男僕偷走的其他那些昂貴的卷軸呢？詔諭突然又停住腳步。他回想起塞德里克曾經是那麼熱心地為愛麗絲搜尋價值不菲的古早文件，曾經那樣不遺餘力地鼓勵詔諭買下它們。那時他說這樣做只是為了讓愛麗絲安心待在家裡，不會胡思亂想。而到最後，塞德里克甚至敢宣稱愛麗絲「值得擁有」那些禮物，那是她接受這場虛偽婚姻的補償！當愛麗絲簽下婚姻契，詔諭以為她便知道自己會得到什麼樣的生活，他從一開始就和愛麗絲說清楚了，這場婚姻只是為了讓他們擁有一個形式上的家庭和一個繼承人。現在詔諭不得不開始懷疑：到底愛麗絲為了那些牛皮碎片和發黴的書本，用掉了他的多少財富？這件事一定會有相關的紀錄，會有一份清單。塞德里克會把一切款項物品都一絲不苟地記下來。但這份紀錄在哪裡？還是說，他們私奔的時候，真的把那些珍貴的寶物都帶走了？

這兩個該死的傢伙！他們當然會這麼幹。現在一切都清楚了。塞德里克堅持要愛麗絲去雨野原進行那場沒有意義的旅行。他和詔諭愚蠢的爭吵，導致詔諭命令他和愛麗絲一起去。詔諭憤怒地咬緊牙關。他們串通起來對付他，讓他在自己的家裡變成了一個傻瓜，甚至看不住自己的錢。好吧，他們會知道他不是好欺負的。他會追上他們，把屬於他的東西拿回來，讓他們分文皆無，只剩下羞恥！

詔諭的呼吸變得越來越快，心臟在胸膛裡越跳越高。他強迫自己站穩身子，深吸一口氣，平靜一下心神，又用了一點時間撫平外衣，整好領子和袖口。他不知道正在會客室中等待他的恰斯人是誰。不過這很有可能是塞德里克對付他的陰謀中的一根鬆脫的線索。如果是這樣，詔諭決定要竭盡全力從這個人的嘴裡把每一點情報都挖出來。然後他就會讓柴德把這個恰斯人扔出他的房子。

他恢復了鎮定，至少表面上是這樣。然後他走進會客室，臉上還禮貌地掛起了一抹似有若無的微笑。正在等待他的恰斯人很年輕，肌肉發達，穿著貼身的寬鬆白襯衫，外面是一件錦緞馬甲背心，下身穿一條輕軟的絲綢碎拼長褲，腳上穿著一雙閃亮的黑皮矮靿靴，掛在他腰間的利刃不是劍，也不是匕首，而是某種介於兩者之間的彎刃短刀。纏裹皮革的刀柄是黑色的，上面沒有裝飾什麼珠寶，但看上去非常實用。他身邊的地面上放著一個小包，裡面應該就是恰斯大公要他送來的東西。詔諭走進來的時候，這個人正拉開詔諭書桌的抽屜，逐一搜檢裡面的物品。他抬起頭來看著詔諭，一頭深褐色的短髮和修剪整齊的鬍鬚，完全無法掩飾那道從他的左側眼角向下斜過面頰、又越過了嘴唇和下巴的紅色傷疤。這道傷口應該是不久之前才留下的。他的嘴唇還沒有很好地癒合。傷疤的邊緣仍然帶著凸起的硬皮，導致他說話的時候吐字都很不清楚。

「承諾好的貨物在哪裡？你不可能再有第二次機會，簡單地交出東西就能讓自己脫身了。現在開始，只要耽擱了，每一天都會讓你付出代價。」

發現竟然有人在亂翻自己的書桌，詔諭當然會感到憤怒，但是當這個人將手按在腰間的刀柄上時，詔諭的這股怒火突然就變成了恐懼。很長一段時間裡，這個人和詔諭都沒有說話。在詔諭找回自己說話的能力之後，他的聲音卻沒有什麼力量。「我不知道你在說什麼。離開我的房子，否則我就叫城市衛兵。」

那個人看著他，灰色的眼睛閃動著，顯然是在思索詔諭的話。他的表情中沒有恐懼，沒有憤怒，只有冷靜的評估。這讓詔諭感到不寒而慄。

「出去！」

恰斯人從一團亂的書桌後面轉出來，從詔諭身邊走了過去。詔諭只是厭惡地伸手指著仍然敞開的屋門，但那個人突然以行雲流水般的動作用左手抓住詔諭的手腕，右手抽出刀子，切開被他抓住的手。一道又淺又細的血痕從詔諭的手掌一直延伸到他的食指指尖。然後這個陌生人放開了他的手腕，向後跳開。

鮮血從細長的傷口中滲出來。詔諭感覺到劇烈的疼痛。他握住自己的手，彎下腰，發出痛苦的哀嚎。恰斯人則走到窗邊，用窗簾仔細地擦淨自己的刀刃。他彷彿完全不在意詔諭的反應，只是對身後的詔諭說道：「一點提醒，讓你知道不要撒謊。而關於不應該讓貨物遲到的提醒要更加嚴厲得多。當我不得不向恰斯大公報告，我還沒有從繽城的貝佳斯提．柯雷德和塞德里克那裡得到任何貨物和訊息的時候，大公的劍士給我的提醒可要遠遠超過這個。」

詔諭緊緊抓住自己的手腕，竭力想要擋住沿自己手臂一直向上延伸的那種燒灼的痛苦。鮮血不住地從他的手上流出來，順著手指滴落在昂貴的地毯上。他吸了一口氣，然後大喊一聲：「柴德！柴德！我需要幫助！柴德！」

屋門被推開了。但那名恰斯人已經像貓一樣靈巧地擋在門口，沒有讓屋門完全打開。「茶和餅乾！真是考慮周全。給我吧，請確保我們不會受到打擾。你的主人和我正在討論非常機密的事件。」

「主人？」柴德急切的聲音，讓詔諭很是氣惱。

「來救我！」他叫喊著。而恰斯人已經轉過身，雙手正托著茶盤。他將茶盤放到腳邊，沒有灑出一滴水，然後他又轉回身，關上門，插好了門閂。

「主人？你還好嗎？」柴德困惑的聲音，幾乎無法透過厚重的門板。

「不好！他瘋了，去找救兵！」

「主人？」

不等詔諭再吸一口氣，恰斯人已經站到了他的面前。這一次。彎刀抵在了詔諭的喉嚨上。恰斯人臉上的微笑扯動了他的傷疤。鮮血從他的下唇滲出。這道傷口的確是最近才出現的。他用輕微而冷靜的聲音說道：「告訴你的奴隸，你沒有事，我們不需要別人的打擾，讓他走。馬上告訴他。」彎刀閃動一下，詔諭的衣領突然鬆開了。詔諭心跳了一下，隨即感覺到了皮膚被切開的劇痛和溫熱的血流。

詔諭張大了嘴，吸氣想要尖叫。那個人猛地抽了他一巴掌。手掌直接打在詔諭的面頰上。門把手發出嗙噠嗙噠的聲音，但門卻無法被打開。「主人？我要去找救兵嗎，主人？」

恰斯人在微笑，彎刀稍稍後退，在詔諭眼前幻化成一片銀光。這個該死的傢伙速度實在是太快了。當彎刀輕輕敲在詔諭鼻梁末端的時候，他一下子大喊了一聲：「不！」隨後彎刀又回到了詔諭的喉結下面，「不，柴德，不！你誤會我了！走吧！不要打擾我們。快走！」

門把手停止了抖動。「主人？你確定嗎，主人？」

「不要打擾我們！」詔諭吼道。刀刃正在他的喉嚨上畫線，「滾！」

「如您所願，主人。」

然後，只剩下一片寂靜。但刀尖還是抵住了詔諭的下巴，將他挑起來，讓他只能用腳尖站在地上。他的手感受到燒灼的痛苦，該痛苦一下又一下地脈動著，鮮血不停地從他的指尖上滴落。這種一動不動的刑罰彷彿要永遠持續下去。終於，恰斯人突然將彎刀擺到一旁，然後又快走兩步，貼到門邊。詔諭的心中再一次燃起希望，也許這個恰斯人的瘋狂已經平息、打算離開了。但這個人只是彎腰揀起了茶盤，放在詔諭的書桌上，然後他又俯身拿起自己帶來的小包，隨意將詔諭書桌上的文件掃落在地上，把那只小包也放在了桌上。他用自己冰冷的灰色眼睛看著詔諭，抖開一塊潔白的餐巾，再次將自己的刀子擦乾淨。刀刃在餐巾上留下了一道猩紅色的細線。然後他將那塊餐巾丟給詔諭。「把你的手包紮起來，然後你就可以交出承諾的貨物了。」

詔諭笨拙地包裹好自己受傷的手。傷口在碰到布的時候又傳來一陣疼痛。鮮血立刻開始在餐巾上擴散開來。詔諭顫抖著吸了一口氣，用袖子擦了擦臉，裝作是擦汗的樣子，把眼睛裡的淚水抹去。他不能表現出軟弱。這個外國人完全瘋了，什麼事都能做出來。詔諭的袖子上也出現了血跡，他這才突然發覺，「你割傷了我的鼻子！你割傷了我的臉！」

「一點小刺傷，這種刀尖能造成的最小的傷口。不必放在心上。」恰斯人為自己倒了一杯熱氣騰騰的茶水，認真嗅了嗅氣味，然後吮了一口，「煎茶。我對這個不太懂，不過在這種寒冷的日子裡能喝到這個還不錯。那麼，我們該談談貨物的事了。」

詔諭雙腿顫抖著向後退去。「實際上，先生，我完全不知道你在說些什麼。」

恰斯人跟隨著他，一隻手端著茶杯，另一隻手握著彎刀。他將詔諭從厚重的窗簾前趕開，把他逼進角落裡。詔諭的心跳聲如同雷鳴一般在耳邊震響。這個人又吮了一口茶，微微一笑。

「我會認真聽你說話，」他悠閒地說道，「正好趁這個時間喝一杯茶，然後你和我的刀刃就要開始為了尋求真相而舞蹈了。」

「我什麼都沒辦法告訴你。我什麼都不知道。」詔諭聽到自己的聲音在顫抖。但他幾乎不認得這是自己的聲音。

「那麼就讓我們叫你的奴隸塞德里克來。他應該知道，如果他不知道，那又是誰和貝佳斯提．柯雷德定下的契約？」

詔諭的心思飛速地旋轉著。貝佳斯提，一個口臭非常嚴重的禿頭男人。「我和貝佳斯提．柯雷德打過交道，但那都是過去的事了。塞德里克不是我的奴隸，他是我的……助手。而且……」這些名字在詔諭的腦海中形成聯繫。突然間，他明白了一切。他看著懸在面前的匕首，飛快地說道，「他背叛了我，帶著一支非常珍貴的卷軸逃走了，逃去了雨野原。他也許是以他自己的名義和貝佳斯提．柯雷德定下了某種契約。那個小叛徒完全可能做出這種事。我懷疑他在我的背後做了許多見不得人的事，而且一直瞞著我。塞德里克才是那個你應該找的人，他有那個……貨物。」是龍的血肉。這個人要他交出來的一定是這種東西。龍肝、龍血、龍骨、龍牙和龍鱗。龍的各種器官都能夠做成靈藥，治癒那個年邁體衰，滿身疾病，很可能已經發了瘋的恰斯大公。但要取得龍的器官是不可能的，這是嚴重違法的生意。塞德里克到底把他拖進了怎樣的一場災禍？

那個人喝完了最後一口茶。他將空杯子端了片刻，然後隨意扔到身後。杯子落在地毯上，滾了半圈，並沒有碎。詔諭的耳朵發出一陣尖鳴，彷彿整個房間都變暗了。當那個人伸出剃刀一樣鋒利的彎刀時，詔諭已經無法壓抑喉嚨裡發出的細微聲音。恰斯人卻彷彿完全沒有注意到。他向詔諭側過頭，露出蛇一樣的微笑。「現在你坐到你的書桌後面去，我們要開始挖出一點事實出來。我已經看到它們就藏在你的眼睛裡。」

「我不知道什麼事實。我只是有懷疑，僅此而已。」不過詔諭心中的懷疑，很快就編織成一條符合邏輯的鏈條：愛麗絲和她對龍的癡迷；塞德里克突然支持她去雨野原進行一場荒謬的旅行，只為了看看那些怪物；塞德里克甚至提到了貝佳斯提的名字，不是嗎？就在他們最後一次爭吵的時候。還是在那以前就有？一些關於牟取大筆財富的蠢話……詔諭從喉嚨深處發出一陣厭惡的聲音。過去許多年裡，塞德里克一直在為他打理前往世界各地的行程，幫助他處理各種事情，準備茶葉，擦淨外衣，是的，還有為他暖床。但很明顯，塞德里克認為自己很有功勞，應該得到更多。他還以為自己很聰明，可以自己完成這樣一筆小交易。如果他只是讓自己和愛麗絲冒險，那麼詔諭也許會覺得這很有趣，但隨著詔諭拖著軟綿綿的兩條腿坐到了自己書桌後面的椅子裡，鮮血從臉上和手上不斷地滲出來。此時，關於塞德里克的無能和背叛，詔諭只覺得憤怒。

恰斯人坐上了書桌的一角，低頭俯視詔諭。他的臉上依然帶著微笑。「現在我看到了一點憤怒。你在想：『應該讓他的血浸透這塊餐巾，而不是我的。』我說得對不對？那麼，叫來你的奴隸，讓我們將痛苦施加給應該承受它的人。」

詔諭努力保持穩定自己的聲音，「我告訴過你。他逃走了。他偷了我的東西，逃走了。我現在對他無能為力。無論他和貝佳斯提・柯雷德簽訂了什麼契約，那都是他一手操辦的，和我沒有任何關係。」突然間，詔諭感到怒不可遏。塞德里克可能早就看出了這件事的危險。憤怒給了他勇氣，讓他向前一探身，高聲喊道，「你，先生，你犯了一個嚴重的錯誤！」

恰斯人對詔諭的激動顯得無動於衷。他歪著頭向詔諭靠近，臉上帶著陰冷的笑容。但他的眼裡看不見絲毫笑意。「是嗎？不過應該不像你錯得這麼嚴重。你是有責任的，而且你必須負起這份責任。一個人的奴隸做了什麼，或者沒有做什麼，全都是要由他的主人來負責的。你放任你的一名奴隸逃脫，還讓他擅自簽訂契約，又偷走了你的東西。他做了這麼多錯事，你卻沒有採取任何行動糾正他。所以你必須付出代價。這就像你的馬衝進市場，或者你的狗咬了一個孩子的臉。你有沒有聽過這句諺語：『奴隸用你的舌頭說謊，那也是從你的嘴裡割下來的。』你的人以你的名義在做事，你就必須負責。也許是一根手指，也許是你的手……也許，是你的命。要付出多少代價不由我來決定，但付出代價的肯定是你。」

「就算他和貝佳斯提・柯雷德簽了契約，我也完全不知道。我對此沒有任何法律責任。」詔諭努力讓自己的聲音保持穩定。

「在恰斯國，我們並不在意繽城的法律。我們在意的是我們的大公，一位睿智而且威嚴的君主，他正在承受病痛的折磨。我們知道用龍做成的靈藥能夠幫助他恢復健康。貝佳斯提・柯雷德是我們進行國際貿易的最重要的商人之一，所以他也有幸參與這次的任務。他很清楚自己的差事，為了實現目標，他什麼都不會在乎。大公已經將柯雷德的全部家人保護了起來。你當然可以想像，這對於他是多麼大的一份榮耀和責任。不管怎樣，現在他已經用去了不少時間，大公和他的貴族們也給予了他許多鼓勵，他卻始終沒有多少進展。所以，當我們得到訊息，貝佳斯提・柯雷德終於雇傭了一名有名望的繽城貿易商，會幫助他獲取所需藥材的時候，我們都感到非常滿意。」恰斯人和他的彎刀距離詔諭越來越近，這時他又說道，「貝佳斯提向我們報告的不僅是塞德里克，還有你：貿易商詔諭・芬波克。你在我們的商人之中可謂是聲名卓著。他們都說，你是一名既有手腕又有資源的商人，擅長簽訂最精明的契約，又能夠搞到品質最好的貨物。那麼，我們的貨物又在哪裡？」

*我不知道。*詔諭將這句話生生吞回到肚子裡。他懷疑這個恰斯人如果聽到這句話，一定會有非常過激的反應。他閉上眼睛，竭力想要找到辦法擺脫眼前的困境。他開始使用傳統的貿易商策略：先假裝能夠實現客戶的願望，以後再找理由搪塞，或者直接去找城市衛兵。

「我知道的是，」詔諭小心翼翼地開了口。他抬起自己裹著繃帶的手，擦了擦鼻根上的血。他做錯了。已經凝結的血痂被餐巾擦掉，鮮血又流淌下來。他用力將雙手放在桌面上，儘量不去理會自己的傷口，「塞德里克去了雨野原。他身邊還有一個對龍非常了解的女人。我懷疑他希望利用那個女人的學識幫助他和那些龍建立起密切的關係。當時我為了做生意不得不離開繽城。當我回來的時候，我才發現他沒有給我寄回任何訊息。來自雨野原的訊息表明他參加了一支陪伴龍群前往雨野原河上游的隊伍。至今為止，那支隊伍都還沒有任何訊息傳回來。他們和龍也許都死在雨野原河裡了。」

「呸！你提供的都是些舊訊息。當貝佳斯提・柯雷德送塞德里克上路的時候，他並不是我們在這次遠征中安插的唯一暗樁。我們還有其他人在這支隊伍裡，他們都會向我們報告情況。為了這次任務，我們用盡了我們的每一項資源，你的塞德里克只是我們埋伏下的許多暗線之一。所以，把你的謊言放到一邊去吧，有許多事情我們都早就知道了。你以為你能用一些舊訊息打發我？你以為這樣就能夠讓我忘記該做些什麼？你以為我不知道關注這次對我來說生死攸關的行動嗎？你就是個蠢貨。如果你以為我們和你一樣蠢，那你可就要付出很高的代價了。」

「我已經把我知道的都告訴你了，是真的！」詔諭的聲音變得越來越慌張。他已經違背了商討契約時的一切智慧，忘記了關於應對恰斯人的一切教導——不能表現出恐懼，不要有任何猶疑，不要讓對方看出自己的軟弱。現在他的手還感到一陣陣灼痛，他能嗅到自己的血腥氣。這種前所未有的體驗，讓他全身都在顫抖。

「這一點我相信。」恰斯人突然說道。他從桌角上跳下來，不疾不徐地走回到窗前。用窗簾試了試自己的刀子，將它們割成一根根布條。然後他盯著窗外，再次開了口，「我相信你，是因為我們面對著同樣的問題。雖然還無法確定貝佳斯提．柯雷德的行蹤，但我們相信他也已經去了雨野原。也許這意味著他即將獲得我們需要的貨物了。」

詔諭悄悄地從椅子裡蹭出來。屋門離他不遠。地毯很厚實。他是否能緩慢而無聲地移動到門口，然後扳開插銷，在這個人察覺之前逃出去？但他懷疑，如果自己沒有能逃出那扇門，他也許會付出生命的代價。如果他逃出那道門，他又該向哪裡跑？他相信，恰斯人會追上他。這個恐怖的恰斯人讓他感到噁心，讓他頭暈，讓他知道了自己的軟弱。

「你當然知道，一個恰斯人能夠前往雨野原河是多麼困難。那個貝佳斯提竟然能做成這件事，充分說明了他擁有的豐富資源。我們懷疑他得到了辛納德．亞力克的幫助。也許他們兩個正在努力完成這項任務，但這也讓他們脫離了我們的控制。這樣不行，完全不行。」

詔諭向屋門邁出一步。恰斯人一直背對著他。又一步，恰斯人只是用刀一下一下地割著昂貴的窗簾，就好像要將它拆解成一根根絲線。詔諭不在乎。只要他現在有事情做就好。詔諭又向屋門口蹭了一步。再悄悄走出一步，他就能向屋門跳過去，扳開插銷，打開門，像受驚的貓一樣逃出去。

「所以我們採取了行動，將我們的訊息傳給一個我們可以聯絡到的人。他則將這些訊息傳遞到了我們無法親自到達的地方。而且他的動作非常迅速。」

恰斯人轉過身。門板上傳來一記突兀的撞擊聲，就好像有人敲了一下門。詔諭轉過身，希望是柴德回來了。但他只看見一把握柄非常華麗的短刀在硬木門板上顫動。片刻之間，詔諭還不太明白自己看到的是什麼。恰斯人清了清嗓子。詔諭回頭看向他。又是一把小刀，刀柄上閃爍著紅色、藍色和綠色的圖案，正橫在這個人的手上。

「你能跑得像這把刀一樣快嗎？我們要不要看一看？」

「不，請不要。你想從我這裡要什麼？清楚地說出來，如果我能給你，就一定會給你。你想要錢嗎？你想要……？」

「噓。」恰斯人的聲音輕微卻又嚴厲。詔諭閉住了嘴。

「很簡單。我們想要已經承諾好要交給我們的貨物。龍的器官：鱗片，血，牙齒，肝。我們不在乎誰能拿到它們，只要迅速交給我們就行。做好這件事，你就能看到恰斯大公是一位多麼慷慨的人。能夠將這些東西獻給他的人，將會得到豐厚的獎勵，既有榮耀，也有金錢！你的家族將連續數個世代受到恰斯忠臣們的讚美和尊敬。所以，你要從找到辛納德．亞力克和貝佳斯提．柯雷德。你的漂亮桌子上有兩只小匣子，是要分別送給他們的。每一只匣子裡都有恰斯大公為他們準備的一件禮物。他們會將這份禮物看得比自己的生命更重要。不要丟失它們，它們都是獨一無二的，如果這兩樣東西被丟掉了，你就只能用自己的命來換了。把禮物交給他們之後，你還要提醒他們兩個：他們的長子向他們致以問候——作為他們各自的繼承人，那兩個孩子在大公的照顧下生活得很好。當然，並非他們的每一個家庭成員都是這樣，不過他們的長子的確生活優渥，這一點毋庸置疑。為了讓這種情況繼續下去，他們就必須完成他們的任務。只要給予適當的刺激，我們相信這兩個人都會不遺餘力地說明，直到你找到你的那個逃亡奴隸，還有已經承諾會給我們帶回來的貨物。」

這個恰斯人說出的每一個字，都讓詔諭的心越來越深地沉入到絕望裡。詔諭做出了最後的努力：

「也許根本就不可能取得龍的器官。那些龍已經離開了卡薩里克。他們和他們的守護者都走了。就我所知，他們可能都已經死了。」

「是嗎？你應該希望他們之中至少還有一個能活下來，並祈禱你的奴隸還能履行他以你的名義簽下的契約。如果不是這樣……嗯，我相信我們都不會願意去想**我們**的結局。現在，我必須走了。」

在眨眼間，恰斯人收起了他寒光閃閃的彎刀。那把小飛刀也消失在他的身上。詔諭鬆了一口氣，但比起剛才滿心恐懼的時刻，他的膝蓋變得更加軟弱無力了。

「我會盡我所能。」

至少賣弄口舌還算是容易的。現在詔諭願意向這個恰斯人做出任何承諾。恰斯人向屋門走去，同時對他說道：「我知道你會的。」他在屋門前停下腳步，伸出手指握住剛才被他擲出的飛刀，一下子把小刀從暗色門板中拔下來，然後他將這把小刀端詳了片刻，「你的父母有一個可愛的家。你的母親雖然有些年紀，但仍然是一位很有魅力的女性。身材豐滿，臉蛋漂亮，沒有半點傷疤。」他一邊說，一邊微笑，讓這把小刀也消失在他的身上。

然後，恰斯人搬開插銷，走出了會客室，消失得無影無蹤。詔諭跳了兩下來到門後，將門死死關住。他的腿完全失去了力氣。他一屁股坐倒在地上，顫抖著，深深吸了一口氣，試圖讓自己平靜下來。「我現在安全了，」他告訴自己：「我安全了。」但他覺得這句話無比空洞。那個人對他的家人發出了清晰的威脅。如果他認為詔諭沒有服從他，他一定會殺死詔諭的母親，也許還有他的父親，然後他甚至會來追殺詔諭本人。

詔諭困難地站起身，蹣跚著走向他的椅子。他還不敢打開門呼喚柴德。那個恰斯人也許就藏在門外。他給自己倒了一杯茶，從茶壺中流出的水還冒著熱氣。難道那個白癡柴德留下這壺茶，把詔諭丟棄給一個虐待狂刺客，只是剛剛發生的事情？現在仍然只是早晨嗎？詔諭覺得彷彿已經過了好幾天。

他用兩隻顫抖的手握住茶杯，吸吮著茶水，讓暖熱的液體平復自己的神經。他的目光落在那個人留在桌上的小包上。一只是恰斯風格的小包，另一只是開口很大的編織袋子。包裡面是兩只鑲嵌琺瑯的小木匣。匣子上帶有恰斯大公的徽章——紅黑色的、閃閃發光的擒握鷹爪圖案。匣子的邊緣還交替鑲嵌著珍珠和小粒的紅寶石。這兩只匣子本身就值得上一小筆財富。它們裡面又放著什麼？一些獨一無二的東西。詔諭將一只匣子在手中一圈圈地轉動，想要找到隱藏的鎖釦。他被餐巾包裹住的手流出的鮮血染在珍珠上，讓珍珠變成了薔薇色。

放在匣子裡的東西，一定足以補償他今天早晨的損失。必須有人向他做出補償。怒火再一次燃燒起來。他會去找城市衛兵。就算是在最和平的時代，繽城貿易商也不會對恰斯人有太多容忍。如果他們知道一名瘋狂的刺客正混跡於這座城市裡，他們一定會將他捉住，就像捉拿一條瘋狗。而且，詔諭繼續思考著，如果所有人都知道是塞德里克．梅爾達將這樣的惡棍引至繽城……嗯，詔諭並不關心塞德里克和他的家族的名譽。塞德里克在偷竊他的財產之前，就應該好好想想這些事。

一陣響亮的敲門聲將詔諭從椅子裡驚醒過來。他哆嗦著站起身，甚至忘記了手中還拿著木匣。又是一陣響亮的敲門聲，然後是柴德的聲音。

「主人？您的客人離開了。我覺得您可能想要知道，我找到了您想要的卷軸。就是那支放在有玻璃蓋子的木匣中的卷軸，對不對？它被收藏在一個櫥櫃裡。還有另外一些卷軸也都在那裡。主人？」

詔諭踉蹌著走到門口。用沒有受傷的手扳開插銷。「請治療師來，你這個蠢貨！你把我丟給了一個瘋子！再叫城市衛兵來，馬上！」

他的管家目瞪口呆地站在他面前。那支珍貴的卷軸和裝卷軸的雕花盒子正被詔諭捧在手中。這時木匣突然「哢噠」響了一聲。詔諭在無意中觸發了它的暗鎖。匣蓋分成兩半，向上升起。從匣子裡冒出一股香料和鹽的氣味。詔諭向匣子裡看去。

匣子中的手很小，但保存得很好。一隻孩子的手，手心向上，手指張開，彷彿還在哀求。箍在手腕上的銀手鐲無法遮住凹凸不平的斷面，還有兩根凸出來的臂骨。兩個骨頭更是殘破不堪，一看就知道這隻手是被砸斷的，而不是砍斷的。

「甜美的莎神啊，憐憫我們吧。」柴德驚呼一聲。看上去，他似乎馬上就要暈倒了。

詔諭終於找到了說話的氣息。「柴德，只要請治療師來就好。請一位行事謹慎的治療師。」

「不召喚城市衛兵嗎，主人？」他的管家看上去很迷惑。

「不。不要對任何人提起這件事，一個字都不許說。」

更月第十二日
商人聯盟獨立第七年
來自黛托茨，崔豪格信鴿管理人
致雷亞奧，繽城代行信鴿管理人

雷亞奧：

很遺憾地通知你，我們收到了一份關於信件的投訴。麥爾妲．維司奇．庫普魯斯已經知會崔豪格信鴿管理人，她最近從她的母親——繽城的珂芙莉婭．維司奇．海文——那裡收到的兩封信全被打開，且有被讀過、又被重新用蠟漆封住的痕跡。儘管麥爾妲說這兩封信中都沒有任何重要資訊，只是家人的訊息和對於失蹤的瑟丹．維司奇的談論，但寄信和收信的兩位女子都很擔心，因為她們發現她們用信鴿往來寄送的信件，全部出現了蠟漆破損和信紙卷起形狀發生變化的怪異狀況。在這些事件中，信鴿管理人的正直守信遭到了質疑。我不需要提醒你：確保貿易商來往訊息的隱祕和完整無損，一向是確保我們公會能夠戰勝私人競爭者的唯一基礎。如果貿易商們對我們的忠誠正直失去了信心，我們所有人的生活都將有覆滅之虞。儘管我相信這件事在公會的各個層級都會進行正式討論，但我還是懇求妳要確保與艾瑞克和我的一切聯絡都符合專業水準，同時你還要睜大眼睛，尋找一切不正常的地方。忠實地記錄下你注意到的一切。並且，如果你在信鴿、信管、蠟封、鉛封和收到信件的一切情況中發現任何異常，都請立刻告知艾瑞克和我。對於現在的狀況，我們有著深切的擔憂。

黛托茨和艾瑞克

6 雨野原標記

「妳在收拾行裝。」

麥爾妲能夠聽出，簡妮在竭力壓抑自己聲音中指責的意味。麥爾妲放下粉刷，故作輕鬆地回答：「是的，我要和雷恩一同前往卡薩里克。」她看著自己面前鏡子裡的簡妮。剛才只有一點輕微的敲門聲告訴她，她的婆婆來到了她的屋門口。麥爾妲竭力不皺起眉頭。她一直在化妝，竭力想要掩飾自己眼睛下面的黑影。和她原先那張平滑的年輕面孔相比，敷粉很難固定在她現在面部的細小鱗片上。

「妳不認為他可以自己隻身前往嗎？這只是一個關於礦場挖掘的問題。對於這種挖掘工作，雷恩要比其他任何人都更加了解。」

「他當然可以。」在這樁困難的工作裡，她的丈夫所具備的能力一直都讓她感到驕傲，「但我也想去。也許現在那裡會有柏油人號遠征隊的訊息。即使只是一些傳聞也好。從這裡只需要向上游行船一天，就能到達卡薩里克。我相信我們在那裡停留的時間不會超過兩個星期。」

她再次拿起粉刷，最後一次快速地刷了刷自己的頸後。她向上生長的頭髮露出了位於頸後的那處銀灰色痕跡，那道傷疤來自於多年以前的一場非常奇怪的際遇。在那以後，她的那一處皮膚也變得非常敏感。雷恩輕吻那裡的感覺，幾乎就像她額頭上的古靈肉冠被碰了一下。就在麥爾妲站起身、走到衣櫃前開始繼續收拾的時候，簡妮走進了她的房間，將房門在身後關好，把另一場冬季風暴越來越猛烈的呼嘯聲擋在門外。

她的婆婆事先沒有通知就來找她，這沒有什麼不尋常的地方。在她這些年的婚姻中，麥爾妲已經習慣了這種事。她的房間獨立在住宅主體之外，但這仍然是雷恩祖宅的一部分。這棵樹上各種不同的房屋一起組成了簡妮·庫普魯斯的「房子」，正如同麥爾妲在繽城家中的臥室，仍然是她母親房子的一部分。對簡妮而言，這不是一次拜訪，而只是穿過走廊的一次散步，哪怕這條走廊只是懸在空中的一條步道和幾根粗大的樹枝。

許多個世代以前，當遮瑪里亞的沙崔甫王第一次將「罪犯」流放到雨野原的時候，雷恩的祖先們就選擇了這棵樹。這棵大樹低處的牢固粗枝曾經承載了它的第一批居民的家，現在則是庫普魯斯家族的會計帳房和進行貿易的場所。這些店舖中的古靈寶物都經過清潔，其中的魔法屬性也得到研判。這一層還有過去木匠們將巫木原木鋸成木板的工廠和貨棧庫房。直到今天，各種貨物還在這裡被儲存和展示，讓買家能夠方便地找到它們。第二層樹枝支撐著家族住宅。這裡有一間寬大的正式餐廳，用堅固的木板建成，完整地環繞樹幹一周，就像繽城宅邸一樣穩固牢靠。其他房間沿樹枝呈放射性排列，逐次遠離中心樹幹，有書房、起居室、臥室、女紅室、客房、浴室和棋牌室。每一個房間都是彼此獨立的。一些房間穩穩矗立在呈扇形展開的幾根樹枝上，另一些房屋則像鳥巢一樣掛在樹枝上能夠被陽光照射到的地方，在風中微微搖擺。粗大樹枝修建的步道或者人造橋梁和軌道滑車，讓這些房屋彼此相連接。

隨著歲月更迭，庫普魯斯家族和這棵樹都在不斷地開枝散葉，於是這棵家族樹上也增添了越來越多的房間，占據了越來越高的樹枝。麥爾妲和雷恩居住在幾個靠近樹幹的穩固房間裡，就在簡妮寓所的上一層。即使以繽城的標準，這些房間也都相當寬大，裡面的布置也很有水準。他們寓所的不同房間之間的廊道，也許只是樹枝步道和樹枝間的吊橋，但麥爾妲對此已經習慣了。現在這裡就是她的家。對她而言，就連雷恩的親戚隨意來訪的習慣，也是很正常的事情了。

簡妮向塞得滿滿的旅行衣箱挑了挑眉毛，「只是去幾天嗎？」

麥爾妲有些不自然地笑了笑。「我從來都沒能學會輕裝簡行。我知道，這一定會讓雷恩發瘋。但誰也不知道我會需要什麼樣的衣服，尤其是當我們要應對卡薩里克商人議會的時候。我也許會參加一些他必須出席的會議。在那些會議上，我必須以他所需要的樣子出現。我不知道自己是需要顯得莊嚴而充滿威勢，還是平易近人？」

「莊嚴而充滿威勢，」簡妮為她做出了決定，「那個議會裡沒有一個人不是自命不凡的暴發戶。雨野原議會真是愚蠢，竟然允許卡薩里克組建自己的議會，這讓他們錯誤地以為自己非常重要。如果妳陪同雷恩出席那些議會，不要讓他們在氣勢上壓倒妳。要從一開始就碾壓他們，不要讓他們敢於嘗試命令妳。從始至終，妳都要成為強勢一方，並保持妳的氣勢。」

「恐怕妳說的完全沒錯。他們都一心只想著掙錢，卻忘記了貿易商最珍貴的傳統是誠實和公正。」

「戴上妳的火焰寶石，還有妳的古靈斗篷，向他們展現妳的榮光，並以此提醒他們：妳來自於雨野原最古早的貿易家族之一。讓他們對你們兩個表達足夠的尊敬。在談到挖掘問題的時候，讓他們記得我們是第一批冒著生命危險開發崔豪格發掘場的人。我們付出了努力與艱辛，因此有權利得到我們所應得的。如果有關於柏油人號遠征隊的訊息，一定要讓他們分毫不差地講說清楚。提醒他們不要忘記與婷黛莉雅達成的協議。總有一天，巨龍女王會清算他們對她的同族所做的一切。」

「或者可能不會有那樣一天了。柏油人號一直都沒有訊息，這讓我很是擔憂。我得到的回覆僅此一句：『暫時還沒有適切的船隻可以再被派往上游。』」麥爾妲重重地歎了口氣，坐倒在床上。雷恩已經將這張床墊高，讓她能夠更加輕鬆地坐在床上和站起來。她坐了一段時間，讓自己的氣息平靜下來。簡妮只是靜靜地看著她。麥爾妲微笑著說道，「難道妳不打算提醒我，我已經懷孕了，不打算問問我為什麼偏偏要選在這個時候出門旅行？」

簡妮也向她報以微笑，她臉上的細小鱗片隨著笑紋泛起一片漣漪。「我知道妳的答案，正如同妳知道我的問題。越接近那個時候，妳就越希望留在雷恩身邊。妳的這種心意讓我高興，但我們兩個都很清楚，妳是在冒險。我們都知道旅途勞頓導致流產的事情，而且這種事發生過不止一次。我們都知道流產是否發生完全不可捉摸，我們都見過有的女人從懷孕第一個月就一直躺在床上，動也不敢動，只希望讓身體裡的孩子平安長大。」簡妮突然歎了口氣，「即使如此，我們還是見到了她們失去自己的孩子，或者只能生下過於衰弱，或是被雨野原嚴重影響的孩子，根本不會被允許活下來。妳像我一樣可以選擇，可以繼續精力旺盛的生活、行走與工作，儘管這並不能保證妳的孩子就能健康成長，但我從我的懷孕經驗中知道，比起靜靜地呆在昏暗的房間裡，用希望和憂慮填充這段漫長的日子，才是更好的方式。」

簡妮停住話音，彷彿突然意識到，她和麥爾妲都不想再考慮麥爾妲懷孕所蘊含的危險。於是她突兀地改變了話題：「那麼，妳要和雷恩去卡薩里克了。他告訴我，他希望能夠和瓦古斯家族談一談他們開掘我們的礦場的事情。雷恩告訴我某些傳聞：他們掘進速度太快，沒有對礦道進行應有的加固。他擔心他們會為了迅速賺取利潤而不顧人命，這不符合我們和他們在建立合作關係時達成的協議。」

「其實情況還要更糟，」麥爾妲附和道，她很感激簡妮改變了話題，「雷恩說，他們正在利用紋身者進行挖掘。他們支付給紋身者的工資很少，而且根本不像對雨野原原住民那樣在意他們的安全。無論挖到多麼珍貴的寶物，他們也得不到自己應得的份額，更不曾因為進入危險地帶而得到額外薪酬。他們不明白，古靈城市的危險要比坑道塌方和透水更加奇異和嚴重。瓦古斯家族指派他們進入只有熟練挖掘工才能進入的地方。能夠在那種地方進行挖掘的人，必須同時掌握挖掘工作經驗和了解那座城市的其他各種危險。」

「我也聽說了這樣的傳聞，」簡妮不安地承認，「他們不負責任的行為，還導致了工人們的疏忽和偷竊行為。如果在採掘場中冒著風險辛勤工作，卻得不到任何獎勵，為什麼他們還要小心謹慎，並一絲不苟地對採掘結果進行記錄？如果瓦古斯貿易商們對待他們比對待奴隸好不了多少，他們為什麼還要盡忠職守？我也聽到了那些紋身者的的怨言。我們向他們承諾過：會歡迎他們，讓他們成為我們的一部分。他們可以在這工作，擁有自己的家，投票決定他們的命運。他們在這裡不是二等公民。他們可以自由地生活在我們中間，和我們通婚，我們也希望能夠有健康的孩子增添我們城市的人口。是我向他們做出了這樣的承諾。」簡妮不無苦澀地搖搖頭，「實際上，我們到現在才看到事情變成了什麼樣子。像瓦古斯家族這樣的貿易商，只會惡劣地對待他們並輕蔑他們，只讓他們做最低等的體力勞動。作為報復，許多紋身者都離開了市民主體。他們在城市中聚集成封閉的社區，完全不參與對公共道路和橋梁的維護。他們只和自己人通婚，生出許多孩子，而我們的人口還在持續萎縮，他們的壽命比我們長出了幾十年。他們完全不尊重我們的生活方式，這只會導致更多的怨恨和衝突。現今的雨野原家族全都會擔心自己將被他們取代。」簡妮更加沉重地歎了口氣，又說道，「將他們帶到這裡來是我的主意。在和恰斯人作戰的那段黑暗日子裡，這似乎是一個很不錯的主意，一個能夠讓我們所有人都獲益的設想。當我告訴他們，他們能夠生活在我們中間，他們臉上的刺青不會被視作恥辱的標記，只是他們皮膚上普通的印記，我以為他們也會接受雨野原對我們造成的改變。我以為他們會知道，這些改變同樣僅止於表皮，與內心無關。」

「但實際情況並非完全如此。」麥爾妲表示同意。她聽出了簡妮聲音中的負罪感。她早就和簡妮有過這樣的對話。她的婆婆一直都在不斷回想自己進行的那些談判和動員，思考到底是什麼原因導致了現在的這些問題。麥爾妲伸手拿起一雙長襪，慢慢將它們弄成球狀。「簡妮，這不是妳的錯。在那個時候，那的確是一個非常好的方案，對他們和對我們都是。妳以善良的心願達成協議，如果情況的發展和妳最初的設想有所不同，也沒有人能為此而責怪妳。我們不能強迫他們加入，但我們全都知道，他們最終還是會和我們融為一體。雨野原已經對他們產生了影響，只是還不像原住民那樣嚴重。隨著年齒的增長，一些來到這裡的成年紋身者逐漸生出了鱗片。他們的年輕人變化更大。他們的孩子出生時就會有帶紅銅色光蘊的眼睛，皮膚上也出現光澤——那在以後就會變化成鱗片。不管他們喜歡與否，他們的孩子都會變成雨野原人。」麥爾妲將雙腳穩穩地踩在地板上，站起身。她的腰背在向她提出抗議。她自然而然地用雙手捧住肚子，支撐起她正在成長的孩子。

簡妮微微一笑。「有時候，分享一下自己的恐懼或者哀傷，也能讓它們減輕一些。」

「喔，」麥爾妲努力讓自己的聲音顯得從容安閒，卻無法掩飾自己收緊的喉嚨，「昨天我去看助產士的時候，她就是這樣說的。」

「珂麗是我們最好的助產士之一，多年以來，她幫助過許多人生產。」

「我知道。她只是有時說話太過直率。關於我們的機會。關於她對於我們想要一個孩子的想法。」

麥爾妲在衣櫃中搜尋一番，找到了她想要的斗篷。這件天鵝絨襯裡的絳紅色斗篷摸起來是那樣柔軟。她將這件斗篷貼在自己的面頰上。「她說，我們可以懷抱最好的希望，但我們也必須做最壞的打算。我們現在必須現在就做出決定，如果生出來的孩子雖然能夠呼吸，卻因為改變過於嚴重而不太可能活下去，我們要怎麼做。」她努力穩定住自己的聲音，「如果我願意，她可以將我們的孩子先悶死，或者在熱水中溺斃，然後再放到野外去讓野獸吞食。她可以讓我們看著他死去，和他道別。或者我們可以將這件事完全交給助產士去做，閉上眼睛。一切由她來決定，再也不提起這件事。如果我選擇這樣，我們就不必知道那個孩子是否曾經呼吸過，還是一生下來就是死胎。」儘管決定要打起精神，但麥爾妲的聲音還是在不由自主地顫抖，「她說，只有母親才有權利做出這樣的選擇。但我不能，簡妮，我不能。而我每一次看見她，她都會催我回答這些問題。」麥爾妲抓緊了斗篷，彷彿這件斗篷是一個將要從她的懷中被奪走的孩子，「但我不能。」

「這是她的工作，」簡妮輕聲說道，「多年以來一直持續著這樣的工作，她的心也變得堅硬了。不要理會她的話。我們付錢給珂麗是為了她的雙手和她的技巧，而不是她的看法。」

「我知道。」當麥爾妲說出這個詞，她感覺自己幾乎無法呼吸。她不願回想那個悲觀的老婦人還說了些什麼。珂麗也許是一名技巧高超的助產士，但她也是一個冷漠刻薄的老婦人，自己沒有生過孩子。這名助產士的一些話是那樣殘酷，讓麥爾妲甚至無法向她的丈夫和婆婆轉述。「妳沒有必要生一個孩子，他的兄長本迪爾已經有一個繼承人了，妳為什麼還需要一個孩子？妳知道，這個孩子會是一個怪物。妳流產和生出來的死胎都是怪物。」這樣的話很難被聽而不聞，因為這些指責都是真實的。

麥爾妲壓抑住自己啜泣的衝動。不要犯傻了。如同很多人說的：懷孕會讓一個女人情緒化，所以要將注意力集中在眼前的任務。她重新集中起注意力，把行李收拾好，疊好斗篷，把它放進箱子裡。她要跟隨她的丈夫一起去卡薩里克，雷恩的姊姊蒂絡蒙也會陪同他們一同前往，去拜訪她的一位兒時好友。他們將一同在河上泛舟，度過一個愉快的下午。他們將暫時走出戶外，雷恩還能陪伴她整整一天，肯定會是美好的一天。挑選一件暖和的斗篷，河上的風雨還是很大的。

在她紅色的冬季斗篷旁邊，還掛著另一件她很喜歡的斗篷。那是一件黑色斗篷，上面繡著綠色、藍色和紅色的龍。它是遮瑪里亞的一位紡織者送她的禮物。在那段日子裡，她和雷恩是遮瑪里亞的沙崔甫王的客人，被尊崇為古靈的「國王」和「王后」。他們也許真的是古靈，巨龍婷黛莉雅就是這樣稱呼他們的，但龍並不比人類更誠實，有時候說話更加隨心所欲。麥爾妲經常會懷疑自己是不是真正的古靈。也許她和雷恩，甚至包含瑟丹，都只是受到了雨野原的改變，只不過他們比較幸運，這種改變讓他們獲得了一種異樣的美麗。古靈們可能也是這樣，但古靈從沒有過國王和王后，那都只是沙崔甫王孩子氣的幻想。

經歷過海盜群島的「偉大探險」之後，麥爾妲已經不知道自己多少次拯救了沙崔甫王柯思閣可悲的生命，所以他很樂於將雷恩和麥爾妲作為古靈君王介紹給他的宮廷。在那時，麥爾妲體驗到了沙崔甫王對他們的敬重和為他們提供的奢華生活。經過了數年的艱苦生活，麥爾妲當然非常渴望享受一下漂亮首飾、可愛的衣服和豪華宴會，但沙崔甫王對他們的尊崇顯然有些太過分了。遮瑪里亞貴族們送給他們無數禮物和讚美、讚頌他們的歌曲被譜寫出來、為了紀念他們的到訪而專門製作了織錦掛毯和彩繪玻璃窗，遮瑪里亞人甚至設計了被認為是古靈美食的奇異菜肴——那是一幅泡沫般的幻景，幾個月的時間裡，麥爾妲得到了她能想像的一切奢華款待。舞會、盛宴、珠寶、節日、香水和娛興演出……直到今天，她還會感到驚訝，那時的她和雷恩竟然最終都會對這些感到厭倦，渴望著能夠回家成婚，過上他們二人世界的生活。她將那件斗篷抽出來，將它在自己的手臂上輕輕疊好。久遠以前的舞會上的淡淡香水氣息，從柔軟的布料中散發出來，將她帶回到那些飛速旋轉的舞蹈中，那時她的眼睛只是盯著面前那個英俊男人的臉，那個她未來的丈夫。

剛剛還即將奪眶而出的淚水突然就消失了。

「就是這種微笑，讓我的孩子一下子就愛上了妳。」簡妮鍾愛地說道。

「喔，我覺得自己好愚蠢。片刻之前我的眼睛裡還滿是淚水，一轉眼，我又滿心都是歡喜。」

簡妮笑著說：「妳懷孕了，親愛的，就是這樣。」

「就是這樣？」雷恩的聲音充滿了玩笑的氣惱，他帶著一股冷風大步走進房間，然後用力將冬季寒風關在門外。「就是這樣，母親？妳怎麼能把話說得這麼輕巧。這麼多年以來，我們聽到的可全都是：『這才是最重要的！造一個小庫普魯斯出來吧，親愛的麥爾妲！為家族的金櫃再增加一兩個繼承人吧！』」

「喔，我可沒有那麼壞！」簡妮．庫普魯斯喊道。

「啊，美麗的小母牛！如果她不馬上收拾好行李，扶著肚子和我一起搖搖晃晃地到船上去，那我們可就都要遲到了。」

「先生，你可真是隻野獸！」麥爾妲想要表現出憤怒的樣子，卻還是禁不住笑了起來。

「沒禮貌的男孩，」雷恩的母親一邊責備雷恩，一邊寵愛地推了他一把，「不要取笑她了！她有一個完美的孕婦肚子，這完全值得她為之驕傲！」

「我也很驕傲。」雷恩一邊說，一邊伸出雙手輕輕按在麥爾妲隆起的腹部兩邊。他的眼睛裡閃爍著那麼溫柔的光亮，讓麥爾妲覺得自己的面頰一下子湧起了熱浪。簡妮則小心地將頭轉向一旁，顯然覺得旁觀這對夫妻的濃情蜜意是一種失禮的行為。

「我去找人把箱子搬下去。你照看她，兒子，一路都要把她照看好。」

「我會的，我會一直緊緊盯住她。」雷恩回答道。他和麥爾妲似乎都沒有多看一眼在簡妮身後關上的屋門，不過一聽到插銷落進鎖槽的聲音，雷恩便探身讓過麥爾妲的肚子，輕輕吻了妻子的嘴唇。他吻了很長時間，就像他們剛剛結婚時一樣溫柔又充滿激情。最終，麥爾妲離開雷恩的嘴唇，將頭枕在丈夫的胸膛上。雷恩輕撫麥爾妲閃光的金髮，又伸手到她的眉頭上，用指尖溫柔地摩挲標誌著麥爾妲古靈身分的肉冠。麥爾妲在他的觸摸中顫抖著，輕聲責備他，然後將頭從他的手指上移開。

「我知道。」雷恩歎了口氣，「現在我們可能會傷害寶貝，或者讓寶貝早產。我會耐心等待。但我不希望妳以為我會有很多耐心！」

麥爾妲輕聲笑笑，從雷恩的懷抱中退出來。「那麼現在就耐心一些，讓我把必須帶的衣服選好。」

「沒有時間了。」雷恩對她說道。然後雷恩走到衣櫃前，朝櫃子裡端詳了片刻，伸手進去抱起一滿捧衣服，轉過身，將它們全都放進旅行箱裡。在麥爾妲毫無希望的反對聲中，雷恩將這一大堆衣服粗魯地按進箱子裡，然後把箱蓋闔上。「就這樣！完成了！現在我要帶妳走了。我們要乘坐升降機，而不是走樹幹階梯。妳知道升降機的速度有多慢。」

「我還可以走階梯。」麥爾妲氣憤地堅持道。但在心裡，她很高興雷恩的細心。現在她的身子的確沒有平時那樣靈巧了。她的腳也腫脹起來，變得格外柔軟。

「我們走吧。我相信我已經把足夠多的東西放進這只箱子了。如果沒有，那麼缺少的東西也會在今天上午被最先送到船上。」

「我們還需要帶上孩子的東西。以免他在卡薩里克給我們一個突然襲擊。蒂絡蒙呢？她收拾好行李了嗎？」

「我的姊姊正在升降機那裡等我們。」

麥爾妲朝另外一個衣櫃投以久久的一瞥，但雷恩已經抓住了她的手，將這只手堅定地挽在自己的臂彎裡，然後伸手打開屋門。從丈夫嘴唇的線條判斷，麥爾妲決定現在只能裝作一名順從的妻子。她只是又拿起一件斗篷，將它披在自己的肩頭，就任由雷恩領著她走出屋子。

即使在晴朗的天氣裡，也不會有太多陽光到達這棵家族樹的住宅層。在這樣灰暗的冬季白晝中，森林的陰影統治著這裡的一切。在高高的樹頂上，強風正搖動著森林，不過麥爾妲只能從偶爾落下的一陣陣落葉和松針中得知上方的情形。大部分在這個季節中會脫落葉片的樹，現在都只剩下了光禿禿的枝幹。不過在這個季節的雨野原，還有足夠多的常綠樹能夠為他們遮擋住大部分雨水，只有最猛烈的暴雨才有可能影響到住宅層。

升降機是一系列帶有編織柵欄護壁的平台，能夠在樹冠和地面之間垂直升降。肌肉發達的工人，需要拽動帶有配重的滑輪纜繩系統來操縱這些平台。麥爾妲並不喜歡使用升降機，不過她已經不再像過去那樣害怕它們了。實際上，她很擔心要走過那道環繞樹幹的漫長的螺旋形階梯，而那是除了升降機以外，唯一可供選擇的路線。

蒂絡蒙身披斗篷，戴著厚重的面紗，正在升降機前等待他們。麥爾妲很想知道是為什麼，但還是一句話都沒有說。雷恩卻完全是一副做弟弟的樣子，絲毫不會隱諱對姊姊的疑問：「為什麼妳要把臉遮住，彷彿是要去繽城一樣？」

蒂絡蒙透過蕾絲面罩看著弟弟。「現在去城市下層，幾乎就像去繽城一樣了。城裡到處都是對我們瞪大了眼睛的外路人。弟弟，我們之中並非所有人都那麼幸運，能夠變得比普通人更加漂亮。」

麥爾妲能聽出蒂絡蒙責備的是雷恩，不是她，但她還是要努力壓抑下不舒服的感覺。最近，她已經越來越清楚地覺察：自己擁有蒂絡蒙一直都在渴望得到的一切。她有一個丈夫，一個即將出世的孩子，還有無可否認的美麗。雨野原對她的改變，全都讓她變得更好。她臉上的細膩鱗片柔軟順滑，色澤非常漂亮。她的個子出乎預料地變得更高，纖長的雙手和手指很是優雅，這讓蒂絡蒙生滿粗糙鱗片和懸掛在她下巴以及耳朵上的肉贅，與她形成了鮮明的對比。因為自己的好運，麥爾妲很難不對蒂絡蒙感到愧疚，不過雷恩的姊姊好像也從沒有為此而怨恨過麥爾妲。

麥爾妲跟隨蒂絡蒙走進升降機，等待雷恩進來。雷恩一拽繩子。在他們頭頂上方，一陣輕微的鈴聲從遠處傳來，回應了他們的請求。在樹下面，麥爾妲聽見另一名升降機工人應答的哨聲。在不長的一段時間裡，他們懸掛在半空中，等待著。然後，隨著一次微弱的扯動。麥爾妲心跳了一下，他們開始下降了。

升降機的速度快得有些讓她不舒服，她發現自己抓緊了雷恩的手臂。第一部升降機停下的時候，她鬆了一口氣。然後他們又走進了另一部升降機。「請慢一點。」雷恩溫和卻又嚴厲地對升降機工人發出警告，他身邊的工人點點頭作為回應。麥爾妲注意到，這位工人是一個紋身者。她看到了這個人的目光好奇地停留在蒂絡蒙臉，蒂絡蒙也注意到了這一點。她沒有去看升降機工人，而是向森林中望過去。直到升降機動起來之後，她才說道：「有時候，當他們這樣盯著我，我覺得我才是這裡的陌生人。」

「他只是無知。很快他們就會明白的。」雷恩說道。

「什麼時候？」蒂絡蒙尖酸地問道。

「也許等到他有了一個孩子，那孩子生來就被雨野原改變的時候。」麥爾妲低聲說。

雷恩驚訝地看著自己的妻子。蒂絡蒙卻苦笑一聲。「那時他又會明白什麼？應該殺了那個永遠也無法變漂亮的孩子？但我**出生**時是很漂亮的。如果我那麼早就發生改變，現在我應該早已經死了。我永遠也不會結婚，絕不可能有孩子。他會粗魯地盯著我，我身邊的人卻會將目光從我身邊移開。也許我應該感激至少還會有人注視我。」

「蒂絡蒙！我會看妳，我愛妳。」雷恩大驚失色。他伸手扶住姊姊的肩膀，但蒂絡蒙沒有接受弟弟的擁抱。她的聲音被自己的面紗遮擋，顯得有些模糊。

「你愛我，弟弟，但你真的會看我嗎？你有沒有看到我變成什麼樣子？」

「我不知道……」雷恩開口說道。但升降機已經到了下一站。蒂絡蒙抬起一隻戴著蕾絲手套的手，阻止了弟弟說話。

麥爾妲感覺到一陣絕望從心底升起。她不知道該向蒂絡蒙說些什麼。但是當他們走向下一部升降梯的時候，麥爾妲握住了蒂絡蒙的手。

隨著升降梯開始移動，雷恩開口說道：「蒂絡蒙，我……」但他的姊姊立刻止住他的話頭：「你知道，我們現在不應該提起不好的事情。麥爾妲還懷著孩子，她只應該有平靜和喜悅的想法。」蒂絡蒙輕輕捏了一下麥爾妲的手，然後才放開她。

很明顯，蒂絡蒙想要改變談話的方向。麥爾妲很高興能夠幫助她。「看啊，那邊，在樹林對面，是不是我們的船？」那是一艘又窄又長的船，船兩側有許多支槳，顯然是為了抵抗水流，讓船有足夠的動力駛向上游。在船尾處有一個供乘客安歇的小艙室，還有一道長甲板供人在船中間行走。整艘船的最末端，一個身材魁梧的人正懶洋洋地靠在作為船舵的大槳，看起來顯得非常無聊。

「這是河上游蛇號。是的，她正在等我們。」雷恩似乎鬆了一口氣。他當然也很願意想一些高興的事情。麥爾妲覺得自己也許暫時不應該再給丈夫帶去困擾了。

蒂絡蒙問道：「她是那種我聽說過的新船嗎？那種能夠像活船一樣承受這條河流的繽城船？」

「不，她是在雨野原製造的，船員也都是雨野原人。不過我們返回之前，妳也許就能看到一艘那種繽城船。我聽說有那樣一艘船正在前往雨野原各聚落，以顯示它對酸性河水的耐受性和快捷的速度。據說即使在淺水航道中，它的行駛也不會受到任何影響。遮瑪里亞造船工匠稱這種船為『無損船』。那艘船應該會在崔豪格停靠，然後前往上游的卡薩里克。妳知道我們現在所遭遇的貨流瓶頸：為了幫助海蛇前往卡薩里克而建造的水壩，現在大多都已經損毀了，冬季的洪水沖走了它們，吃水很深的活船無法再經過一道道淺灘前往卡薩里克。一艘能夠在淺水中行駛的貨船，這艘船不會駛過幾次之後就融化在酸水中，對於我們上游的生意將能起到巨大的作用。」

「那些船是在繽城製造的？」

「是的。不過也不完全是。一個從海盜群島來的人帶來了船殼塗料的配方，所以這應該是一個聯合運營的專案。就我所知，一些遮瑪里亞造船商為這工程提供了資金。」

「喔，」蒂絡蒙的忽然用僵硬的聲音說道，「那麼，一旦這些船出現在我們的河面上，就會有更多繽城人、紋身者和遮瑪里亞人來到雨野原了。」

雷恩顯出一副受驚的表情。「我想……應該是。」

「這可不是什麼好事。」蒂絡蒙用不容置疑的口氣說道，然後她就快步走下了剛剛停穩的升降機。

最後一部升降機將它們送到地面的木板步道上。雖然麥爾妲很高興能夠離開升降機，但走在固定的地面上，她卻感到有些奇怪。雷恩扶著她的手臂。蒂絡蒙跟隨著他們，三個人一起快步走向正在等待的航船。麥爾妲聽到身後一聲悶響，回頭細看，發現運貨升降機以更快的速度落到地上。升降機裡面放著她的箱子。一名僕人將箱子扛到肩頭，也跟上了他們。「真希望他們在貨物甲板上留出了足夠的地方。」麥爾妲說道。雷恩立刻回答了她：「我們是今天唯一的乘客。他們並不需要運送太多貨物，船上有足夠的空間。」

走出叢林中不會消散的陰影，進入到明亮的陽光中，那種令人吃驚的感覺，就像雙腳踏在固定的地面上一樣。**我真的完全變成雨野原人了**。麥爾妲心中想。她低頭瞥了一眼自己手背上的細鱗。**完完全全的**。從河面上吹來的風讓她打了個冷戰。她用斗篷裹緊了自己。

河上游蛇號的船長已經把貨物都運上了船，現在正急切地想要啟航。麥爾妲、雷恩和蒂絡蒙剛剛走進客艙，他就讓碼頭上的船員們立刻登船。沒過多久，槳手們划起這艘形狀修長的船，讓它向上游駛去。麥爾妲身姿優雅地坐在一個靠艙壁擺放的軟墊凳子上。蒂絡蒙則站在靠近船尾的一扇舷窗旁，充滿渴望的神情向外觀望著。「我已經好久沒有走出家門去看看外面的世界，好像已經有好幾個世代不曾讓陽光照在我的臉上了。」

「妳若要走出門，不需要我的許可。」雷恩說。

「當然不，我從來都不需要。我只是需要找到自己的勇氣，就是這樣。」

麥爾妲跟隨著她的目光。船艙後面有一片方形的小甲板，然後是舵手工作的地方。現在舵手操縱他的長槳划出了一連串穩定的弧形，只有在船長向他喊出糾正方向的指令時，他才會停頓一下。那個人一邊推動航船前進，一邊控制著船隻的方向，他所展現出的力量和安穩神態，讓麥爾妲體會到了一種奇異的美感。他彷彿能夠察覺到船上的乘客在看他，便回頭向船艙瞥了一眼。他臉上的大塊鱗片讓他的眉毛遮住了眼睛，一連串的肉贅掛在他的下巴上，麥爾妲聯想到魚的髭鬚。「我想要出去看看。」蒂絡蒙突然說道，然後她掀起面紗，將面紗連同帽子一起摘下，又脫下覆蓋雙手和胳膊的蕾絲長手套，把它們連同帽子一起放到麥爾妲身邊的長凳上，隨後便一言不發地打開小艙門，走到了甲板上。寒風立刻吹襲而來，卻沒有能阻止蒂絡蒙。她來到船欄杆旁，俯身在上面，仰起頭迎向從雲層縫隙中照射下來的陽光。

雷恩移開姊姊的帽子、面紗和手套，坐在麥爾妲身邊。麥爾妲將頭靠在雷恩的肩膀上。在這一刻，她覺得很快樂。陽光在船艙的地板上印出一個明亮的方塊。他們能夠聽到的只有充滿韻律感的船槳划動聲。船長偶爾會向舵手喊上一兩句話。麥爾妲打了個呵欠，忽然感到一陣睏意。

「我的姊姊到底怎麼了？」雷恩有些傷心地問麥爾妲。他掛著面紗的帽子，「這件事有這麼可怕嗎？我去繽城向妳求婚的時候，也戴著很厚的面紗。這只是傳統。」

「傳統來自於不安，」麥爾妲說道，「雨野原人從來都被外人視作是奇怪的人。至今仍然如此。我生活在你們中間，已經成為了你們的一員。但我知道蒂絡蒙的心事。如果她在繽城而不戴面紗走在街上，人們都會死死地盯住她。人們想要雨野原的寶物，卻不想看到提供這些寶物的人付出的代價。」

「當你第一次看到我摘下面紗的時候，你認為我很奇怪嗎？」

麥爾妲輕聲笑了笑。「那時我還是一個愚蠢的小女孩，腦子裡全都是各種關於雨野原的古怪故事。那時的我認為是我殘忍的母親將我賣給了某個可怕的怪物，然後我發現這個可怕的怪物竟然如此富有，簡直不可思議。他給我帶來了幾百件小禮物，還送給了我許多很讓我中意的讚美。所以，那時你成為了一個謎，一個未知之物。儘管我覺得危險，卻又讓我很想得到。」

她微笑著，輕輕顫抖了一下——一陣寒意掠過了她的脊背。

「怎麼了？」雷恩問道。他將姊姊的帽子放到一旁，握住了妻子的手。

麥爾妲笑出了聲，她覺得稍稍有一點羞窘。「我在想你第一次吻我的時候。我的母親那時離開了房間，房間裡只剩下你的僕人。他們全都戴著面紗，忙碌著自己的事情。你向我俯身過來，我以為你會告訴我一個祕密。但就在那時，你親了我，我透過面紗的蕾絲感覺到你的嘴唇，還有你的舌尖。那種感覺……」麥爾妲停頓了一下，驚訝地察覺到自己臉紅了。

「很香艷。」雷恩低聲替她把話說完。一點微笑慢慢出現在雷恩的臉上。他的眼睛裡閃爍著回憶的喜悅。「我只是想要在妳母親離開的時候偷一個吻。我沒有想到我們之間的阻隔反而讓那個時刻更加令人難忘。」

「你是個淘氣的男孩。你沒有權利吻我。」麥爾妲想要表現出受冒犯的樣子，卻失敗了。她和丈夫一同微笑起來，同時又為過去的那個傻女孩感到一點哀傷。

雷恩將姊姊的面紗舉到面前。透過多層深色的蕾絲，麥爾妲幾乎看不清丈夫的五官，「現在我又是這樣了。我們可以再試試嗎？」

「雷恩！」麥爾妲責備丈夫，但她的丈夫並沒有停下來。他將面紗掛好，俯下身來吻麥爾妲。

「這是蒂絡蒙最好的面紗！」麥爾妲表示反對。但當蕾絲拂過她的臉，她就閉上了眼睛。他吻了她，這是非常純潔的一個吻，但還是讓麥爾妲彷彿回到了他們初次激情的記憶中。

雷恩從麥爾妲身上退開，他強壯的男性聲音裡帶著不由自主的好奇，「為什麼『禁忌』總是會增加甜蜜的感覺？」

「的確。但我不知道是為什麼。」麥爾妲將頭靠在雷恩的胸前，淘氣地問，「你的意思是不是說，你現在有權得到我了，我就不那麼甜蜜了？」

雷恩笑了。「不。」

隨後的一段時間裡，他們都沒有說話，都感到很滿足。在槳手與河流的搏鬥中，船一下一下地顛簸著。麥爾妲向小舷窗外望出去。在他們身後，河面反射著陽光，灰色的河水變成了銀色。蒂絡蒙靠在欄杆上，陷入了遐思。風吹著她的頭髮。從身後看，她就和一切正在做白日夢的年輕女子沒什麼兩樣。但她到底在夢想著什麼？未來又會給她些什麼？又會給麥爾妲的孩子一些什麼？他會像他的姑姑一樣發生巨大的改變嗎？

「妳又在歎氣了。妳不舒服嗎？」雷恩輕柔地將手放在麥爾妲的肚子上。麥爾妲將自己的兩隻手放在雷恩的手上。這個時刻到了，這正是她所畏懼的時刻。

「親愛的，我們有一些艱難的問題需要討論，這些事我從來都不想提起，但我們必須考慮它們。」麥爾妲深吸一口氣，然後說話速度就像揭開傷口上的繃帶一樣地快速，將助產士要求他們儘早做出決定的話，全都轉述給了雷恩。

她的話讓雷恩打了個哆嗦。怒火迅速取代了他的恐懼。「她怎麼能對妳說出這種話？她怎麼敢？」

「雷恩！」丈夫眼中的憤怒讓麥爾妲感到安慰，也感到害怕，「她必須問這些問題，畢竟這不是我第一次懷孕。是的，之前的幾次都沒有持續這麼久，是吧？我覺得她早就知道那幾次不會有結果。但此時此刻，我們都感覺到了這個孩子的胎動。每一天，他出生的時刻都距離我們更近。這是雨野原和繽城的所有夫妻都必須面對的決定。儘管這樣的決定的確很殘忍，但它們也是每一個世代的雨野原人都要做出的決定。所以，」麥爾妲吸了一口氣，穩定住自己，「我該怎樣對她說？」

雷恩開始吃力地喘著粗氣，就像正在面對一場戰鬥。「該怎麼對她說？對她說：『我不在乎什麼傳統或者禮儀！』對她說：『我會一直陪在妳身邊，在我們的孩子出世的那一刻，他會安全地躺在我的臂彎裡。如果莎神要將他的生命從我們身邊帶走，我會為他而哀悼。但如果任何其他人以任何方式威脅到他，我都會殺死他們。』妳可以將這些話告訴她。不。我會去親自告訴那些愛管閒事的老巫婆！」

他突然站起身，在小船艙裡快步轉著圈，然後又猛地停住腳步，茫然地盯著舷窗外從船邊經過的樹木。「妳有沒有懷疑過，我不會保護我們的孩子？」他低聲問麥爾妲。當他轉向自己的妻子時，目光中流露出受傷的神色，「或者……」他猶豫了一下，「妳不想要他？如果我們的孩子出生時就有改變，妳想要，丟開他嗎？讓他……」他的聲音消失在寂靜裡。

麥爾妲感到無比驚駭。寂靜的時間持續越久，雷恩臉上的傷痛就變得越深刻。「我沒有想過我會有選擇權。」麥爾妲最後說道，淚水充滿了她的眼睛，但並沒有落下來，「一切都是這樣。即使在繽城也是一樣。任何人都很少會提起這件事。我還很小的時候，見到過懷孕的女人突然和我們分開了。有時候，她會帶著孩子回來，有時候不會。我是在什麼時候明白一些嬰兒不可能被留下來？我甚至不記得了。所有女孩在未成年的時候，就會知道這種事。當女人們談論這種事的時候，總是說這樣做才最好，問題要迅速解決，不要讓母親認識孩子，愛上孩子。但……」她將雙手放在肚子上，感覺到孩子不停地在自己身體裡蠕動，彷彿是知道他們正在決定他的命運，「但我一直都認識這個孩子。我已經愛上了他，或者是她。我會在乎他出生時有沒有鱗片，或者他的指甲是不是黑色的？我不認為。」麥爾妲試著想要露出微笑，卻失敗了。眼淚一下子從她的眼眶裡湧出來，滾落在她的面頰上，「雷恩，我非常害怕。一天晚上，我夢到當分娩的陣痛到來的時候，我一個人跑進森林，要把我們的孩子生出來，想要保護他的安全。當我醒來的時候，我不知道自己會不會真的這樣做。如果我這樣做，你會怎樣想？我必須考慮你的想法。如果我帶回一個發生了改變的孩子，拒絕放棄他，你和你的母親又會怎樣想呢？這也是我必須考慮的。」

麥爾妲吸著鼻子。雷恩回到了她身邊。麥爾妲發現一塊手絹正在擦去她的淚水。「我見過一些巨龍守護者。他們都還只是孩子。但他們每一個人幾乎都帶著沉重的印記。我知道他們一定都是出生時就有了變化。他們的父母留下了他們，他們長大了，活了下來，也許他們無法結婚，也沒辦法有自己的孩子，但我看著他們，在心中想：『他們活下來了，並非毫無用處。他們的父母是正確的，無論他們的鄰居會說些什麼。』但現在，我看到了鬱鬱寡歡的蒂絡蒙，我知道她怎麼被其他人盯住。我也知道，有時候無知的人們會大聲對她說一些很過分的話。她現在幾乎總是留在家裡，甚至連市場都不會去。她很少會去拜訪她的朋友。她不是出生時就有了變化。她也從沒有做過任何應該受到懲罰的事情，但她還是遭到了懲罰。」

船艙中又陷入一陣沉默。兩個人全都望著艙外雷恩的姊姊。烏雲已經遮住了太陽。天空突然昏暗下來，但蒂絡蒙只是用斗篷裹緊了身子，然後反而轉向寒風，彷彿在痛飲那一股股氣流。

「也許我們的孩子會安然無恙地出生。或者，既然我們都是古靈，也有可能我們的孩子也會擁有……」

「擁有美麗的改變，」麥爾妲替猶豫中的丈夫把話說出口，「非同尋常的美麗，就像我們一樣，擁有我們的好運。人們在看到我們的時候，都因我們的改變而向我們微笑……或許曾經是如此吧。現在呢？我經常會看到他們的臉上現出其他表情——那是種怨恨。我聽到有傳聞說：人們都認為我們妄尊自大，裝出一副比同胞優越的樣子，只是因為巨龍讓我們擁有了美麗的外表。雷恩，認為誰比誰高等——這不是貿易商的想法。天哪，貿易商們一直都自認為要比紋身者和繽城的三船人更高等。比起粗暴的恰斯人和野蠻的六大公國人，他們還認為自己是更加優越的。但是當沙崔甫王稱我們為『國王』和『王后』的時候，他們卻因此被激怒了。他們說我們擅自代替貿易商做出了決定，說我們沒有這樣的權力，哪怕議會後來已經批准了這些決定。雷恩，有一些人被我們激怒了，還有一些人想要利用我們，這些你都是清楚的。」

「我的確清楚。」雷恩伸出手臂摟住麥爾妲，將自己的妻子拉進懷中，「我想，我沒有認真考慮過這些會怎樣影響我們的孩子。如果他在出生時就發生了改變，而我們堅持要留下他，這也許會讓人們更加敵視庫普魯斯家族。也許我們的孩子不會有玩伴，但我不可能讓任何人帶走他，更不能由我們自己將他溺死。」

聽到這番話，麥爾妲又開始啜泣。

雷恩將頭和妻子的頭貼在一起。「不要害怕，親愛的。無論遭遇什麼，我們都會共同面對。我不會為了傳統而放棄這個孩子。如果莎神賜予了他呼吸的能力，那麼他就應該呼吸。除了莎神，沒有人能夠終止他的氣息。我向妳承諾。」

麥爾妲嚥下自己的淚水，對丈夫說道：「這也是我向你的承諾。」然後她閉上眼睛，靜靜地祈禱自己能夠守住這份承諾。

更月第二十日
商人聯盟獨立第七年
來自黛托茨，崔豪格信鴿管理人
致雷亞奧，繽城代行信鴿管理人

紅色密封信管

雷亞奧：

我單獨送出這隻信鴿，好將風險降至最低。這個寒冷的雨季比以往氣候更加惡劣，鴿子正在以令人心生警惕的速度患病。請立刻對飛到你那裡的一切鴿子進行隔離，我們這裡已經在這樣做了。我選擇了一隻看上去很健康的鴿子送去這封信。一些生病的鴿子身上生了一種非同尋常的紅蝨子。請確認你的鴿子身上是否生有這種蝨子，並立刻隔離病鴿。

這種糟糕的天氣到底有沒有結束的時候？

艾瑞克現在非常苦悶。在發生疫病的時候，他卻要為了準備我們的婚禮而被困在崔豪格。我非常同情他。請盡你的全力保護艾瑞克的鴿舍和鴿子，等他回去。現在我們是想要在繽城定居，但我對於能否在那裡被接受還有很多顧慮。艾瑞克根本不在乎我的缺陷，無論我已經多麼嚴重地受到了雨野原的影響。這個男人！

黛托茨

7 巨龍之夢

飛翔是如此地毫不費力。辛泰拉猩紅色的翅膀捕捉到下方寬廣農田中的上升熱氣流，將她高高舉起。她在天空中翱翔。在她的身下，肥美的白色綿羊正在綠色的牧場上吃草，隨著她的影子掠過草地，那些羊全都被嚇得四處奔逃。愚蠢的牲畜。她根本不想讓牠們身上的長毛黏滿自己的嘴巴。很少有龍會喜歡吃這些羊，除非他們沒有在狩獵中填飽肚子。辛泰拉有些懷疑正是因為如此，人類才會養這麼多羊。對於龍來說，牛要合胃口多了，但對於像她這樣真正的獵手，撲向圍欄裡的牲畜，根本就沒什麼樂趣。她更加願意去狩獵，去尋找巨大的長角野獸，那樣她還能得到一點挑戰，甚至可能在飽餐一頓之前，還能經歷一番戰鬥。

但今天她沒有這個打算，昨天她已經大吃了一頓，還睡了一下午和一整個晚上。現在她渴了，要去找一點清涼的滋補品——不是鮮血，也不是寡淡無味的河水。她轉動翅膀，向克爾辛拉快速飛去。白銀廣場上看不見其他龍。她會降落在那裡，不必等待古靈們來……來這裡做什麼？這裡有一些她想要的東西，一些她非常喜歡的東西正躲在她的記憶裡。那是一些祕密，她樂此不疲的東西。

她不是辛泰拉。她正深深地沉入睡夢中，在另一個時空的記憶中躲避著饑寒交迫的自己。在那個豐裕的時代，她的一位紅色祖先曾經飛過克爾辛拉。在那個陽光明媚的夏天，那位祖先不僅享受著自由自在的飛翔，還擁有古靈的友誼。他們與巨龍共生，一同繁榮昌盛。對於這兩個種族而言，那都是無比美好的時代。她不知道是什麼結束了那個時代。在她的夢裡，她一邊逃避著淒涼的現在，一邊探索過去，尋找讓未來重現美好的線索。

一陣被寒風裹挾的雨水潑在她的臉上，將她從夢境的回憶中驚醒。辛泰拉在黑夜和暴雨中睜開眼睛。賽瑪拉為她搭建的避雨棚子根本就聊勝於無——只不過是一排原木鋪成的斜坡，上面再覆蓋一層樹枝。她的床也只是厚厚的一層松樹枝，勉強將她的身體和地面隔開。自從賽瑪拉建起這個棚子以後，她又長大了不少。現在她只能蜷曲起身子，才能夠不讓身體露在棚子外面。那個女孩應該把棚子蓋得更大一些，蓋起厚實的牆壁。也許還應該在原木之間敷上泥巴，把樹枝也鋪得更加緊密。辛泰拉在心裡自言自語的同時，她的守護者卻氣惱地做出回應，直問辛泰拉願意餓著肚子等待多久，好讓她能花時間為她建一個新的棚子。這個女孩的回答，只會讓辛泰拉更生她的氣。賽瑪拉沒有一樣事情能做得好。現在她只能顫抖著縮在這些可憐的木頭下面，而饑餓還在抓撓著她的胃。她對自己的生活完全不滿意。她的生活裡只有饑餓、不適和令人沮喪的夢。

辛泰拉趴在低矮的棚子下面。外面正在下雨。彷彿這個世界永遠都在下雨。烏雲遮住了月亮和星星，但她只要睜大眼睛，就能毫不費力地看清周圍。這是森林中的一片開闊地，只有一些零星的樹木和灌木。守護者們在這裡為各自的龍建起了避雨的棚屋。難道他們以為龍也像人類一樣，聚居在一個村子裡嗎？沒有一個棚子是足夠牢固，按照永遠不壞的設計建造的。辛泰拉的棚子不比其他龍的糟，實際上，這個棚子應該比絕大多數其他龍的棚子都要好些。它讓辛泰拉依稀想到了祖先回憶中的畜欄和狗舍。那些都是給牲畜居住的，根本不適合三界的霸主。

實際上，那些守護者們的住處也不比他們的龍好多少，他們都搬進了古早時代這一側的河岸邊供牧羊人和農夫居住的房子。這些房子之中，有一些現在只剩下了殘垣斷壁，但他們至少讓其中一些房屋變得可以居住了。辛泰拉能夠聽到他們的談論和想法。他們相信，只要能夠渡過河，進入歷經時間風雨而屹立不倒的偉大的克爾辛拉，他們的居住環境就能大大得以改善。他們本可以過去的。一次一個，由那個愚蠢的荷比背過去——那傢伙似乎以為自己是一匹馱馬，而不是一頭龍。若他們這樣做，就不得不把龍丟在河的這一邊了。

他們至今都沒有這樣做。

辛泰拉很痛恨自己竟然會因此而有那麼一點點感謝他們。對她而言，「感謝」這事既陌生又不舒服，巨龍不應該有這樣的情緒，尤其是對於人類。一旦有了感謝之心，就意味著她虧欠了他們。巨龍怎麼可能欠人類什麼呢？難道他會對一隻鴿子或對一塊肉有虧欠嗎？

辛泰拉落下透明的內眼瞼，為眼睛擋住雨滴，然後將腦子裡的胡思亂想和翅膀上的雨水一同抖掉。是時候了，風已經停了，天色很黑，所有龍和人都睡著了。她悄悄溜出棚子，爬過潮溼的草地和落葉，下了山坡，來到面對河水的開闊草地。

到達草地之後，她停下腳步，用調整到黑夜視覺的眼睛，向周圍張望了一圈。一點動靜都沒有。在幾個星期以前、他們剛剛到達這裡的時候，大大小小的獵物就都從這裡逃走了，那些野獸剛剛看到龍的時候還只是站在原地發愣，但他們很快就知道：對巨龍只能感到恐懼。辛泰拉現在完全擁有了這片草地。下方遠處，湍急的河水滔滔不絕，雨水正在不斷灌入其中。水流的轟鳴充滿黑夜，一直傳入辛泰拉的耳中。那條河又寬、又黑、又冷而且又深，強勁的水流足以將辛泰拉這樣的巨龍捲入其中，徹底把她淹死。在辛泰拉的古早記憶中，她的確曾經降落在這條河裡，冷水刺激她被太陽曬暖的身體，幾乎讓她感到很舒服。在那些記憶中。河水緩衝了她下落的勢頭，讓她的身體沉入其中。她收緊翅膀，爪子感覺到沙子和礫石。她閉合鼻孔，阻止涼水湧入，邁開四足，抵抗著急流涉水而行，最終來到河邊淺灘上，身上的水匯聚成流，從每一片閃光的鱗甲上涓涓流下。

但這些記憶都已經非常古早。根據守護者們的報告，現在克爾辛拉岸邊已經沒有了沙質河灘，只有深深的河水和陡立的崖壁。如果她執意要飛過去，不小心落在和中央，那麼她將有可能被水流裹挾，再也無法從水裡探出頭來。她向周圍又看了一圈。發出聲音的只有這條河，寒冷的風和連續不斷的雨。只有她一個。沒有其他的龍和人會見證或嘲諷她的失敗。

她張開翅膀，振動它們，發出一陣潮溼的船帆被微風拍動的聲音。她停頓了片刻，心中狐疑自己怎麼會知道船帆的事，然後將這些無用的訊息拋到腦後。並非所有記憶都是值得珍藏的，但她還是會記起它們。她緩慢地移動翅膀，將它們展平，試著伸直翼骨上的爪子，將它們舉在半空中，感覺吹拂它們的風。她的右翼仍比左翼小一些，也更弱一些。兩支翅膀一大一小的一頭龍，要怎麼飛起來？

努力鍛煉，強化肌肉，就把它當作是在戰鬥或狩獵中受了傷，而不是從她鑽出龍繭的時候就帶有的缺陷。

她將翅膀張開又合攏了十幾次，然後她張大翅膀，用盡全力拍動它們，同時還要小心不要讓它們撞在地上。她希望這裡能有一道懸崖讓她能方便起飛，或者至少有一座位於開闊地上的山丘。這片斜坡草地上全都是又高又溼的野草，但她也只能將就了。她伸展著翅膀，辨別風向，然後朝向山坡，開始笨拙地奔跑起來。

這不是龍學習飛行的方式！如果她鑽出繭殼的時候身體健康又完整，身材修長輕盈，翅膀寬大有力，她在那時就應該開始自己的第一次飛行了。但她只是像一頭逃出牛圈的母牛，身體上沉重的肌肉只能用來走路，根本無法用來飛行。她的翅膀更是發育不全，絕不可能支撐起她的身體。現在，在一陣強風中，她躍入半空，用力拍打翅膀。她的高度不夠，左翼的尖稍被潮溼的高草擋住，讓她轉向一旁。她拚命地想要糾正方向，卻重重摔在地上。她蹣跚著爬起來，心中充滿挫敗感。

還有憤怒。

她轉過身，再次向山坡上爬去。她會再次努力，然後再次努力，直到天空在黎明時變成灰色，她就會鑽回到她的棚子裡。她別無選擇。

在某個地方，愛麗絲心中想道，有藍色的天空，還有溫暖的風。她用自己的破斗篷把身體又裹緊了一些，看著荷比從她面前轉開，飛向寬闊的街道，然後躍入天空。紅龍覆滿鱗片的寬闊雙翼和早晨的雨水抗爭著，將紅龍一點點舉上天空。荷比似乎每天都在長大，跨騎在她日漸變寬的背上也變得越來越困難了。愛麗絲決定要說服拉普斯卡，讓他相信他的龍需要一套載具，否則愛麗絲很快就無法再騎著荷比進入克爾辛拉了。

一陣風迎面吹來，帶來了更猛的雨水。下雨，下雨，下雨。有時候，夏季和乾燥溫暖的晴天彷彿就像是她想像出來的。是的，站在這裡，盯著那頭在天空中變小的龍，既不會讓她感到溫暖，也無法讓她完成工作。她轉過身，背對著河水，向她的城市望去。

她本以為恢弘壯麗的克爾辛拉會像以往每一次一樣，讓她感到心潮澎湃。在大多數日子裡，當荷比將她帶到此地，她仰望著鋪展在自己面前的克爾辛拉，都會對新一天的工作充滿期待。今天，她一直都在告訴自己，她也許會在今天有一些關鍵性的發現。發掘出一些新鮮的東西，讓她能夠對古早時代的古靈有全新的認知。但今天，她沒有了那種期待的感覺。她抬起頭看著面前寬闊的街道，然後將目光移向高處，眺望這座城市的全景。今天，她沒有再去關注那些高聳的建築物，而是把視線轉向了那些碎裂的穹頂和倒塌的牆壁。這片古代遺址非常廣大。她不可能有次序地探索這裡的每一個地方。這可能需要十幾年的時間。而她沒有十幾年的時間。

現在，柏油人和萊福特林船長正迅速靠近卡薩里克。一旦他在那裡靠岸，向議會做出報告，他們的重大發現就會從雨野原一直傳到繽城，人們將蜂擁而至。財寶獵人和沒有繼承權的家族次子會跟著萊福特林跑到這裡來。富人想要變得更富，窮人希望得到改變命運的機會。沒有任何力量能夠阻止這場洪濤來襲。當他們站到這片河岸上，這座城市就已經開始消失了。尋覓財富的人們會帶來金錢重建碼頭，貿易船隻將停靠在這裡，這裡將重新變得興旺。諷刺的是，這種興旺正意味著這裡的毀滅。

愛麗絲深吸一口氣，又將這口氣重重地歎出去。她無法拯救這座城市。現在她能做的只有儘量記錄它剛剛被發現時的樣子。

突然間，她非常想念萊福特林。她的心彷彿空了一塊，這種感覺比饑餓還要可怕。萊福特林已經離開了一個多月，沒有人知道他什麼時候會回來。萊福特林當然無法改變註定會發生的結果，但他至少還能在一段時間裡陪伴她一起見證這座城市令人驚歎的寧靜，和她一同在這個在古靈時代結束之後就再也不曾有人涉足的地方。有他在身邊，這裡的一切都會變得更加真實。自從他離開這裡，愛麗絲就覺得自己所見到、所發現和所記錄的一切，彷彿都變得有些虛無，因為這些都無法再得到萊福特林興致勃勃的肯定。

愛麗絲想要向左轉，找一條窄一些的街道，讓她能夠繼續仔細地描畫地圖，以她既有的方式進行探索。就在這時，她停住了腳步。不，如果她只是這樣走下去，在這裡遭到劫掠之前，她甚至根本不可能進入那些更加宏偉的建築。所以，她今天要改變計畫。今天不是整理清單、繪圖和做筆記的一天。她今天將只是進行探索，走訪那些她有興趣的地方。

她轉回到筆直的大道上，這條路從河邊一直延伸向遠方的群山。風從她的背後吹來。在紛紛落雨中，她瞇起眼睛，一邊走一邊向兩旁張望。在每一個岔路口停住腳步。這裡有這麼多值得探索，記錄和研究的內容。她來到一座低矮山丘的頂部，考慮片刻，便向右邊轉去。

這條寬闊街道兩側的建築物，遠比她曾經訪問過的那些河邊住宅和小店更加高大。那些黑色石塊在雨水中閃動著光澤，上面有銀色脈絡經過之處更是顯得熠熠生輝。許多梁柱都雕刻著裝飾圖案。愛麗絲看到一些柱子上面雕刻了兩根相互纏繞的藤蔓，還有動物的浮雕從柱子後面探出頭來。一道石門上布滿了充滿藝術感的框架和葡萄藤花紋。

這時，天上降下瓢潑大雨。愛麗絲躲進另一幢建築的柱廊裡。這裡的柱子上雕刻著疊羅漢的雜技演員，上一個人站在下一個人的肩膀上，一個接一個地站上去，直到柱子頂端。兩扇高大的木門已經碎裂，卻仍然被白銀外框箍住，擋住了愛麗絲，讓她無法進入。愛麗絲輕輕推了推一扇門，不知道是否古早的門閂仍然將它鎖住。她的手陷進了結構已經瓦解的木門中，不由得吃了一驚，急忙將手撤出來。然後她又彎下腰，朝被自己捅出來的拳頭大小的窟窿中望進去。她能夠看到門廳和對面的另一道門。她抓住門把手，拉了拉，卻把門把手拽脫了一部分。她被自己造成的破壞嚇壞了，急忙又放開手，結果沉重的黃銅把手完全脫離大門，噹的一聲，把手掉落在她的腳邊。喔，幹得好，愛麗絲，她尖刻地責備自己。

在狂風驟雨中，愛麗絲索性彎下腰，一把一把掏出門上的木屑，挖出足夠大的一個窟窿，讓她可以鑽進去。進了門廳，她站起身，向周圍望去。在這裡，她聽不到雨水濺落的聲音。風聲也變得遙遠了許多。陽光從高處的窗櫺灑落下來，在地面上映出邊緣模糊的長方形。隨著她走到門廳中央，她踩過的地毯也都變成了粉末。她抬起頭，看見這裡的天花板上描繪著成群的巨龍，其中一些巨龍的爪子裡捧著裝飾緞帶的籃子，而那些籃子裡能看到服色鮮艷的人們。

另外那兩扇高大的木門在召喚愛麗絲。她走過房間，來到門前，發現這兩扇門保存得要比兩扇外門好得多。她抓住一只閃閃發光的黃銅把手，轉動一下，推開屋門。這幾乎沒有讓她費什麼力氣。長期不曾使用的門軸只是輕輕發出一點尖鳴。

門後的房間地板是傾斜的，向前逐漸下降，最終到達了一座劇院中心的高大舞台。那座舞台就像一個島嶼，被空曠的地板環繞，更遠一些的地方是一圈圈長凳，那些座椅的外層軟墊已經化作灰塵。愛麗絲抬起眼睛，看見周圍的牆壁上是一個個帶著簾幕、可以俯瞰舞台的包廂。光線透過她頭頂上方的厚玻璃穹頂灑落下來。穹頂上積累了無數個年頭的灰塵，讓陰天裡的陽光更顯昏暗，完全無法驅散這座劇院周邊重重疊疊的陰影。一些似有若無的人影，彷彿正在這裡等待演出的開始。突然闖入的愛麗絲似乎讓他們一下子定住了。

愛麗絲小心地喘著氣，抬起手抹去睫毛上的雨滴。她知道，他們會消失不見。這只是這些黑色石塊耍的一個把戲。她已經漸漸明白了這種幻象。有時候，這樣的幻象會竊竊私語，有的時候又會高聲歌唱，又有一些時候，當她快步繞過一個拐角，或者恰巧伸手按在牆上，她便會瞥到人群、馬匹和車輛的浮光掠影。那是這座城市仍然記得的一切生命。她用力揉搓了自己的眼睛，然後放下雙手，又向周圍掃視了一圈。

他們仍然在陰影中盯著她，每一個人都將面孔轉向她。他們身上鮮亮的膚色說明了他們的職業：他們是翻筋斗的小丑、柔術演員、空中吊繩表演者和變戲法的藝人，還有她在夏日節中見過的劇團藝人，以及在繽城大市場上見到的、表演扔硬幣戲法的獨角戲演員。他們的身子依然紋絲不動，看上去非常怪異。愛麗絲已經知道，他們只是一些雕像，但還是禁不住擺擺手，問了一聲：「你們好嗎？」

她的聲音在大廳中回蕩，又彈回到她的耳中。在大廳的另一邊，遮擋住劇院後台的簾幕突然打開，呼的一聲，簾幕變成瀑布一般的碎布條，落在地上，變成了絨毛，又變成灰塵。愛麗絲被嚇了一跳。她驚訝地握緊雙手，看著在熹微的陽光中舞動的無數塵埃。「只是雕像而已，」她對自己高聲說道，「就只是這樣。」

她強迫自己轉過身，走過座位後面的環形通道，來到第一個雕像前。

她本以為靠近這些雕像就不會感到那樣不安，但事實絕非如此。每一個雕像都被雕刻得栩栩如生，再經過細膩的彩繪，和真人別無二致。一名變戲法的藝人身上穿著藍色和綠色的彩衣，一隻手中拿著兩粒球，另一隻手拿著三粒，歪著頭，做出搞笑的鬼臉，一雙銅綠色的眼睛乜斜著，彷彿即將露出微笑。在他身後兩步遠的地方，一名翻筋斗的小丑正將動作做到一半，一隻手伸向他的搭檔，下巴收在胸前，好奇地盯著那些空無一人的座位。他的女性搭檔穿著黃色和白色條紋的小丑衣服，留著一頭散亂的黑色捲髮，嘴唇翹起，露出惡作劇的微笑。在這對小丑後面，一名踩高蹺的藝人剛剛從高蹺上下來，將一對高蹺扛在肩頭，看著空曠的大廳。他帶著一副鳥喙面具，頭髮被梳理成模仿鳥雀羽冠的樣子，很是美麗。

愛麗絲一個一個地走過這些人。沒有任何兩個人是一樣的。一名身材瘦高的男孩正踏上搭檔的膝蓋，準備站到搭檔的肩膀上去。一名樂手將長笛放到唇邊。三隻黑色小狗的雕像圍繞在他的腳前，全都用後腿立起，準備隨著樂聲而舞蹈。下一個女孩的臉和手臂都敷著白粉，身上穿著模仿金線的鍍金絲織長裙，頭上戴著羽毛和公雞頭形狀的鍍金冠冕。她的雙手握住了一根節杖，看上去更像是一根羽毛塵刷。她身後是另外兩個女孩，都是膚凝脂軟，像雪貂一般靈活，身上只穿著彩色短裙和纏結在一起、勉強擋住胸部的兩片布。她們手臂、腹部和雙腿的皮膚上描畫著華麗的藍色、紅色和金色圓環。愛麗絲在她們面前停住腳步，不知道這些圓環圖案是紋身還是彩繪。她毫不懷疑，這裡的每一個雕像都對應著一位非常真實和特別的舞台藝人。他們都曾經在這座劇院中獻藝演出。

緩步繞行劇院一周之後，愛麗絲再一次站到劇院門前，俯瞰中心舞台。這該如何繪製在圖紙上？如何向世人解說？她又能做些什麼？一年或兩年以後，這裡的每一個雕像都會消失不見，和他們的同伴分開，被運往繽城，並賣給出價最高的人。愛麗絲搖著頭，卻無法甩掉這令人哀傷的想法。「很抱歉，」她輕聲對他們說，「我很抱歉。」

就在她轉身想要離開的時候，她注意到地板上有什麼東西閃動了一下。她拖著自己用破布纏裹的靴子跑了過去。那是一條像她的手掌一樣寬的銀帶。她跪倒下去，脫下自己的破手套，用手指拂去銀帶上的灰塵。她的手一碰到銀帶，銀帶立刻有了生命。光芒從被她碰觸到的地方向四周擴展。明艷的漣漪從她站立的地方驟然綻放，點亮了她所在的走道輪廓。光暈沿著牆壁流動，環繞住遠方高處的窗戶，又結成複雜的銀光花結。

「濟德鈴，」愛麗絲低聲說道，她努力保持著平靜，「我以前見過，只要碰一下就會發光的金屬。崔豪格曾經有許多這種金屬。」但她知道，這不是普通的濟德鈴。它有著完整的結構和功能。愛麗絲站立起來，繼續碰觸這些銀光紋路，抬起頭驚羨地觀賞一道道銀光將這一整座遠古大廳喚醒，讓這裡迸發出無數歡快的光彩。她幾乎以為音樂會隨之響起，那些藝人們馬上就要再次開始表演了。

真的有一陣幽靈般的樂聲響起。愛麗絲全身的每一根毛髮都豎立起來。那樂聲微弱且遙遠，但毫無疑問非常歡快。一支號角吹出節奏明快的旋律，某種彈撥樂器隨之響起，彈出一個個音符與號角應和。那些雕像有了動作。藝人們伴著音樂的節奏頻頻點頭，女孩手中的羽毛塵刷變成了指揮棒。兩個彩環女孩的舞步正相對應，分毫不差，一步向前，一步向後。愛麗絲看著這些活過來的人偶，不由得驚呼一聲。她想要站穩身子，卻一下子坐倒在地。「不！」她在強烈的恐懼中悄聲說道。

不過那些雕像並沒有向她逼近過來。他們隨著音樂起舞，點頭紛紛，雙臂輕搖，嘴唇露出微笑。但他們的眼睛顯然什麼都看不見。在目瞪口呆的愛麗絲面前，音樂忽然出現一點停頓。人偶的動作也變得猶豫而散亂。隨著音樂變得時斷時續，漸漸紊亂，人偶抖動一下，都停住了。音樂消失，濟德鈴的銀光慢慢黯淡下去。片刻間，大廳中的光源又只剩下了高聳在愛麗絲頭頂上的玻璃穹頂。人偶再沒有了任何動作。

愛麗絲坐在地上，身子微微搖晃。「我看見了。這是真的。」她向自己保證。她知道，在她說出這句話的時候，她已是最後一個親眼見證這神奇的古靈魔法的人。

走出室外，大雨已經停止了。風很冷，不過雲都已經被風吹開，露出了明亮的太陽。愛麗絲非常高興有多一些陽光灑落在自己身上。她將潮溼的斗篷在身上又裹緊一些，但寒風找到了這件斗篷上的每一道裂口，鑽進來，將冰寒的手掌按在她的身上。她快步前行，然後轉進一條巷子，躲避開寒風的直接吹襲。一隻烏鴉突然發出一聲很不高興的啼叫，愛麗絲嚇了一跳。她看到那隻烏鴉從屋簷下竄出來，一振翅膀飛走了。現在她一直走在這些建築物的屋簷下，這些建築物能讓她避開一部分寒風，微弱的陽光甚至能給她帶來一絲溫暖。她重新戴上手套，繼續向前走去。她最後一次感覺到全身暖洋洋的是什麼時候？答案很快就出來了：是在萊福特林離開她，返回卡薩里克的前一夜。她心中想著萊福特林已經走到了哪裡？暴風雨有沒有影響他的行程？萊福特林曾經向她保證，順流而下的行程要比沿雨野原河上溯快得多，而且曾經嚴重拖慢他們的前進速度、甚至讓他們連續迷路多日的淺水區，已經不存在了。

「我們只要沿著最強的水流向下游行駛，就絕不會有錯。如果我們不知道該怎麼走，我會讓柏油人來決定。他會為我們找到道路。相信我。如果妳不能信任我，就信任我的船吧！在這條河上，他已經保護過我的一代又一代家族成員。」

愛麗絲既信任船長，也信任他的活船，但她只希望萊福特林還在這裡。她渴望著他回來，正如同她害怕他回來。當他回來的時候，這座城市能夠不受到破壞的日子也就屈指可數了。一陣充滿負罪感的痛楚猛然襲上她的心頭。這裡還有大量的工作需要完成。冬季短暫的白晝很快就會過去，她將不得不在日落前返回河邊，等待紅龍來接她。

她迅速走過兩幢損毀的建築。它們可能是敗在了時間的腳下，或者是沒能抵抗住地震的衝擊，或者兩者兼而有之。其中一幢建築的前牆完全倒塌，在街道上留下了一片崩碎的瓦礫，讓愛麗絲一眼就能看到它空曠的內部。走過這片瓦礫的時候，愛麗絲注意到旁邊的一幢房屋已經完全傾斜。裂縫遍布在它的黑石基座上。愛麗絲急匆匆地貼著街道另一邊走過這兩幢建築。

現在她不停地打著哆嗦，還感到非常饑餓，於是她決定找一個能夠躲避風雨的地方吃午餐。她的背包裡有一些煙燻肉乾，還有一小瓶水，都是很簡單的食物，但她的饑餓讓她的嘴裡全都是口水，她的腦子裡全都是這些食物。如果能有一杯冒著熱氣、用肉桂和蜂蜜調味的濃茶，該有多好啊。若能再加上幾根繽城小販售賣的那種油滋滋的香腸卷，那種浸透了油脂、邊緣被烤成黃褐色的千層酥餅、加了許多香料的香腸，它上面甚至灑有洋蔥和鼠尾草！

不要再想這些事了。不要再想什麼香噴噴的熱食，或者是溫軟的新羊毛襪，或者她那件帶著狐皮領子和兜帽的冬季厚斗篷。現在那件斗篷還被收疊在詔諭的房子裡，沒有半點用處。她是多麼渴望能夠享受一下被它沉甸甸地壓住肩膀的滋味啊。

在這條街道末端是一片巨大的廣場。整座廣場都鋪著白色的石板，反射的陽光照花了她的眼睛。這片廣場彷彿是巨人建造的。一座巨大的乾噴泉上站立著一尊綠色巨龍的雕像，正在向天空揚起他的爪子。兩支光芒閃爍的翅膀半張開著。這座雕像是不是過分誇張了龍的體型，還是龍真的能長到這麼大？愛麗絲對這尊雕像發出由衷的驚歎。她完全能想像到一匹馬被這頭巨龍一口嚥下喉嚨。

噴泉後面是一道寬闊的台階，通向一座規模恢弘的建築物。在這座建築的黑色牆壁表面鑲嵌著形態優美的白色巨型浮雕。浮雕裡是一名女子正趕著一隊耕牛曳犁耕田，那名女子頭頂戴著花冠。石匠們以高超的技藝刻畫出她身上精緻纖薄的長袍，讓它彷彿在隨風飛舞，飄起在女子身後。女子細長的雙足赤裸著。這幅畫面讓愛麗絲露出微笑。她有些難以想像這樣的女子能夠在田地裡犁出一道溝來，更不要說是耕耘整片農田了。古早的石匠們一定是在這幅圖畫中加入了非常藝術性的幻想！

愛麗絲抬起眼睛，細看這幢宏偉建築頂端聳立的那座高塔。那座塔的頂部是一個用弧形玻璃搭建的穹頂。愛麗絲向周圍掃視了一圈，確認自己來到了這座山丘上最高的建築前。也許它還是這座城市最高的建築。愛麗絲放下目光，看到了這座建築大門的門楣。那上面雕刻著歡騰躍舞的古靈人像。愛麗絲不知道他們在跳什麼舞，卻覺得到他們有一種非常迷人的熟悉感。石雕獅子排列在這道大門兩邊，守衛著這座建築。

很好，她要走進去，吃午餐，然後看看通向那座高塔的台階是否仍然完整。如果一切如願，她將登上高塔，盡情俯瞰這座神奇的城市。這也許是她第一次到這裡的時候就應該做的事情！愛麗絲開始登上長長的階梯，向大門走去。這的階梯很寬，卻又很淺。「真是令人困擾的設計。」愛麗絲喃喃地說道，又噗嗤笑了一聲。這種設計對於人類的兩條腿的確很困擾，對於龍卻很適切。愛麗絲抬起頭看著黑沉沉的高大門洞，原來遮擋它的巨型木門早已腐壞坍塌了，現在還有一些木質碎屑散落在台階上。愛麗絲終於走到門口，邁過腐爛的木塊和黃銅門釘，走進了這幢建築。

從窗戶中灑進這幢建築的陽光，其明亮程度足以令人驚歎。這裡寬廣的大理石地板上散布著各種家具的殘跡。是寫字檯或者桌子嗎？還是長椅？曾經裝飾在窗戶之間的美麗掛毯，此時都已成了散碎的纖維。在愛麗絲的腳下，木質門板化成的朽木被一塊塊踩成了粉末。

這座建築有許多向外凸出的落地窗，形成一個個壁龕凹室。這些凹室中擺放著石雕長椅。愛麗絲選擇了一個看上去還很完整的長椅，準備開始自己的午宴。她坐在冰冷的石頭椅子上，將膝蓋收在胸前，小心地用潮溼的斗篷圍攏身體，保存住身上的熱量。她想起了萊福特林送給她的那件古靈長袍。如果現在穿著那件長袍，她一定會覺得很溫暖。不過，儘管那件古早衣服感覺上很結實，但她還是儘量不會在室外穿它。它像這座城市中的任何一件寶物一樣，都是獨一無二的，應該被妥善保存並進行研究，而不是當作日常服裝一樣被使用。

愛麗絲從背包中拿出燻肉包，又從肩頭解下皮水囊，脫下手套，解開午餐小包。這種歪歪扭扭的棕紅色乾肉條很硬，不過被赤楊木的煙燻過之後，它的味道的確很不錯。愛麗絲用力咀嚼肉乾，再用一口口清水把它們送下喉嚨。水就是水，一頓簡單的飯也不是宴會。她很快就把食物吃完了。但她提醒自己，要感激自己現在擁有的一切。吃飯的時候，她一直望著大門外逐漸暗淡的眼光。冬季的白天實在是太短了。她會盡可能向那座塔的上層攀登，鳥瞰一下這座城市，儘量描繪下城中的風景，然後再回到舊碼頭去等待荷比。

這座大廳深處是另一道沒有了門板的門戶。在那道門後面，寬闊的階梯一直向上延伸到陰影裡。愛麗絲站起身，將皮水囊掛到肩頭，向大廳內側的門走去。這座大廳裡完全能容納一座規模相當大的果樹園。越往裡走，這個巨大而空曠的房間就越讓愛麗絲感覺到自己的渺小和柔弱。在這裡的陰影中，這座城市裡那種遙遠的悄聲耳語變得更加響亮，而愛麗絲也越來越真切地覺察到古早巨靈一直留存到當下的痕跡。她覺得自己能夠從眼角的餘光中看到往來飄忽的影子。但當她轉過頭去，卻什麼都沒有看到。她鼓起勇氣，繼續向前走去。

現在害怕是沒有用的——她這樣告誡自己。害怕什麼？害怕儲存在石頭裡的記憶？它們不可能傷害她，除非她允許它們控制她，將她拽入它們的法術裡。但她不會。她就是不會，她還有工作要完成。愛麗絲加大了步伐，拒絕回頭去看身後，哪怕耳語聲變得越來越響。這裡的階梯比外面的台階更陡，更方便人類上下走動。愛麗絲手扶著欄杆，一步步走了上去。

就在這時，一陣喧譁在她的周圍爆發。三名年輕的男性侍者從她的身邊衝了過去。他們用年輕人特有的聲音，正彼此指責著，但毫無疑問，他們所說的錯誤是他們三個共同犯下的。隨後又有至少十幾位身材修長的人穿著黃色袍服沿樓梯走下來。他們全都皺起眉頭，看著那些任性的侍者。他們的眼睛閃爍著紅銅、白銀和黃金色的光彩。其中一位女子用她修長的手指打了一個手勢。愛麗絲不由得哆嗦著後退了一步。不過這個幽靈當然絕不可能碰到她。愛麗絲將自己的手從欄杆上提起。樓梯上安靜下來，但在愛麗絲的知覺中醒來以後，這些幽靈彷彿已經獲得了能量。他們商討事務的呢喃聲從她的耳中褪去了。她一路上行的時候，也不會再清晰地看到他們。她一直將雙手交握在身前。但不管怎樣，她依然能感覺到他們。

到達樓梯之間的一片平台上，愛麗絲瞥到旁邊一個寬大的房間。長椅和書桌的幽靈站立在它們粉碎的殘餘上。她聽到一陣鈴聲急切地響起，便轉過頭，幾乎立刻看到一名穿著淺黃色短上衣和藍色緊身褲的侍者正跑向搖鈴的人。愛麗絲又轉回身。她判斷這裡的人都是在為政府而工作，也許這裡是一個進行文書記錄或者制定法律的大廳。

她繼續向上走。照亮這些樓梯的只有每一段樓梯盡頭平台旁的寬大窗戶。向窗外望去，天空再一次烏雲密布，碩大的雨滴重新密集地掉落下來。走上第一道樓梯之後，愛麗絲透過窗戶還只能看到附近的建築物。從第二道樓梯頂端的窗戶開始，她就能瞥到一片片屋頂了，寬大的樓梯也到此為止。愛麗絲走過一個寬敞的房間，找到一道更小的樓梯通向上一層。愛麗絲本打算在登上這道樓梯以後能夠眺望一下外面的風景，但一扇華麗而且完整的彩繪大玻璃窗擋住了她的視線。因為光線過於昏暗，玻璃窗上的圖案也有些模糊。但愛麗絲還是能分辨出一位黑色頭髮，深褐色眼睛的古靈女子正在和一頭紅銅色的巨龍交談。這處樓梯平台連接著一條長廊形的大廳。廊道牆壁上的高大窗戶讓更多陽光照進來，因此這裡要比下面幾層明亮許多。窗戶之間的牆壁浮雕描繪著古靈耕耘田地和收割莊稼，以及……準備戰爭？

愛麗絲走進這條長廊，更加仔細地審視這些雕刻。是的。在這樣的一幅浮雕上，一名肌肉強健的古靈正在用大錘鍛打閃爍著灼熱紅光的利刃。一錘下去，火花四濺。在另一幅浮雕上，一頭身形修長的綠龍揚起前爪，用後腿站立在一名腰肢纖細的紅髮古靈女子身邊。這名女子的雙拳抵在她腰間的劍帶上方，圓潤的雙臂上能清晰地看到肌肉線條，兩條腿上覆蓋著看上去很柔軟的銀甲。一頭藍龍身披帶有長釘的輓具，正在用光芒閃爍的猩紅色眼睛瞪視著愛麗絲。

愛麗絲緩步走過這條長廊，竭力將這裡的每一幅畫面都牢記在腦海裡。她相信，這些畫面上的古靈和龍都有真實世界中的原型。她幾乎能夠明白在每一幅畫面下面閃閃發光的銘文是什麼意思。她在一幅描繪了一頭紅色和銀色巨龍的畫面前駐足良久，這頭巨龍身邊的男性古靈也是銀紅兩色，他們身上全都披著帶有黑色長釘的戰甲。古靈的手中握著一張形狀特別的弓——弓背很短，上面安裝著一支滑輪。龍的載具上除了有長釘，還有許多箭囊。龍背上用皮帶固定著一個高背座位，看來這位武士會騎著他的龍進入戰場。所以，無論辛泰拉是如何看待拉普斯卡騎在荷比的背上，古早的古靈早已騎上了巨龍。愛麗絲很想知道這些古靈和龍的敵人是什麼樣子。人類？其他古靈？其他龍？長久以來，她對於那個遠古時代固定的印象發生了動搖和重塑。她本以為古靈是平和睿智的生靈，擁有足夠的智慧，了解戰爭是一種多麼不可取的行為。她歎了口氣。

她在這裡停留的時間太久了。逐漸濃重的陰影告訴她，短暫的冬季白晝馬上就會被黃昏代替。如果她要完成對這座建築的巡遊，那麼現在她就應該繼續前行。下一道樓梯是螺旋形的，愛麗絲猜測自己終於來到了她從外面看見的高塔底部。她貼著高塔外牆一直向上攀登，塔壁上的一道道窄窗讓陽光透射進來，但她透過這些狹窄的縫隙幾乎看不到外面的多少景致。一扇門出現在兩道樓梯之間的平台旁邊，門被鎖住了，隨後幾座平台旁的門也都是被鎖住的。肯定不會有人鎖住空房間的門吧？無論人們是因為什麼原因離開了這座城市，他們一定在這些鎖住的門後留下了什麼需要嚴加保護的東西。愛麗絲想像著一排又一排書架上擺滿了卷軸和書籍。也許這裡是這座城市的寶庫，這些門後堆滿了古早錢幣和其他財寶。

愛麗絲繼續踏上一級級螺旋向上的台階，經過一道道被鎖住的門——每一個階梯之間的平台旁都有這樣一道門。愛麗絲試著去打開每一扇門。每當她用手接觸那些鑲嵌著黑色小石塊的金屬門把手時，都要先鼓起自己的勇氣。每一次接觸對她來說都有如電擊——一片充滿鮮活影像的幻景湧入她的眼中，灼燒她的意識。當她急忙將手收回來，整座塔都恢復了寂靜和幽暗。通過每一個樓梯平台，上面的階梯都會變得更窄也更陡。

突然間，她走進了一個比她預料中大得多的房間——她來到了塔頂大廳。這座塔的頂部像是一株蘑菇的傘蓋，也就是愛麗絲在外面見到過的那個厚玻璃穹頂。外面還在下雨。愛麗絲抬起頭，看見雨水匯聚成小河，流過髒汙的玻璃，就像是一條條在玻璃上爬行的蛇。這個房間的石砌牆壁上等距排列著一扇扇玻璃窗。讓愛麗絲有些驚駭的是，其中一塊玻璃碎裂了。她有些猶豫地繞開房間正中坍塌的桌子，向那處破損走去。靠近那裡的時候，愛麗絲不由得皺起了眉頭。有人在這個房間裡生過火！而且那扇玻璃窗是被故意打碎的，玻璃碎片一部分落在室內地板上，一部分落在了環繞塔頂外周的步道和護牆上。在窗戶旁邊的牆壁灰塵上還有一個清晰的手印。

怒火湧上愛麗絲的心頭。拉普斯卡在想什麼？這一定是他幹的。他在這座城中的時間比其他任何人都要久。而且他總是很好奇，什麼都想看看。愛麗絲當然能想像那個衝動的小子這麼做只是為了能夠探出頭去，好好看一看這座城市的景色。

現在，同樣的誘惑也在召喚愛麗絲。她稍稍向外探出頭，確認自己已經知道的事情。太陽正在大雨中落下。然後，在一陣心臟幾乎要跳到喉嚨裡的激動中，她邁步走過仍然插在窗框裡的碎玻璃，來到步道上。一陣寒風揪扯著她。她的腳下發出碎玻璃摩擦地面的聲音。這條環形步道很窄，步道外緣的護牆簡直矮得不可思議。

愛麗絲貼近塔頂房間的牆壁，小心地繞塔而行，透過雨滴眺望城市和周圍的景色。霧氣和即將降臨的黑暗給她造成了不小的妨礙。在昏暗的大地上，這座城市就像是一片擁擠在一起的房屋。越過閃爍著微光的黑色河水，愛麗絲能夠看見守護者們生起的點點火光。但偉大的克爾辛拉已經沉睡在黑暗中。在幾乎要走完環形步道的時候，她看見了外緣護牆上的那道窄門。愛麗絲的心再一次提到了喉嚨口，但她還是強迫自己來到步道邊緣，探出頭向下望去。是的，這道窄門外面有一架梯子向下通向另一條環形步道。愛麗絲立刻開始思考這架梯子的用處。可能是用來清理窗戶的。她用雙手抓住護牆，將身子又向外探出一些。這架梯子一直向下延伸了幾層。那些愛麗絲經過的被鎖住的塔中房間當然都有窗戶。如果這是一個乾燥晴朗的日子，愛麗絲很可能會冒險沿著這架梯子爬下去，看看能否從這邊進入那些鎖住的房間。但現在她只有一個人置身於風雨之中，天色正在迅速陰暗下去。這完全不是可以冒險的時機。愛麗絲只能鑽回到塔頂房間裡，眨眨眼睛，先抖掉睫毛上的雨水。

房間正中央的那一堆碎石瓦礫吸引了愛麗絲的注意。她俯下身去細看它們。這曾經應該是一張大圓桌，不知什麼原因而坍塌。不過桌面上還有一樣東西，愛麗絲盯著它看了許久才意識到那是什麼——一座城市的地圖，就是**這座**城市！她找到了河邊的港口碼頭，因為正好對著破碎的窗戶，打進來的雨水將這一片浸泡得有些模糊，而這張地圖其餘的部分則完整無缺。她所在的這座高塔處在城市正中心的位置，愛麗絲透過塔頂玻璃窗望到的景色，完全都呈現在這張地圖。

如果她帶著火把就好了！光線消褪得太快了。愛麗絲明天早晨首先就會來到這裡，她還要帶繪圖工具來。這張神奇的城市地圖必須被保存下來！拉普斯卡粗心的破壞已經讓這件珍貴的寶物處在危險之中。她今晚必須和拉普斯卡談一談，讓他明白自己造成了什麼破壞。愛麗絲只希望拉普斯卡在其他地方還沒有造成這樣的破壞。那個小子到底在想些什麼？

愛麗絲站起身，由衷地歎了口氣。她很不願意就這樣丟下這張奇妙的地圖，但她也不願意在更加濃重的黑暗中尋找回去的路。在她即將走出房間的時候，她最後瞥了一眼那張地圖，這讓她一下子停住了腳步。她的呼吸卡在了喉嚨裡，一座橋？這裡的河道上有一座橋？但這根本不可能！沒有人能夠在一條如此湍急的大河上建造這麼長的一座橋。但事實的確是如此。一個很小的圖案橫跨在寬闊的河道上，那只能是一座黑色的橋。愛麗絲試著讓自己恢復鎮定，並再一次鑽過破窗戶，來到流淌著雨水的塔外步道。她透過雨霧向河上望去，卻什麼都沒有看見。那座橋很可能在很久以前就已經蕩然無存了。

愛麗絲回到塔中，開始走下長長的螺旋樓梯。現在走下這道樓梯就像是走進一面黑暗的牆壁。她剛走完一層樓的台階，就徹底被黑暗打敗了，不得不伸手摸到身邊黑色的塔壁。讓她感到驚愕的是，她的這個動作不僅讓自己的身體得到支撐，還將整座塔都點亮了。她的手指碰到了鑲嵌在欄杆上方塔壁中的濟德鈴。光線向前方竄去，亮度不是很強，但已經足以在黑暗中為她指引方向。這道樓梯上的古靈記憶要少一些。她在這裡見到的幽靈大多拿著掃帚和塵刷。她還看見了一名身穿黃袍的官員，肩頭戴著某種裝飾物，應該表明他是一位重要人物。在愛麗絲眼前，他從一扇鎖住的門中走出來，雙手捧著許多卷軸，有些笨拙地一步步走下樓梯。愛麗絲一直走過兩層的樓梯，才有勇氣穿過那個步履緩慢的幽靈，然後走到前面。她回頭向這名黃袍官員瞥了一眼。官員只是雙眉緊皺，彷彿正在認真思考著什麼，而愛麗絲才是完全不必在意的幽靈。

走過塔下的那些黑暗房間，實在是一種挑戰。當愛麗絲終於到達地面一層，看到朽壞的大門外灰沉沉的暮色，她立刻就向大門跑去。她的腳步聲回蕩在大廳裡，剛才她一直不允許自己去感覺到的恐懼，突然間控制了她的全部心神。她以最快的速度逃離了這座古靈高塔，逃進街道，奔向荷比等待她的地方。

更月第二十五日
商人聯盟獨立第七年
來自金姆，卡薩里克信鴿管理人
致黛托茨，崔豪格信鴿管理人

黛托茨：

妳怎麼敢暗示我是蝨子問題的源頭！這些鴿子在晚間叢林中過夜的時候，很可能因此帶上了蝨子。妳也許能夠躲在公會巡查員的背後，但我知道是誰提出指控，也知道是誰鼓動公會對我的鴿舍和鴿籠進行了不公正的檢查。真是故意為我製造麻煩！妳和妳的家族從來都無法接受讓紋身者加入到你們之中，並憑藉自身的勤勉努力成為一位信鴿管理人。你們所謂的「歡迎我們加入雨野原」和「人人平等」等說詞，無非是一派謊言罷了。你們為我們準備的，只不過是惡毒卑鄙的誣告！妳這個滿臉鱗片的平胸母蜥蜴！我會將我的冤情上訴至議會，讓所有人都知道妳、艾瑞克和妳的侄子，是如何陰謀迫害我。自從我得到這個職位以後，你們就對我造謠中傷！妳也許以為妳可以從這場仇恨爭鬥中脫身，但我絕不會善罷甘休，我要讓你們的鴿舍空空如也，你們的信鴿管理人委任狀也將被撤銷！

金姆

8 另一種人生

這是第二天沒有降雨了。如果天氣能夠更暖和一點，塞德里克一定會非常高興。現在，寒冷的雨讓他們幾乎每天都在瑟瑟發抖。塞德里克已經不止一次自言自語地問道：「古靈到底為什麼會住在這裡？為什麼要在這個多雨的地方建立一座城市，而不是選在溫暖的海邊？龍喜歡太陽，那為什麼古靈會住在這裡？」

卡森會心地看了他一眼。「這是個非常好的問題。有時候，夢中的噴毒會將他的想法推進我的意識，那讓我覺得自己依稀知道克爾辛拉被建在這裡的原因。這肯定是有原因的，而且是非常重要的原因，我能在他的記憶裡感覺到是什麼原因。龍群在尋找這座城市的時候，充滿了熱切的期待。我在噴毒的夢中感受到了這樣的期待，並且幾乎還能感受到其中的原因。但這個原因總是又飛快地從我的腦子裡溜走，只把和你一樣的問題丟給了我。」

不管怎樣，至少今天雨停了。這多少能算是一點小小的安慰。塞德里克這樣提醒自己，並且竭力想要從心中找出一些感激，但這實在是太難了。在天晴的日子裡，卡森會更早起床，儘量利用難得的好天氣多做些事情。塞德里克今天早晨被小屋外一陣錘子輕輕敲擊的聲音所驚醒的，那聲音彷彿就在他的床邊。塞德里克抬起頭，向他們床邊牆壁上的那個窗戶瞥了一眼。聲音是從那裡來的。

這幢小屋的窗戶當初一定是有玻璃的，也許還有百葉窗。這幢房子的牆壁和石頭壁爐都很完好。

但他們選擇住在這裡的時候，屋頂早已無影無蹤了。卡森重新給小屋蓋上了屋頂——先鋪一排粗原木，上面再覆蓋樹枝和草捆。當他們第一次住進這幢小屋裡的時候，用船上額外的毯子當作窗簾擋住了空空的窗口，但隨著白天和黑夜都越來越冷，他們將毯子拿下來做了被褥。卡森在窗口釘上了獸皮，這樣的確擋住了風雨，卻也將陽光擋在了外面。粗糙鞣製的皮革，讓死亡野獸的氣味無休止地滲透進塞德里克的生活。卡森多次向他承諾會找一個更好的解決方法。現在，這塊硬邦邦的皮子正隨著外面一陣陣有節奏的敲擊聲而震動。為什麼卡森一定要在拂曉時分做這件事？塞德里克完全不明白。

他從他們粗陋的床鋪上翻身站起，走到壁爐前。爐火很低。他又向爐子裡加了兩根原木。他很清楚，這意味著他還需要找更多的木柴回來，不過這並沒有讓他有一絲猶豫。然後他摸了摸他們洗淨過的衣服，這些衣服從前一天的晚上就晾在房間裡了。襯衫乾了，但褲子的接縫和腰部還是溼的。在這種持續陰雨的天氣裡，想要讓任何東西完全乾燥，幾乎是不可能的。塞德里克歎了口氣，穿上自己能找到的最乾的衣服，重新將晾曬的衣服鋪展開，希望它們能夠在天黑的時候變乾。他很希望能夠將這些衣服疊起來收好。生活在一個充滿皮革味的小房間裡，還要每走一步都注意躲開掛在晾衣繩上的襪子。這對他的精神造成了嚴重的影響。他渴望能夠乾淨整潔的住所，想要在一團混亂中獲得內心的平靜實在是太難了。他一直都秉持著這樣的生活態度，一直都會將自己的工作間整理得絲毫不亂，才能安心進行工作。窗外的敲擊聲一直在繼續，而且變得更急促了。

餓了。他的龍在他的意識中抱怨，趕走了其他所有念頭。

我知道妳餓了，我的美人。我會儘快解決這個問題。讓我先清醒一下。

整夜都很餓。今天很餓。你睡得太多了。

妳是對的，小女王，我會做得更好。有時候，贊同芮普妲的看法要比和她爭論更容易一些。那頭紅銅色的小龍總是要求不斷，蠻橫又不講理，就像一個孩子一樣，絲毫不考慮別人的需求。

但芮普妲也讓塞德里克感受到了前所未有的敬愛和被依賴。塞德里克已經深深愛上了這個嫉妒心強、自私又壞脾氣的小生物。「小傢伙。」他一邊說，一邊扣上了襯衫的鈕釦，又對著自己笑了笑。說她小，僅僅是和其他龍相比。要餵飽她的大肚子實在是一項幾乎不可能的任務。塞德里克很幸運，卡森的捕魚陷阱一直在穩定地為他們提供鮮魚。如果沒有每天早晨的這一頓魚肉，塞德里克知道芮普妲一定會讓他的人生變得非常悲慘。而此時，塞德里克強烈的饑餓感，不僅來自於他自己，還來自於他的紅銅小龍。

他又看了一眼壁爐。爐火上方的煙氣中已經掛上了幾條亮紅色的魚。煙霧能夠將魚烤熟，還能夠保存魚肉，同時也將一股烤魚肉的香氣帶進了這幢充斥著無數氣味的小屋。塞德里克已經厭倦了各種氣味。他從屋門前的鉤子上拿下自己簡陋的斗篷，將它甩了甩，披到自己的肩上。新的一天開始了。他有許多事要做。先要汲水進行洗滌和煮食。餵飽他的龍，再餵飽自己。但首先，他要去看看卡森在做什麼。錘子敲擊的聲音正變得越來越響亮。

塞德里克繞過房子的牆角，發現卡森正在和一副粗木框較勁。獵人已經將一塊皮子蓋在木框上，然後將木框掛在窗口側面的釘子上。這扇「窗戶」就是他努力了一個早晨的成果。塞德里克走過去的時候，乾硬的皮子突然裂開了。「該死的，倒楣！」卡森咒罵一聲，將窗框和皮子都扔到一旁。

塞德里克看著他的伴侶一腳踢在那個無法令人滿意的作品上。「卡森？」他有些猶豫地問道。

他的聲音讓獵人的目光一下子轉到了他身上。一陣突兀的紅暈飛上了卡森的面孔。「現在先不要，塞德里克！現在不要和我說話。」他轉身大步走開了。只留下塞德里克驚愕地盯著他的背影。塞德里克從沒有見到過卡森這樣發脾氣，更不要說是這種孩子氣的發洩方式了。這讓塞德里克想起了關於詔諭的那些不堪回首的記憶。但**詔諭會將他的怒火發洩在我身上，而不是大步走開，自己一個人去生悶氣。**塞德里克心中想，**詔諭會認為這全都是我的錯。因為我和他說了話。**

他走到那個被卡森丟棄的窗扇前，把它撿起來。獵人的那一腳並沒有給窗扇造成多少損壞。塞德里克仔細端詳蒙在窗扇上的皮革，立刻感到一陣深深的愧疚。這片皮革被刮得很薄，讓陽光能透進來，卻還能把風雨擋在窗外。而且皮子上的所有獸毛都被刮掉，又被完全烤乾，這樣它就不會散發出刺鼻的氣味。因為塞德里克對窗戶的抱怨，卡森才做了這麼多。塞德里克撓了撓自己下巴上的短鬚，陷入了思考。他一直都在抱怨，卻沒有想到卡森會將他的抱怨當作是對自己的批評，還費了這麼多心思和力量來改善他們的環境。

當塞德里克還舉著窗框的時候，他聽到身後傳來一陣腳步聲。卡森從塞德里克手中拿過窗框，粗聲粗氣地說：「這應該被好好地安裝在窗戶上，讓你能夠在陽光中醒過來。但那個窗口太不方正了。我本想給你一個驚喜，卻白忙了一場。我知道該如何做這樣東西，只是沒有適切的工具。我很抱歉。」

「不，要說抱歉的是我。我不應該抱怨那麼多。」

「你一直都過著更好的生活，要比現在好得多。」

對於這樣的話，塞德里克沒有反駁。「但這不是你的錯，卡森。我在抱怨的時候，嗯，我只是在抱怨。我絕不是說你應該把這裡的一切改變得更好。我只是……」

「你在這裡生活得不舒服。我知道。你早已習慣了更好的生活，塞德里克，你應該值得更好的，只是我不知道自己能做些什麼。」

塞德里克壓抑下一陣笑意。「卡森，其他人也不比我們活得更輕鬆。等到船回來，情況就會好起來的。」

「也只會稍稍好一點，塞德里克，我一直都在看著你。我看到了你有多麼厭倦這裡的一切。這讓我感到擔憂。」

「為什麼？」

卡森給了塞德里克一個古怪的眼神。「也許是因為，當你非常真誠地努力擁有你自己的生活時，我就在你身邊。也許因為我擔心如果你離開這裡，我也許不在你身邊，而你卻有可能會成功贏得自己的生活。」

塞德里克大驚失色，他反駁道：「我已經是一個完全不同的人了！我比以前更強壯，能夠經得住這裡的考驗。」卡森的話刺痛了他，儘管他說不出是為什麼。片刻之後，他明白了，「你認為我很軟弱。」指責的話不假思索地脫口而出。

卡森低垂下雙眼，搖了搖滿是亂髮的頭。他很不情願地說道：「不是軟弱，塞德里克。只是……不夠強悍。你不是那種能夠對抗這種艱苦生活的人，也不是能克服一個又一個困難的人。我不是說你不好，只是……」

「很軟弱。」塞德里克為卡森挑選了這個詞。他痛恨自己竟然會這樣和卡森計較，認為卡森傷害了自己，更痛恨刺激著自己眼睛的淚水。不，他不會為了這種事而哭泣。這只能證明卡森是對的。他清了清嗓子，「我必須去捕魚陷阱那裡為芮普妲收集食物了。她已經餓了。」

「我知道，噴毒也餓了。」卡森搖搖頭，彷彿正在承受蟲豸的叮咬，「我覺得這也是今天讓我失態的原因。塞德里克，這不是因為你，你知道的。」他這樣說的時候，聲音中幾乎流露出了哀求的語氣，然後他又搖搖頭，「該死的噴毒。他知道他能夠讓我感覺到他的饑餓。他在逼我，他一直都這樣地逼我，這讓我很難思考，更難以保持耐心，甚至連一件簡單的事都做不好。」卡森猛地抬起頭，直視塞德里克的雙眼。獵人的眼睛裡閃爍著一種決心，「但我不會為他找食物，現在還不會。我會讓他饑餓下去，餓到他開始自己想辦法。他是個懶惰的小雜種。他應該更加努力地練習飛行。但只要我每次給他送去食物，當他的饑餓得以緩解，他就不會真正努力去飛。我要讓他受一點苦，否則他永遠也無法學會照顧自己。」

塞德里克認真考慮獵人的話，「你認為我也應該這樣對待芮普妲嗎？讓她感到饑餓？」就在他說出這句話的時候，他已經感覺到自己的龍正在警惕著他的想法。

不！我不喜歡餓肚子。不要這樣虐待我！

「我知道這看起來很殘酷，」卡森幾乎就像是也感受到了芮普妲的想法，「但塞德里克，我們必須採取行動。不能讓情況繼續這樣下去。即使我每天從早到晚一直狩獵，每一次狩獵都能成功，也不夠餵飽所有這些龍。他們全都很餓，無時無刻不感到饑餓，所差只是饑餓的程度不同而已，但我們這些守護者的能力是有限的，龍需要努力飛起來，自己尋找食物。他們現在就必須做到這一點，否則就太晚了。」

「太晚了？」

卡森面色嚴肅地說：「看看他們，塞德里克，他們應該是屬於天空的生物，但現在活得卻像是地上的走獸。他們的身體生長不正確。他們的翅膀很弱，其中有一些的翅膀甚至還非常小。拉普斯卡是對的，從他開始照顧荷比的第一天，他就在努力讓荷比飛起來。他們每天都在努力。如果你一直觀察荷比，就會發現她的身體曲線和其他龍漸漸有了區別。你能看出他們肌肉發育的部位是不一樣的。」卡森搖搖頭，「讓噴毒鍛煉他的翅膀很困難。他太任性了。他比我更大、更強壯，他很清楚這點。我唯一能夠控制他的手段就是食物。他知道我的規矩。他努力飛行，我才會帶食物給他。他必須每天都多加努力，這是其他每一頭龍都必須做的。但我相信，除非是受到逼迫，否則他們根本不會努力。」

不喜歡卡森。

但芮普妲，我們知道他說得沒有錯。妳太大了，我不可能餵飽妳。我知道妳有多餓。我為妳帶來食物，但這一點食物永遠都不夠。除非妳能夠飛起來，自己進行狩獵，否則妳只會越來越餓，這一點我們都很清楚。

掉在地上很痛。

饑餓只會讓妳更痛，而且會一直痛下去。等妳學會飛翔，掉落的疼痛就不會再有了。但如果你不學會飛行，饑餓的疼痛將會一直繼續下去。妳必須努力鍛煉。卡森是對的。妳必須更加努力，妳要每天都練習飛行。

現在，不喜歡你。

塞德里克竭力掩飾自己感到的傷痛。我不會傷害妳，芮普妲。我只是在努力讓妳做妳必須要做的事情，也就是說，要妳成為一頭真正的巨龍。

我就是一頭龍！芮普妲憤怒的意念，差一點壓迫得塞德里克跪倒在地，我是一頭龍，你是我的守護者。給我拿食物來！

等一下。塞德里克希望她能夠感覺到自己是在故意讓她等待。塞德里克自己的胃也在發出咕咕的反對聲。

卡森側目瞥了塞德里克一眼。「你應該吃些東西了。」

「在她餓肚子的時候，如果我吃東西，我會有罪惡感。」

卡森歎了口氣：「這很不容易，但我考慮這件事已經有一些日子了。如果不去管那些龍，他們就不會努力學習飛行。現在我們還可以用捕魚陷阱捉住足夠多的魚，讓他們免於饑餓，而且我們還能得到一些意外的助力，比如荷比願意將獵物驅趕到河邊來。但我們不能一直指望這些事。魚獲會減少，甚至可能會在某一天徹底消失。我們和荷比在這附近進行的狩獵越多，這裡的獵物當然也就越少。這些龍都有很大的胃口。他們需要拓展狩獵區域才能餵飽自己。否則，這個地方只會變成他們的第二個卡薩里克。我們一路來到這裡不是為了讓這樣的事情發生。」

塞德里克聽著獵人的話，心中感到一陣陣寒意。卡森所說的事情清清楚楚地展現在他的眼前，他只是奇怪自己怎麼沒有看出這些問題。因為我已經變得非常喜歡這些龍，他心中想，我認為一切都會這樣繼續下去。守護者們為巨龍尋找食物，無論發生什麼，都會是這樣。

塞德里克的肚子又開始響亮地蠕動。卡森笑了。塞德里克幾乎覺得自己彷彿也很想笑。「去吃些東西吧。燻魚應該已經好了。再拿些魚去餵芮普妲。」

「你要去餵噴毒嗎？」

卡森搖搖頭。不過他不是否認了塞德里克的問題，只是對眼前的問題感到無奈。「是的，我最終還是會去餵他。但我首先要讓他明白，他不能逼我去做任何事。他和芮普妲的脾氣完全不同。那頭小銀龍心中有著一種凶狠和憤恨，這是你的紅銅龍完全沒有的。他的恨意不僅是針對其他龍，還針對所有守護者。他恨的是所有身體完整、功能健全的生命，因為他的身體並非如此。」

「我還以為她一次只能背一個人。」對於這次的冒險，賽瑪拉仍然沒有多少信心。

坐在荷比肩膀上的拉普斯卡低頭看著她。「她一直都在長大，越大就越強壯。她的翅膀生長速度最快。她說：『我能做到的。』快上來吧。」他彎下腰，向賽瑪拉伸出手。賽瑪拉看著拉普斯卡的笑容，覺得那顯然是一種挑戰，此時的她不能退卻，於是抓住了拉普斯卡的手腕，拉普斯卡也抓住了她的手腕。龍背上沒有任何可以抓握的地方。荷比全身都是光芒閃爍的朱紅色鱗片，比拋光的石頭還要滑。賽瑪拉笨手笨腳地爬上紅龍的肩膀，一邊還在擔心這種笨拙的攀爬動作會惹荷比生氣。她在拉普斯卡的背後坐穩，又開腿騎在紅龍寬闊的脊背上，然後問道：「我要抓住什麼？」

拉普斯卡回頭看了她一眼，回答了一聲：「我！」然後他就向前傾過身子，低聲對荷比說，「我們準備好了。」

「我沒有！」賽瑪拉發出抗議，但已經太晚了。她不想冒生命危險騎著龍過河，她還沒有用斗篷裹緊身體，甚至不知道自己有沒有坐穩，但一切都來不及了。紅龍已經開始在山坡草地上發足狂奔。片刻之間，賽瑪拉很不舒服地注意到其他守護者都在看著他們兩個。僅一眨眼，荷比就縱身一躍，又重重地落在地上，然後又縱躍起來，猛地張開翅膀。賽瑪拉能想到的只有緊緊抓住拉普斯卡破爛的外衣，同時竭力不去擔心拉普斯卡又抓著什麼。她緊靠在拉普斯卡的背上，側過頭，閉緊眼睛，承受著被巨龍翅膀搧起的冷風撲面襲來。她能清楚地感覺到龍的肌肉在她身下移動遊走和驟然繃緊時蘊含在其中的強大力量。突然間，巨龍奔跑縱躍的顛簸消失了，他們升起在半空中。剛剛還像麻雀一樣狂亂拍動翅膀的荷比，此時已經完全展開雙翼，如同一頭巨型猛禽在空中平穩地翱翔。

賽瑪拉冒險睜開一點眼睛。一開始，她看見的只有拉普斯卡的脖子。然後，她轉過頭，看見了在身下奔淌不息的寬闊大河。她稍稍低下頭，努力想要看清地面上的風景，但她還是很害怕，不敢把身子探出去。所以她能看見的只有自己身側和巨龍寬闊的胸膛以外的景色。

「放開妳的雙手，我幾乎無法呼吸了！」拉普斯卡在強猛的氣流中向她高喊。

賽瑪拉竭力想要照拉普斯卡說的去做，卻只是稍稍移動了一下兩隻手，卻還是緊緊抓住了拉普斯卡的襯衫。現在她真的後悔同意進行這場冒險。她到底在想什麼？只要從荷比背上滑動一下，她就會迅速掉進冰冷的河水中淹死。為什麼她會覺得這是一次令人興奮的大膽冒險，而不是拿自己的生命在胡亂折騰？他們現在一定已經快到河的另一邊了吧！但賽瑪拉馬上又意識到：在河對岸降落，意味著她還要再鼓起勇氣經歷一次飛行。她的勇氣一下子全都消失了。純粹的恐懼緊緊攥住了她的心。這一點也不有趣，也沒有什麼冒險帶來興致。這根本就是她在犯蠢，讓自己的生命白白陷入險境。

她努力控制住自己的慌亂。她到底出了什麼問題？賽瑪拉絕不是一個容易受到驚嚇的人。她有能力，又很強壯。她能夠照顧好自己。

但在這種情況下，她無法保持鎮定。在飛翔的龍背上，她的一切技能都毫無用處，她完全無法控制自己遭遇的風險。她突然意識到，自己一點也不喜歡這種完全無法控制風險的感覺。現在她只能依靠拉普斯卡的責任心和荷比的飛行技巧。而對這兩件事，她都不怎麼有信心。她向前傾過身子，在拉普斯卡的耳邊說道：

「拉普斯卡！我想要回去。馬上回去！」

「但我們還沒有到達克爾辛拉，我還沒有讓妳看到那座城市。」賽瑪拉的要求，顯然讓拉普斯卡吃了一驚。

「這件事我不著急。我會和大家一起去克爾辛拉。等我們修好碼頭、柏油人可以在那裡停泊的時候。」

「不，沒有必要等到那個時候。這太重要了。這裡有一樣東西，我必須現在就讓妳看到，今天就讓妳看到。只有妳能一下子就明白它。我知道，愛麗絲．芬波克是不會明白的。她認為這座城市是一個巨大的死屍，我們只能讓它保持現在的樣子。但它不是。不管怎樣，克爾辛拉不是屬於愛麗絲的。它是屬於我們的。它等待著我們。」

拉普斯卡的話讓賽瑪拉一時忘記了心中的驚恐。「這座城市不是屬於愛麗絲的？這不可能。她走了這麼遠的路，幫助我們找到它，她對這座城市已經有了那麼多了解。她愛克爾辛拉。她想要保護它。所以她才會因為你打破了克爾辛拉的玻璃窗而生氣。她說過，你必須對這片廢墟有更多的敬意，我們必須盡心保護它，不要對它造成任何改變，直到我們對它有了全面的了解。」

「這座城市不需要我們的保護，它是要被我們使用的。」

一種新的不安攪動著賽瑪拉的神經。「你帶我來就是為了這個？使用這座城市？」

「是的。這當然不會傷害它。而且我沒有打破任何窗戶！我告訴過她了。是的，我上了那座塔。我走進過所有那些巨大的房子。但我沒有打破任何東西。我到那裡的時候，那扇窗戶已經破了。如果妳想去看看，我會帶妳去那裡。妳會親眼看到那處讓愛麗絲傷心的破損。那個地方實在是太驚人了。妳站在那座塔的頂上能看到所有的景色，幾乎就像在荷比背上一樣。那裡還有一張地圖，能讓妳知道這座城市過去是什麼樣子，但那不是最重要的東西，也不是我首先想要讓妳看到的。」

「我可以以後再看那些。求你，拉普斯卡，我不喜歡這樣。」賽瑪拉強迫自己將這些話從自己的牙齒縫裡說出來，「聽著，我很害怕，我想要回去。」

「我們已經飛過大半條河了。看看周圍，賽瑪拉，妳在飛！等妳自己的翅膀長到足夠大，足夠強壯的時候，妳自己就能飛起來。妳可不能此時此刻就害怕飛行！」

賽瑪拉突然明白了，她其實從沒有真正相信過自己能飛起來，也從沒有真正意識到飛行是什麼樣子。能夠超越一切事物的高度，究竟是怎樣的感覺？但現在吹過她臉上的風實在是太快了。賽瑪拉想要按照拉普斯卡的話，看一看周圍，但她的眼睛只要微微睜開了一道縫隙，淚水即不斷地湧進。他們周圍只有一片空曠，遠方能看到高聳的山脈。賽瑪拉稍稍探出頭，想要看看下方的景象。城市就在她的眼前，向她的兩側遠遠伸展出去。她還從沒有意識到這座城市是如此巨大！它占據了從河邊到群山之間的大片土地。在龍背上，她能清晰地看到克爾辛拉遭受的損傷。樹林和灌木叢遮蓋了一片埋葬了部分城市的滑坡區域。一道巨大的裂隙從河邊一直深入城市內部，破壞了許多建築。賽瑪拉眨眨眼，轉過頭朝上游方向望去。她瞥見一座拱橋殘存的部分，不由得屏住了呼吸。橋梁的斷面顯得非常突兀，一些掉落的大石塊還留在河岸邊，不斷被滔滔河水拍打。賽瑪拉實在是難以相信，竟然有人想過在這樣的河上建起一座橋，更不要說是這座橋還真正地存在過了。

「抓緊我。她降落時，有時候會搖晃得有點厲害。」

拉普斯卡不必重複自己的建議。賽瑪拉用力抓住他，就像是一隻藤壺緊緊吸附在岩石上，而紅龍此時已經向克爾辛拉降落下去。荷比越飛越低，那條致命的寒冷河流也就在他們身下變得越來越大，越來越寬。荷比放慢了振動翅膀的節奏。賽瑪拉感覺到他們似乎掉落得太快了。她緊咬牙關，只希望自己不會尖叫起來。然後，寬闊的城市街道突然出現在他們面前，向他們衝過來。荷比則立刻用力拍動翅膀。龍翼帶起的氣流吹在賽瑪拉身上，彷彿是要將她從被她拚命抓住的拉普斯卡身後吹走。終於，紅龍落地了。她的四條腿向下一蹬，龍爪掠過石板路面。賽瑪拉繃緊了全身的肌肉，死死抓住拉普斯卡的襯衫，希望保住自己珍貴的小命。她的頭猛然向前甩出去，前額撞在了拉普斯卡的背上，又甩向後方。這實在是讓人受不了。不等拉普斯卡發出聲音，賽瑪拉已經放開他的襯衫，從荷比的背上滑了下去，跌落在堅硬的石板上，半天沒有動彈。她享受著這種平靜的感覺。她安全了，又回到安全的地面了。

拉普斯卡拽了拽她。「嗨？妳還好嗎？起來，賽瑪拉，妳受傷了嗎？」

賽瑪拉又深吸一口氣，用自己的肩膀擦了擦臉。她的眼淚全都因為是風的關係，和恐懼無關，也和回到地面的感動心情無關！她推開拉普斯卡的手，站起身。她的褲子又撕破了一點，一對膝蓋上的皮全都在從龍背上摔下來的時候蹭破了。「我很好，拉普斯卡，我只是落地的姿勢不對。」她抬起頭，向四周望去，頓時停止了呼吸。這是她第一次在明亮的白天看到克爾辛拉。

城市。這才是這個詞真正的意思。這裡和她出生的樹上城市崔豪格完全不同。這是一座建造在堅實土地上的城市，在她目力所及的所有方向上，她看不見一棵樹，也沒有開闊的草地。實際上，這裡根本沒有任何植物。她能看到的只有經過雕琢的岩石。筆直的線條和剛硬的表面，其間偶爾夾雜了一些拱門和穹頂，就算是那些曲線的構造物，也精確地符合標準幾何形狀。她的周圍全都是人類雙手留下的作品。

「去狩獵吧，荷比。我漂亮的女孩，去獵殺一頭大傢伙，好好吃一頓。但那以後不要睡得太久！回來找我們，我漂亮的紅色愛人！我們會在河邊等妳，就像以往的每一次。」

賽瑪拉依稀察覺到紅龍沿著街道向河邊跑去了。片刻間，她聽見龍翼拍打空氣的聲音，然後這些聲音也全都消失不見。賽瑪拉沒有回頭去看飛遠的龍。這座城市已經完全將她迷住了。這裡的一切都是人工造物，沒有一樣東西是生長出來的。這些巨大的建築物，它們上面的巨石緊密地相互嵌合，彼此緊密相疊，沒有一點縫隙。每一根筆直的棱線都看不到絲毫偏差。鋪在街道上的石板錯落有致地勾連在一起，形成平整的地面。一切都由人工創造，一切都完美無瑕。又是誰切割出這些巨型石塊，還將它們運送到這個地方？

賽瑪拉緩緩轉頭，竭力想要將眼前的一切看清楚。噴泉中的雕像，建築物表面的裝飾浮雕，一切都是那樣精確完美。那些雕像全都是對最完美生物的最完美展現，將他們最完美的姿態捕捉下來，永遠固定在岩石上。**我不屬於這裡**，賽瑪拉心中想道。她和這些完美的雕像截然不同，和這些精準嵌合的鋪路石板和嚴整門戶格格不入。她低等且畸形，配不上這個世界。她一直以來都是這樣。

「不要犯傻了。妳當然屬於這裡！」拉普斯卡不耐煩地說。

她將這句話說出來了？

「這是一座古靈城市，是古靈建造了它，為了讓古靈居住在這裡，就像崔豪格和卡薩里克曾經是……嗯，我說的是那裡真正屬於古靈的那一部分，那些被埋在泥土中的部分。這就是我在此處的發現。我想要讓妳看到它，因為我相信妳可以將這些解釋給愛麗絲聽，也讓其他人都明白。我們，我們大家，龍和守護者，需要來到河的這一邊。河對岸的所有那些小屋，它們都是為人類建造的，供那些不想改變或者不能改變的人居住。而這一邊，所有這些，這些都是我們的。這才是我們所需要的。所以我們全都要到這邊來，讓這座城市發揮它的作用。只要這座城市開始運轉，巨龍都能變得更好。」

賽瑪拉盯著拉普斯卡，然後又看著這座城市。死亡，沒有生命。沒有獵物，沒有可以生長的食物，沒有任何可吃的東西。「我不明白，拉普斯卡。為什麼我們會想要來**這裡**？如果我們遷居到這裡，就必須走很遠的路才能找到木柴和獵物。那些龍呢？他們在這裡又會有什麼好處？」

「一切！」拉普斯卡急切地說道，「一切都在這裡。關於古靈的每一件事，我們需要知道都能在這裡被找到。作為古靈，在很多方面都和龍一樣。一旦我們知道了更多古靈之道，我認為我們就能幫助那些龍。這裡有某種特別的……」拉普斯卡皺起眉頭，彷彿是在努力回憶什麼東西。「也許，嗯，我還沒有找到什麼資訊可以幫助飛不起來的龍，但這裡也許會有一些。如果我不是唯一在這裡尋找的人，我們就能更容易地找到那些資訊。如果愛麗絲沒有告誡我們不應該打擾這座城市，也許我們還會對它不理不睬，任由它一直沉睡下去。但我瞬間的想法是：我們是古靈，卻沒有讓這裡的魔法重新運作所需要的記憶。這些記憶就在這裡，被儲藏在這座城市中，等待著我們。我們只需要來到這裡，得到這些記憶，成為真正的古靈，然後我們就能讓這座城市再次運作起來，一切都會變得更好。只要我們得到了這裡的魔法。」

寒冷的風吹過寂靜的城市。賽瑪拉久久地盯著拉普斯卡。

「賽瑪拉！」拉普斯卡終於氣惱地喊道，「不要向我擺出這樣一張臉。妳說過，我們沒有多少時間，妳必須在天黑前回去，再餵辛泰拉吃一頓。所以我們不能只是傻站在這裡。」

賽瑪拉快速晃了晃頭。她想要明白拉普斯卡這番話的意義，想讓自己能接受這番話。古靈。是的，她早已知道他們的變化意味著什麼，龍已經這樣告訴過他們，且沒有任何理由認為龍會說謊，儘管辛泰拉也許會對她說謊，但她不相信所有龍都會欺騙他們的守護者，不會有這種事發生的。賽瑪拉在崔豪格見過古靈的畫像，他們之中的一些人已經開始變成那些畫像中的樣子。雖然賽瑪拉見過的古靈畫像並不多，但大部分倖存下來的織錦和卷軸都具有極高的價值，在她出生前幾個世代就已被賣到繽城。她聽過不少人談論古靈的樣子，所有人都說：古靈很高，身子很纖細，眼睛的顏色非同尋常，而他們的畫像似乎表明他們的皮膚都有著不同的顏色。是的，她正在變成古靈，她知道這是事實。

但真正的，有魔法的古靈又是什麼樣子？古靈用來建造這些宏偉建築、創造神奇寶物的魔法，也能被守護者們擁有嗎？

也能被她擁有？

「來吧！」拉普斯卡不容分說就抓住了賽瑪拉的胳膊。賽瑪拉任由他拽著向前走去，一邊努力傾聽他對這座城市的各種心血來潮的介紹。要讓自己的思想跟上拉普斯卡的節奏，實在有些困難。拉普斯卡早已熟悉了這裡的環境，或者這個奇異而美麗的地方從沒有讓他感到吃驚和震撼——拉普斯卡總是能坦然接受他們遭遇的每一件古怪的事情：龍、成為古靈，以及一座能夠給他魔法的古早城市。

「我認為這裡是洗澡用的。妳能想像嗎？一整座大房子，只是為了把身子弄乾淨？這個地方？應該是培育植物的。如果妳走進去，就會看到一個非常大的房間，裡面放了許多裝泥土的罐子，還有一些用小塊石頭，嗯，應該是小塊瓷磚拼成的畫面——愛麗絲管那種瓷磚叫馬賽克。那些畫面描繪了水，花朵和水中的龍，水中的人，還有魚。走進另一個房間，那裡有一些非常非常大的水池，裡面以前肯定都裝滿了水，不過它們現在都空了。我從石頭裡知道，它們裡面曾經有水，其中一個池子裡盛著非常熱的水，一個只用於盛溫水，另一個用於盛涼水，還有一個裡面的水就像冰冷的河水。值得留意的是，這些水池是為人類準備的。另外，在這幢房子的另一邊有一道供龍出入的門，那裡的水池底部是傾斜的，龍能夠直接走進去，然後浸沒在熱水中。再看另外那一邊的屋頂，那裡是斜坡狀的，完全由玻璃組成。妳能相信嗎？那麼多玻璃！妳想不想和我進去看看？我們只要看一分鐘就好，如果妳想的話。」

「我相信你的話。」賽瑪拉有些虛弱地說道。她的確相信拉普斯卡的話。這麼大的一幢房子，相信它有玻璃組成的斜坡屋頂要比讓她相信自己能擁有古靈魔法容易多了。真的能有人擁有古靈魔法嗎？守護者能夠得到這種魔法？愛麗絲想到潔珥德會擁有古靈魔法，急忙壓抑住自己打哆嗦的衝動。她突然停下腳步，拉普斯卡也不得不停下腳步，同時又非常急躁地歎了口氣。

「拉普斯卡，和我說說那種魔法，我們真的能學會它嗎？它們是不是像古早的遮瑪里亞魔法故事所描述的，是人類能夠記憶並學習的符咒？它們是被寫在書籍或者卷軸裡的嗎？我們是不是必須收集各種魔法物品，比如蟾蜍的肝臟，還有……拉普斯卡，這不需要用到龍的血肉吧，對不對？不會是要吃掉龍的舌頭，才能夠和動物說話，或者是諸如此類的事情吧？」

「不！賽瑪拉，那都不是真的，那些只是唬小孩的故事。」拉普斯卡顯然完全沒有想到賽瑪拉竟然會提出這樣的問題。

「我知道，」賽瑪拉僵硬地說，「但宣稱我們會擁有古靈魔法的，可是你耶。」

「是的，但我說的是，真正的魔法。」拉普斯卡堅持這樣說著，彷彿這一句話就可以解釋一切。

他再一次握住賽瑪拉的手。賽瑪拉沒有抗拒。他牽住賽瑪拉的手想要向前走，但賽瑪拉沒有邁步。

「那麼，如果不是符咒和藥水，真正的魔法是什麼？」

拉普斯卡無可奈何地搖搖頭。「我們能夠使用那種魔法，只因為我們是古靈。一旦我們回憶起該如何使用它，就能夠使用它。關於這一部分，我還不清楚，但我認為這是我們必須回憶起來的事情之一。我一直努力要帶妳去做我想讓妳做的嘗試，但妳卻總是止步不前。賽瑪拉，如果我能直接告訴妳，妳就能明白，那我為什麼還要這樣做？妳必須和我一起來。正因為如此，我才會帶妳到這裡。」

賽瑪拉看著拉普斯卡的眼睛。拉普斯卡也毫不躲閃地看著她。有時候，賽瑪拉覺得拉普斯卡仍然是剛離開崔豪格的、那位稍稍有一點犯傻的男孩；有時候，拉普斯卡會沒完沒了地嘮叨著一些不知所云的話，彷彿為一些最無稽的怪事而神魂顛倒；但也有一些時候，賽瑪拉看著他，能夠看到他已經成長和改變了多少。他不再只是一個乳臭未乾，卻突然承擔起成年人重擔的年輕人，而是一個跨過了成年的界線的古靈。現在他全身覆滿了和他的龍一樣的紅色鱗甲，眼睛裡閃爍著一種無論何時都清晰可見的光彩。賽瑪拉低頭看看自己握住的那只手。她看到了自己的藍色鱗片和他的紅色鱗片相映生輝。「那麼，帶我去看吧。」她低聲說道。這一次，拉普斯卡牽著她慢跑起來，她便邁步緊跟在拉普斯卡的身後。

拉普斯卡一邊跑一邊說著話，他的聲音在喘息中顯得斷斷續續。「這裡有許多儲存有記憶的地方，有一些雕像裡只有一個古靈的記憶，如果妳碰觸它們，就會成為那個古靈，我覺得那些是最好的，還有一些地方的記憶中無所不有，有一些記憶只是講述著法律，或者說明一幢房子或者某項事物的主人，還有一些記憶是關於詩歌與音樂的，另一些街道中的記憶包括了那裡發生的所有事情，我相信只要妳站在那裡，日復一日，妳就能看見走過那裡的每一個人，聽到他們說話，嗅到他們吃的食物和他們的一切氣味，不過我尚未看出那些記憶的用處。」

這時拉普斯卡離開了主路和那些高大的的建築，走進一條更加樸素一些的街道裡。這裡的房屋應該都是居家住宅——賽瑪拉發現自己知道這一點。她試著想像一個家庭的住宅有超過一道門，有時候還有第二層、甚至第三層房子。某些房子甚至還有陽台，某些房子的平坦屋頂邊緣圍繞著欄杆。賽瑪拉是在高高的樹枝上的小房子裡長大的。在她父親的房子裡，只要她在自己的臥室裡站起身，一伸開手臂，就能碰到兩邊的牆壁，還能摸到天花板。人們為什麼會需要那麼大的空間？他們要怎麼使用那些空間呢？

拉普斯卡轉過一個街角，賽瑪拉快步跟隨他登上了通向一座山丘頂端的大路。這條石板路很寬闊，賽瑪拉以前從沒有見過這麼寬的路。這裡的房子高高低低，錯落有致，從比較高的房子裡應該能夠眺望河岸。房子之間有一些非常大的罐子，裡面栽種著早已枯朽的樹木。房門旁邊能看到一些填充了土壤的石槽，那在以前應該是一些小花圃，另外還有一些早已乾涸的噴泉。

賽瑪拉認識這些東西，就好像曾經有人在她的耳邊悄聲提起過它們——這不由得讓她在心中暗自詫異。這些光亮的黑色石頭裡，全都遊走著閃爍不定的白銀脈絡。是它們告訴她的，它們用各種記憶彈撥著她的心弦。賽瑪拉搖搖頭，讓自己只專心地聽拉普斯卡對她說話。

「那時我找到了這兩尊雕像。我在男性雕像中傾聽了一段時間，然後我想：是的，這就是我想知道的事情，他就是我想成為的人。他還將他身邊的女性雕像的所有事情都告訴了我。我又想：哇，這多像是賽瑪拉啊。賽瑪拉可以成為她。只要我們吸收了他們的全部記憶，我們就能知道的更多，能夠讓這座城市運作起來，也許還能以此幫助龍。」

賽瑪拉一直跟隨他奔跑，幾乎忘記了該如何呼吸。「我還是不明白，拉普斯卡。」

「我們就要到了，他們的解釋要比我的好得多。看到了嗎？妳覺得如何？」

賽瑪拉向拉普斯卡手指的地方望去，卻沒有看到什麼不同之處。他們已經來到了山頂上，道路也就此到達終點。山頂上有一幢房子，房子的大門前是一連串敞開的拱門，由帶有銀色脈絡的黑石柱作為支撐，冬日的陽光照在這些黑色石塊上，映出奪目的光彩。他們兩個並肩向房門走去。面前的這些拱門在左邊雕刻著微笑的太陽；右側則各有一枚閃閃發光的銀色徽章——那是一輪滿月，上面顯露出一位女子微笑的面容。

「讓我為妳演示，這要比說話容易多了。」拉普斯卡拽著賽瑪拉向前走去。他們到達第一道拱門的時候，拉普斯卡突然停住了腳步。

賽瑪拉向身邊掃視了一圈。每道拱門旁邊都擺放著幾只裝滿泥土的罐子。「是藤蔓。」賽瑪拉說道。她瞬間回憶起它們。這些藤蔓上生長著潤澤的深綠色葉片和一簇簇白色的小花，這些花每年都會在炎熱的夏季綻放，它們會讓這幢房子裡的每一個房間都充滿甜美的芬芳。花凋謝之後，藤蔓上會結出水果，那也是一簇簇細小的亮橙色漿果。在她的語言中，這種漿果沒有正式的名字，人們都喚它為「戈拉蕊」，每個秋天，他們都會用這些小漿果釀酒。那種酒還帶有漿果的橙色，濃烈又香甜。

賽瑪拉眨眨眼，搖晃了兩下，才回到現實世界裡。她想要後退，卻被拉普斯卡緊緊地拉住了她的手。「不是這樣的，」拉普斯卡對她說，「天啊，妳能回憶起來的，不過妳只能想起支離破碎的一點點東西，就像是一個樹幹市場上的說書人，故事講到一半就閉住了嘴。他們可不是這樣為我們儲存記憶的。所有的記憶都在這裡，按次序儲存在這些石柱中。我們應該從第一道拱門開始著手進行。月亮的這一邊，是妳的。」

「你怎麼知道？」賽瑪拉依然感到大惑不解。有那麼一段時間——她不知道是長是短，但能夠確定自己去了另外一段時光中。她知道，事情並非如此簡單。她成為了另外一個人。賽瑪拉將手從拉普斯卡的手中拽開，後退了兩步。「淹沒在記憶裡！他們就是這樣說的。拉普斯卡，這很危險。我的父親警告過我要小心這樣的石頭！它們會將你拐進去，讓你的意識中充滿了各種故事，讓你忘記如何回來，再成為你自己。用不了多久，你就會完全迷失。既不在那段人生裡，也不在你的人生裡。你怎麼會想到要做這種事？你是雨野原人！你很清楚絕對不能這樣做。你到底是怎麼了？」

賽瑪拉非常恐懼。拉普斯卡放任自己享受如此危險的快樂，這已經夠糟糕的了。更荒謬的是，拉普斯卡竟然要把她也拖進去。

「不，」拉普斯卡說，「不是這樣的。」

賽瑪拉轉身要離開。

「賽瑪拉，求妳，聽我說。關於記憶石和被淹沒，妳所知道的一切都是錯的。因為妳所知道的那些淹沒在記憶裡的人，實際上，這些記憶根本就不是為了他們而準備的。這些記憶是留給我們，留給古靈的。看看這座城市，看看這裡有多少記憶石。我知道，妳聽見了耳語聲。如果記憶石是這樣危險，古靈還會將這樣的石頭到處擺放嗎？不。他們把記憶石擺放在這裡，是因為對古靈而言，它們並不危險。它們其實非常重要。我們需要這些石頭。我們需要利用它們成為我們應該成為的人。」

「我不需要它們，我有我自己的人生，我不會迷失在這些石頭裡。」

「正是如此！」拉普斯卡高興地對賽瑪拉的宣告做出回應，「妳不會迷失在記憶石裡，妳只會找到記憶。賽瑪拉，想想那些龍吧，他們擁有一直能追溯到遠古時光中的記憶，那是從他們的母親直到他們的曾曾祖父留給他們的。他們並不會因為那些記憶而失去自己的生活，他們只是得到了該如何成為龍的資訊。古靈也需要同樣的資訊，但他們不能像龍那樣生來就具有祖先的記憶。為了能夠與龍結伴，他們需要記住遠超過一個人生的事情，所以他們做出記憶石，將記憶儲存在其中。如此一來，其他古靈就能夠洞悉他們的人生，並擁有他們的記憶。」拉普斯卡搖搖頭，睜大了眼睛，他的思緒彷彿已經飄向遠方，「這種特殊的石頭能夠儲存許多記憶，能夠做許多事。我還沒有能完全理解它們，但我已經學會了很多。每一次我來到這裡都能學到更多。我知道，這是因為我是古靈，我很可能會生存很長的時間，所以我有許多時間進行學習。這些石頭能夠迅速告訴妳許多事情，就像一位吟遊歌者，在幾個小時內就唱完一位古老英雄一生的史詩事蹟。」拉普斯卡淺藍色的眼睛轉向賽瑪拉，他的一整張臉上都閃耀著興奮的光彩。

「賽瑪拉，這些記憶就在這裡，在這些石頭裡，我經歷了這一生從沒有做過的許多事。我去了許多地方，非常遙遠的地方，古靈航船經常會航行到那裡；我追獵巨大的鹿，還完全憑我一個人的力量殺死了那樣一頭鹿；我去了那些高山，和居住在高山另一邊的人們進行貿易。我曾經是一名武士，統率著其他武士。我生活在他們的記憶裡，他們也生活在我的身體裡。」

賽瑪拉被拉普斯卡的話吸引了。那些描述充滿了巨大的誘惑。「他們生活在你的身體裡。」賽瑪拉緩緩地說。

「一點點，」拉普斯卡說，「有時候，我本來正在做其他一些事，他們的一段記憶會突然出現在我的腦海。不過這沒什麼害處，只是讓我多知道了一些東西。或者也許我是想要唱一首他知道的歌，或者是以某種方法烹飪肉食。賽瑪拉……」拉普斯卡匆忙攔住了剛剛張開口的賽瑪拉，沒有讓她提出更多問題，「……我們在這裡的時間不多了。和我一起試一試，就試一下。如果妳不喜歡，我絕不會要求妳再這麼做。只做一次，妳不可能淹沒在記憶裡。這個所有人都知道！因為妳是古靈，我根本不相信妳有可能被淹沒，就算是妳做一千次也不可能。因為這就是我們本應該做的。這就是記憶石被留在這座城市中的意義。來試試吧。」拉普斯卡認真地看著賽瑪拉的眼睛，「求妳。」

他的目光俘獲了賽瑪拉。那雙眼睛是那麼真誠，那樣可愛，賽瑪拉感覺自己連呼吸都停止了。

「我們要做什麼？」她幾乎無法相信自己竟然會問出這個問題。

「就是妳已經做過的。只是這一次，妳應該有目的地去做。來，把妳的手給我。」他用自己纖長光潤的紅色手指握住了她帶著黑色爪子的手。他的鱗片輕輕蹭著她的皮膚，「我會和妳在一起，就在妳的身邊。妳握住我的手，將妳的另一隻手放在那根柱子上，那根柱子是屬於她的。我會將我的手放在這邊的柱子上，因為這是屬於他的。這是第一道門，他們就是從這裡開始的。」

他紅色的手握著她，溫暖又乾燥。她的另一隻手碰到了石柱，光滑又冰冷。

辛泰拉餓了。這都是賽瑪拉的錯。那個蠢女孩只是在早晨給她帶來了幾條魚。賽瑪拉明明答應她稍晚一些會給她帶來更多食物，答應她會在天黑之前回來，給她帶來紅肉。她明明答應她了。

龍憤怒地甩動著尾巴。如果就是人類的承諾，那有什麼價值？她又不高興地扭了扭身子，覺得充斥在胃部的空虛感正一步步爬上她的喉嚨。她很餓，不是又感到饑餓，而是一直感到饑餓。她努力回憶上一次吃飽肚子是在什麼時候。幾天以前，荷比將那一大群有蹄野獸趕到龍群面前的時候。所有龍都衝到河岸邊，參與了那次美妙的宴會。鮮熱的肉，流淌的血……而現在，這段記憶卻成為對她的折磨。她需要的正是這些。幾條冰冷的魚沒辦法把她的嘴填滿，更不要說是填飽她的肚子了。

辛泰拉抬起頭，又用後腿站起來，嗅了嗅空氣。她伸出叉狀舌頭，試著品嘗身邊的氣味。她能夠感知到的，只有其他龍和他們的守護者。這裡河岸的開闊草地和遠處的落葉森林，並不像卡薩里克孵化河灘能困住他們，但他們正迅速變得像當時一樣的笨拙和滿身臭氣。龍不是被關在圈裡的牛，不應該只是在自己的糞便中踏出一條條小路。就算沒有茂密雨林形成的籬笆，他們也還是被困在這裡了。

只有荷比是真正自由的。她能飛行、捕獵，還能縱情進食。她還會回到這個地方來，只是因為她愛她那個沒腦子的守護者，辛泰拉讓前足落回到地上。今天早晨，賽瑪拉跟著荷比和拉普斯卡一起走了。她的守護者也是這樣期待她的嗎？辛泰拉應該學會飛行，這樣她就能成為賽瑪拉和她的朋友們的坐騎了？

辛泰拉更願意吃掉他們。

她的肚子又擰在了一起。那個女孩跑到哪裡去了？

辛泰拉不情願地向賽瑪拉伸展出自己的意識——巨龍不應該去找一個人類，更不要說她還必須承認自己需要那個女孩的說明。

但辛泰拉沒有找到她。賽瑪拉失蹤了。

真正讓辛泰拉感到震驚的不是那個女孩的消失，而是自己因此而感覺到的強烈沮喪和慌張。消失了，賽瑪拉消失了。消失最大的可能是死亡，因為她的守護者不可能移動到足夠遠的地方，讓她們無法進行聯絡，也不可能這麼快就學會控制自己的思想，能夠將龍的意念擋在外面。也就是說，她的守護者死了。能夠輕易得到肉和魚的生活也不復存在了。辛泰拉的意識立刻跳到了下一步。她將不得不再找一名守護者，但所有人都被占據了，只有一個例外。她的心思又集中在愛麗絲身上。但愛麗絲根本就不是獵人。愛麗絲是一位很有趣的人類，逗弄起來很好玩，也很會讚美她，但在她餓肚子的時候，愛麗絲沒有任何的用處。

若試圖占有另一頭龍的守護者，很可能意味著一場戰鬥。辛泰拉並非唯一仍然要依賴自己守護者的龍——儘管這種依賴實在是讓她感到痛苦。而且令人傷心的事實是，賽瑪拉是這些人之中最好的獵手。她不僅能夠狩獵，還有主見與熱情。她們兩個之間的衝突，為辛泰拉無聊的生活增添了不少情趣。真正能夠代替賽瑪拉的人只有卡森和刺青。那名獵人是屬於噴毒的。辛泰拉可不打算去和那個凶惡的小銀龍打一場。噴毒現在變得又狠毒又聰明，是個很難纏的對手。而且，卡森更不是一個可以被威逼恐嚇的人。噴毒現在整天都在大聲抱怨他的守護者為了強迫他飛起來而讓他捱餓。對這種意志如同硬邦邦鋼鐵的守護者，辛泰拉一點都不感到興趣。

刺青是屬於芬提的。片刻間，辛泰拉甚至開始幻想將那個噁心的綠色小母龍撕成碎片的快感。只是如果她對任何母龍發動攻擊，所有公龍一定會插手干預，尤其是默爾柯。現在他們之中公龍的數量要遠超過母龍，任何母龍都是他們未來可能與之交配的對象，所以他們絕不會允許母龍受到威脅。實際上，辛泰拉很懷疑這幫飛不上天的傢伙到底有多少能夠交配的機會。

想到這裡，辛泰拉憤怒地噴了一陣鼻息，感覺到自己的毒囊都在喉嚨裡膨脹了起來。現在的局面是完全無法接受的。她那個愚蠢的守護者怎麼會讓自己死掉？辛泰拉竟然完全沒有注意到！以前賽瑪拉遭遇危險的時候，辛泰拉的腦子裡會充滿了她的尖叫呼號。這一次她到底遭遇了什麼事？

辛泰拉立刻就有了答案。荷比。都是那頭紅龍的錯。她也許讓賽瑪拉掉進了河裡，讓那個女孩像石頭一樣沉沒了。或者是那頭腦子昏亂的紅龍忘記了那個女孩是辛泰拉的守護者，竟把她吃掉了。想到沒腦子的小紅龍竟然敢吃掉她的守護者，賽瑪拉的心中就充滿了怒火，她用後腿站立起來，前足重重地拍擊在地上，揚起細長的脖子，猛地一甩頭刺激她的毒腺全力運作。那個該死的紅色小蠑螈在哪裡？她將自己的意念用力甩出去，碰到了荷比。辛泰拉的怒火一下子猛烈地爆發起來。荷比在睡覺！那頭腦滿腸肥、肚子鼓漲的紅龍，正在她今天捕殺的第三頭獵物旁邊呼呼大睡，而辛泰拉今天還沒有正經吃過東西。她能感覺到荷比一邊熟睡，一邊享受著獵物令人愉悅的血腥氣味。

這太讓她難以忍受了。辛泰拉感到自己真是受傷又受辱。那頭小紅龍要付出代價。辛泰拉不在乎默爾柯和其他公龍會怎樣反對。

她甩動著尾巴，大步走過稀疏的樹林，來到河岸前的開闊山坡上。她會找到荷比，殺死那頭紅龍。她能感覺到自己的眼睛在因為充血而變紅，感覺到這一雙眼睛的旋轉。她張開雙翼，抖動它們，感覺到血液在這雙藍色的翅膀內充盈，改變了它們的顏色。這雙翅膀很強壯，比她剛剛孵化出來的時候要強壯很多，比她第一次在天空中滑翔，最終可恥地一頭栽進河裡的時候要強壯很多。她能夠飛行。現在唯一攔住她的只有那種愚蠢的謹慎。她不願意讓其他龍和人看到她的失敗，也不願冒險從那條寬闊的河面上滑翔過去，但這種畏懼和謹慎已經消失了，完全被她的怒火燒得乾乾淨淨。荷比殺死了她的守護者，她絕不會容忍這種冒犯。那頭紅龍要付出代價！

她俯瞰面前的開闊山坡和山下飛速奔流的河水。就是這樣，她張開翅膀，躍入空中。拍動，拍動，碰到地面，拍動，拍動，拍動，碰到地面，但比上次要輕，拍動，拍動，拍動，拍動……

突然間，一陣風從河面上吹來。辛泰拉捕捉到這股氣流，展開雙翼，讓氣流將自己托起。她越來越有力地拍打著翅膀，將前腿收在胸前，伸長後腿，讓它們和自己的尾巴併在一起，讓她的身體變得更加細長順滑，不再受到空氣的阻礙。她的翅膀在將她向前推進，她的頭切開了強風。飛起來了，她的身體在重溫所有那些飛行的記憶。她讓自己一心一意地沉浸在這些回憶中，不讓自己的意識受到私心雜念的干擾。飛行就像呼吸一樣，不是一件需要思考的事情，只要去做就好。

她又捕捉到一股上升氣流，乘著它一路飛高。下方傳來了一陣陣銅號般的龍吼聲。她在這吼聲中更加用力地拍打翅膀。讓他們看到她，讓他們看到藍龍女王辛泰拉在他們之前飛上了天空！她側過翅膀，在龍群的頭頂上緩緩盤旋，讓自己的肺裡充滿空氣，向天空發出銅號般的勝利吼聲。飛翔！一頭龍在飛翔！讓所有生靈都滿懷敬畏地望著這一幕吧！

她向下瞥了一眼——現在她的身下只有寬闊的水面。這讓她不由得感到一陣恐懼。片刻間，曾被困在冰寒水流中、不住打滾的記憶，壓倒了她的飛行直覺。在這恐怖的一瞬，她忘記了該如何飛行，也忘記了一切，腦海中只有這條河的危險。她的前腿下意識地抖動著，彷彿正在撥開河水，試圖游泳，她的尾巴也甩動起來。要掉下去了。她真的掉下去了，而不是在飛行。在強烈的惶恐中，她開始拚命拍打翅膀。她又升起來了，但流暢輕盈的飛行已經被打破。她清楚地感覺到自己翅膀上有缺陷的肌肉組織。突然襲來的疲憊感，她的翅膀一下子變得非常沉重。飛行是工作，艱苦的工作，她今天幾乎什麼都沒有吃，昨天也沒有吃多少東西。

一切對於荷比的復仇欲望、一切對於這條河的恐懼、一切的情緒、突然間都被壓倒一切的饑餓給趕走了。她需要食物，需要新鮮的、血淋淋的食物，無論要付出什麼代價，她都必須得到食物。饑餓造成的急切心情讓她穩定下來。要去狩獵並進食，否則就只能去死——她的身體這樣告訴她。身體最基本的需求對她的虛榮心和恐懼感沒有半點耐心。狩獵並進食。她用盡全部力量拍打翅膀，並以更大的半徑進行盤旋，飛過守護者們那些可憐的小屋，飛得更遠，一直進入到山丘和峽谷中。她張開自己的全部感官，去尋找自己所需要的最基本的物質。

就在這時，她瞥到了——一小群長角的野獸正在沿著一道岩石山脊行進。現在她能清楚地看到牠們，但用不了多久，牠們就會消失在樹林裡……

牠們也幾乎是在同時發現了她。兩頭野獸從隊伍中衝出去，狂野地奔向樹林。但另外四頭野獸只是揚起脖子，愚蠢地盯著撲向牠們的巨龍。

在辛泰拉即將衝入獸群之前，她較弱的一隻翅膀彎曲了，讓她向一旁轉開，但她努力伸出的爪子還是刺進一頭野獸的肩膀，又一直劃到牠生滿長毛的臀部，將這頭野獸完全剖開。然後她又壓在了另一頭野獸的身上。那頭野獸叫了一聲，和巨龍一同倒下。對於一頭龍而言，這實在是一種最為不雅的落地，辛泰拉的身上受了好幾處挫傷，但她沒有時間多想這些。她立刻收緊胸部，彎下脖頸，用力叼住身下的野獸。她的嘴咬住了野獸多骨的頭，兩隻前爪壓住野獸的肋骨。這頭野獸和龍一起滾下陡峭的岩石山坡，在停住之前就死了。而辛泰拉已經開始瘋狂地撕扯牠，完全不在意牠的骨頭、角和蹄子，只是把牠撕成能夠囫圇吞下的碎塊。

這樣進食是很痛苦的。辛泰拉痙攣一般地吞嚥著，根本等不及停下來，享受一下鮮美的血肉。一頭野獸吃光之後，辛泰拉蜷起身子，低垂著頭，不停地喘息著，讓食物在食道中蠕動。她沒有任何飽足感，只是覺得很不舒服。

又一陣叫聲傳來。辛泰拉抬起頭。還有一頭野獸！是被她劃傷的那一頭！那頭野獸倒在地上，踢蹬著四隻蹄子，看上去很快就要死了。辛泰拉向陡坡上攀爬，感覺到爪子下面的石塊不斷向身後滾落下去。她不在乎。她很快就爬上了山脊，一下子壓在她的獵物身上。她抓住這頭野獸，感覺到鮮血珍貴的熱量，隨後，她幾乎可以說是溫和地咬住了那頭野獸，擠壓出牠體內的氣息。沒過多久，野獸顫抖一陣，便再也不動了。辛泰拉這時才將牠放開。

在吃這頭野獸的時候，她已放鬆了許多。先抓開野獸的肚子，吃掉柔軟的、冒著熱氣的內臟，然後再用利齒撕扯下能提供充分的飽足感的大塊皮肉。當她嚥下最後一塊肉的時候，她緩緩地倒臥在獵物的血泊之中，長歎了一口氣，很快便昏昏睡去。

她愛著他。這一生裡，她從沒有這樣愛過一個男人。他們的戀愛緩慢而又甜美，如同一曲充滿羞怯和猶疑的精緻舞蹈，伴隨著戰爭般的策略，將她的嫉妒天性和他的魅力光彩全部激發了出來。他們所有的朋友都一再警告他們兩個，不要對這段關係過分認真。她知道他的朋友們是如何警告他要小心她；知道他們都很擔心她的嫉妒和占有欲。是的，她就是這樣。她已經決定要占有他，讓他只屬於她，要永遠都如此。其他所有上過她的床的男人，從沒有給過她這樣的感覺。

她自己的朋友們則警告她，要占有他是不可能的。對她而言，特萊托太英俊，太聰明，太有魅力。「還是拉莫斯更好，」她們一直在催促她，「回到他身邊吧。他會重新接受妳，和他在一起，妳將永遠享受舒適和安全的生活。特萊托是武士，他永遠都有可能身陷險境，隨時都會受命出征。他總是將他的責任擺在對妳的感情之前。拉莫斯則是一位藝術家，就像妳一樣。他會明白妳的情緒。他會和你一起終老。特萊托也許很英俊，很強壯，但妳能確定他晚上會回家嗎？」

但她已經在舒適和安全的生活中過得太久了。這已經不再是她想要的，而且她無法忘記拉莫斯的不忠。如果對於拉莫斯而言，全部的她依然不足夠，那麼他將得不到任何一點她。就讓他去別的地方尋找他所需要的一切吧。至於她，愛瑪琳達，她已經找到了特萊托。

她在一間小博彩廳外面的花園庭院中等待特萊托。這是一家經營非常謹慎的店舖，對客人很挑剔。它的門楣甚至連一盞招引顧客的藍色燈籠都沒有。有一名剛剛來到這座城市、身材矮小肥胖的商人，特萊托正在那家店裡和他玩著拋幸運骨的遊戲。她沒有打擾他，只是自己走出敞開的店門，進入到夏季的夜色中。噴泉流水形成的潺潺樂聲和花園中央一頭巨龍雕像噴出的火焰爆響，彼此相映成趣。夜晚綻放的茉莉花從掛起的花盆中低垂而下，空氣中充滿了芬芳。她在花園中一個非常私密的角落裡找到一座長椅。她坐了下去。一個漂亮的赤腳女孩——身穿這家博彩廳閃閃發光的侍者制服——來到她身邊，問她是否想要酒水點心。片刻之後，這個女孩就端著杏仁餅乾和一種柔和的春季葡萄酒回來了。她告訴女孩：可以離開、而且不必再回來了。

愛瑪琳達品嘗著酒。她等待著。

她知道自己所冒的風險。她正在讓他做出選擇。當她走出去的時候，他短暫地抬了一下眼睛。他可以留在遊戲廳裡，和他的朋友們一起沉浸在燈光幻彩和五光十色的賭局。那裡有音樂、甜燻菸和來自於南方群島的珍貴的肉桂酒。賭桌邊的一個玩家，是一名身材纖細的、剛剛從北方的一座城市來到克爾辛拉的古靈吟遊歌者。她全身布滿金色的鱗片，眼睛周圍的鱗片則是寶石般的深藍色。有傳聞說，當她撥動豎琴時，響起的一陣陣音符裡會散發出奇異而多變的熱戀氣氛。特萊托一直面帶微笑地看著那個吟遊歌者。愛瑪琳達走出去的時候，臉上也帶著微笑。她要讓他做出選擇，她知道，自己是認真地給出最後通牒。如果她在今晚沒有贏得他，如果他沒有拋棄其他一切娛樂，來到她身邊，那麼她就絕不會給他另一次機會。

這種在她內心裡的冒險，實在過於沉重。她已經變得太在乎他，如果他不能以自己的全部身心作為回報，那麼她唯一的選擇就只有徹底退出。她以前曾經這樣愛過一次，她發誓，絕不會再這樣了。

黃昏的時光一點點流逝，夜色越來越涼，就像她的心一樣。鑲嵌在花園牆壁上的深色寶石醒來了。它們柔和的光亮來自於它們從白晝偷竊的光，花園中有許多被關在籠中的蟋蟀，牠們會鳴唱一段時間。隨著夜色漸深，牠們又會停下來。在這一刻，她的心變得更加空虛。終於，她起身準備離開。她向小桌子俯下身，捏熄了飄散玫瑰香氣的蠟燭，就像是從花莖上掐去枯萎的花朵。

她站直身子，又歎了一口氣，一轉身卻撞進了他的懷抱。在昏暗的花園裡，他竟然大膽地直接將她抱入懷中。「找到妳了！」他輕聲說道。他的聲音因為被她的頭髮遮擋而顯得模糊，「有人說妳走了。我一直去了妳的家。在妳的僕人面前，我就像是一個十足的傻瓜。然後我又回到這裡。我甚至去妳的商店找了妳，但那裡的門鎖著，窗戶也是黑的。我最終只能回到這裡。他們不想讓我再進廳裡去了。他們要關門歇業了。」

在這場偶遇的意外中，她抬起了雙手，這雙手落在他襯衫前襟的硬質蕾絲上，她感覺到他胸部肌肉的堅實與溫暖。她應該把他推開——她應該這樣嗎？他說的是真話，還是為了掩飾他的遊戲和調情而找的託辭？在他的臂彎裡，她猶豫不決也紋絲不動。她呼吸著他的味道，就彷彿他是一株在夜晚綻放花朵的植物。肉桂酒讓他的呼吸中帶著香氣，他的皮膚又散發出一種白檀香的氣味。

沒有其他氣味——這一點她可以確定。那名吟遊歌者的身上的香味是很強烈的廣藿香，就好像她的浴池和飲料中全都是這種香料，她的衣服上也都是那種香味。但特萊托的身上沒有那種氣味。她讓自己的雙手滑過他的身體，一時間卻無話可說。一點猶豫的種籽被植入她的心中，因為他的遲到而迅速生長。一次遲到造成了她測試他的愚蠢計畫。他是不是已經贏得了她的挑戰？

「愛瑪琳達。」他說道。他的聲音突然變得沙啞。他用力將她抱緊，彷彿要讓自己修長的身軀和她的身體融合在一起，讓她感覺到他是多麼想要她。她抬起頭，想要他輕一些，但他突然低下頭，用嘴唇捕捉到她的嘴唇。她想要將頭轉開，但他不讓她這樣做，只是越吻越深，然後他才將她向後退開。令她感到驚愕的是，他將她舉到了桌子上。「來，」他激動地說道，「就是現在。」他將她的裙子掀開，把他溫暖的雙手放在她的膝頭，打開了她的腿。

「不能這樣！特萊托，不能在這裡，不能這麼做！」她驚恐地說道。她努力想要制止的不僅僅是他，更是自己充滿渴望的身體。

「喔，我們可以，而且我一定要，我不能等了，一刻也不能，就算是多一次呼吸的時間也不行。」

會出事的。糟糕的、危險的事情。

賽瑪拉猛地睜開眼睛。她仍然坐著，不是在溫暖夏夜裡花園的小桌上，而是在堅硬的岩石台階上。正值寒冷的冬季傍晚，但她並不覺得冷，她依然在自己所感受到的激情中喘息著。愛瑪琳達的灼熱和欲望仍然溫暖著她的身體。她清了清嗓子，咳嗽了一聲，突然察覺到自己還握著特萊托的手。特萊托從拉普斯卡的眼睛裡看著她。「來吧，」他低聲說，「就是現在，沒有比現在更好的時候了。」

他用被鱗片包裹的纖長的手捧起她的下巴，向她低垂下臉。拉普斯卡在吻她，他的嘴唇輕柔地觸動著她的嘴唇。她的身子癱軟在欲望和驚奇之中。他們在何處結束？在何處開始？過去和現在合為一體。跪倒在她面前台階上的這個男人，用他貪婪的吻解開了她破爛的衣衫。他不是一個笨拙的男孩，而是一名技巧高超的愛人，而且只屬於她一個人，擁有豐富的經驗，懂得如何能夠撩起她心底最強烈的欲火。對於他的碰觸和自己的渴望，她早已無比熟悉。感覺到他的牙齒的碰觸，她不由得急促地喘息著，伸手摟住他的頭。她的手指和他的深褐色頭髮糾纏在一起，讓他的嘴唇更貼近自己。她歎息著念出他的名字，他輕聲笑著，嘴唇依舊緊貼著她，同時又糾正她說：「拉普斯卡。但妳可以叫我特萊托，就像我可以叫妳愛瑪琳達。」他抬起臉，帶著燦爛的笑意凝視她的眼睛，「看到了嗎，賽瑪拉？明白了嗎？這裡有我們成為古靈所需要知道的一切。我們可以在這裡學習，甚至學習愛情。妳不必再害怕這件事，因為妳已經做了。妳知道這在我們之間有多麼好。」

賽瑪拉不想他說話，不想他停下，不想去思考她要做什麼。他是對的。她不需要害怕。在許多許多年以前，已經有另外兩個人為他們做出了決定。她向後躺下，讓他去做她想要的事。他知道她有多麼想要。

「我不害怕，」她喘息著告訴他，「只是……」她在他的撫摸中思考著，一時卻不知該說些什麼。為什麼她以前會那樣不情願？

「我可不認為妳會害怕。」他的聲音中帶著深沉的喜悅，他在摸索自己的衣服，「潔珥德說妳害怕，我知道她是錯的。妳在看到他們的時候，也一樣想做愛。」

潔珥德？這個名字像一桶冷水澆在賽瑪拉的頭頂。賽瑪拉猛地從拉普斯卡的身下退出來，拽緊襯衫，捂住胸部。「潔珥德？」她怒氣沖沖地向他質問道，「潔珥德！你竟然和潔珥德談論我的事情？還接受她的建議，好實現你的欲望？」怒火湧過賽瑪拉的全身，徹底淹沒了她的情欲。潔珥德。她完全能想像那個女人是怎樣笑話她，向拉普斯卡提出各種下流的建議，讓拉普斯卡能夠引誘她和他交合。潔珥德！

賽瑪拉猛地站起身。她的熱情消失了。她的手指迅速地繫緊了自己的衣服。她想要找一些足夠激烈和鋒利的言辭甩在拉普斯卡的臉上，卻沒能成功。她只能轉過身，盯著面前的牆壁，感覺到一陣暈眩，她幾乎覺得自己是生病了，這一切都變化得太快了，她剛剛還是為特萊托而迷醉的愛瑪琳達，然後她又進入了一種古怪的中間狀態，讓她覺得自己彷彿同時擁有兩個人生，欣然將自己的身體交給另一個人。現在，她甚至不想看那個人一眼。

我騎荷比飛回去的時候，還要抓著他。這個突然出現的想法只是更加激怒了她。現在她只想從拉普斯卡的面前走開，再也不和他說話。潔珥德。他竟然會和潔珥德說三道四！還相信潔珥德的話。

「賽瑪拉！不是那樣的！」拉普斯卡蹬著兩條腿，重新套上褲子，繫上勒住褲腰的繩子，「我當時剛好在潔珥德旁邊。潔珥德正在和別人說話。我沒有向她尋求建議。幾天以前的一個晚上，我們幾個人坐在一堆營火旁邊聊天。有人談起了格瑞夫特，說儘管他做了那種事，但還是很想念他。潔珥德表示同意，也說了一點關於格瑞夫特的事情。她提起妳曾經跟蹤他們，看他們做愛。是她把這個當成笑話，說也許妳只能做到那樣了。她說妳只是假裝在保護妳的貞潔，或者是不想懷孕，但實際上妳就是害怕做這件事。」

賽瑪拉猛地轉回身，驚恐地盯著拉普斯卡，「她在所有人面前這樣說我？都有誰聽到了？她當時在和誰說話？誰聽到了這些？」

「我不知道……我們之中的一些人。我們只是在晚上小聚一下，像以前那樣坐到營火旁邊。唔，我在那裡，但潔珥德實際上並沒有和我說話。她在和哈裡金說話。凱斯和博克斯特也在。我覺得還有萊克特。我只是……我只是在聽。就是這樣。我什麼話都沒有說。」

「所以，沒有人為我辯護？所有人都只是坐在那裡，聽她那樣談論我？」

拉普斯卡向賽瑪拉歪過頭，「就是說，妳並沒有看他們做愛？」

「有的。不是！我看過他們一次，但那只是意外。辛泰拉說他們在狩獵，我應該加入他們。所以我去找他們，結果看到他們在做那種事。就是這樣。」實際上，並不完全是這樣，但她只承認這些。

她那時的確是被迷住了，既沒有走開，也沒有讓他們知道她看到了。她告訴自己，只有這樣說才公平。既然潔珥德能夠恬不知恥地誇大她當時的行為，那她自然可以將自己所做的一切稍稍略去一些。

「那麼這就不是因為妳在害怕？我指的是妳仍然是處女的事。」

賽瑪拉知道他說的是什麼。「不，我不害怕。我不害怕做愛，但，是的，我害怕懷孕。看看潔珥德身上發生的事。她流產了。如果她真的生下一個嬰兒，但我們又沒有養活一個孩子所需要的各種條件，那該怎麼辦？或者她生下孩子就死了，我們將不得不照顧那個孩子，那又該怎麼辦？不。現在不是我冒這種風險的時候。潔珥德也不應該和每一個人都做這種事。拉普斯卡，她那樣是很自私的。看看她在懷孕的時候是怎麼做的，她認為所有人都應該照顧她的龍，都應要完成她的工作，並給她超過她那一份的食物。她喜歡所有人都圍著她轉，好讓她的生活變得更加輕鬆。」賽瑪拉將斗篷又拽緊了一些。她忽然發覺自己很冷。他們在城市的這個角落一動不動地站了多久？她記憶中的那些火熱感覺早已蕩然無存。她的耳朵和面頰全都被冷風吹得隱隱作痛。「我想要回去了。」她悶悶不樂地說道。

拉普斯卡的回應有些遲緩：「現在還不行，我們還回不去。荷比剛剛獵到一頭野獸，吃了很多肉。他正在睡覺。」

賽瑪拉用雙臂將自己抱緊。「那我要找個房子避避風。當我們能走的時候，再來叫我。」

「賽瑪拉，求妳。等一下。有一些重要的事情應該讓妳知道。」

賽瑪拉沒有理他，逕自走開了。她不想走進愛瑪琳達的房子。因為她知道自己會在那裡見到什麼。喔，毫無疑問，那些華美的木製家具、刺繡壁畫和厚實的羊毛地毯，早就不復存在了，但她的鳥雀屋的壁畫和那些又大又深的大理石浴盆肯定還在。賽瑪拉不想見到它們，回憶起更多事情。她不想去回憶在溫暖的浴盆中與特萊托做愛，不想回憶曾經擁著那副肌肉緊實的戰士軀體。

這個想法牽扯著賽瑪拉的心神。她差一點轉回了身。她的確還想要那些，想要體驗他們一同進行的那一場場多情的冒險。她早已厭倦了寒冷。現在她完全回到自己的身體中，在寒冷之外又增添了一陣陣饑餓。如果能回去，再成為愛瑪琳達，那就太好了。

作為賽瑪拉，就絕對無法擁有那麼多美好，至少現在沒有任何堪稱舒適的美好。

突然間，她全身感覺到一陣刺骨的冰寒，隨之而來的是一陣窒息的感覺，讓她一口氣都喘不上來。這種寒冷無比銳利，彷彿一把把尖刀刺進她的身體。她倒在地上，感到一陣昏亂。然後她開始劇烈地咳嗽，拚命喘息。

「賽瑪拉？」拉普斯卡警覺地問道，「妳還好嗎？」

「辛泰拉！」賽瑪拉尖聲叫出他的龍的名字，同時猛地抬起頭，向周圍望去，彷彿能看見她再清晰不過的感覺。「她溺水了！她掉進了河裡，正在沉下去！」

更月第二十五日
商人聯盟獨立第七年
致金姆，卡薩里克信鴿管理人
來自黛托茨，崔豪格信鴿管理人

金姆：

你真是愚蠢。無論公共的還是私人的，所有鴿籠和鴿舍，都受到了檢查。沒有人舉報你或者指控你。就像你自己說的，這次的致命蝨子最有可能來自於野外。我們都是受害者。

看到你的信，我的第一個衝動是將這封信交給公會，因為這其中不僅包含有人身攻擊和侮辱，還有威脅。你要感謝艾瑞克。是他讓我克制住了自己。他向我指出：在這個時候，公會全部的精力都要集中在拯救剩餘的鴿子上。但你要記住，我會留下你的全部通信。如果我的鴿舍、鴿籠和鴿子們遭遇什麼不幸，我會毫不猶豫地把你的行徑交給公會處理。

我建議你專心照料你的鴿子的健康，包括我派回給你的這只藍翅鴿子，我已經清理了他身上的全部蝨子。但我已經在我的日誌中記錄下了他惡劣的健康狀況——這表明他沒有受到良好的照料。他的喙是交叉的，意味他是近親交配的產物。你根本不在意你的交配紀錄嗎？我建議你確保公會提供的豌豆和穀物能夠被他們所食用，而不是被你吃掉。

黛托茨

9

返回卡薩里克

在他抵達之前，柏油人號回歸的訊息就傳到了卡薩里克。當這艘駁船靠近卡薩里克的碼頭，萊福特林看見正等在碼頭上的跑者將潮溼的頭髮從眼睛上掀起，點了一下頭，就轉身消失在樹林裡。這早在船長的意料之中。柏油人在卡薩里克上游遇到了一些小漁船，其中兩條船立刻調頭駛向下游的樹上城市，他們要去報告此訊息：活船柏油人號從前往上游的遠征中回來了。這是一個極其重要的訊息，因為沒有一頭龍跟隨這艘船返回。

萊福特林沒有向那些漁夫通報過任何關於遠征的細節。對於向他呼喊的漁夫們，他只是回答說他很快就會在卡薩里克停泊，向那裡的商人議會報告一切情況。資訊就是力量，他不打算將這種力量交給別人。他要將這份力量運用到極限。就讓他們再等一等，去苦心思索那些畸形的龍和他們的守護者有著怎樣的遭遇吧。懸念是一種很好的工具，能夠讓強大的人失去平衡，讓萊福特林在談判中取得更多優勢。他相信自己很快就將需要他可能獲得的任何一種談判優勢了。

冬季的雨下個不停，在河面上砸了上百萬個小坑。雨水從甲板上流過，又回到灰色的雨野原河中。河兩岸都是高大密集的叢林，雨滴敲擊著那裡數不清的葉片，穿過樹冠中一層層各不相同的生物和植被群落，從垂掛在樹梢的小屋一直流到壓在粗大樹枝上的大宅，最終落在叢林底部永遠不會乾涸的積水中。重新看到灰白色河流兩岸高大的巨樹，萊福特林在熟悉的心境中突然又生出一種陌生感。

克爾辛拉讓他看到了一個遠超出他的經驗的世界。乾燥堅固的土地和連綿起伏的山丘都美極了。但萊福特林覺得這裡才永遠都是他的家。

他瞇起眼睛，透過雨幕看著逐漸靠近的碼頭。那裡繫著一艘陌生的船。他不由得皺起眉頭。那艘船又窄又長，吃水很淺，能夠同時使用船帆和槳櫓。就算在朦朧的雨霧中，亮藍色的船身和邊框塗成金色的甲板船艙仍然鮮艷惹眼。是柏油人的競爭者嗎？也許那艘船的主人真會打這種主意。萊福特林當然對此不屑一顧。沒有任何船能夠在雨野原河的淺水中與柏油人一較高下。**無損者**——萊福特林在這艘船的船頭看到了這樣幾個字。好吧，時間會判斷這幾個字是不是真的。萊福特林在這條河上已經跑了許多年的船，見到過各種被吹噓絕不害怕這條河的酸水的船，而他也看到這些船最終都沉沒了。巫木是唯一能夠在這裡耐久不損的材料。

柏油人號上的舵手斯沃格和其他船員都很難受這陣大雨，但他們還是不得不裝模作樣地操縱著船舵和船篙，將駁船駛入碼頭。他們在無損者號旁邊找了一個泊位，把船駛過去。萊福特林手握著船頭欄杆，努力透過大雨向岸上望去。透過手中的巫木欄杆，他能感覺到他的船。柏油人很感激船員們的助力，大雨讓雨野原河上漲到了接近於洪水氾濫的程度，這艘活船已經很難抓牢岸邊的河底了，原本他隱藏的四足，讓他能夠在其他船隻寸步難行的淺水湍流中行動自如，但現在這四隻爪子只能抓到河底的淤泥，且會被水流推開，讓他不得不胡亂揮動著四足。隨著船身輕輕一歪，柏油人靠在了碼頭上。絲凱莉跳上碼頭，抓住粗重的繫泊纜繩，跑到一根大木樁前，將纜繩在木樁上繫牢，又跑向船尾，抓住軒尼詩拋給她的第二根纜繩。片刻之間，他們已經將船安全地繫在了碼頭上。柏油人和他的船長放鬆下來。船員們則開始依照正常流程調整繫泊纜繩。

萊福特林船長本以為這樣的大雨會讓議員們躲在安全而乾燥的室內。原先的確是如此，但就在船員們讓柏油人在卡薩里克的浮動碼頭上停穩的時候，那名全身溼透的年輕跑者已經衝過雨幕，爬上距離最近的一道樹幹階梯，像一隻樹猴子一樣爬上了樹幹。萊福特林微笑著看他離開。「嗯，他們很快就會得到我們已經靠岸的訊息。然後我們就要看看這一局牌要怎麼打了。絲凱莉！」

隨著他最後這聲喊喝，他的侄女立刻敏捷地從碼頭跳到駁船上，快步跑到他的身邊。「船長？」

「妳留在船上。我知道妳的家人都很想見到妳，而且我們全都有一些嚴肅的訊息要告訴他們。我希望由我們一同告知他們：妳的財產前景已經發生了改變。妳覺得如何？」

絲凱莉眨掉睫毛上的雨水，露出笑容。她的家人一直都相信她將成為萊福特林的繼承人。因為這樣的期待，他們已經為她定下了一樁頗為有利可圖的婚事。而現在絲凱莉遇到了埃魯姆，並且完全被這個巨龍守護者迷住了，所以她急著要結束那個關於她的婚約。萊福特林不知道自己和愛麗絲是否會有一個孩子能夠繼承柏油人，但即使他們沒有，僅僅是這種可能也會徹底改變絲凱莉在人們眼中的財富地位。絲凱莉希望那個男孩的家族會因為她的前途未卜而放棄這樁婚約。萊福特林則懷疑絲凱莉的父母不會像她這樣樂於見到此種結果，所以他不想讓絲凱莉一個人向他們公布這個令人震驚的訊息。而絲凱莉顯然非常高興萊福特林會為自己說情。她立刻問道：「那麼，幫忙我的，將是我的叔叔還是我的船長？」

「不要這樣對我嘻皮笑臉的，水手！」

「是，叔叔和船長。」絲凱莉繼續不在乎地笑著，「如果是我們一起去說就最好了。你去向議會做報告的時候，他們肯定能想到我在船上。如果他們之中有人來這裡找我，我什麼都不會說，只會告訴他們，具體的事情會由你來講給他們聽。」

「很好，小姑娘！我不在的時候，我不希望任何人登上柏油人，除非是船員的家人。不要和他們說任何事，同時還要叮囑他們無論聽到什麼傳聞都要保持平靜。他們會理解的。但不能讓商人和議員上來，我會告誡軒尼詩，也不能讓妓女上來。如果有必要，他可以下船，但他不能帶任何客人回來。現在不行。」萊福特林撓了撓他溼漉漉的面頰。最近他的鱗片變多了，而且在不斷地讓他發癢。該死的龍。也許是他們的錯。「我可以讓其他船員上岸休息，但斯沃格和軒尼詩之中至少要有一個人一直待在船上。貝霖，我會帶著妳的清單去航船雜貨店，把東西買齊，讓人送過來。只要我從議會那裡拿到酬金，我就會付清商人的賬款，再把剩下的錢送回來。大埃德爾會去看他的媽媽，他一直都是這樣。妳要等在床上，直到我有時間帶妳去見妳的父母。」

「是，船長。」

其他船員在完成停泊工作以後都走了過來。他們都很疲憊，又被雨水浸透了全身，顯得憔悴不堪，但他們的臉上都洋溢著勝利的喜悅。萊福特林在大雨聲中提高嗓音，讓柏油人甲板上所有的人都能聽見。「我知道，你們都信任我能夠為我們爭取到最好的結果。但對於我們去過哪裡，見到了什麼，你們一定要守口如瓶，直到我完成和議會的談判。明白了嗎？」

斯沃格用一隻大手撥了撥頭髮，將稀疏的幾綹頭髮從臉上撥開。「我們都明白，船長。你以前就和我們說過，我們都沒有忘記。這裡沒有什麼可擔心的。祝好運。」

「把那些雜種榨乾。」軒尼詩說道。大埃德爾的寬臉上綻放出贊同的笑容。

其他人紛紛點頭。萊福特林也向他們點頭作為回應。他感覺到了他們對他的信任，這對他是一種鼓舞，也是壓在他肩頭的責任。這一次有許多事情需要他處理好，遠遠不止是在行船結束後收取報酬。商人議會吝嗇貪財的名聲盡人皆知。萊福特林一邊向他的船艙走去，一邊思考。他的笑容顯得格外凶狠——他一直都很擅長從商人議會手中奪取契約規定的酬金。這一次他一定也能做好。派遣他和他的船前往上游進行探索的署名文件，正安全地存放在一支防水圓筒中。他充滿期待地拿起這支圓筒。議會必須服從契約中的條款。他們不會喜歡這樣，但白紙黑字的文件能約束他們。他們必須付出這筆肯定不在他們計畫之內的酬金。

麥爾妲．庫普魯斯坐在她的鏡子前，梳理著她略有捲曲的閃光金髮。然後她將金髮編結起來，慢慢用髮針將它們固定好。她的兩隻手幾乎像是自行完成了每一個動作。她只是望著鏡子中的倒影，這樣的變化到底什麼時候會結束？自從來到雨野原之後，她的身體一直在改變。現在她的頭髮已經變成了真正耀眼奪目的黃金顏色，而不再是那種略帶光澤的淡金色。她的指甲變成了緋紅色。她的臉上覆蓋著一層薔薇色的細小鱗片，就像小樹蜥的腹部那樣細膩柔軟。而她額頭上方的那頂朱紅「王冠」，越來越顯得光彩熠熠了。

她的鱗片邊緣是紅色。透過她面頰上幾乎透明的鱗片，仍然能看到從她小時候起就是奶白色的皮膚，但她前額上的一排排鱗片已經閃爍出紅寶石一樣的光澤。她略轉過頭，看到光暈在她的臉上移動，不由得了歎了口氣。

「妳還好嗎？」雷恩兩步走過他們租住的小房間，來到麥爾妲身邊，將兩隻手放在她的肩膀上，彎下腰來看著她。

「我很好。只是有一點累，就是這樣。」她將雙手放在腰間，按摩自己的脊椎。現在她的後背疼得厲害，而且從早到晚完全沒有稍稍緩和的時候。無論是坐是站，都已無法讓她沉重的腹部稍感輕鬆。昨天，他們在談判桌邊和紋身者進行的一整日談判完全變成了一種折磨。回到他們租住的房間之後，她只想睡覺。

但對她而言，這絲毫無法讓她舒服一些，此時「躺下」是最不舒服的姿勢，她必須讓雷恩將床整好，讓她能夠倚靠在墊子上才能入睡。她一邊按壓自己的後背，一邊發出一點輕微的呻吟。雷恩不由得關切地皺起眉頭。麥爾妲努力露出微笑，抬起頭看著鏡子裡的雷恩。「我很好。」她將剛剛說過的話重複了一遍，並且繼續凝視著她的丈夫。雷恩的改變就像麥爾妲一樣惹人矚目。他的眼睛裡閃爍著一種溫暖的紅銅色澤。在青銅色的閃亮鱗片下面，他的皮膚變成了藍色，就像巨龍婷黛莉雅那樣的藍色。他向她微笑的時候，嘴唇上閃動著藍寶石般的光澤。他的深色捲髮上滲出了鋼藍色的光彩。麥爾妲的丈夫，正是這個男人冒著無數危險找到並救回了她。「你真美。」麥爾妲不假思索地說道。

雷恩深邃的眼睛裡跳動著光彩。「為什麼突然這樣說？」他向麥爾妲歪過頭，臉上出現了惡作劇般的表情，「現在我的美人又想要什麼小驚喜了？一串藍寶石項鍊？還是再來一頓美餐？妳想要一大盤熱氣騰騰的蜂鳥舌嗎？」

「去！」麥爾妲笑著轉過身，伸手摟住丈夫的細腰，把他拽到自己懷中。雷恩彎下腰，輕輕吻了一下她的朱紅冠冕。麥爾妲在這碰觸中顫抖著，仰起頭看著雷恩。「難道我就不能說一些動聽的話嗎？你為什麼總要提醒我：在我們第一次相見的時候，我是怎樣一個被寵壞的孩子？」

「這不是很好嘛。我可不會錯過任何一個機會，讓妳記得妳那時是多麼淘氣。一個美麗得讓人失魂落魄、又被寵溺得無法無天的淘氣鬼。我完全被妳那種自鳴得意的樣子迷住了。那讓我覺得自己就好像在向一隻小貓求愛。」

「你這個傢伙！」麥爾妲親暱地責備了雷恩一句，又轉回頭看著鏡子，將一隻手放在已經明顯鼓脹起來的肚子上，「現在你用你的孩子把我變得像豬一樣胖。我想，我對你已經不再是那麼『美麗得讓人失魂落魄』了。」

「現在我的美人如果灑出網去，一定能撈上來滿滿一網的讚美！我親愛的，妳變得更可愛了。妳正在閃閃發亮並且光彩奪目。因為妳的懷孕，妳變成最璀璨的星星。」

麥爾妲無法壓抑住臉上的微笑。「喔，**你**的奉承簡直就是對**我**的嘲弄！我走起路來就像一隻肥胖的老母鴨一樣搖搖晃晃，你卻說我很可愛。」

「這樣說的可不是我一個人。我的母親，我的姊妹們，甚至我的堂親都會死死盯著妳！」

「那是因為每一個雨野原女人都會羨慕懷孕的女人。這並不意味著她們認為我美麗。」麥爾妲將自己是雙手放在化妝檯上，支撐自己站立起來。像以往一樣，一看到鏡子中凸起的肚子，她就不由得被嚇了一跳。她將自己纖長的手指放在自己脹鼓鼓的肚子上，凝視著自己。成為古靈讓她全身各個部位都變長了。她的雙手、手指、長長的手臂和雙腿，這讓她身體中部鼓起的這一塊變得更是有些驚人，「我看上去就像是吞了一顆蜜瓜。」她自言自語地說道。

雷恩回過頭向鏡子裡看了一眼，「不，妳看上去就像是在身體裡帶著我們的孩子。」他的雙手撫過麥爾妲的身體，捧住她的肚子。他的指甲就像午夜中的藍天，和麥爾妲輕柔雪白的外衣形成了鮮明的對比。他親吻麥爾妲的面頰。「有時候，我還是無法相信自己的好運。我們度過了那麼多難關，差一點失去彼此，而現在，我們很快就會有……」

「噓！」麥爾妲提醒他，「不要大聲說出來。現在還不行。我們已經失望太多次了。」

「但這一次，我相信一切都會好起來。妳以前從來都沒有懷孕這麼長時間。妳已經感覺到他在動。我也見到了他在動！他活著。很快，我們就能和他相見了。」

「如果『他』是一個女孩呢？」

「我向妳保證，我一樣會很滿足。」

他們感覺到支撐這間小屋的樹枝因為有人走過來而被壓了下去。然後是一陣敲門聲。他們不情願地分開來。麥爾妲重新坐在鏡子前。雷恩快步來到門邊。「什麼事？」

「請開門，先生，我帶來了訊息！」一位喘吁吁的男孩子說道。

「什麼訊息？」雷恩將門打開了一些。門前的男孩不是跑者。他的衣服很破爛，身子很瘦小。他充滿希望地抬起頭看著雷恩，雙頰都有紋身。

「請聽我說，先生。在樹幹集市裡，我聽說有一位古靈麥爾妲肯定想要知道那艘船進港的訊息。她也許會為了這個訊息賞我一點小錢。」

「什麼訊息？什麼船？」

那個男孩猶豫著，直到雷恩從腰間的口袋裡摸出一枚硬幣。

「柏油人號，先生。那艘帶著龍離開的船。它回來了。」

麥爾妲猛地站起來。雷恩則一下子把那道薄板門完全打開了。從高處落下的雨水到這裡只剩下了一顆顆零星的雨滴，但這個男孩還是全身都溼透了。「進來。」雷恩向他發出邀請。男孩邁著輕快的腳步走進房間，來到黏土火爐前，在火上烤暖雙手。雨水不斷沿著他的衣服滴落到粗木地板上。

「那些龍如何了？」麥爾妲問道。

那個男孩轉頭看著麥爾妲，藍色的眼睛裡微微映著火光。「我跑到碼頭上，沒有看見龍。我沒有來得及問問情況，女士，看到船以後我就跑來向您報訊了。我不是第一個知道這件事的，但我希望成為第一個向您報告訊息的。我知道，這樣我能領一點賞金。」那個男孩的表情顯得很有些擔憂。

但雷恩給了他一滿把硬幣。麥爾妲點點頭，「你做得很好，只要把你看見的告訴我就好。船邊一頭龍都沒有？你有沒有看見那些年輕的守護者？那艘駁船看上去有沒有遭到破壞？還是狀況良好？」

男孩子用手抹了一把臉上的水。「那裡一頭龍都沒有。我只看到了駁船和在上面幹活的船員。那艘船看上去沒有傷損，只是船員們都很累了。他們又累又瘦，您一定想像不出他們的衣服有多麼破爛。」

「你做得很好。謝謝你。雷恩，我的斗篷在哪裡？」

她的丈夫將男孩送出門，然後向她轉回身。「妳的斗篷在妳的椅背上，上次妳就把它放在那裡了。但妳不會是打算冒著這種大雨出去吧？」

「我必須去。你知道我必須去。你也必須陪我一起去。」她向房間周圍瞥了一眼，但沒有看到更多她需要帶上的東西，「幸運眷顧我們，才讓我們來到卡薩里克！我不會失去這個機會。當萊福特林船長向議會報告的時候，我需要在場。**那些議員**只想要擺脫掉那些龍。我需要知道他們他們的具體情況，他們之中還有多少活下來，他們被留在了哪裡，如果他們找到了克爾辛拉……喔。」麥爾妲突然停住腳步，屏住了呼吸。

「麥爾妲？妳還好嗎？」

「我沒有事。他只是踢了我一下，但力氣好大，正踢在我的肺上，讓我瞬間無法呼吸了。」說到這裡，麥爾妲露出笑容，「你贏了，雷恩。他一定是一個男孩。看樣子，每當我感到興奮的時候，他都會在我的肚子裡跳一場吉格舞。文雅的小姑娘可不會這樣對她的母親。」

雷恩哼了一聲。「我可不相信妳的女兒會是『文雅的小姑娘』，親愛的，為什麼妳不留在這裡，讓我代替妳去看一看？我向妳承諾，我很快就會回來，把我聽到和看到的事情全都告訴妳。」

「不。不，親愛的。」麥爾妲正在披上她的斗篷，「我必須到那裡去。如果你代替我去，我會問你一百個你完全沒有想到的問題。妳回答不出來，只會感到煩惱。我們會給蒂絡蒙留一張紙條。如果她今晚過來，也不必為我們擔心。」

「好吧。」雷恩不情願地同意了。他找到自己剛剛出去時所穿的斗篷。甩掉殘留在上面的雨水，把它披到肩頭，「真希望瑟丹在這裡。去處理這件事的應該是他。」

「我只希望能夠知道他在哪裡，我們已經幾個月沒有他的訊息了。他最後給我們送來的信中根本不像是他的話，而且在我看來也不像是他的筆跡。我很擔心他遇到了什麼事。但即使我的弟弟在這裡，我還是必須去一趟，雷恩。」

「我知道，親愛的。妳和我都是秉承著貿易商的老傳統長大的。但就算是我，也不知道我們是否應該向死去的龍保持忠信，已經有許多年不曾有人看見她或者聽聞她的訊息了。如果她死了，我們和她達成的協議是否也就煙消雲散了？」

麥爾妲頑固地搖搖頭，用斗篷的大帽子將自己梳理好的頭髮仔細蓋好。「契約是用墨水寫在紙上，而不是寫在煙或雲上的。她是死是活對我都沒有關係。無論其他人怎樣說，我們還是會遵循我們簽下的名字。」

雷恩歎了口氣。「實際上，我們只承諾會幫助那些海蛇，並保護他們的繭，直到龍從繭中孵化。從這點來講，我們的契約已經完成了。」他一邊說，一邊面色嚴肅地戴上了潮溼的斗篷兜帽。

「我從小就被教導要有契約精神，而不只是遵守契約上的文字。」麥爾妲語氣犀利地說道。然後她才意識到，是自己痠痛的後背引誘她為了那份過去的契約和丈夫爭吵，於是她稍稍改變了話題，「我很想知道那個名叫愛麗絲・芬波克的女人是否安全返回了。在她承諾會隨同巨龍一起探險的那一天，她的話給了我莫大的安慰和勇氣。她對克爾辛拉非常了解，堅信那座城市一定存在。」

麥爾妲轉過頭看著自己的丈夫。雷恩的眼睛在兜帽的陰影裡閃爍著輕柔的藍光。他不情願地說道：「我聽到有傳聞說，愛麗絲實際上是和她丈夫的僕人一起私奔了。有人說她的丈夫已經拋棄了她。但她的父親和她丈夫僕人的家人還在尋找關於他們的訊息，甚至為此提供了賞金。」

麥爾妲感覺到一陣深深的沮喪。但她立刻將這種沮喪推到一旁。「我不在乎那種事。聽她的宣講，我覺得她是一個精通古代事物的人，就彷彿她已經去過克爾辛拉。她也許是逃離了她的丈夫，但她也不是第一個這樣做的妻子。而且我覺得她有著更遠大的志向。我們到議會大堂去。站在這裡，我們不可能知道任何關於遠征隊的事。」

「挽住我的手臂。這裡的步道也許有些滑。我知道，現在說服妳留下來是不可能了，但至少我求妳一定要小心一些。」

「我不會跌倒的。」雖然嘴裡這樣說著，麥爾妲還是挽住了丈夫的手臂，歡欣鼓舞地看著丈夫打開屋門。一陣充滿了潮溼和寒意的風捲進房間，「如果樹下的風都這麼大，河上又會怎樣？」麥爾妲不由得說道。

「只有更糟，」雷恩只回答了這麼一句，就將薄板門在身後關好，「妳不會摔跤的，我會保護妳。但妳要小心的不止是這個。請不要讓議會刺激妳，或是讓妳感到不安。」

「如果有人會感到興奮或不安，我打賭那肯定是那些議員。」麥爾妲樂觀地回答道。

現在時間剛到下午，但冬季的陰霾和巨樹底部永不會消失的陰影，完全籠罩住了他們。雷恩有力地挽著麥爾妲的手臂，他們兩個走過狹窄的步道，來到主樹枝上，在這裡走上一條更寬闊的步道。麥爾妲感到雷恩這才放鬆了一些。雷恩是天生的雨野原人，非常熟悉這裡的樹上社區。麥爾妲則是在成年以後才來到這裡。不過她自覺在這裡適應得很好。通常就算是在最狹窄的小路上和兩棵巨樹之間搖搖晃晃的吊橋上，她的腳步也充滿了自信。但在最近這幾個月裡，迅速成長的孩子讓她苗條的身子漸漸失去了平衡。她緊緊握住雷恩的手臂，享受著雷恩的攙扶和保護，完全不在意別人異樣的眼光。在他們結婚以後，已經承受了四次流產，現在她可不會因為害怕丟臉就愚蠢地讓自己腳下打滑！

在她周圍，這座雨野原的標準樹屋城市，一直延伸到很遠的地方。她頭頂上方的樹枝懸掛著更小、更單薄的窮人房子，她腳下的陰影深處有著更加粗大牢固的樹枝。低下頭，她就能看到大宅、倉庫，還有雨野原貿易商大堂牢固的牆壁和窗戶。黃色的燈光正從內部將這些窗戶點亮。

卡薩里克雨野原貿易商大堂是貿易商大堂中最新建成的一座，至今還有不少人對於這座城市從崔豪格中獨立出來牢騷滿腹。多年以來，雨野原貿易商大堂都只有一座，就是坐落在崔豪格的那一座。雨野原貿易商和繽城貿易商是一個整體的兩半，共同的歷史和艱苦環境將他們團結在一起。隨著新的貿易商大堂在卡薩里克落成，更年輕的、地位更低微的貿易商家族，突然擁有了他們從未有過的權力。現在的政治局面還沒有完全安定下來，貪婪和驗證自身權威的需求，讓卡薩里克商人議會的態度總是非常強硬。麥爾妲並不完全信任他們能夠遵守貿易商的平等傳統，也不完全信任他們會認真執行簽署的協議。

她發現打算前往貿易商大堂的並非只有她和雷恩。看樣子，柏油人號到達的訊息早已傳播開了。雨野原人正紛紛走出自己的家門，沿著步道向議會大堂走去。身穿長袍的貿易商們沿著環繞巨樹幹的螺旋形階梯匆匆向下趕來。正在大堂中等待他們的訊息，將會影響到這裡的每一個人。不過麥爾妲沒有加快腳步以求得一個好位置。她是麥爾妲・庫普魯斯。不僅是一位古靈，還是雷恩・庫普魯斯——一個強大的雨野原貿易商家族次子的妻子。雷恩的長兄本迪爾控制著家族在議會中的投票權，但本迪爾也要依賴雷恩為他提供情資，以確定在投票中做出怎樣的選擇。麥爾妲和雷恩都無法在議會大堂得到一個正式的座位，但她可以旁觀大堂中發生的一切事情。她絕不會放棄自己的這個權利。

強風向他們襲來，將她的斗篷掀起，扯落了周圍樹枝上的葉片。用藤蔓編織的牢固欄杆圍繞著他們走過的步道。在安全的步道以外，她只能看見粗大的、濃密綠色的樹枝，還有枝頭小屋如同在風中來回晃動的水果的。這裡的沼澤地面還在下方很深的地方，他們無法看見。麥爾妲抓住雷恩的手臂，隨著他的引領，一同前行。

萊福特林從容不迫地做著他的事情。他首先去了信鴿站，送出了他在離開克爾辛拉的時候眾人拜託他寄出的信件，這花費了比他預想中更多的錢。因某種鴿瘟，讓傳遞信件的服務變得相當昂貴。大部分信件都是發往崔豪格的短程信——守護者們都想讓自己的家人知道他們現在一切平安。還有兩封死亡告知函要發出。格瑞夫特和沃肯的家人需要知道他們的兒子遇難了。格瑞夫特曾經是這位船長的一個麻煩，但他的死亡依舊是一場悲劇，他的家人應該首先知道這件事。最後，萊福特林寄出了給繽城塞德里克和愛麗絲的家人的信。在從克爾辛拉到卡薩里克的一路上，他都在為這兩封信而頭痛不已。他已經一再告誡大家，在心中千萬不能透露克爾辛拉的位置以及他們是如何到達卡薩里克的，但他並沒有讀過他們的信。等到今天結束的時候，卡薩里克的人們都會知道他願意提供的一切資訊。信鴿會飛往四面八方，所以他更需要確保他的朋友們的信能夠首先被他們的家人收到。

然後他前往航船雜貨店，並雇傭了幾名夥計。兩個小男孩跟在他的身後，大聲向他們遇到的所有人宣布，這位就是從探險中歸來的萊福特林船長。於是許多人爭相要和萊福特林握手，向他提出種種問題，卻又都被他禮貌地一一回絕。一個特別長舌的年輕男人跟著他走了很長一段路，向他提出了幾十個問題。萊福特林則只是堅持說會首先把情況報告給議會，除此之外沒有向他多說半個字。另一個人披著帶兜帽的灰披肩，跟在萊福特林身後，一直和他保持一段距離，始終沒有說過一句話。萊福特林察覺到他以後，他仍然小心地跟蹤著船長，一路上沒有與其他任何人打過招呼。瞥了他幾眼之後，萊福特林就注意到他不具備樹上居民那種輕盈從容的腳步。他不是雨野原人。萊福特林思忖著這個人可能在為誰效勞，恐懼不由得充斥在他的胸中。

在雜貨店裡，萊福特林訂購了儲備食物和能夠重新填滿柏油人號食品櫃的基本必需品。油料、麵粉、糖、咖啡、鹽、航船餅乾……貝霖的清單彷彿沒有盡頭。他還買下了這裡的每一張紙和每一瓶墨水，以及大批新鵝毛筆。他想像著愛麗絲看到這些貨物時歡快的表情，不由得露出了微笑。他要求將所有這些貨物立刻運到柏油人號去。他在這裡已經做了許多年生意，從這家店開張時起，他就是這裡的主顧了。所以店主人很痛快地接受了他的簽名賒帳單。「議會給了我報酬，我一個小時之內就把錢給你。」萊福特林向不斷點頭的店主說道。然後他們的交易就結束了。

走出雜貨店，萊福特林感到一陣腿痛。在甲板上和克爾辛拉的草原上行走完全不同於有著無數上下台階的雨野原城市。萊福特林決定乘坐升降機前往議會大堂所在的那一層。他將自己的最後一枚硬幣給了升降機工人，然後就走進了升降機的大籠子。來到議會大堂門前，他想起了上一次來到這裡的情景——愛麗絲．芬波克挽著他的手臂。那時他們剛剛相遇。他卻早已深深陷入了對她的迷戀。他想起愛麗絲閃閃發亮的小靴子和蕾絲裙襬，以及她那種略帶一點哀傷的微笑。那時愛麗絲的華美衣裝和她的淑女風範都讓他感到頭暈目眩。是的，現在愛麗絲的蕾絲已經磨蝕殆盡，她的小皮靴也破爛不堪，但那位風姿綽約的優雅女士依然沒有絲毫改變，就好像是用鋼鐵鑄造的一樣。萊福特林突然非常想念愛麗絲，這種心痛的感覺要比饑餓和恐懼更加強烈。他對自己搖搖頭。他還只是一個青春期的少年嗎？竟然愛她愛得這樣發狂？他露出微笑。也許真的是這樣。愛麗絲從他內心中喚醒的激情，要比他此前人生中的一切體驗都更加狂野和甜蜜。得到議會的酬金之後，萊福特林打算買一點奢侈品和美味的食品帶回給愛麗絲。這個想法讓他臉上的微笑變得更加燦爛了。

當他推開貿易商大堂的大門，明亮的燈光與嘈雜的議論聲，都在溫暖氣流的裹挾中，迎面向他撲來。大堂各處點起了一只火盆，散發出源源不斷的熱量和賈蠟木的甜香。許多被繩子繫住的圓球飄浮在大堂裡，成為比火盆更加明亮的光源。這些都是從卡薩里克腳下的廢墟中挖掘出的古靈寶物。現在它們照耀著這座商人大堂，同時也炫耀著此地商人的富有。片刻間，萊福特林想像著：當他宣布那座古靈城市依然完好如初、這麼多年都不曾被人類染指，坐在大堂中的這群人，又會呈現出怎樣的一副貪婪面貌？他的目光落在了一幅掛在議會高台後面的克爾辛拉織錦上。愛麗絲曾經用這幅織錦證明他們的目的地是現實存在的。那麼，當他告訴他們，那些閃閃發光的高牆仍然在陽光下閃耀著光彩，他們又會有怎樣的反應？萊福特林的笑容不由得僵硬了。

環繞在這座高台前的是一層層作為旁聽席的長椅。現在已經有數十人在這裡就座。大堂中還不算擁擠，但根本沒有人召集議會，這些旁聽者全都是不請自來的，而且還有更多的人正不斷在他之後走進來。議會高台上的座位更是只剩下了一個空缺——那是瑟丹．維司奇的座位。現在那個座位已經空了很久。

古靈麥爾妲正坐在旁聽席第一排的一端。她的丈夫雷恩．庫普魯斯坐在她身邊。這兩位古靈身邊的座位都是空著的。萊福特林不知道這是出於人們對兩位古靈的尊敬還是排斥。雷恩和麥爾妲的穿著不算華麗，但他們簡單的衣服剪裁非常得體，完美地映襯著他們光彩耀目的鱗片。雷恩穿著深藍色的高領長外衣和灰色長褲，外衣前襟排列著閃閃發亮的銀鈕釦，他的腳下是一雙黑色軟皮靴。麥爾妲脖子上戴著一條黃色火焰寶石短項鍊。寶石的光芒照亮了她喉頭細膩的鱗片。她的身上是一件長到膝蓋的白色軟布束腰外衣，下身是一條寬鬆的金褐色長褲。看樣子，她還在懷孕中。這樣很好。有傳聞說她已經流產過幾次。有人已經開始懷疑這對夫婦絕對不可能生下孩子。從時間判斷，麥爾妲應該很快就要生產了。她的丈夫守在她身邊，充滿了保護者的氣勢。萊福特林看著他們，意識到他們就是那些年輕的守護者最終會變成的樣子——完全的古靈。

船長一走進大堂。兩位古靈的眼睛就全都盯住了他。萊福特林努力克制著要整理自己破爛衣衫的衝動，只是挺直脊背，向他們矚目示意。這是一場艱難的旅程。這些人應該好好看看他，明白這次遠征讓柏油人號和守護者們付出了怎樣的代價，然後萊福特林嚴肅地向兩位古靈一點頭，也得到了他們兩個點頭回應。他沒有向他們走過去。現在還不是時候。愛麗絲給麥爾妲的信正安全地躺在他的衣袋裡。他會在私下場合將這封信交給麥爾妲。

萊福特林的目光短暫地在大堂中掃過。他看到一直在跟蹤他的那個傢伙也悄然走進大堂，繼續留在他的身後。他沒有向那個人看過去——沒有這個必要，這個人對於萊福特林並不陌生。他就是那個恰斯「商人」，辛納德．亞力克。他用溼斗篷和兜帽緊緊裹住身子，彷彿仍然感覺很冷的樣子，但萊福特林認得他的眼睛，這個人曾經利用萊福特林的活船威脅過他，強迫萊福特林載他進入雨野原。現在萊福特林還在為這件事而後悔不已。他當時就應該服從自己的衝動，殺掉這個人，把他扔進雨野原河。看到這名恰斯商人還在雨野原，萊福特林不由得心生寒意。他還沒有放棄他的任務。

為什麼他今晚會出現在這裡？萊福特林相信這個亞力克一定和遠征隊中的那個叛徒有關。同時他也相信，這個人不可能單獨行動。議會雇傭了傑斯．托克夫，讓他成為萊福特林的獵人，為龍提供食物。有可能亞力克在期待傑斯乘坐柏油人號回來，帶回屠宰巨龍取得的血肉。一絲冷峻的微笑扭曲了萊福特林的嘴唇。這個恰斯商人要失望了。但這也說不定會刺激他做出一些瘋狂的事情來。亞力克沒有其他選擇。他的暴君——恰斯大公——將他的家人作為人質，除非他能夠獻上龍的血肉，讓恰斯大公身體痊癒，否則他的家人就只有死路一條。亞力克一定是欺騙、威脅或者賄賂了議會中的某個人，才能將一名叛徒安插在柏油人號上。他的同夥也許是一名議員，甚至可能是幾名議員。

萊福特林緩步走上台階，站到議會桌前，清清喉嚨。不過他根本不需要用這種手段來吸引眾人的注意。所有議員都在椅子裡坐直了身子，緊盯著他。萊福特林感覺到自己背後也是一片寂靜。只有一些人還在悄悄坐下，或者發出輕微的噓聲示意身邊的人閉嘴。萊福特林高聲說道：「活船柏油人號的萊福特林船長要求得到許可，在議會前發言。」

「議會很高興見到你平安返回，萊福特林船長。我們願意聽你暢所欲言。」這個沙啞的宣告來自於貿易商博斯克。她的一頭灰髮被整齊地梳理在腦後，但正在慢慢恢復它們平時蓬鬆的樣子。

「我也很高興見到妳身體康健，貿易商博斯克。我回來是為了宣布，我們的遠征獲得成功。龍群已經安居。我很高興地向你們報告，每一頭龍都在這次遠征中生存下來。同時我也要哀傷的報告，我們的兩名守護者失去了生命，一名被安排在遠征隊中的獵人也死了，不過其餘的人都安然無恙，他們正和巨龍們在一起。」他用自己的右手撓了撓左側的肩膀，趁機向門口看了一眼。灰袍的亞力克剛剛溜出大門。很好，這很有趣，而且完全出乎他的預料。那個恰斯人已經聽夠了？萊福特林很想追上那個恰斯人，但現在他不可能這樣做。他又向議會轉回頭，所有人的目光都聚焦在他的身上。

「我帶回了巨龍守護者們和獵人卡森以及戴夫威的簽名授權書，以收取他們的另一半酬金。就像契約中寫就的那樣，在任務成功之後，他們將得到這份酬金。我還要求得到活船柏油人號剩餘的酬金，還有這段時間中船員的全部薪水。」萊福特林一邊說，一邊打開了肩頭的口袋。全部授權簽名都集中在愛麗絲的一張珍貴的紙上。這張紙被卷起，用一根細繩捆住。他沒有動那張紙，而是先拿出守護者契約，走上前，將它們放在議會桌上。

貿易商博斯克和另外幾名議員不停地點著頭。博斯克的眼睛在那些文件上掃了一遍，然後就將它們放在桌上。所有這些文件都在議員之間傳遞。他們一邊查看，一邊點頭。但直到最後一名議員也看過了這些文件，萊福特林仍然沒有再說一個字。議員們點頭的動作緩慢下來，最終停住了。貿易商博斯克向其他議員們瞥了一眼，又盯住萊福特林。「那麼，你的報告剩餘的部分呢，萊福特林船長？」

「報告？」萊福特林向議員揚起了一道眉毛。

「嗯，當然。你找到了什麼？你將那些龍和守護者留在了哪裡？你有沒有確實發現克爾辛拉的所在？它距離這裡有多遠？上游的河道狀況如何？那裡是否有進行發掘的可能？我們還有許多需要回答的問題。」

萊福特林沉默了片刻，仔細構想自己的答案。沒有必要這麼快就激怒他們。明白說出自己的打算只會造成和他們的衝突。

「在從容聊起其他話題之前，我希望先完成契約內容。也許我們可以在支付酬金之後，再討論我在這場遠征中的發現，貿易商博斯克。」也許不會，他心中想。

議員在椅子裡坐直身子：「這似乎很不正常，船長。」

萊福特林緩慢地搖搖頭。「很正常。我習慣於完成一份契約，再來商討下一份。」

博斯克的語氣變得尖刻起來。「我相信議會成員都同意，傾聽你的報告正式『完成』這份契約的重要部分。我不相信我們曾討論過有另外一份契約的可能。」

愛麗絲幫助萊福特林對這一刻進行了準備。萊福特林再一次打開肩頭的口袋，拿出原始契約的抄本，打開它，裝模作樣地將它閱讀了一番，然後皺起眉頭，擺出一副大惑不解的神情。他抬起頭看向貿易商博斯克，幾乎是帶著歉意說道：「我們的契約中並沒有寫明：我必須在回來之後，向議會做出報告。」

彷彿是巧合般，坐在議會桌末端的一個人向萊福特林拿起一卷紙，並將它們打開。萊福特林省下了他的麻煩。「貿易商博斯克，如果妳閱讀這份契約，妳就會知道我的船員、我、守護者和你們雇傭的獵人，全都完成了我們談定的每一項條款。龍群離開了這裡，在一路上得到餵養和照料。我們為他們找到了合適的安居之地，他們已經有了自己的家。」船長又清了清喉嚨，「我們完成了契約向我們指定的任務，現在該你們了。你們應該支付全部酬金。」他聳了聳魁梧的肩膀，「就是這樣。」

「不可能是這樣！」說話的不是貿易商博斯克，而坐在桌子另一端的一個更加年輕的人。他轉過臉。懸浮光球照亮了他額頭上一道細小的橙色疤痕。「這根本不是什麼報告！我們怎麼能確定你說的是真話？陪同你進行遠征的獵人傑斯．托克夫在哪裡？他才是代表議會利益的人。他應該在一路上都在記錄並繪製了航道圖。為什麼他今天沒有陪你回來？」

萊福特林正在等待這個問題。「傑斯．托克夫死了。」他在說出這句話的時候，沒有帶點任何遺憾的神情，反而對於議員們各有不同的驚訝表情，表現出頗感興趣的樣子。就像愛麗絲所預料的那樣，一名身穿墨綠色長袍的女性貿易商顯得深受打擊。她試圖和那個臉上帶有橙色疤痕的人交換一個眼神，但那個人只是恐懼地盯著萊福特林。而萊福特林隨後的話語讓他的面色變得更加蒼白：「我不能為托克夫承諾的任何事情負責。他的契約已經因為他的死亡而變成了一紙空文。」他停頓片刻，又說道，「我必須公開一件可怕的事情。傑斯．托克夫是在企圖刺殺一頭龍的時候死亡的。他打算屠宰那頭龍，將龍的器官出賣給恰斯人。」

萊福特林聽到麥爾妲發出一聲驚呼。但他沒有回頭去看那位古靈。他需要注意觀察這些議員的反應。看到沒有人再說話，他便指出了最明顯的事實，「或者傑斯．托克夫背叛了議會雇傭他的期望，或者議會的『利益』並不是我最初以為的那樣，而且更是違背了巨龍和他們的守護者的利益。」他依序望向每一名議員。穿著墨綠色長袍的貿易商緊緊抓住議會桌的邊緣。驚恐的怒火在貿易商博斯克的臉上迅速聚集。萊福特林對沉默的眾人說道：「在我確定這兩種可能裡哪一種為真以前，我不會對這個議會做出任何報告。我要提醒議會：我的契約中規定我要記錄遠征途中的一切情況，尤其是各種非同尋常的發現，但契約中沒有說我在回來以後要將這份紀錄中的任何資訊提供給議會，我只是必須要收集它們。」

在克爾辛拉的最後一晚，愛麗絲向他指出了這個細節。對於這份言辭粗糙草率的契約，愛麗絲不停地搖頭。「親愛的，你是對的。卡薩里克貿易商的議會只是急於將我們趕出這座城市。至於在擺脫了龍群和守護者以外的事情，他們根本就沒有想過。很明顯，有人在夢想著能夠得到另一座可供劫掠的古靈城市，但他們不敢將這件事寫得過於清晰。因為他們害怕其他人也會注意到這種可能。他們不想將利益分給別人。也許還有人在妄想讓龍成為非常珍貴的貿易商品，而不是幫助他們找到安居之地。這份契約上完全沒有提及我們必須將我們的發現報告給他們。但我打賭，如果你說出我們的發現，他們一定會想辦法把這裡的一切都奪走。」

他們在那個牧羊人小屋中坐在一起。壁爐中跳動著火焰。紅色的火苗照亮了愛麗絲捲曲的紅色秀髮。他們從柏油人上拿來了毯子和其他家具，讓他們的新家盡可能舒適一些。而柏油人竟然容忍了他的離開，這一點很讓萊福特林感到驚訝。愛麗絲非常喜歡他們的新家，哪怕這裡要比生活在船上還不舒服。萊福特林用繩子給他們捆紮了一副床架，還製作了粗糙的桌子和凳子。但這裡仍然只是一間非常簡陋的居所，幾乎無法提供任何安逸的環境。在屋外，冬季正讓這裡變得越來越寒冷潮溼。他們肩並肩地坐在地上，靠近爐火，反復檢查他們和卡薩里克貿易商議會簽訂的契約。愛麗絲仔細閱讀契約的每一個字，用木炭條在壁爐上寫下一條條筆記。萊福特林則只是愜意地坐在她的身邊，享受著這份溫暖。他知道，自己很快就會離開愛麗絲。他相信這段離別的時間不會太久，但他仍然在害怕離開她的每一分一秒。

一直在專心研究契約的愛麗絲終於抬起頭。她的手指間都被木炭染黑了，鼻子上也有一道黑色。萊福特林微微一笑。愛麗絲現在像極了一隻帶著黑條紋的小黃貓。愛麗絲向他皺起眉，用生意人的手指戳了戳契約。「我們沒有什麼可怕的。我們沒有答應和簽署任何責任。我早先已經看過了沃肯的守護者契約。他們也沒有任何過分的責任。他們的契約中只規定他們必須照料巨龍，否則就得不到他們的酬金，但沒有提到他們需要將他們的發現與別人分享。就連你的契約也只是規定你必須**製作**一份航行日誌，但同樣沒有明確提及你對航道的探索成果將屬於議會，或者是讓他們有權享用我們發現的任何東西，當然，包括克爾辛拉在內。不，他們一心只是想要擺脫這些龍，所以他們明確規定，如果你帶著龍和守護者回來，就要被處以罰金。他們還規定了每一名守護者『連同他或她的龍得以安居』之後，你才能獲得一份酬金，但契約上沒有任何地方說明：如果我們成功找到克爾辛拉，他們就可以向我們要求什麼。這很奇怪。當我第一次閱讀並簽署契約的時候，我也沒有覺得這一疏忽有多麼明顯或者是多麼草率，但現在它卻白紙黑字地呈現在我的眼前。他們沒有想到守護者和龍能夠生存下來，更不曾真正以為我們能夠找到克爾辛拉。至少議會官方沒有這樣的設想。不過我依然覺得會有人在期待我們能夠發現寶藏。當我表明我會跟隨龍群一同行動，並為龍群的利益而代言的時候，我發現至少有兩名議員顯露出沮喪的神情。」

「嗯，而那時的駁船船長太激動了，根本沒有注意是否有人不願意讓妳參與。」

儘管有些不情願，愛麗絲還是將萊福特林玩弄她的髮捲的手指撥開。「親愛的，我們今晚需要把這件事完成。我只剩下一張完整的白紙了。我用半張紙寫下了需要告訴古靈麥爾妲的事情。不要讓其他任何人看見這半張紙。我的字非常小。希望她的視力能好一點！另外半張紙，我製作了一份授權給你代收守護者酬金的文件。他們全都簽了字。所以，在剩下的這一小片紙上，我們要寫下我們必須爭取到什麼，願意在什麼事情上讓步。」她的聲音有些含混，目光也低垂下去。

萊福特林用兩根手指抬起愛麗絲的下巴。「完全不必害怕。我不會出賣克爾辛拉。我們在河這一邊的發現完全不足以引起那些貿易商的興趣。但我知道妳害怕什麼：一旦他們看見那座城市，他們就會把那裡的鋪路石板也都扒走。」

愛麗絲嚴肅地點點頭。「就像對待他們以前發現的那些古靈城市一樣。如果能夠保持那些城市的完整，也許就會有許多謎團能夠被破解。現在，卡薩里克和崔豪格的寶物已經分散到了世界各地，落到富豪和奸商的手中。但，克爾辛拉，真正的克爾辛拉就在河對岸。它給了我們一個新的機會去發現古靈的真相，理解他們曾經自由使用的魔法，甚至可能掌握那種魔法……」

「我知道，」萊福特林輕輕打斷了她，「我知道，親愛的。我知道這對妳意味著什麼。即使如果一些年輕人還不明白，但我完全明白。我會為妳保護好它。」

大堂中嘈雜的聲音將萊福特林的心思帶回到現在。隨著時間流逝，旁觀者們竊竊私語的聲音不但沒有減弱，反而越來越響。在這一片喧囂中，每一個人為了讓自己的話能夠被聽到，因此都不由自主地提高嗓音。貿易商博斯克站起身，高聲喊喝要求旁觀者遵守秩序，卻沒有人注意聽她的話。突然間，整個房間都暗了下來。懸浮的光球同時熄滅了，只剩下火盆中的一點紅色光亮。所有聲音都在驚訝中沉寂了下來。

麥爾妲．庫普魯斯的聲音在黑暗中響起。「現在應該保持安靜，我們應該傾聽萊福特林船長的發言，而不是相互詢問我們無法回答的問題。讓我們有秩序地聽他講說，就像貿易商應該的那樣。這個人宣布了一份契約得以履行，一樁公正的債務得以償付。同時他也向我們披露了一個威脅，不僅僅是對龍的，而是對於全體雨野原人的。一個恰斯人正在雨野原人中施行他的陰謀？我們應該認真聽萊福特林船長是怎樣說的。」

「同意！」在麥爾妲稍作停頓的時候，貿易商博斯克喊道，隨後又是一連串議員們附和的聲音。然後，不知用了什麼魔法，麥爾妲讓飄浮的古靈光球恢復了明亮。光球開始慢慢讓整座大堂裡充滿了一種令人喜悅的玫瑰色暖光，麥爾妲已經在光球黑暗時離開座位。現在她正站在議會桌的一端。她站起身的時候，懷孕的身姿變得異常明顯：圓滾滾的肚子凸起在她修長的身體中部。萊福特林感覺她是故意要將人們的注意力吸引到自己的身上。懷孕的女子在雨野原不算少見，但也絕不尋常。萊福特林知道，肯定有不止一個人在用羡慕的眼神看著麥爾妲的肚子。而麥爾妲只是任由他們這樣盯住自己。

「萊福特林船長，」貿易商博斯克的聲音催促萊福特林將注意力轉回到眼前的事物上，「你已經發出了一連串指控。那麼你有證據支援你的控訴嗎？」

萊福特林吸了一口氣，「現在還沒有能夠讓議會滿意的證據。我可以複述守護者格瑞夫特說過的話，並告訴你們傑斯．托克夫在死前向繽城的塞德里克．梅爾達所承認的罪行。托克夫明白地說過，他參加這次行動是為了殺死龍，好出售龍的器官。他還企圖勸說塞德里克與他一同實行他的陰謀。守護者格瑞夫特則同樣明確地告訴我們，傑斯．托克夫曾經試圖招募他入夥。我認為：雇傭並將傑斯．托克夫派到我的船上的人，也許知道這名獵人的心思並不只是狩獵和餵養龍群。甚至就在我的駁船離開卡薩里克之前，我還收到過一封沒有署名的恐嚇字條，命令我要盡全力幫助傑斯。」

「你有那張字條嗎？」博斯克立刻問道。

「沒有。我把它毀了。」

「那麼你具體受到了什麼樣的威脅，船長？」說這句話的，是議會桌邊那個有橙色傷疤的年輕貿易商。他的臉上漾起一點微笑。

「恐怕我不記得你的名字，貿易商。」萊福特林說道。

「貿易商坎達奧。」貿易商博斯克控制住了會場上的話語權，「請不要胡亂發言，破壞會議秩序。你有什麼問題想要向萊福特林船長提出嗎？」

受到責備的貿易商坎達奧，顯得很不高興，或許他不喜歡自己的名字被萊福特林知道。不管怎樣，他靠回到椅子裡，傲慢地回答道：「我的確有一個問題，我已經問過了。我們的船長受到了什麼樣的威脅？如果這個威脅是在他即將啟航時出現的，為什麼他沒有在那時報告？」

貿易商博斯克眯起眼睛，但還是點頭許可萊福特林說話。萊福特林看著博斯克說道：「這是一次勒索。那張字條的內容是威脅我要公開我的一些個人資訊。我沒有報告這件事，是因為我自信能夠處理它。而議會已經催趕我們儘快出發了。如果我記得沒有錯，當時議會是要我立刻出發。」

「那些龍是危險的！牠們必須離開！」一個穿著厚重帆布外衣和長褲的人喊道。他站起身，讓所有人都能聽見他的聲音：「我和我的兒子，我們曾經不得不狼狽逃命。就是在發掘場。那頭小綠龍一直跟著我們，牠衝進來的時候，把礦道支柱都撞倒了。牠想要我們的晚飯，儘管那其實只是裝在口袋裡的麵包和乾酪。牠把那些連口袋一起吃掉了。如果不是我們趁牠進食的時候逃掉，牠隨後就會吃掉我的孩子了！我來這裡，是想要說：如果那些龍走了，那我們就算放心了。如果有訊息說牠們被帶回來了，我和其他工人可就要把鐵鍬都丟下了。」他將粗大的雙臂交叉在胸前，緊皺眉頭看著周圍的人。

「不許干擾會議！」貿易商博斯克嚴厲地對那個大聲發言的壯漢說道。那個人卻只是誇張地哼了一聲，坐回到椅子裡。他周圍的人全都贊同地點著頭。

「如果牠們沒有被帶走，現在牠們一定已經殺人了。和龍訂立契約，可真是糟糕的行為。」那名壯漢又說道。他的聲音沒有剛才那麼大了，但還是被議長瞪了一眼。

萊福特林利用了這名旁觀者造成的局面：「議員們，貿易商們，我今天來到這裡，只是為了取得我們應得的酬金。龍已經得到安居，我沒有帶他們回來。所以，將我們的酬金給我們，這其中包括我的酬金、我的船員們的薪水，還有守護者和獵人們的酬金。我已經讓他們簽名授權給我。所有人都簽了名，要求我為他們取得屬於他們的錢。有人想要將一部分酬金寄給他們的家人，其中一人希望把所有酬金都給家人。其他的人，則要我帶走他們的全部酬金。」

「證明！」貿易商坎達奧突然吼道。那名身穿綠袍的貿易商用力點頭表示同意。

萊福特林久久地看著那個臉上有疤的人。然後他再一次緩緩打開肩頭的皮口袋，拿出那張簽名紙卷，沉聲說道：「你這樣的說話方式，也許會讓一些人感覺受到了侮辱。當自己的名譽受到侮辱時，也許有人不會在意。但是……」他向前邁出一步，要將授權書放到桌子上，同時仍然目不轉睛地盯著貿易商坎達奧「……我想，我會認真看待這件事。」他沒有等待坎達奧做出反應，彷彿無論這個臉年輕人再說些什麼都已經不重要。他轉頭看著貿易商博斯克，雙手將授權書按在桌子上，「每一個人的簽名都在這裡，每一個獵人、守護者和船員，還有愛麗絲和塞德里克。只有沃肯除外，他死在了河中，我也帶回了他的契約。我認為他的酬金應該直接被支付給他的家人。我們從交談中知道，他和他的家人關係很好。格瑞夫特很少會提及他的家人。我甚至不知道他是否有家人。你們可以保留他的酬金，如果你們認為這樣做是公平的。至於說傑斯．托克夫的酬金，你們想怎麼處理都行。那是骯髒的錢，就我個人而言，我絕不會碰它。」

坎達奧的身子緊貼在椅背上，「如果那些守護者全都活了下來，為什麼他們不在這裡？我們怎麼知道他們沒有都死掉？你回來只是為了騙取他們的酬金？」

聽到這卑劣的指控，萊福特林的臉都紅了。他深深吸了一口氣。

「貿易商坎達奧，你沒有權力代替議會發言。萊福特林船長！」貿易商博斯克嚴厲地說道，「請從桌前退開。議會將詳查這些文件。我們過去的合作一直都很順利，議會和你做過的每一樁生意，都沒有可以挑剔之處。你認為對獵人托克夫的雇傭有疑點，我們會認真討論此事。」說到這裡，她用懷疑的目光看了坎達奧一眼。

萊福特林沒有挪動腳步。他的目光卻在貿易商坎達奧和貿易商博斯克之間游移。「我會放過這一次對我的冒犯。下不為例。而議會在查證疑點的時候，也應該記住，騙子常常會質疑誠實的人。我可以回答你們的問題。守護者們決定和他們的龍留在一起。兩名守護者死了，我想，如果我意圖從死人身上牟利，我會告訴你們所有人都還平安無事地活著，並且同樣要求你們支付那兩位死者的酬金。現在，我會將這件事交給你們處置，但我至少要先得到我和我的船員，還有我的船的酬金。這是全體議會都已經簽名同意的。」

「我不認為我們之中會有人對此抱持異議。」博斯克的話顯然是在對坎達奧發出警告。那名疤臉青年張了張嘴想要說話，卻又在中途把嘴閉上了。貿易商博斯克示意侍者拿來墨水和紙張。但博斯克左手邊的那個女人突然問道：「那位繽城的貿易商呢？愛麗絲．芬波克出了什麼事？她在哪裡？那個陪同她的人，塞德里克．梅爾達呢？他們肯定不會選擇和龍留在一起吧？」

「貿易商絲維玎，這些問題應該首先被交給議會，以合適的方式被提出！」貿易商博斯克責備的語氣更加確定無疑了。她的面頰泛起了紅色，一隻手氣惱地撫過自己的頭髮，結果反而讓她倔強的灰髮又立起來不少。

萊福特林沒有去看博斯克，而是直盯著貿易商絲維玎。「愛麗絲．金卡羅恩選擇留在龍的身邊。她給了我書信，要我傳遞給她的家人。那些信已經被發出了。至於說塞德里克，實際上，他並沒有和議會簽訂任何契約。他的狀況和你們並沒有關係。不過我離開的時候，他也還活著，而且安然無恙。

我相信現在他的狀況應該很不錯。」

貿易商絲維玎顯然不會善罷甘休。她靠進自己的椅子裡，揚起尖下巴，對貿易商博斯克說道：「我們沒有證據可以證明任何一個守護者還活著。我們也不真正知道龍群現在的狀況。我認為我們應該保留契約相關酬金，直到這個人能夠證明他真正完成了契約中關於他的責任。」

「這的確應該是最明智的方式。」貿易商坎達奧立刻表示同意。

萊福特林依次看向每一名議員，讓他的目光在每個人身上稍作停留。坎達奧只是盯住了自己的指甲，貿易商絲維玎則面色一紅，捲起了桌布的一角。貿易商博斯克顯得很是尷尬。

「萊福特林船長，我相信你為我們提供的服務和你的誠實，但現在有兩名議員不同意。所以，除非你提供了明確的證據證明你完成了契約，否則我無法將酬金交付給你。」

萊福特林保持著沉默。他不會讓自己的憤怒顯露在臉上。保持冷靜是談判必要的前提。將文件留給議會是安全的嗎？他與面帶歉意的博斯克對視著。「我信任妳這個人，貿易商博斯克，所以我將這些文件交托給妳。不要讓它們脫離妳的保管。仔細看看上面的簽名和我要求守護者們特別寫明的日期。格瑞夫特和沃肯的酬金，你們可以按照你們認為合適的方式處置。我認為你們一個子兒都不欠傑斯的。他妄圖謀殺龍和守護者，早已徹底違背了他的契約。我建議你們認真徹查是誰挑選了他。如果你們看看我的契約，你們就會看到，你們明確無疑地欠了我的錢。你們知道我在哪裡。等你們決定付我錢的時候，就把錢送到那裡去。如果你們決定不把錢給我，那麼你們就要等待很長時間才有可能知道那些龍在哪裡，以及我們發現了什麼。」

萊福特林在議會面前轉過身，裝作剛剛發現了麥爾妲．庫普魯斯的樣子，向那位古靈鞠了一躬。「古靈女士，愛麗絲．金卡羅恩托我交給您一封信。還有從克爾辛拉城取來的一件小信物。」

「你們找到它了？你們找到了那座古靈城市？」一名一直不曾說話的議員突然喊道。那是一個留著深褐色捲髮，有雙下巴的男人。

萊福特林向他和其餘議員瞥了一眼。「是的。但在你向我詢問細節以前，也許你和其他議員應該決定是否要相信我所說的話。如果你認為我所說的只是無稽的水手故事，那我也不想浪費你和我的時間。」

然後萊福特林又轉向了兩位古靈。麥爾妲已經站起身。雷恩陪在她身邊，沒有伸手扶她，但顯然是在支持著她。麥爾妲的雙唇緊緊抿在一起，形成一根堅毅的線條，但她的面容無疑充滿了喜悅。萊福特林將一支小卷軸和一只小布口袋交給麥爾妲。古靈女士用纖長優雅的雙手將它們接下。覆蓋在那雙手上的朱紅鱗片就像是一副用最優質的爬蟲類皮革製作的手套。麥爾妲慢慢打開那只口袋，從裡面拿出那塊壁爐上的嵌磚，看著它，臉上綻放出微笑，然後她將這片瓷磚高高舉起片刻，隨即就將它收回到口袋裡。

在一陣巨大的喧譁聲中，萊福特林向麥爾妲說道：「如果您有任何問題，我將很高興為您解答。我就在卡薩里克的碼頭，妳不可能找不到我們。」

麥爾妲一點頭，但什麼話都沒有說。雷恩替她做了回答：「議會羞辱了我們。我希望你知道，我們完全相信你已經完成了你的任務。我們一定會儘快去找你。但現在，我的妻子很疲憊了，需要回家去休息一下。」

「一切看你們方便，」萊福特林表示同意，「我覺得我還是快一點離開這裡為好。」

「萊福特林船長，萊福特林船長，你不能就這樣離開！」那名捲髮貿易商急忙喊道。

「實際上，我可以。」萊福特林說完便轉身大步向大堂外走去。在他的身後，人們的議論紛紛已經變得像一片嘈雜的雷鳴。

更月第二十六日

商人聯盟獨立第七年

黛托茨，崔豪格信鴿管理人

四號鴿舍日誌

三隻雌性迅捷鴿在今天早晨死了。兩窩蛋冷了。從一個窩裡挽救了兩枚鴿蛋，將它們放到了六號鴿舍的年輕雌鴿身下。已記錄在孵化日誌中。將四號鴿舍中的全部鴿子轉移到已經清空並清潔的七號鴿舍。四號鴿舍將被拆毀並焚燒。這是害蟲疫病第三次在這裡重新出現了。

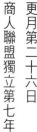

10 綁架

「我沒有事，」麥爾妲堅持說道，「我要去找萊福特林，我想了解發生的一切事情。我從她的信裡，只能得到一點皮毛的資訊。我太累了，幾乎要站不住了，但在我知道所有事情以前，我是不會休息的。」

雷恩低頭看著麥爾妲的臉，露出憂心的微笑。潮溼的冷風從他們中間吹過。「如果妳連站立都這麼困難，又怎麼能讓我放心？親愛的，我應該先送妳回家。然後我會去柏油人號，和船長談談。我會懇求他和我一起來咱們家裡，和妳認真談一下。」

看見雷恩只是不贊同地向她皺起眉頭，麥爾妲又說道：「求你，不要犯傻了！我可不是軟弱的小動物。我自己能夠回我們的房間去。你現在則應該去找萊福特林，不要等到其他人也都想到這件事的時候再行動。愛麗絲的那張小紙條，只是更加勾起了我的好奇心。有許多事情，我必須知道。求你了。」他們在貿易商大堂門外耽擱了一段時間。麥爾妲竭力仔細閱讀了萊福特林留給她的那一張出自愛麗絲之手的皺褶紙片，但風雨中搖曳不定的燈火，讓她很難看清那些細小的字跡，這使她更加迫不及待地想要知道遠征隊的具體情況。她央求雷恩帶她直接去找柏油人號的船長，但還沒等他們走到升降機，她已經累得沒辦法再走下去了，於是她決定自己返回他們租住的房間，同時讓雷恩去說服萊福特林船長來找她談一談。

雷恩歎了口氣。「好吧。麥爾妲，妳總是能讓我不得不聽妳的話！不要等我。回去就直接上床睡覺。我會帶萊福特林來見妳。我答應妳，只要一回去，我就會叫醒妳，然後妳就能把肚子裡的一切問題都拋給他了。」

「你最好快一點，」愛麗絲警告雷恩，「可不要先留在那裡喝上一、兩杯，或者帶他去別的地方聊天。別以為我會睡著！如果你這麼幹了，我一定會知道，雷恩・庫普魯斯，到那時你可就要難過了！」

「我不會的。」面對向自己發出威脅的妻子，雷恩一邊微笑一邊做出承諾。然後他抬手將麥爾妲的兜帽又緊了緊，便依照妻子的命令離開了她。

「我可不是軟弱的小動物。」這句話是麥爾妲提醒自己的。這時一陣痙攣湧過她的全身。她只能站在原地，喘息了片刻。在她的周圍，更加強猛的風暴正逐漸逼近。黑夜和瓢潑大雨一同襲來。麥爾妲曾經很有自信能夠找到路徑返回他們租住的房子。現在，暴雨夾雜著小樹枝和苔蘚碎塊從頭頂上直落下來，強風將溼漉漉的葉片甩在她的身上。她能看到遠處樹頂小屋的燈火在風中不停地晃動。如果是在繽城，她可以看準一點燈光，直接向那裡走過去就好。但要穿過卡薩里克這樣的城市絕非如此簡單，樹冠上的步道如同蛛網一般錯綜複雜，無論哪個方向都沒有一條直路，附近的一點燈光可能會帶她回家，也可能引誘她走上岔路，甚至可能讓她直接跌落到下方的地面。

她回頭看了一眼自己走過來的路，不知道自己有沒有轉錯岔路。她的頭剛一回轉過去，強風便迎面撲來。她在急驟的雨滴中瞇起眼睛，一時間竟看不到任何熟悉的東西。她經過的上一座橋的另一端，是不是站著一個男人？風將更多雨水潑灑在她的臉上。但那個人影卻紋絲不動。不。也許只是一根形狀特別的柱子。她又轉回頭，看著那些搖曳不定的燈光。她很冷。她的衣服已經完全被雨水浸透了。脊背的痠痛變成了另外一種痛苦。當全身的肌肉再一次經歷可怕的收縮時，她不得不承認，她的孩子要出世了。就在這裡，在大雨中的一根樹枝上。竟然會這樣！

她緊緊抓住步道欄杆，將指甲摳進絞纏在一起的粗糙藤蔓裡，竭力想一些與可怕的陣痛無關的事情。她將注意力集中在自己用力握緊欄杆的兩隻手上，無聲地咬緊牙關，直到疼痛過去，然後她將身子趴伏在欄杆上，大口喘息著。該死的自尊。如果他們的孩子出生在這裡，在這條暴風雨中的步道上。他能夠有機會活下來嗎？她會不會任由他們的寶貝死去，只是因為她不想向陌生人呼叫求援？她深吸一口氣，努力喊道：「幫幫我！無論是誰，請幫幫我！」

風和不斷相互摩擦的樹葉遮蔽了她的呼喊。「救命！」她再一次喊道。這一聲叫喊從她的雙唇之間迸出，同時又一次的陣痛，幾乎要撕裂她的身體。她緊緊抓住欄杆，一隻手捂住肚子。這不是她的想像。孩子的位置已經比剛才更低了。他正在她的身體裡向下移動。她等待著，再一次努力呼吸，再一次叫喊。但暴風雨越來越強，絲毫沒有減弱的跡象。今晚步道上似乎已經沒有了其他人。她露出自己的牙齒，表情幾乎有些像是苦笑。這怎麼能怪別人呢？

她眨掉睫毛上的雨水，抬起頭。眼前的燈光在逐漸變少。人們在冬季會早早上床入睡。好吧，這條路一定通向某個地方，通向一幢住宅或一家商舖，或是環繞樹幹的步道。她要做的就是沿著這條步道向前走。她又回頭瞥了一眼自己走過來的路。希望能看到有人在那裡。無論是誰都行。她一定是在某個岔路口上走錯了。她應該返回去。強風持續不休，小樹枝和落葉不停地砸在她的臉上。她只好轉回來背對著風。沒有關係。風會推著她一直向前走。只要遇見一道門，她就會不斷敲門，直到裡面的人讓她進去。沒有人會拒絕一位待產的女子。她用雙手抓住欄杆，一點點向前移動。一切都會好起來的。一切都必須好起來。

雷恩快步走下步道，試圖追趕萊福特林，腳底卻滑了一跤。他氣惱地嘟囔著，站起身繼續向前跑去。他和麥爾妲爭論已耽誤了太長時間，但即使如此，他也只想回頭去看看妻子是否已經平安到家，然後再前往柏油人號。麥爾妲沒有堅持要和他一起去，這是一個令人揪心的反常之處。從這一點，雷恩就能知道麥爾妲已經疲憊到何種程度了。他無可奈何地回頭望了一眼，但在越來越強的勁風和漫天飛舞的雨水與雜物中，他幾乎連自己剛剛走過來的橋都看不清，更不要說是找到孤身回家的麥爾妲了。他抬起雙手，抹去臉上的雨水，強迫自己大步奔跑起來。若能越早和船長見面，他就能夠越早回家去找自己的妻子。

步道在越來越強猛的風中來回搖晃，但他的步子依舊飛快。畢竟身為天生的雨野原人，他對這裡的環境很熟悉，只是一直憂心著麥爾妲。在她的樹上新家，麥爾妲的確適應得很好，但最近這幾個星期裡，胎兒的重量已經讓她越來越難以保持身體的平衡了。妻子不會有事的，雷恩嚴厲地告訴自己。這時他來到了樹幹旁邊。這裡有一群人正在等待升降機。不耐煩的雷恩走到平台上，開始沿纏繞在巨型樹幹上的螺旋長階梯快步下行。

當他到達巨樹根部鋪有皮革的道路上時，風雨已經將他的全身都吹透浸溼了。現在這裡一個人影都沒有，風暴和越來越深的夜色將其他人都趕回了家。他希望至少惡劣的天氣能夠將其他也要急著來找萊福特林船長的人都趕走，他不想和別人爭搶那位船長的注意力。他必須有一個從容的環境能夠說服萊福特林隨他一同去見自己的妻子，這樣麥爾妲才能有機會將她在剛才的會議中想到的無數個問題逐一向船長提出來。他很清楚自己妻子的脾氣，知道麥爾妲絕不會讓萊福特林輕易離開，除非他回答了她的每一個問題！

雷恩在黑暗中快步前行。道路兩旁的油燈為他提供不了多少照明。河水正在上漲，被牢牢繫住的漂浮碼頭已經向上抬升了一大截，以至於固定住它們的柱子還留在碼頭以上的部分已經比雷恩高不出多少了。停靠在碼頭上的船隻也都在風浪中搖擺不定，不斷和碼頭摩擦、碰撞，並揪扯拴住它們的纜繩，其響起的聲音就像是對風暴的一陣陣抱怨。柏油人號又長又寬，只能被繫在週邊停泊區。夜晚的碼頭上本來也應該有不少燈光照明，但現在這裡的大部分油燈都在風雨中熄滅了。雷恩不得不放慢腳步，走過碼頭，踏上通往週邊停泊區的跳板。

他總算是交了好運。當他到達週邊停泊區的時候，恰好看見有人提著一盞帶罩子的油燈——是萊福特林船長正要離開碼頭到船上去。「萊福特林船長！求你，等一下！你認識我。我是雷恩・庫普魯斯。我需要和你談談。」風讓他的呼喊變得模糊不清。但萊福特林停住了腳步，回頭瞥了一眼。然後他提高聲音喊道，「那就過來吧，歡迎登船！我們先避開這場風暴。」

雷恩非常願意和船長一起上船。他翻過船欄杆，跟隨萊福特林走過甲板。船上的廚房讓他感到溫暖又舒適。一張長桌占據了廚房正中央的位置，桌子兩邊擺放著長凳。在廚房的最裡面有一個高大的鐵爐，正將一股股熱氣噴進這個小房間。牆邊的掛架上掛著一只繩編的網兜，裡面裝滿了洋蔥和塊莖食物，讓這個充滿男人工作氣味的狹小空間中又增添了一股特殊的植物氣息。同樣掛在牆上的油燈中，正跳動著黃色的光亮。一鍋濃湯正在爐子上烹煮，水汽連同熟食的香氣不斷地從鍋蓋下面飄散出來。一個女人從萊福特林手中接過油燈，然後又接過雷恩不停滴水的斗篷，把它掛在船長斗篷旁邊的衣鉤上。

「來喝杯熱茶！」萊福特林向雷恩歡呼了一聲。儘管麥爾妲在分別的時候已經一再做出警告，雷恩還是點頭接受了。他很高興地看到茶已經煮好，就盛在餐桌上的一只褐色大罐子裡。一杯茶很快就被放到了船長面前，另一杯茶被放到雷恩面前的時候，船長已經大口將茶水灌進了肚子。透過一扇敞開的艙門，雷恩能夠看見另一間艙室。那間艙室中有著成排的床鋪。其中一張床上躺著一個肌肉發達的大漢，正一邊撓著胸口一邊打呵欠。另一個身材稍微瘦小一些的人邁著輕盈的步伐從打呵欠的大漢身邊走過，穿過艙門，像貓一樣坐到了餐桌旁的凳子上。他好奇地瞥了雷恩一眼，然後將注意力轉移到船長身上，直白地開始向船長報告。

「議會沒有送錢過來，船長。不過雜貨店已經將你購買的一切東西都送過來了。我們也同樣搞到了你要求的其他大部分補給，當然，都是賒帳的。這裡的商人們很清楚我們的作風。他們都知道，如果他們現在不把我們需要的貨給我們，等到我們有了資金，我們就不會再回來找他們了。」

「幹得好，軒尼詩，現在這些應該夠了。另外，我們來了一位客人。」

雷恩知道，萊福特林這麼說的目的，當然是要船員們小心自己的嘴巴。在這位船長對他做出評估、確認他的目的之前，肯定不會向他透露任何重要的資訊。他需要主動挑起話題。於是雷恩向那個名叫軒尼詩的人瞥了一眼——他顯然是這艘船的大副。然後雷恩回頭看著萊福特林說道：「庫普魯斯的信譽在卡薩里克就像在崔豪格一樣堅實可靠，表兄，議會待你不公。而我相信我們的家族會很高興在這裡施展一點影響力。」

萊福特林久久地看著他。「真是令人驚訝，你竟然記得我是你的表兄。」

雷恩睜大了眼睛。「喔，別這麼說，在過去的日子裡，反對塑造巫木的人還沒有那麼多。你很擅長於這項手藝。我記得曾經聽說過，你的母親勸說過你的父親，要讓你繼續從事這門手藝，而不是掌管柏油人號。」

「那只是說說而已。我的心一直和這艘船在一起。如果那時候我幹上了巫木塑形的營生，那我現在又會跑到哪裡去？一想到此，這的確讓我感到很害怕。不過我記得你一直對那些沒有被動過的原木感興趣，總是溜到發掘場去尋找它們。」

「是的。我也總是因為這種事而陷入麻煩。」

「大家都害怕你會和這座城市形成太過緊密的聯繫，會讓你自己淹沒在這裡……」

「就像我的父親那樣。」雷恩低聲說。

船艙中陷入一片沉寂。那名女水手拿起茶壺，為兩個人重新將茶杯倒滿。她一直靜靜地站著，拿著茶壺，看著雷恩。雷恩感覺到這裡的氣氛有些異樣。他最好快一點把話挑明。有話直說也許才能得到同樣的回應。雷恩會意地點點頭。「但我沒有被淹沒，因為在那裡吸引我的不是帶有記憶的石頭，而是被困在巫木繭中，卻仍然有著清醒意識的婷黛莉雅。她引我過去，占據了我。最終我開始為她效力，直到現在，我仍然在許多事上效忠於她。正是因為那頭龍，我今晚才會來到這裡。船長，我必須知道，那些龍和他們的守護者怎樣了？」

萊福特林坐在靠近火爐的位子上，端起茶杯，謹慎地吮了一口，雙眼越過杯緣，若有所思地看著雷恩。雷恩不知道自己在這位船長的眼中是怎樣一個人。萊福特林會認為他是一個怪物嗎？一個受雨野原改變太深的人？還是萊福特林能夠將他視作一名古靈？一個神祕而可敬的生物，真正屬於那些建造了雨野原中各處古代城市的古早種族？還是一個疏遠的表親，只和他有一點孩提時代遙遠的共同記憶？雷恩坐直身子，任由萊福特林盯著他遍布鱗片的臉，思考他來這裡的目的。他等待著。

一隻小貓突然跳到了桌上。他生了一身橙色的毛髮，只有四隻腳是白色的，就像穿了兩雙白襪子。他走過桌子，完全沒在意擺手要他下去的軒尼詩，只是用一雙閃閃發光的綠眼睛盯著雷恩，然後用帶有橙色條紋的頭頂撞雷恩交握在桌面上的手，彷彿是要雷恩向他表達敬意。雷恩抬起一隻手，輕輕撫弄了一下這只小貓，發現他的毛軟得令人吃驚。

看到雷恩和小貓的互動，萊福特林彷彿下定了某種決心。他終於開了口：「麥爾妲在哪裡？我知道愛麗絲希望她能知道我們的全部情況，所以才會給她寫了那封信，還把那片瓷磚交給她。」

「現在她的身子已經很重了。我讓她先回家去休息，但她逼我承諾會過來求你去我們租住的房間見她。除非她的問題都得到回答，否則她絕對不會讓我得到片刻的安寧。」雷恩從衣袋中拿出一支小紙卷，上面全是麥爾妲細膩卻很潦草的字跡。它們是麥爾妲的問題。雷恩有些可憐兮兮地看著這張紙。「所有這些，她都要答案。」他彷彿是在告知萊福特林船長，又像是在自言自語。而讓他吃驚的是，萊福特林竟然發出一陣大笑。

「寫寫畫畫的女人。」萊福特林的話音中充滿了同情，「難道她們從來都有發現不完的東西，做不完的紀錄嗎？愛麗絲的信，對她還不夠嗎？」

雷恩的臉上露出微笑。他一下子放鬆下來。他握住冒著熱氣的茶杯，用它溫暖自己的雙手。「麥爾妲永遠都有無窮無盡的好奇心。她一拿到你的紙條就想要閱讀裡面的內容，但當時大堂門外的光線實在太暗了。你在議會發言的時候，她想到了許多問題，都寫在這裡。其實我根本沒有機會看一眼愛麗絲的信，就被她派到這裡來求你去和她談談。」

萊福特林在長凳上挪了挪身子，低頭看著自己的熱茶。「明天可以嗎？」他不情願地問道，「今天早晨天還沒亮，我就起來了，現在我全身溼透，冷到了骨頭裡。我還要聽一聽船員們的報告，確定我派他們去做的事情有沒有辦妥當。」

雷恩一動不動地坐著，仔細審視面前這個人的表情。今晚他必須把這個人帶到麥爾妲面前。如果他做不到，麥爾妲立刻就會開始制定方案，好以最快的速度趕到這艘船上，親自和這個人說話。自從柏油人號和龍群出發前往上游時起，麥爾妲就一直焦慮不安。她非常聰明，總是能夠從街談巷議中找出即將發生或者有可能發生的事情。在崔豪格，她能夠告訴雷恩有哪艘船即將到來，上面承載著什麼樣的貨物。而雷恩往往會在數天之後看到麥爾妲所說的那艘船。而這一次，麥爾妲從一開始就斷定卡薩里克商人議會將龍群和守護者趕走絕對另有隱情。

「這不是一場為巨龍尋找新家園的遠征，」麥爾妲不止一次這樣對丈夫說，「這也不是一次單純的流放。我相信，議會中一定有不止一個人只要看到那些龍離開就很高興了。畢竟養活那些龍要耗費大量資財，而且他們很難對付，也很危險，對發掘工作造成了很多障礙。但是雷恩，這其中一定還藏著更鬼祟、更陰險的目的。這種骯髒勾當，肯定涉及了很多金錢交易，而且很可能和我們親愛的恰斯人朋友有關係。」

「妳聽說了什麼，才會讓妳這樣想？」雷恩問她。

「不多。有傳聞說，遠征隊裡的一個獵人願意為錢做任何事。幾年以前，他很可能為了幫助某個人得到繼承權而犯下了命案。而現在議會中的某個人很可能知道這件事，並且特意讓那名獵人上了船，或者那名獵人利用自己對議員的了解，而讓自己得到了這份工作。當然，雷恩，這些都只是人們的閒聊，其中幾乎沒有什麼具體的訊息，但我對這件事還是感到非常不安。瑟丹已經離開得太久了。我們也很久沒有得到過真正來自於他的隻言片語。我知道他最後給我們寄來的那封信。但那封信讓我的感覺很不對勁。喔，為什麼，為什麼婷黛莉雅還不回來，看看她的龍怎麼樣了？她對於自己的同族就是這樣冷酷嗎？只要她找到伴侶，可能生出自己的後代，她就會拋棄其他同胞？還是說她遭遇了什麼可怕的災禍？恰斯大公派遣獵人去獵殺她和她的伴侶了？」

「不要有這種最糟糕的想法，親愛的。瑟丹現在是成年人了，他能夠照顧好自己。就我們所知，他很可能正和婷黛莉雅在一起。至於說為什麼婷黛莉雅一直沒有回來，嗯，也許婷黛莉雅認為這些年輕的巨龍不需要她了。也許她認為我們既然承諾會照顧他們，就能夠好好履行諾言。」雷恩這麼說本來是想安慰麥爾妲，但就連他自己都能聽出這番話是多麼令人傷心。他甚至不太清楚為什麼麥爾妲會如此執著於那些龍。婷黛莉雅救過他們兩個的性命，他們也是因為那頭龍，最終才能在一起。這一點沒有錯，但那頭龍同樣不止一次讓他們陷入危險和苦難。他們真的對那頭藍龍有虧欠嗎？有時候，雷恩很想能夠不要這種作為「古靈」的得意與優越，他希望和麥爾妲只是一隊普通的雨野原夫婦，過著穩定的生活，並期待他們第一個孩子的降生。

萊福特林清了清嗓子，讓雷恩打了個愣怔。雷恩能看出對面這個人疲憊不堪的表情，自己也覺得向他提出這種要求，實在是很沒有禮貌，但這是為了麥爾妲，而他已經承諾過自己會竭盡全力。「求你。」他說道。片刻間，寂靜的空氣裡只是飄著這個詞。

有人故意咳嗽了一聲。雷恩轉過頭，看到一名年輕女子正在看著船長。從她身上的粗布衣服來看，她應該是一名甲板水手，但看五官貌相，她應該和萊福特林有一些血緣關係。那麼很有可能她也是他的表親了。在船長的注視中，這個女孩毫無滯澀地說道：「如果你太累了，我可以暫時代替你過去。可能你知道的一些事，我還不知道。但我打賭，我可以回答那位古靈女士的每一個問題，讓她心滿意足。」

「喔，妳願意跟我走一趟？」雷恩問道。這個解決問題的辦法讓他鬆了一口氣，但還沒有等女孩回答雷恩，萊福特林已經發出一聲充滿倦意的呻吟。

「我會去的。讓我先找些乾衣服換上。不過我相信，等我到那裡的時候，還是會變得像現在一樣溼。」

「也許我也可以去？」甲板水手充滿希望地問道。

萊福特林向雷恩瞥了一眼。「你的女士會歡迎兩個深夜訪客嗎？」

「我相信她一定會的。」雷恩感激地回答道。他向那個女孩致以微笑，女孩也露出淘氣的笑容。

「我去拿我的油布雨衣。」她歡快地說了一聲，就從房間裡跑出去了。

麥爾妲用雙手和雙膝撐著身體，走過這座吊橋的最後一段。越來越猛的風讓吊橋劇烈地來回搖擺，作為欄杆的繩索也都變得又溼又滑。到達吊橋另一端的樹幹平台，她便爬到樹幹背風的一面，蜷縮在那裡。她想要喊叫，想要痛哭一場，卻沒有足夠的氣息發出聲音，更沒有多餘的時間可以放任自己哭泣。「孩子很快就要出世了。」她對自己說。彷彿聽到話音可以讓自己不覺得那麼孤單。她用斗篷裹緊身體，靠在樹幹上，承受著又一陣湧過全身痛楚。她的顫抖是因為寒冷，而不是因為恐懼。現在沒有什麼事情是值得恐懼的。女人一直都在生孩子。有許多女人曾經單獨生下自己的孩子。對於女人來說，這很正常，也很自然。她沒有事。「我不害怕，我只是覺得冷。」她緊咬住牙關，對抗著努力想要從唇間擠出來的啜泣，「我能做到。我必須做到，所以我能做到。」

她忽然想到，對於普通女人來說很正常和自然的事情，在她身上也許會有所不同，但她立刻將這個想法推到一旁。成為古靈對她的身體造成的變化到底會導致怎樣的後果，她是無法預見的。此時若持續哭泣，會讓她很不舒服，讓她雙眼有一種火燒般的疼痛。她早就聽說過受到雨野原嚴重影響的女人都會在生產的時候死去，但這樣的事情當然不會發生在她的身上。她身體的改變是由巨龍婷黛莉雅造成的，而不是因為暴露在雨野原所產生的隨機變異。她的身體肯定能夠承擔這個任務。

她抬起眼睛，絕望地向周圍望了一圈。天已經全黑了。絕大多數雨野原人都已經熄燈入睡。的確還有一些燈光亮著，但在強風與黑暗中，她根本找不到去那些房子的路。她的雙手冷得要命。她用力拉起斗篷下面的白色束腰外衣，然後摸索著找到褲帶，想要將它解開。「這時用不著體面。」她向寒風抱怨著。鬆開的褲子落到了腳踝。她努力將褲子甩脫，再將它擰乾，塞進自己的外衣裡。如果她的孩子在這時降生，她就會用這條長褲把他包裹起來。

又一次陣痛撕扯著她的身子。這一次，她相信自己已經感覺到孩子在隨著她的肌肉推擠向下移動了。當她極度抽緊的身體終於稍稍放鬆下來以後，她深吸一口氣，做出最後一次努力：「幫幫我！救命！有誰能幫幫我！」

然後，她發出一聲驚訝的尖叫——一個影子從黑暗中冒出來，一步步向她逼近。在遠處燈火灑過來的一點昏暗光線中，她能看出那是一個披著長斗篷的男人。她一直都沒有聽到其他人的腳步聲。那麼這個人在這裡已經看著她多久了？她決定不要在意這種事。「求你，求你幫我找一間屋子。我就要……我要有孩子了。」

那個人來到她旁邊，俯下身。她完全看不清那個人隱在深深兜帽裡的臉。「妳是那個古靈女子，那個龍女，對嗎？」

他帶著一種口音。恰斯人？有可能。然後他也許是一個在戰爭中來到雨野原的自由奴隸。那些奴隸大多來自於遮瑪里亞，但也有少數一些恰斯人。「是的。是的，我是古靈麥爾妲。如果你幫助我，你從我的家族得到豐厚的謝儀。」

「那麼來吧，來吧。」那個人完全無視麥爾妲分娩的痛苦，一把抓住她的小臂，要把她拽起來。她呻吟一聲，差一點倒伏在地，但終於還是站直了身子。

「等等，我不能……」

「來，跟我來。這裡有一個安全的地方，離這裡不遠。來吧。」

麥爾妲覺得這個人有些怕自己，甚至不太敢拽住她的手臂，但他是唯一可以幫助她的人。他是愚蠢、還是無知，都沒有關係，他會幫助她找到一處能躲避風雨的地方。等會若到了那裡，麥爾妲覺得也許還能求他去找一個女人來為自己接生。她試著要靠在這個人的身上，但這個人躲開了她，只是拽著她的手臂向前走去。這個人是厭惡她嗎？還是不願意碰觸一個分娩中的女人？不要管這些了。麥爾妲笨拙地跟著這個人，向回走過剛才那座劇烈晃動的吊橋，繞過一株樹幹，又走過一座更加狹窄的橋。「我們去哪裡？」麥爾妲喘息著問。

「一家客棧。來吧，快走。」那個人只是牢牢抓住麥爾妲的小臂。

麥爾妲猛地將自己的手臂掙開，雙膝跪倒。又是一陣劇痛開始啃咬她的全身。那個人站在她身邊，一言不發。當麥爾妲能夠說話時，她喘息著說道：「卡薩里克沒有客棧。沒有……」

「不管是妓院還是客棧，總之是一個可以安身的地方。我有一個房間，妳在那裡會是安全的。在那裡生孩子，總要比在風雨中好。」

這一點的確沒錯。但儘管身處絕境，麥爾妲還是越來越不喜歡這個人。一家妓院。好吧，至少那裡有女人。也許還有具備助產經驗的女人。麥爾妲只好讓那個人再一次抓住自己的胳膊，踉踉蹌蹌地站起身。「還有多遠？」

「兩座橋。」那個人說道。麥爾妲點了點頭。兩座橋，儘管她一步也走不動了。

她深吸一口氣，咬緊了牙關。「帶路吧。」

雷恩發現，萊福特林不是一個腳步快捷的人，尤其是當他感到麻煩的時候。也或者現在的他只是累壞了。喝過茶之後，萊福特林就換上了乾衣服。當他從自己船艙裡走出來，樣子比進去時更顯得憔悴。雷恩逐漸理解了這一場遠征是多麼艱苦卓絕，儘管他對這位船長和他的船員深感同情，但他並不打算讓他們歇一口氣。萊福特林的侄女和甲板水手絲凱莉已經披上斗篷，穿起靴子，為了這場深夜中的上岸探險做好了準備。但萊福特林又喝了一杯熱茶，從他的一名船員那裡借了一頂編織帽和雨衣，才最終站起身，宣布他準備出發了。

雷恩快步帶領他們走過碼頭，來到升降機前。一連拽了六次鈴鐺之後，升降機工人才終於從上面下來。這名工人皺起眉頭看著他，顯然很不高興在這樣一個暴風雨的夜晚還被叫出來。直到雷恩給了他一滿把錢幣之後，他才承諾會一直保持清醒，等到萊福特林和絲凱莉回來的時候，只要敲敲門，他會馬上出來。

雷恩從來都不喜歡升降機。他喜歡使用自己的雙腿，而不是站在籠子裡承受令人反胃的震盪搖擺，還有承受無法預料的加速和驟停。現在他只好咬緊牙，希望這個人對他的纜繩和滑輪曾進行過妥善保養。萊福特林和絲凱莉都沒有說過什麼。萊福特林用借來的雨衣緊裹住自己。絲凱莉則嬉笑著向黑夜中望去，彷彿這裡的每一個細節都會給她帶來驚喜。雷恩突然很慶幸這個女孩也能一起來。他覺得，和那位沉默寡言的船長相比，麥爾妲一定能夠從這個女孩口中了解到更多事情。

升降機一停下來，雷恩就迫不及待地打開了安全網。「這邊。」他一邊說著，一邊帶領兩個人走出籠子，「很抱歉這麼晚還要讓你們出來。卡薩里克能夠租用的房子實在不多。這座城市太年輕了，還無法像崔豪格那樣提供客棧和酒館之類的服務。我們這次來訪也只能臨時找一間民宿。請注意護欄繩子。它們實在是有些太低了。走過這座橋，再沿著樹幹階梯向上轉一兩圈，那裡又會有一座橋。我們的宿處就在那裡。非常感謝你們能來，衷心感謝你們。」

隨著他們終於接近了那座出租小屋，雷恩看到小屋的窗戶是黑的，便不由得皺起了眉頭。如果麥爾妲覺得太過虛弱，上床去睡了，他逼迫這兩位冒著暴風雨走這麼遠的路就實在是太失禮了。但另一重憂慮讓他的眉頭很快便皺得更緊了。如果麥爾妲沒能等待他們而直接去睡覺，那只能說明她要遠比他們離開大堂的時候更加虛弱得多。

雷恩推開薄板門，走進黑暗的房間。「麥爾妲？」他低聲向黑暗中說道，「麥爾妲，我請來了萊福特林船長……」

他的聲音停頓下來。因為他感覺到這個房間裡根本空無一人。他無法向別人解釋這種感覺。但他知道，麥爾妲不在這裡，而且一直都沒有回過這裡。他走到桌邊，用手指間輕輕撫過桌上的濟德鈴擺飾。古靈金屬被他的觸摸啟動，放射出柔和的淡藍色光線。他舉起擺飾，照亮了整個房間。麥爾妲不見蹤影。一陣寒意湧過雷恩的心頭。他聽見自己在用偽裝的平靜聲音說道：

「出事情了，她不在。看樣子她根本沒有回來過。」

這個小房間的火爐更像是一個陶土大淺盤。雷恩發現爐子中的餘燼還沒有完全熄滅，便將它們撥開來，讓火苗重新跳起，然後點亮了油燈。更加明亮的燈光確認了他已經知道知道的事實。在會議之後，麥爾妲就沒有回來。這裡的一切仍然和他們匆匆出門的時候一模一樣。

萊福特林和絲凱莉站在敞開的屋門口。現在雷恩沒有時間顧及禮貌了。「很抱歉，我必須去找她。我離開她的時候，她已經很疲憊了。但她承諾會直接回來。她……她的後背痛得厲害。孩子……她那時身子已經很重了……」

女孩說道：「我們和你一起去找。你和她是在哪裡分開的？」

「就在貿易商大堂外。」

「那麼我們就從那裡找起。」

這個人領著她來到他的房間。剛剛來到這家妓院的門口，強烈的陣痛便壓倒了她。她在門前彎下腰，只想一動不動地縮起身子，等待疼痛過去，但這個人仍然抓著她的手臂，把她拖過了一間空曠的小客廳，來到一間非常凌亂的臥室裡。這裡充斥著男人的汗味和陳腐的食物氣味，一把椅子上堆滿了舊衣服，一張窄床上鋪著骯髒的床墊，上面堆著滿是皺褶的被褥。在靠近門口的地面上，有一只邊緣殘破的大淺盤，螞蟻正聚集在盤子裡的麵包皮上，同時探索著一個躺著的酒瓶和旁邊黏膩的餐具。這裡唯一的光亮來自於一個陶土火爐上即將熄滅的火焰。堆在門旁邊的幾個籃子裡放著這個人的私人物品。麥爾妲看見一只靴子和一只因為太髒而變硬的襪子，然後這個人又推了她一把。

麥爾妲踉蹌一步，扶住一張矮桌才穩住身體。但她立刻坐倒在矮桌旁邊。「去找一個女人來。」她厲聲說道，「懂生孩子的女人，**快！**」

這個人瞪著她，片刻之後才說道：「妳在這裡是安全的。我馬上回來。」說完，他就離開了。屋門一關上，整個房間立刻陷入一片昏暗。不遠處傳來一個女人的笑聲和一個醉漢的驚叫聲。

麥爾妲坐在地上喘息著。她的呼吸剛剛平靜下來，又一次陣痛立刻將她的身子攥緊。她身體蜷曲著，將肚子抱在中間，發出一點微弱的呻吟。「沒有事的。」她不知道自己是在向莎神乞求，還是在叮囑腹內的孩子。

又是兩次陣痛，然後她聽到了開門的聲音。每一次陣痛過去的時候，她都向自己承諾，只要呼吸恢復平穩，她就會走出這道門去尋找幫助。但每一次，她都被一陣新的疼痛徹底壓倒。她猜不出過去了多少時間。劇烈的疼痛讓每一分一秒都變得無比漫長。「救救我。」她喘息著，抬起頭看到那個無用的蠢貨又帶來了另一個男人。她盯著那個人，嘶聲說道：「助產士，我要一個助產士。」

他們沒有理睬她。那個將她帶過來的男人走過這個小房間，從她身邊繞過去——或者幾乎就是從她身上跨了過去——拿起一支插在燭檯上的廉價黃蠟燭，在爐火上點燃，照亮了房間。然後他站回來，指著麥爾妲高興地說道：「看到了嗎，貝佳斯提？我是對的，是吧？」

「的確是她。」另一個男人說道。他俯下身細看麥爾妲。麥爾妲聞到他的呼吸中帶有一股濃重的香料氣味。和那個將她拽到這裡的男人相比，這個男人的穿著要華麗多了。他的聲音中也帶有更重的恰斯口音，「不過……她出了什麼問題？為什麼你要帶她到這裡來？這樣做會有麻煩的，亞力克！有許多雨野原人都非常尊敬她。」

「也有同樣多的人嫉恨她！他們說她和她的丈夫太自以為是了，家族、權勢和美貌讓她以為自己是一位女王。」名叫亞力克的人說到這裡笑了起來，「她現在看上去可不像什麼女王！」

兩個男人的對話並沒有引起麥爾妲的警覺。她只知道自己的身體正在被撕開。她努力地呼吸著，命令他們：「去找一個女人來幫我！」

名叫貝佳斯提的人搖搖頭。「要對付這樣一個孕婦可真是糟糕。你覺得我們是不是應該把她的嘴堵住？我聽說有的女人在生產的時候，會沒命地尖叫。你和我在一個房間裡，這件事已經很不好了。這樣很危險。我們不應該在一起。這樣只會讓別人注意到我們。」

另一個人聳聳肩。「這裡的夜晚是非常吵鬧的，況且今晚還刮起了風暴。這裡肯定會有喊聲與吼聲，是的，甚至是尖叫聲。沒有人會來查看的。」

麥爾妲喘息著，竭力想要思考。現在的一切都不對，他們不是來幫她的，他們根本沒有聽她說話。為什麼這個人會假裝要幫助她？為什麼他會帶她來到這裡？

又一次陣痛，她的注意力離開了這兩個男人。她被陣痛緊緊攫住，根本無法思考。等到痛楚過去，她知道自己只有很短的時間能夠凝聚自己的思緒，試著思考一些事情。一些事，她知道的一些事，這些事非常明顯，但她的意識就是無法找到焦點。這兩個人的恰斯口音非常重，而且他們的臉上都沒有刺青。如果他們是在移民潮中來到這裡的自由奴隸，他們就應該有和其他難民一樣的刺青。這時，劇痛再一次淹沒了她。兩個男人則不以為然地看著她在痛苦中掙扎。謎團的碎片突然在她心中拼合就位了。這個答案太明顯了：他們就是萊福特林所說的那些恰斯間諜。恰斯國骯髒的手指已經探進了雨野原，正在用金錢腐化和引誘這裡的人們。獵人傑斯殺龍獲利的陰謀就是由他們暗中主使的。一定是這樣。

現在她落進了他們的手心裡，只能任由他們擺布。她會有怎樣的結果？他們要一個即將生產的女人做什麼？

一個男人向另一個問出了麥爾姐心中的這個問題。

「為什麼你要把她抓來，亞力克？她在這裡的名聲太大，而且她的容貌太過非同一般，不可能讓你帶回家鄉去做奴隸。我們也不可能把她作為人質進行談判！我們都知道，我們在這裡必須是隱形的。我們必須儘快獲得我們需要的東西，然後離開這個被神遺棄的地方！」

亞力克卻露出了笑容。麥爾姐掙扎著竭力不要呻吟。她的孩子正要從她的身體裡衝出來。生育是一個女人一生中最私密的時刻，她卻淪落在此地，無助地躺在一家妓院骯髒的地板上，沒有丈夫和助產士，身邊只有兩個面帶冷笑的恰斯國間諜。在她的長袍下面，她能感覺到自己的孩子正竭盡全力要掙脫出來。她就要生產了，在這樣一個可怕的地方。她拚命想要從這兩個男人身邊爬開，至少在這個房間的角落裡找到一個隱蔽的地方。她喘息著，努力讓自己保持安靜，不讓這兩個人知道她的孩子就要出世了，而兩個男人的聲音還在不斷戳刺著她的知覺。

「貝佳斯提，你真是個睜眼瞎。她全身都是鱗片，就像你說的，她和龍一樣。而她將要生出來的那個孩子肯定也會像她一樣滿身鱗片。今晚她迷路了，乞求我的幫助。沒有人知道我把她帶到了這裡。沒有人會認為我們和她有任何的關聯。我的朋友，帶鱗的肉就是帶鱗的肉。有誰能說得清從卵中孵出來的龍是什麼樣子？砍掉她的頭和手腳，除去那個嬰兒身上看起來像人的部位，然後我們能得到什麼？正是大公要求我們必須帶回去的東西！龍肉，讓他的身體能夠復原的靈藥！」

「但……但……這不是龍！他們就算用這種肉做出藥來也不會有效！如果我們的騙局被發現，我們就都會被處死。」

「沒有人會發現，因為沒有人會知道，除了你我以外！我們可以回家了，我們帶回了收穫，我們的家人能夠得到釋放了。而在那些藥劑師努力製作藥物，好讓大公的生命得以延長的時候，我們至少有機會逃走。你以為我們在這裡的時候，我們的家人能夠得到優待嗎？我們拚命想辦法要宰掉一頭龍。但我們甚至不知道龍在哪裡！不，你了解大公！他會想方設法將肉體上承受的每一點痛苦都報復在我們的繼承人身上。他是一個快要死掉的、發了瘋的老傢伙，這個老頭完全拒絕相信他的時代就要終結了，他會不擇手段地延長他的生命，無論會做出怎樣卑鄙邪惡的事情。」

她的孩子，她剛剛生出的孩子已經在她的兩腿之間了。孩子和她的腿上全都是溫暖潮溼的液體，但她的孩子一動不動，一直保持著令人膽寒的沉寂。麥爾妲也不敢動彈一下，呼吸更加短促無力。這兩個男人在彼此吼叫。她對此一點都不關心。她絕對不能動一下，不能顯露出任何清醒的跡象。她的孩子就在她身邊，嬌小且脆弱，但可能還活著。她知道，自己必須想辦法拯救他們兩個。這裡沒有人會幫助他們。她寬鬆的長外衣一直垂到膝蓋，遮住了她的孩子。所以她現在可以靜靜地等待，直到胎盤從身體裡流出來。她無法確定自己的孩子是否有生命，她必須找到力量和策略，能夠擊敗這兩個男人，然後從他們手中救出自己的孩子。她的孩子是這樣安靜，甚至連一聲號泣、一點抽噎都沒有。他還好嗎？麥爾妲甚至沒辦法看他一眼，只能躺在地上。突然間，她全身都開始顫抖。寒冷的空氣讓早已脫力的她更加難以抵抗。那兩個男人的話音則再一次進入她的知覺。

「你所說的話根本就是叛國！」貝佳斯提一邊驚駭地說著，一邊慌張地向周圍觀瞧，彷彿馬上就會有人從牆裡跳出來，對他的行為進行定罪，「你這種瘋狂的計畫是在用我家人的生命冒險！」

「不是冒險，老傻瓜！這是我們唯一的機會。那些龍都走了，我們對牠們早已鞭長莫及了！你認為大公會因為我們盡了全力就饒過我們嗎？你以為他會原諒我們的失敗嗎？不！我們能得到的只有酷刑和死亡。他只留給了我們一條路。我們必須欺騙他，這樣我們和我們的繼承人才有可能逃脫。如果我們不這麼做，那我們就只能回去送死了，那樣我們就全完了！這是我們唯一的機會。是運氣把她送到了我們的手上！我們不能失去我們唯一的機會。」

突然間，兩個男人的目光全都轉向了麥爾妲。麥爾妲蜷曲起身體，用雙手護住肚子，發出一聲悠長的哀嚎，「叫助產士來！」她喘息著說道，「去，快去！帶一個女人來幫我，否則我會死的！」她動了動，感覺到嬰兒溫暖的小身體就在自己的大腿旁。溫暖，孩子是溫暖的。他一定還活著！但為什麼他這樣安靜？麥爾妲不敢去看他。這兩個男人還在盯著自己。如果他們知道孩子已經出世了，他們一定會立刻把孩子搶走。就算孩子還活著，也會被他們殺死。

貝佳斯提聳聳肩。「我們需要保存和運輸鮮肉的材料。我認為，至少要有醋和鹽。肉被醃漬之後才能保存，也許還能更像是龍肉。最好能有一個小桶，可以妥當地把東西藏在裡面。」

「明天，我會……」

貝佳斯提搖搖頭。「不，明天不行。我們需要今晚就把一切做好。明天一早就乘船離開。一定會有人注意到她失蹤了。等到了明天，這裡就會展開大規模搜尋。我們必須馬上做好這件事，還要處理好剩下的一切垃圾，然後離開這裡。」

「有道理！現在我能在哪裡找到這些東西？所有商店在幾個小時以前就都關門了！」

貝佳斯提用冰冷而醜陋的目光看了亞力克一眼。然後他轉過身背對著亞力克，開始在門旁邊的籃子裡翻找。「所以你要到商店門口等著，只要商店一開門，你就買好那點東西，然後回來完成早該做好的事？不要犯傻了。去搞到我們需要的東西，無論你要怎麼弄到。然後去拜訪我們親愛的貿易商朋友坎達奧，要他安排好前往下游的快船，那艘船上必須有一個封閉的船艙。只說你要離開即可，別提我也會走的事情，讓他以為我會留在卡薩里克，那麼他就會感覺利劍還懸在他的頭頂上。等他發現我們都不在了，他也來不及出賣我們了。」

亞力克憤怒地搖搖頭。「你讓我做所有這些危險的事情，那麼你做什麼？」

麥爾妲透過微微睜開的眼睛，看見貝佳斯提向自己一歪頭，冷冷地說：「準備貨物。」亞力克的臉色立時變得有一點蒼白。

「我走了。」亞力克說了一聲就向門口走去。

「你的膽子真是像兔子一樣小，」貝佳斯提輕蔑地說，「趕快做好你的事。在太陽升起之前，我們還有很多事要做。」

孩子和胎盤都已經離開了麥爾妲的身體。但直到現在，孩子還沒有發出任何聲音。麥爾妲用膝蓋遮住孩子，只是不停地呻吟著、喘息著，彷彿還處在分娩的陣痛中。亞力克氣惱地披上兜帽斗篷，走出了屋門。剩下的這個人也完全不再理睬麥爾妲。麥爾妲一點點將長外衣的底襟從一動不動的孩子身下拽出來。這樣，當她站起身的時候就不會把孩子甩在地板上。她竭力不想自己還躺在汙穢地板上，也不去想滿身溼漉漉的寶貝，而是轉過頭，一邊呻吟，一邊看著食碟和酒瓶旁邊一把骯髒的匕首，估量自己和那件武器之間的距離。

她等待的時間太久了。「該安靜一些了。」貝佳斯提說道。冰冷的話語讓麥爾妲的目光猛然向上方轉去。貝佳斯提正在俯視她，雙手抻開了一根細繩。鞋帶？麥爾妲看向這個人的眼睛，在對方的目光中看到了決心和對自己行為的厭惡。

麥爾妲從地上抬起雙腳，向那個人踹過去，正好踹到他的上腹部。那個人吐出一口氣，踉蹌著向後退去。麥爾妲翻身離開她的孩子，高聲叱喝，伸手抓住匕首，另一隻手抓住了那只骯髒的酒瓶。恰斯人已經重新站起，向她撲來。她揮出酒瓶，正好打在敵人的下巴，隨即又舉起匕首向前狠狠刺出。

這把匕首不是殺人的武器，只是一把短小的用餐匕首，它不算鋒利的刃口，平時只是用來切切熟肉。此時，它從恰斯人的馬甲背心上滑了出去，沒能刺透這件衣服。恰斯人抓住麥爾妲的手腕，大聲咒罵她。麥爾妲順勢將體重完全壓在匕首上，再次被推出的匕首尖擊中恰斯人的喉嚨，插了進去。麥爾妲瘋狂地揮動匕首，讓它抬起再落下。濃稠的熱血浸透了她的手指，給她帶來一種恐怖的感覺，但現在她只想徹底砍掉這個敵人的頭顱。

恰斯人也在拚命擊打麥爾妲，但他的咒罵突然變成了含混不清的咯咯聲。他在絕望中揮出的一拳打中了麥爾妲的頭側，讓麥爾妲一下子撞在牆上。然後他的兩隻手找到了麥爾妲留在他脖子上的匕首，把它拔了出來。噹啷一聲，匕首落到地板上，鮮血隨即一股股地向外噴出。

麥爾妲驚恐地尖叫著，向後退去。但只是轉瞬之間，她又跳上來，抱住她的孩子，退回到安全的地方。那個恰斯人則踉蹌著在房間裡轉了幾圈，頹然跪倒在地，兩隻手捂著喉嚨，想要堵住流血，但鮮血還是不停地從他粗手指的縫隙中湧出來。他盯著麥爾妲，雙眼和嘴巴都張得老大。他哼了一聲，血一下子從他的口中噴出來，流過他生滿鬍鬚的下巴。慢慢地，他側著倒了下去。他的兩隻手仍然緊握著喉嚨，雙腿踢蹬了幾下。麥爾妲還在一點點後退。她的孩子被她緊緊抱在胸前。臍帶掛在她的手腕上，另一端還連著來回晃動的胎盤。

麥爾妲低下頭，終於第一次看見了她的孩子。一個孩子。她有了一個兒子，但她也終於在這時忍不住開始低聲哭泣。

她曾經夢想過有人會用潔淨的襁褓包裹住豐滿的嬰兒，遞到她的手中，然而此時才是她必須面對的現實。出生在一家妓院裡的孩子，地板上的汙物還黏在這孩子的面頰上。他很瘦小，只能在麥爾妲的懷抱中無力地蠕動著。他的一雙小手瘦得能看見骨頭，指尖的指甲是綠色的，鱗片已經覆蓋了他的頭頂，一直延伸到他的頸後。他的眼睛像雷恩，只是呈現出深藍的色澤。現在這雙眼睛正在看著麥爾妲。他的嘴張開了，麥爾妲一開始還無法確定他是否有呼吸。「喔，寶貝！」麥爾妲的悄聲啜泣中帶著恐懼，也帶著歉意。她的膝蓋一軟，癱坐在地板上。孩子被她放在了大腿上。「我不知道該怎麼做。我不知道要做些什麼。」她邊哭邊說。

那把匕首就在她膝蓋旁邊的地面上，但上面已經沾染了恰斯人的汙血，麥爾妲根本就不想去碰它，更不要說用它割斷臍帶了。她想起自己的褲子還塞在外衣裡，便把它拽出來，將她的孩子放在上面，用褲腿把嬰兒包緊，將臍帶和胎盤也全都包在裡面。「這一切都很糟，實在是太糟了。」她帶著歉意對孩子說，「不應該是這樣，孩子，我很抱歉！」

嬰兒突然發出一聲細微的哭喊，彷彿是同意命運不應如此待他。這是一種令人擔憂的哭聲，顯得孤獨又弱小，但麥爾妲還是笑了出來，她的兒子終於可以發出聲音了。她想不起自己是如何脫下了斗篷，但斗篷的確還攤在她分娩的地方，上面已經被兩種血浸透。她美麗的古靈斗篷，不管怎樣，她只能穿上它。

貝佳斯提發出一聲遲緩低沉的呻吟。麥爾妲急忙踉蹌著從他面前退開，蜷縮在牆邊，然後貝佳斯提又不動了。沒有時間了。沒有時間去考慮任何事情了。另外那個男人隨時都有可能回來，絕不能被他堵在這個房間裡。由於不能放下孩子，麥爾妲費了很大力氣才披上斗篷並固定好。無論如何，她都不會讓孩子離開她的懷抱。她打開屋門，小跑著衝進之前經過的那個小門廳。夜色已經很深了。這個房間裡空無一人，連妓女和客人們的聲音都聽不到了。她感到精疲力竭，身體裡的每一根肌肉都已經被過度使用，鮮血還在一點點從她的雙腿之間流出來，她這樣還能走多遠？

敲妓院裡其他房間的門？乞求援助？不。她無法信任包庇恰斯人的雨野原人。即使他們有可能同情一個身處絕境的女子，但等到亞力克回來，他們很可能會把她交給那個恰斯人。因為他們害怕恰斯人，因為他們收了恰斯人的賄賂。

麥爾妲走過房間，抱著自己的新生兒，走進風雨肆虐的黑夜中。

更月第二十六日
商人聯盟獨立第七年
來自雷亞奧，繽城代行信鴿管理人
致黛托茨，崔豪格信鴿管理人

親愛的黛托茨和艾瑞克：

寄送給你們的信，我竟然要用船而不是信鴿，這種事可太奇怪了。為了確保瘟疫不會進一步蔓延，公會已經收繳了幾乎全部信鴿，所剩不多的一些還能飛的鴿子，全部被保留到傳遞緊急訊息時才能使用。我聽到傳聞，他們從遮瑪里亞訂購了新的鴿子，但即使新鴿子到來，我們也要用幾個月的時間才能讓他們配對繁衍，並得訓練他們將這裡當作自己的家，而不是一直飛回到遮瑪里亞。我不相信從外國進口的鴿子素質能夠與我們繁育出的本地鴿相比——我們的繁育計畫還是艾瑞克一手創建的。想到失去了那麼多鴿子，我就感到心痛，他們不只是我們的工具和培育成就，更是我們會飛的小朋友。我的鴿舍裡只剩下兩對快速鴿了，我將他們分別隔離在兩個鴿籠裡，並且絕不讓其他管理人餵食補水或清潔鴿籠。只要他們孵出了下一代鴿雛，我就會把那些幼畜移出來，親自餵養他們，希望能從這場瘟疫中，挽救更多的快速鴿。希望妳也能保留下一些這樣優秀的血脈，我很想讓他們的種群重新壯大，這需要我們非常謹慎的配種和繁育。

他們向我保證，這封信能夠乘著他們所謂的無損船快速到達妳那裡。對於他們的誇誇其談，我只好付之一笑。他們根本不知道什麼是快速到達！沒有任何手段能夠代替我們的小鳥。

妳收到這封信的時候，我估計婚禮應該已經結束了。真希望我能夠參加啊！

雷亞奧

11

飛行

一切順利的生活，怎麼可能一下子又變成了一無是處，而且變化速度是這麼快、這樣地突然？她剛剛還翱翔在藍天上，狩獵，撲殺，然後沉沉睡去。在這麼多天裡，肚子第一次感到充實和飽足。現在她醒過來了，全身都在熟睡時被冷風吹透，腦子裡再一次只想著肥美的獵物。辛泰拉站起身，伸展全身的肌肉。不管怎樣，在自己的生命裡，她第一次感覺到自己不僅是一頭母龍，還是真正統治大地、海洋和天空的三界霸主。

她仔細嗅了嗅周圍，確保自己沒有丟下一塊肉。的確是沒有。然後她大步來到陡峭的山脊石崖邊緣，向下望去。這道懸崖非常高。一點猶疑開始努力占據她的內心，但被她狠狠碾碎了。她是飛到這裡來的，那麼她也會飛回去。回去？為什麼她要回去？這突然成為了一個問題。回到其他那些飛不起來的可憐傢伙之間？回到那個低矮漏雨的棚子裡？回到根本沒照顧好她的守護者身邊？不，現在她根本沒有必要回去了。她能夠飛了，她可以自己捕殺獵物。她應該離開這個寒冷的地方，到那片陽光充沛的溫暖沙漠去。自從離開繭殼之後，她一直都在夢到那裡。該作為一條真正的巨龍而生活了。

她展開翅膀，猛地從懸崖邊跳出去。隨著翅膀有力的搧動，她上升到了能夠乘著氣流翱翔的高度。大河在她身下很遠的地方，她駕馭著勁風。舒展的雙翼讓她越升越高。廣闊的天空和無盡的自由讓她感到陶醉。她深吸一口氣，向正變得越來越濃重的夜色發出銅號般的狂野挑戰。**辛泰拉！**她咆哮道。沒有任何回應，這讓她感到高興。

她在河上盤旋，用味覺和嗅覺接收風給她送來的全部訊息。第一批星星已經在幽暗的天空中亮了起來。看到它們，她才冷靜下來。

龍是喜好的是陽光下的天空，除非逼不得已，他們不會在夜晚飛行。她需要找到一個著陸的地方，一個能夠讓她躲避寒冷黑夜和暴雨威脅的地方。這時她意識到自己能夠選擇一個絕佳的降落地點。從山脊上飛起要比從河邊一點點跳上天空容易多了。

她開始轉向，想要繞個大彎飛回去。但夜色越來越深，空氣正在迅速變冷，風也在變強。一股氣流裹挾住她，讓她轉彎的半徑大了許多，把她一直向大河的波濤上推了過去。

不要慌，她嚴厲地告誡自己。她能夠飛行。就算是飛過了河，對她而言也沒有任何危險。她用力推開關於湍急河水的糟糕記憶。不管怎樣，她活了下來，並已戰勝了河水。現在不能害怕。她拍動翅膀，進一步提升高度。值得慶幸的是，現在還沒有下雨。但清澈的天空還是很冷。隨著太陽落下，寒冷忽然讓她感到一陣深深的疲憊。這是她開始飛行的第一天，騰空而起的興奮感卻已經從她的心中消失了。她只覺得自己非常非常累。不只是她的翅膀，她的整個脊柱都因過度用力而痠痛不已，她感覺到要將後腿併攏在身後也是一件很吃力的事情，她全身的每一處關節都在疼痛。就在這時，她發現自己距離河兩岸都很遠。

她再一次轉向，再一次感覺到了風讓她偏離了預定的軌跡，讓她遠離河岸，飄向大河中央。她的目光掃過地平線，尋找一個可以著陸的地方——任何突起的高地都可以。河水在她的下方越來越寬，兩側河岸都和她隔著令人望而生畏的距離。隨著她再一次盤旋，決心開始在她的體內燃燒。她將目光聚焦在克爾辛拉，拍動翅膀，直接向那座城市飛去。

這一次她的飛行路線幾乎是筆直的。她不再容忍自己那一側較為軟弱的翅膀或者是身體的疲憊持續拖累著自己。風不停地推動她，她的身體開始傾斜，當她糾正這一偏差的時候，她的飛行高度下降了不少。現在吹過河面的氣流似乎在消耗她的體力，使她飛得更低。她和這種種阻力抗爭著，卻無法維持既定的路線。這時，彷彿命運想要給她一點仁慈。一樣高大的東西出現在河面上，那東西要比昏暗的地面色澤更深，她一時還看不清那是什麼。那到底是什麼？某位祖先的記憶告訴她，這裡曾經有一座橋。但……然後她明白了。那個凸出來的東西是殘存的橋梁，它有一部分伸進河中，剛好可以成為著陸地點，於是她盯住那座殘橋，希望自己能夠飛到那裡。

但她已經很累了。無論多麼用力地拍動翅膀，她仍然越飛越低。較短的那一隻翅膀總是讓她轉向，迫使她必須不斷調整姿勢。就在她逐漸靠近目的地的時候，一陣強風突襲而至，狠狠撞在她的身上。她的身體再次傾斜。而這一次，她已經沒有足夠的高度可以糾正姿態了。辛泰拉努力想要再一次升入空中，但她的翼尖擦到了河水，一下子被波浪裹住，拽得她的身子傾翻過來，砸進了河裡。河水先是和她發生了猛烈的碰撞，隨後又將她吸入其中。這頭藍龍完全被寒冷、潮溼和黑暗所吞沒。她越沉越深，感覺到自己的爪子碰到了岩石河底，隨後又立刻被河水拖拽著飛快地移動。她努力想要收起翅膀，想要恢復流線型的身體姿態，以抵抗水流無情的推拉。她的鼻子在入水的那一瞬就自動閉合了。她的眼睛依然張開著，但她只能看見黑暗。她踢蹬、抓刨、甩動尾巴，拚盡全力與河水作戰。

她的頭終於從水裡伸了出來，讓她短暫地看到了河岸。河岸距離她並不遠，但又陡又高。河水再一次裹挾住她，壓制著她，讓她必須奮力掙扎才能靠近河面。她穩穩地踢著水，竭力想要在迅疾的水流中游動起來。

「辛泰拉！」賽瑪拉焦灼的喊聲出現在她的腦海中。水淹沒了龍的聽覺。那個女孩正在克爾辛拉的某一條街道上發足狂奔，拚命奔向河邊，奔向她的龍。賽瑪拉要幹什麼？從河水中拯救她？荒謬的人類！辛泰拉不喜歡女孩的愚蠢，但還是感到一陣溫暖。她甩動尾巴，很高興這根尾巴成功地將自己推向了河岸邊。她的前爪碰到了礫石河底，讓她能夠開始用力攀爬。彷彿過了永恆那麼久，她的後腿終於也找到了著力點。又如同一個永恆過去了，她奮力回到了河岸邊。然後又用了更長的時間，她才登上陡峭的岩石河岸。

辛泰拉將自己從河水的纏繞中拽出來，癱倒在地上，感覺渾身冰冷且筋疲力竭。寒冷讓她行動遲緩。她的兩隻爪子都破皮流血了，全身上下每一根肌肉都不停地抽搐。

但她還活著，而且到了克爾辛拉。她飛行、捕獵，並且擊殺了獵物。她又是一頭龍了。她抬起頭，噴出一股鼻息，把鼻孔中的水擠出去。然後她深吸一口氣，發出銅號般的吼聲：「賽瑪拉！我在這裡，到我身邊來！」

麥爾妲將襁褓中的孩子緊緊抱在胸前，沒命地在黑暗中奔逃。深夜的卡薩里克已經幾乎看不到亮起的燈光了。大雨再一次落下，狹窄的步道變得過於光滑。恐懼和疲憊沉重地壓迫著她。她能感覺到血從自己的大腿間流下來。她知道，分娩後流血並非不尋常的事情，但她聽說過的每一個剛剛成為母親的女人流血至死的故事，此時都正在折磨著她。如果她現在死了，如果她癱倒在黑暗和雨水中，她的孩子就會和她一同死去。這孩子看上去並不很強壯。他的哭聲不大，只是一點無力的號泣，彷彿抗議著自己的人生序幕，竟是這樣的悲慘。

麥爾妲在一步步遠離那家妓院以及那個被她殺死的男人。她一邊跑，一邊向黑暗中張望，不知道亞力克去了哪裡，是否正在趕回來。如果她在半路上遇到那個恰斯人，一定會被那個暴徒抓回到妓院。那個暴徒會殺死她和她的孩子，將她的屍體帶去恰斯國。她沒有力氣和那個人作戰，更沒有武器。她已經快走不動了，而且還要抱著她的小兒子。

向下，她突然做出決定。她已經完全迷路了。但她知道，只要向下走，她就能到河邊的碼頭區。柏油人號就在那裡。也許雷恩還在那裡，正在說服萊福特林來他們租住的房子。這種情況的可能性不大。她不知道雷恩離開她之後已經過去了多少時間，但肯定有幾個小時了。也許雷恩已經發現她不在房間裡，正在找她。她不知道返回房間的路，但她知道，只要向下，就一定能到河邊。

她又走過一座橋，然後開始挑選更寬大的步道前進，直到一棵樹幹旁，又沿著粗糙的螺旋階梯一直向下。這座城市彷彿空無一人。窗戶友善的燈光都在黑夜中熄滅了。當階梯最終到達了一座寬闊的平台，她走過平台上最大的一座橋，再一次尋找逐漸變寬的樹枝步道，到達了另一棵有螺旋階梯環繞的樹幹，繼續向下走。

她剛剛抱起自己的兒子時，還為這個嬰兒的瘦小而哀泣不止，但現在她的兒子已經成為她這一雙無力手臂不堪承受的重擔。她又渴又冷，那個恰斯人的血仍然黏在她的手上。她用這雙手抱著她的孩子，血腥的記憶不斷在她的腦海中迴旋。她絕不為此感到後悔，但一陣陣恐懼仍持續地刺激著她。

她的雙腳在階梯末端找到平實的土地，這反而嚇了她一跳。她來到了地面上，河水的氣味撲面而來。她急忙向河邊跑去。樹林逐漸稀疏，讓她能夠看到河邊碼頭上一直燃燒的火把所發出的搖曳光亮。她腳下的道路完全被淹沒在陰影中，但只要她蹣跚著向那些火光靠近，她就能到達碼頭，找到柏油人號。那艘老活船突然變成了這個世界上唯一安全的地方。她覺得只有那艘船上的人會相信她這段奇異的綁架經歷，相信有惡人要切割她的身體，將她帶鱗片的肉冒充龍肉賣到恰斯國去。她幾乎感覺到那艘船正在召喚她。

隨著她向河邊靠近，地面變得越來越綿軟。最後，她已經是淌著泥濘前行了。就在這時，她突然踉蹌一步，跪倒下去，不得不用一隻手撐住身子，只用另一隻手將孩子抱在胸前。她的哭喊聲中夾雜著痛苦和喜悅，因為她的手按在了步道的硬木板上。沿著這條步道就能到達碼頭。她努力壓制的所有淚水都在這時沿著面頰湧流下來。她搖搖晃晃地站起身，走過幾條繫在碼頭旁的小船，然後是一艘舷窗已經全黑的大貨船。當她看到一艘舷窗裡還有燈光的巫木駁船時，她知道自己終於安全了。

「**柏油人！**」她用顫抖的聲音喊道，「萊福特林船長！柏油人，救救我！」

她向駁船的欄杆伸出手，想要登船。但這艘船在水面上浮起了很高。麥爾妲用一隻染著血的手抓出船欄杆，想要找到力量把自己和孩子拽上去。「救救我！」她再一次哭喊起來，但她的聲音已經越來越弱，「求你，柏油人，救救我，救救我的孩子！」

船艙裡響起問話的聲音。他們聽到她了嗎？他們聽到她在求救嗎？艙門沒有打開，也沒有人回應她。

「求你，救我。」麥爾妲絕望地乞求著。這是……一種溫暖的感覺從這艘船湧向她。作為貿易商家族的女兒，麥爾妲對活船很熟悉。她知道這意味著什麼，也知道這是活船對於親族的回應。這股歡迎的暖流中蘊含著力量。

我會幫助妳，他是我的家族的孩子，把孩子交給我。

這個想法在麥爾妲的意識中跳動，清晰得就好像有人大聲對她說出了這番話。「求你，」麥爾妲說，「接住他。」麥爾妲將繈褓中的孩子輕輕放到欄杆後面的甲板上，她信任這艘船，信任他們之間的親緣關係。現在她無法看到，也無法摸到她的孩子，但自從分娩之後，她第一次感覺自己脫離了危險，這艘船的力量在她的身體中流動。她深深吸了一口氣。

「救命！請救救我！」

這艘船的知覺彷彿回應著她的喊聲，這是船員們必須服從的要求。從甲板上，從一個麥爾妲現在無法看到的孩子口中，一陣憤怒的哭聲突然響起。麥爾妲從沒有聽過這麼響亮的哭聲。

「是一個嬰兒！」一個女人突然喊道，「一個新生兒，就在柏油人的甲板上！」

「救救我！」麥爾妲再一次高聲呼喚。突然間，一個非常高大的人從船上跳下來，落在她身邊的碼頭上。

「我來了，」那名大漢說道，他的聲音渾厚，言詞質樸，「別害怕，女士，大埃德爾來了。」

賽瑪拉跑過城市中黑暗的街道。拉普斯卡已經離開了她。那時他喊了一句：「荷比來了！我叫她來幫我們。」然後就朝另一個方向跑進黑暗中。賽瑪拉則只是一心向前狂奔——不是依照走過來時的記憶，而是完全聽憑自己內心的指引。

她的胸中充滿怒火。她生氣那頭龍竟然那麼不小心，怎能如此輕易就讓自己落入這樣的險境。感受憤怒要比體會她內心深處的恐懼容易得多，她恐懼的不僅僅是辛泰拉將被河水吞噬，還有這座城市和這座城中幽靈一樣的居民。她跑過的一些街道黑暗荒涼，但有時只要拐過一個街角，她就會突然看到火炬的光亮和歡快的人群。彷彿這座城市正在慶祝某個節日。第一次遇到這種情形的時候，她被嚇得發出了尖叫，然後她才意識到那些人只是一片幻影，是古早的幽靈，是古靈存儲在這些建築石塊中的記憶。儘管心中清楚這一點，她在跑過他們的時候還是會左躲右閃，讓開小販的貨車、多情的伴侶和出售烤肉燻肉的小男孩。他們的叫賣聲充滿了她的耳朵。這些關於美味小食的記憶，甚至還能讓她嗅到濃郁的香氣。饑餓也因此而變本加厲地折磨著她，奔跑更讓她感到陣陣的乾渴。

她對記憶石的體驗徹底打開了她對於這些幽靈的感知。她已經不再需要碰觸任何東西就能夠讓他們在她眼前活躍起來。只要她經過一片黑石牆壁，這座城市的記憶就會如潮水般湧至，將她吞沒。她跑進一片市集，這裡豎滿了剛剛搭建起來的木製高台。樂師們在高台上吹起了閃亮的銀號，擊打著大鼓和鐃鈸。她用雙手捂住耳朵，卻無法擋住這幽靈般的音樂。她飛速跑過這個集市，卻一不小心撞過了一個頭頂著盛滿了冒泡啤酒杯的大托盤的年輕人，不由得又輕輕尖叫了一聲。

「辛泰拉！」她一邊高喊，一邊跑到集市邊緣，停住腳步，飛快地向四周張望了一下。她找到一條黑暗空曠的街道，那裡的建築物也都寂然無聲。再跑過一條街，她又看見一名膚色白皙的街頭藝人身穿白色和銀色衣服，正在拋擲幾粒像蘋果一樣大小的發光珠寶。她將一粒這樣的光球高高拋起，光球突然爆開，變成一片有如繽紛落雨般的火花和光塵。圍觀的人群發出一陣歡呼和尖叫。賽瑪拉喘著粗氣，發覺自己的雙腿正在顫抖。她用斗篷裹緊背後的雙翼。她已經迷失了方向，不知道自己到底在這座城市中的什麼地方。更糟糕的是，她對於辛泰拉的感知消失了。辛泰拉真的溺水了？淹死了？

這裡，到這裡來。

賽瑪拉沒有猶豫。她又跑進一條黑暗的街道。這裡的石子路面很不平坦，她需要不停地跳過堆在地上的石塊。轉過一個街角，她突然嗅到了河水的氣味，也看到了在月亮下閃爍銀光的河面。在河邊破碎的石板路面上，她心愛的龍正趴伏著。她向藍龍跑去，忽然感受到了辛泰拉是多麼寒冷和虛弱。還有她是那麼……自豪？這頭龍在為自己感到喜悅？

「我還以為妳要淹死了！」

「差一點。」辛泰拉站起身。她的翅膀半張著，還在滴水。河水從她的鱗片上流下來，積聚在碎石板上，如同鏡面一般反射著星光。辛泰拉噴著鼻息，突然打了一個噴嚏，把她們兩個都嚇了一跳。「我飛起來了。」她說道。從她的話語中爆發出的力量讓她剛才溺水的事情顯得微不足道，「我飛翔、捕獵、擊殺獵物。我是**辛泰拉**！」

她高聲吼出自己的名字。賽瑪拉感受到了洪亮的聲音，強勁的氣流和動人心魄的精神衝擊，這頭龍高漲的情緒也感染了她。片刻間，恐懼和憤怒都消失了，取而代之的，則是兩心相映的勝利喜悅。

「妳真的飛起來了。」女孩笑著說道。

「生起營火，」龍命令她，「我需要暖和一下。」

賽瑪拉卻無能為力地向周圍看了一眼。「這裡沒有東西可以燒。被河水沖過來的浮木，都是溼的。這座城市裡只有冰冷的石頭，還剩下的木頭也全都腐爛成灰塵了。」隨著自己的話熄滅了藍龍尋求溫暖的希望，賽瑪拉再一次感受到了這頭藍龍有多麼寒冷。她從沒有這麼冷過。賽瑪拉甚至能聽到她的心跳速度在漸漸變慢，身體也逐漸變得僵硬。

「妳能走嗎？我們至少可以先到房子裡避避風。那裡可能會更暖和一些。」

「我能走。」龍的聲音不再那麼有力量了。她抬起頭，「我幾乎，不，我能夠記起這個地方。這座橋已經沒了。河水吞沒了兩條半街道。這裡的河岸邊曾經有一座倉庫，還有供小船停泊的碼頭。前面的山丘上就是散步大道和夢幻廣場，在過去兩條街是……」

「巨龍廣場。」賽瑪拉在辛泰拉遲疑的時候低聲說出了這個名字。她不知道這個名字是從哪裡來的，至少不是很清楚地知道。祖先的記憶。這就是拉普斯卡努力要向她解釋的？她曾經深深墜入那些石頭的夢中。現在她可以自己回憶起這座城市了？

「那前面還有一座梳洗大廳。我記得很清楚。」

辛泰拉向前走去。賽瑪拉急忙跟上了她。這頭龍在邁開步子的時候又打了個趔趄，女孩急忙問道：「妳受傷了？」

「我的右前足有些爪趾裂開了，感覺很痛，但會癒合的。那座梳洗大廳曾經就是為龍治療傷口的地方。古靈會去掉爪子上傷損的部分，用亞麻將爪趾包裹好，再刷漆進行保護，直到爪趾長好。他們還會為爭奪配偶的龍縫合傷口，去除寄生蟲和鱗片蝨，以及做各種諸如此類的事情。」

「如果他們現在能夠幫妳就好了。」賽瑪拉輕聲說。

龍似乎沒有聽到她的話。「那裡還有沐浴的池子，有的只是盛滿了熱水，另一些在水面上還有一層油。喔，如果能再浸泡在那種熱氣騰騰的水裡就好了。從那裡出來以後還能在沙子裡打滾，然後讓僕人們擦去沙子，我的鱗片就會閃閃發光……」

「這些都已經沒有了，」賽瑪拉繼續安靜地說道，「但至少我們能夠躲開冷風。」

龍繼續向前邁著遲緩的步伐，但已經不再說話。賽瑪拉走在她旁邊。他們轉過一個拐角，走進一條充滿了明亮回憶的街道。賽瑪拉無從知道辛泰拉是否能看到這些幻象，因為藍龍沒有任何表示，只是大步走過充滿焚香氣味和剛烹調出的肉食與麵包香氣的市集，賽瑪拉也只能默默地跟著她。

有這頭真實存在的龍作對比，那些幽靈彷彿變得蒼白了一些。他們興高采烈的樣子也變得虛幻而不真實，只是一段來自過去的回音，絕對無法延續到未來。無論他們在慶祝什麼，對於當下都已經毫無意義。他們的世界沒有能存續下來，他們被風吹動的笑聲，彷彿只是對他們自己的嘲諷。

「這邊。」辛泰拉說道。她轉身走上了一道長而平緩的階梯。

賽瑪拉一言不發地跟隨著她走上一級級台階。當她們距離階梯頂部只有兩級台階的時候，她們面前的高大門框突然綻放起了金光。歡迎的音樂響起，馥鬱的香氣散發出來。殘存的兩扇大門自動向後開啟。賽瑪拉覺得這只是石塊的幻影，但龍卻停下腳步，驚異地看著眼前的景象。

「它記得！」辛泰拉突然說道，「這座城市記得我。克爾辛拉記得巨龍！」她高昂起頭，突然發出一陣清冽的吼叫。吼聲回蕩在她面前的廳堂中，一片光明隨之傾瀉出來。

賽瑪拉完全驚呆了。這是光，真正的光，不是遊蕩在過往時間中的記憶。在她敬畏的注視中，眼前這座建築物的第二層和第三層也被點亮了。金光流轉，就像那些窗戶後面燃燒起了熊熊的烽火。建築物兩側同時有了反應，就像一株巨樹的樹冠上所有細小的樹枝全都開始燃燒。光滑奔湧，充滿了巨龍廣場。賽瑪拉回頭望過去，廣場邊緣的雕像上舞動著絢麗的色彩。這時她才意識到，剛剛她走過的那些看似隨機排列的彩色瓷磚，實際上拼成了一頭巨型黑龍的圖案。

賽瑪拉聽到遠方傳來銅號一般的龍吼聲。是荷比，一定是拉普斯卡騎著荷比飛過來找她們了。他們當然一眼就能看出辛泰拉在哪裡。不需要繼續在冷風中等待他們。賽瑪拉跟隨著她的龍，一同走進了歡迎她們的大廳。

一個接著一個的驚奇。這裡牆壁上的瓷磚描繪了一幅連綿起伏的平原圖景，其中洋溢著光明和溫暖。賽瑪拉注視著這座宏偉的殿堂。這裡顯然不是為了招待一頭龍，而是要讓數十頭龍在這裡舒適地安歇。巨大的立柱撐起高高的天花板。這些巨柱全被裝飾成樹幹的樣子。巨柱下的地面鋪著一層灰塵。但依然在穩定地散發出熱量。賽瑪拉透過靴底的破洞能清楚地感覺到這種熱氣。隨著她們向大廳深處走去，芳香的氣息變得越來越強烈，令人心曠神怡。在大廳深處的角落裡，一道供人類行走的樓梯一直向上通往另一個房間。音樂在向她們發出召喚，那是潺潺溪水流過圓石的韻律，讓她們不由自主地向去下一座大廳。

「甜美的莎神啊。」一進入這間大廳，空氣中溼暖的感覺立刻迅速增強。一排十二個巨型水槽橫亙在大廳地面上，每一個都有一道斜坡，讓巨龍可以走進去。其中一個水槽裡正緩緩充滿了噴湧熱氣的清水……

辛泰拉毫不猶豫地走進那個水槽，將下巴枕在一根圓柱形石梁上。現在這根石梁的位置完美地配合著她的高度。熱水現在已經漫到了她的膝蓋。她響亮地歎口氣，說了一聲：「好溫暖。」便俯身臥進水中，閉上了眼睛。

賽瑪拉看著熱水充滿了浴池，最終沒過藍龍的脊背，不由得感到又驚又羨。「辛泰拉？」她小心地問道，但藍龍彷彿已經完全忘記了她。她非常想要求得辛泰拉的許可，到她的身邊去。她一輩子都沒有見過這麼多清澈透明的熱水。在她崔豪格的家裡，他們有一個洗浴吊床。那是一種編織非常緊密的「浴盆」，在夏天的時候可以接滿雨水，再被太陽曬熱。但她從沒有見到過，甚至從不曾想像過巨龍可以這樣洗浴。浴池非常寬大，顯然有著足夠的空間。她仔細查看，發現浴池遠端的角落裡有一道供人類使用的階梯一直延伸進浴池中。喔，她「回憶」起來了：這裡生活著一些古靈，專門為巨龍提供刷洗清潔的服務。在那些沿牆壁排列，現在已經變成粉末的木櫃子裡，昔日存放著刷子和香油。

賽瑪拉低頭看看自己破爛不堪的衣衫。不得不承認，除了破爛以外，還很骯髒。當一個人只剩下一身衣服的時候，找時間將它們洗淨晾乾就變得有一點困難了，尤其是在冬季，但在這個巨大而溫暖的房間裡，它們也許很快就會乾燥。這個誘惑一下子變得非常難以抵抗。

賽瑪拉快步走到那道階梯前，脫下靴子放到一旁，又脫下斗篷放在靴子旁邊。她的「襪子」——只不過是兩塊包腳的破布——她小心地將它們也脫下來，有兩塊布也要比沒有好得多。她又仔細脫下束腰長外衣，將翅膀從外衣背上割開的兩道縫隙中退出來。長外衣和她的褲子被放在一起。她坐到了溫暖的水池邊緣，將雙腳放入水中。

隨後她立刻把腳收了回來。這一池水非常熱，比她習慣的洗澡水熱很多。她看著昏昏欲睡的巨龍。辛泰拉似乎很喜歡這種熱水。賽瑪拉小心翼翼地把腳再一次插進熱水裡。是的，非常熱，熱得令人驚訝，但並非不可忍受。她伸腳踏在台階上，慢慢走入水中。適應這種水溫需要一些時間，但她終於讓下巴以下的身體全部浸沒在水裡。她張開翅膀，感覺到溫熱的水在撫觸它們，讓它們放鬆下來。一直以來，這雙翅膀都在隱隱作痛，賽瑪拉已經接受了這種痛楚，就好像她的手和腳在很冷的時候也會疼痛。現在，這種疼痛的感覺完全消失了，讓她的心中充滿了幸福的感覺。她向後靠過去，浸溼頭髮，伸手讓頭髮在熱水中散開。這種感覺實在是太美了。她將頭沒入水中，揉搓面頰，不斷重複這個動作，直到她潔淨的臉在手指的揉搓中發出吱吱的摩擦聲。潔淨，潔淨竟然能讓人如此喜悅，簡直就是一個奇蹟。她又揉搓雙手，摳掉爪子裡的泥土，然後她仰起身，只留一張臉在水面上。真是天堂。

熱水將她的全部緊張情緒都迅速吸走了。她只想就這樣頭枕在水池邊緣，完全放鬆在溫暖中。她已經那麼久沒有感受過這種徹徹底底的溫暖了，但她還是強迫自己想到了要在早晨重新穿上那些骯髒的衣服。這讓她重新起身，將自己的衣服也放進水池裡，讓它們浸透熱水，然後用力搓洗它們。一團棕褐色的泥土在這些衣服周圍的清水中漾起。她有些畏懼地向辛泰拉望了一眼。她沒想到自己的衣服竟然這麼髒！那頭龍會感覺受到冒犯嗎？但辛泰拉似乎什麼都感覺不到。於是賽瑪拉匆匆完成了她的洗滌工作，盡可能擰出衣服裡的水，又用她的包腳布將一片溫熱地板上的灰塵擦淨，再把包腳布也洗乾淨，最後將她的全部衣服都攤開放在那片地板上。她做完這一切，打算回到熱水中，忽然聽見一點聲音。她的心跳一下子加快了，不過很快她就相信，那只不過是一些闖進自己意識的零碎記憶。

她的半個身子剛剛進入熱水，忽然聽見拉普斯卡歡快地大喊：「妳沒有穿衣服！」

賽瑪拉一下子挑出水池，抓起她的長外衣，背對著拉普斯卡把外衣往頭上套。但她的翅膀擋住了外衣。不知道掙扎了多久，她才讓衣服遮住身體。「你在這裡幹什麼？」她回過頭質問道。問題剛一出口，她就感覺到了自己的話有多麼荒謬。

「找妳和辛泰拉！幫助妳，還記得嗎？妳說過，她要淹死了，但她現在看起來好像沒什麼事。妳們是怎麼做到的？看起來半座城市都被點亮了！我打賭，河對面的人一定都好奇死了！看看這些水。它是從哪裡來的？荷比！荷比，等等，親愛的，妳要幹什麼？妳是怎麼做到的？」

紅龍走進了另一個浴池中。帶有香氣的熱水已經開始流進那個浴池了。荷比歡快地蠕動著身子。拉普斯卡喊了一聲：「嗨，等等我！」然後就開始脫衣服。

「你不能在我面前這樣做！」賽瑪拉感覺自己被冒犯，但拉普斯卡只是轉向她，並露出笑容。

「妳先這麼做的。而且我已經冷到骨頭裡了。」他將衣服丟在地上，直接跳進了水裡，「喔，天哪，這可真熱！妳怎麼站進這種水裡的？」他在水池邊撐起身子，看著賽瑪拉。

「慢慢進去。」賽瑪拉回答了一句，就轉過身不再看他。

辛泰拉已經睜開眼睛，正有些氣惱地看著他們。拉普斯卡回到水池中，讓緩緩上升的池水沒過他的身體。然後他來到浴池的一端，更加靠近賽瑪拉，讓身子懸在水池邊緣，面頰紅潤，一頭深褐色的頭髮不停地滴著水。

「那麼，妳好，辛泰拉。嗨，大女孩？看我一眼，公主！妳是怎麼做到的？妳怎麼點亮了這座城市？荷比和我以前來過這裡許多次。但這裡從沒有亮起來，也沒有給我們準備過洗澡水，至少在今天以前都不曾有過。」

辛泰拉轉過頭，依然枕著那根石梁，看著他們。拉普斯卡的說話方式讓賽瑪拉感到一陣驚駭，但她也感覺到辛泰拉並不介意自己被稱為「公主」而不是「女王」。也許拉普斯卡不知道自己的這番話讓辛泰拉感到多麼高興，但賽瑪拉知道，辛泰拉喚醒了這座城市，做到了荷比不曾做到的事情。也許正是因為如此，辛泰拉才會回答拉普斯卡的問題。

「也許這座城市，正在等待一頭真正的巨龍回來。我只是告訴這座城市我想要什麼。這就是克爾辛拉的運作方式。所有古靈城市都是這樣運作的。這些城市就是為巨龍而建造的。它們歡迎我們到來，在古靈中間安閒享樂。如果它們不能讓我們心情愉快，為什麼我們還會需要古靈？」她的眼睛裡轉動著慵懶的喜悅之意。然後，她緩慢地閉上了眼睛，讓那兩個人自己去思考她的話。

「看妳的翅膀！」賽瑪拉突然高喊一聲，走過去仔細端詳她的龍。

「其中一個比較弱。它會長大的。」辛泰拉被提起了自己的缺陷，不由得又氣惱起來。

「它們正在長大。就像旅途中你們在那座發熱的石台上過夜之後都長大了一樣。它們……太神奇了！這上面的網紋，這些脈絡……我不知道該怎樣稱呼它，但它正在變得更加厚實，色彩也更豐富。我幾乎能夠看到它們就像藤蔓覆蓋一棵大樹那樣向外擴展。妳身上的色彩也變得更加鮮豔了。全身到處都是。但最不可思議的還是妳的翅膀！我已經看不出它們之中有哪一隻還比較弱了。」

「弱的那隻翅膀差別很小。也許只有我能看出來。」

辛泰拉突然站起身，張開她的翅膀，將它們抖動了一下，讓水滴灑滿了整座大廳。「是的，它們變強壯了！」藍龍也顯得異常高興。她又趴回到水中。這一次，她將翅膀半張開，彷彿是要讓它們更好地吸收熱量，「這正是我需要的。」

「我很想知道，是不是所有的龍都需要這種熱量？」賽瑪拉說道。她向荷比瞥了一眼。拉普斯卡的紅龍身材要比辛泰拉更小，更顯渾圓，一直都是如此。賽瑪拉總是覺得荷比的四條腿又短又粗，尾巴也短得可憐，辛泰拉的身體很像蜥蜴，而荷比的身子更像圓滾滾的蟾蜍。但現在，這頭小龍伸展四肢，懶洋洋地趴伏在蒸汽和熱水中。她的變化幾乎像辛泰拉一樣驚人。在她紅色翅膀上的脈絡紋理閃爍著金色和黑色的光芒。賽瑪拉無法想像她的尾巴和腿會變長，但它們的確顯得更長，讓她的身材更加勻稱了。賽瑪拉輕聲說道：「荷比也正在發生變化嗎？」

「喔，是的。」拉普斯卡彷彿一邊說話，一邊吹著水泡，「還記得嗎，我說過我們和你們分離之後，找到了一處會發熱的地方。她在那裡度過了很長時間。我覺得正是因為如此，她才能飛起來。龍喜歡熱量。熱量能夠讓他們成長。」他忽然抓住水池邊緣，又把自己撐起來，「能夠在熱水中成長的，可不是只有他們！」

「你真無禮！快把身體遮住！」

拉普斯卡低頭瞥了一眼，偷笑了一聲，但還是聽話地拿起衣服圍在腰間，用一隻手抓住它，把屁股遮住。「我說的不是這個，而是妳的翅膀，賽瑪拉！如果妳覺得辛泰拉的翅膀在熱水中發生了改變，那麼妳就應該看看妳自己的翅膀。打開它們，蝴蝶女孩。讓我們好好看看它們。」

熱水沿著拉普斯卡的胸膛和赤裸的雙腿流淌下去，鱗片映襯出他胸部和腹部的肌肉線條，但他深褐色的頭髮彷彿也長了許多。看到他這個樣子實在是有些令人吃驚。但更糟糕的是，賽瑪拉忽然記起和他肌膚相親的情景。那時她的身體裡充滿了另一種完全不同的熱量。不，不是他，賽瑪拉嚴厲地提醒自己，*我沒有和他親熱過，我從沒有和任何人做過愛！*但這個想法還是無法消除她的感覺，更不能冷卻她胸中的欲火。她從拉普斯卡面前退開，只後退了一步。不過拉普斯卡也停住腳步，臉上的笑容卻變得更加燦爛了。

「我不會碰妳的，」他向賽瑪拉承諾，「我只想看看妳的翅膀。」

賽瑪拉轉過身，臉上燙得發燒。

「把它們打開吧。」拉普斯卡催促道。賽瑪拉照他的話做了。她張開翅膀，存留在裡面的水流淌出來，讓翅膀感到有些發癢，也讓賽瑪拉不由得打了個哆嗦。拉普斯卡大笑了起來，「這太神奇了，看看它們閃爍的色彩。喔，賽瑪拉，它們真美麗。我真希望妳能親眼看到它們。那樣妳就絕不會再為它們感到羞愧，絕不會再遮掩它們了。讓它們動起來，只是稍稍動一下，可以嗎？」

感覺到拉普斯卡就站在自己身後，賽瑪拉的心中不由生出一陣悸動。她急忙將自己的注意力集中在翅膀上，微微搧動他們。由此而生的感覺讓她吃了一驚。力量。而且翅膀也變大了，就好像它們一直都在等待著被張開。她再一次搧動它們。飛行。現在她能飛起來嗎？她立刻壓抑住這個想法。辛泰拉早就告訴過她，她絕對飛不起來。為什麼她還要用這件事折磨自己？

拉普斯卡又向她靠近了。她感覺到男孩的氣息噴在自己的背上，感覺到了他的體溫。「求妳，」他低聲說道，「我知道，我說過不會碰妳，但求妳讓我只碰一下妳的翅膀，好不好？」

她的翅膀。那又有什麼害處？「好吧。」賽瑪拉低聲說。

「請把它們完全張開。」

賽瑪拉伸展雙翼，感覺到拉普斯卡握住了一支翅膀上翼骨的末端。這種感覺很奇怪，就像他們兩個的手握在了一起。那部分翼骨很像是她的手指。拉普斯卡輕聲說：「真希望妳能看到。這裡的紋路全都是金色的。」他用指尖撫過翅膀上的一根脈絡，賽瑪拉在他的撫摸中全身戰慄，「金色紋理下面是天空一樣的藍色，然後藍天又變成了夜空的顏色。這裡，這裡又變成了像銀子一樣閃爍的白色。」他將她的翅膀又拽直了一些，用手指從她的肩頭一直輕輕撫摸到翼尖。賽瑪拉的身體再一次顫抖。但這次不是因為寒冷，而是她的體內奔湧著無法忍耐的灼熱。

一個奇怪的想法突然闖進賽瑪拉的腦海——拉普斯卡正在使用他的雙手。

賽瑪拉猛地收起翅膀，轉過身。拉普斯卡的襯衫果真已經掉在了地上。「哎呀。」男孩笑著說。

「這不好玩！」賽瑪拉反對道。

拉普斯卡的笑容裡綻放出更多的光彩。賽瑪拉又轉回身——她無法克制自己臉上同樣湧起的微笑。這的確很好玩。很粗魯，但很好玩。非常具有拉普斯卡的特色。但這也讓賽瑪拉感到不舒服。她離開拉普斯卡，向前走去。

「妳要去哪裡？」

賽瑪拉不知道。「去上面，我想要看看這裡還有什麼。」

「等等我！」

「你應該和龍留在一起。」

「根本沒必要。她們都睡著了。」

「至少穿上你的褲子。」

拉普斯卡又笑了。但賽瑪拉拒絕看他，也不想等待他，而是直接回到了他們進來的第一座大廳，向那道向上的樓梯走去。和浴室大廳相比，這裡的溫度要低一些。只被一件潮溼的長外衣裹住身體的賽瑪拉，背上立刻起了一層雞皮疙瘩。她仍然覺得很餓。她將這個想法推到腦後，今晚她在這件事上肯定是無能為力了。

樓梯繞著一根柱子盤旋向上，通向一個規模更符合人類需求的房間。這裡的裝飾也不像下面那樣繁複華麗。這大概是一座主廳，裡面四散著一些已經無法辨別的家具。天花板放射出柔和的光線，均勻照亮了整個房間。從一個窗戶能夠俯視整座巨龍廣場。片刻之間，賽瑪拉只是失神地看著這裡。拉普斯卡是對的，辛泰拉點亮的絕不僅僅是這一座建築。光明在向外擴展。與這裡鄰接的建築物窗口中都透出了光亮。在整座城市中，隨機矗立在各個地方的一些建築物彷彿也都被喚醒了。有的房屋窗戶還是黑的，但它們的邊緣輪廓都亮了起來。古靈是不是也把光線當作裝飾城市的一種手段？就像色彩和雕刻一樣？有些被喚醒的建築距離他們非常遙遠，甚至位於割裂這座城市的深谷另一邊。那些閃爍的燈光讓賽瑪拉覺得那裡彷彿有人居住，讓賽瑪拉感到歡欣鼓舞，卻又忐忑不安。

「我告訴過妳。這座城市沒有死。它在等待我們，等待巨龍和古靈將它喚醒，讓它重新煥發生機。」拉普斯卡靜悄悄地登上台階，站到她身後。

「也許。」賽瑪拉應了一聲，轉過身跟隨拉普斯卡進行探索。拉普斯卡來到一道高大的屋門前。這道門是木製的，不過上面裝飾了鍛打出各種花紋浮雕的金屬鑲板。也許正因為如此，這道門才倖存下來。拉普斯卡打開門，驚異地高聲說道：「看，這通向哪裡？」

賽瑪拉跟隨他走進一條寬敞的走廊。這裡有更多門戶，都和拉普斯卡剛剛打開的那道門很相似。它們在走廊兩側一直排列下去。「它們都鎖住了嗎？」拉普斯卡一邊說著，一邊推了推一道門。門無聲地被推開。拉普斯卡在門前猶豫了一下。

「裡面有什麼？」塞拉瑪快步來到他身邊。

「某個人的房間。」拉普斯卡說道，但他仍然沒有走進去。

賽瑪拉踮起腳尖，越過拉普斯卡的肩頭向房間裡望進去。這裡的確是某個人的房間。賽瑪拉已經見過這座城市中的不少房間。那裡全都空空如也，一看就知道，居住在裡面的人早已收拾起房間裡的東西並離開了。還有一些房間裡只有粉碎的家具殘片，但這裡完全不同。這裡有一張桌子和一把椅子。它們用烏木做成，上面覆蓋了某種非常閃亮，同時又色彩絢麗的物質。賽瑪拉曾經在崔豪格見過一只很小很昂貴的匣子，表面就有這種物質。房間角落裡有一個形狀和這張桌子相匹配的架子。架子上擺放著玻璃和陶瓷器皿，其中大多數是藍色的，也有幾只是橙色和銀色的，在這些器皿中顯得格外與眾不同。

「看啊，一張石雕的床。有誰會想要一張石頭床？」拉普斯卡大膽地走進這個房間。賽瑪拉則有些害羞地跟在他身後。她感覺自己在這裡就像是一個闖入者，彷彿對面牆上的那道窄門隨時都有可能突然打開，或者像是這間房子的主人會從裡面走出來，質問他們來這裡幹什麼。她來到那個架子前，發現架子上有一把梳子和一把髮刷，看起來是用玻璃製成的。她摸了摸髮刷，髮刷上的豬鬃還很硬。

「這個歸我了！」她聽到自己這樣說道，不由得為自己聲音中的貪婪感到驚訝，但她自從幾個月之前丟掉了自己的髮刷以後，的確一直都沒有一把像樣的髮刷。桌子上擺著一樣扁平的物品，看上去很像是一本書。她將那件物品打開，才發現它是連接並折疊在一起的三面鏡子。她看了看鏡子裡的自己，一下子就無法將頭轉開了。這是她嗎？辛泰拉將她改變了這麼多？

那個「帶有雨野原印記」的女孩已經不見了。鏡子裡有一位古靈在看著她——面龐修長，五官被細膩的藍色鱗片點亮。一頭溼漉漉的長髮漆黑柔順，透過髮際線能看到細小的藍色鱗片也覆蓋了她的頭皮。她抬起手，撫摸自己的面孔，好確認這鏡影中的確就是她自己。這時她才發現自己的爪子變成了明澈的深藍色，上面還躍動著一絲絲白銀，就像根系脈絡般，從每一根指尖延伸到她的手臂，直至臂肘。她相信，在洗熱水澡以前，自己肯定不是這種樣子。

就在她愣愣地盯著自己的時候，拉普斯卡突然說道：「這裡還有讓妳更高興的東西呢！有女孩的衣服。都是古靈布料的，就像愛麗絲穿的那件長裙。真漂亮。有銀色、藍色和綠色，都是妳的顏色。還有同樣材質的軟鞋，只是比衣料更厚實一些。」

「讓我看看！」賽瑪拉急忙說道。

拉普斯卡從那道窄門後面的架子旁轉回來，手中托著一件閃閃發光的藍綠色衣服。賽瑪拉的心跳都加快了。

拉普斯卡笑著對她說：「這裡有許多這種衣服。妳還可以把它們分給大家。」

賽瑪拉推開拉普斯卡，跑到架子前，手指翻過一件件疊在一起的衣服，像奔淌溪水一樣的銀色、比芬提更綠的綠色、像辛泰拉一樣的藍色。她興奮得幾乎喘不過氣來。

「嗨。回頭看看。」拉普斯卡對她說。

賽瑪拉轉回頭，發現拉普斯卡正將鏡子端在她的身後。「喜歡妳的翅膀嗎？」他問道。然後他一下子閉住了嘴，賽瑪拉的表情把他嚇到了。淚水湧出賽瑪拉的眼眶，她感覺到自己的嘴唇在顫抖。她已經說不出話來了。

「妳不喜歡它們？」拉普斯卡驚慌地問道。

賽瑪拉的心中則只有震撼。「拉普斯卡，我好美。」

「是啊，我早就這樣和妳說過呢！」聽拉普斯卡的口氣，他好像很氣憤賽瑪拉過去總是懷疑他的話。他回到桌子旁，把鏡子放下，回頭瞥了賽瑪拉一眼，卻又急忙將頭轉開，彷彿突然感到很不安。然後他自顧自地走到石頭床前。「真奇怪，」他一邊說，一邊坐了上去，突然又驚呼一聲跳起來，「它握住了我！」

他們全都盯住那張床。床上出現了拉普斯卡的屁股印子。不過那片凹痕很快就在他們眼前消失了。床板恢復了平滑的表面。拉普斯卡小心翼翼地將一隻手放在上面，向下按壓。他的手微微陷入床內。「看上去像石頭，但你壓上去的時候，它是軟的。而且很溫暖。」他又坐了上去，然後身子一仰躺在了床上。「喔，甜美的莎神啊！我從沒有睡過這樣的床。快來試試。」

賽瑪拉先是將一隻手按在上面，然後小心翼翼地坐了上去。床面依照她的身形改變了形狀。

「躺下。妳一定要感覺一下。」拉普斯卡一邊說，一邊向床裡移過去，為她讓開位置。賽瑪拉照做了。她躺倒在床上，完全放鬆下來，仰頭看著天花板上柔和的光亮，忽然歎息一聲：「這張床也為我的翅膀讓出了空間。我已經好久都不能這樣平躺下來了。而且它好溫暖。」

「我們在這裡睡覺吧。」

賽瑪拉向拉普斯卡轉過頭。拉普斯卡的臉距離她非常近，他的呼吸吹到了她的嘴唇上。她發現，巨龍浴池中的熱水也讓拉普斯卡煥發出明艷的光彩。熠熠生輝的，朱紅色的拉普斯卡。他很美麗，她也很美麗。這是賽瑪拉人生中第一次感覺到自己美麗。拉普斯卡的眼睛凝視著她的臉。她突然相信了自己在這雙眼睛裡看見的一切，這讓她明白了自己是多麼有吸引力。她一下子感覺到有一股熱血直抵自己的腦門。在拉普斯卡的眼睛裡，她同樣看到了這種感覺。她從不曾這樣心醉神迷過。她試著向他微笑。而他一下子睜大了眼睛。她聽見他吞嚥口水的聲音。

她迎上他的嘴唇，接受了他深情的熱吻。這種感覺熟悉又陌生。拉普斯卡慢慢向她貼近。「我想要妳，」他輕聲說，「我第一次見到妳的時候就想要妳，甚至那時候我還蠢得根本不知道我想要什麼。我想要的只有妳，賽瑪拉，求妳給我。」

賽瑪拉沒有回答他的話語，甚至沒有讓自己去思考答案。她張開嘴，忘情地和他親吻。當他的手撫摸自己的身體時，她也沒有絲毫顫抖。她接受了他的體重，古靈臥床讓他們兩個深陷於其中，並溫暖地將他們包裹住。片刻間，她以為自己會疼痛，但她感受到的只有甜美的歡愉。**我準備好了**，她心中想，然後她就不再去想任何事。

「我只想離開這裡。」

雨水還在他的臉上流淌，剛剛跑回到船上的他還沒有調整好呼吸。雷恩是第一個跑上柏油人號的。他相信是好運氣讓軒尼詩首先找到了他，告訴他麥爾妲和孩子正安全地在活船上避難。這位大副讓雷恩自己先去船上，他還要去找萊福特林船長和絲凱莉。雷恩的姊姊蒂絡蒙還在和絲凱莉一起在城中各處尋找麥爾妲。回到船上，看見妻子身上裹著船上的粗毯子，雷恩站在廚房火爐旁，一邊眨掉睫毛上的雨水，一邊努力想要了解到底發生了什麼事。終於，他找到了自己要問的問題：「孩子在哪裡？軒尼詩說妳把孩子生出來了。」

麥爾妲盯著他，已經不可能更加蒼白的面孔卻在這時變得更白了，臉上的鱗片也因此更加清晰醒目。看上去，他的妻子就像用象牙和寶石雕刻的精美藝術品。「在前甲板上，」她低聲說，「柏油人需要他留在那裡。這樣柏油人才能幫助他。來到廚房的時候，我又餓又渴，我想要帶著孩子，但這艘船說不可以。他需要孩子留在那裡。」說到這裡，麥爾妲咬住嘴唇，然後又嗓音沙啞地說，「但柏油人說他能做的也只有這麼多了，如果我們想讓孩子活下來，就必須找到一頭龍來救他。還有，雷恩，我今晚殺了一個人，一個恰斯人。」她這樣說的時候，一直看著丈夫的眼睛。丈夫難以置信的表情清晰地映照在她的眼睛裡。深深的皺紋也出現在雷恩的額頭上。麥爾妲又說道，「我相信他就是潛入這裡的間諜，目的是殺害巨龍，將龍的器官送回到恰斯國去做成藥材。現在這裡還有一個恰斯人。雷恩，他打算殺死我和孩子，把我們切碎成肉塊，偽裝成龍肉送去恰斯國，做成為恰斯大公治病的藥。」

雷恩注視著他的妻子。「坐下來，親愛的，喝口茶。妳剛才所說的一切聽起來都很不可思議。不過這些可以遲些時候再說，我現在想看看我們的孩子。」

「當然。貝霖和他在一起。我只是稍微離開一下，清理一下身子，喝口熱茶。」她低頭看著自己洗淨的雙手，又抬起頭看著雷恩，「你知道，我不會放棄他。」

「我從沒有想過妳會放棄。親愛的，只是妳的話聽起來都沒什麼道理。我覺得妳現在的狀況可能不太好，不過在我們談論這些事以前，我要去看孩子了。妳好好休息一下，我馬上就回來。」

「不，我和你一起去。這邊。」麥爾妲從桌上拿起杯子，遲緩地邁開步子。

雷恩遲鈍地跟隨在麥爾妲身後，重新走進雨中。他們貼著船艙，在強風和黑暗裡向前移動。柏油人和雷恩乘坐過的其他活船都不一樣。這艘船沒有船首像，也沒有可以說話的嘴，但在登上這艘巫木駁船之前，雷恩就能清楚地感覺到它的存在。強大的意識瀰漫在這艘船的各個地方。現在他的前甲板上有一團微弱的光芒。那裡用帆布搭了一個小棚子。雷恩掀起帆布簾鑽進去，看見一位身材高大的女子正坐在棚子裡，她身邊的木甲板上擺放著一個帶罩子的油燈和一個非常小的嬰孩。看到這一幕，雷恩一時竟不知該說些什麼才好。

麥爾妲緊緊抱住雷恩的手臂。「我知道，」她喘息著說道，「他看上去不像我們想像的那樣。我知道他的身上有印記。就像那名助產士警告過我的那樣。就像每一個人害怕的那樣。但他活著，雷恩，他是我們的……」麥爾妲沒有能把話說完，停頓片刻之後，她又問道，「你失望了，對嗎？」

「我只是感到很吃驚。」雷恩緩緩跪倒下去，伸出一隻顫抖的手。他又回頭看了一眼，「我能摸摸他嗎？我能抱一下他嗎？」

「摸摸他吧。」麥爾妲邊說邊跪倒在他身邊。身材高大的女子向便讓開。緩慢又小心地她退出帆布棚子，將空間留給他們。自始始終，那名女子都沒有說過一個字。雷恩將手放在兒子的胸口。他的手掌就和這個孩子的胸膛一樣寬。嬰兒動了動，將臉轉向雷恩，用一雙深藍色的眼睛看著他。

「但不要把他抱起來。」麥爾妲警告丈夫。

「我不會讓他掉下來的！」面對妻子的擔憂，雷恩不由得露出了微笑。

「不是因為這個，」麥爾妲低聲說，「他需要靠近柏油人。柏油人在幫助他呼吸，幫助他的心臟跳動。」

「什麼？」雷恩的呼吸變得困難，心臟好像停在胸膛裡，「為什麼？出了什麼事？」

麥爾妲也伸出一隻纖細的手，輕輕按在兒子的胸部，讓他們三個人連在一起。「雷恩，我們的兒子受到了雨野原的影響，是很嚴重的影響。就是這樣。為什麼有那麼多女人丟棄她們的孩子，唯恐因為養育他們而和他們產生感情？我們的兒子正在為生存而戰鬥。他的身體發生了變化。他不是人類，也不是古靈。他被卡在了中間。他體內的狀況很不正常。柏油人就是這樣說的。他說他可以讓我們的孩子活著，但如果真正要生存下來，我們的孩子必須再接受變化——只有龍能夠造就的變化。有一些事情，只有龍能夠做到，就像婷黛莉雅對我們做的一樣。只有龍能夠讓他的身體得以運作。」

他們身後的甲板上傳來沉重的腳步聲。帆布棚的簾子突然被掀起。「我的船在對你們說話？」萊福特林問道。聽語氣，他彷彿受到了冒犯。

麥爾妲沒有站起身，只是轉過頭看著他：「必須如此，我不知道我的孩子需要什麼。只有他能告訴我。」

「嗯，如果有人能告訴我，我的船上到底發生了什麼，那就好了！」

「我可以，船長。」那名高大的女子也鑽進帆布篷。她的名字叫貝霖。現在這頂臨時搭建的棚子顯得有些擁擠了。貝霖似乎感覺到雷恩需要單獨與自己的妻子和孩子相處，或者也許是她希望能夠和這位船長在私下裡談談，「我們先回船艙去吧。關於這個孩子為什麼在這裡，我會告訴你的。絲凱莉回來了嗎？」

「我想要叫醒升降機工人的時候，恰好撞到她。軒尼詩找到了她們，派她先來告訴我，軒尼詩和雷恩的姊姊蒂絡蒙隨後就到。蒂絡蒙一直在幫我們尋找麥爾妲。」

「那就沒事了。來吧，我再煮些咖啡，把我知道的事情都告訴你。」

萊福特林猶豫了片刻。也許是雷恩懇求的神情讓他最終做出決定。「好吧。」他突兀地說了一聲，就鑽出帆布棚子走掉了。

船長一離開，麥爾妲就俯身貼近到她的兒子身邊，蜷起身子護住嬰兒。雷恩也毫不猶豫地依樣照做。他們兩個的身體將他們的兒子圍護在中間。雷恩和麥爾妲將頭貼在一起，他呼吸著妻子秀髮的氣味。對於妻子和他們的孩子都安全地在他身邊，他感到欣慰。「告訴我，」他輕聲說道，「把我離開以後發生的每一件事，都告訴我。」

更月第二十六日
商人聯盟獨立第七年
致貿易商芬波克
來自金姆，卡薩里克信鴿管理人

芬波克：

你將是全繽城第一個收到這個訊息的人。萊福特林船長和活船柏油人號已經從前往上游的探險中返航了。在今晚貿易商大堂中舉行的會議中，他宣稱這次探險重新發現了克爾辛拉，但他至今為止都拒絕透露更多細節資訊，甚至拒絕讓卡薩里克商人議會看到他的航行圖表和筆記。他說這些資訊都是屬於他和與他同行的巨龍守護者的，還說只要仔細閱讀他們簽下的契約，就能證實這一點。

有傳聞說，也許他已經殺死了其他所有人，打算獨占克爾辛拉。萊福特林船長保證說幾乎全體探險隊的成員都活了下來，而且已經和龍群一起在某個地方定居了。關於你兒子的妻子，萊福特林說她決定留在巨龍定居的地方。他還指控一名和他同行的獵人，說那名獵人是叛徒，是恰斯人的間諜，並暗示卡薩里克貿易商議會可能有貪腐行為，因為正是他們雇傭了那個人。

現在你看到私人信鴿的價值了吧？你將提前數天得知這裡發生的事情。我相信你一定能看出在信鴿管理人之中擁有一位朋友的價值，而我得到的酬謝自然應該符合你的感謝心情。

金姆

12

光明

「這麼晚了，會是誰？」卡森從床上翻身坐起，高聲說道。

「出什麼事了？」塞德里克嘟囔著。他剛剛才睡著。他看到卡森穿上褲子，幾步走到門前。便用毯子裹緊身體，想要保留住因為那名大漢離開而損失的溫暖。

「刺青？」他聽到卡森驚愕地問道。隨後門外就傳來了那個男孩有些模糊的應答。

「我能進來嗎？請讓我進來。」男孩的聲音變得清晰了。卡森從門前後退一步，讓他走進來，然後又走到爐火前，將一根原木扔進火中。火星揚起，有幾簇火苗開始向上跳躍。

「坐下吧。」卡森對刺青說道，同時坐到自己製作的一只凳子上。刺青甩了甩頭髮上的雨水，坐到了另一個凳子上。看到刺青沒有說話，卡森便問道：「出了什麼事，龍生病了？」

「不是，」刺青低聲說道。他向爐火瞥了一眼，然後又轉頭看著黑暗的屋角，「賽瑪拉和拉普斯卡沒有從克爾辛拉回來。他們剛過中午就騎著荷比飛去了那裡。拉普斯卡說他想讓賽瑪拉看看那裡的一樣東西。我以為他們會在天黑前回來。所有人都知道，荷比不喜歡在黑夜裡飛行，但現在天黑已經有幾個小時了，他們卻毫無音訊。」

卡森沉默了片刻，看著火舌舔噬原木的側面，然後將原木一點點吞掉，「你擔心會發生不好的事情？」

刺青深吸一口氣，又重重地歎息一聲。「應該不算。我的龍芬提忽然很興奮。她說辛泰拉掉進水裡去了。也許要淹死了。芬提對此似乎完全不感到擔心。於是我去找了默爾柯。因為他……怎麼說呢……更穩重，不像我的芬提那樣嫉妒心強又充滿惡意。和默爾柯交談，更有可能清楚了解事情。默爾柯向我垂下頭，彷彿是認真聽了我的問題。然後他說，就他所知，辛泰拉沒有事。她的確掉進了水裡，並因此感到懊惱，但現在她已經安然無恙了，而且默爾柯覺得她就在克爾辛拉。是的，我們全都知道辛泰拉不能飛，所以我去尋找辛泰拉，但辛泰拉的確不見了。」刺青低頭看著自己的雙手，「我覺得，也許辛泰拉**真的**在河對岸。就在那座城市裡。拉普斯卡、荷比和賽瑪拉也都在那裡。」

塞德里克坐起身，用毯子裹住身體。那個男孩的面色很難看。

卡森慎重地說：「今天早晨，我做的第一件事就是去查看草地上的痕跡。至少有一頭龍嘗試過飛行。那應該就是辛泰拉。看樣子，她終於度過難關，飛上天了。也許賽瑪拉正是因此才留在了對岸。而且在這種糟糕的天氣裡，也許他們也是因為雨太大才只能留在城裡。他們應該不會有事。刺青，如果賽瑪拉出事了，拉普斯卡一定會不顧一切地趕回來。如果拉普斯卡出事了，荷比一定會掀起一陣風暴。如果荷比和他們兩個都遇到了麻煩，那麼我相信所有龍都會知道。如果賽瑪拉受了傷或者有危險，辛泰拉肯定會知道。也許辛泰拉不太好相處，但我相信，她至少會向我們傳遞訊息。」

刺青低頭看著自己的腳，低聲說：「我猜，我知道。」

「看起來，」大漢在沉思中說道，「辛泰拉終於過了河。那可要飛上很長一段距離。」他微笑著轉向塞德里克，「是什麼刺激她採取了這個行動？我很想知道，然後我就要在噴毒的身上試試。」他又笑著去看刺青，卻沒有得到男孩的回應。

房間裡再一次陷入沉默。他們只能聽到窗外淅淅瀝瀝的雨聲和爐火輕微的嗶啵聲。刺青在凳子上挪動了一下身體。「我猜，我不是擔心他們受了傷。我是擔心他們在一起了。」他將肩膀縮得更緊，彷彿這樣能夠抵擋他感到的痛苦。

塞德里克用充滿理解的眼神看著這個男孩。他知道嫉妒的痛苦，並且一眼就能看出這種苦惱。凳子發出吱吱嘎嘎的聲音。卡森在移動他的身體。塞德里克能看到他的側臉。火光映出了他錯愕的神情。「實際上，孩子，在這件事上你什麼都做不了。這種事情經常會發生。」

「我知道。」刺青將雙手緊緊握在一起，夾在膝蓋之間，身體前後微微搖晃。然後他突然說：「我把和她的事情都搞砸了。我本以為一切都很好，但一切突然就亂了。她那麼生氣我和潔珥德睡了覺，而我完全沒料到。潔珥德和我在一起的時候，賽瑪拉看起來甚至對我沒有興趣。就像以前一樣，她只是我的朋友。所以，為什麼她要這麼生我的氣？」

「嗯，我猜，現在我弄清楚一點了。」

卡森向後仰起身子，用一根柴枝將原木捅到爐子更深處，「這是一種艱難的學習方式，我覺得我們大多數人都是這樣學會嫉妒的。任何人都覺得這樣很蠢，直到有人讓你親身體驗了這種感受。」

「是的。」刺青的臉上有了生氣，或者也許是一陣怒火，「我沒辦法想他們在一起的事，卻更沒辦法讓自己不去想。她怎麼能這樣對我？我是說，難道她不應該先告訴我，警告我，給我一個機會，讓我做得更好，然後再決定是不是要選他，或者，或者不選他！」

卡森回頭瞥了塞德里克一眼，又轉過頭看著這個男孩。「有時候，事情不會按照計畫進行。它們只是會直接發生。並且，**就算是**她真的和他在一起了，你的意思也好像是她這麼做全是因為你。我不打算傷害你的感情，但很可能她的決定和你沒有什麼關係。當你決定和潔珥德在一起的時候，你有沒有考慮過賽瑪拉會怎麼想？或者拉普斯卡、沃肯或其他人會怎麼想？」

一點茫然的微笑扭曲了刺青的嘴唇。「我『決定』和潔珥德在一起的時候。哈。」儘管他的聲音顯得很哀傷，但那段回憶明顯給他帶來了一些笑容，「我不記得在那一晚做過任何決定，或者想過任何事。」

「那麼，也許賽瑪拉……」

笑容突然從刺青的臉上消失了。「但她是一個女孩。女孩肯定會思考這些事，不是嗎？」

一抹不可思議的笑容慢慢出現在卡森的臉上。「你今晚來到這裡，是要問我關於女人的建議？」

他轉過身，看著塞德里克，「你確定敲對了門？」

刺青看上去很不舒服，「嗯，否則我還能和誰談這件事呢？其他守護者只會開我的玩笑。除非我去和潔珥德談。但這肯定又會造成我不想發生的事情。或者是希爾薇，那我還不如直接和賽瑪拉去談。因為我對希爾薇說的任何話，她都會告訴賽瑪拉。所以我才來了這裡。你，你們兩個看上去都很快樂。看上去你們都做出了正確的選擇。所以我想，在這裡的所有人中，你們似乎是最好的談話對象。你們年紀更大。而且感情的事情其實沒有什麼太大差別，對不對？人們都會嫉妒，人們都會陷入愛情。」刺青在說出最後這句話的時候顯得很笨拙，視線故意避開了卡森。

塞德里克發現自己也將視線從卡森身上轉開了，彷彿他不敢去看卡森臉上會有怎樣的表情。獵人良久沒有說話。然後他平靜地說道：「刺青，快樂來了還會走。愛一個人並不是你最初時感受到的那種瘋狂的迷戀。迷戀會消失。嗯，不是消失，而是平靜下來。然後在有些時候，當你最沒有防備的時候，你瞥到那個人，一切感覺都回來了，狠狠地撞上你。但那仍然不是你應該去尋求的。你要尋求的是另一種感覺：無論在什麼樣的環境裡，和那個人在一起永遠都要比沒有那個人更好。無論境遇好壞，有那個人在身邊都會讓你變得更好，或者至少讓你更有力量度過難關。」

「是的，正是這樣。這就是我對她的感覺。」

塞德里克抬起頭看著卡森。這名獵人正在緩慢地搖著頭。「抱歉，刺青，但我不相信你的話。」

男孩猛地站起身，「我沒有說謊！」

「我知道你沒有。你相信你所說的一切事實。現在，不要生氣。我不久之前曾對戴夫威說一段話，現在我也要說給你聽。不要感覺受到了冒犯，你只是年紀還不夠大，不知道你在說什麼。你想要賽瑪拉，我相信你很喜歡陪在她身邊。我也相信今晚她和拉普斯卡在一起，而不是和你在一起，這讓你感覺快要發瘋了。但我只看到一個年輕人，身邊沒有幾個可以選擇的對象，又非常缺乏這方面的經驗……」

「你不明白！」刺青高喊一聲，向屋門口衝去。他猛地拉開門，又停了一下，把兜帽戴起來。

卡森沒有試圖去阻止他。「我明白，刺青。我也曾經處在你這樣的位置上。總有一天，你也會處在我現在的位置上，對年輕人說同樣的話。而他可能也不會……」

「那是什麼？看啊！是著火了嗎？那座城市著火了嗎？」刺青愣在屋門口，盯著遠方的河對岸。

卡森兩步來到他身邊，越過他的肩頭向遠方望去。「我不知道。我從沒有見過這樣的光芒。它們是從窗戶裡射出來的，但它們怎麼會那麼明亮！」

一陣隆隆聲響起。那聲音非常低沉，塞德里克更像是感覺到了它，而不是聽到了它。他站起身，用毯子圍住自己的裸體，來到門口。在遠方的黑夜，他看見那座城市呈現出前所未有的景象。那不再是遠方的一片建築，而是許多看不出規律的方形光點分散在遠方的河岸，一直向更加遙遠的地方延伸，覆蓋了白天的山麓丘陵。就在他的眼前，還有越來越多的光斑亮起，朝下游方向擴散。他的呼吸停在了喉頭。他突然意識到，自己正在看著一座比他想像中更加龐大的城市，規模絕對不比繽城小。

「甜美的莎神啊！」卡森喘息著說道。此時此刻，塞德里克感覺到的隆隆聲成為了十幾頭龍共同發出的銅號吼聲。

「那是怎麼回事？」塞德里克向所有人提出這個問題，不過他並不期待有誰能夠回答這個問題。他感覺到芮普妲回應了他的疑問。她的龍被那片光明喚醒了，正發出銅號般的吼聲。片刻間，他只是感覺到了芮普妲的迷惑，然後芮普妲的思緒變得清晰了，那裡面有喜悅，也有痛苦。**那座城市醒過來了，正在歡迎我們。我們回家的時刻到了。**

但我們無法到達那裡。

在深夜的龍吼中，愛麗絲了醒過來。她將雙腳放到床下，一碰到冰冷的地面，她不由得打了個哆嗦。她睡覺時穿著萊福特林給她的古靈長袍，這讓她彷彿能感覺到萊福特林的撫摸，同時這件長袍還會讓她感到溫暖。她急忙跑到屋門前。沒有了船長。這個房間變得又大又空。她打開屋門，迎面而來的是雨水和黑暗。

不，不是完全的黑暗。無數星星正在河對岸亮起。她愣了一下，揉揉眼睛，然後又凝神眺望。不是星星。不是火焰。是從窗口照射出的光芒。只有古靈魔法才能創造這樣的光明。那邊一定發生了什麼事，某種重要的功能被觸發了。愛麗絲敬畏而又沮喪地望著那一片美景。「我應該在那裡。那是誰做的，是怎樣做的？」

她想起，那場遠征剛剛開始的時候，拉普斯卡和她初次相見，那時他是一個衝動又淘氣的男孩。她知道那個男孩在萊福特林離開以後仍然不斷地前往那座城市。她非常懷疑拉普斯卡根本沒有在意船長的警告，還不顧自己可能會被淹沒的危險，一次次沉浸在記憶石的夢境裡。現在一定是拉普斯卡發現了某種機關，做了些什麼，喚醒了那座城市。如果這就像愛麗絲曾經見證過的其他古靈魔法那樣，那這種情景只會持續一段時間，然後就會突然消失，並且再也不會重現。

而她卻還待在大河的這一邊。

淚水刺痛了她的眼睛。她憤怒地搖搖頭，拒絕讓淚水流下來。現在沒有時間哭泣。她必須仔細觀察，盡力讓自己記住遠方的那些建築中有哪些亮起來了，又有哪些還保持著黑暗。這些都應該被記錄下來。如果她能夠見證這座偉大城市最後的古靈魔法盛典，那麼她就詳細記錄今晚的景象，提供資料給日後前來研究這些古代遺跡的人。

「我認為首先要做的事情是為古靈和她的孩子搭建一個更好的居所。」軒尼詩提議道。他正坐在廚房的桌子邊，向他身邊那位戴面紗的女子瞥了一眼，彷彿在等待她的確認。但那位女子只是默默地坐著。

萊福特林遲鈍地點點頭。他已經徹底累壞了，但沒有時間休息。他的耳朵因為疲憊而嗡嗡作響。他晃晃頭，竭力清理自己的思路。「還有咖啡嗎？」

「還有一點。」貝霖回答道。她將咖啡壺從鐵爐上拿下來，走到廚房桌邊，為船長又倒了一些咖啡。雷恩將杯子放到桌子中間，她也將雷恩的杯子倒滿。萊福特林看著坐在自己對面的古靈，感受到了這位古靈的疲憊和焦慮。他想要得到萊福特林的幫助。為了他的孩子，他需要萊福特林和他的船。但從雷恩講述的故事中可以判斷：若幫助了古靈，就一定會和那些恰斯間諜發生正面衝突。萊福特林相信自己至少知道一個間諜的名字，而這正是讓他感到害怕的事情。如果他公開和亞力克作對，那個恰斯人又會幹出什麼事來？當眾宣布萊福特林不僅非法使用巫木增築自己的船，還暗中將辛納德·亞力克送到雨野原上游？他已經從他的船員們的眼睛裡看到了罪惡感。為了保護這艘船的祕密，他們共同做了壞事。在那個時候，他們都接受了船長的命令，因為他們別無選擇。當這艘船停泊在碼頭上的時候，亞力克突然消失得無影無蹤。沒有人再向船長問起過這件事。但他們現在全都知道事情不妙了。他們做過的壞事要遭報應了。他們為了自保而採取的行動，只會讓他們犯下更大的錯誤。沒有人能夠為他的所作所為找到理由。這些罪行中的每一樁，都將是巨大的醜聞。如果兩件罪行都被公之於眾，萊福特林無法想像還會有哪個雨野原人能夠不與他們為敵，就連愛麗絲也無法原諒他。他不知道雷恩和蒂絡蒙是否感覺到了他們的緊張。

絲凱莉有些猶豫地說道：「古靈麥爾妲沒有做錯任何事！他們要殺死她和她的孩子。為什麼我們不能直接去議會報告？難道我們不應該警告他們，我們不應該告訴大家，好讓另外那個暴徒被繩之以法嗎？」

萊福特林給了絲凱莉一個警告的眼神。現在他的侄女還是閉嘴為妙。「議會已經腐敗了。」萊福特林對此確信無疑。對於恰斯人在卡薩里克這一事實，有人採取了視而不見的態度。卡薩里克不是一座很大的城鎮。如果他們就像麥爾妲所說的那樣四處行動，還會購買補給品，其中一個人就住在妓院裡，那麼人們一定會知道他們的存在。一定有人在庇護他們，或者是為了錢，或者是受到了威脅。

「整個議會都腐化了？」雷恩驚恐地說道。

「有可能，也可能還不至於。但我們不知道，如果我們找錯了人，也許只會一頭撞進陷阱裡。」

「現在我們沒有時間了。」貝霖語氣沉重地說，「如果有恰斯人在這座城市中行動，他們卻一直沒有將那些間諜抓起來，那他們其實就是在歡迎那些間諜。這艘船在向我們所有人說話，而且他的話語從沒有這樣清晰坦誠過。他暫時能讓這個孩子活下來，但我們必須儘快為這個孩子找到一頭龍。」

萊福特林喝下一大口咖啡。「一個新生兒需要一頭龍，這真讓我感到困惑。」他知道龍是如何改變那些守護者的。每一名守護者都吃下了盛在鱗片上的一滴血，但那是守護者們的事情。也許他不應該向其他人透露這個祕密。不過與其糾結於議會和恰斯間諜，談論這個謎團要好得多了。卡薩里克的貿易商們墮落得有多嚴重？和恰斯人進行非法交易是絕對禁止的。當他被迫將亞力克帶到雨野原河上游的時候，就已經清楚這一點。而交易龍的器官就更加惡劣，這是違背一項已經簽訂的契約，是對貿易商文化核心的背叛。這將意味著雨野原社群已經發生了幾乎無法想像的改變。不管怎樣，考慮一個嬰兒為什麼需要巨龍才能活下來，總要比去思忖一個人到底為什麼才會收下黑錢而背叛自己的同胞，要來得更輕鬆一些。

雷恩試著回答了他的問題：「我自己也不完全明白，船長。」他歎了一口氣，「麥爾妲和我知道，因為暴露於巨龍婷黛莉雅的身邊，我們自己發生了改變。她的弟弟瑟丹也有著同樣的改變。多年以來，我們一直在思考和討論這個問題。我們認為：在巨龍身邊生活，使用巨龍的物品——比如從古靈城市中發掘出來的寶物——才是使得人們發生變化的原因。如果母親暴露在這種環境裡，就連子宮中的嬰兒也會受到影響。但對我們而言，婷黛莉雅引導了我們的變化，並使這些變化得以加強。所以，這種變化沒有導致我們畸形或者殺死我們，而是讓我們變得優雅美麗，甚至有可能延長我們的壽命。只是我們還無法確定這一點。」

他更加沉重地又歎了一口氣。「我們一直以為這是一種祝福，但現在不同了。我本以為我們的孩子會繼承我們所得到的恩惠。對於孩子的變化，麥爾妲從一開始就比我更擔心。她的擔心是正確的。我們的孩子在出生時就發生了改變。而這種改變並沒有讓他變得更好。麥爾妲說，他剛生出來的時候，面色是灰白的，甚至一開始還沒有哭聲。她說她將孩子帶上這艘船以後，是柏油人救了孩子。我們都知道，活船的木材來自於龍繭。所以，也許柏油人糾正了我們的孩子的一些變化，但麥爾妲說這艘船已經告訴她，他無法修正孩子身上的全部錯誤。只有龍才能將他的變化導入正軌，讓他至少能夠長大成人，甚至將他變成古靈。」說到這裡，雷恩就閉住了嘴，只是看著萊福特林。

在今天的早些時候，雷恩在萊福特林的眼中是那樣輝煌高貴。他是古靈，還是一個富有的貿易商家族的子孫，身著華服，散發著大人物的氣勢。而現在，他彷彿完全被厄運壓倒了，變回成一個非常年輕的普通人。

沉默充斥在廚房中。許久之後，等待的氣氛終於被打破，雷恩提出了要求：「求你，能不能帶我們前往克爾辛拉，帶我們去找巨龍？我們儘早出發？」

這就是雷恩的決定。但萊福特林才是柏油人號的船長，其他人不能告訴他該怎樣做。指揮一艘船絕對容不得民主的成分，但是當萊福特林抬起自己疲澀的眼睛，看著聚集在廚房中的他的船員們，他們的想法非常明確。只要他一聲令下，貝霖和斯沃格就會立刻鬆開纜繩。絲凱莉也會全力幫忙。軒尼詩在看著他，等待他的命令，讓他做出決定。大埃德爾站在一旁，就像以往一樣等待著船長的下一個命令。現在這名大漢的身上穿著一件乾淨的新襯衫。看樣子他已經見過了自己的母親。船上的小黃貓格裡格斯比跳上餐桌，走到大埃德爾面前，信任地伸出頭，接受埃德爾雙手的愛撫。雷恩心不在焉地摸了摸那隻貓，格裡格斯比發出他那種神氣活現的貓叫聲。

「你不想向議會做任何報告？不想讓他們知道恰斯人和麥爾妲的遭遇？」

「我相信他們很快就會知道。或者他們其實已經知道了。」雷恩的聲音變得嚴峻起來，「只要那名間諜的屍體被發現，肯定會有人向議會報告這件事。」

「那會引起一些人的警覺。我們能因此發現有誰在退縮，以及有誰知道他本不應該知道的事情。」

「這也可能會非常危險。」雷恩發出一陣聲音，那聲音很陰暗，不太像是笑聲，「這些我都不在乎。他們骯髒的政治和我無關。我的兒子才是重要的，麥爾妲才是重要的。」

萊福特林點了一下頭。「我明白你的意思了。但我們回到這裡的原因不止一個。守護者們和愛麗絲希望他們的家人知道他們活著。我想要報告我已經完全履行了契約，但我們主要的目的是拿到酬金並採購補給品，這件事我們還沒有做好，我們需要那些錢。今天商人接受了我們的信用賒帳，送來了我的船員所需要的給養。但在我們需要的一切物資中，這只是很小的一部分。我們需要為河上游的一個小殖民地提供足夠的物資。冬季已經到了，那裡幾乎什麼都沒有。那裡的生活非常嚴酷。食物可以利用狩獵來獲取，住房可以搭建，但我們還無法使用那座城市，就算我們真的進入了那裡，那裡也是一片荒涼。如果我們拿不到錢，如果我們無法將所需的物資完全裝載上船，那麼我們之中很可能將有人無法熬過這個冬天。」

雷恩注視著萊福特林，面容極其嚴肅。「錢不是問題。就讓那些卡薩里克人攥住他們該死的錢吧。」說到這裡，他不由得厭惡地一揮手，然後繼續說道，「庫普魯斯家的信用非常好。我會讓你的船上裝滿各種東西，同時又不必付出過多的錢。我的兒子的生命才是我關心的。我想我明白我們要做什麼。我們將要面對嚴苛和危險的環境。但如果我們留在這裡，我的兒子就會死。」他略微聳了一下肩，「所以我們要跟你走，如果你會帶上我們。」

艙室中的寂靜讓所有人都屏住了呼吸，等待傾聽船長的下一句話。萊福特林想到了愛麗絲，思考她會希望他怎樣做。如果他將這件事告訴她，她又會有什麼樣的反應。他應該讓她感到驕傲。

我們都有和這個孩子一樣的血。他的母親已經將他交給了我，我會帶他去找龍。

他的船很少以這樣直接的方式同他說話。萊福特林看著其他人，不知道他們是否也清楚地聽到了柏油人的話。不管怎樣，他們全都在看著他。愛麗絲曾經問過他，活船是否擁有和龍一樣的魅力。他告訴愛麗絲，活船沒有。但他現在對自己的答案不是那麼確信了。不過這種懷疑只持續了短短一瞬，現在他心中的衝動更像是他自己的願望，他大聲將這個願望說了出來。

「家人就是家人。血濃於水，就算是雨野原河的水也比不上。我們會儘量在明天下午啟航。」雷恩的眼睛裡閃動著欣慰和喜悅。萊福特林又警告他，「這全都要看你是否能有足夠的信用，讓貨物填滿這艘船。我們將裝上這裡的一切東西，還有能夠迅速從崔豪格運來的一切東西。這樣我們將非常高興。」他又搖搖頭，因為他知道有些貨物是不可能這麼快就搞到的，「該死，」他自言自語地說道，「我還想帶上一些牲畜，活的牲畜。幾隻綿羊，兩隻山羊，一些雞。」

雷恩看著萊福特林，彷彿他瘋了，「要這些幹什麼?航行中的新鮮肉食嗎?」

萊福特林搖搖頭。有很多事情他都沒有告訴議會，沒有告訴這裡的任何人。「我們要繁育牠們。創建畜群。雷恩．庫普魯斯，那裡有陸地，有大片草場，有乾燥土地上的茂密青草，遠方還有山丘和高山。如果我們能夠得到牲畜，就能夠在那裡大批繁育。」

雷恩露出思索的表情。「你必須從繽城訂購種籽和牲畜。在春季之前，你很可能都得不到它們。」

萊福特林不耐煩地點點頭。「這一點我知道，但我訂購得越早，它們就能來得越早。我需要一些時間做好這件事。我會送一隻信鴿去一個我認識的人那裡，一個相信我有付款信譽的人。那樣他也許會為我安排這件事。」說到這裡，萊福特林又感到一陣遲疑。沒有人會想要運輸活牲畜，除非能夠迅速進行貨物交接，否則活物很可能會死掉。

「不必，」雷恩果斷地搖搖頭，「你忘記了，我妻子的家族也有一艘活船。我會送信給特瑞爾和艾惜雅。他們會收購你想要的貨物，並按照我們的計畫將貨物送到這裡。只要你確定下日期，他們就會在崔豪格等你。相信我的話。我們的生意會一直做到內陸地區。」

一抹微笑緩緩出現在萊福特林的臉上。「年輕人，我喜歡你做生意的方式。那麼這樁生意就說定了，如果對你來說握手就足夠了，那我們現在就可以成交。」

「當然。」

雷恩說著就在桌面上俯過身，握住了萊福特林的手。「我們在天亮之前就開始行動。我會叫醒那些商店老闆，讓他們天一亮就把貨物搬到這裡來。」

萊福特林沒有放開雷恩的手。「不必這麼快。我們不能讓太多人注意到我們離開。最好不要讓人們將你和你的夫人與我們的船聯繫在一起。已經有人企圖殺害她和你們的孩子，她也讓那些人流了血。我們知道，這座城中還有一個恰斯人，也許還有更多。而且一定有人在幫助他們。我們不想讓他們知道你們在哪裡，最好他們連這方面的猜想都不要有。你們兩個要留在船上，藏起來，徹底從人們的眼前消失。」

「三個。」一直安靜地坐在餐桌角落裡的那名女子開口說道。萊福特林幾乎已經忘記了她的存在。她戴著面紗，這在雨野原並不少見，但在卡薩里克這麼做的人不像在崔豪格那樣多。現在她掀起面紗，露出了自己受到雨野原影響的面孔，這代表著她對船長和船員們的信任和接受。「我會和你們一起去。我的名字是蒂絡蒙．庫普魯斯。我是雷恩的姊姊。」

「蒂絡蒙。」萊福特林略一鞠躬，向她表示問候。

「和我們一起？」雷恩驚愕地說道，「但……蒂絡蒙，妳需要認真考慮一下。如果我們全都失蹤了，母親一定會因為擔憂而生病的。我早就想過，要請妳回去告訴母親這裡都發生了什麼事。也許妳能帶上庫普魯斯家的授權信，陪同萊福特林船長一起採購，確保家族授權信得到尊重……」雷恩的聲音慢慢消失了。蒂絡蒙正在搖頭，隨著雷恩說出的每一個字，她搖頭的動作只是更加用力。

「不，雷恩。我不會返回崔豪格。不管怎樣，我都沒有這樣的計畫。我本以為能夠在卡薩里克找到更多的自由。但我錯了。即使是在雨野原，我也無法避開陌生人異樣的目光和議論紛紛。我知道，媽媽邀請了紋身者來到這裡和我們共同生活，讓他們成為我們社群的一部分，她認為這是一件好事。但他們也帶來了外界的歧視！我們被告知不要在意他們曾經是奴隸，其中有許多人還是罪犯，他們的臉上全都有刺青。但他們卻肆無忌憚地嘲笑我，盯住我。我在自己的家鄉，卻變成了一個異鄉客。」

「他們並非都是這樣。」雷恩無力地說。

蒂絡蒙轉過頭看著弟弟。「你也知道他們是怎麼做的吧，雷恩？我不在乎。我不在乎他們之中有多少是好人。我也不在乎他們有多少是冤屈的奴隸，或者他們因為自己帶刺青的臉而受了多少苦。我在乎的是：在他們到來之前，我曾經有自己的生活，而我現在完全失去了這種生活。所以我要離開，我要去克爾辛拉，那裡沒有外來的人。明天，我會盡力幫助你。我會雇一艘小船，迅速前往崔豪格，或者送去一隻信鴿。我會帶著家族的授權信去那些商店老闆那裡，確保他們提供我們所需要的一切物資。我會說，我打算開始一場新的探險，而且我和萊福特林船長已經簽訂了祕密契約。無論我能幫上什麼忙，我都會盡力。但你們不能將我留在卡薩里克。我要去克爾辛拉。」

「崔豪格的情況，真的變得那麼糟糕嗎？」軒尼詩低聲問。

「並不是……」雷恩開口道。但他的姊姊用一聲「是的！」打斷了他的話。她直視著軒尼詩，彷彿在用目光向他發出挑戰，「如果你只有很輕的印記，那麼也沒什麼可以說的。但我們這些具有嚴重變化的人，都會聽到人們的竊竊私語，也會感受到他們對我們的躲避。彷彿我們很髒，或者有傳染病！我們真的那麼令人厭惡嗎？我無法承受這樣的生活，再也無法承受了。」她的目光轉向萊福特林，「你說，這條河的上游已經建立起了一個小殖民地？那麼，如果你們想要讓那裡有更多居民，只要你們告訴大家，所有受到雨野原改變的人都能夠在克爾辛拉過上平靜的生活，那裡一定會增加許多人口。」

「不只是平靜，」軒尼詩說道。他笑著看向蒂絡蒙。「等妳看到那些守護者，妳就會明白我的意思了。他們的變化就像古靈一樣劇烈。他們說他們正在成為古靈。這個世界很快就會有更多的古靈了。」他又挽起袖子，露出自己帶鱗片的手臂，「不只是那些守護者。我們這些在巨龍身邊的人全都有了更多變化。」

「更多的古靈？」雷恩驚愕地問。

「一個古靈的殖民地？一個『變化』普遍存在的地方？」蒂絡蒙的眼睛裡閃爍著希望。

萊福特林向廚房中掃視了一圈。他突然感覺到非常疲憊。「我要去睡一下。」他說道，「我需要睡眠。我建議你們全都趁現在休息一下。如果你們睡不著……」他向雷恩和蒂絡蒙瞥了一眼，「……那麼我建議你們寫下我們都需要購買些什麼，還有要寄給家人的信。軒尼詩，想一想你需要什麼材料在前甲板上搭建一個艙室；絲凱莉，讓雷恩和蒂絡蒙去看看我們為愛麗絲和塞德里克搭建的小艙室，現在它們基本上已經空了，我們向上游航行的時候，你們可以住在那裡。」他忽然打了個呵欠，讓自己也吃了一驚。不過他最後又向斯沃格下了一個命令。

「在甲板上和碼頭上都安排好放哨的人。我不希望任何訪客在我們不注意的時候上船。」

萊福特林走向自己的船艙。他不知道自己到底被捲進了怎樣的事件，他和亞力克的那些舊事是不是有可能被重新翻出來。

在天亮之前，寒冷喚醒了愛麗絲。她下床生起爐火，然後沒有再回到空空的床上，而是坐到了爐火旁。空空的床。現在她開始有了這樣的概念。在她和詔諭成婚的這些年裡，她從沒有期待過詔諭在自己的床上，唯一的例外只有那個徹底改變她的命運的新婚之夜，而那一晚詔諭也沒有在她的床上停留多久。但萊福特林，她愛上那個男人還不到一年時間，她卻非常想他。他的離去，讓愛麗絲即使躺在床上的時候，也覺得這張床空空如也。她想念萊福特林龐大而溫暖的身體，想念他輕柔的呼吸。每當她在夜晚醒來時撫摸他，他也總是會甦醒過來，將她抱在懷裡。

有時候，他們還會有更親密的舉動。愛麗絲回憶起那些充滿欲望的時刻。她的身體對這種挑逗所發生的反應，要遠比她對任何饑餓的反應來得更加強烈。她希望那種挑逗能夠回來，越快越好。和詔諭的性生活從來都不是什麼好事，但和萊福特林的性愛，從不曾讓她有不好的感覺。

她將裹住肩膀的毯子又拽緊了一些，讓自己更靠近火焰。許久之後，她終於放棄了回憶，站起身向她臨時搭成的晾衣架走去。她的古靈長袍正掛在那裡，就像萊福特林最初送給她時一樣美麗。她昨晚將這件衣服進行了洗滌，不是因為這件衣服上出現了髒汙，而是因為她每個星期都會這樣做。她將頭探進這件衣服的領口裡，古靈長袍就輕盈地滑落下來，包裹住她的身體，清晰地顯露出她圓潤窈窕的曲線，並且讓她感到舒適溫暖。這件衣服能夠充分捕獲她身體散發出的熱量，並將它們返回給她的肌膚。她寬慰地歎息了一聲，又稍稍抱怨了一下這件衣服無法將她的雙腳也蓋住。不要不知感恩，她責備自己。能夠擁有這樣一件神奇的衣服，她已經很幸運了。在進行繁重骯髒的工作時，她儘量不穿這件衣服。實際上，這件衣服還從沒有被她撕破過，但她不想冒這種險。

她有燻魚作為早餐，不過這種食物早已讓她感到厭煩了。她幻想著烤麵包和雞蛋，還有一點果醬和一壺真正的茶。她是那樣渴望這些簡單的東西！萊福特林會竭盡全力帶回更多的補給，但誰也無法知道他什麼時候能夠回來。他曾經向愛麗絲保證，順流而下的航行要比逆流而上時快得多，畢竟這艘船已經知曉克爾辛拉的水路了。但愛麗絲很擔心柏油人會悠閒地在水上遊蕩，不在乎過了多少日子。每天早晨，她都在思考她的船長會不會在今天回來。每天早晨她都決定讓自己忙碌起來，不要想還沒有發生的事情。

是的，今天也一定能平靜度過！她向水壺中倒滿水，準備用本地香草煮茶。這種香草很可口，清早能喝一杯熱飲也是很好的事情，但這終究不是她想要的「茶」。配著這種香草茶的是一小塊燻魚肉。她相信這樣的飲食是有益處的，這讓她不必在餐桌前多浪費時間。這根本就不是值得花時間去享用的菜肴！

早餐結束了。她又洗過手和臉，包住雙腳，穿上她帶洞的靴子，然後將破斗篷披在肩頭，走出房間。風暴在昨晚離開了這裡，雨也下完了。在鋪滿山坡的潮溼草葉上，熹微的陽光映出點點光亮。她抬起頭，眺望河對岸遠方的城市。

在這麼遠的距離上，她無法判斷那些建築物的窗戶裡是否還有光線。只有夜晚的再次降臨才能讓她確認這一點。但她懷疑昨晚的奇蹟是否能延續下去。古靈魔法已經在這裡沉睡了無數個歲月，但它們常常在最後短暫綻放出奇蹟之後便耗盡了。昨晚她沒有能在那座城市裡親眼見證那片光明的爆發，這讓她感到異常苦澀。她已經將自己所見到的一切都記錄下來。而另一件讓她深感遺憾的事情，就是她無法井井有條地按照時間順序排列她的所有筆記。關於昨晚的奇景，她就只能記錄在一張古靈織錦素描的背面，那是她還居住在繽城的時候所做的素描。面對極度缺乏紙張的問題，最近她不得不重新翻檢她的早期譯作，尋找上面的所有寬闊的邊緣留白和底部的空餘。她不喜歡這樣做，但昨天晚上，她不得不這樣做。對那座城市的探索，她不可能拖延到萊福特林回來以後。

她已經迫不及待地要繼續她的工作了。只要荷比帶拉普斯卡回來，她就會立刻讓拉普斯卡將昨晚發生的一切相信講述給她。她希望那個男孩沒有對那座脆弱的城市遺跡造成不可逆轉的損壞。但在心裡，她已經做好了得知一連串愚行和破壞的準備。她擔心萊福特林是對的。那個男孩會讓自己完全沉浸在記憶石裡。如果拉普斯卡繼續這樣做，他很快就會變成一個雙眼無神的行屍走肉，徹底離開當下的世界，讓生命迷失在許多個世紀以前古靈生活的夢幻裡。

彷彿是愛麗絲的白日夢召喚來了巨龍，她看見那頭朱紅色的龍正在飛過大河。片刻間，她心中的怒意蕩然無存。她只是愣愣地站在原地，望著天空。絲絲縷縷的霧氣飄散開來，更加清晰地顯露出那個生靈。荷比飛行時的樣子似乎比以前更強壯了。自己狩獵看來對她的身體很有好處。就在這時，那頭龍轉向飛回了河對岸。而天空中的另一個半點，吸引住了愛麗絲的目光。

愛麗絲努力向遠方眺望，又用拳頭揉了揉眼睛，再次凝聚目力。河對岸是有一隻藍色的鳥嗎？不。她的眼睛沒有欺騙她。有另一個生靈正在城市上空飛翔。她伸展雙翼，在高空盤旋。雖然距離遙遠，但那清晰的剪影無疑是屬於一頭藍龍。那是辛泰拉！

巨龍終於獲得了飛行的能力，愛麗絲對此深感震撼，更完全被她的美麗所折服。光芒閃爍的辛泰拉就像是銀色陽光中的一顆藍寶石。「喔，天空的女王，妳的光彩遠遠超越了一切藍色。」愛麗絲喘息著說道。

她感覺到一陣刺激的喜悅。遠方的巨龍回應了她衷心的讚美。

更月第二十七日
商人聯盟獨立第七年
來自黛托茨，崔豪格信鴿管理人
致雷亞奧，繽城信鴿管理人

雷亞奧：

我爭取到這裡信鴿主管的許可，用信鴿將這個訊息送給你。艾瑞克和我發明了一種煙燻的辦法，可以殺死鴿籠中的紅蝨子：將高品質的雪松樹枝——越新鮮越好——切成小段，再加上苦麥芽藤。如果你那裡沒有，告訴我們，我們這裡的樹上生滿了這種藤蔓，送一批給你是很容易的。將這兩種材料用任何油脂攪拌在一起，直到將它們抓起來攥緊之後可以固定成形。然後用上等木炭墊在它們下面對鴿籠進行煙燻，確保放上足夠的木炭，能夠燒過一整夜。

先將鴿子從鴿籠中移出，把木炭和燻料放在盆裡，留在鴿籠中悶燒一整夜。鴿籠必須被徹底清掃，一切築巢材料都必須被除去。我們還用鹽水擦洗了鴿舍的牆壁，不過我認為是煙燻產生了效用，因為我們在早晨發現有大量紅蝨子死在鴿籠的地上，藏在木材裂縫中的這種害蟲數量，遠遠超過了我們的想像。

相信我不需要告訴你，所有被放回到乾淨鴿籠中的鴿子，身上絕對不能有紅蝨子或者是蝨子幼蟲，否則你的鴿子還會不斷死去，而你必須重新煙燻被感染的鴿籠。

我們收到報告，有人見到不屬於公會的鴿子飛行。我們結束隔離開展業務的壓力已經越來越大了。信鴿主管還是決意要將鴿籠封閉一整天，直到再沒有死鴿子的時候才能重新使用。我則將這一時間延長到了三天。

還有一個小消息：柏油人號回來了，但梅爾達家的兒子和那個逃家的妻子都不在船上。船長說他們打算留在河上游那座新發現的城市裡。現在滿城都是流言蜚語。不過我相信，那個船長沒能提供足夠的資訊來得到他的酬金！有人懷疑船長在耍花招，另一些人則認定他絕不會將他發現的祕密說出來，所以許多人都在忙著制定各種計畫，在柏油人號再次啟航前往上游的時候，他們要跟蹤那艘船。但如果想幹成這件事，可是需要非常多的好運氣！

請記住，煙燻必須持續一整夜。我期待著我們的鴿子能夠再次飛上藍天！

而明天，我必須將所有作為信鴿管理人的責任放下，開始為了當一名新娘而擔心了！

黛托茨

13
改變主意

賽瑪拉在拉普斯卡的臂彎裡醒來，男孩的一條腿還搭在她的身上。拉普斯卡也醒了過來，伸手想要擁抱賽瑪拉。「不。」賽瑪拉說道。她的聲音不算嚴厲，但她還是向旁邊躲開了拉普斯卡。拉普斯卡做了個鬼臉，沒有逼她的意圖。此時恐懼已經澆熄了賽瑪拉的熱情，她打破了父親的規矩而有了罪惡感嗎？還是她害怕懷孕呢？灰色的晨曦侵入這個房間，讓這裡的一切都彷彿和昨天有所不同。賽瑪拉非常清楚地記得自己昨晚做了什麼，但她不明白為什麼會這樣做。她記得那時的感覺——美麗而充滿欲望，又充盈著一股奇異的力量，但這些怎麼會那樣徹底地壓碎了她腦子裡的所有常識？

現在她一絲不掛，這個房間舒適又溫暖，唯一讓她感覺不舒服的只有自己的裸體。她破舊的束腰長外衣，看上去比以往任何時候都更加讓她倒胃口。她走到那些櫥櫃前，挑選了一點疊放在上面的古靈長袍，這讓她又覺得自己是一個間諜或是一名賊。抖開這件長袍，她看到銀藍兩色的光澤交相輝映。她將長袍套過頭頂，把手臂伸進袖子裡。這件長袍是為了比她更加高大的人縫製的。這對於她至少有一個好處——長袍裡面有足夠的空間可以放下她的翅膀。她想要捲起過長的袖子，但袖子已經自動收縮到和她的手臂一樣長短。她又充滿希望地探看櫥櫃。她在一排鉤子上找到了一些腰帶和圍巾，便拿起一條腰帶，扣住長袍，讓她能夠走路，然後她又轉動了一下肩膀，不過長袍很快就伏貼地包裹住了她隆起的翅膀。

「這裡還有鞋子。」拉普斯卡提醒她。

賽瑪拉回過頭。拉普斯卡正用一隻手肘撐著身子，完全不害臊地看著她穿衣服。賽瑪拉轉過頭，不再去看正在欣賞她的身體的拉普斯卡。一片紅暈燒熱了她的面頰。她是正羞窘著？還是因為拉普斯卡喜歡看她而感到驕傲？賽瑪拉說不出來。她彎腰去找鞋，選了一雙藍色的靴子穿在腳上。她不知道這雙靴子是否合腳，但靴子鱗片狀的表面很快就自動調整成為她雙腳的形狀，與她的腳跟貼合在一起。她提起高過腳踝和一部分小腿的靴勒，靴勒便包裹住她的雙腿，並固定在那裡。能夠適應她變化體型的衣服，潔淨又溫暖的衣服。這麼簡單的事情，卻神奇地讓人感到不可思議。

「為我選一件。」拉普斯卡提議。

「女人的長袍？」

拉普斯卡聳了聳自己赤裸的肩膀，「我在石頭的夢裡看見古靈工人全都穿著這種長袍，無論男人還是女人。其中有些人的長袍更短，下身穿著長褲。我的衣服都變成破布片了，我可不在乎以前是誰穿著這些長袍。」

折疊整齊的衣服都擺放在架子上。賽瑪拉的手指捋過一件件衣服，最終找到了一件金褐兩色的長袍。「試試看。」她將這件長袍抽出來。

「不是紅色的？」拉普斯卡問。賽瑪拉搖了搖頭。

「好吧。」拉普斯卡說了一聲。讓賽瑪拉羞窘的是，他就這樣赤裸著身體從床上站起，向她走了過來。賽瑪拉想要將視線從他來回晃動的性器上移開，卻做不到。這時，她聽到拉普斯卡發出一陣快活的笑聲。

「把你的身子遮住。」賽瑪拉一邊嚴厲地說著，一邊將一件衣服丟給他。

「妳確定想這樣？」

「是的。」賽瑪拉又加重語氣強調了一遍。但她不知道自己說的是不是實話。一看到拉普斯卡，她體內的暖流立刻又騷動起來。她想要壓抑自己的衝動，卻又很想任性地讓自己沉溺於其中。她看著拉普斯卡將長袍套過頭頂，再把肩膀伸進去。古靈衣服的剪裁纖細修長，正好能夠遮住拉普斯卡的腳踝。這件長袍的下襬很寬大，足以讓拉普斯卡邁開大步，上半部卻能夠勻貼地包裹住他的肩膀和胸膛。這件長袍穿在拉普斯卡的身上，沒有半點女性特徵。他選了一條亮紅色的腰帶和一雙綠靴子。兩種顏色都很鮮艷耀眼，賽瑪拉發覺自己露出了微笑，這還真是拉普斯卡的風格。穿好衣服之後，拉普斯卡就迫不及待地跑到鏡子前開始欣賞自己。然後他向賽瑪拉轉回身說：「穿上這麼好的衣服，感覺好棒，對不對？如果我們現在能有些吃的就好了，若能這樣，我相信在這個世界上我就不會再有更多的願望了。」

拉普斯卡一提到饑餓，賽瑪拉的胃口突然被喚醒，且開始凶猛地提出抗議。她的口袋裡已經什麼都不剩了。她本以為他們在這座城市裡只會度過一個下午。「你還有食物嗎？」她充滿期待地問。

「一點渣渣都沒了！」拉普斯卡歡快地回答，「回去之前，我們是否應該再稍稍探索一下？」他側過頭，眼睛望向遠方，「荷比醒得很早，已經去狩獵了。她也許要在吃飽睡足之後才會回來找我們。或者辛泰拉願意背我們回去？」

「想也不要想。」賽瑪拉承認。她知道，就連這樣的問題都不應該向辛泰拉提出來。她試著像拉普斯卡那樣朝自己的龍伸展出意識。但她只能感覺到辛泰拉的存在，卻不知道那頭藍龍在哪裡，也不知道她正在做什麼。好吧，這就是辛泰拉。如果她想要讓賽瑪拉知道她的狀況，自然會告訴賽瑪拉。讓賽瑪拉感到氣惱的是，她感覺到那頭龍也贊同她的想法。這是辛泰拉給她的唯一回饋。

拉斯卡向她聳聳肩。「嗯，沒有龍可以騎，沒有食物可以吃……我們至少可以先看看這裡都還有些什麼。來吧。」他向賽瑪拉伸出一隻手，賽瑪拉不假思索地握住了他的手。拉普斯卡的手乾燥又溫暖。賽瑪拉的拇指能感覺到他手上細小的鱗片。兩個人雙手緊握的時候，拉普斯卡卻沒有像賽瑪拉那樣顯得有些心慌意亂，而是牽著賽瑪拉徑直跑出房間，隨後進入走廊。

他們首先找到的一道門被鎖住了。無論拉普斯卡怎樣拳打腳踢，那兩扇門也絲毫沒有開啟的跡象。這條走廊裡有十二道門，他們又只找到了另外兩道門可以被打開。這兩道門裡的房間都和他們進入的第一個房間很相似。其中一個房間裡只剩下了大型家具，彷彿房間的主人帶著這裡所有的物品離開了。另一個房間的衣櫃裡放著和第一個房間類似的長袍、鞋子，另外還有褲子。賽瑪拉認為這應該是男性古靈的衣服。不過她還是毫不猶豫地挑出一條褲子穿在身上。

這個房間裡的衣服被散亂地堆放在架子上。房間到處都零星散布著一些小東西。一把形狀奇特的石子，表面印有花朵和樹木的圖案。

拉普斯卡走過來瞥了它們一眼，聳聳肩。「我猜這些是錢，已經沒有用了。不過看這裡，他留給了我一把梳子和幾把有趣的小刷子。兩根項鍊。等等，不，一根斷了。這只是一根舊繩子，全都爛掉了。空掉的小罐子，也許裡面原先裝著油膏或者墨水，或者是別的什麼。無論這裡有過什麼，它們都乾掉了，變成了灰塵。這有一把漂亮的小匕首，不過刀鞘全都腐爛了。這些是什麼？」

「不知道。」拉普斯卡所指的東西是用金屬做成的，勾連在一起，而且兩端還有鉤環，顯然能夠連接更多片段，「一條腰帶？」

拉普斯卡舉起這件沉重的金屬物品。「我可不會繫上這種腰帶！也許是為龍準備的。」

「有可能。」賽瑪拉有些懷疑地表示同意，這時她的肚子叫得更響了，「我需要食物。」她能夠清楚地聽出自己的聲音是多麼焦躁。

「我也是。我們拿上找到的東西去河邊吧。也許我們能夠在那裡找到一些可食用的植物嚼一嚼，或者是捉住一條魚。」

「不太可能。」賽瑪拉回答。但她也沒有更好的計畫了。

她覺得自己就像一個賊，用古靈長袍當作口袋，把他們偷來的東西全部打包在裡面，然後她停頓一下，又開始收集長褲。拉普斯卡也用一條褲子將剩下的長褲捆紮在一起。大家一定會很高興能穿上新衣服。這些漂亮又結實的衣服，賽瑪拉相信一定會讓他們格外喜歡。最後，她又將自己原先那身舊衣服也收拾起來塞進包袱裡。守護者們不應該丟棄任何物品。他們的資源非常匱乏，任何可以再利用的東西都很有價值。

龍的浴池都空了，兩頭龍離開了，池子裡的水也都乾了。這座大廳中只剩下溫暖的空氣和柔和的光亮。這是一個令人感到舒適的地方，賽瑪拉很害怕要走出去。但他們在這裡已經無事可做了。他們將包袱扛在肩頭，回到冬天的室外。天空清澈碧藍，吹在臉上的風很冷。但賽瑪拉身體其餘的地方很暖和。陽光灑在身上的感覺很好。片刻間，他們只是在沉默中前行。古靈靴子和賽瑪拉以前穿過的所有鞋都不一樣。她低頭看看它們，不知道是否應該再把自己的舊靴子穿在外面。這雙鞋讓她的腳很溫暖，同時她卻又覺得自己彷彿是赤腳走在路上。她希望自己這樣穿不會把這雙靴子毀掉。

「能夠穿上溫暖衣服的感覺真好。」拉普斯卡說道。然後他又帶著思考的口吻說，「城市感覺不一樣了，是不是？它醒過來了。」

「的確是。」賽瑪拉表示同意，隨後就沒有再說什麼，因為她還無法很精確地說出到底是什麼發生了變化。如果她不是這麼餓，她也許會想要再多進行一些探索，但現在她能夠想到的只有食物。而他們最有可能得到食物的地方就是河邊。

「辛泰拉能飛了，很多事對妳都會變得不一樣了。」拉普斯卡又說道。

賽瑪拉驚訝地瞥了拉普斯卡一眼，然後順著男孩的目光向遠方望去。城市後面的山丘上，一雙藍色的翅膀正在天空中映射著眼光。她的龍正在飛翔和狩獵。賽瑪拉一時沒有說話，只是考慮著眼前的狀況，但拉普斯卡的聲音沒有就此停止。

「她現在能夠自己捕食了，這也會幫助她長得更大。在能夠任意捕獵和進食之後，荷比就長得非常快，我相信所有的龍都會這樣。現在她們兩個還知道去泡熱水澡了！她將會變得和以前完全不同。妳也會有更多時間去做妳想做的事情。」

賽瑪拉努力理解拉普斯卡所說的這些話。「這不會有太大的不同，」她說，「我還是會繼續狩獵，幫助其他守護者餵養他們的龍。」

「但辛泰拉不會再那麼需要妳了。」拉普斯卡再一次向她指出。賽瑪拉瞥了拉普斯卡一眼，這個很正常的結論，為什麼聽起來卻又這樣殘酷？

「也許吧。」她有些憂鬱地表示同意。她忽然感到非常失落。那頭龍曾經是那樣需要她。賽瑪拉用了幾個月的時間才贏得她的青睞。她們也有過許多爭吵和摩擦，故意忽視和冷落對方，然後又努力地傷害對方。而現在，辛泰拉在一夜之間終於掌握了飛行，不再需要她了。她們從沒有像其他那些巨龍和守護者那樣緊緊連結在一起。現在她們更不可能有那樣的關係了。

「看上面！荷比在那裡。她一定是在撲向獵物。看起來她很快就會飽餐一頓，也許還會睡上一覺，然後就會來找我們。」

賽瑪拉看著遠方那道從空中落下的紅色閃電，又轉過頭去尋找辛泰拉的藍色雙翼，但她什麼都沒有看見。也許辛泰拉已經捕到獵物，正在大吃大嚼。她卻甚至沒有和自己的龍有足夠連結，無法知道她的龍在哪裡。

他們來到了河邊。這裡多少有些危險，不斷上漲的河水越來越逼近城市，吞沒了那些老碼頭。在下游，一些街道和建築全部沒入河中，正在遭受河水的侵蝕。這裡沒有淺灘，賽瑪拉也不太敢過於靠近河邊，她不知道河岸的哪一部分是牢固的，哪一部分已經因為長期受到侵蝕而損壞了。她跟隨著拉普斯卡，有這個男孩的帶領，她能感覺到一種舒適和親熱的感覺。他們到達了一個地方。這裡有許多古早的石柱突出在水面以上。這一部分的城市已經倒塌在冰冷的河水裡，仍然存留的部分則形成了一道陡峭的岩石河岸。「等在這裡。」拉普斯卡命令道，賽瑪拉蹲下身，看著拉普斯卡。拉普斯卡沿著陡峭河岸爬了下去，小心地從一根石柱移動到另一根石柱，有時候會停下來，從水中收集一些東西，放進腰帶上的口袋裡。他回頭瞥了賽瑪拉一眼，「看看能不能找到浮木，我們得升起營火。」

賽瑪拉呻吟一聲站起身，她懷疑自己應該沒有那麼好的運氣。不過當拉普斯卡回到岸邊的時候，她已經找到了一根還算不錯的原木，還在上面堆起了一捧大大小小的樹枝。拉普斯卡一直將自己的生火工具掛在脖子上。他很高興地向賽瑪拉展示了自己的生火技巧。火焰騰起之後，賽瑪拉探頭去看拉普斯卡的收穫。他收集了一些帽貝和幾縷水草，還有一些賽瑪拉不認識的雙殼貝類。「你確定我們能吃這些？」賽瑪拉問他。

拉普斯卡聳聳肩，「我以前吃過這種東西。我現在還活著。」

他們將這些貝類和水草放在營火旁被燒熱的石板上，直到它們冒出熱氣，然後將它們打開吃掉。這些食物不算美味，不過它們可以吃，而現在賽瑪拉要求的只有這一點。他們也談不上是飽餐一頓，但至少不再像剛才那樣餓了。吃過東西以後，他們肩並肩地坐在營火前，看著河面，古靈長袍讓他們感到舒適又溫暖。陽光照耀在水面上，讓賽瑪拉有些目眩。她自然而然地靠在了拉普斯卡的肩頭。這時拉普斯卡問她：「妳這麼安靜，在想什麼？」

賽瑪拉的回答脫口而出：「如果我懷孕了，該怎麼辦？」

拉普斯卡充滿信心地說：「女孩第一次不會懷孕，所有人都知道這件事。」

「女孩第一次**會**懷孕，只有愚蠢的男孩才會說『第一次不會懷孕』，而且，昨晚的第二次、第三次和第四次呢？」

儘管問出的問題很嚴肅，但賽瑪拉禁不住還是很想微笑。

「嗯，」拉普斯卡看樣子是在認真考慮賽瑪拉的話，「如果妳懷孕了，那麼第五次和第六次也不會有什麼害處。如果妳沒有懷孕，那麼妳也許現在還不夠成熟，第五次和第六次也不會讓妳有孩子。」他轉向賽瑪拉，眼睛裡閃爍著快樂和請求。

賽瑪拉向他搖搖頭。這個男孩怎麼能同時這樣充滿誘惑又令人懊惱？賽瑪拉很不高興地對他說：「你可以說這種話、開這樣的玩笑呢？反正你不必擔心昨晚你在那幾分鐘裡做的事情會改變你的整個人生，也不必擔心它會改變你的整個世界。」

他是什麼時候伸出手臂摟住了她？他溫柔地抱著她，讓她的頭抵在自己的下頜下面。「不。」他說道。賽瑪拉從沒有聽到過他的語氣這樣嚴肅，「我當然不必多想。我知道我的整個世界在昨晚都改變了。」他將一個吻印在她的眉心上。

「我覺得自己毫無用處。」雷恩盤腿坐在麥爾妲身邊的甲板上，儘管他的話語和口吻都很陰鬱，但他的臉上依然帶著微笑。看到他美麗的妻子正在哺育他們的兒子，他的心完全醉了。

麥爾妲也在看著他。「至少你可以自由行動。」

「你們兩個留在這裡，是最安全的。除非有絕對必要，否則萊福特林也不希望我離開這艘船。他想讓妳和孩子避開人們的視線。」雷恩以前就這樣告訴過麥爾妲。在這艘船啟航之前，他毫不懷疑地還會再次這樣叮囑麥爾妲。「邏輯」對於麥爾妲一直都沒有太大的影響力，尤其是當麥爾妲的心思與邏輯有矛盾的時候，「另外那個恰斯人也許正在尋找你們。即使他沒有再行動。昨晚妓院裡死了一個人的訊息，一定也已經被傳出去了。他們正在尋找殺人凶手。」

「有沒有報告說，他是一個恰斯人，是非法潛入這裡的？」

雷恩微微歎了一口氣。「我儘量裝作對這些訊息不感興趣的樣子。實際上，我一直竭盡全力幫助萊福特林乞求、賒借、甚至是偷竊我們能裝上船的每一種物資。蒂絡蒙堅持要送一隻信鴿給我母親，讓她知道這裡發生了什麼，以免她會為我們擔心。難道這些訊息就不會讓她擔心嗎？在我們平安上路之前，我們懇求母親不要採取任何行動，但我不知道她是否會聽我們的話。」

「你有沒有弄到信鴿能夠讓我們帶上路？」

「喔，這可不容易！優秀的信鴿價格很高，很珍貴。此時的公會，僅僅對於使用信鴿這件事變得極為吝嗇，我還在努力和這裡的信鴿管理人做成交易。他告訴我，他不能出售公會的信鴿，但他有一些自己的鴿子。他說那些鴿子實際上是為了養來吃肉的。很明顯，牠們長得太大，飛起來速度不快。在我看來，牠們的狀況都很讓人傷心。不過那個信鴿管理人說牠們只是處在脫毛期，等新羽毛長出來，牠們就會變得非常漂亮。他賣給了我幾隻這樣的鴿子，說無論在哪裡放飛牠們，牠們都會飛回到他那裡。他還給了我裝信的小管，裡面放好了小卷信紙。但他要我發誓對這件事必須絕對保守祕密。所以，當我們到達克爾辛拉的時候，我們至少能夠告訴母親我們在哪裡。她可以將訊息傳給珂芙莉婭和隆妮卡。親愛的，我能夠做到的也只有這樣了。」

麥爾妲點點頭，然後就將自己的全部注意力轉回到他們的孩子身上。他們的兒子正在她的胸脯上熟睡，她用襁褓將他包裹好，放進一個木製的小餅乾盒裡。這只盒子裡已經墊好了船上的粗毯子。麥爾妲又用毯子將身子裹好，然後說道：「我們來卡薩里克之前，我已經為他準備好了一些東西，就是為了預備他提前出世。你能……」

「蒂絡蒙會做好這件事。她已經回到我們的房間，會儘量將我們的東西放進兩個大箱子裡，並會送到船上來。」

「為什麼做這些事要用這麼長時間。在我們能夠找到龍救助他之前，我絕對無法安下心來。」

「我覺得他已經滑動了。這艘船正在竭盡全力幫他。」

「我知道。」麥爾妲將一隻手放在甲板上，希望柏油人能夠感覺到她的謝意，不會誤解她的話。「我能感覺到柏油人所做的一切，而這正是我感到害怕的。雷恩，是柏油人在維持我們寶貝的呼吸，並且一直在傾聽他的心臟的跳動。」麥爾妲又伸出一隻手放在兒子的心口上，彷彿得因此才能確定他還保有心跳。

雷恩沉默了片刻，才問出他必須問的問題：「如果柏油人不這樣支撐他呢？」

「我認為他的心跳會立刻停止。」麥爾妲說。

雷恩在甲板上挪過身子，將妻子擁入懷中。「不會太久的，」他這樣對妻子說著，同時在心中祈禱自己沒有說謊，「只要我們裝完貨物，就立刻出發。萊福特林船長已經向我們承諾過了。」

雷恩一動不動地坐著，傾聽人們忙碌地向船上搬運貨物。萊福特林在那個像箱子一樣的小船艙裡為他準備了一張床。他的身體很有些想要躺倒在那張床上，但他的孩子必須留在前甲板上。柏油人的巫木在這裡最為厚重，能夠讓嬰兒與活船保持最強的聯繫。他提醒自己，麥爾妲已經在這裡待了一整夜。「妳想要去船艙裡睡一會兒嗎？我會留在這裡陪我們的兒子。」

麥爾妲搖搖頭。「也許等到我們離開碼頭、真正上路之後吧。也許到那時，我才能放鬆下來。但現在不行。」然後她又露出微笑，「我們的兒子。能夠聽到你這樣說，這種感覺是多麼奇異又美妙啊。但他還需要一個名字，雷恩。」她低頭看看這個熟睡中的嬰兒，「一個強壯的名字，足夠有力量，能夠帶他闖過難關。」

「埃菲隆。」雷恩立刻說出了自己心中的名字。

麥爾妲睜大了眼睛。「把我祖父的名字給他？」

「我聽到過許多關於他的事蹟。還有第二個名字可以選嗎？」

「本迪爾。」麥爾妲提出自己的建議。

「我的兄長的名字？我的兄長，一輩子都在誇誇其談，總是壓我一頭，甚至還取笑我愛上了妳！」

「我喜歡本迪爾。」麥爾妲笑著承認。為了自己疲憊不堪的妻子出乎意料的微笑，雷恩點點頭，「埃菲隆．本迪爾．庫普魯斯。對於這樣一個小男孩，這可是一個很大的名字。」

「他在長大到能夠接受這個名字以前，就名為菲隆。我的父親小時候就是被這樣稱呼的。」

「那麼，就是菲隆．庫普魯斯。」雷恩說著，摸了摸熟睡中兒子的頭，「你要扛起一個很大的名字，小傢伙。」

麥爾妲用自己的手捂住丈夫的手，微笑著凝視兒子的小臉。然後，她忽然短短地輕聲笑了一下。

「有什麼有趣的事？」雷恩問。

「我想起瑟丹小時候，他是家族中唯一比我更年輕的人。他是我唯一真正知道的一個嬰兒。」

「從看到他的那一刻起，妳就開始愛他了嗎？」

麥爾妲搖搖頭，臉上的笑意更濃了。「不，完全沒有。有一天，我的母親被嚇壞了。那時我抱著他進了廚房，為了讓母親看到他剛好能放進烤盤裡。」

「不！」

「是的，我就是那麼幹的。至少後來母親不停地向我嘮叨這件事的時候，就是這樣對我說的。那件事我已經不記得了。我記得溫特羅被派去做一名牧師，因為我那時一直問他會不會把瑟丹帶走。」

雷恩搖搖頭。「妳有一點嫉妒，對不對？」

「何止是一點。」麥爾妲承認了。她的笑容也稍稍褪去了一些，「但現在，如果能知道我的小兄弟在哪裡，我願意付出任何代價，或者至少讓我能知道他平安無事吧。」

雷恩伸手抱住妻子，將她摟進自己的懷中，親吻她的前額。「瑟丹很堅強。他曾經度過了許多難關。當我們看到婷黛莉雅孵化的時候，他還只是一個小男孩。如果是其他孩子面對我們的困境，一定會被嚇得只能痛哭流涕。瑟丹卻只是努力讓我們擺脫困境。現在，他已經成為了一個男人。他能照顧好他自己，親愛的。我非常信任瑟丹。」

燈光驚醒了他。瑟丹半張開眼睛，他感覺到眼皮的黏滯，站在他面前的人影更是一片模糊。瑟丹從粗糙的毯子下面抽出一隻手，揉了揉眼睛。他的眼睛很痛。他突然咳嗽起來，而且一咳就無法再停下來。他儘量從躺倒的地方探起身，向遠處啐出一口黏痰。那個人看著他，發出一陣厭惡的聲音。

瑟丹用沙啞的聲音說道：「如果你不喜歡你看到的，那就走開，或者好好對待我，讓我能有機會恢復過來。」

「我告訴過你，他能說話。」

「這並不代表他是真正的人類。」另一個聲音說道。瑟丹意識到有兩個人正在盯著他。這兩個聲音都很年輕。他收起雙腿。鎖住腳踝的鐵鍊和地面發出一陣摩擦的聲音。毯子刺痛了他肩膀上正在流膿的傷口。正是這個傷口讓他登上了這艘船。

「我是人類，」他用沙啞的聲音鄭重說道，「我是人類，而且我真的生病了。」

「他是一個龍人。看看那鱗片。我是對的，是你欠我的。」

「才不是！他說了，他是人類。」

「孩子們！」瑟丹厲聲說道，他在努力讓他們聽自己的話，「我病了。我需要救治。至少需要熱食和熱飲。還有，再給我一條毯子，讓我有機會能夠到甲板上去……」

「我要走了，」一個男孩說，「如果有人發現我們在這裡和這個怪物說話，我們可要有麻煩了。」

「求你們，不要走！」瑟丹哭喊道。但已經有一個男孩逃走了。他的赤腳拍打在船板上，漸漸消失在黑暗的船艙中。又一陣咳嗽壓倒了瑟丹。他因為肺部的刺痛而不得不蜷起身子。當咳嗽終於平息下去，他抹去眼裡的淚水，卻驚訝地看到還有一個男孩站在原地。他揉了揉眼睛，但明亮的燈光和眼皮裡的黏液讓那個男孩仍然只是一團影子，「你叫什麼名字？」瑟丹問道。

那個男孩側過頭。一些散亂的淺色頭髮落到他的眼睛前。「唔……不告訴你。你可能是一個惡魔，其他人都是這麼形容你的。絕不能把名字告訴一個惡魔。」

「我不是惡魔，」瑟丹疲憊地說，「我是一個人類，就像你一樣。聽著，你能幫助我嗎？你能不能至少告訴我在哪裡？我要被帶到哪裡去？」

「你在疾風少女號上，我們正在前往恰斯城，也就是恰斯國的首都。你將在那裡下船。你的新主人給了我們很多錢，要我們將你直接送去恰斯城，沿途不在任何港口停泊。」

「我不是奴隸，我沒有主人。我不相信奴隸制。」

那個男孩若有所思地說：「但你的確被鐵鍊鎖住，是這艘船運送的主要貨物。看起來，你相信什麼並不重要。」他停頓一下，思考片刻，也許是在考慮自己所面對的這個難題，然後他又說道，「嗨，嗨，如果你是人類，你怎麼會是這種樣子？你怎麼會有這麼多鱗片？」

瑟丹用毯子裹緊身體。他已經從地上收集了最乾淨的稻草，堆成床舖，然後才躺在上面，用毯子蓋住身體。稻草隔開了他疼痛的身體和粗糙的木船板。但隨著他躁動不安的睡眠，稻草被不斷的壓碎或者移位。最終他還是會感覺到身下帶有裂縫的冰冷船板。一條蓋住身體的毯子無法阻止冰冷的船板吸走他血液裡的熱量。他需要這個男孩的說明。他低聲說道：「一頭龍讓我成為了她的朋友，她的名字是婷黛莉雅。她將我改變成你現在看到的樣子，讓我成為了對她而言很特別的人。」

「如果你有一頭龍做朋友，那你是怎麼變成奴隸的？為什麼你的龍沒有來救你？」

那個男孩向他靠近了幾步。看到他破舊的衣服和散亂的頭髮，瑟丹判斷他應該處在最低的水手層級。也許他原先只是街上的一個流浪小孩，在上一次這艘船靠港時上了船，看看能不能鍛煉成為一名甲板水手。

「那頭龍派我出來執行任務。她很擔心自己是最後一頭巨龍，因為她看到其他孵化出來的龍都很孱弱且身帶殘疾，所以我帶領一隊我以為是朋友的人，離開了繽城。婷黛莉雅要我去世界各地尋找其他巨龍的訊息。有一段時間裡，我一直在做這件事。我去了許多地方。本來一切都還算順利。人們會認真聽我講述關於我的巨龍的故事，但我沒有聽到任何其他巨龍的訊息。我的錢財開始短缺，而我的朋友也被證明全是一群偽君子。」

他看到那個男孩已經被他的故事吸引住了，便停頓了一下。「給我拿些熱飲來，我會把整個故事告訴你。」他並不想回憶那些過去。他們將他拽進了一家酒館，也許在他的麥酒中放了什麼東西。當他醒來的時候，發現自己在一輛馬車裡，被一些帆布蓋住。他的雙手在身後被緊緊捆住。幾天以後，他開始被作為「龍人」公開展覽。那已經是多少個月以前的事情了？一年以前？還是超過一年？一段時間裡，他還在努力計算日期。但在他第一次開始發燒之後，他就意識到這樣做沒有任何用處，徹底放棄了這種努力。

男孩不安地動了動身子，向黑暗中望了一眼。「如果有人發現我下來看你，我一定會挨打的。無論我給你帶什麼東西過來，我都會挨雙倍的打。而且，我自己還沒有熱飲可以喝呢，更不要說把熱飲帶出廚房了。我和其他甲板男孩根本不允許在廚房吃東西。」然後那個男孩撓了撓自己的髒臉，就轉過身不再去看瑟丹，彷彿忽然想起自己應該有些禮貌，他又說了一聲，「抱歉。」燈光隨即開始搖晃，開始隨著他向遠方移動，只是在地上留下一道長長的影子。

「求你，」瑟丹說道，然後他大聲喊起來，「**求你！**」隨著他的喊聲，那個男孩跑了起來。油燈隨著他的奔跑而劇烈晃動。黑暗再一次籠罩了瑟丹，吞沒了其餘的一切。男孩不見了。隨之消失的是瑟丹的一切希望。那個男孩不會再回來。鞭打的威脅要比故事的誘惑力強得多。「我應該說我是一個惡魔，」瑟丹喃喃自語，「我應該威脅會詛咒他，如果他不給我帶來毯子和熱食。」

詛咒和威脅，這才是在這個世界上行之有效之物。

對萊福特林而言，沒有一件事是順利的。人們突然都變得非常好奇，在每一個街角都會向他提出無數問題。他為什麼能這樣隨心所欲地使用庫普魯斯家族的信譽擔保？商人們都想要知道這點，而他只能回答說已和庫普魯斯家建立了合夥人關係，具體情況不能洩露。其實就連這樣的話，他也不想說，但他需要一個理由來解釋雷恩和他的姊姊為什麼願意簽署這樣大規模的物資收購契約。蒂絡蒙更是成為了人們議論的焦點，不過她應對這種情況顯得非常得體，她將自己的面紗做了最充分的利用，而對於一些人，她選擇完全無視。庫普魯斯家族對於這場神祕「遠征」的興趣，使得至少三個年輕的貿易商家族主動提出願意為萊福特林提供資金支持。在拒絕他們的時候，萊福特林還要裝出一副極不情願的樣子，告訴他們蒂絡蒙已經特意和他約定，這次的合作必須是完全排他的，只有庫普魯斯家族能夠參與。但萊福特林很快就開始為自己偽裝的態度感到後悔了，因為這似乎進一步點燃了公眾狂熱的好奇心。兩名貿易商迅速從崔豪格趕來，要求與他見面。他和他們約定在三天以後進行會談。他知道，自己到那時早就應該揚帆出發了。

更糟糕的還是來自於議會的訊息。冬季的陽光剛一透過樹冠層，議會的第一名代表就來找到萊福特林，建議舉行一場會議來討論原始契約中「模糊」的文句，以「一般常識」來「澄清」契約的「真實意圖」。萊福特林知道這是什麼意思。只要有機會，議會一定會竭力依照他們的利益來重新解釋這份契約，並唬嚇萊福特林，讓他不得不服從。他們想要他的航線圖，想知道他在上游到底發現了什麼。不過他們都沒有得逞。

隨著白晝一點點流逝，萊福特林不停地向船上裝載貨物，圍繞他的問題和請求也越來越多。為什麼他裝貨要這麼著急？在一些地方，他為了搶奪已經被其他客戶訂下的貨物而不惜付出雙倍價錢。這引起人們的好奇，同時招來了許多敵意。萊福特林自己的親戚也都在用各種問題纏著他，尤其是他的兄弟。為什麼他不回家來看看？為什麼絲凱莉不回來見她的父母？她還應該去和她的未婚夫見一面。她的年紀已經大了，不應該再做甲板水手，而是應該結婚了。然後，再過一兩年，她和她的新婚夫婿就應該登上柏油人，開始學習如何運營那艘船。只有這樣，等到絲凱莉繼承那艘活船之後，她的夫婿才會有足夠的能力幫助她。對這些問題，萊福特林始終避而不答。他沒辦法用幾句話告訴他的兄弟，一旦愛麗絲擺脫了詔諭，他就打算和愛麗絲結婚。那樣他就可能會有自己的繼承人。他更不想告訴他的兄弟和弟媳，他們的女兒現在已經和一名即將變成古靈的巨龍守護者墜入了愛河，並且明確希望：她的未婚夫在得知她不是柏油人號的第一繼承人之後，便會取消他們的婚約，那樣她就能自由地和埃魯姆結婚了。當然，這要等到埃魯姆向她求婚的時候。

只要想到這一團亂麻的糾葛，萊福特林就感到頭痛。而向船上運貨的速度實在是太快了，甚至讓軒尼詩和斯沃格為了如何將這些貨物裝載妥當而發生了爭吵。議會又向他下達了一連串的命令，要求他馬上和他們會面，緊接著又傳令禁止他在沒有議會許可的情況下出港，因為他「可能占有本應該屬於卡薩里克貿易商議會的文件和圖表」。萊福特林再一次咬緊牙關，沒有對前來傳令的信使做出任何回答。而另一封信很快又被送到他面前，這一封是來自於崔豪格議會的，信中宣布他無權將任何文件交予卡薩里克議會，而是應該等待崔豪格代表前來與他會面，確保崔豪格的利益得到保全。他給了那名信使不少賞錢，然後把那封信扔到船外，就去找軒尼詩了。

「碼頭上的那些貨就是全部貨物了嗎？」

因為被打斷了工作，軒尼詩的面色很不好看，不過他還是從腰帶上的皮筒裡拿出一張清單，打開迅速看了一遍。「蒂絡蒙・庫普魯斯送來的箱子剛剛上船，她也在那兩箱貨之後上了船。看樣子，有兩個商人還沒有把貨運來。不，是一個，羅森的貨運到了，這太好了。這批貨應該是燈油，還有六疊重帆布，以及多餘的船槳。」

「另一家還沒有運來的貨是什麼？」

「喔，一些雜貨，是康托瑞提的河邊雜貨店的。」

「有什麼我們必不可少的東西嗎？」

軒尼詩揚了揚眉毛，又更加仔細地看了一遍清單。「嗯，如果丟下一些東西，貝霖會不高興的。讓我看看。更多的茶葉。我們已經有了一些茶，但貝霖說我們還需要更多。魚鉤、更多毯子、兩張弓和幾十支箭、更多菸草和咖啡。如果沒有了這些，大家都不會高興的。而且……」

「如果在你裝完羅森家的貨物之前，那批貨到了，那就把它們裝上。如果還沒到，就忘了它們。我們已經堅持了這麼長時間，我們一定也能堅持過這個冬天。等到碼頭上的貨物都運上來，我們就啟航。」

「現在想要悄悄離開，可能已經太晚了。」

萊福特林順著軒尼詩的視線轉過頭。在許多方面，卡薩里克依然是一座年輕而粗陋的聚落。這一點從他們的安保部隊上就能看出來。這裡的城鎮衛兵仍然是一個臨時性的職業，只有找不到其他營生或者缺乏謀生技藝和名譽的人，才會被這職位所吸引。現在這些衛兵零零散散地出現在了碼頭上。他們一共有五個人，全都穿著統一的綠色長褲和束腰外衣。其中兩個人很年輕，看上去頗為緊張。另一個人留著一部灰鬍鬚，挺著大肚子，手中拿著一支長矛。他們看上去都很不願意來執行被分派的任務，對於人群擁擠的浮動碼頭更是很不熟悉。

「趕快裝貨，聽我的命令，隨時準備出發。**柏油人**，老朋友，你要準備好幫我們一把了。」

此時，跟在某位衛兵後面，貿易商博斯克和另一名議會成員出現了。博斯克手中拿著一只文件盒，氣喘吁吁，顯然是跑過來的。萊福特林沒有下船，而是儘量讓船尾靠近碼頭，等待和前來的議會代表見面。他們也許會在碼頭上和他來一番唇槍舌劍，這樣就能為他的船員們爭取到一點寶貴的裝貨時間。他走過絲凱莉身邊，低聲問道：「所有船員和乘客都上船了嗎？」

「只有大埃德爾還沒上船。不過他就在碼頭上，正在幫忙裝貨，隨時能跳上甲板。」

「好，做好準備，提醒我們的客人。」

「是，船長。」絲凱莉說完就沿著甲板跑開了。

萊福特林帶著似笑非笑的表情緩步走到船尾，將大拇指插在腰帶裡。就像他希望的那樣，城鎮衛兵一看到他就停下腳步，組成一個散亂的半環形陣勢，抬起頭看著他。他則一言不發地俯視著他們，表情中略帶好奇。貿易商博斯克快步來到衛兵中間。萊福特林便將視線轉向博斯克，但還是沒有說話。在沉默的對峙中，他將壓力積聚在博斯克的頭頂。

這名貿易商一邊喘息著，一邊有氣無力地開了口：「萊福特林船長，你至今還沒有回應貿易商議會向你發來的信函。」

對於這名貿易商的指控，萊福特林只是困惑地揚了揚眉毛，「嗯，是的，我想我還沒有，但我今天很忙，我覺得最好還是先確保我的時間表，再安排時間和議會見面。看樣子現在每個人都希望我能分出時間來和他們見一面。」他側過頭，彷彿在認真思考的樣子，「六天以後，我們進行一場晚間會議如何？」然後他將小臂撐在船欄杆上，繼續俯視他們，顯得通情達理又和藹可親。

博斯克轉過頭看了一眼正堆在碼頭上準備上船的貨物。「看樣子，你正在準備離港！」

萊福特林也朝博斯克注意的方向瞥了一眼。「只是裝上貨物而已，貿易商博斯克，妳知道，裝船是需要時間的。各種貨物都需要清點，而且這艘船需要壓艙物來保持平衡。這件事急不來。妳也知道，在河上跑船的人都知道要充分利用每一分鐘的空餘時間。還有，我也就告訴妳，聰明的船長會讓他的船員一直幹活，沒有任何閒置時間，否則沒人知道那些傢伙會幹出什麼壞事來，酒館鬥毆或是在公開場合喝醉，天知道會出什麼事。妳知道水手都是些什麼樣的人。」他向博斯克露出別有深意的笑容，同時看到一片猶疑的影子掠過這名貿易商的面孔。她是聽到什麼傳聞才會跑到這裡來的嗎？議會是不是有什麼過激反應，才會讓這名議員顯得如此愚蠢？

「聽著，萊福特林船長，也許我們的懷疑是有些多慮了，但我們想要確定你明白你和我們之間的業務還沒有結束。我們不希望你離開，直到我們得到關於你這場探險和發現的完整報告。」

「那麼，貿易商博斯克，既然議會拒絕支付我的酬金，我也確信我們的事情還沒有完！我希望議會不要以為能夠在這樣侮辱我之後，就把我和我的船員趕走，對我們在河上經歷的種種生命和人身危險沒有任何報償！要知道，生意的前提就是公平，我們有權利爭取我們的酬金！現在我願意給議會一到三天的時間考慮當前局面，如果所有議員都能出席我們的晚間會議，那麼我相信我的錢也會被擺在那天的會議桌上。每一份契約都規定有雙方需要履行的責任。議會應該準備好履行它的責任。」

萊福特林看到博斯克的肩膀鬆弛下來。這個貿易商會以為萊福特林現在的這些行為只是要擺出一種姿態，以便和他們討價還價——這種事每一個貿易商都明白。「生意的前提的確是公平，萊福特林船長，沒有人能夠比卡薩里克的貿易商議會更能夠理解這一點！我們將很高興討論你的酬金問題，只要你將上一次航行中應該遞交給我們的成果拿出來。我必須明確地告知你，我們需要查看並謄抄你的航行日誌，複製你的航線圖——毫無疑問，你一定已經製作了這些東西。你應該記得，我們還為你雇傭了一名獵人，傑斯．托克夫。他的任務是為遠征隊狩獵，但他也肩負著為議會記錄航行狀況繪製航路圖的責任。得知他的犧牲，我們都很難過。而你指控他是叛徒無疑讓我們深感震驚。不管怎樣，我們知道我們有權要求那些文件和他的一切私人紀錄。」

萊福特林向碼頭上瞥了一眼。最後一批貨物正在被搬運上船。大埃德爾很快也會上來了。「說實話，我可不會和你們一起為他的『犧牲』感到傷心。我也不知道你們私下裡給他指派了什麼記錄和繪圖的任務。不過我要明白地告訴妳，我相信他除了屠龍獲利之外，應該還有其他『私下安排』，也許他已經和恰斯人做了交易。不管怎樣，他已經死了，不復存在了，那一波洪水沖過我的船，帶走了一切沒有被綁緊的東西，所以恐怕我對他的契約已經完全無能為力了，況且我根本就不必對他的契約負什麼責。我建議妳仔細審查一下是誰向妳推薦了那個人。傑斯．托克夫是一名叛徒，無論是誰將他安插在我的船上，都一定帶有邪惡的企圖。」

萊福特林聽到了大埃德爾落在甲板上的沉重聲音，便轉過頭，向絲凱莉微微一笑。他的侄女已經來到了他身後。「啟航。」他從容不迫地對絲凱莉下達了命令，然後轉回頭看著碼頭上的議會代表，親切地提出建議：「妳還是靠後站一下比較好。我們需要改變一下這艘船的停泊位置，好裝載更多貨物。只要一分鐘。」

「他要跑了！」博斯克身邊的另一名一員嘶聲說道。然後他轉頭向衛兵們高喊：「不要讓他們解開纜繩！抓住他們的繫泊繩，不要讓他們跑掉。」

「如果有必要，就丟下纜繩。」萊福特林毫不在意地說道。船頭纜繩已經被抽上了甲板。斯沃格在船舵處就位。手持長矛的衛兵走上前要抓住船尾纜繩。大埃德爾聳聳肩，對這種毫無意義的行為搖搖頭，彎腰解開了繫在柏油人上的這一頭纜繩，將它扔出船外。柏油人便自由自在地漂向河面。「去拿船篙！」斯沃格用悠長的聲音喊道。船員們全都默契地開始了行動。

「柏油人」萊福特林低聲懇求。活船回應了他的請求，用力蹬起自己隱藏的四肢。萊福特林高興地抓緊了船欄杆。大埃德爾驚呼一聲，在猛然前衝的駁船上踉蹌了一步。岸上衛兵驚愕的呼吼聲，讓萊福特林感到滿意又心生警惕。駁船經過改造以後，萊福特林很滿意所具備的能力，但通常也都會小心地保守柏油人的這個祕密。自從巫木的真實來源被發現之後，人類對巫木的任何使用都會遭到婷黛莉雅的反感甚至禁止。被他護送前往上游的龍已經接受了柏油人的與眾不同，這全都是因為默爾柯的容忍。萊福特林並不希望這個祕密廣為人知。「夠了，船。」他又低聲說道，柏油人還是在不停地划水，不過他現在小心了許多，讓外人看來只是船員們在努力撐船，而不是他有什麼特異非凡之處。

「有人在跟著我們，船長。」軒尼詩對他說道。

萊福特林轉過頭，不由得咒罵了一聲。大副是對的。或者是議會不相信他們的城鎮衛兵能夠完成任務，或者是有些小船主相信跟上柏油人號就能贏得真正的財富。謠言在任何貿易商城市都會迅速傳播。萊福特林相信已經有不少小貿易商聽說了柏油人號的遠征發現了克爾辛拉，但他的船長拒絕公布那座城市的位置。毫無疑問，他們以為只要能跟上這艘駁船，就能找到前往那座古靈城市的航線。當然，萊福特林不相信他們能夠有成功的機會。他笑著說：「保持和他們的距離，不過不需要……」

不等萊福特林把話說完，柏油人號已經有了新動作。這一次，他沒有使用自己的四足，而是狡猾地甩動隱藏的尾巴，攪動河水，向身後的那些小船送去一陣大浪，讓它們開始了劇烈的顛簸。只是在一瞬間，他的尾巴出現在灰色的河水中。然後活船就疾駛向前，那些小船則紛紛竭盡全力躲避被浪濤掀翻的危險。但有一些船沒能成功。這讓萊福特林不由得同情地咧了咧嘴。在掙扎出水面之前，有一些水手難免要被燒傷了。

駁船的突然加速，差一點讓船員們又倒在甲板上。柏油人箭一般向上游駛去。岸邊的群眾不悅而騷動地發出一陣驚叫，讓萊福特林不由得打了個哆嗦。這麼多人都看到了他的祕密，他的船一定有一些非常手段才可能走得這麼快，這一點已經無可否認了。不過至少要到暮春時節，他和柏油人才會再次返回雨野原的這些城市。也許到那時，關於他們的謠言和猜測可能已經都平息了。

但就在柏油人穩穩地逆流而上的時候，那些小船組成的船隊還在鍥而不捨地跟著他們。軒尼詩走過來向船長說道：「看樣子，他們是想要上我們的船？」

萊福特林搖搖頭，「現在它們能做的也只有拚命追趕我們。等到天黑的時候，他們就什麼都看不見了。那時他們只能停泊在河邊過夜。而我們不會。」

「你認為柏油人能夠在黑暗中繼續向上游航行？」

萊福特林對著大副笑了笑：「我毫不懷疑。」

「所以我們要進行一場新的冒險了。」麥爾妲說道。她的聲音在顫抖。她清了清嗓子，假裝自己的顫抖另有原因，但雷恩伸出手臂抱住了她。

「也許的確是如此，親愛的。但這一次我們在一起。我們三個都在一起。」

蒂絡蒙發出一點聲音，然後才掀起帆布簾，來到他們身邊。「是四個，如果算上我的話。」她說道。她的臉上帶著微笑，在她的眼睛裡閃爍著一種麥爾妲無法理解的光彩。

「妳不害怕？」麥爾妲問她，「我們不知道要去哪裡，也不知道要走多久。萊福特林船長說這段旅程會很艱苦，而且天氣會非常寒冷。只有莎神才知道我們何時可以回家。但妳卻在微笑？」

蒂絡蒙掀起面紗，直接笑出了聲。上次有人見到她的笑容是在什麼時候？她下巴上的那一排肉贅正在輕輕搖擺。「我當然害怕！我也不知道我們要到哪裡去。但是麥爾妲，我還活著！我將進入這個世界，以我自己的力量。雷恩已經告訴我們，我要去一座城市，一個小型的殖民地，在那裡，我可以不再戴著面紗，也不會聽到身邊有人對我議論紛紛。離開我的家？也許我是離開了我的母親，但我認為她會理解我。我覺得我正在去我的家，而不是離開它。」

她坐到埃隆的盒子小床旁邊，溫柔地看著剛剛醒來，正在動彈的嬰兒，臉上綻放著微笑。「我能抱抱他嗎？」她熱切地問道。

太陽匆匆向山丘落去的時候，荷比背著他們回到河對岸。風推來的雲團鋪滿了傍晚的天空。潮溼的氣流拂過賽瑪拉的面龐。她全身只有面頰感覺到了寒冷的刺痛，在鱗片狀的古靈靴子保護下，就連她的雙腳和小腿也感到非常溫暖，而且這雙鞋的材質彷彿能夠幫助她在荷比光滑的背上趴附得更為牢靠。她緊緊抓住拉普斯卡的古靈衣服，他們的寶物背包被夾在他們兩個中間。在強風粗暴的親吻中，她低下頭，將前額抵在拉普斯卡的背上，將恐懼壓在心底，不讓自己向四處亂看，心中只想著給同伴們帶去的舒適衣物。她懷疑並非每一名守護者都能找到完全合身的長袍、束腰外衣和褲子，但就算是有人無法穿上合適的古靈衣服，也一定可以再多穿兩件他們的舊衣服。今晚，每一個人都能更舒服一些，這全都要感謝她和拉普斯卡。

彷彿感應到了她的心思，拉普斯卡回過頭喊道：「妳知道愛麗絲不會喜歡這樣的，她會說，我們應該把每一樣東西留在原位，讓她能夠好好做記錄，然後我們才能拿走它們。她甚至有可能要讓我們把這些衣服再放回到原先的地方去。」

「我會和她談談。」賽瑪拉充滿信心地向拉普斯卡承諾。儘管和愛麗絲並不是同齡人，但她和愛麗絲是朋友。一開始，她在這位比她年長的女士身邊曾經覺得很尷尬，但愛麗絲非常欣賞她的狩獵和捕魚技巧，也因此而贏得了她的好感。賽瑪拉不確定愛麗絲對於他們帶回來這些古靈寶物會有怎樣的反應。她不太相信愛麗絲會贊同將這些衣物分給守護者們，但愛麗絲自己也穿著一件從崔豪格廢墟中發現的古靈衣服。她肯定不會偽善地禁止讓守護者們享受到同樣的舒適感覺。

「他們正在等我們！」拉普斯卡在風中高聲說道，「看！」

賽瑪拉抬起頭，瞇起眼睛向前方望去。是的，守護者們正聚集在河岸邊，甚至有幾頭龍也在那裡來回踱步。金龍默爾柯抬起頭，望著他們。「他們一定正在擔心著我們！」賽瑪拉向拉普斯卡喊道。

「他們可真傻。我們能夠照顧好自己。」拉普斯卡彷彿在鄭重地發出宣告。但聽到拉普斯卡將他們兩個和其他人區分開來，賽瑪拉心中卻感到一陣不安。拉普斯卡似乎是認為他們兩個發生了某種變化，某種非常重要的變化。是這樣嗎？拉普斯卡會不會因為昨晚的事情而認為她已經選擇了他？她有這樣選擇嗎？

不，賽瑪拉認真地回答了自己。她和拉普斯卡做了愛，但僅此而已。這是她的一時衝動，不代表她向他做出了任何承諾。這不是一個長久的決定。

他們開始在天空中盤旋，守護者聚集過來。荷比發出銅號一般的勝利吼聲，向地面降落。賽瑪拉不知道拉普斯卡是否像自己一樣清楚地明白他們之間的關係。

刺青抬起頭盯著在天空中翱翔的紅龍。風雨不斷地抽打著他的眼睛，但他依舊瞇起眼睛凝神觀察，相信自己沒有看錯。荷比的身上發生了一些改變。她的翅膀和身體更加合乎比例，她的飛行也更加穩定有力。隨著她滑行下降，即使在烏雲密布的天空中，她的身體依然是那樣熠熠生輝。現在刺青已經能夠分辨騎在龍背上的那兩個人了，他心中感到安慰，卻又難免生出一股嫉妒。賽瑪拉平安無事，但她和拉普斯卡在一起。這時，夕陽的一道餘暉照在他們兩個身上。他們兩個立刻像他們身下的龍一樣光輝燦爛。

「他們穿著什麼？」他不由得將這句話說了出來。

「辛泰拉在哪裡？為什麼她沒有和他們一起回來？」愛麗絲來到守護者的人群中，提出她的問題。

「辛泰拉在狩獵。」這個回答來自於默爾柯。金龍和他的守護者希爾薇都在仰望天空，「她找到了她的翅膀和力量。現在她能夠為自己狩獵了，不必再那樣依賴賽瑪拉了。」

「就是說，賽瑪拉能夠幫忙餵養我們剩下這些龍了。」藍黑色的卡羅高聲說道。

「你有守護者，而且你的守護者是獵人。你不需要額外的照顧。」賽斯梯坎也擠進人群裡。他不像卡羅那樣大，但他似乎很喜歡刺激一下那頭高大的公龍。不等卡羅回應，刺青已經搶先說道：「我們守護者全都會盡全力為你們提供肉食。」

「但我們依然一直都很餓。」卡羅的目光沒有離開那頭紅龍。荷比繞著圈子越飛越低，馬上就要降落了。她落地的樣子總是很驚險。刺青懷疑她的落地方法是她自己摸索出來的，有不少錯誤的地方。她也許並不具備祖先關於落地動作的記憶，這一次也不例外，荷比一邊降低高度，一邊逆風飛行以減慢速度，然後選擇了一片開闊的草場斜坡。所有人都知道，在她落地的時候最好躲得遠一些。她完全張開翅膀，將身子向後仰起。她的四條腿原先被收在體側，和尾巴一起組成了流線型的身姿，現在突然向下伸出。兩隻後爪一碰到地面就開始踉蹌地奔跑，然後前爪也落下來，剎住了她前衝的慣性，一條長尾巴來回甩動提供阻力。拉普斯卡穩穩騎在紅龍的背上，沉著應對降落時的每一次顛簸震動。賽瑪拉則緊抓著他，臉藏在他的背後。荷比徹底停穩的時候，賽瑪拉立刻開始滑下她的肩頭。

刺青非常想衝過去將賽瑪拉抱進懷裡。但他沒有行動。他不知道賽瑪拉是否歡迎他這樣做。

「他們穿著古靈衣服！」這句話來自於愛麗絲。在她驚奇的喊聲中還夾雜著一陣恐慌。隨著拉普斯卡跳下龍背，站到賽瑪拉身邊，刺青聽到其他守護者紛紛發出驚呼，還有幾個人大笑了起來。這個傢伙穿上這一身色彩鮮艷的衣服可真是滑稽——這是刺青第一個充滿輕蔑的想法，但這時拉普斯卡以華麗的動作向所有人鞠了一躬。突然間，大家不僅開始羨慕起他苗條高俊的身材，還都很欣賞他彬彬有禮的動作。古靈衣服非常適合他們兩個。拉普斯卡渾身上下都閃爍著惹人矚目的光彩。比起刺青上一次見到他的時候，他是不是更加鮮紅了？

刺青將視線轉向賽瑪拉，立刻知道自己最初的印象是正確的。一夜時間裡，賽瑪拉已經改變了很多。不僅僅是她身上的衣服。她臉上的藍色鱗片上出現了點點銀光。她正在環顧來迎接她的人群，但是在她的目光和刺青相遇的一瞬，刺青立刻明白了：她想要躲開他。

刺青的耳朵裡響起一陣咆哮。他的全身在微微顫抖。他感覺自己就像是一株在風中搖曳的樹，隨時有可能倒在地上。儘管這無論怎樣看上去都不像是真的，他知道賽瑪拉將自己交給拉普斯卡了。這麼多年裡，他們彼此相知，他們的友誼是那樣緊密牢固，這幾個月裡，他是那樣竭盡全力地追求她，這些對她都毫無意義。她選擇了拉普斯卡，而不是他。刺青努力不讓自己去想賽瑪拉和拉普斯卡肢體交纏的樣子。他不想思考賽瑪拉是不是主動親吻了拉普斯卡，也不願去想像他們激情四射的樣子，更不願意想像更糟糕的事——他們長久美妙的纏綿溫存。

荷比沒有理會聚集在一起的守護者和其他龍，自顧自地去河邊喝水了。刺青站在原地，無法做出任何動作，心中只感到麻木。其他守護者此時全都向那兩個人簇擁過去，提出各種問題。

「昨晚那座城市裡到底發生了什麼？」

「街道上的火焰是怎麼回事？我們看見到處都有燈光！」

「辛泰拉在哪裡？她真的能飛了？」

「為什麼辛泰拉沒有回來？」

「你們是從哪裡找到這些衣服的？」

問題如同雨點一樣向他們落下。拉普斯卡和賽瑪拉一起做出各種回答。刺青看到賽瑪拉打開他們兩個之間的一個包袱，將裡面的外衣、長袍、褲子和鞋拿出來。沒有人注意到雨變大了，風也在變強。賽瑪拉抖開一件件衣服，迅速把它們遞了出去。守護者們全都發出興奮的歡呼。每個人都很歡快，直到愛麗絲突然提高聲音喊道：「**停下！**不要這麼粗暴地揪扯它們！先把它們放下！」興奮的議論聲平息下去。所有人的目光都轉向了這名繽城女子。而她則大步走進守護者的人群中。她的面頰因為憤怒而出現了兩片紅斑。當她提出質問的時候，聲音也在因為同樣的憤怒而不住顫抖：「賽瑪拉和拉普斯卡，你們怎麼能將那座城市裡的東西就這樣拿出來？我必須知道你們是在哪裡找到了它們，我們必須對它們進行妥善測量和記錄，然後……」

「愛麗絲，求妳，」賽瑪拉的聲音不高，幾乎可以說是很平靜，「我知道這座城市對妳而言意味著什麼。我知道妳想要知曉它的每一個祕密。妳認為在妳進行詳細記錄之前，我們甚至不應該擾動那裡地面上的塵埃。我明白……」

「妳不可能明白。」愛麗絲的聲音繃緊了。她顯然努力控制著自己，「妳還是個半大孩子，除了妳長大的森林之外，對這個世界全無了解。如果妳生活在繽城，如果妳見到過那些古靈財富和寶物在市場上被兜售，最終失散在世界的各個地方……那些都是神奇的寶物，卻只是被當作新奇的古董，成為富人和收藏家的玩物。那些最終得到它們的人往往不會在乎它們來自於哪裡，購買它們只是為了用這些新奇的小東西讓其他人吃上一驚。」

賽瑪拉靜靜地聽著這番暴風驟雨般的訓話，臉上毫無表情。刺青看著喋喋不休的愛麗絲，聽到了她對於這一片沉默的怒吼中蘊含的那一點顫抖。

「多年以來，我一直在研究古靈，從那些飽受劫掠的殘破遺物中，我努力想要尋找一切殘存的古早學識。一次又一次，我面對幾頁殘稿，或是一段描繪重要節日或事件的長織錦，或是一兩件工具，卻只能感到無可奈何。如果我知道它們是在哪裡找到的，我也許就能發現它們的真正意義。我們現在有了一個機會。我很害怕這個機會將稍縱即逝。也許大量貪圖財富的人很快就會來到克爾辛拉，讓它變成一片瓦礫。在那些人到來之前，難道你們要就開始摧毀那座城市嗎？你們對於自己的傳承就如此漠不關心嗎？」

愛麗絲提出問題，等來的只是持續的沉默。刺青內心感到一片空洞。*這是一個破碎的日子*，他想道，我的心破碎了。支持我們齊心協力來到這裡的友誼，破碎了。今天我們全都要變得形同陌路了。

愛麗絲的話，蘊含著她和這些守護者們共同擁有的歷史，但對於刺青和他的族人來說，這段歷史沒有什麼意義。刺青的祖先不是雨野原人。他的身上會生出鱗片，像其他人那樣擁有古靈特質，全都是因為受到了他的龍的影響。愛麗絲的話語提醒了他，他在這場遠征中根本就是一個外人。是唯一沒有受到雨野原嚴重影響的守護者。他感覺自己沒有發言的權利。這讓一種新的痛苦又擊打在他的心上——他不知道是否正因為如此，賽瑪拉才選擇了拉普斯卡，而不是選擇他。難道相同的出身要比他們多年相伴更加重要？

「沒有人會摧毀克爾辛拉。」拉普斯卡突然開了口。他一直都緊閉著嘴，刺青本以為他在躲避愛麗絲，只是把賽瑪拉推到前面去抵擋繽城女士的斥責。但現在，他的聲音是如此篤定而自信，就連愛麗絲也不由得開始認真傾聽他的話。「我們不會任由他們破壞這裡，」拉普斯卡說道，「因為這裡是我們的傳承。克爾辛拉是一座古靈城市。沒有錯。但它不是一座只應該被研究的死城，讓這座城市保持現在的樣子和為了挖出它的祕密而將它徹底撕碎，都是極其無知的行為。愛麗絲，妳必須對這座城市敞開自己的心胸，才能知道它並不想向妳隱瞞它的祕密。妳想要知道的一切，它都非常願意告訴妳。它想要將它分享給妳。這座城市是活的，正在等待我們回去。龍的到來喚醒了它。我不知道辛泰拉做了什麼荷比以前沒有做過的事情。也許她比荷比更懂得如何喚醒這座城市，讓它發揮應有的功能。也許她記得需要怎樣做才能讓這座城市醒來。這些我無法確定。但這座城市的確甦醒了過來，正等著我們回去。」

「讓我告訴妳，賽瑪拉和我在那裡找到了什麼。我希望你們知道那裡的每一點一滴。如果妳願意，就把它們都寫下來，儘管這其實完全沒有必要。我想讓你們全都知道我們已經知道的事情！我們知道的要遠遠超過冰冷的石牆和殘破的工具能夠告訴妳的一切！那裡有專門供巨龍洗浴的大廳。那裡的房間很溫暖，床鋪很柔軟。我們在那裡找到了能夠依照我們的體型發生改變的衣服。賽瑪拉和我沒能在那裡找到食物，但我們清潔了身體，而且直到現在都很暖和。我已經有許多個星期不曾享受過這種感覺了。當我們的龍浸泡在熱水裡，她們便又開始長大，就像你們所說的龍群在旅途中找到了那座會發熱的石台時一樣。今天早晨，辛泰拉醒來的時候，她就直接飛走去狩獵了。現在她能夠為自己狩獵，就像龍應有的那樣。她在飛行，就像龍應該做的那樣。」

現在，不僅是守護者們聚集在拉普斯卡周圍，全神貫注地傾聽他的講述。那些巨龍也全都圍攏過來，如饑似渴地聽著他說的每一句話。

拉普斯卡又轉向愛麗絲。他竭力讓自己的聲音顯得更溫和一些，卻沒能成功：「愛麗絲，不要努力去保存一座死掉的城市，我們必須認真思考如何讓其他龍和全體守護者都抵達河的對岸。只有到了那裡，我們才能成為完全的古靈。我們需要妳去那裡。等我們在那裡定居之後，妳就可以隨心所欲地研究我們富有生命力的城市。妳不應該阻止我們成為古靈。妳要做的是記錄我們是如何到達那座城市，將它喚醒，讓它重現生機。這才是妳現在的任務。」

刺青很難集中精神去理解這些言辭，思考其中的意義。並非是拉普斯卡的話難以理解，而是嫉妒和羨慕一直在他的耳中咆哮。**他是我的朋友**，刺青提醒自己。但這絲毫無法讓他的情緒平復下來。拉普斯卡和賽瑪拉並肩站在所有人的面前，衣著就像國王那樣華美，而且拉普斯卡正在以一個男人的沉著與氣度向他們所有人描述遠大的未來。他說出的每一個字都充滿勇氣。現在他身上的光輝並非來自於賽瑪拉的注視，也不是愛麗絲為之動容的神情，是莎神親自將領袖的斗篷披在拉普斯卡的肩頭——這一點再清楚不過了。拉普斯卡看到了他們未來，並將引領他們走向那個未來。刺青曾經希望擁有的一切，曾經想要成為的人，拉普錫卡都已經擁有和做到了。刺青走了這麼遠的路，希望最終能夠找到屬於自己的地方，但他希望得到的這個地方，已經被另一個人占據了。

他感覺到芬提正在輕輕碰觸他的意識。他的綠色女王，體型最小的龍之一，正在向他送來安慰，也在向他表達自己的惱怒。**你屬於我，你屬於這裡，芬提向他確認，不要擔心找不到配偶。你將有許**

多許多的歲月可以做這件事，每一個人類都會羨慕你漫長的壽命。但你現在看不到荷比和辛泰拉已經進入那座城市，並且能夠縱情飛翔和狩獵了嗎？而我卻還餓著肚子。你該如何讓我也到那座城市裡，去洗浴、成長和飛翔？這才是你應該思考的事情，是你唯一需要思考的事情。

一陣平靜湧過刺青的內心，同時還伴隨著些許喜悅和興奮。他的龍主動和他說話。理智上，他知道芬提對他使用了魅力，但從情感上，他很高興能夠甩掉刺痛自己的驕傲，朝向龍指給他的目標，努力地前進。他在這個世界上有自己的位置，也有有重要的價值。芬提就是這樣告訴他的。丟掉那些對人類的患得患失吧。他有一頭巨龍需要照料。

愛麗絲還在思考拉普斯卡的話。其他人都在等待她的回應。刺青邁步走到眾人面前，提高聲音為龍而發言：「作為守護者，我們眼前的任務就是讓龍到達那座城市。這一點非常明顯。我們的一些龍已經能進行短途飛行了。讓他們能夠飛過這條河，是我們現在最主要的任務。」

默爾柯噴了一聲鼻息。這聲音不大，但所有目光都轉向了金龍。「守護者們不能教龍飛行，龍必須回憶起我們曾經知道的東西，但刺青是對的。這是我們唯一的目標，從天明到黃昏，我們都要為此而努力。我們之中的一些龍一直在努力，另一些則只是滿足於抱怨和悶悶不樂。現在所有的龍都要明白，能夠掌握飛行的龍會毫不猶豫地將其餘的龍丟在這裡。從今天開始，或者成為龍，或者死在這裡。」

金龍發言之後的沉默讓所有人都感到壓抑。聚集在這裡的龍群也沒有一個再說話。一段時間之後，愛麗絲提高聲音說：「我已經做出了一個關於這座城市的決定。」

「妳做出什麼決定並不重要。」默爾柯的聲音很平靜，對於一頭龍而言幾乎可以說是溫和的，但他明顯不容人類對他有所質疑，「決定不由妳來做。拉普斯卡幾乎已經領悟了最真實的一點——這座城市是有生命的，它在等待我們。這並不是一座古靈城市。古靈建造了它，和我們一起在這城市中生活。但克爾辛拉是為巨龍而建造的城市。愛麗絲，只要我們過了河，我們就會讓這座城市得以復興。

歡迎妳和我們一起來到這座城市。我們一直都有書記員，有人類也有古靈，他們會記錄我們的生活和思想。我們也總是很欣賞我們的詩人、歌者和所有讚頌我們生命的人。我們之中有妳的位置，而且是充滿榮譽的位置。」

金龍轉過頭，望向守護者們。「穿上巨龍侍者的衣服，享受它們的好處，然後去狩獵，你們全都要去。我們需要很多肉。讓你們的龍有力量是你們主要的目標。我們將會飛上天空。當我們過河到達克爾辛拉，你們全都要隨我們過去。那座城市將再一次屬於我們。」

魚月第二日
商人聯盟獨立第七年
來自黛托茨，崔豪格信鴿管理人
致雷亞奧，繽城代行信鴿管理人

雷亞奧：

我很高興能夠再一次讓鴿子飛到你那裡，並讓你知道了我們這裡的變化。以下我要說的全都是好消息。自從艾瑞克和我熬過了我們的鴿籠之後，我們就再也沒有因為紅蝨子而失去一隻鴿子。對於可憐的艾瑞克最初如何能夠被崔豪格的信鴿主管和這裡的其他管理人接受，我幾乎沒有向你提過。現在我要很高興地告訴你，正是因為他的智慧解決了這場危機，現在大家全都向他表達了深深的敬意，對他照顧鴿子的技巧和學識敬佩得五體投地。我真為你的姑父感到驕傲。

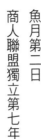

所以，這當然就引出了我的另一個好訊息。儘管恰逢鴿子遭遇瘟疫，我們經歷了許多憂愁和災難，艾瑞克和我終於結婚了。我們的婚禮在樹冠區最高的平台上舉行。太陽、輕風、芬芳的花朵和飛舞的蝴蝶，都祝福著我們。我們都很高興能夠以不那麼嚴謹正式的禮儀立下我們的誓言，而你的祖父母也許是完全沒想到我會結婚，所以認為很有必要大肆炫耀一下這場婚禮！於是這場美輪美奐的儀式將成為我們餘生中珍貴的記憶。

現在到了我必須認真考慮該帶些什麼東西去繽城的時候了。雖然這很艱難，但我必須選擇將什麼留下，還要向我的鴿子們道別。我提醒你，一定要在你姑父回去以前確保他的鴿籠和鴿舍狀況良好！現在他整天念叨的都是希望再見到他的鴿子們。恐怕我前往繽城的時候必須戴上面紗了。一想到得戴著面紗走在他的海濱城市裡，我就會感到很有些艱難。但是，當然，和艾瑞克在一起，值得我這樣的犧牲。

黛托茨

14 購物

「你認為我能在這件事裡做些什麼？我真的看不出來。又，為什麼我要去惹麻煩。」

詔諭這樣說道。他知道他的父親會有怎樣的反應。自從他出生的那一天起，這個男人就決定不讓他感到快樂。年少時，詔諭就發現自己也很喜歡激怒這個男人，因為無論詔諭表現得有多麼好，貿易商芬波克也總是要把他當作一個自大的傻瓜。在不久前剛剛受到過驚嚇以後，詔諭覺得能夠毫不畏懼地發起一番挑釁的感覺真好。所以他說出了那番話，而且故意仰身靠進自己的椅子裡，做出一副輕鬆悠閒的樣子。

他父親的面孔在激動中變成了深紅色，左眼皮不住地跳動。他顫抖著，用布滿紅色血管的鼻子吸進一口氣。他五官上的痕跡，更多來自於早年和北方諸國進行交易時在甲板上度過的歲月，和他現在所喜愛的黑葡萄酒倒是沒什麼關係。不過今天他也沒有放下酒杯，而且這瓶酒一嘗就知道是不尋常的好酒。詔諭等著父親搜腸刮肚地尋找責備他的措辭，不慌不忙地吮著自己杯中的美酒。是的，香味非常醇厚，是不是有一點櫻桃香？他將酒杯舉到從窗戶照射進來的午後陽光中。色澤也很可愛。但握著這只酒杯的手還纏著繃帶，一看到這些繃帶，詔諭對於美酒的喜悅立刻蕩然無存。他鼻子和胸口的割傷本來就很細很淺，很快就癒合了。但他的手還在每一天提醒他，那個恐嚇和羞辱他的人仍然逍遙法外。他咬緊牙關，忽然意識到他的父親正在說話。

「你能做什麼?你能去把你的妻子帶回來!至於說你為什麼要去，為了家族的名譽，為了你的婚姻，為了得到繼承人延續你的血脈，還有徹底終止關於這件事的一切流言蜚語。」

「流言蜚語?」詔諭揚了揚工藝品一般的眉毛，「有什麼流言蜚語?我在我的圈子裡可是什麼都沒有聽到。我的朋友們都認為愛麗絲拋棄我已經是一樁舊聞了。這的確是一件令人傷心和煩悶的事情，但完全不值得再有什麼流言蜚語。所有興奮的街談巷議在幾個月以前就結束了。等我從遮瑪里亞的貿易旅行中回來的時候，嗯，情況已經完全平息了。她跑了。我給了那個女人最好的條件，她卻跑了，還拐走了我的祕書。大家本以為他們淹死在洪水裡了，這還有一點浪漫氣氛，但現在我們又聽說他們都還好好地活著。那麼，這還有什麼可說的呢?她離開了我，而且非常乾脆。她的離開真可以算是一種解脫。我很高興能讓她走人。」

詔諭稍微調整從一只袖口脫落的蕾絲。這是一件新襯衫，正是遮瑪里亞城最新的流行款式。他很喜歡袖口處的蕾絲呈半只杯子的形狀，並環繞住他精緻的手掌。儘管私下裡他也為這些蕾絲造成的搔癢感到煩惱。有時候，要保持外表的美感，就有必要付出代價，就像他必須付錢雇傭那個街頭流氓——他們向他保證，一定能找到並幹掉那個恰斯人。他雇傭的那個人擁有無可挑剔的凶悍惡名，而在一個骯髒的海邊酒館和他祕密會面，也是一次頗讓人感到興奮的經歷。加洛德比詔諭大不了幾歲，耳朵上掛滿了閃閃發光的小耳環，讓詔諭想起了鮑魚殼。「一個人一袋錢。」他對詔諭說。

「很快你就會再拿到一袋。」詔諭一邊說，一邊將一口袋錢推過桌子。加洛德點點頭。他的牙齒很白，眼神充滿自信——正是幹這種活的完美人選。如果換做別的時候，詔諭也許會覺得他擁有一種完全與眾不同的魅力。他一邊在回憶中微笑，一邊抬起眼睛，和父親惱怒的雙眼對視。

貿易商芬波克向前俯過身，將酒杯放在臂肘旁邊的桌子上。「你真的有這麼愚蠢?」他充滿厭惡地質問道，「只是『讓她走人』?就這樣放過命運擱在你的大腿上的最大機會?」他重重地哼了一聲，站起身開始在房間裡踱步。

這是一個很大的房間，有充分的冬季陽光照射進來。詔諭很期待有一天能夠成為這個房間的主人。當然，等他繼承這幢房子之後，他會讓這裡充滿明艷的色彩和時髦元素。在十年前，這裡毫無想像力的褐色窗簾就掛在這些窗戶上了。當然，它們的品質都很好，用到現在也不見損壞，但跟上時代才是重要的，才能彰顯出家族的繁榮昌盛。對於繽城貿易商，即使在艱難的時代也要顯示出繁榮的樣子，這才是真正**造就**繁榮的關鍵。沒有人想要和一個滿身窮酸相的對手做交易，說不定他提供的都是冒牌貨呢！而莎神也會禁止你把貨物賣給窮人，窮人只會哭窮，根本不會認真和你商談價錢或制定契約。沒錯，等到這個房間屬於詔諭的時候，他要做的第一件事就是更換這裡的一切布飾和布藝。

「你在聽我說話嗎？」他的父親對著他吼了一聲，緊接著就是一連串的咳嗽。

「請原諒，父親。花園的風光讓我走神了。我會認真聽的。你在說什麼？」

「我不會重複我的話，」他的父親傲慢地回答道，然後又立刻出爾反爾，「如果你看不出你拋掉了什麼，我的話也不可能讓你醒悟。但也許我的行動可以。所以，我們有話直說吧，我的兒子和繼承人。如果你還想要保留這兩個頭銜，就去雨野原，並找到你的妻子，發現是什麼讓她和你在一起的時候不快樂，然後**改正它**。盡可能避開公眾的視線做好這件事。如果你的行動迅速，如果你能帶她回家，並讓她心滿意足，也許我們還來得及從他們的發現中，得到我們應得的那一份。」

「什麼？」剛剛還心不在焉的詔諭，突然對父親的話生出了困惑和興趣。

他的父親又惱恨地歎了口氣。「你作為貿易商的精明狡詐一直都為人稱道，當然，我早在多年以前就知道你的名聲是被過分誇大了。你真的看不到擺在眼前的事實嗎？不管你是否曾經同意，愛麗絲已經簽約成為了柏油人號遠征隊的一員。根據傳聞，這支遠征隊已經在雨野原遙遠的上游發現了超乎想像的財富。那裡不僅有充滿寶物和寶藏的古靈城市，還有大片可以耕種的土地。現在訊息早已滿天飛了，所有人都知道活船柏油人號和萊福特林船長短暫返回了卡薩里克。我聽說他和議會發生了爭執，拒絕交出他的航線圖，還指責議會在他的船上安插了間諜，甚至暗示議會中有人和恰斯人有勾結，圖謀殺掉巨龍，這必然會毀掉我們和婷黛莉雅簽訂的契約。」

「恰斯人。」這個詞在詔諭的舌頭上就像鉛一樣沉。一陣恐懼完全淹沒了他。

「當然，這太荒謬了！怎麼會有貿易商和恰斯人勾結，還要破壞有榮譽的契約！所以議會嚴正地拒絕了支付他酬金，但第二天那個船長就不計代價地在他的船上裝滿了輜重給養，庫普魯斯家族為他提供了全權擔保！我不需要提醒你，多年以來，庫普魯斯家族一直控制著崔豪格的巫木份額。現在這樁生意是沒法做了，簡妮．庫普魯斯也許正在為她的家族尋找新的投資項目。她不是傻瓜。我懷疑他們已經和萊福特林達成交易，正在圖謀壟斷一個全新的巨大財源。而且我注意到，萊福特林向繽城送出信鴿，要求訂購活的家畜！都是可以繁殖的牲畜：綿羊、山羊和雞，還有穀物種籽和其他農作物的種籽、幼苗和兩打果樹苗！將這些訊息和那些船員的隻言片語聯繫在一起，無論是誰都能想到，那裡有可耕種的土地。在崔豪格被發現之後，這很可能是最為利潤豐厚的一次大發現。」

詔諭陷入深深的沉默。他被驚呆了。他知道他的父親有間諜網，各種各樣的人都在為貿易商芬波克刺探他們各自主人的資訊，在崔豪格和卡薩里克都有芬波克家的耳目，哪怕只是那裡有人做了一樁利潤豐厚的生意，他們都會用信鴿告知貿易商芬波克。但這個訊息絕對是他的父親過去玩弄的那些財富資訊無法相比的。

「嗯，看你張口結舌的樣子，我知道你終於在聽我的話了！那麼，就讓我把剩下的事情一併對你講清楚：愛麗絲是遠征隊的一員，她有權從遠征隊的發現中得到一份。現在柏油人號遠征隊不僅宣稱完全占有通向那個財富之地的路線資訊，還完全占有那裡的全部財富。崔豪格和卡薩里克議會對此都表示反對，他們聲稱是他們雇傭了那艘船和獵人，所以遠征隊的發現是屬於他們的。柏油人號遠征隊的船長和跟隨巨龍的守護者們當然不同意那兩個議會的結論……看看你，張著大嘴就像條魚一樣！你根本沒有注意這件事，對不對？你在乎的只是你的妻子跑了，你僅在乎你和你的白癡朋友們能夠在她的家裡放肆作樂、酗酒狂歡！」

這句話惹惱了詔諭。他的父親一眼就看穿這件事，而他卻什麼都沒有想到，這已經夠糟糕了，他的父親還丟給他這樣令人無法容忍的嘲諷！「**她的**家？那恰巧也是我的家。我當然能夠在那裡做我想做的事，招待我喜歡的人。」

「這種事，你在這些年裡已經做得夠多了。」他的父親抱怨道，「我知道你在胡鬧些什麼。我懷疑你的妻子也正是因此才更喜歡你的祕書，而不是你。」

詔諭讓自己的臉上沒有任何表情。吮上一口葡萄酒能夠幫助他贏得時間恢復鎮定。不要讓談話轉到別的方向，不要承認，也不要否認，不要正面回應這個問題。

「說實話，我不確定塞德里克會是她注意的目標，也不相信塞德里克和她的離去有關。實際上，不管有沒有愛麗絲，此時塞德里克還不回家，的確是一件非常奇怪的事，這和塞德里克的行事風格完全不同。愛麗絲不會像某些人暗示的那樣，『和塞德里克私奔了』。正是我選定他作為愛麗絲的旅伴。他自己完全不想去雨野原。」詔諭又吮了一口酒，然後站起身，悠閒地走到窗前，「今年下的雨真夠多的。恐怕浸透雨水的土壤和過快的冷暖交替，都要讓玫瑰花受苦了。」

他等待著，聽到他的父親吸了一口氣、準備說話之時，便突然打斷了父親。「你知道我回繽城還不到十二天。最初三天全部被用於處理我購買的貿易貨物，然後是睡眠和從旅途中恢復。之後我並沒有太多時間做其他事情。我已經告訴過你，我的手意外受了傷。傷口非常可怕，給我造成了很大的痛苦，讓我甚至無法料理日常事務。所以，關於那個所謂柏油人號遠征隊的全部資訊，也許你應該將你知道的全告訴我。你從信鴿上可能得到了不少訊息，但一支小紙卷畢竟寫不了多少內容，你一定還有其他的非常手段。」

像以往幾乎每一次一樣，詔諭的策略奏效了。稍稍向他的父親服軟，再給父親一點虛榮心，讓父親以為自己才是掌控局面的大師。他的父親立刻就平靜下來。詔諭回到自己的椅子裡坐好，專注地向前傾過身子，希望能夠從父親繁瑣的絮叨中找出他所需要的事實。不過他早已預料到，父親首先會從對他的批評開始。

「實際上，為什麼你會讓愛麗絲單獨去雨野原，這一點我從來都不明白。但我相信我們必須從這裡開始說起。」

詔諭大膽地再次打斷父親：「我無法阻止她，父親。這是寫在我們婚姻契約上的條款——只要她想去，我就要許可她前往雨野原旅行，繼續她對於古靈和龍的研究。那時我以為這只是她的一個怪癖，是她未婚女子的孤獨生活殘留下來的一點白日夢。我以為，只要她結了婚，有了自己的家宅需要管理，她就會忘記這個幻想。這幾年裡，她確實再沒有提過這件事。但是當她在今年春天堅持要去的時候，我就無法拒絕她了。我也不可能取消我前往香料群島的貿易旅行，所以我做了我認為是最佳的安排，讓塞德里克．梅爾達照顧她。多年以來，塞德里克都是我的左右手，而且他還是愛麗絲兒時的朋友。他們相處得一直都很好。我相信，在他們兩個之中，塞德里克應該是比較理智的。我認為，只要愛麗絲發現崔豪格是一個多麼粗鄙簡陋的地方，就會立刻返回繽城。說實話，父親，我本以為當我返回繽城的時候，他們早就會回來了。」

「如果你說完了，」詔諭的父親在他停下來喘氣的時候嚴肅地說道，「我就要繼續我的講述了。」詔諭痛恨父親的家長作風。貿易商芬波克總是以為自己要遠遠比他的兒子更加狡詐和睿智。但現在他有詔諭還完全不了解的情報。詔諭繼續保持沉默，僅是點頭。

「在柏油人號遠征隊開始組建的時候，愛麗絲和塞德里克到達了卡薩里克。我拿到了那支遠征隊和議會簽訂的契約副本。根據我對這些契約的解讀，崔豪格和卡薩里克的雨野原貿易商評議會，他們雇傭了十幾個受到雨野原影響而嚴重變異的年輕人以陪同巨龍，作為龍的守護者並照料他們；又雇傭了兩名獵人和駁船柏油人號。那是現存最古早的駁船。他們也都將跟隨巨龍進行遠征，在一路上為龍群提供支援。議會付錢購買了各種物資裝載在那艘船上。守護者、獵人和船主得到了一半酬金作為預付款，剩餘一半將在他們安頓好龍群、返回卡薩里克之後，方能獲得。」貿易商芬波克發出一陣短暫而輕蔑的笑聲，「我打賭，那些雨野原人從沒有想過他們還會付另一半酬金！」

「愛麗絲是怎麼被捲進去的？這一點我很不明白。」詔諭認真地說道。他希望父親不要再糾纏於那些顯而易見的事情上了。

「我正要說到這件事。對於我們來說，重要的一點是那些契約上根本沒有提到過克爾辛拉，甚至也沒有任何條款提及尋找古靈城市。契約上只是寫明守護者們要找到一個地方能夠讓巨龍安居。如果龍在他們完成任務之前死掉，議會也會認為契約得到了履行。注意，不是契約作廢，而是契約得到了履行。」

「這一點很重要？」

貿易商芬波克帶著厭惡的神情看著自己的兒子。他的眼皮本來就很厚重，現在他的眼睛就顯得更小了，「我相信這是再明顯不過的了。如果契約中只說明這次遠征的目的，只是為了重新安置龍群，那麼守護者、獵人和那艘船上的人就已經完成了他們的責任。議會付給他們酬勞，他們的交易就結束了。議會對這次遠征的其他任何收穫都再無任何權利，無論是可耕種的土地、遠古城市、還是遠征隊收集到的一切情報，比如河道航線圖。」

「現在」——詔諭的父親抬起一隻手，擋住了想要說話的詔諭——「議會正企圖建立一種概念，既然在建立遠征隊的談判階段曾經口頭提及克爾辛拉，而且當時唯一對這次遠征投下反對票的麥爾妲．庫普魯斯之所以會改變意見，完全是因為愛麗絲．金卡羅恩．芬波克對克爾辛拉存在的確認，那麼這就意味著克爾辛拉的發現正是這次遠征的任務之一，所以柏油人號船長的航線圖、那座城市和那裡的一切財產都應該是屬於議會的。」

「在我看來，這種說法是有道理的。」詔諭插口道。

貿易商芬波克狠狠瞪了一眼自己的兒子。「不，愚蠢的傢伙。我們應該希望判決落在另一個方向。我們必須強調，愛麗絲是遠征隊中唯一的龍類專家，是她幫助遠征隊在一路上妥善照管了龍群。

我們要堅信和議會簽訂的契約只涉及到安置龍群。因為只有這樣，愛麗絲才有權利像守護者、獵人和船上水手那樣分得一份對於那座城市和周圍一切財產的所有權。現在我不知道那支遠征隊的確切人數，以及那些年輕人是否都有正當權利分享這次遠征所發現的財富。但我估計那支隊伍在出發的時候人數不超過三十。因此，愛麗絲應該能獲得三十分之一的克爾辛拉以及那裡的一切相關財產。而且……」——父親再一次抬起手，制止了想要提問的詔諭——「而且，塞德里克顯然是受你的雇傭參加了遠征隊，他從你這裡接受薪水，聽從你的命令，所以他從那座城市中獲取的財富其實就是你獲取的財富，因為你是他當時的雇主，現在你仍然是他的雇主，因此他的一切工作所得都是你的，而他應得的是你付給他的薪資。這意味著芬波克家族理應控制那座古靈城市的三十分之二，也就是十五分之一。如果克爾辛拉和崔豪格一樣，甚至只是和卡薩里克一樣，這都是一筆巨大的財富。」

詔諭的腦子在飛快地轉動。他是一名目光敏銳的貿易商，但他從沒有以這樣的角度看待過這件事。愛麗絲和塞德里克丟給他的羞辱讓他過於憤怒了。一座新發現的古靈城市的十五分之一，完全處在他的控制之下？這個想法讓他幾乎無法呼吸，儘管還有另一個念頭讓他的胃裡泛起酸水，讓他的心臟劇烈地跳動。他顯然有一個父親絲毫不知曉的情報。當詔諭聽說愛麗絲拋棄他、和塞德里克私奔的時候，他感覺這個傳聞的前半部分是真的，後半部分肯定是謠言。但不管怎樣，他本來是完全信任塞德里克能夠管好愛麗絲的，現在他的情人「祕書」卻沒能把他的妻子帶回家，這是塞德里克的失敗，是他為詔諭增添了這份恥辱。

詔諭已經送出一隻信鴿，宣稱他不會負擔愛麗絲和塞德里克在這次旅行中的一切開銷，也不會用自己的信用為他們的任何借款行為擔保。這是否意味著他已經中斷了和塞德里克的雇傭關係？塞德里克是否會宣布：獲取的那一份城市所有權，只屬於自己？

片刻之前，詔諭絲毫沒有想到自己能夠擁有克爾辛拉。而現在，想到自己即將到手的財富可能已經縮水了一半，而這只是因為他一時的的意氣用事，這讓他的臉一下子就白了。他的父親如果知道他幹了什麼，一定會對他大為光火。不過父親首先要能夠知道這件事。詔諭相信，只要自己先找到塞德里克，就一定能讓他重新拜倒在自己腳下，會重新成為被他溺愛的寵物。他從年輕時起就是那樣迷戀詔諭。只要詔諭保證不再拋棄他，他一定就會繼續牢牢地跟在詔諭的屁股後面。

至於說愛麗絲……不管怎樣，他們之間有婚姻契約，契約總是排在第一位的，是最重要的。愛麗絲的「感受」完全不重要。她已經立下誓言，並作為繽城貿易商的女兒簽下了自己的名字。詔諭會利用這一點緊緊抓住她。就是這樣。愛麗絲會心甘情願地回家，繼續沉浸在她的卷軸、書籍和文件裡。如果她敢反抗，就會發現自己的生活將會不比僕人好多少。詔諭給予她的婚姻就已經讓她獲得了崇高的社會地位。愛麗絲的家族只要夠聰明，就同樣會逼迫愛麗絲回到她合理的位置上。這是詔諭能夠用來對付愛麗絲的槓桿。只要愛麗絲敢和他作對，他就會威脅剝奪愛麗絲家族的榮譽和財富，然後愛麗絲就會俯首帖耳了。

「你在聽我說話嗎？」詔諭的父親突然問道。

「當然在聽！」詔諭憤慨地說著謊話。

「好吧，那麼，你決定在哪一天乘哪一艘船出發？有訊息說這座新發現的城市已經引起了雨野原人的狂熱。每一個在崔豪格和卡薩里克有親戚的人都要前往那裡，看看是否有機會從中獲利。如果你想要在前往上游的船上得到一個舖位，你最好今天就把船票買好。」

「讓你的人為我安排好，不行嗎？現在塞德里克已經跑掉了，恐怕所有的祕書工作都要我自己來做了……」

「去碼頭，為自己定下航程。」詔諭的父親以不容置疑的口吻說道。他的聲音中充滿了鄙夷。貿易商芬波克一直都堅持自己做好每一件事，看到自己的兒子竟然只知道把工作丟給下人，他實在是感到不可思議。

詔諭保持著面孔的刻板。一年以前，他曾經竭力向他的父親解釋，他已經是繽城的一個重要人物，一位擁有財富和私屬船隻的貿易商。像他這樣的人，不會親自去安排旅行計畫，更不需要自己從店鋪的燻肉架上挑選火腿。那場爭論最終變得漫長又乏味，他的父親只是喋喋不休地嘮叨著自己是如何一步步爬到現在的位置上，所以他絕不會將自己生活的細節交給另一個人去處理。而當詔諭的母親走進父親的書房，詔諭不得不打起精神，準備再聽一遍無聊的嘮叨。

詔諭的母親從不會簡簡單單地走進一個房間。西莉亞・芬波克永遠都像是一艘鼓滿風帆的船。她華麗的黑髮被高高紮起，形狀如同花朵。詔諭心中總覺得這種樣式更適合擺放在桌子上，而不是在女人的頭頂上。她的體態一直都很豐滿健美，漸漸增長的年紀只是讓她的胸部更加豐碩。她幾乎總是穿著一件舊式長袍，袍子的顏色——濃艷的紫色——也永遠都是他們的貿易商家族顏色。詔諭猜測母親是要以此來提醒每一個人必須對她表示尊重。這種老式長袍不像時髦的長裙那樣會給人帶來諸多限制，儘管衣服的剪裁樣式很簡單，不過母親每次選擇的布料都相當華貴。這時母親走過來，張開雙臂，將詔諭抱在懷中。

「我可憐的，親愛的孩子！現在你的心還那麼痛，他怎麼能認為你會想到這麼多事！有誰會去想愛麗絲？她根本就像是一隻小老鼠，只喜歡縮在她自己的家裡。我相信她還做了不少勾當沒有被揭露出來呢。任何腦子沒有壞掉的女人，都不可能拋棄你！還有什麼樣的男人能和你相比！塞德里克當你的朋友已經那麼長時間了，他怎麼能這樣背叛你？我親愛的，親愛的孩子！不。他們一定是在那個邪惡地方遭遇了什麼，一定是某種黑暗的雨野原魔法。」

她一邊來回走動，一邊翩翩起舞般地做著各種手勢，彷彿她還是詔諭父親書桌後面的結婚畫像中那位笑容可掬、儀容優雅的黑髮女子。詔諭的父親面帶微笑地看著她，就像她每一次大步走進他的書房時一樣，但父親稍稍瞇起的眼睛還是表明，他終究還是不贊同妻子對詔諭的這種戲劇性的同情。

詔諭則是喜歡的，母親的這種表演總是能解他的一時之困。血瘟疫帶走了他的三個兄弟，只留下他成為了家族長子和繼承人。繽城人一直都懷疑血瘟疫來自於雨野原，是因為那些人玩弄古靈寶物而引發的詛咒或者疾病。詔諭的母親堅信這一點，所以她絕對不會原諒害死她三個兒子的雨野原人。西莉亞・芬波克更願意相信，正是雨野原導致了兒子婚姻的失敗和他「最好朋友」的叛變。詔諭很願意讓母親保持這樣的看法。他深情款款地凝望著對自己充滿愛憐的母親，輕聲說道：「也許是這樣吧。只是我擔心已經有別人俘獲了她的心。」

「那就把她的心奪回來！」母親鄭重地對詔諭說道，西莉亞提高了嗓音，彷彿是在發出挑戰，「去找她。讓那個男人和你比一比。讓她知道你為她做的一切：美麗的家、她自己的小書房、那些無價的卷軸，還有當她在那些卷軸中浪費時間的時候你孤獨度過的一個又一個夜晚。她應該對你保持忠誠。讓她回憶起你們的婚姻誓言。」說到這裡，母親的聲音又轉而變得低沉緩慢，「提醒她，違背這些誓言需要付出的代價：社會的代價和財產的代價。」

詔諭的父親從鼻孔中噴出一股氣。「親愛的，難道妳不擔心愛麗絲會反而提醒詔諭，當他出海進行貿易的時候，她又孤獨地度過了多少個星期？還有那些詔諭寧可和他的朋友們尋歡作樂也不願回家的夜晚。沒有孩子陪在身邊的空虛……」

「你怎麼敢這樣說我們的兒子？」詔諭的母親已經搶在詔諭之前開始了反擊，「事實很可能是她無法生育！如果是這樣，那麼詔諭就承受了雙重的委屈！如果她希望以不貞的行為證明錯在詔諭，那就讓她自己去養活她的小私生子吧！芬波克家族沒有那麼不知榮譽，也沒有一定要忍受這種羞辱。她的私奔讓詔諭有充分的理由將她丟到一旁。這麼長時間的離家不歸，肯定已經違背了她的婚姻契約。繽城絕不缺乏可愛、合格又有足夠生育能力的年輕女士，她們都會非常高興成為詔諭的新娘。不記得嗎？當我們宣布詔諭將要結婚的時候，我從所有地方都只聽到了沮喪的哭喊！我的每一個最親密的朋友都心心念念地想要把她們的年輕女孩推到詔諭身邊！我要說，如果不是我知道詔諭已經決意要安定下來，我會給他帶來十二個，不，二十個合格的女孩子！她們都有更好的家室和更多的財產！」

西莉亞將雙臂交抱在胸前，彷彿自己剛剛證明了什麼。詔諭覺得自己也許應該認真思考一下母親的這番話。一名逃家的妻子也許會讓他的母親有機會用另一個更加麻煩的配偶拴住他，而且那個女孩很可能會比失蹤的愛麗絲更難以駕馭。在擺脫一個妻子之後，他可不想又要接受另一個妻子。實際上，他根本不想把愛麗絲找回來……除非，當然，愛麗絲會帶著十五分之一的古靈城市回來，而且是從未被劫掠過的古靈城市。

詔諭的父親顯得既疲憊又頑固。他的母親則充滿決心。他們兩個經常是這副樣子。小時候，如果詔諭打破或者丟掉了一件玩具，他的父親總是認為他應該認真對待這個問題，而他的母親則總是能迅速而又聰明地用更加昂貴或有趣的玩具來彌補詔諭的損失。詔諭想到母親可能會立刻找一個新的妻子來彌補他現在的「損失」，不由得心中掠過一絲寒意。他需要阻止母親，讓母親改變想法。如果只是父親在這件事上和母親有分歧，那麼母親是絕對不會讓步的！

「我選擇愛麗絲，」不等剛剛張開口的母親再說出話來，詔諭已經用沉重的聲音說道，「我選擇她，母親，我和她已經有了婚姻。我簽訂了契約。也許父親是對的，我最明智的選擇應該是先和我選擇的妻子達成和解，而不是立刻購買一個新的妻子。我離開她的夜晚實在是太多了。我一心只想著增加我們的財富，以為這也是為她好。但也許她並不理解我的苦心，只是感覺受到了冷落。儘管我們要孩子的努力，至今仍然沒有成果，但我不能硬著心腸說這是她的錯。也許，就像妳說的，她沒有生育能力。但她就應該為此而受到責備嗎？這是一件不幸的事。也許她正是因此而感到羞愧，才會逃離我們的家。我首先應該接受父親的建議，看看是否能將她贏回來。如果這樣做沒能成功，等到我心上的創傷癒合時，我們還可以考慮其他辦法。」

他的母親幾乎要融化了。「詔諭，詔諭，你的心永遠都是那麼柔軟。」一點代表應允的溫柔微笑，正出現在母親的臉上。

詔諭的父親向後靠進自己的椅子裡，將雙臂抱在胸前。陰沉的面容中流露出饒有興致的神色。和妻子打交道的這麼多年，讓他有了足夠的智慧：現在只應該保持安靜。

西莉亞·芬波克將戴著戒指的手指握在一起，側過頭看著詔諭。「好吧，儘管我不認為她值得你的這番苦心，但我無法否認你高貴的願望。我將暫時不插手這件事，只是盡心竭力幫助你。你在這裡等一下，我需要換一身更合適的衣服，並讓貝特斯命令馬夫準備好馬車。我們要去市場，親愛的。不只是找些合適的禮物，讓你能夠將你任性的妻子哄回來。喔，不，我們還要好好地裝扮你，讓你顯示出她從不曾見過的俊俏模樣。讓她看到你全新的樣子，看到你為了再次贏得她的注意而付出了多大的努力。到時候她將完全無法抵抗你！不，不，不要轉眼珠去看你的父親。在這件事上，你必須信任我，親愛的。我是一個女人，我知道有什麼能夠打動女人的心！如果這需要花些錢，那也很好。親愛的，忠誠的心值得這樣呵護。」

西莉亞用握緊的雙手抵住自己圓胖的下巴，搖著頭，神情愉快地否認了詔諭尚未出口的反對，然後就快步從書房中走了出去。沒過多久，走廊中就傳來她召喚貝特斯的聲音。

貿易商芬波克從椅子裡站起身，走過房間，把屋門在妻子的身後關緊。「一座從未被探索的古靈城市，為此而容忍一個任性的女人也是值得的。這一點我很清楚。但詔諭，繼承人是一個我們不能繼續忽視下去的問題。每次談到這件事，我都會感到痛苦，但……」

「在我將愛麗絲帶回到繽城我的床上之前，討論這件事都是絕對沒有意義的。我知道，沒有任何男人能夠在這麼遠的距離讓自己的妻子懷孕，無論他是多麼渴望這樣。就算是**你的**兒子，也沒有『這麼長』。」

詔諭早就想到了這件事。儘管父親的面色很難看，但這個粗俗的笑話還是讓詔諭露出了微笑。貿易商芬波克搖搖頭，改變了話題：「你需要聽一聽我對柏油人號的了解。那是一艘活船，就像我告訴過你的，是最早建造的活船之一，很可能是**第一艘**活船。所有人都知道，它的速度從來都不是很快。因為它本身是一艘駁船，甚至沒有船首像。但是當柏油人號決定駛出卡薩里克的港口的時候，議會擔心他們將無法再和萊福特林確定契約的條款內容，就嘗試強行阻止那艘船出港。柏油人號的船員發動了反擊，讓幾個人掉進河裡，完全不在乎他們的安全。然後，當這艘船開始向上游行駛的時候，一些小船追了上去，希望能夠跟隨那艘船找到通向克爾辛拉的航線。但他們在河上遭遇到了一種奇怪的阻礙。有傳聞說，彷彿那艘駁船自己有腿，或者是尾巴，它用這些肢體攻擊了跟隨它的小船，導致許多船傾覆了。還有一些船跟了它一段距離。但是到了夜裡，什麼都看不見的時候，柏油人號熄滅了所有燈火，繼續向上游駛去，彷彿那艘船能夠自己決定航線。大部分追蹤船隻很快就再也看不到那艘駁船了。到了早晨，柏油人號顯然已經遠遠甩掉了他們。還有一些船繼續追趕了一段路，其中包括一艘那種新船。但他們也都沒有能再找到柏油人號。在我看來，這其中一定有古靈魔法在發揮作用。這更證明他們在克爾辛拉找到了什麼。

「無論那是什麼，其中十五分之一是屬於我的。」

「屬於你的家族，詔諭。而且是透過你的妻子。她才是這一切的關鍵。所以，趕快準備好你的行程。在你和你的母親購物的時候，便把船票買好。不過最好不要在今天下午讓你的家族破產。除非你把愛麗絲帶回來，否則擁有克爾辛拉的財富就仍然只是一個夢。」

「我會首先為雷丁和我訂好前往崔豪格的行程。」

詔諭向屋門口走去的時候，他的父親用低沉而嚴厲的聲音說道：「訂好你一個人的行程，兒子。不要帶上雷丁。一個男人去找他逃家的妻子時，只應該是單獨行動。他不會帶上祕書或者助手——無論你在這些日子裡管雷丁叫什麼。」

詔諭沒有停下腳步。有時候，他覺得父親對他的了解遠比他告訴父親的更多，現在他就有這種感覺。如果他的父親只是心存懷疑，他當然不會承認任何事。「就聽你的。」他輕鬆地回答道。

走出父親的書房，用力關上身後的屋門，詔諭才停下來拽平了袖口的蕾絲。他想起了自己一天以前在裁縫那裡看到的一種酒紅色布料。不知道能不能說服母親，讓她相信用那種上好布料做成的高領外衣可以為他贏回愛麗絲的心。這時，袖口的蕾絲摩擦到了他的繃帶。一種過於熟悉的憤怒和恐懼充斥在他的心中。片刻間，他實實在在地被這種感覺噎住了喉嚨。

詔諭向周圍掃視了一圈，隨後才意識到自己是在尋找塞德里克。他厭惡地從齒縫間籲出一口氣。當詔諭成功地將塞德里克逐出自己的腦海時，那個邪惡的恰斯人卻又將他那個曾經的伴侶拉回到他的意識裡。能夠有塞德里克在身邊，的確是一件很舒服的事，可以說是非常舒服。不過詔諭很快又修正了自己的想法——*那必須是過去的塞德里克才行*。絕不能是現在這個會和他爭論、會否認他的塞德里克。是塞德里克激怒了他，他才會決定讓塞德里克去參加那場愚蠢的航行。那個易於管教、受到他寵愛的塞德里克，那個總是對他百依百順的塞德里克，是那麼的有能力、溫柔且聰明。一種非常像是懊悔的情緒湧過詔諭的心頭。他差一點就將塞德里克的變化歸罪到自己身上。也許的確是他把塞德里克逼得太狠了。

詔諭搖搖頭，一陣愉悅的回憶讓他的嘴角露出笑意。塞德里克很喜歡被逼迫。也許詔諭在逼迫他的程度上有些過分了，但這也是塞德里克的錯，不是詔諭的錯。一切都有一個結束。他們只是找到了他們的結束。詔諭本可以平靜地接受這種結束，但可惡的是他的人帶著他的妻子跑了，招致了無數流言蜚語，甚至還危及到了他那十五分之一的、沒有被發掘也沒有遭到擄掠的古靈城市。

「我們要出發了嗎？」詔諭的母親說道。

詔諭轉過頭，看見了母親。他沒有想到母親會如此積極地準備這件事。西莉亞飛快地換上了一件更加時髦的裙子。這表明她現在極度無聊，只想要找個理由出去逛逛。一位無聊的母親通常也會是一位慷慨的母親。很明顯，這次出行一定會包括繽城上等餐館的一頓午宴。他會鼓勵母親對自己好一些，對母親的眼光多加讚揚。他知道，這樣也會換來母親對他的豐厚資助。於是他微笑著說：「是的，我們走吧。」

貝斯特發揮了他素常的高效風格，家用小馬車和他母親喜愛的一隊白馬已經等候在大門外。詔諭將母親扶進裝飾華麗的車廂裡，自己也跟了進去。他們不必走太遠。而且今天的天氣也不是那麼糟糕，但他的母親很喜歡讓人們看到她從馬車上下來，進入繁忙的市場。馬車夫會在市場外等待他們，讓所有人都知道，貿易商芬波克的妻子正在市場裡。

馬車剛剛行駛起來，詔諭就清了清嗓子：「父親建議我們先去訂好前往雨野原的航船，然後再做別的事。」

西莉亞一皺眉。詔諭就知道，這種耽擱是不會讓母親高興的。他們將不得不先到碼頭，然後她就要無聊地等待很久，讓詔諭去和碼頭上的人搭話，尋找哪艘活船會駛入雨野原河再決定他要乘坐哪艘船。並非所有船都願意搭載乘客。船上大部分寶貴的空間都要被用來儲存貨物。對於那裡居民而言，雨野原無法種植作物，收穫莊稼，所以向上游運輸的貨物是至關重要的，幾乎是那些城鎮存在的唯一基礎。順流而下的船隻則會帶回來各種罕見非凡的商品——來自於古靈城市的魔法寶物。許多代雨野原貿易商都是憑藉這些寶物而安身立命。發掘那些在很久以前就被埋入地下的城市，是非常困難和危險的，但正是這些價值不菲的商品成就了繽城「只有想不到，沒有買不到」的名聲。崔豪格是否真的快被挖完了？已經有傳聞說，那裡的寶物供應很快就會枯竭。在卡薩里克發現的更多廢墟成為了古靈寶物新的供應源頭，但詔諭知道一件很少有人會提起的事情：卡薩里克的城市遺跡規模要小得多，很難像崔豪格那樣能夠滿足長時間的開採需求，這也讓克爾辛拉的發現變得更具誘惑力。

「不，這太愚蠢了。」詔諭的母親突然說道。

正在暗自沉思的詔諭幾乎忘記了他們一開始談的是什麼。「愚蠢？」他問道。

「你還不知道你的新行裝何時能夠齊備，又怎麼能現在就定下行程？你連讓那個女人的傻腦殼向你轉回來的禮物都還沒找到呢！不，詔諭，我們首先要去大市場，為你的再一次追求做好全部準備。然後，等我們知道了裁縫什麼時候可以完工，你才能制定你的行程。這才是實際可行的計畫。」

「如您所願，母親。我只希望父親能夠同意妳的意見。」對於需要忤逆父親的意思，詔諭顯示出了適當的猶疑。

「喔，這件事讓我去擔心就好了。我會好好問問他，如果你買了船票，卻又沒有能如期登船，那又該怎麼辦？你的父親做事總是太急躁，一直都是這樣，根本不聽我的話。如果他認真思考一下，他就會想到現在還有更快的方法能夠去雨野原河的上游。這裡來了遮瑪里亞人造的新船。它們的船殼經過特殊加工，能夠抵抗雨野原河的酸水。它們不像我們的活船那樣大，而是狹長的內河船，很適合在淺水中快速行進。船上安排有很多船槳，讓它們在逆流而上的時候速度尤其迅捷，而船中還有足夠的空間可以裝載貨物和乘客。他們管那種船叫……無損船，因為那種船的船殼不會損壞。你的父親認為這種船的出現不是好事，他說我們繽城的活船必須能夠壟斷河上貿易，這樣才能保持繽城的繁榮。幸好還有其他更有遠見的貿易商，你要成為那種貿易商，你盡可以乘那種船去上游。所以，這件事就定下來了。今天是屬於我們的日子。我們要稍稍購一下物，然後歇歇腳，喝杯茶。我聽說新開了一家非常不錯的茶館。那裡的茶來自於比海盜群島更遠的地方！他們會在你的面前將香料磨碎，把滾水注入到小壺裡。那種小壺裡的茶水只夠倒滿兩個茶杯。這都是貿易商莫諾告訴我的，我一定要親眼看看，然後我們就可以拜訪你的裁縫了。」

「如您所願。」詔諭滿意地表示順從。他很期待能夠成為第一批嘗試新船來品的人，而且他在預定航程之前還想要和他自己的眼線去見一面。他見到他們時首先要問的就是——為什麼他的父親得到了這麼多情報，他卻對此一無所知？

*因為塞德里克沒有提醒他注意這些事，也沒有在早餐時不厭其煩地將他應該知道的重要事件講述給他。*詔諭眉頭一皺，將這些想法悉數趕走。

繽城的大市場並非位於一片巨大的圓形廣場上。自從狂暴的恰斯人在一夜之間入侵並摧毀了這座城市之後，這裡發生了巨大的改變。詔諭很喜歡這其中的一些變化。原先位於海濱的那些高大的老式倉庫擋住了海面的景色。它們之中有許多都在恰斯人的進攻中被燒毀了。議會便趁勢宣布新建的倉庫必須更加低矮。現在，從大市場能夠看到非常漂亮的港口風景。在戰爭中被摧毀的許多店舖和生意場所都得到了重建。繽城在最近這幾年恢復了往昔的繁榮，而大市場更是顯得煥然一新了。

詔諭出生在繽城。此時他走出馬車，在扶母親走下馬車階梯前先向周圍舉目四望，不由得回想起自己年少時這裡的樣子。他曾經一直認為繽城只是一個很普通的地方，直到他成為一名青年，開始旅行到異國城市的時候，才直到自己的家鄉是多麼超凡脫俗。

「這邊。」西莉亞頗有威嚴地高聲說道。詔諭順從地跟隨著母親走過這座市場。他的臉上露出了微笑。繽城是全世界的貿易中心，因為只有在繽城，人們才能找到神奇的古靈寶物。來繽城做生意的商人都知道要帶上他們最好的商品，才有可能交易到古靈的魔法物品。正因為如此，繽城的倉庫中總是存放著品種豐富，數量繁多的上等貨物。繽城的貿易商們享受著已知世界裡無可匹敵的富足生活。這很適合詔諭的品味。

詔諭喜愛旅行，喜愛外國城市中別有風情的享樂，但他每次回到繽城都會感到高興而且舒適。這座城市的文明程度要遠遠超過世界其他地方。因為貿易在這裡是最重要的，在這裡，契約就是契約，永遠如此。他出身於一個古老的貿易商家族，註定將會繼承這個家族的財富和他們在貿易商議會中的投票權。這個世界最好的商品都會被自動送到他的家門口，而他則有足夠的財富可以任意購買被他選中的東西。唯一能夠對他造成妨礙的只有他吝嗇的父親。但他的父親不會永遠活下去。總有一天，他會擁有這一切，任意支配他的財富。他會繼承所有……只要他能夠提供一個繼承人，讓他的父親滿意。要讓父親知道：在詔諭之後，還有另一個芬波克能夠繼承家業。

「你在說什麼？」詔諭的母親回過頭看了他一眼。這時西莉亞在一個小攤前停下了腳步。在正規商店之間的巷子裡，擠滿了這樣的小攤。

「只是咳嗽了一下。」詔諭微笑著看向母親，他要努力維持住這個表情。就在母親身前不遠處，那個攻擊過他的恰斯人正混跡於人群中。看上去，他正在考慮要購買一些新鮮魚乾，並沒有看他們兩個。但詔諭絕不會看錯他的樣子。同樣毋庸置疑的是這個人還活著，而且狀況還很好——不應該是這樣。詔諭已經雇傭了最好的打手去幹掉他，而且還為此付了一大筆錢。他很生氣自己的錢被騙了，但他現在最強烈的情緒還是從心底生出的恐懼。

詔諭用力握住母親的手臂。「那家茶館在哪裡？」他一邊問，一邊拽走了母親，自從長大之後，他就再沒有這樣拽過母親了，「求妳，我們先去那裡看看，然後再逛商店吧。」

「喔，你還真是個孩子！」母親微笑著轉向他。兒子的請求顯然讓她很高興，「那我們就去那裡。來，那家茶館在這邊，就在靠近主大街和雨野原大街交叉路口的地方。」

詔諭加快了腳步。他很想回頭看看，搞清楚那個人是不是看見了他，還是正在跟蹤他。他的笑容開始變得僵硬了。「是嘛，我已經有一段時間沒有去過雨野原大街了。我們在那裡買些東西，然後再去喝茶。」

「喔？你今天怎麼變成來回亂轉的風向標了？不過，如果你願意，我們就從雨野原大街開始逛。」母親欣然表示同意。

詔諭現在只想要離開大市場，遠遠甩開那個恰斯人。不過他突然想到，雨野原大街兩側的那些密集而精緻的小商店是他們理想的藏身之地。走進雨野原大街，詔諭隨著母親放慢步伐，開始悠閒地流覽這裡的各家店鋪，觀賞展示的商品。詔諭不停地回頭朝他們過來的方向瞥去。沒有那個人的影子。太好了。但他仍然對自己雇傭的那個所謂刺客無法釋懷。那個傢伙本來答應他會迅速而悄無聲息地了結這件事。詔諭想要回一點他的錢，畢竟那個打手的任務失敗了。幸好他目光敏銳、思維迅捷，才讓自己擺脫了危險。

既然已經擺脫了仇敵，詔諭總算是能有閒情逸致看一看雨野原大街各家商店裡的魔法商品了。正是這條大街讓繽城聲名遠揚。人們來到這裡購買雨野原的各種特產：永遠都會散發香氣的寶石、演奏出永無盡頭，卻又絕不重複的旋律的風鈴、用閃閃發光的濟德鈴製造的各種小物件，還有成百上千各式各樣的魔法物品。人們可以在這裡找到舉世無雙的發現，通常它們也會被標上舉世無雙的價格。一些容器能夠加熱放在裡面的東西，另一些容器則能夠讓盛放在其中的東西降溫。一尊雕像每天都會以嬰兒的形態醒來，在一天時間內逐漸老去，在夜晚作為一名老人「死去」，然後在第二天黎明時重生。描繪夏季風光的織錦散發出花朵的芬芳，懸掛在房間裡的時候就能向房間中釋放熱量。這些物品在世界上的其他地方都找不到，更不可能被複製。

當然，這裡還有卷軸和書籍。詔諭已經不知道自己付錢買下了愛麗絲在這裡找到的多少這種東西。那個該死的，一心只想著龍和古靈的女人！看看她都給他造成了什麼樣的麻煩。不過，如果她真的擁有那座新城的一部分，那麼她也不算是白白為他惹了那些麻煩。

詔諭和他的母親在這條街上的商店中遊逛，不時交換一些對各種商品的評論。他的母親買了一枚能夠隨著月相圓缺而發生變化的戒指，還有一條有涼爽一面與溫熱一面的圍巾。看到母親付出的價錢，詔諭不由得有些咋舌，不過他沒有勸阻母親。終於，他們找到了母親所說的茶館，在這裡共進午餐。這裡的茶就像母親所說的一樣好。詔諭挑選了幾樣茶，要茶館送到他家裡去。休息飲食之後，他們開始了正式購物。他們去了幾家裁縫店。詔諭完全讓母親來決定該為他添置什麼衣服。在每家裁縫店裡，裁縫都依照過去的經驗知道要再等詔諭修改布料、色彩和剪裁工藝。對於自己的衣服，詔諭可謂是最為挑剔和目光獨到。既然他不會用很多時間陪自己的母親，他的母親應該也沒什麼機會看到詔諭穿上她選的衣服。

他們又去了幾件西莉亞有所耳聞的乳酪店。這一次，他們都挑選了一些商品讓店家送到他們各自的家裡去。西莉亞堅持他們要「為你娶的那個薄情女人選購禮物」，但為了顯示她對愛麗絲的蔑視，詔諭的母親挑選了一些華而不實的圍巾、光芒刺眼的廉價珠寶和更適合老婦人，而不是愛麗絲這個年紀的帽子。詔諭再一次放任母親買下所有這些東西。他可不打算帶這些零碎上路。愛麗絲配不上任何禮物。他會去雨野原，直接行使他對那個女人的權利，如果有什麼人或事情阻撓他，就讓他們都去見鬼吧。他對愛麗絲擁有絕對的合法權利。愛麗絲是他的妻子，他的憑據就是他們兩個人共同簽名的婚姻契約。他將終結愛麗絲對自由的愚蠢追求，取得他對那座城市的所有權。就是這樣。

「不要咬牙，親愛的。磨牙的聲音最讓人神經緊張了。」他的母親說道。

「我想，我只是有一點累了。我們可以回家了嗎？」

西莉亞讓他的馬車現在詔諭家門口停下。詔諭走進家門，發現他購買的一些商品已經被送到了。他讓人將茶和乳酪送去廚房，並吩咐馬上為他準備好一壺熱茶。然後他去了書房，開始為每一名裁縫寫下需要修改的清單，再讓僕人將這些清單分送到各家裁縫店去。現在這些小事情都要他自己來做了，這讓他很是煩惱。但雷丁根本幹不來這種事。則只會傻站在他旁邊，對每一個細節提出問題。他們都沒法和塞德里克相比。塞德里克經常能夠在詔諭之前就知道他腦子裡的想法——往往詔諭自己都還不知道。愚蠢的柴德。

一陣敲門聲響起，柴德捧著放茶具和一些甜餅乾的托盤走了進來。「主人，我是否應該提醒你，治療師在今天晚些時候就會來看視您的手。」

「好，退下吧。」

短暫的冬季就要結束了。陰了一個下午的天終於開始下雨。詔諭給自己倒了一杯新茶，端著茶杯來到窗前，向花園中望去。到處都是骯髒潮溼的褐色，看上去令人沮喪。他拽動一根繩子，讓窗簾落下來。然後他來到火爐前，坐進自己喜歡的椅子裡，吮著茶水。這茶的味道很好，但品嘗起來不像在市場時那樣美味了。茶水中有一種甘甜的底蘊，卻並不完全令他感到愉悅。他又吮了一口茶，然後搖搖頭。那個白癡廚子把這茶完全毀了，他在茶裡加了蜂蜜或者是別的什麼東西。詔諭掀起茶壺蓋子，嗅了嗅，沒錯，的確有別的某種東西。突然間，他感覺到一種糟糕的味道返到了喉嚨口。

詔諭緊皺起眉頭。這時又有一陣敲門聲響起。

「進來！」他喊道。

一看到柴德，他立刻命令道，「把這個拿到廚房去，讓那個廚子知道，這壺茶被他毀了，錢要從他的薪水裡扣。讓他再煮一壺茶，用乾淨的茶壺，除了我買的茶以外，什麼都不要加。」

「當然，主人。」柴德一鞠躬，將一個小包裹放在桌子邊緣，然後拿起茶盤，「這是您的，剛剛送到。送包裹的說他被告知這是緊急物件，需要您立刻打開。包裹裡的一些東西很快就會腐爛。喔，這裡還有一個從茶商那裡送來的包裹。」

柴德向門口走去的時候，詔諭皺起了眉頭。這只新包裹有可能是他訂購的其餘一些乳酪。他應該讓柴德直接把包裹送到廚房去。還有更多茶葉？他們是不是錯發了雙份的訂單？當屋門在柴德身後被關上的時候，他的肚子恰好發出一陣不高興的咕嚕聲。

詔諭拿起那只柴德說是緊急物件的沒有標記小包裹。這包裹太小了，不可能是乾酪。滿是皺褶的包裝紙隨意包著一樣東西，再用繩子捆起來。詔諭一邊和繩結戰鬥，一邊向那只茶包瞥了一眼。那是用漂亮的藍紙整齊包裝的一個包裹，上面還帶有那名商人的印章蠟封，和之前送來的茶包完全不像……

一隻耳朵從詔諭手中的包裹裡滾落出來。詔諭發出一聲厭惡和恐懼的驚呼，從自己的桌子前向後退去。但他彷彿又被恐怖俘獲了心神，不由自主地走上前仔細觀瞧。這只耳朵上的耳環都已經沒有了，但那許多耳孔還在。只有一個人的耳朵是這個樣子。那張滿是皺褶的包裹紙從詔諭的手中掉落，他才看見這張紙的裡面寫著一些細如蜘蛛腳的文字。他強迫自己將這張紙展平，細讀上面的文字。

你最好找到你的奴隸和我的貨物。不要以為你的耳朵或者你的生命會比你雇傭的這個人更安全。喜歡你剛剛喝的茶嗎？無論何時，我都能殺死你。如果你繼續挑釁我，就將這個當作是你人生結局的預演吧。

詔諭覺得自己的胃彷彿被狠狠撕扯了一下。他跪倒在地，開始嘔吐。整個房間都在旋轉。「有毒，」他喘息著說道，「有毒。」

但沒有人能聽到他的聲音。

魚月第七日
商人聯盟獨立第七年
來自艾瑞克，崔豪格
致雷亞奧，繽城代行信鴿管理人

雷亞奧：

侄子，這是給你的一封私人信件。這樣稱呼你的感覺可真怪！

這裡的信鴿主管似乎終於認識到，也許我還是懂得如何照顧和餵養鴿子的。昨天，他主動提出要將我的管理人評級移送到崔豪格。我很想接受他提供的機會。儘管黛托茨決定要勇敢面對繽城的生活，但我知道，她還是很害怕遷居去繽城。而且我必須承認，我發現這座鳥巢城市要比我預料之中更有魅力，也更加有趣！

但如果我接受這裡的職位，那麼我們就必須認識到，我在繽城的工作崗位就空下來了。我有權推薦一名助手代替我照顧我的鴿子。

當然，那個人就是你。

寄給我一封私人信件，讓我知道你對此有何想法。如果你接受了這個職位，你就要常住在繽城了。記住，現在這件事還沒有確定，所以不要對任何人提起這件事。在你的答案飛到我這裡之前，一定要認真考慮清楚。

你的姑父，艾瑞克

15 奇怪的床伴

「我準備好聽妳說話了。」萊福特林將兩隻手交握在傷痕累累的廚房餐桌上。他努力回憶貝霖以前是否曾經要求過和他進行私人談話。在他的記憶中是沒有的。他竭力讓自己平靜下來，卻又不由自主地感到惴惴不安。貝霖是生病了嗎？是不是斯沃格生命了，卻在暗自隱瞞？他們兩個都是很堅強的人。想到他們之中的某一個可能有危險，萊福特林便開始心生警訊。不只是因為他們是他的朋友，更是為了這艘船。一艘活船的船員很可能會終生留在船上。失去任何一名船員都會讓萊福特林感到深深的不安。萊福特林竭力不去想最壞的結論，但是當貝霖無聲地閂上廚房的屋門，將兩杯咖啡放到桌子上，他還是禁不住感到腸子有一些抽搐。

「我有兩件事要告訴你，」貝霖直接說道，「兩件事都和我無關，也許其中一件也和你無關。但柏油人甲板上發生的事情和我們所有人都有關係。作為一名船員，我認為我有權利把它們說出來。也許這也是我的責任。」

恐懼滲透進萊福特林的骨頭裡。他問道：「是有人生病了嗎？」

「哈！」貝霖的口中迸出一聲笑，臉上也綻放出笑容，然後她微笑著說道，「有人管這個叫病，而且我不否認，我也有過這種感覺。你在不久之前大概也生了這種病。」

「貝霖。」萊福特林警告她。貝霖的面容變得嚴肅了一些。

「船長，軒尼詩戀愛了。他愛上了蒂絡蒙·庫普魯斯，一位地位遠遠高於他的女子。我認為你作為船長應該知道這一點。我不知道雷恩·庫普魯斯會如何去想他的姊姊和一名普通跑船人的關係。我們的人手不多，即使是在這個艱難的時刻，我們也一直都齊心協力。所以，如果有麻煩要上船，在它踩穩甲板之前，我認為我們全都需要趕開它。」

萊福特林盯著貝霖，然後將目光轉向自己黑色的咖啡，開始努力思考。這是一個最出乎他預料的訊息。軒尼詩戀愛了？這可真夠糟糕的。軒尼詩在追求一位女子，他的船上的一位乘客，這就更糟了。尤其是這位女子還出身名門，又剛剛給予了他們巨大的資金支持。

萊福特林吸了一口氣，有些沉重地說道：「我會處理這件事。」他知道，這是他的任務。而他很希望自己能夠知道該如何解決這件事，該把船頭轉到哪個方向？首先，他認為應該和軒尼詩談一談。如果這只是軒尼詩一時亂性，那麼這就是另一回事了，萊福特林會毫不猶豫地碾碎他的癡心妄想。但如果軒尼詩真的把心丟掉了……萊福特林想到了愛麗絲給他的感覺，又回憶起塞德里克在阻止他愛上愛麗絲的時候說的那些話。那幾句話當然沒能阻止他。

「船長，還有另一件事需要考慮。蒂絡蒙也回應了軒尼詩的好感。她是真正喜歡軒尼詩。我看到她和絲凱莉昨天傍晚一同坐在甲板上。當時光線很暗，她們看上去就像是同齡人。我走過去想要加入她們，聽到她們在談論男孩。她們說話的樣子也很像是同齡人。」貝霖搖搖頭，露出親暱的微笑。然後，她歎了一口氣才繼續說道，「這就要說到我們要討論的第二件事了。絲凱莉。」

萊福特林想要說話，但貝霖抬手阻止了他。「船長，你答應過會認真聽我說話。我知道她是你的家人，她也是我的家人。斯沃格和我可能不會有孩子了。那個女孩，她是我們兩個的心肝。我們不止一次整夜談論她，卻始終沒能為她想一個好辦法。我們都知道她的希望。她想要崔豪格的那家人主動收回和她的訂婚，因為她也許不會成為你的繼承人了。但如果發生了這種事，她奔向了那個叫埃魯姆的男孩，那也不會有一個好結局。說實話，埃魯姆現在已經是古靈了。而她卻不是。埃魯姆不會到船上來，學習如何在這裡工作。他必須留在他的龍身邊。絲凱莉也許以為她能夠離開柏油人的甲板，快樂地在岸上生活。但這是不可能的。一兩個月也許還可以。但如果長期下去……」

「我知道，」萊福特林突然打斷了貝霖。他抬起一雙疲憊的眼睛，「妳以為我沒有想到過這些事，貝霖？我想到過。我一直希望當我們到達卡薩里克的時候，她能有機會看看她的未婚夫，也許這樣能讓她的心裡燃起一點火花。她還很年輕。她對埃魯姆的感覺可能只是一時的迷戀。這一點我們還需要觀察。不過這件事我也會小心。」

貝霖側過頭，彷彿還有話要說。但最終，她只是向萊福特林點了一下頭，「我知道你會的，船長。你要照顧好我們所有人，還有柏油人。我並不羨慕你。不過我知道，你不會忽略每一件必須去做的事，以及每一句必須要說的話。」

貝霖帶著沉重的神情站起身，喝下最後一口咖啡，把自己的杯子掛在架子上，然後將通向水手艙室和甲板的兩道門的門閂都拉開，離開了廚房。風在她的背後猛地關上了艙門。

萊福特林坐了很長一段時間，雙手握著他的杯子。他聽見甲板上傳來一個女人的聲音，是蒂絡蒙。他俯身到小舷窗前向外望去，看到蒂絡蒙滿臉微笑。她已經揭開了面紗，頭髮在風中飛揚。今天沒有下雨，太陽照亮了柏油人的甲板。「但你怎麼知道哪裡的深度剛好適合他，哪裡又太深了？」蒂絡蒙正在向某個人提問。

「嗯，只要看看河面就知道了。」答話的是軒尼詩。他的聲音中帶著一種萊福特林從不曾聽到過的輕快韻律，「如果妳像我一樣在河上生活了這麼久，妳就能像我一樣一看便知。」

萊福特林走到能夠看見軒尼詩的角度上。是的。有些東西真的是一看便知。「喔，軒尼詩，」他低聲自語，「我必須提醒你，應該去和雷恩談談。你最好現在就求得她的家人的許可。」

萊福特林開始很好奇那位古靈會和他的大副說些什麼。

艙門口傳來一陣敲門聲。詔諭在窄床上翻了個身，厲聲問道：「是誰？」

「是我！」雷丁快活地回答。艙門打開，他小心翼翼地走進來，雙手捧著一只盛有茶具的托盤。然後他用腳踝勾住艙門，想把門關上，卻踉蹌了一下，勉強將茶盤放到小桌上，然後才保持住平衡。他用雙手撐住桌子，後背微微弓起。「我們已經靠近崔豪格了，我在甲板上行走自如的兩條腿卻還是沒有回來。」他帶著一點虛弱的微笑說道。

「我們是在河上，小子。這艘船幾乎不會晃動。我們在這裡可不需要和海浪戰鬥。」詔諭翻身躺平，盯著低矮的艙頂。這艘新船也許不害怕酸性河水的腐蝕，但建造這艘船的人實在是太不懂得該如何讓乘客舒適一些了。這可不是遮瑪里亞人的作風。船長說這本來就是一艘快速貨運船，但這樣的住宿條件實在是太過分了！更讓他惱火的是，他知道新榮耀號的船長和大副、二副的艙室都要比他的更豪華舒適。毫無疑問，他們根本不在乎他會受多少苦。這艘船上甚至沒有一個公共區域讓乘客能夠一同進餐或者是友好地玩一些遊戲。他和雷丁不得不在他們窄小的艙室中吃飯。至於說娛樂，他們能夠在甲板上散散步，僅此而已。這艘船的大部分空間都是禁止乘客進入的。如果他們想要運營好載客生意，那麼他們就必須對這艘船進行一番大規模改造才行！

「不。我是說，是的，你是對的。我只是完全不習慣這種會移動的地板。」雷丁等待著詔諭的回應。看到詔諭一言不發，他便帶著過分歡快的笑容說道，「嗯，我相信這將是我們這一段冒險旅程的最後一餐了。我們會在日落之前進港。我很期待能看到崔豪格。希望天氣能夠晴朗一點。我們終於有機會能夠在屬於城市的地方逛一逛了。你知道的，這還是我第一次訪問雨野原。」

「沒有期待，你也就不會失望。」詔諭沒好氣地說道。他將自己的一雙長腿從床上放下來，小心地站起身，「不要以為天氣能夠放晴。這場雨已經下了好幾天，我相信它還會繼續下去。至於說遊覽崔豪格——哈！雨野原的城市根本配不上『城市』這個稱號。在那些樹底層的粗大枝幹上有幾幢建築物。若再往上，就只有那種像大大小小的水果一樣懸掛在樹枝上的民居了，那個地方根本沒有多少城市應該有的便利設施。他們還看不起六大公國和其他北方國家的人。但實際上，雨野原也是一樣落後偏僻。人們來到這裡的唯一理由只是股買古靈寶物和魔法物品。那些城市也只能靠這點東西活下來。」

詔諭走到小桌子前，坐進一把椅子裡。他一坐好，雷丁就坐進自己的椅子裡，鋪好了自己的餐巾。非常明顯，他已經很餓了——他在每一次吃飯的時候都很餓。他舔舔嘴唇，充滿期待地扭動身體，看著那些仍然被罩住的食碟，甚至不懂得在表面上約束一下自己的胃口。多年以來，在習慣了塞德里克的謹慎小心和在公開場合的克制風格之後，雷丁毫不掩飾的貪婪和唯利是圖，曾經讓詔諭很感興趣。但最近一段時間，這個諂媚的傢伙只知道向詔諭索要各種禮物甚至錢財。詔諭已經開始感到有些惱火了，真是個恬不知恥的傢伙，而且實際上他要遠遠比塞德里克更加難以操縱。各種關於痛苦的暗示似乎最能夠對他產生刺激，但就算是這種娛樂也越來越有些不對味了。這個人根本無法代替塞德里克。詔諭會帶上雷丁，只是因為在這麼短的時間裡根本找不到別人，而且他知道，當他的父親看到雷丁寄回去的帳單時，會有多麼惱火。

詔諭給自己倒了一杯茶，掀起一只食碟的蓋子，搖了搖頭。他們為什麼還要費力氣把食物蓋住？這些菜肴根本就是冷的。而且在這趟旅途中，他每天能吃到的東西沒有任何變化。一塊褐色的糖蜜麵包被切成片，上面抹著黃油。另外一只碟子裡當然只有煙燻火腿，一塊沒有什麼味道的乾酪，還有六根小香腸。詔諭沒有掀開第三只碟子，那裡應該是煮馬鈴薯。這些食物實在是讓他感到無聊透頂。他幾乎沒辦法把它們放進自己的碟子裡。但雷丁卻完全沒有這種問題。他飛快地吃著各種食物，彷彿唯恐詔諭會比他吃得更快。他的嘴很快就塞滿了。詔諭吮了一口茶。茶是溫的，不夠熱，但抱怨這種事也沒有意義。

不管怎樣，他們再過幾個小時就能進港。他在崔豪格總能找到一家像樣的旅店。然後再用一天時間結束掉塞德里克丟給他的那個恐怖的爛攤子。在崔豪格，他會吃上一頓好飯，美美地睡一覺，然後他會從那個無名的恰斯刺客那裡接受那個令他很不舒服的差事。每想到那個恰斯人，他的腸子就會不由自主地開始繃緊。那種疼痛，那些恥辱……

那時詔諭中毒倒在地上。儘管他發出了微弱的呼救聲，柴德並沒有來。但另一個人來了。那個恰斯人彷彿走進自己家門一樣走進了詔諭的書房，面帶微笑俯視著詔諭。「我是來看你喪命的。」他拉過一把扶手椅，眼睛則盯著在地上蠕動的詔諭。隨後，他一言不發，只是看著詔諭不斷嘔吐。詔諭感到自己吐光了最後一滴膽汁，甚至吐完了身體裡最後一點水分。在這名刺客的眼前，詔諭不斷乞求救援，直到再也說不出一個字。

這時，恰斯刺客才站起身，從馬甲背心的口袋裡掏出一個小玻璃瓶。那裡面只是在瓶底有一點淡藍色液體。「還不算太晚，」恰斯人對著詔諭晃了晃那只小瓶子裡的液體，「不算太晚，但也差不多了。我可以把你從懸崖邊拉回來，不過這必須是因為我相信你不會再那麼愚蠢了。如果你辜負了我的信任。好好想一想，繽城貿易商。現在你能做什麼，讓我能夠相信我應該救你？」

詔諭蜷起身體。他的肚子裡彷彿有許多火熱的匕首正要穿透他衝出來。他的身上和地毯上都是骯髒的嘔吐物，惡臭難聞，又疼痛欲絕。他無法進行任何思考，只要能夠讓他所承受的劇痛停止，他什麼都願意做。

恰斯人用靴子戳了他一下。「我了解你，貿易商。你是個光鮮人物，很受歡迎。我知道你去見過誰，我知道你如何給自己找樂子。我不明白為什麼你覺得那麼做有趣，但這並不重要，不是嗎？你喜歡將自己看做掌控一切的人，對不對？」他彎下腰，拽起詔諭頭頂的頭髮，強迫詔諭看著他，「那樣能夠讓你亢奮起來，對不對？」恰斯人彷彿洞悉了詔諭的內心，「讓你以為自己是主人，讓其他人匍匐在你面前，你就能從他們身上得到樂趣。但現在，我在讓你明白一件重要的事情，不是嗎？」

恰斯人把身子伏得更低，將臉湊近詔諭。他一邊微笑一邊悄聲說道：「你不是主人，你只是在裝模作樣。那些和你玩遊戲的人，他們也都只是逢場作戲的，我的小朋友。他們就像我一樣，知道你不是真正的主人。我才是主人。你只是一條狗，就像他們一樣。一條會吃屎、會舔靴子的狗。」

他放開詔諭的頭髮，讓詔諭的頭猛地砸回到地毯上的汙物裡。然後他向旁邊走出散步，輕聲說：「為什麼你不讓我看看你的自知之明，貿易商詔諭？」

詔諭不想回憶那以後發生的事情。儘管他腹內刺痛難忍，儘管他的驕傲還在向他尖叫，但他想要活下來。他拖動身體爬過自己的嘔吐物，向那名刺客湊近過去，臉上帶著一點微笑，開始舔那個人的靴子。不是一次，不是兩次，而是像狗一樣一次又一次地不停地舔著，直到那個恰斯人走到詔諭的一支燈架前，扯下上面的刺繡，用它擦去詔諭留在他靴子上的唾液，然後鄙夷地將那塊刺繡扔到一旁。

「你可以活下來。」他終於說出這句話，並將那只小瓶子扔到詔諭面前。但就在那只瓶子落下的時候，瓶塞脫開了。隨著瓶子擊中地毯，順勢翻滾，珍貴的藥液潑灑出來。詔諭無力地伸出不住顫抖的雙手，抓住那只瓶子，瓶子裡的藥液還在不斷流出去，所以當他終於將瓶子送到自己分開的嘴唇邊時，裡面的藥水只剩下最後幾滴了。詔諭吸吮著瓶口。這時恰斯人卻放聲大笑。詔諭知道自己被騙了。但他不會被騙，他不會死！他一路爬行，吸吮落在地毯上的水滴。恰斯人的笑聲更大了。他嘗到了地毯上的塵土和纖維的味道，卻幾乎沒有感覺到多少液體的滋味。他翻過身，感覺到自己的嘴唇上全是沙粒和髒汙。淚水湧出了他的眼睛。

隨著眼淚從他的面頰滑落，恰斯人說道：「水。我的『解藥』只是水和一點顏料。你不會死。你肯定不會死。你只會再受幾個小時的苦。隨後的一天裡，你會覺得自己生了病，但你會恢復過來。去訂一艘名為『新榮耀』的船，你要乘那艘船前往崔豪格。那不是活船，而是那種來自遮瑪里亞的新船。必須選那艘船。在你離開之前，你將再一次得到我的訊息。還有一些訊息需要你來傳遞。等我回來的時候，你必須記住，你不僅愚蠢，還是我的狗，我是你的主人。」

然後他又走到詔諭面前，抬腳踩在詔諭的肚子上。這種壓力非常痛苦，詔諭只能麻木地點點頭。

無能為力的憤怒在他的心中燃燒，但他點下了頭。

他會服從這個人。

那些放在漂亮盒子裡的骯髒紀念品都放在雷丁的行李。詔諭不想讓他的衣服沾染上它們的氣味，而雷丁則根本不知道那裡裝的是什麼。

恰斯人沒有食言。在一天黑夜裡，他出現在詔諭的臥室中，強迫詔諭跪在地上，記住一連串名字。他們都是他要在崔豪格和卡薩里克聯絡的人。當詔諭製圖把這些資訊寫在紙上的時候，那個恰斯人則威脅說不如把這些名字刻在詔諭的大腿上，這樣詔諭在聯絡他們的時候，就不會有遺漏下全部同謀名單的危險了。於是詔諭選擇了將這些名字都記下來。

詔諭又試著問了些問題，想要對自己的任務有更多了解。恰斯人狠狠抽了他一巴掌。「一條狗不需要知道主人的想法。他會聽命令坐下，會把主人丟出去的東西取回來，會把血淋淋的獵物叼到主人腳前。這就是他需要知道的。如果他要做什麼，主人自然會下達命令。」

情報的缺乏如同潰瘍一般啃噬著詔諭。他必須聯絡的到底是什麼人，他們會對他提出什麼要求？這些名字裡，他只認識一個：貝佳斯提・柯雷德。塞德里克的恰斯人客戶。詔諭將自己心中的每一點怒火都集中在這個情報上。這個恰斯商人一定能帶他找到塞德里克。

詔諭期待著與塞德里克的重逢。他會盡情地羞辱塞德里克，讓塞德里克品嘗到他所遭受的一切羞辱，狠狠地威脅塞德里克，正像他所遭受的這種種威脅。每當詔諭想到這件事，他的心跳就會加速，腹部的肌肉就會繃緊。他相信，只有一種辦法能夠讓他擺脫恰斯人強加在他身上的恐怖和羞辱。

他會將這一切都轉移到塞德里克的身上。

詔諭同樣相信，只要找到了塞德里克，他就同樣能找到愛麗絲。無論有沒有龍的器官，他都打算把他們趕回繽城，讓愛麗絲重新成為他合法而盡責的妻子，讓他們對於那座古靈城市應得的份額穩穩落進他的家族手中。只有任務中的這一部分，才真正讓他心生喜悅並且充滿期盼。

雷丁只知道他要把愛麗絲帶回家。詔諭沒有告訴他，塞德里克接受管教之後，也許就會取代他的位置。在前往雨野原河上游的這段路上，詔諭不止一次玩味起將雷丁丟在崔豪格或卡薩里克的想法。讓這個貪婪的小傢伙一文不名地留在一個陌生的城市裡，這肯定會讓他感到非常滿意。等他回到繽城的時候，這件事肯定會在他的小圈子裡變成一個精彩非凡的故事。和塞德里克不同，雷丁並不討詔諭那些密友的喜歡。他們會很高興看到雷丁被丟在遠方，詔諭也是一樣。不過，也許又不是完全一樣。當詔諭看著雷丁用餐巾輕拍自己豐滿的嘴唇時，他的心中不由得被激起了一點小小的興致。塞德里克是標準的美人，而雷丁在某些方面更能引人遐想。

這個小個子男人察覺到了詔諭的目光。一抹微笑讓他的嘴唇翹起。他若有所思地舔了舔那兩片紅潤的嘴唇。「在**那**以前，」他帶著羞怯的意味說道，「我還有另一些東西，也許會讓你感興趣。一些我在甲板上知道的事情。」

詔諭在桌面上傾過身子，饒有興致地問道：「在甲板上？雷丁，你又為我們找到了一個玩伴？」

雷丁咯咯地笑了起來。「親愛的，你應該節制一下自己。我說的是人們的閒聊，不是新的床上遊戲！我想去甲板散散步，呼吸一下新鮮空氣，那時甲板上還有另外兩個人。他們在一邊談天，一邊抽菸。我以前沒有見過他們，所以我站到了稍遠一些的地方。是的，我偷聽到了他們說的一些話。他們之中的一個人正在談論他在恰斯國的親戚。他說，他的親戚看見了天上有兩頭龍。一頭藍色的巨龍和一頭更加巨大的黑龍。那時我就在心裡想，那很可能是婷黛莉雅和她的配偶。」雷丁停頓一下，向詔諭挑了挑眉毛，等待詔諭誇讚他是多麼聰明。

詔諭沒有時間顧及這種小事。「在恰斯國？」

「我相信他們就是這麼說的，」雷丁歡快地回答，「那時我就想，如果婷黛莉雅回到崔豪格，問問那些孵化的龍怎麼樣了，嘿！那一定能夠讓雨野原發生一些非常有趣的事，不是嗎？」

「確實。」

這將意味著什麼？一頭巨龍將怒火傾瀉在樹冠城市上？有可能。而如果詔諭恰好那時就在那座城市裡呢？詔諭的注意力突然改變了方向。他見到過巨龍發怒之後的景象，見到過岩石被巨龍的強酸腐蝕得千瘡百孔，見過人類的身軀在破爛盔甲下面化成液體。那時，婷黛莉雅攻擊的對象是恰斯人艦隊和入侵者。但如果她向崔豪格發動攻擊，那裡將無處可逃，也沒有任何一幢建築物能夠成為安全的庇護所。

「雷丁，婷黛莉雅是多久以前被看見的？那時她正在朝哪個方向飛？」

也許恰斯大公能夠想辦法在更加靠近他的家鄉的地方獵捕到巨龍？

「喔，天哪！」雷丁帶著嘲諷的沮喪搖搖頭，「我只是偷聽了一兩句閒聊，你卻想讓我搞到這麼多情報。我的確是想要從他們口中知道多一點事情。於是我向他們問好，並對他們說：『我剛才無意中聽說您的親戚看見了龍。』不等我再說第二句話，他們已經轉過身回到自己的船艙裡去了。他們可真是無禮！但我相信，我們並不需要害怕。想一想，一條訊息傳到這裡需要多長時間，那可要比龍的飛行慢多了。所以我相信，如果她是直接要飛來這裡，那她早就應該到了。可見她的目的地不是這裡。」

「我聽到的傳聞都說她已經死了，這裡已經很久沒有龍出現，她似乎把那些幼龍徹底拋棄了。」

「所以，至少關於她死亡的傳聞都是錯的，對不對？」雷丁又叉住一根小香腸，「至少，如果那個人的親戚說的是實話，那麼婷黛莉雅就還活著。親愛的詔諭，畢竟這只是一點閒言碎語，不必為此過度擔心，我們還有更重要的事情。」雷丁向他露出微笑，同時用舌頭誇張地舔著那根香腸。

「到克爾辛拉還有多少天？」

雷恩的語氣很急迫。不過他第一次問這個問題的時候就已經是這樣急迫了，而且這個問題已經被他問過了許多次，多到萊福特林每次回答他的時候都會有一種深深的疲憊感。但萊福特林還是竭力讓自己的聲音保持理性：「我沒有辦法給你一個確切的時間。這一點我已經告訴過你了。現在我們正逆流而上。這很困難，尤其是在這個雨水豐沛的季節。現在河水一直在上漲，不單隨水流下泄的各種雜物會變得更多，和水流平靜的時候相比，我們也更加難以停留在淺灘區域。」

「但柏油人……」雷恩頑固地說道。

萊福特林打斷了他，「柏油人是一艘活船，有一些特殊的能力，但這不意味著在冬季逆流而上會毫不費力，我們也不可能一直日以繼夜地航行。只要降雨不停，河水繼續上漲，我們的航行就會越來越困難，所以我無法告訴你什麼時候能夠到達。」

「那些跟蹤我們的船呢？」

萊福特林稍稍聳了一下肩。「朋友，我對他們也無能為力。這條河不屬於我。所有船夫都能夠隨心所欲地去河上的任何地方。」

「但如果他們跟著我們直到克爾辛拉呢？」

「那就讓他們跟著吧。我又能做什麼，雷恩？攻擊他們？」

「不！但我們可以在晚上航行，而他們不行。難道我們不能用這樣的辦法甩掉他們？」

「柏油人很強壯，但就算是他也需要休息。」萊福特林已經說得很明白了，他原本不想說得這樣明白，「有人給了這些人很高的薪水，只為了能讓他們繼續跟著我們。他們本來就在上游等待我們。我懷疑，剛剛有人發現我們返航的時候就向下游放出了信鴿。那時這些小船就來上游等待我們了。現在，他們連夜間航行的危險都不顧了，錢讓他們什麼事都能做出來。在我們到達克爾辛拉之前，我們只能希望他們已疲憊不堪，但即使他們看不見我們，還是能追蹤我們留下的一些痕跡。每一次我們在夜晚停泊，都會留下一些宿營的痕跡。尤其是我們和龍群一同去上游尋找克爾辛拉的時候，我們在河岸上留下了許多明顯的痕跡。這些痕跡大部分都被洪水沖走了，但洪水也沒辦法抹平一切。如果他們找到我們的意志就像我們要帶你的兒子去找龍群一樣堅定，他們就能跟上我們。除非你認為我們有時間和他們玩一些遊戲，把他們引到歧路上去。」

「不。」雷恩立刻做出回答。萊福特林當然知道他會這麼說，「我們沒有時間可以耽擱。但在知道麥爾妲的經歷以後，我很害怕他們到底有什麼企圖。有人想要殺死麥爾妲和我們的兒子，只為了用他們的肉冒充龍肉。如果那些人是那樣不擇手段，又有誰知道他們還能做出什麼事來？」說到這裡，雷恩又回頭看看那些小船，「我們沒有時間，也不打算攻擊他們，而很可能正是因此他們才會如此肆無忌憚地跟蹤我們。」

「也許吧。」萊福特林走到船欄杆前，向他們航行過的河道望去。距離他一臂遠的地方，斯沃格正靠在船舵上，故意不去理會船長的交談，只是緩慢地推動船舵，指引柏油人的航向。在斯沃格身後，萊福特林看見了三艘小船。它們全都和柏油人號保持著距離。還有一艘船正從上一個河道拐彎出轉出來。這些船上的人全都勤勉地划著船槳。萊福特林為他們感到了一點哀傷。他們的船比沒有甲板的小艇大不了多少，很難抵擋酸性河水，對於這些人來說，這趟行程將非常艱苦，也很不安全。但和笨重的駁船相比，他們的移動速度更快，即使柏油人號整夜航行，這些小船也能夠在第二天中午之前就追趕上來。

「看起來，他們都是很有經驗的船夫。也許他們和恰斯人沒有關係，也不打算屠殺巨龍。也許只是一些貿易商付錢雇傭了他們，希望能夠在議會正式派出遠征隊之前，先從克爾辛拉取得一份財富。」

雷恩轉向萊福特林。片刻間，這名古靈的臉上顯露出驚詫的神情。不過這個表情很快就消失了。「是的。當然，他們更有可能只是想要尋找財寶，而不是追殺我的妻子和孩子。議會已經嗅到了寶藏的氣味，一定會儘快派遣他們自己的船前往上游。這些跟蹤我們的船很有可能是受雇於某些貿易商。發現克爾辛拉的訊息，已經像野火一樣傳遍了那座城市。」

「發現克爾辛拉，」萊福特林饒有興致地說道，「他們會以為那又是一座必須從淤泥中挖掘出來的城市。他們一定做好了全力發掘的準備。等著瞧吧。他們根本不知道那裡有些什麼，他們在那裡什麼都得不到，除非他們真的不怕死。即使他們能一路跟上我們，在到達那裡之前，他們就會面臨給養短缺的問題。如果他們真的能支持到克爾辛拉，即使他們膽子夠大，渡過了那條河進入城市，他們也只能發現那裡有許多東西會充滿他們的眼睛，卻沒有什麼東西可以填飽他們的肚皮。所以，就讓他們筋疲力竭地跟著我們吧。他們要不在半路上就放棄返回，就是在抵達那裡之後，只能向我們求助。」

就在萊福特林說話的時候，一陣細雨又灑落下來。萊福特林笑著轉向雷恩，「我不認為現在有必要對付他們，雨野原正要幫我們解決掉他們呢。」

雷恩順著萊福特林的目光望出去，臉上卻沒有絲毫笑意。他伸手一指：「那是什麼？我從沒有見過那樣的船。」

萊福特林透過漸漸厚重的雨幕向遠處望去。無數雨滴將河面砸出一片片小坑，發出持續不斷的嘩嘩聲。他的視線被這道雨幕遮擋，讓他很難看清剛剛繞過來的那艘船。他凝聚起目力，心中卻突然生出一種難以置信的感覺。那是一艘大船，船身很窄，頂棚也很低，船殼是藍黑色的，甲板船艙則被油漆成帶金邊的亮藍色。船槳在船身兩側整齊划一地豎起又落下。看上去，它的吃水很淺，速度要比那些小船更快。就在萊福特林的注視下，它已經超過最遠處的小船，正在向第二艘小船靠近。「不可能！」萊福特林驚呼了一聲。

「那是什麼？」雷恩探出身子，努力望向那艘船。

「是那種該死的無損船。」斯沃格回答了他的問題，「我們到達卡薩里克的時候，她正被拴在碼頭上。」

「我們幾個月以前就聽說了傳聞。」雷恩面色嚴峻，「活船家族都不喜歡它們。一個遮瑪里亞人發明了新的船殼油漆技術。他宣稱這種船能夠承受雨野原河的酸水。現在他已經派了幾艘這樣的新船來到河上游，以證明他們的船殼的確不會受到損壞，同時還為了顯示它們能夠高速載運貨物和乘客。據說有一個繽城貿易商財團很有興趣投資這個項目。但暗中還有傳聞說，遮瑪里亞人根本不在乎要將這些船賣給誰，他們在乎的只有價錢。我聽說已經有一艘無損船到了崔豪格，但我對此並沒有多加注意。有太多其他事情需要我處理了。」他又看了一眼斯沃格，向舵手尋求確認，「我們在卡薩里克的時候，這艘船已經被拴在那裡的碼頭上了？」

舵手聳了聳寬大的肩膀，「我們剛剛到達這裡的時候就在了。在那不久之後，她就駛出了碼頭，據說是要前往崔豪格。那時我還以為她要回繽城去。看樣子，有人用信鴿送信，雇傭她來追我們了。」

萊福特林有些驚慌地看著那艘船。作為一艘河上駁船，她有著流線型的船身，她的船員看上去也都很強壯，很有紀律。「還會有更多無損船嗎？」

「幾乎肯定會有。就算是在貿易商中間也有人在抱怨活船壟斷了河上的貿易。繽城和雨野原議會都許可無損船進行試航。這些船的主人來勢洶洶，他們都在想方設法要收回他們的投資。如果我們離開的時候，這艘船在崔豪格……」

「那裡肯定有足夠多的人願意雇傭她來追趕我們。」

「也會有足夠多的金錢來推動這件事。」雷恩悶悶不樂地說道。

萊福特林盯著船尾方向的河道，心中思考這樣的船將意味著什麼。它們影響到的不止是克爾辛拉，而是這條河上的貿易。當貿易變得更加繁忙，成本也比以前更低的時候，這條河兩岸的人群聚落又會有什麼樣的變化？他不由得有些好奇，那些出資支持這種新船貿易商們是否知道，他們很可能會結束一種生活方式？

在他的眼前，那艘藍黑色的船和他們之間的距離越來越近。「他們很容易就能追上我們。想要甩掉他們，我們唯一的希望只有不停地在夜晚趕路。」萊福特林搖搖頭，向自己的舵手瞥了一眼。斯沃格向他點點頭，臉上顯露出堅毅的神情。

「你認為我們能甩掉他們嗎？」雷恩有些焦急地問。

「我認為我們能試一下。也許能夠拉開我們之間的距離。我們至少能夠在他們之前到達克爾辛拉。」萊福特林面色嚴峻地回答。

雷恩點點頭。降雨突然變大了。密集而碩大的雨滴擊中水面，發出熱鐵插入冷水時的嘶嘶聲。柏油人上的人們完全看不見追趕他們的船隻了。雷恩低聲說：「你知道，船長，他們遲早會來。只要尋找克爾辛拉的人數夠多，他們就一定能找到。這一點你很清楚。」

「我知道他們會來。」萊福特林表示同意。他轉過頭，看著雷恩的眼睛，臉上露出狼一樣的笑容，「但如果他們以為他們要對付的只是一群半大孩子和一些殘疾的龍，等他們到了克爾辛拉，他們肯定會大吃一驚。」

五具屍體躺在石路廳的地板上。恰斯大公低頭看著他們，面色淡然。這是一個令人疲憊的上午。每一個人在接受判決的時候都堅持說自己有權利提出申訴，有各種各樣的理由和苦衷，每一個人都拚命想要讓自己的生命能夠更長久一點。真是一群蠢貨。他們失敗了，這一點他們自己都很清楚。他們也都知道他們必須為此付出生命的代價。他們之所以會回來報告，只是因為他們還愚蠢地希望他們的家人也許能得到赦免。

這當然不可能。為什麼要讓失敗者的種籽存續下去，讓他們繼承他們父親的土地和財產？他們只會繁衍出更多弱者，在未來造成更多失敗。最好清除掉貴族和軍人中的弱者，不要讓弱者擴散開來，汙染恰斯人世代傳承的力量。他的首席大臣正在看著他，等待著。大公又看了一眼地上那些破碎的屍體，下達了令旨：「清理大殿，也清理他們的房子。」

首席大臣深鞠一躬，轉過身下達了命令。在這座大殿末端，六名指揮官轉向他們的部下。六十支長矛齊聲敲擊地面。沉重的木門敞開了，部隊走出大殿。士兵們離開之後，一支完全不同的隊伍走進來。他們弓著身，拖著麻袋。這些衣衫襤褸的收屍人快步走進大殿，來到屍體前。其他人根本不會看他們一眼。這些收屍人是令人厭惡的，從生下來就與汙穢和腐肉為伍，永遠不會被真正的人注意，但他們在恰斯社會中也有自己的位置，他們會帶走屍體，用他們的抹布擦淨地面，然後離開，屍體上存留的一切值錢的東西都會成為他們的財產，就連死者的衣服和屍肉也不會被丟下，不過他們基本得不到什麼有價值的東西。這些人早知道自己註定難免一死，他們來到這裡之前就早已用掉了身上一切值錢的東西，他們的戒指和徽章都被賣掉，換來的錢都被他們用於最後一次找妓女和在集市上大吃人生的最後一頓。

鮮血的氣味濃稠得令人不快，那些骯髒的傢伙忙碌的樣子更是讓他感到反胃。他看向自己的首席大臣。「我想去庇護花園。那裡應該有清涼的葡萄酒在等我。」

「當然，陛下。我相信一定會是如此。我們走吧。」首席大臣轉過身，向轎夫們發出一個訊號。轎子立刻被抬到王座前。大公仔細審視這些轎夫謹慎的步伐。他們正等待命令傳達下去。這樣，當他到達庇護花園的時候，涼葡萄酒以及帶有軟墊和新毛毯的長椅就會在那裡等他了。這些日子裡，當疼痛和呼吸困難讓他的脾氣變得非常糟糕，他會故意命令轎夫加快步伐。然後他就會以轎子過於顛簸為由鞭打這些轎夫。而如果他到達花園的時候，他想要的東西沒有準備好，他就能夠申飭他的首席大臣，並讓所有僕人都接受懲罰。是的。疼痛有時候就是會讓他這樣心狹量窄。

但今天不會。

他們將他輕輕地從王座抬到轎子裡。他咬緊牙關、抑制住一陣呻吟。現在能夠墊住他的骨頭的皮肉已經這麼少了。當他移動手腳的時候，他的關節都會不停地相互摩擦。因為長時間靜止不動，炎症正從身體內部折磨著他，從骨頭的尖端向他的身體深處擴散。坐在用兩根長杆支撐的轎椅裡，他佝僂著腰，蜷縮起身體，完全變成了一個畸形的男人。當轎簾在他身邊被拉上的時候，他很高興能夠在這個沒人看到的地方露出痛苦的神色，並竭力挪動身體，不讓自己最嚴重的褥瘡碰到轎椅。

禍患正在被醞釀。他能夠嗅到那股氣息，能嘗到那種味道。他不是傻瓜。他能看出那些人遊走的目光，能察覺他們在服從他的命令時彼此無聲的交談。恰斯人正在從他的手心裡滑走。他曾經是強大的武士，無論自身的體魄還是血脈傳承都充沛有力。他曾經像一頭蜷伏的老虎，時刻準備從自己的王座裡撲出去，將對他的權威有絲毫懷疑的人都撕成碎片。那些日子已經一去不返了。他無法再用自己強悍的身體震懾宵小了。

但他不是傻瓜，從來都不是。他從不曾幻想過僅憑自己的體力就能控制住權柄。如果他稍有愚蠢，都不可能在恰斯國跌宕起伏的權力沙丘之間生存這麼多年。還是一個年輕人的時候，他就能夠冷酷無情地奪取權力並牢牢地控制住它。也正因為如此，他才會缺乏活著的兒子。環繞他的這些人和他貪婪的繼承人們會願意放棄任何一個將他趕下台的機會？他從就沒有幻想過。等他死後，其他人也會像他一樣用盡各種殘忍的手段保住他們奪取的那一份戰利品，而且肯定會有人等不及他的自然死亡。

隨著轎夫們在宮殿走廊中前進的步伐，他的轎子在有規律地晃動著。他在心中點數了自己的朋友和敵人，知道有一些人同時出現在了這兩張名單上。他親愛的、忠誠的首席大臣就是其中之一。他可愛的、毒蛇般的女兒則是另一個。他三次將茶西美嫁出去，希望能擺脫掉她。在茶西美十四歲的時候，她的第一任丈夫就讓她成了寡婦——盛大婚禮之後的三個星期，那傢伙就在浴室中滑了一跤，跌斷了脖子。至少所有人都是這樣說的，當時並沒有人親眼看到意外發生。而他年輕的寡婦——當他的家族將茶西美歸還給娘家的時候，她面色灰敗，雙眼凹陷，看上去是很認真地為亡夫而哀悼。

茶西美的下一任丈夫要年輕得多，比新娘大了不到三十歲。他的生命在婚後又持續了六個月，最後的死因是胃病。他死亡的時候身體在不斷痙攣，體內流出了帶血的腸子。那個女孩再一次被送回了宮裡。那時他看著自己沉默寡言的女兒，心中不由得為了她的命運而怒火中燒。

茶西美最近的配偶死在三年以前。因為茶西美的一時失禮，那個地位崇高的老人而在公開場合摑了她的耳光。那天還沒有結束，那個老人就死了。當時他正和他的武士們共用盛宴，結果突然全身開始痙攣。茶西美再一次被送回來。這一次，他直接問她：「女兒，妳為妳的丈夫感到悲哀嗎？」

她的女孩回答道：「我哀悼他突然而快速的死亡。」

大公在他自己的女人中間為她找了一個位置。從此以後，她就再沒有走出過她的那些房間，那些偏僻的花園和浴室。關於她的生活，大公基本上都是從他的姬妾那裡聽說的。她勤勉地打理自己的草藥園囿；不知疲倦地閱讀各種書籍，其中大部分是歷史和醫療典籍；同時她還會寫詩，並且每天練習一個小時的弓箭。看樣子，她再也不想結婚了。

大公任由她這樣生活下去。這不符合大公的心願，但現在已經沒有男性貴族願意在她身上花費力氣了。作為大公合法女兒中最年長的一個，儘管她是個寡婦，而且年齡也大了，但她仍然有著很高的身價。大公懷疑讓求婚者望而卻步的不是這個問題，任何死了三個丈夫的女人都會被懷疑具有巫術，即使沒有人敢於對她提出這樣的指控。

大公對這件事自有主見。但他在前往後宮的時候，還是無法容忍她的靠近，她似乎也完全無意親近自己的父親。大公絕不會吃從她的手中經過的食物。沒有必要冒這種風險，但現在，隨著大公的轎子在轎夫的步伐中緩緩搖擺，他開始不得不考慮將她作為選項之一。

根據恰斯國最古早的律法，只要父親願意，受寵愛的女兒可以得到繼承權。對此，大公是不願意的，但依照同樣的古早律法，如果他在死亡的時候沒有長子繼承，他的長女和長女的丈夫就能夠統治國家，直到長女的第一個兒子成年。如果長女此時尚未婚配，她可以一直統治下去，直到她找到一名適切的配偶。大公不認為茶西美在繼承王位之後會用心去找配偶。不管怎樣，茶西美繼承王位的可能完全取決於大公的死亡。而大公已經決意避免這樣的事情發生。

大公並不覺得自己綿延日久的疾病是茶西美造成的。他對此一直都非常小心。當然，最謹慎的措施莫過於直接殺死茶西美。但沒有繼承人的公國，肯定要比繼承人不適當的公國更容易陷入內亂。大公很想知道，他的貴族中有多少人希望他能夠活著，只是為了避免茶西美女大公統治他們。

而且，殺死一個女巫會得到最可怕的厄運，如果這個女巫還是他的女兒，那結果只會更糟。

因為轎子的搖擺，他一直閉著眼睛。轎夫的步伐慢了下來，讓他將眼睛睜開。轎簾仍然關閉著，不過轎子已經被放下了。他聽到轎夫們退下時靴子擦地的輕微聲音，但他沒有聽到的聲音讓他心生警惕：沒有眾多噴泉的流水聲，沒有籠中鳥雀的啁啾聲。他也沒有嗅到空氣中的花香。他的耳朵裡只剩下了他自己心跳的聲音。他將瘦骨嶙峋的手指探進軟墊裡，找到藏在那裡的帶鞘匕首，將匕首抽出鞘。這把匕首在他的手中已經變得格外沉重。他不知道自己是否還有力量揮舞它。若在面臨死亡的時候，他不想手中只握著一把乾乾淨淨的刀子。

「最仁慈的大公。」

是首席大臣埃裡克的聲音。當然。埃裡克就是叛徒。他最親密和可以信任的臣僚正處在最有利於刺殺他並奪取權柄的位置上。大公驚訝的，只是數年前自己第一次生病的時候，他竟然沒有動手。他沒有回答埃裡克的問候，就讓埃裡克相信他的君主在打瞌睡吧。讓他靠近過來，掀開轎簾，嘗嘗匕首的滋味吧。

彷彿是能夠透過轎簾，看到大公心中的意圖，首席大臣再次說話了：「陛下，這不是背叛。我只是偷得這一點時間，想要和您單獨說話。我要來拉開轎簾了，請不要殺我。」

「不必如此恭敬。」大公不帶一絲情緒地說道。但他仍然雙手將匕首舉在胸前。只要他瞥到任何一點背叛的痕跡，他都會立刻將匕首刺進這個人的心臟。

首席大臣小心翼翼地掀起轎簾，他只是跪倒在地，雙手沒有任何東西。大公在分開的轎簾後面審視著這個跪在地上，低垂著頭頸，身無武器的人。只要他願意，就能用匕首刺穿這個人裸露的脖頸，不過他還不打算這樣做。

「為什麼要在這裡說話？」大公問道，「只要你說話，我總是會聽，為什麼要在這個時候來到這裡？」他帶著懷疑的眼神掃視首席大臣舒適的寓所。

「確實，仁慈的陛下，您總是會傾聽我的進言。但其他人也會聽到我說什麼。我要警告您警惕叛變，只有您應該聽到我的警告。」

「叛變？」這個詞讓大公感到舌頭發乾。他的心跳也開始給他帶來痛苦。這麼短的時間裡，他卻要應對這麼多威脅。僅憑勇氣無法維持一具衰弱的軀體。他低頭看著這個仍然跪在他面前的人。「起來，埃裡克，我需要水。請拿水給我。」

首席大臣抬起眼睛，然後又抬起頭。「當然。」他沒有再講究禮數，而是站起身走過房間。這是一個男人的房間，懸掛著各種武器和記述著名戰役的壁掛織錦。房間中央有一張大桌子，上面放著一份很大的帳簿、一瓶墨水、幾支散落各處的筆。大公已經有數年時間不曾見過首席大臣的書房了。不過這裡並沒有太大的變化。桌子後面是一個櫥櫃，埃裡克從櫥櫃中拿出一瓶葡萄酒和酒杯。「這要比水更好。」他對大公說。隨後他便敏捷地拔出軟木塞，斟滿了酒杯，以武士的步伐向大公走回來，不拘禮儀地將酒杯遞到大公面前。

大公用枯皺的雙手接過酒杯，一飲而盡。一股令人愉悅的熱流湧過他的身體。埃裡克沒有多問一句，舉起手中的酒瓶，又將大公的杯子斟滿。然後她盤腿坐在轎子前面的地板上，彷彿一個年輕人坐在營火前。「你好啊。」他說道，彷彿他們是兩個偶遇的老友。也許事實的確是如此。埃裡克安穩地看著大公。大公開口說道：

「你知道為什麼需要這樣做。那些跪拜，那些禮儀，那些嚴苛的飭令，那都不是給你的，埃裡克。那只是為了強化法紀，保持距離。」

「所以他們才只認為你是大公。」埃裡克說。

「是的。」

「因為如果他們認為你是和他們一樣的人，他們也許就不會追隨你了。」

大公猶豫了一下，最終還是承認道：「是的，這樣說很冷酷無情，但也很準確。」

「這是有效的手段，」埃裡克也承認，「對於他們絕大多數人都很有效，尤其是對於那些不會質疑命令的年輕人而言，但對於在你奪取權力的道路上與你一同奮戰的老同袍，效果就沒有那麼好了。」

「但他們已經所剩無幾了。」大公指出。

「這一點沒有錯，不過我們還是剩下了幾個。」

大公嚴肅地點點頭。

「剩下的這些人，有幾個依然忠誠於過去的那個你，儘管他們是現在的恰斯大公的臣僕。所以我要警告你提防叛變，儘管這可能會要了我的命。」

「所以我會認真聽你說話，埃裡克，就像一個人傾聽另一個人，一名武士傾聽另一名武士。我知道你在冒著什麼樣的風險效忠於我。長話短說，是什麼樣的叛變正在威脅我？」

埃裡克仰頭喝下杯中的酒，又考慮了片刻才回答道：「你的女兒，茶西美，她想要得到你的王座。」

「茶西美？」大公無力地搖了搖頭。這個人因為這樣的事情就讓他如此不安，他實在是有些氣惱，「茶西美對現狀很不滿，三次失去丈夫，是一個得不到滿足的女人。這些事我幾年前就知道了。我不害怕她會有任何野心。」

「你應該害怕。」埃裡克直率地說，「你有沒有讀過她的詩？」

「她的詩？」大公感覺受到了冒犯，「沒有。我相信那不過是一個女孩在渴望英俊的男人匍匐在她的腳前，或者讚美蜂鳥在花朵上竄來竄去，思考什麼愛情和雛菊，用藍色的墨水寫在紙上，再裝飾些花束和常春藤。我可沒有時間關心這種事。」

「不。她的詩歌更像是一支召集軍隊的號角。她號召恰斯國的女人奮起抗爭，幫助她繼承你的王位，然後她會讓其他女人回到她們曾經占據的位置上去。陛下，這些詩歌言辭都非常激進，更像是出自集市上離經叛道的狂熱者，而不是由一名避世索居的女子寫成的。」

隨後的一段時間裡，大公只是一言不發地盯著面前的這個人。但他的首席大臣始終滿臉嚴肅。他是認真的。

「女人奮起抗爭……胡說！這到底是怎麼回事？你什麼時候看到了我女兒的詩歌？」

「在我妻子的房間裡。兩天以前。」

大公等待他說下去。

「在兩天前的上午，我沒告知就走進了她的房間，通常我不會在那個時候去找她，她立刻就想要將她正在閱讀的幾份卷軸藏匿起來。所以，我理所當然地奪下一份卷軸，好知道一個女人到底要向她的丈夫隱瞞什麼祕密。」他一皺眉頭，「那張紙的邊緣都破碎了，顯然曾經在許多人之間傳遞過，在那張紙的底部和背面還有許多添加上去的文字。隨便一看，那只是您所說的那種女人家的詩歌，上面還裝飾著花朵和蝴蝶。但我只看了兩段，就能夠明顯感受到其中的學者風範和軍事學識。那裡面引用了各種史籍材料，講述恰斯國貴族中的女性曾經和男性一同施行統治，掌控她們自己的事務和財產，甚至自己選擇丈夫。那些被細小藤蔓花朵裝飾的文字，根本就是對革命的煽動。」

「我嚴厲地責備了我的妻子，指出她不應該閱讀這樣的叛逆文字，但她卻頑固不化。她陷入了那種乾癟的老婦人才會有的無所畏懼的狀態。她嘲諷我，問我害怕什麼，我是否敢於否認的確有過這樣的歷史？我的家族財富難道不是來自於一個女人？」

「因為她的傲慢，我抽了她的耳光。她站起身，開始向某個名為艾達的北方女神祈禱，請求那個女神對我收回大地的祝福。於是我再次打了她，因為她竟敢詛咒我。」

埃裡克停頓一下。汗水出現在他的額頭上。他彷彿完全陷入了那段記憶之中。他的手指撚動了一下自己的嘴唇，然後他帶著否決的神情搖搖頭。「有誰能懂得女人的心思？陛下，我不得不打了她。

我已經有幾年沒有這樣做過了。但她堅持的時間要比我懲戒的許多年輕士兵都更久。不過到最後，我還是逼她交出了所有這樣的文稿，還交代了這些文稿的來源，以及作者的名字。陛下，它們都是您的女兒寫的，而她的企圖相當明顯。」

大公靜靜地坐著，希望自己的任何心思都不要表現在臉上。但埃裡克是殘忍無情的。

「謀逆的不僅是您的女兒。您的後宮中的其他女子也有參與。茶西美寫下這些文字，您的女人則抄錄它們，將它們做成卷軸，用蕾絲和緞帶將它們繫住，再噴上香水。然後她們會去集市、洗衣房和紡織者工廠，去蒸汽浴室和博彩廳，將這些卷軸散發出去，就像是傳播毒素。」

大公依舊沒有說話。他感到震驚，卻又意識到這完全是理所當然。確實，茶西美是他的女兒，有著和他一樣的多刺的傲慢。如果她是男人，她也許會成為大公有力的左右手。而現在這種情況……

「我要殺了她。」這種解決問題的辦法很糟糕，但是他唯一的選擇。他不知道需要除滅自己的多少女人。想到此，他咬住了嘴唇。是的，現在那些女人對他已經沒有用了。等到他身體痊癒之後，他也只會想要新鮮的女人。她們可以全都被除掉。他有些不舒服地在轎子裡動了動身子。他要去庇護花園，他想要休息了。

「不，」埃裡克大膽地說道，「不要落進她的陷阱。我閱讀了我妻子擁有的全部卷軸，其中每一份都提到茶西美預料自己必將死在您的手中。她說這將證明您是多麼畏懼她，您是如此痛恨她和所有女人。她宣稱您對她恨之入骨，在她幾乎還不是一個女人的時候，就把她交給一個怪物，讓那個怪物撕開了她的身體。」

「恨她？」大公難以置信地說道，「我會這樣浪費我的時間嗎？我幾乎不了解她。老卡拉克斯是一個粗魯的老傢伙，所有人都知道，但他是我在那時最強有力的盟友，所以她才會嫁給他。這全都是為了鞏固聯盟。」恨她？他怎麼可能有這種小兒女的情緒。女兒只是他的一種政治手段。確實，茶西美太過重要了，她並不只是一個女人。

「儘管如此，」埃裡克堅持說道，「陛下，如果您殺了她，您就會在女性中引發一場變亂。她的追隨者們發誓會為她報仇，她們將使用毒藥、殺死嬰孩、縱火、墮胎，是的，她們甚至有可能公開發動暴亂。我看到的卷軸上完全是這樣的誓詞。很明顯，各個階層的女人全都讀過這些卷軸，並且都發誓要為她的死而復仇。我相信這些女人會彼此煽動。如果您『殺害』了茶西美，她們會爭先恐後地實踐她們的效忠誓言，絕不會有任何仁慈可言。」

「不可容忍！」大公喊道，然後立刻又咳嗽起來。埃裡克又為他倒了一些葡萄酒，將酒杯扶到他的唇邊，讓他喝下去。玻璃杯碰到大公的牙齒，酒水灑在他的胸口上。不可容忍，這些女人全都不可容忍。大公抓住玻璃杯，將埃裡克的手甩掉。他吮了一口酒，又咳嗽一陣，才終於讓自己的呼吸平穩下來，並長長地吸了一口氣。能夠再次說話的時候，他立刻問埃裡克：「對於茶西美這樣悖逆奸詐的女巫，還有什麼辦法可以處置？」

「把她交給我。」埃裡克輕聲說道。

「這樣你就能殺死她？」

埃裡克露出微笑：「不是立刻，我會娶她。」

「但你已經結婚了。」

「我的妻子就要死了。」埃裡克的表情沒有絲毫變化，「我很快就會變成鰥夫，能夠再次結婚。為了褒獎我多年以來的忠誠侍奉，您把您的女兒賞給我。這很合情合理。殘忍的命運讓我和茶西美都失去了配偶。」他一邊說，一邊喝了一口酒。

「她很危險。我認為她至少殺死了她的一任丈夫。」大公考慮著埃裡克的辦法，不情願地承認道。

「她殺死了她的全部三個丈夫，」埃裡克回答道，「這個我很清楚。我知道她是怎麼幹的。這還要感謝我的妻子的供述。所以，我知道該如何拔掉這條毒蛇的毒牙，那樣她對我就沒有多少危險了。」

「為什麼你想要她？」

「我會和她結婚，將她單獨拘禁。她可以繼續寫她的詩歌卷軸。它們將從她的新家繼續慢慢流散出來，但它們裡面會逐漸提到她的婚姻是多麼幸福，擁有一位經驗豐富的愛人給她帶來了多少喜悅，她的心中充滿了懷抱嬰兒的甜美憧憬。她的毒牙將被拔掉，她的毒液將被稀釋成茶水。而關於新繼承人即將出世的訊息，將會讓您的貴族平靜下來。」

大公明白了：「而你將在我之後施行統治。」

埃裡克點點頭，向大公指出：「不管怎樣，我都會如此。」他穩穩地看著大公，繼續說道，「這只是會向所有人清楚地表明，這正是您的心願，而任何其他方案都會同時遭到我們兩個人的反對。」

大公閉上眼睛，認真構想各種可能。到最後，他得出了唯一的結論。他睜開眼睛。「我死得越早，你就越早能取得權力。」

埃裡克仍然紋絲不動。「這也是事實。但『越早』取得權力，並非總是最好的辦法。我也不想這樣，老友。」他微微側過頭，微笑著問道，「你要我怎樣做才能讓你安心？想一想我做的事情，我警告你受到了威脅，又警告你不要採取最簡單直接的手段解決這個問題，這都是為了保護你。多年以來，隨著你健康逐漸惡化，我一直忠心侍奉你。如果我有任何不忠，我在幾年前就會表現出來了。不管怎樣，忠誠總是很難被證明的。」

大公喘息著咳嗽了幾聲，靠回到自己的軟墊椅裡，「因為忠誠會發生變化。」當他能夠吸進一口氣的時候，他向埃裡克指出，「這一點必須每天都得到證實。」他又考慮了一段時間，「如果我把我的女兒給你，我就給了你一張很有力量的牌。」

「如果你不這樣做，你的房間裡就一直會留有一條毒蛇，隨時都會發動攻擊。」

大公突然屈服了。「我會讓眾人知道，我答應把她給你。我會讓她單獨居住，讓她認真考慮該如何成為你的新娘。」

埃裡克等待了片刻，又問道：「然後？」

大公只是露出冰冷的微笑：「當你將我的龍血拿來作為她的聘禮，她就會成為你的。我會祝福你們的婚姻。」

「並宣布我成為你的繼承人。」

埃裡克正在逼迫大公，大公不喜歡這樣。但他仔細考慮了現在的局勢，埃裡克還很年輕的時候就成為了大公的部下。大公對這個人的照料和指導，甚至超過了對於任何一個由他生出的兒子。是誰在他死之後施行統治，他為何又要在意呢？

「我會任命你作為我的繼承人。你可以任意指定你和我的女兒的孩子繼承你。」

「就這樣。而且很快我們的願望都能成真。」埃裡克微笑著說，「您應該命令您的僕人準備婚禮宴席了。」

大公向他側過頭，「你為什麼能夠如此肯定？」

埃裡克的笑容更明顯了。「陛下，我買到了一名囚徒。我們說話的時候，他正在被船隻運送過來。他不是龍，但他的血管中流動著龍的血，而您將得到他的血。」

大公帶著懷疑的神情盯住埃裡克。埃裡克則向大公顯示出更濃濃的笑意。「現在就有一份證據，足以證實我的忠誠，」他平靜地說道，「沒有任何附加條件。」他以少女般的優雅身姿站起來，回到那只酒櫃前。這一次，他拿來了一只用細繩拴住的小紙包，蹲在大公面前，將繩結拽開。隨著他將這只油紙包打開，一股熟悉的氣味飄進大公的鼻孔。

「肉乾？」大公感到難以置信，又覺得自己受到了冒犯，「你給我肉乾？步兵吃的東西？」

「只有用鹽和煙燻才能保存它經過這樣漫長的旅程。」埃裡克手捧著那張油紙，就像是捧起一朵綻開的花。在這張紙中間是一小塊帶有藍色鱗片的肉，被煙燻過之後變成了深紅色，「這是古靈的肉。不是龍的。我……還無法為您取得龍肉。但我被告知，這個生物擁有龍的一部分。我希望它能夠恢復您的健康。」

大公只是在沉默中看著這塊肉。

埃裡克輕聲說道：「如果您命令我吃掉它，我會的。它沒有毒。」

大公的確有這樣的想法。他想讓他的首席大臣將這塊肉分割開，由首席大臣先吃掉一部分。但這塊肉不大，而他身上有許多疾病。如果他完全吃下這塊肉，而這塊肉有毒，他會死掉。但如果他命令埃裡克先吃掉半塊，發現這塊肉的確有他所希望的效力，那麼剩下的一小塊肉也許不會為他帶來什麼好處。他向這塊肉伸出手，瘦骨嶙峋的手指顫抖著，就像是螞蟻的觸角。他將這塊肉拿起來，嗅了嗅。埃裡克只是穩穩地看著他。

他將這塊燻肉放進自己的嘴裡。是煙火和鹽的味道。乾肉的紋理將他帶回到作為年輕武士的歲月。他閉上眼睛。那時他還不是大公，只是劍士羅倫布雷德，恰斯大公的第四個兒子。他用自己的劍向恰斯國的敵人和他的父親證明了自己的能力。當他的兄長們發動叛亂，密謀殺掉父親，平分恰斯國的統治權，他向他的父親揭發了他們的罪行，和父親一起殺光了他的其他兒子。他在鮮血中崛起，證明了自己的忠誠。

他睜開眼睛，房間彷彿變得明亮了一些。他低頭看著自己手中那張被揉皺的油紙，只是一張紙，不是劍柄。只是他的一隻手稍稍用力，這張紙就變成了小小的一團。但他已經很久不曾有過這樣的力氣了。他深吸一口氣，又坐直了一點。埃裡克正面帶微笑地看著他。

「把你的龍人給我帶來，你就能得到我的女兒。」

埃裡克長長地吸了一口氣，突然向大公跪拜下去，額頭碰到了地面。

大公自顧自地點點頭。這個人對他就像兒子一樣。同樣像兒子一樣，如果他的忠誠被證明是虛偽的，他自然可以殺了他。大公的嘴角的笑紋變深了。

尾聲

歸途

冰華喜歡在沙漠邊緣的荒涼山丘中狩獵。他很擅長沿著地理輪廓飛行。他貼近地面滑行，有時候幾乎只是掠過覆蓋岩石山丘的那些生滿尖刺的灰綠色灌木叢。當他搧動黑色翅膀的時候，那種動作看似慵懶，實則會爆發出極大的力量。他就像影子一樣無聲地飄蕩在崎嶇不平的地面上方。

他的狩獵技巧非常高超。這兩頭龍從春天開始就在這裡。那些曾經完全不懂得畏懼天空的大型獵物，現在都學會了要警惕頭頂上方的動靜。冰華的戰術則是悄然無聲地掠過低矮丘陵，向正在山谷裡躲避正午焦陽的野獸突然撲落，那些野獸根本就來不及察覺到他的存在。

但婷黛莉雅做不到這麼好。她的身材要小一些，還在練習冰華數百年前就已經掌握的飛行技巧。在受困於冰川、陷入長久的冬眠以前，冰華就已經是一頭老龍了。現在他更是古早得難以想像。在現存於世的生靈中，只有他還能回憶起古靈時代，以及龍和古靈共同建立的文明。他也還記得那場突然爆發的末日浩劫，大自然陷入一片混亂。古靈的時代也就此終結。人類和古靈死傷狼藉，四散逃亡，巨龍也星落雲散，族群漸漸萎縮，甚而滅絕。

令婷黛莉雅感到氣惱的是，這頭黑龍很少會提起那時的狀況。婷黛莉雅的長蛇前身應該也經歷過那段歲月，但她對於前身的記憶只剩下了一點縹緲的影子。現在她能夠清晰回憶起來的，只有自己在繭中驟然醒來，卻發現被深埋在一座城市裡，完全無法接觸到孵化所需的陽光。她相信，是古靈把她藏匿在這裡。古靈將她和與她同一代的結繭巨龍拖進了一座日光浴室中，好讓他們能躲過從天空中落下的灰塵。而當落灰埋葬了整座城市，這種救援手段也讓她完全陷入了困境。她不知道自己在孤獨黑暗的繭中被囚禁了多久。當人類發現她和她的同族受困的房間，那些人的想法只是將龍繭作為「巫木」，建造不懼怕雨野原酸性河水的船隻。直到雷恩和瑟丹找到了她，她才重新在陽光中恢復了生命和自由。

瑟丹。她很想念她的小歌者。瑟丹的讚美頌揚讓她喜悅，他清晰的歌聲和華麗的辭藻為她增添了許多榮耀。但她還是將他派遣出去，要他前往世界各地，尋找其他龍族的音訊。那時候，她還希望那些晚近孵化的年老長蛇能夠成為新一代巨龍。她不願相信這個世界上的其他巨龍都已經死了，所以她派出瑟丹，而瑟丹也欣然領命出發。他不僅是尊奉了婷黛莉雅的命令，也是要為繽城尋找更多盟友，以應對他們和恰斯國之間永無休止的戰爭。

而在那之後的數年中，一直與冰華共度時光的婷黛莉雅，漸漸不再像以前那樣樂觀。他們是這個世界上僅存的真龍，所以冰華是她的配偶，無論她發現冰華是多麼不適合她。她再一次開始思忖瑟丹去了哪裡。他死了嗎？還是只不過距離她太遠，無法接觸到她的意識？不過這並不重要。人類，即使是由龍塑造成古靈的人類，也無法像龍一樣長久地生存下去。為了和他們建立友誼而浪費精力，是不值得的。

這時婷黛莉雅看見了一群羚羊。而冰華已經撲向了牠們。那個羊群的規模不大，統共只有五六隻羊，正在冬日的陽光下打盹。當冰華降落下去的時候，牠們開始四散奔逃。冰華伸出兩隻前爪，抓住了兩頭羊。婷黛莉雅則開始追逐其他羚羊。

現在婷黛莉雅的任何動作都變得更加困難。留在她左翼下的箭傷已經開始化膿，讓她每一次搧動翅膀都變成了一種折磨。這些岩石山丘間的狹窄溝壑，有一些巨龍難以飛入其中的空隙，都成為了獵物的庇護所。但一頭愚蠢的羚羊離開羊群，逃上一道山脊。婷黛莉雅在牠逃進另一道山溝之前撲向牠，把牠壓倒在地，然後巨龍的前爪將羚羊提起在自己胸前。羚羊短暫地掙扎了幾下，將溫熱的血灑在婷黛莉雅身上，隨後便在她的爪子裡癱軟下去，不再動彈。婷黛莉雅沒有絲毫耽擱，立刻開始撕扯還帶有餘溫的羚羊肉。這是她今天擊殺的第一頭獵物，她已經餓壞了。

羚羊本身就不是很大的獵物，貧乏的冬季更讓牠消瘦了不少。很快，婷黛莉雅就吃光了這一點食物，連顱骨和一隻蹄子都沒有剩下。她面前的岩石上只剩下了黏滯的血液。婷黛莉雅沒有感到飽足，不過，她還是生出了一陣進食之後的倦意。

她展開身體，閉上眼睛，隨後又動了動身子，想要改換一個體位，但這讓她的感覺更糟了。折磨她的不是岩石地面，而是導致她傷口發炎的斷箭和箭頭。她抬起翅膀，把頭伸到傷口旁邊嗅了嗅，不由得噴出一股鼻息。很糟糕，是爛肉的氣味。用她過分巨大的前爪去抓箭杆，只會讓傷口更加疼痛，現在那根斷掉的箭杆甚至已經看不見了。她擔心自己的爪子根本無法將這半支箭拔出來，反而只會將它向身體裡推得更深。

冰華落在她身邊，為了減速而搧動的雙翼鼓起一陣塵沙。我們應該繼續狩獵。

我想睡覺。

冰華抬起頭，嗅了嗅空氣。那支箭讓妳的身體發生了潰爛。妳應該把它拔出來。

我試了，做不到。

冰華靠近她，又嗅了嗅她的傷口。婷黛莉雅沒有拒絕，但也沒有表示歡迎。在古早時候，人類有時會用淬毒武器對抗我們。他們會在長矛的尖端塗抹汙穢，再用這種武器戳刺我們。他們知道，他們很難直接將我們殺死，但體內持續的潰爛會將龍殺死。

聽到冰華的話，婷黛莉雅哆嗦了一下，立刻探頭去看自己的傷口。你認為這支箭有毒嗎？

無法判斷。冰華卻顯得很鎮定，妳還想狩獵嗎？

他們會怎麼做？我是說那些傷口有毒的龍？

他們會死。其中有一些會死，另一些會去找古靈治療師尋求援助。細小的人類雙手有時候能很好地清理傷口，銀水能治療許多疾病。我要去狩獵了，妳要來嗎？

你認為我應該返回雨野原去尋找古靈嗎？麥爾妲和雷恩？

黑龍看著婷黛莉雅，許久沒有說話。無論他在想什麼，他都沒有告訴婷黛莉雅。最終，他只是說道，我覺得我無法再信任人類了，就算古靈也不行。

我會信任他們。如果有必要。麥爾妲和雷恩以前都曾經侍奉過我，我相信他們會再次侍奉我。

黑龍再一次陷入沉默。然後他說道。克爾辛拉的銀井。那是一個罕見而神奇的存在。喝下那裡的銀水會給龍帶來巨大的力量。有時候，銀水還有治療效能。妳應該去那裡，去克爾辛拉。

我去過克爾辛拉。那口井已經不復存在了。那座城市已經空無一人，變成了死城，只有灰塵被吹過街道。我找到那口井。井口的絞盤倒塌，成為一堆廢墟。就算此刻那裡還有古靈，他們也無法為我汲取銀水了。婷黛莉雅沒有提及那讓她多麼憤怒，也沒有提她是怎樣踩碎和打爛了剩下的絞盤，並把碎片推進乾涸的井中。

克爾辛拉。冰華的話語中充滿憾恨，那裡曾經是那樣神奇的地方。如果就像妳說的那樣，那裡已經被遺棄，已成為空城，那實在是一個巨大的損失。我還記得那裡的許多詩人高聲讚頌我的榮耀，古靈們在我的鱗甲上塗抹香油。那裡還有浴池，有享受陽光的廣場。有一群群各種各樣的肥美牲畜：小牛、綿羊和豬，應有盡有。他們還為我們建造了許多紀念碑、雕像和瓷磚彩畫。

冰華還在浮想聯翩。婷黛莉雅已經陷入了自己的思緒。她也擁有關於克爾辛拉的祖先記憶，但那些記憶已經消褪得蒼白空洞。而親眼見到了那座城市被遺棄之後的死寂景象，她的那些記憶就更加黯淡無光了。

我要去狩獵了！冰華突然說，我還很餓。

我要休息。婷黛莉雅突然意識到，多日來，自己正漸漸做出一個決定，然後我會返回雨野原。

也許我們可以稍後再去那裡。冰華顯然不在意婷黛莉雅的想法，也許可以等其他時間再去。我要去親眼看看克爾辛拉，不過必須是我認為的正確時間。他從婷黛莉雅面前轉過身，躍入空中。一雙黑色翅膀搧動的強風吹過婷黛莉雅，引得她的傷口一陣鈍痛。

疲憊感讓婷黛莉雅只想沉沉睡去，但她很難找到一個不會牽扯到傷口的位置。現在傷口的情況正在迅速惡化，她能夠嗅出來。毒素正從化膿的傷口向深處的肌肉擴散，她沒有任何辦法能夠讓自己的傷勢好轉或讓傷口癒合。等待得越久，她就越虛弱。但冰華根本不在乎她。

突然間，她知道，等她醒過來的時候，她不會再等待冰華回來，也不會再關心冰華做出什麼決定。她需要她的古靈——雷恩強壯的雙手和麥爾姐聰明的小智慧。該是回家的時候了。

回雨野原。

中英譯名對照表

A

Alise Kingcarron Finbok
愛麗絲·金卡羅恩·芬波克

Althea Vestrit　艾惜雅·維司奇

Alum　埃魯姆

Amarinda　愛瑪琳達

Arbuc　亞布克

B

Baliper　巴力佩爾

Barge 駁船

Bates　貝特斯

Begasti Cored
貝佳斯提·柯雷德

Bellin　貝霖

Bendir　本迪爾

Beydon　貝東

Big Eider　大埃德爾

Bingtown　繽城

Bones of chance　幸運骨

Boxter　博克斯特

Brashen Trell　貝笙·特瑞爾

Bread Leaf　麵包葉

Burrowers　鑽頭蟲

C

Candral　坎達奧

Carson Lupskip　卡森·羽躍

Cassarick　卡薩里克

Chalced　恰斯

Chassim　茶西美

Ched　柴德

Chet　切特

Citadel of Records　《城市紀錄》

Clef　樂符

Cocooning grounds　結繭地

Contority　康托瑞提

Cope 科普

Copper 紅銅

Cosgo 柯思閣

Cricket Cages 蟋蟀籠

Crowned Rooster Chamber 加冕者殿堂

Curesd Shores 天譴海岸

D

Dancer Deer 舞蹈鹿

Darter Lizard 飛鏢蜥蜴

Davvie 戴夫威

Derren Sawyer 戴倫・索耶

Detozi Dushank 黛托茨・杜珊克

Dortean 多提恩

Drost 多斯特

Dujjaa 杜吉愛

Duke of Chalced 恰斯大公

Dushank 杜珊克

E

Eda 艾達

El 埃爾

Elderling 古靈

Ellik 埃裡克

Elspin 艾爾斯賓

Ephron 埃菲隆

Erek Dunwarrow 艾瑞克・頓瓦羅

F

Fari 法麗

Fente 芬提

G

Gallator 鵺鱷

Garrod 加洛德

Gedder 蓋達

Gillary 戈拉蕊

Goldendown 金色黃金號

Goshen 高申

Great Blue Lake 大藍湖

Greft　格瑞夫特

Gresok　格雷索克

Grigsby　格裡格斯比

H

Handprint Tree　手印樹

Hardwood　硬木

Hardy　強勇號

Harrikin　哈裡金

Heeby　荷比

Hennesey　軒尼詩

Hest Finbok　詔諭・芬波克

I

Icefyre　冰華

Impervious Boat　無損船

J

Jaff Secudus　傑夫・賽克杜斯

Jamaillia　遮瑪里亞

Jani Khuprus　簡妮・庫普魯斯

Jerd　潔珥德

Jerup　傑魯普

Jess Torkef　傑斯・托克夫

Jidzin　濟德鈴

Jig　吉格舞

Jona　約納

Jorinda　喬玲妲

Jos Peerson　喬司・皮爾森

Jurgen　約爾登

K

Kalo　卡羅

Karax　卡拉克斯

Kase　凱斯

Keffria Vestrit Haven
珂芙莉婭・維司奇・海文

Kelaro　克拉羅

Kellerby　科勒比

Kelsingra　克爾辛拉

Kerwith　克維思

Khuprus　庫普魯斯

Kim　金姆

Kingsly　金斯利

Kitta　蒂塔

Koli　珂麗

Kura nuts　庫拉堅果

L

Lecter　萊克特

Leftrin　萊福特林

Limbsman　巧肢人

Liveship　活船

Lords of the Realms　三界之主

M

Malta Khuprus
麥爾妲・庫普魯斯

Malta Vestrit Khuprus
麥爾妲・維司奇・庫普魯斯

Marley 瑪雷

Maulkin　墨金

Mercor　默爾柯

Mojoin　莫喬恩

N

New Glory　新榮耀號

Newf　紐弗

Nortel　諾泰爾

O

Onion-moss　洋蔥苔蘚

Ophelia　援助號

P

Paragon　典範號

Pariah　賤船

Patchouli　廣藿香

Pelz　佩爾茲

Phron　Khuprus
菲隆・庫普魯斯

Picket Tree　圍樁樹

Polon Meldar　鮑隆・梅爾達

Polsk　博斯克

Prittus　浦裡圖斯

R

Rain Wild　雨野原

Ramose　拉莫斯

Ranculos　蘭克洛斯

Rapskal　拉普斯卡

Rasp Snake　銼刀蛇

Redding Cope　雷丁・柯普

Reever　利威爾

Relpda　芮普妲

Reyall　雷亞奧

Reyn Khuprus　雷恩・庫普魯斯

River Snake　河上游蛇號

Rogon　羅根

Rolenbled　羅倫布雷德

Rolleigh　羅雷

Ronica　隆妮卡

Ruskin Leaf　魯斯金葉

S

Sa　莎神

Sacha　薩夏號

Satrap　沙崔甫王

Sealia Finbok　西莉亞・芬波克

Sedric Meldar
塞德里克・梅爾達

Selden Vestrit　瑟丹・維司奇

Serpent Cases　長蛇繭殼

Sessurea　塞蘇利亞

Sestican　賽斯梯坎

Sethin　賽馨

Sevirian Cutlery　瑟維利餐具

Sheerup　謝拉普

Silver　銀

Silvery Water　銀水

Sinad Arich　辛納德・亞力克

Sindy　辛蒂

Sintara　辛泰拉

Sisarqua　西薩奎艾

Skelly　絲凱莉

Skrim　斯克力姆

Skymaw　天空之喉

Sophie Meldar Roxon
蘇菲・梅爾達・洛克遜

Sour Pear　酸梨

Speckle　星點

Spit　噴毒

Sverdin　絲維玎

Swarge　斯沃格

Sworkin　斯沃金

Sylve　希爾薇

System of bands for birds
鳥類環志系統

T

Tarman　柏油人

Tats　刺青

Tattooed　紋身者

Tellator　特萊托

Tereben Oil　松節油

The Chalcedean　恰斯人

Three Ships Folk　三船人

Three Ships Town　三船城

Thymara　賽瑪拉

Tillamon　蒂絡蒙

Tinder　火絨

Tintaglia　婷黛莉雅

Tracia Marley　塔希婭・瑪雷

Tree Cat　樹貓

Trehaug　崔豪格

V

Veras　維拉斯

W

Warken　沃肯

Weddle stalk　韋德草莖

Windgirl　疾風少女號

Wintrow　溫特羅

Wizardwood　巫木

Wollom Courser
沃隆姆・柯思爾

Wycof　維科夫

BEST 嚴選 102

雨野原傳奇 3：巨龍高城

原著書名／The Rain Wilds Chronicles: City of Dragons
作　　者／羅蘋・荷布（Robin Hobb）
譯　　者／李鐳
責任編輯／王雪莉、何寧
內文編輯／江秉憲
副總編輯／王雪莉
行銷業務經理／李振東
業務主任／范光杰
行銷企劃／周丹蘋
總 經 理／黃淑貞
發 行 人／何飛鵬
法律顧問／元禾法律事務所　王子文律師
出版／奇幻基地出版
城邦文化事業股份有限公司
台北市 104 民生東路二段 141 號 8 樓
電話：(02)25007008　　傳真：(02)25027676
網址：www.ffoundation.com.tw
e-mail：ffoundation@cite.com.tw
發行／英屬蓋曼群島商家庭傳媒股份有限公司城邦分公司
台北市 104 民生東路二段 141 號 11 樓
書虫客服服務專線：(02)25007718・(02)25007719
24 小時傳真服務：(02)25170999・(02)25001991
服務時間：週一至週五09:30-12:00・13:30-17:00
郵撥帳號：19863813　　戶名：書虫股份有限公司
讀者服務信箱 E-mail：service@readingclub.com.tw
歡迎光臨城邦讀書花園　網址：www.cite.com.tw
香港發行所／城邦（香港）出版集團有限公司
香港灣仔駱克道193號東超商業中心1樓
電話：(852)25086231　　傳真：(852)25789337
e-mail : hkcite@biznetvigator.com
馬新發行所／城邦（馬新）出版集團
【Cite(M)Sdn. Bhd】
41, Jalan Radin Anum, Bandar Baru Sri Petaling,
57000 Kuala Lumpur, Malaysia.
Tel: (603) 90578822　Fax:(603) 90576622
email:cite@cite.com.my
封面設計／黃聖文
排　　版／極翔企業有限公司
印　　刷／高典印刷有限公司
■2018年（民107）2月1日初版
■2022年（民111）5月20日初版2.3刷

售價／599元

國家圖書館出版品預行編目資料

雨野原傳奇. 3, 巨龍高城 / 羅蘋・荷布（Robin Hobb）作；李鐳譯. -- 初版. -- 臺北市：奇幻基地, 城邦文化出版：家庭傳媒城邦分公司發行, 民107.02
面；　公分. --（BEST嚴選；102）
譯自：The rain wilds chronicles : City of dragons
ISBN 978-986-95634-7-5（平裝）

874.57　　106023123

ISBN　978-986-95634-7-5

城邦讀書花園
www.cite.com.tw

廣　告　回　函
北區郵政管理登記證
台北廣字第000791號
郵資已付，免貼郵票

104台北市民生東路二段141號11樓

英屬蓋曼群島商家庭傳媒股份有限公司城邦分公司 收

請沿虛線對摺，謝謝

奇幻基地

每個人都有一本奇幻文學的啟蒙書

奇幻基地官網：http://www.ffoundation.com.tw

奇幻基地粉絲團：http://www.facebook.com/ffoundation

書號：1HB102　　書名：雨野原傳奇 3：巨龍高城

請於此處用膠水黏貼

奇幻基地

讀者回函卡

謝謝您購買我們出版的書籍！請費心填寫此回函卡，我們將不定期寄上城邦集團最新的出版訊息。

姓名：＿＿＿＿＿＿＿＿＿＿ 性別：□男 □女

生日：西元＿＿＿＿年＿＿＿＿月＿＿＿＿日

地址：＿＿＿＿＿＿＿＿＿＿

聯絡電話：＿＿＿＿＿＿＿＿傳真：＿＿＿＿＿＿＿＿

E-mail ：＿＿＿＿＿＿＿＿＿＿

學歷：□ 1.小學 □ 2.國中 □ 3.高中 □ 4.大專 □ 5.研究所以上

職業：□ 1.學生 □ 2.軍公教 □ 3.服務 □ 4.金融 □ 5.製造 □ 6.資訊
□ 7.傳播 □ 8.自由業 □ 9.農漁牧 □ 10.家管 □ 11.退休
□ 12.其他＿＿＿＿＿＿＿＿

您從何種方式得知本書消息？

□ 1.書店 □ 2.網路 □ 3.報紙 □ 4.雜誌 □ 5.廣播 □ 6.電視
□ 7.親友推薦 □ 8.其他＿＿＿＿＿＿＿＿

您通常以何種方式購書？

□ 1.書店 □ 2.網路 □ 3.傳真訂購 □ 4.郵局劃撥 □ 5.其他

您購買本書的原因是（單選）

□ 1.封面吸引人 □ 2.內容豐富 □ 3.價格合理

您喜歡以下哪一種類型的書籍？（可複選）

□ 1.科幻 □ 2.魔法奇幻 □ 3.恐怖 □ 4.偵探推理
□ 5.實用類型工具書籍

您是否為奇幻基地網站會員？

□ 1.是□ 2.否（若您非奇幻基地會員，歡迎您上網免費加入，可享有奇幻基地網站線上購書75 折，以及不定時優惠活動：http://www.ffoundation.com.tw/）

對我們的建議：＿＿＿＿＿＿＿＿＿＿
＿＿＿＿＿＿＿＿＿＿
＿＿＿＿＿＿＿＿＿＿

請於此處用膠水黏貼